民国中国小说史著集成

第五卷

陈洪◎主编
王振良 王之江◎副主编

谭正壁 中国小说发达史

南開大學出版社

图书在版编目(CIP)数据

民国中国小说史著集成. 第5卷 / 陈洪主编. —天津：南开大学出版社，2014.1(2014.9重印)

ISBN 978-7-310-04368-2

Ⅰ. ①民… Ⅱ. ①陈… Ⅲ. ①小说史—中国 Ⅳ. ①I207.409

中国版本图书馆CIP数据核字(2013)第289587号

南开大学出版社出版发行

出版人:孙克强

地址:天津市南开区卫津路94号　　邮政编码:300071

营销部电话:(022)23508339　23500755

营销部传真:(022)23508542　　邮购部电话:(022)23502200

*

天津泰宇印务有限公司印刷

全国各地新华书店经销

*

2014年1月第1版　　2014年9月第2次印刷

210×148毫米　32开本　15.625印张　4插页　378千字

定价:94.00元

如遇图书印装质量问题,请与本社营销部联系调换,电话:(022)23507125

總序

陳洪

上世紀九十年代，學界的目光開始向二三十年代回望。人們驚異地發現，曾經長期被漠視的那個時間段落裏，竟然綻放著大量異卉奇葩。於是，學者們開始了發掘、研究，也開始了編輯、出版。學術史的研究給了當下思想文化界特殊的滋養，說是『別開生面』毫不為過。

上世紀二三十年代有其不可替代的獨特的文化背景。晚清到民初的歷史巨變，摧垮了兩千餘年的文化體系，在破壞的同時也打碎了僵硬的思想外殼，域外的思想文化之風強勁地吹拂過古老的神州大地。這塊土地上一批既有舊學根基，又接受了外來影響的才智之士，開始了在思想文化各個領域的探索、建設。而政局的變化也給思想、學術的自由留出了縫隙。於是，新與舊，中與西，有了前所未有的交融，也就結出了一大批前所未有的思想文化的果實。用今天的標準衡量，可能會發現其中相當多的青澀、瑕疵。但是，不可否認，中國的現代意義上的『學術』正是由此而全面奠基。

在這樣的大背景下，審視中國小說史在當時的發生、發展狀況，是很有趣味的一件事情。一方面，與其他領域一樣，中國古典小說的現代意義的學術性研究，二三十年代是奠基、發軔的階段。另一方面，由於特殊的文化傳統，這一領域的『新變』又顯得分外的滯重。

『小說』這個名詞，古今的內涵相去甚遠。作為一種文學文體的專名，經歷了一個相當長的演變過程。這一過程是從晚明肇端，由馮夢龍、金聖歎等宣導，中間頗多曲折，直到清末民初西學東漸，才最終明確下來。這時的『小說』，既明確了具有現代意義的敘事性文學文體的專名意義，又把傳統的對『小說』的輕蔑態度有意無意地夾帶進來。所以，這一時期，編撰中國文學史的、文學批評史的，大多數仍然對小說、小說批評認識不夠，有的甚至付諸闕如。因此，這一時期的小說史方面的著述相對較少，除了魯迅、胡適等少數大家之外，僅有的幾種也流傳不廣，影響不大。

但是，這些著作又自有其價值。我們現在小說史研究的格局，基本是魯迅、胡適確定的——魯迅的大架構，胡適深入的個案範式。這是歷史形成的，也是學術選優的自然結果。不過，學術研究是個十分複雜的話題，那些被時間沖刷到邊緣的著作，並非一無是處。它們既是學術史的物件，也很可能蘊含著一些合理的因數，可能存在著新框架、新範式的某些『染色體』。如本叢書所收劉開榮的《唐代小說研究》，作者的女性身份、中西合璧的知識結構，都使其對作品的剖析時有特異的閃光；又如孫楷第，其《中國通俗小說書目》為治小說史者所必備，以此為基礎，他對小說史的陳述也就別具特色。至於郭希汾編譯的《中國小說史略》，在二十年代曾引發學術、思想界的一場論爭，而該書此前很難見到。收入本叢書，無疑對於研究民國思想、學術史的朋友不無裨益。而徐敬修的《說部常識》，當年出版當月即再版，七年間印行七次，其中撰寫的經驗對於今人亦不無啟發。

正是有鑒於此，才有了這套叢書的裒輯、刊行。『王楊盧駱當時體』，我們在裒集時注意到把自己的審讀目光調整到『當時』的語境，希望讀者朋友也能注意到這一點。

這套叢書所收大多為上世紀二三十年代的著作，其中大部分在 1949 年之後未曾刊印過。還有兩種為海內稀見，一種為手稿本——僅從文獻的角度看，也是有其獨特價值的。從內容來看，本叢書所收之體例可以概括為兩句話：中心明確，不拘一格。所謂『中心明確』，指的是所收皆為中國古代小說的研究著作，而尤以『史』的研究類為重點，所謂『不拘一格』，則指某些專段、專項、專書研究也納入了收錄範圍。相信這樣處理，對於研究中國小說史、近代文學史和近現代學術史的同仁，都會給大家提供一些助益。

本叢書付梓之際，忽然想到元好問的那兩句詩：『論功若准平吳例，合著黃金鑄子昂。』對於這項工作來說，王振良的貢獻也可准此例而行。如果沒有他多年來持續的裒輯之功，這套叢書至多是一種設想而已。

民國中國小說史著集成　總目

第一卷

第二卷

第三卷

第八卷

第九卷

第十卷

本卷目錄

譚正璧《中國小說發達史》

譚正璧（1901—1991），字仲圭，筆名譚雯、佩冰、璧廠、趙璧等。上海人。早年入上海大學中文系，旋以經濟不支中輟。其後在上海神州女校、上海中學鄉村師範部、上海民立女中、上海務本女中等處任教。抗戰勝利後在中國書報編譯所等處任職。1958年任華東師範大學教授。1979年受聘為上海市文史研究館館員。平生著述多達一百五十餘種，其中關於中國古代小說和通俗文學者另有《中國佚本小說述考》、《古本稀見小說匯考》、《三言兩拍資料》、《評彈通考》、《彈詞敘錄》、《木魚歌潮州歌敘錄》、《說唱文學文獻集》、《曲通蠡測》等。

《中國小說發達史》一冊，上海光明書局出版，民國廿四年初版。印刷者光明書局（福州路二百八十五號），發行者王子澄。總計四七一頁，近二十萬字。首有作者《自序》。正文前冠《緒論》、末附《結論》，凡七章四十二節。

中國小說發達史

譚正璧編

光明書局刊

中華民國廿四年八月初版發行

版權所有

中國小說發達史（全一冊）

實價大洋一元（外埠酌加郵費）

著作者　譚正璧

發行者　王子澄　上海福州路二八五號

印刷者　光明書局

發行所　上海福州路二百八十五號　光明書局

門市部　福州路二六七號

分銷處　國內外各大書局

自序

中國自有小說史以來，迄今僅十餘年，屈指記之，亦僅張靜廬之中國小說史大綱、周樹人之中國小說史略、范烟橋之中國小說史而已。（尚有郭希汾之中國小說史略，係譯日本鹽谷溫中國文學概論講話之小說概論一部分，不足稱爲著述。）張著出世較早，然草創伊始，僅具雛形，漏略既多，今已絕版。周著雖亦藍本鹽谷溫所作，然取材專精，頗多創見，以著者爲國內文壇之權威，故其書最爲當代學者所重。范著則對於小說之涵義未明，所敘兼及戲曲、彈詞，卽其小說部分，與周著亦無甚出入，且幷歷史常識而無之，（如以五胡十六國屬之梁唐晉漢周之五代，書中凡數見。）故其書實不足稱述。三書之中，差能副世人需要之般者，唯周著中國小說史略而已。

1

但自周著中國小說史略出版迄今，時間亦逾十載。此十餘載中，中國舊小說寶藏之發露，較之十年前周氏著小說史略時，其情形已大相懸殊。而吾人對此無限可貴之瓌寶，尙無人焉爲之編述，彙而公之世人之前，不大可惜乎？編者素嗜通俗文學，于小說尤有特殊愛好，竊不自揆，因將十年來瀏覽所獲，盡加網羅，參之周氏原作，寫成發達史二十餘萬言。書中對於每一時代某種作品所以發生或其所以發達之歷史原因或社會背境，尤三致意焉。編者才識平庸，有所編述本不足廁於作者之林，徒以嗜好之故，寫以備忘而已。書成出版，亦惟供世有同好者之參考，不敢冀獲大雅之靑睞也。

出版有日，謹爲序之如右。

一九三五，六，二六，正璧於黃渡。

目次

第二章　漢代神仙故事

第三章　六朝鬼神志怪書

第四章 唐代傳奇

第五章　宋元話本

第六章　明清通俗小說(一)

結　論

中國小說發達史

中國小說發達史

緒論

小說的領域，有古今中外的不同；如果不替牠確定一個相當的界限，那麼所謂小說史便無從敍起。至於「什麼是小說？」「小說的實質和形式怎樣？」……種種問題，那不妨讓做「小說概論」的專門家去解釋，本書却無暇及此。但要替小說確定一個相當的界限，便不能不先對歷來對於小說的觀念作一番歷史的考索。本書敍的是中國小說史，那麼當然必須考查明白中國歷來所謂小說的界限怎樣，才能着筆。

中國「小說」兩字最早見於記載，爲莊子外物篇，他說：「飾小說以干縣令，其於大達亦遠矣。」其次是荀子正名篇，他說：「故智者論道而已矣，小家珍說之所願皆衰矣。」荀子所謂「小家珍說，」其意義和莊子所謂「小說」完全相同。他們把牠與「大道」對稱，正和後人把牠和「載道」的古文對稱一樣，完全是一種輕視的態度。但牠的內容却相當於後代雜記瑣事的書，所以牠並沒超出中國小說領域之外。

漢書藝文志是一篇較古的含有學術史的意味的文章。牠把小說列爲九流十家之一，而且說：「小說家者流，蓋出於稗官，街談巷語，道聽塗說者之所造也。孔子曰：『雖小道，必有可觀者焉。致遠恐泥，是以君子弗爲也。』然亦弗滅也。閭里小智者之所及，亦使綴而不忘，如或一言可採，此亦芻蕘狂夫之議也。」如淳注云：「王者欲知閭巷風俗，故立稗官，使稱說之。」由此看來，那麼所謂「稗官」，猶如古代採詩之官，而所謂小說也和國風一樣，都是民間諷世寫懷之作了。所以桓譚新論也說：「小說家合殘叢小語，近取譬喻，以作短書，治身理家，有可觀之辭。」但一考藝文志所著錄小說家十五家的性質，却又不像。其中如伊尹說、鬻子說、周考、青史子……等，或依托古人，或記錄古事，顯然不像「閭巷風俗」或「街談巷語」。但這些書今都不存，亦無從加以深考了。

自是以後，各史如有藝文志或經籍志，那麼其中就必有小說一類。但據隋書經籍志小說類所著錄，却僅是些燕丹子、笑林、世說、小說、座右方、器準圖……之流；其中燕丹子……等，我們確也認爲小說，而座右方、器準圖……一類，就非我們所能承認。至於山海經、神異經……一類的神話，牠却列入史部地理類；漢武內傳、東方朔傳……一類神仙故事及搜神記、異苑……一類志怪書，牠却列入史部雜傳類。後來唐書經籍志所著錄，與隋書亦無甚大異，惟博物志隋志本屬於雜家，至是亦錄入了小說。

宋代重修唐書，其中的志都爲歐陽修所撰，究竟大文學家的眼光與衆不同，前此列入史部雜傳類的書，至是皆列入小說，史部中至是始剔除了荒誕無稽的作品。但他又增入唐人著作，如誡子拾遺、事始、刊誤、茶經……之類，却未免又爲「蛇足」而仍混淆了小說的界限。自此以后，若宋史藝文志若明史藝文志所錄愈多，而質類愈雜，但大體與新唐志皆相去不遠。至淸代編四庫全書，也僅將山海經、穆天子傳移列入小說，別無新見。

在各史志外，南北朝有以「小說」爲書名的，如殷芸的小說十卷，劉義慶的小說十卷。這二書皆爲世說之流，於此可見當時文人對於所謂小說的觀念。至唐人乃有所謂「市人小說」，係指市井說書的人，見段成式酉陽雜俎。至宋代「說話」大興，乃有所謂「話本」

宋時分「說話」爲四家數，「小說」爲其中的一家，據夢粱錄所載，「小說名銀字兒，如烟粉、靈怪、傳奇、公案、樸刀、杆棒、發跡、變態之事。」這「小說」就是唐人所謂「市人小說」，據現存話本京本通俗小說觀之，其內容漸與現代所謂小說相近。到這時候，「小說」一名詞所含的意義，已逐漸合理化了。

唐人既然有所謂「市人小說」，那麽當然還有「非市人小說」。所謂「非市人小說」乃指文人所作傳奇。歷宋至明，因欲別傳奇於通俗小說，乃名傳奇爲「唐人小說」，更名六朝鬼神志怪書爲「晉人小說」。明代長篇小說盛行，乃欲別於宋人名短篇爲通俗小說，稱爲通俗演義。但通俗小說及通俗演義二種，向不爲目錄家所著錄，各史志更不必說了。至明人通俗小說的被收，始見於王圻的續文獻通考，高儒的百川書志，但亦僅及於三國志演義與水滸傳二書。而後來的書目，亦即不見收載。宋人話本的見收，僅見於錢曾的也是園書目，收宋人詞話燈花婆婆……等十六種。此外倒是淸同治時的查禁小說目錄，共列一百五十餘種之多，所錄皆爲通俗小說，間有少量的彈詞，雖未全備，却大可供我們的參考。

總之，中國前此對於「小說」這一個觀念，幾於人各不同，所以牠的界限也模糊不淸。如繩以現代所謂小說，那麼幾乎無一與之適合。但小說的觀念和界限儘管分辨不淸，而每個時代都有小說產生，却是不可掩沒的事實。前代目錄家儘不著錄眞正的小說，而小說的流傳却未必因此而減少。所可惜的是那些佚亡的作品，牠的作者白白費去了他的心血，却永遠沉埋在不可知之中。然世事本來有幸有不幸，卽爲各時代所宗奉的正統文學，其作者亦儘有姓名被埋沒的人，惟小說家更甚罷了。

本書所敍，係斟酌現代各文學史家的意見，及魯迅中國小說史略所敍，並參入編者個人的意見，於古代專述神話，於漢代專述神仙故事，於六朝專述鬼神志怪書，兼及笑談集、淸言集之類，於唐專述傳奇，於宋元專述話本，兼及傳奇志怪書，於明淸專敍通俗小說，亦兼及傳奇志怪書。其所以如此之故，則有如下面所述。

古代神話爲后來小說的濫觴，無論中國外國都是如此。中國向無研究神話的專著，前人亦僅指雜記瑣事而無當於大道的書爲古代小說，因此神話多被掩埋。及魯迅著中國小說史略，開卷卽敍神話，而玄珠著中國神話研究，專替古代神話作發掘，於是被掩埋的神話漸被發現出來。故本書敍古代小說，卽根據這兩書，以神話爲主；而以漢人所謂小說綴於篇末。

至於漢人小說，向來亦專指劉向新序、說苑……之流。其實新序、說苑僅爲雜史之屬，且大都採自古籍，如以其中若干則作爲古代寓言觀，尙不失爲思想豐富之作，如逕以代表漢人小說，則大謬不然。因爲漢代是一個神仙思想方士勢力最盛的時代，上至帝王，下至愚民，莫不沉溺其中，終於釀成黃巾之亂。說苑、新序……一類的書，不獨於當時社會不發生什麼關係，且與古代神話和六朝志怪書無淵源及遞嬗蛻化之迹可尋。故吾以爲敍漢人小說，自當以敍述神仙故事的作品爲主，而以漢人所謂小說附見於後。

六朝小說爲鬼神志怪書及笑話集與淸言集，則各文學史所敍大概皆同。但亦有人將當時史籍中所敍情節稍離奇而文筆稍生動的記載視爲小說，如陳壽三國志之類，那也是一個大謬。不知在史籍中，無論作者表現手段若何深刻與生動，其文筆卽或竟超過於水滸的寫武松魯智深，那亦惟有反而引起敍事不實之嫌，不能因之認爲小說。因爲小說與歷史雖同爲敍事，然一則不妨全出虛構，盡其筆墨之淋漓；一則全憑實事，不能有一語空造。如於此二者不能加以分別，那麼他能否寫小說史還是問題了。

唐人承六朝志怪餘風，一面受古文運動影響而創新體小說，名爲傳奇。古代神話全爲民間產物，漢代神仙故事爲半貴族半平民文學，六朝志怪書又略向平民化，至唐人傳奇乃十足成爲貴族文學。無論何種文學，皆始由民間產生而末則趨向貴族化，至十足貴族化時此文學乃至末路。蓋由古代神話至唐代傳奇，在中國小說史上一氣相傳，到此時遂趨於末路。另外，俗文小說却在民間由萌芽而逐漸發展開來，爲文言小說播下那將來的革命的種子。

宋元小說爲「說話」與「講史」的底本「話本」，其發軔在於唐末。牠在中國小說史上爲新起的一系。唐末的俗文小說，相當於前一系中的古代神話；而宋元話本，則相當於漢魏六朝的神仙志怪。所以牠的文筆儘管怎樣幼稚，牠的辭句儘管怎樣簡陋，但牠是後來通俗小說的祖宗，沒有祖宗那里會有子孫？而且牠的產生又有社會的背景，在那樣社會裏也僅能產出那樣程度的作品，決不能以作品幼稚而摒棄。然在北宋開國之初，上一系小說的勢力尚未全泯，而且又在那時作了一個總結束，故不能不於此略爲敍及。

通俗小說係直接承話本而來，却成爲明清兩代小說的代表作。由明代中葉到清代之初，通俗小說正在積極着發展。牠的題材，自歷史、神怪、英雄、世情，無不各方俱到。但這一系的小說到了這個時候，牠的發展也將近到了極度了。清初以后，牠的作者由非專門文人移入專門文人之手，而又專寫些抒發個人才思及有閒階級荒淫無聊的故事。牠到了這個時候，自是已失去平民立場；雖然新的平話體的俠義小說又在起來，可是時代又在轉變着，舊的瓶子不配再裝新酒，更新的受了西洋小說影響的小說種子，早潛伏在民間，而等待着牠的出世的機會。清代傳奇志怪書亦一度發達，與通俗小說相角逐，然與通俗小說同其命運，也隨着通俗小說走上了最后的路。

本書卽按照着前述的程序加以敍說，而又着重於每個時代的歷史背景及社會環境的探索，藉以明白這個時代小說所以興起之故及其內容所以然的理由。惟以編者學力所限，有時往往不能自圓其說，這却要待後來的作者來補充了。

第一章　古代神話

一　神話是怎樣起來的？

神話並不專屬於小說，所以吾們不能說神話卽是小說。因爲神話僅是文學內容的一種，用牠可以做成一篇小說，同時也可寫成一首敍事詩，或編成一本戲劇。然因牠所述都是神人的行事，是敍事文而非抒情文，牠的文體宜於散文而不便於韻文，所以牠用散文來表現實較韻文爲多。加之小說的體裁也不限於散文，近世研究家有把敍事詩列爲小說的一體的，緣此之故，普通的人說起神話，往往專以屬之於小說。而在事實上，神話的確是後世小說的濫觴，牠給予小說的影響，確較詩歌爲重大。牠們的關係，似猿猴之於人類，長江之於星宿海，如其沒有更正確的理由，一時也不能隨便就被推翻的。

神話是那裏來的呢?原來神話是初民的知識的積累，是初民的生活狀况與心理狀况的必然的產物。其中有他們的宇宙觀，宗教思想，道德標準，民族歷史最初期的傳說，並對於自然界的認識等等。然因民族的不同，他們的生活狀况和心理狀况的不一致，所以各民族的神話各異其內容。

初民的思想是很蒙昧的。他們爲了要滿足他們的生存的欲望而努力求得物質生活——衣食住——的需要外，幾乎別無所求。他們在滿足他們的需要之際，偶然感到自然給予他們這種需要的恩惠的厚大，便不期然而然的起一種要頂禮膜拜的觀念。可是自然只有其作用而不見其寓形，更不知誰是牠的主宰。於是憑他們蒙昧的想像力，造出種種不同的神像，以爲他們頂禮膜拜的對象。神旣有像，自會行動，種種神話，遂由此產生出來。可是在初民時代，人與一切自然現象的界域，尙不甚分清，人與動物的關係更不似現在般隔絕。當然，「人爲萬物之靈」那句驕語決不會發生在初民的腦袋中，所以那些神人的形像不一定同於人類，往往是介於人與動物之間的怪物。惟其思想，嗜欲等等，或是單屬之於人類。

吾們可以揣想當上古時代，初民生活於廣大無際的地面之上，山是怎樣的青葱，水是怎樣的澄碧，森林裏鳥歌悅耳，田塍上花草耀目，風，雲，雨，雪，時時在裝點大地的美麗。當春天來了，紅白的桃李自然地會開放，黃鶯與燕子不請自來，風也和暖了，太陽也溫和起來了。彷彿有人在主宰着。到了夏天，石榴花與荷花在陸上水上各逞她們的妓豔，太陽變熱了，風拂在身上感到輕快，稻與棉花都在田裏開始成熟。這時好像另換了一個主宰。秋天到了，天氣逐漸涼爽，木葉在凋落，晚上月亮的光也優柔起來了，桂花的香氣沒有褪盡，又來了菊花的競放，燕子早回南方去了。這似乎又是誰的力量。一到冬天，氣候一天寒冽一天，太陽似失去了牠的威力，一切植物幾乎都枯憔盡了，僅臘梅和冬青還在點綴園庭，雪會隨着北風飛來。世界一切都變了，人也失去了溫情，幸虧有酒的熱力來撫慰。如其非有主宰那會到此？你想，一個蒙昧的初民，生在這樣一個千變萬化，神祕莫測的世界裏，目迷光怪，身處陸離，怎能不引起他詫異好奇的心理呢？在這樣情形之下，神話便很自然地產生了。

爲了居住的地域不同的關係，住在海濱的人，他們天天面對這茫茫無際的大海，風濤的變幻瞬息千端，鳥類飛在水面何等自由，魚介類浮在水裏何等豪邁？但人類却一不小心，墮入了便要溺斃。他們不禁咒咀起來了，於是來了「精衞啣石塡海」的神話。有時對牠的富麗不禁因豔羨而起贊美，以爲一定另有這富麗的享受者，於是海底便有了富藏珍寶的龍宮，海面上便有了那專居仙人的蓬萊，瀛洲，方壺等山。

居住在南荒的人民，譬如住在那長江和沅湘一帶的人。那邊的水是連綿千里，山也蜿蜒到很遠很遠的地方去。較熱的地方的樹林，是蓊鬱得可以咫尺隔絕人面的。水氣又容易蒸騰，雲雨的變化，早與夕已是不同，一忽兒雨一忽兒又晴了。令人時常恍惚生活在迷糊的神祕的睡夢中。於是，疑神疑鬼的結果，湘妃，湘夫人，巫山神女以及類於她們的神話，便一一搬到了當時人們的心上。

上面不過是隨便舉的幾個例，一切的神話，莫不各有牠的產生的背景像上述的情形的。

二　古代神話的大寶藏——山海經

神話產生之後，起初牠只是流佈在人們的口中。寫到書本上去，乃是當時或後世文學家的功勞。不過因爲是由口傳寫到書本上，所以有時不免走了原來的式樣。或者因口傳的歧誤，同爲一事，各人寫到書本上時，有的竟會各異其內容。

除去了僞書不算，山海經的確算得一部中國古代神話的大寶藏。但歷來史家、文學家都把牠當做眞的地理書看待，自班固、王充、歐陽修、王堯臣、尤袤，莫不如此。及明人胡應麟以山海經爲「古今語怪之祖，」清代四庫全書把牠列入子部小說家，才給予了牠恰當的地位。更經了今人的研究，山海經的爲古代神話的大寶藏，遂成了確切不移的成讞了。

山海經中所述爲古代神話，但其著作時期不一定在古代，這是看了本節第一段文字可以明白的。牠的作者，自劉歆、王充、趙曄、郭璞以迄顏之推，莫不認爲禹益。晁公武以后，才有懷疑牠作者的人。玆經今人沈雁冰研究的結果，以爲山海經不是一個時代的作品，牠的作者爲無名氏作書的時代爲：一，五藏山經在東周時。（應該說在東周之初。）二，海內外經在春秋戰國之交。三，荒經及海內經更後於前者，然亦不會在秦統一以後。（或許本是海內外經中文字，爲後人分出者。）此三個時期的無名作者，大概都是依據了當時的九鼎圖及廟堂繪畫而作說明，採用了當時民間流傳的神話。然因托名禹益，故一味摹仿禹貢。至漢時更續有增益，始成爲現在的形式。又據衞聚賢所考，其中一部份爲春秋時隨巢子所作，乃是他從印度到中國的旅行記，因爲山海經中的神話完全是印度的神話；再有一部份是劉歆所加的。此說亦可作爲一種參考。

山海經裏所敍雖都是些片段，但却幾乎無所不包。這些神話的主神，却集中於一個叫做帝俊的神。我們大概都曉得，流傳在後代口中的神話的主神，有黃帝，有伏羲，有堯，有舜，有禹等等，不過牠們都已被後代史家加以人化，變成了最古的帝王之名。郭璞以帝俊卽舜，從帝俊妻爲娥皇一點，大概可以相信。山海經中關於帝俊的神話，有如下列各條：

有中容之國。帝俊生中容。中容人食獸木實，使四鳥豹虎熊羆。

有司幽之國。帝俊生晏龍，晏龍生司幽。司幽生思士不妻，思女不夫，食黍食獸；是使四鳥。

有白民之國。帝俊生帝鴻，帝鴻生白民。白民銷姓，黍食，使四鳥虎豹熊羆。

有黑齒之國。帝俊生黑齒，姜姓，黍食，使四鳥。（以上皆大荒東經）

東南海之外，甘水之間，有義和之國。有女子名曰義和，方浴日於甘淵。義和者，帝俊之妻，生十日。

大荒之中，有不庭之山，滎水窮焉。有人三身。帝俊妻娥皇生此三身之國，姚姓，黍食，使四鳥。

有人食獸，曰季釐。帝俊生季釐，故曰季釐之國。（以上皆大荒南經）

大荒之中，有山名曰日月山，天樞也。……有女子方浴月。帝俊妻常義生月十有二，此始浴之。

有西周之國，姬姓，食穀。有人方耕，名曰叔均。帝俊生后稷，稷降以百穀。稷之弟曰台璽，

生叔均。叔均是代其父及稷播百穀，始作耕。（以上皆大荒西經）

帝俊生禺號，禺號生淫梁，淫梁生番禺，是始爲舟。番禺生奚仲，奚仲生吉光，吉光是始以木爲車。

帝俊生晏龍，晏龍是始爲琴瑟。

帝俊有子八人，是始爲歌舞。

帝俊生三身，三身生義均，義均是始爲巧倕。是始作下民百巧。

……后稷是播百穀。稷之孫曰叔均，是始作牛耕。（以上皆海內經）

大荒諸國的來源既皆爲帝俊，甚至說牠是太陽月亮神之父，而舟車……等等的發明，又爲帝俊的子孫。那麼帝俊爲古代神話之主神，也就很可明白了。

他如黃帝戰蚩尤，夸父逐日，精衛填海的神話，皆出於山海經。黃帝戰蚩尤，史記亦採入五帝本紀，可見其事之盛傳。山海經所載云：

大荒之中，有山名曰不句，海水入焉。有係昆之山者，有共工之台，射者不敢北嚮。有人衣靑衣，名曰黃帝女魃。蚩尤作兵伐黃帝，黃帝乃令應龍攻之冀州之野。應龍畜水，蚩尤請風伯雨師，縱大風雨。黃帝乃下天女曰魃，雨止，遂殺蚩尤。魃不得復上，所居不雨，叔均言之帝，後置之赤水之北。（大荒北經）

此段自以說明女魃爲主，然亦可見蚩尤確爲黃帝的勁敵。蚩尤之敗，爲漢族代苗族而興的重要關鍵，近代史家亦頗重視其事。夸父事則有：

大荒之中，有山名曰成都載天。有人，珥兩黃蛇，把兩黃蛇，名曰夸父。后土生信，信生夸父。夸父不量力，欲追日景，逮之於禺谷（卽虞淵，日所入也。）將飲河而不足也，將走大澤，未至，死於此。（大荒北經）

夸父與日逐走，入日，渴欲得飮，飮於河、渭；河、渭不足，北飮大澤。未至，道渴而死。棄其杖，化爲鄧林。（海外北經）

沈雁冰以夸父爲神中的巨人族，卽列子的夸娥氏，張湛所謂「古之大力者。」關於精衛的

19 神話云：

又北二百里，曰發鳩之山，其上多柘木；有鳥焉，其狀如烏，文首白喙赤足，名曰精衞，其鳴自詨，是炎帝之少女，名曰女娃。女娃遊於東海，溺而不返，故爲精衞。常銜西山之木石，以堙於東海。（北山經）

這個象徵那百折不回的毅力和意志的神話，尤爲後世文學家所樂道，而成爲一個常用的典故。

山海經外，尚有穆天子傳，爲晉代咸寧時汲縣民不準盜發魏襄王冢而得，當爲戰國時人所作。書記周穆王駕八駿馬西征見西王母之事，其中所寫西王母的形相，已由山海經的獸形變爲人相，作者已將神話「人話化」了。因此知其作書年代當在山海經之後。

三　許多可愛的神話斷片

楚辭是東周時的一部南方詩歌總集，但所含神話分子頗富，而且比較的有作者可尋。屈原的偉大作品離騷中，已含有神話不少；相傳爲屈原所修飾改作過的九歌，更爲九篇專門描摹當時所祀的神的神話。在離騷中，已有宓妃的神話：

吾令豐隆乘雲兮，求宓妃之所在。解佩纕以結言兮，吾令蹇修以爲禮。紛總總其離合兮，忽緯繣其難遷。夕歸次於窮石兮，朝濯髮於洧盤；保厥美以驕傲兮，日康娛以淫游。雖信美而無禮兮，來違棄而改求。

宓妃爲洛水之神，寫來殊覺她有些浪漫的氣息。但這僅是鱗爪，關於整個的洛神的神話，現在早已不存在了。

九歌是南方民族對於自然現象的想像力的表現，本是當時民間的祀神歌而經屈原修飾改作過的。古代人民的祀神歌，大都是敍述神人的行事，所以也就是神話。九歌的第一首東皇太一云：

吉日兮辰良，穆將愉兮上皇。撫長劍兮玉珥，璆鏘鳴兮琳琅。瑶席兮玉瑱，盍將把兮瓊芳？蕙肴蒸兮蘭藉，奠桂酒兮椒漿。揚枹兮拊鼓，疏緩節兮安歌，陳竽瑟兮浩倡。靈偃蹇兮姣服，芳菲菲兮滿堂。五音紛兮繁會，君欣欣兮樂康。

太一為神名，舊注：「天之尊神，祠在楚東，以配東帝，故曰東皇。」第二首雲中君云：

浴蘭湯兮沐芳，華采衣兮若英。靈連蜷兮既留，爛昭昭兮未央。蹇將憺兮壽宮，與日月兮齊光。龍駕兮帝服，聊翱遊兮周章。靈皇皇兮既降，猋遠舉兮雲中。覽冀州兮有餘，橫四海兮焉窮。思夫君兮太息，極勞心兮忡忡！

雲中君是雲神，就是前引離騷中的豐隆，亦名屏翳。第三首為湘君：

君不行兮夷猶，蹇誰留兮中洲？美要眇兮宜修，沛吾乘兮桂舟；令沅湘兮無波，使江水兮安流！望夫君兮未來，吹參差兮誰思？

駕飛龍兮北征，邅吾道兮洞庭。薜荔拍兮蕙綢，荃橈兮蘭旌。望涔陽兮極浦，橫大江兮揚靈。揚靈兮未極，女嬋媛兮為余太息。橫流涕兮潺湲，隱思君兮陫側。

桂櫂兮蘭枻，斲冰兮積雪。采薜荔兮水中，搴芙蓉兮木末。心不同兮媒勞，恩不甚兮輕絕。石瀨兮淺淺，飛龍兮翩翩。交不忠兮怨長，期不信兮告余以不閒。

鼂騁騖兮江皋，夕弭節兮北渚。鳥次兮屋上，水周兮堂下。捐余玦兮江中，遺余佩兮醴浦。采芳洲兮杜若，將以遺兮下女。時不可兮再得，聊逍遙兮容與！

歷來關於湘君的解說有四：一，以湘君爲堯的二女，舜的二妃；二，以湘君爲湘水之神，而下文的湘夫人才是堯的二女；三，以湘君爲堯之長女娥皇，爲舜的正妃，湘夫人爲堯之次女女英，爲舜的次妃；四，以湘君爲舜，湘夫人爲舜之二妃。四說自以第二說爲最優。但以湘夫人爲堯之二女仍不妥，不如說湘君爲湘水的水神，而湘夫人是居於湘水的女神，不必指定爲誰氏之女。第四首就是湘夫人：

帝子降兮北渚，目眇眇兮愁予。嫋嫋兮秋風，洞庭波兮木葉下。
登白薠兮騁望，與佳期兮夕張。鳥何萃兮蘋中，罾何爲兮水上？
沅有茝兮醴有蘭，思公子兮未敢言。荒忽兮遠望，觀流水兮潺湲。麋何食兮庭中，蛟何爲兮水裔。朝馳余馬兮江臯，夕濟兮西澨。
聞佳人兮召予，將騰駕兮偕逝。築室兮水中，芷葺兮荷蓋。荃壁兮紫壇，匊芳椒兮成堂。
桂棟兮蘭橑，辛夷楣兮藥房。罔薜荔兮爲帷，擗蕙櫋兮既張。白玉兮爲鎮，疏石蘭兮爲芳。芷葺兮荷屋，繚之兮杜衡。合百草兮實庭，建芳馨兮廡門。九嶷繽兮並迎，靈之來兮如雲。

捐余袂兮江中，遺余褋兮澧浦。搴汀洲兮杜若，將以遺乎遠者。時不可兮驟得，聊逍遙兮容與。

湘夫人的解說已見前。此篇與湘君都含有戀愛的氣息，可知牠們的本事都是很浪漫的。第五首大司命云：

廣開兮天門，紛吾乘兮玄雲；令飄風兮先驅，使涷雨兮洒塵。

君迴翔兮以下，踰空桑兮從女。紛總總兮九州，何壽夭兮在予！

高飛兮安翔，乘清氣兮御陰陽。吾與君兮齋速，導帝至兮九坑。

靈衣兮被被，玉佩兮陸離。壹陰兮壹陽，衆莫知兮余所爲。

折疏麻兮瑤華，將以遺兮離居。老冉冉兮既極，不寖近兮愈疏。

乘龍兮轔轔，高馳兮冲天。結桂枝兮延竚，羌愈思兮愁人。愁人兮奈何？願若今兮無虧。

固人命兮有當，孰離合兮可爲？

太司命是運命之神。讀了「何壽夭兮在予，乘清氣兮御陰陽」等句，可見牠的威權之大。第六首爲少司命：

秋蘭兮蘪蕪，羅生兮堂下。綠葉兮素枝，芳菲菲兮襲予。夫人自有兮美子，蓀何以兮愁苦？

秋蘭兮青青，綠葉兮紫莖。滿堂兮美人，忽獨與余兮目成。

入不言兮出不辭，乘回風兮載雲旗。悲莫悲兮生別離，樂莫樂兮新相知！

荷衣兮蕙帶，儵而來兮忽而逝。夕宿兮帝郊，君誰須兮雲之際？……

與女沐兮咸池，晞女髮兮陽之阿。望美人兮未來，臨風怳兮浩歌。

孔蓋兮翠旍，登九天兮撫彗星。竦長劍兮擁幼艾，荃獨宜兮爲民正。

少司命也是命運之神，但她大概是個司戀愛的命運的女神。此篇是很好的戀歌，頗多纏綿悱惻的句子。第七首爲東君：

暾將出兮東方，照吾檻兮扶桑。撫余馬兮安驅，夜晈晈兮旣明。駕龍輈兮乘雷，載雲旗兮委蛇。長太息兮將上，心低佪兮顧懷，羌聲色兮娛人，觀者憺兮忘歸。緪瑟兮交鼓，簫鍾兮瑤簴。鳴鷈兮吹竽。思靈保兮賢姱。翾飛兮翠曾，展詩兮會舞。應律兮合節，靈之來兮蔽日：青雲衣兮白霓裳，舉長矢兮射天狼，操余弧兮反淪降，援北斗兮酌桂漿。撰余轡兮高馳翔，杳冥冥兮以東行。

東君是太陽神，駕龍輈，載雲旗，青的衣，白的裳，舉長矢射天狼，寫來何等俊偉威武！第八首爲河伯：

與女遊兮九河，衝風起兮橫波。乘水車兮荷蓋，駕兩龍兮驂螭。登崑崙兮四望，心飛揚兮浩蕩。日將暮兮悵忘歸，惟極浦兮寤懷。

魚鱗屋兮龍堂，紫貝闕兮朱宮。靈何爲兮水中，乘白黿兮逐文魚，與女遊兮河之渚，流澌紛兮將來下。予交手兮東行，送美人兮南浦。波滔滔兮來迎，魚鱗鱗兮媵予。

河伯爲九河之長，此指黃河之神。第九首爲山鬼：

若有人兮山之阿，被薜荔兮帶女蘿；既含睇兮又宜笑，子慕予兮善窈窕。乘赤豹兮從文狸，辛夷車兮結桂旗；被石蘭兮帶杜衡，折芳馨兮遺所思。余處幽篁兮終不見天，路險難兮獨後來。

表獨立兮山之上，雲容容而在下。杳冥冥兮羌晝晦，東風飄兮神靈雨。留靈修兮憺忘歸，歲既晏兮孰華予？采三秀兮於山間，石磊磊兮葛蔓蔓。怨公子兮悵忘歸，君思吾兮不得閒。山中人兮芳杜若，飲石泉兮蔭松柏；君思我兮然疑作。

靁塡塡兮雨冥冥，猨啾啾兮狖夜鳴。風颯颯兮木蕭蕭；思公子兮徒離憂！

山鬼是山林的女神，寫來很是美麗多情，其中也含有戀愛的分子。第十首爲國殤：

操吳戈兮被犀甲，車錯轂兮短兵接。旌蔽日兮敵若雲，矢交墜兮士爭先。凌余陣兮躐余行，左驂殪兮右刃傷。霾兩輪兮縶四馬，援玉枹兮擊鳴鼓。天時懟兮威靈怒，嚴殺盡兮棄原壄。

出不入兮往不反，平原忽兮路超遠。帶長劍兮挾秦弓，首身離兮心不懲。誠既勇兮又以武，終剛強兮不可凌。身旣死兮神以靈，子魂魄兮爲鬼雄。

國殤是爲國而戰死的勇士的神。前人因山鬼以上九篇各祀一神，獨此篇性質不同，且數目又超出九篇之外，故疑本篇本爲獨立的詩歌，被後人誤入九歌的。但這與吾們無關，因爲吾們的取牠因牠是篇神話，可以代表當時楚地人民對於戰死的勇士的觀念。末篇是禮魂：

成禮兮會鼓，傳芭兮代舞，姱女倡兮容與；春蘭兮秋菊，長無絕兮終古！

舊注：「禮魂，謂以禮美終者。」所說大致不差。牠是唱完以上十篇后的結束，猶之現代的巫者於召神送神之際，先將各神一一召來，復一一送去，最后乃總致一詞。此總致之詞，就是這裏的禮魂。今人也有認九歌爲巫歌的，大概這也是一個證據。

此外，屈原的天問一篇中，尤含有多量的神話的片段。不過因爲太是片段了，有幾處竟完全令人不解。相傳屈原被放之后，在廟祠中見壁上所繪大地山川神靈及古賢聖怪物行事，乃發生種種疑問，隨筆亂書，故全篇毫無組織。但前半篇所寫大都是關於宇宙開闢的神話，後半篇是關於歷史的神話。全文很長，且非注不明，故不引錄。隨便舉一例，像女媧及共工氏觸不周山一事，在天問中便有如下之問：

　　女媧有體，孰制匠之？
　　康回馮怒，墜何故以東南傾？
　　八柱何當，東南何虧？

康回是共工之名，後二段大概就是指共工氏頭觸不周山以至天傾西北，地不滿東南而言。但第一段雖說到女媧，却未提到補天之事。補天事出淮南子，留待下文再講。

除楚辭外，在詩經裏却有一篇關於織女的神話。可是並不說到「牽牛」，亦無戀愛的故事，大概也僅是一個不全的片段。原文是：

　　維天有漢，監亦有光；跂彼織女，終日七襄；雖則七襄，不成報章。（小雅大東）

毛萇說：「漢」就是「河漢」，「河漢」就是「天河」。所以此所謂「織女」，當然是指天河旁的織女星座了。

四　先秦子史中有寓言而無神話

前人以爲先秦諸子也多神話，吾却以爲不然。因爲諸子中確也偶有敍述神人行事或形像的文字，可是十九出之作者自撰，而是用來作爲他的學說的證明的，所以是寓言而非神話。而且在實際上，除了莊子，外，列子非先秦之書，其他却也難得用神人的行事來作成寓言的。莊子中寓言最多，但類似神話的寓言也不很多，略舉如後：

北冥有魚，其名爲鯤。鯤之大不知其幾千里也。化而爲鳥，其名爲鵬。鵬之背，不知其幾千里也。怒而飛，其翼若垂天之雲。是鳥也，海運則將徙於南冥。……水擊三千里，搏扶搖而上者九萬里，去以六月息者也。……

楚之南，有冥靈者，以五百歲爲春，以五百歲爲秋。上古有大椿者，以八千歲爲春，八千歲爲秋。

窮髮之北，有冥海者，天池也。有魚焉，其廣數千里，未有知其修者，其名爲鯤。有鳥焉，其

名爲鵬；背若泰山，翼若垂天之雲，搏扶搖羊角而上者九萬里，絕雲氣，負青天，然後圖南，且適南冥也。……（以上逍遙遊）

南海之帝爲儵，北海之帝爲忽，中央之帝爲渾沌。儵與忽時相與遇於渾沌之地，渾沌待之甚善。儵與忽謀報渾沌之德，曰：「人皆有七竅以視聽食息；此獨無有嘗試鑿之。」日鑿一竅，七日而渾沌死。（應帝王）

他如在宥篇的雲將遇鴻濛，秋水篇的河伯遇北海若，他們本身是神，而所談都是人話，那是神話而人話化了。

孟子中有「齊人有一妻一妾」章，也是一篇文辭生動的寓言，後人每譽爲已具短篇小說的雛形，且曾經後世戲劇家取爲題材。那段文字是：

齊人有一妻一妾，而處室者，其良人出，則必饜酒肉而後返。其妻問所與飲食者，則盡富貴也。其妻告其妾曰：「良人出，則必饜酒肉而後返，問其與飲食者，則盡富貴也，而未嘗有顯者來。吾將瞯良人之所之也。」蚤起，施從良人之所之，徧國中無與之談者。

卒至東郭墦間之祭者，乞其餘，不足，又顧而之他。此其爲饜足之道也。其妻歸，告其妾曰：「良人者，所仰望而終身也，今若此！」與其妾訕其良人而相泣於中庭。而良人未之知也，施施從外來，驕其妻妾。……（離婁下）

韓非子中的內儲說上下，外儲說左上下及右上下六篇，自來文學家也都把牠們作短篇小說看待。但其中所引大半爲史實，盡目之爲小說，很不妥當。且可當小說的名的也盡是些寓言，與後世專重記述及描寫的小說亦全不同。約舉數則如左：

鄭人有相與爭年者，一人曰：「吾與堯同年。」其一人曰：「我與黃帝之兄同年。」訟此而不決，以後息者爲勝耳。

鄭縣人卜子，使其妻爲袴，其妻問曰：「今袴何如？」夫曰：「象吾故袴。」妻因毀新，令如故袴。

鄭縣人有得車軛者，而不知其名，問人曰：「此何種也？」對曰：「此車軛也。」俄又復得一，問人曰：「此是何種也？」對曰：「此車軛也。」問者大怒曰：「曩者曰車軛，今又曰車軛，是何衆也？此女欺我也！」遂與之鬥。

鄭縣人卜子妻之市，買鼈以歸。過潁水，以爲渴也，因縱而飲之，遂亡其鼈。鄭人有欲買履者，先自度其足，而置之其坐。至之市，而忘操之。已得履，乃曰：「吾忘持度。」反歸取之。及反，市罷，遂不得履。人曰：「何不試之以足？」曰：「寧信度，無自信也。」（以上皆外儲說左上）

造父爲齊王駙駕，渴馬服成，效駕圃中。渴馬見圃池，去車走池，駕敗。王子於期爲趙簡王取道爭千里之表。其始發也，彘伏溝中。王子於期齊轡筴而進之，彘突出於溝中，馬驚駕敗。（外儲說右下）

卜皮爲縣令，其御史汚穢而有愛妾。卜皮乃使少庶子佯愛之，以知御史陰情。（內儲說上）

末段所敍，如加以細膩的摹描，可以成爲一篇艷麗而趣味濃厚的公案小說。韓非子的所以爲後世文學家所推重，看了上面所引，也就可以深思其故了。

除去上面所引，先秦的典籍，若戰國策，若禮記，若左傳，若家語，所含神話、寓言尙多，而尤以戰國策爲最。蓋戰國策所載，大都爲戰國遊士用以聳動人主視聽的言論，故亦十九皆爲寓言。茲舉兩則於后，以見一斑：

江上之處女，有家貧而無燭者。處女相與語，欲去之。家貧無燭者將去矣，謂處女曰：「妾以無燭故，常先至掃室布席。何愛餘明之照四壁者？幸以賜妾，何妨於處女？妾自以爲有益於處女，何爲去我？」處女相語以爲然而留之。（秦策二）

楚有祠者，賜其舍人卮酒。舍人相謂曰：「數人飲之不足，一人飲之有餘；請畫地爲蛇，先成者飲酒。」一人蛇先成，引酒且飲之，乃左手持卮，右手畫蛇曰：「吾能爲之足。」未成，一人之蛇成，奪其卮曰：「蛇固無足，子安能爲之足？」遂飲其酒。爲蛇足者，終亡其酒。（齊策二）

五　遺留在後世典籍中的古代神話

古代神話，保存在先秦典籍裏的，反不如在秦以后的書籍裏較爲篇幅完整。這是因作者所用以書寫的工具的關係。文字由簡單到繁複，由片段到完整，都是隨着所用工具的進步而轉變的。因此，在漢人劉安的淮南王書，晉人僞作的列子，張華的博物志，干寶的搜神記，及梁人任昉的述異記一流書中所保存的，却有文字冗長的神話。

淮南王書一名淮南鴻烈，署名雖爲劉安作，實則爲其賓客所合撰，乃是秦漢之際神仙思想最瀰漫時代的產物。在這部書裏，就有較完整的女媧補天，共工觸不周山，嫦娥奔月，羿射十日……等神話：

往古之時，四極廢，九州裂，天不兼覆，地不周載，火爁炎而不滅，水浩洋而不息，猛獸食顓民，鷙鳥攫老弱。於是女媧鍊五色石以補蒼天，斷鼇足以立四極，殺黑龍以濟冀州，積蘆灰以止淫水。蒼天補，四極正，淫水涸，冀州平，狡蟲死，顓民生。（覽冥訓）

昔者共工與顓頊爭爲帝，怒而觸不周之山，天柱折，地維絕。天傾西北，故日月星辰就焉；地不滿東南，故水潦塵埃歸焉。（天文訓）

羿請不死之藥於西王母，姮娥竊以奔月。（冥覽訓）——高誘注：姮娥，羿妻。羿請不死之藥於西王母，未及服之，姮娥盜食之，得仙，奔入月中，爲月精。

昔容成氏之時，道路雁行列處，托嬰兒於巢上，置餘糧於畮首，虎豹可尾，虺蛇可蹍，而不知其所由然。逮至堯之時，十日並出，焦禾稼，殺草木，而民無所食；猰貐、鑿齒、九嬰、大風、封豨、修蛇，皆爲民害。堯乃使羿誅鑿齒於疇華之野，殺九嬰於凶水之上，繳大風於青邱之澤，上射十日而下殺猰貐，斷修蛇於洞庭，禽封豨於桑林。萬民皆喜，置堯以爲天子。（本經訓）

燭龍在雁門北，蔽於委羽之山，不見日；其神人面龍身而無足。（地形訓）

列子爲晉人所僞作。其書雖不眞出於列禦寇之手，然其中頗保存許多古代思想。如楊朱篇爲古來唯一記載楊朱思想的篇什，至今尚爲哲學家所寶貴。其所含神話，亦大都來自古代，而非晉人自己所創造。其最著者如愚公移山，龍伯大人之國，終北的仙鄉，都是很重要、而很有價值的神話材料。這三篇都出湯問篇：

太行、王屋二山，方七百里，高萬仞，本在冀州之南，河陽之北。北山愚公者，年且九十，面山而居。懲山北之塞，出入之迂也，聚室而謀曰：「吾與汝畢力平險，指通豫南，達於漢陰，可乎？」雜然相許。其妻獻疑曰：「以君之力，曾不能損魁父之丘，如太行、王屋何？且焉置土石？」雜曰：「投諸渤海之尾，隱土之北。」遂率子孫，荷擔者三夫，叩石墾壤，箕畚運於渤海之尾。鄰人京城氏之孀妻，有遺男始齔，跳往助之。寒暑易節，始一反焉。河曲智叟笑而止之曰：「甚矣，汝之不惠！以殘年餘力，曾不能毀山之一毛，其如土石何！」北山愚公長息曰：「汝心之固，固不可徹，曾不若孀妻弱子！雖吾之死，有子存焉，子又生孫，孫又生子，子又有子，子又有孫，子子孫孫，無窮匱也；而山不加增，何苦而不平？」河曲智叟無以應。操蛇之神聞之，懼其不已也，告之於帝。帝感其誠，命夸娥氏二子負二山，一厝朔東，一厝雍南。自此冀之南，漢之陰，無隴斷焉。」

渤海之東，不知幾億萬里，有大壑焉，實惟無底之谷。其下無底，名曰歸墟。八紘九野之水，天漢之流，莫不注之，而無增無減焉。其中有五山焉：一曰岱輿，二曰員嶠，三曰方壺，四曰瀛洲，五曰蓬萊。其山高下周旋三萬里，其頂平處九千里，山之中間相去七萬里，以爲鄰居焉。其上台觀皆金玉，其上禽獸皆純縞，珠玕之樹皆叢生，華實皆有滋味，食之皆不老不死。所居之人，皆仙聖之種，一日一夕，飛相往來者，不可數焉。而五山之根，無所連著，常隨波上下往還，不得暫峙焉。仙聖毒之，訴之於帝。帝恐流於西極，失羣聖之居，乃命禺彊，使巨鼇十五，舉首而戴之，迭爲三番，六萬歲一交焉。五山始峙。而龍伯之國有大人，舉足不盈數步，而暨五山之所，一釣而連六鼇，合負而趣歸其國，灼其骨以數焉。於是岱輿、員嶠二山，流於北極，沉於大海，仙聖之播遷者巨億計。帝憑怒，侵減龍伯之國使阨，侵小龍伯之民使短。至伏羲、神農時，其國人猶數十丈。

禹之治水土也，迷而失途，謬之一國，濱北海之北，不知距齊州幾十萬里。其國名曰終北，不知際畔之所齊限，無風雨霜露，不生鳥獸蟲魚草木之類，四方悉平，周以喬陟。當國之中有山，山名壺領，狀若甔甀。頂有口，狀若員環，名曰滋穴；有水湧出，名曰神瀵，臭過蘭椒，味過醪醴。一源分爲四埒，注於山下，經營一國，亡不悉徧。土氣和，亡札厲，人性婉而從物，不競不爭；柔心而弱骨，不驕不忌；長幼儕居，不君不臣；男女雜游，不媒不聘；緣水而居，不耕不稼；土氣適溫，不織不衣；百年而死，不夭不病。其民孳阜亡數，有喜樂，亡衰老哀苦。其俗好聲，相攜而迭謠，終日不輟音。飢惓則飲神瀵，力志和平；過則醉，經旬乃醒。沐浴神瀵，膚色脂澤，香氣經旬乃歇。周穆王北遊，過其國，三年忘歸。旣反周室，慕其國，惝然自失，不進酒肉，不召嬪御者數月，乃復。

張華博物志中亦有關於大人國的記載，惟與此略有不同：

大人國，其人孕三十六年，生白頭。其兒則長大，能乘雲而不能走，蓋龍類。去會稽四萬六千里。

干寶搜神記中記雨師赤松子、疫鬼及蠶的故事，其時代皆甚古，當亦爲古代遺留的神話：

赤松子者，神農時雨師也。服冰玉散，以教神農，能入火不燒。至崑崙山，常入西王母石室中，隨風上下。炎帝少女追之，亦得仙去。至高辛時，復爲雨師，遊人間。……

昔顓頊氏有三子，死而為疫鬼：一居江水，為瘧鬼；一居若水，為魍魎；一居人宮室，善驚人小兒，為小鬼。於是正歲命方相氏帥肆儺以驅疫鬼。

舊說太古之時，有大人遠征，家無餘人，惟有一女，牡馬一匹，女親養之。窮居幽處，思念其父，乃戲馬曰：「爾能為我迎得父還，吾將嫁汝。」馬既認此言，乃絕韁而去，徑至父所。父見而驚喜，因取而乘之。馬望所自來，悲鳴不已。父曰：「此馬無事如此，我家得無有故乎？」乘以歸。為畜生有非常之情，故厚加芻養。馬不肯食，每見女出入，輒喜怒奮擊，如此非一。父怪之，密以問女；女具以告父，必為是故。父曰：「勿言，恐辱家門；且莫出入。」於是伏弩射殺之，暴皮於庭。父行，女與鄰女於皮所戲，以足蹙之曰：「汝是畜生，而欲取人為婦耶！招此屠剝，如何自苦！」言未及竟，馬皮蹶然而起，卷女以行。鄰女忙怕，不敢救之，走告其父。父還求索，已出失之。後經數日，得於大樹枝間，女及馬皮，盡化為蠶，而績於樹上。其繭綸理厚大，異於常蠶。鄰婦取而養之，其收數倍。因名其樹曰桑。桑者，喪也。由斯百姓競種之，今世所養是也。言桑蠶者，是古蠶之餘類也。

徐整五運歷年紀及托名任昉作的述異記中，皆有盤古開天的故事。此爲古代僅存的「創世」神話，前此早已失傳，頗可寶貴。今依次皆錄於後：

首生盤古，垂死化身，氣成風雲，聲爲雷霆，左眼爲日，右眼爲月，四肢五體爲四極五岳，血液爲江河，筋脈爲地理，肌肉爲田土，髮髭爲星辰，皮毛爲草木，齒骨爲金玉，精髓爲珠石，汗流爲雨澤；身之諸蟲，因風所感，化爲黎甿。（五運歷年記）

盤古氏，天地萬物之祖也。然則生物始於盤古。昔盤古之死也，頭爲四岳，目爲日月，脂膏爲江海，毛髮爲草木。秦漢間俗說：盤古頭爲東岳，腹爲中岳，左臂爲南岳，右臂爲西岳。先儒說：泣爲江河，氣爲風，聲爲雷，目瞳爲電。古說：喜爲晴，怒爲陰。吳楚間說：盤古氏夫妻，陰陽之始也。今南海有盤古氏墓，亙三百餘里。俗云：後人追葬盤古之魂也。（述異記）

此外，風俗通有女媧造人故事，而風俗記及荊楚歲時記有牛郎織女故事，可補前此所遺留的神話的片段的闕。

俗說：天地初開闢，未有人民，女媧摶黃土爲人；劇務力不暇給，乃引繩絙泥中，舉以爲人。故富貴賢知者，黃土人也；貧賤凡庸者，引絙人也。（風俗通）

織女七夕當渡河，使鵲爲橋。相傳七日鵲首無故皆髡，因爲梁以渡織女故也。（風俗記）

天河之東有織女，天帝之子也；年年織杼勞役，織成雲錦天衣。天帝憐其獨處，許嫁河西牽牛郎。嫁後，遂廢織。天帝怒，責令歸河東，便一年一度相會。（荊楚歲時記）

牛郎織女故事，爲最富有社會意識的神話，是中國古代重農社會特有的產物。一年一度的夫婦會合，尤爲當時理想中最合理的婚制。這種思想，大概是根據於植物大都一年一度開花結實而產生的。在今言之，可云確有科學的根據。所以清人鄭燮頗贊美其事。

最初的歷史家，把神話裏的主神都算作古代的帝王，把神話竟當作了眞實的歷史。但到了後代史家的手裏，便把神話的分子刪除，而單留着所敍事實。這樣，便成了一種非神話非歷史的東西。像司馬遷史記中，就有這樣的文字遺留着：

蚩尤作亂，不用帝命。於是黃帝乃徵師諸侯，與蚩尤戰於涿鹿之野，遂禽殺蚩尤。（五帝本紀）

舜父瞽叟盲，而舜母死。瞽叟更娶妻而生象，象傲。瞽叟愛後妻子，常欲殺舜，舜避逃。……年二十以孝聞。三十，而帝堯問可用者，四岳咸荐虞舜，曰可。於是堯乃以二女妻舜。……賜舜絺衣與琴，爲築倉廩，予牛羊。瞽叟尚欲復殺之，使舜上塗廩，瞽叟從下縱火焚廩。舜乃以兩笠自扞而下去，得不死。後瞽叟又使舜穿井，舜穿井爲匿空，旁出。舜既入深，瞽叟與象共下土實井。舜從匿空出去。瞽叟、象喜，以舜爲已死。象曰：「本謀者象，象與其父母分。」於是曰：「舜妻——堯二女——與琴，象取之；牛羊倉廩予父母。」象乃止舜宮居，鼓其琴。舜往見之，象愕不懌，曰：「我思舜正鬱陶。」舜曰：「爾其庶矣。」舜復事瞽叟，愛弟彌謹。……（仝上）

舜的避去父弟的傾陷，本爲一椿絕妙的智慧故事，決不是事實。然而歷史家卻逕認爲眞事而採錄了。

六　歷史家所錄先秦小說

漢代歷史家以「街談巷語」「道聽塗說」爲小說，他們的觀念全與今人所謂小說不同，所以不列神話於小說。漢書藝文志所錄先秦小說凡九家，今皆佚亡；但一考牠們的遺文，那末都是些細碎的雜記，與他們對於小說的觀念完全相合。九家爲伊尹說、鬻子說、周考、青史子、師曠、務成子、宋子、天乙及黃帝說。漢志有注，看牠的口氣，似爲班固所自注。

伊尹說二十七篇。注：「其語淺薄，似依托也。」按漢書藝文志道家又有伊尹說五十一篇，今亦佚。史記司馬相如傳注引伊尹書云：「箕山之東，青島之所，有盧橘夏熟。」想來是僅存的遺文了。呂氏春秋本味篇敍伊尹以至味說湯，亦有「青島之所有甘櫨」，照此看來，伊尹說大概是後世食物本草一類的書。

鬻子說十九篇。注：「後世所加。」漢志道家又有鬻子二十一篇，今僅存一卷。後人以其語淺薄，疑非道家言。觀文選李善注所引逸文，頗與今本不類，似爲雜記史事之書：

武王率兵車以伐紂。紂虎旅百萬，陣於商郊，起自黃鳥，至於赤斧，走如疾風，聲如振霆。三軍之士靡不失色。武王乃命太公把白旄以麾之，紂軍反走。（太平御覽卷三百一亦引之）

周考七十六篇。注：「考周事也。」逸文未見。

青史子五十七篇。注：「古史官記事也。」遺文今存三事，皆言禮，一見大戴禮記及賈誼新書，一見大戴禮記，一見風俗通義，不知當時何以入小說。今引風俗通義所引云：

雞者，東方之畜也。歲終更始，辨秩東作，萬物觸戶而出，故以雞祀祭也。

師曠六篇。注：「見春秋，其言淺薄，本與此同，似因托也。」漢志兵陰陽家又有師曠八篇，是雜占的書。中國小說史略說：「逸周書大子晉篇記師曠見大子，聆聲而知其不壽，大子亦自知『後三年當賓於帝所』，其說頗似小說家。」說文鳥部引師曠曰：「南方有鳥，名曰羌鷲，黃頭赤目，五色皆備。」其事跡散見左傳、國語、韓非子、呂氏春秋及說苑。蓋亦雜記瑣事的書。

務成子十一篇。注：「稱堯問，非古語。」漢志五行又有務成子災異應十四卷。務成子名昭，見荀子。楊倞注引尸子云：務成昭之教舜曰：「避天下之逆，從天下之順，天下不足取也。避天下之順，從天下之逆，天下不足失也。」可見作者思想的一斑。

宋子十八篇。注：「孫卿道宋子，其言黃老意。」宋子名鈃，見荀子及莊子，孟子作宋牼，韓非子作宋榮子，宋人。荀子引其言云：「明見侮之不辱，使人不鬥。」莊子天下篇亦稱其「見侮不辱，救民之鬥，禁攻寢兵，救世之戰。以此周行天下，上說下教，雖天下不取，強聒而不舍也」。可見他是個具有道家思想而實踐墨家主張的人。

天乙三篇。注：「天乙謂湯，其言非殷時，皆依托也。」賈子新書引湯言：「學聖王之道者，譬其如日；靜思而獨居，譬其若火。」史記亦引云：「予有言：人視水見形，視民知治不。」與注語不類，當另有其書。

黃帝說四十篇。注：「迂誕依托。」黃帝為道家所托始，其言語行事見引於周秦兩漢之書頗多，即漢志所錄道家有黃帝四經四篇，黃帝銘六篇，黃帝君臣十篇，雜黃帝五十八篇，兵陰陽家有黃帝十六篇，圖三卷，天文有黃帝雜子氣三十三篇，歷譜有黃帝五家歷三十三卷，五行有黃帝陰陽二十五卷，黃帝諸子論陰陽二十五卷，雜占有黃帝長柳占夢十一卷，醫經有黃帝內經十八卷，外經三十七卷，經方有秦始黃帝扁鵲俞拊方二十三卷，神農黃帝食禁七卷，房中有黃帝三王養陽方二十卷，神仙有黃帝雜子步引十二卷，黃帝岐伯按摩十卷，黃帝雜子芝菌十八卷，黃帝雜子十九家方二十一卷，其數量極可驚。黃帝既是位無所不能的超人，那麼在小說家中占一席地，亦屬當然之事。至黃帝其人之有無，却有待於歷史家的研究，非吾們所敢決定。

漢書藝文志所謂小說既如上述，實非吾們所必須知道。但彼既稱為小說，欲使吾們明白前人所謂小說的觀念，自當不嫌瑣繁作一番內容的探討，以開示一般迷信盲從舊說的人。

此外尚有不載於漢書藝文志的小說一種，即永樂大典中所收的燕丹子三篇，後世目錄家亦把牠列入小說類。孫星衍以為：「其書長於序事，嫺於詞令，審是先秦古書。」書敍燕太子丹報仇事，舊題「燕太子丹撰，」那自然是不確的。其書首敍丹與秦王結怨之始，末述荆軻刺秦王，均寫來十分緊張，而末段尤爲出色：

燕太子丹質於秦，秦王遇之無禮，不得意，欲求歸。秦王不聽，謬言：「令烏白頭，馬生角，乃可許耳」丹仰天嘆，烏卽白頭，馬生角。秦王不得已而遣之，爲機發之橋，欲陷丹。丹爲之，橋爲不發。夜到關，關門未開，丹爲雞鳴，衆雞皆鳴，遂得逃歸。深怨於秦，求欲復之，奉養勇士，無所不至。……（卷上）

……荆軻入秦，不擇日而發，太子與知謀者皆素衣冠送之於易水之上。荆軻起爲壽，歌曰：

風蕭蕭兮易水寒，壯士一去兮不復返！

高漸離擊筑，宋意和之，爲壯聲則怒髮冲冠，爲哀聲則士皆流涕。二人皆升車，終巳不顧也。二子行過，夏扶當車前刎頸，以送二子。行過陽翟，軻買肉爭輕重，屠者辱之，武陽欲擊，軻止之。

西入秦，至咸陽，因中庶子蒙白曰：「燕太子丹畏大王之威，今奉樊於期首與督亢地圖，願爲北蕃臣妾。」秦王喜，百官陪位，陛戟數百，見燕使者。軻奉於期首，武陽奉地圖。鐘鼓並發，羣臣皆呼萬歲。武陽大恐，兩足不能相過，面如水灰色。秦王怪之。軻顧武陽，前謝曰：「北蕃蠻夷之鄙人，未見天子，願陛下少假借之，使得畢事於前。」秦王謂軻曰：「取圖來！」軻起督亢圖進之。秦王發圖，圖窮而匕首出。軻左手把秦王袖，右手椹其胸，數之曰：「足下負燕日久，貪暴海內，不知厭足。於期無罪而夷其族，軻將〔爲〕海內報讎。今燕王母病，與軻促期，從吾計則生，不從則死！」秦王曰：「今自之事，從子計耳。乞聽琴聲而死。」召姬人鼓琴，琴聲曰：

羅縠單衣，可掣而絕；八尺屏風，可超而越；鹿盧之劍，可負而拔。

軻不解音。秦王從琴聲，負劍拔之，於是奮袖超屏風而走。軻拔匕首擿之，決秦王耳，入銅柱，火出然。秦王還，斷軻兩手。軻因倚柱而笑，箕踞而罵，曰：「吾坐輕易，爲豎子所欺，燕國之不報，我事之不立哉！」……（卷下）

第二章　漢代神仙故事

一　歷史所載秦皇漢武的求仙故事

古代神話，遺留到秦漢之際，已漸漸失去了牠本來的意義，也改變了牠本來的面目。在古代的神話裏，神的行事固然是超人的，但牠也住在人間，牠和人的關係却很接近，彷彿貓和狗同爲家畜之一員一樣。神也會死的，惟其力量勝于凡人罷了。到了秦時，神與人已漸至互相隔離，神住在另外一個世界，人已不能隨便與神接觸。神是長生不死的一體，而人也可爲神，只要服食了不死之藥。這種思想，却來源於燕齊的方士，他們一致的承認仙人住居于海中的三神山。這是和他們所處的環境有關係的，因爲燕齊正是二個濱海的國家，海的影象和古代神話相結合，便造成他們這種荒誕無稽的思想。又恰巧逢到那位雄才大略的秦始皇帝，百事遂心，惟少「不死」的本領，遂竭全力以求達到他的希冀。這樣兩相遇合，種種神仙故事便由是發軔了。不久，又來了漢武帝，對于神仙也熱烈的憧憬，神仙故事瀰漫滿整個的朝野，遂造成了這樣一個富麗的神仙故事時代。

產生神仙故事的時代背景在秦漢時代的歷史上却記載得很明白。史記載神仙思想來源及始皇求仙事，有如下列的三段：

> 自齊威、宣之時，騶子之徒，論著終始五德之運。及秦帝，而齊人奏之，故始皇採用之。而宋毋忌、正伯僑、充尙、羨門子高，最後皆燕人，爲方仙道，形解銷化，依于鬼神之事。騶衍以陰陽主運，顯于諸侯。而燕齊海上之方士，傳其術不能通，然則怪迂阿諛苟合之徒自此興，不可勝數也。自威、宣、燕昭使人入海求蓬萊、方丈、瀛洲。此三神山者，其傳在勃海中，去人不遠，患且至，則船風引而去。蓋嘗有至者，諸仙人及不死之藥皆在焉。其物禽獸盡白，而黃金、銀爲宮闕。未至，望之如雲；及到，三神山反居水下。臨之，風輒引去，終莫能至云。世主莫不甘心焉。及至秦始皇併天下，至海上，則方士言之不可勝數。始皇

自以爲至海上而恐不及矣，使人乃齎童男女入海求之。船交海中，皆以風爲解，曰：「未能至，望見之焉。」其明年，始皇復遊海上，至琅邪，過恆山，從上黨歸。後三年，游碣石，考入海方士，從上郡歸。後五年，始皇南至湘山，遂登會稽，並海上，冀遇海中三神山之奇藥，不得。還，至沙丘，崩。（封禪書）

齊人徐市等上書言：「海中有三神山，名曰蓬萊、方丈、瀛洲，仙人居之。請得齋戒與童男女求之。」於是遣徐市發童男女數千人入海求仙人。始皇還，過彭城，齋戒禱祠，欲出周鼎泗水，使千人沒水求之，弗得。乃西南渡淮水，之衡山，浮江至湘山祠，逢大風，幾不得渡。問博士曰：「湘君何神？」博士對曰：「聞之，堯女舜之妻而葬此。」於是始皇大怒，使刑徒三千人，皆伐湘山樹，赭其山。上自南郡由武關歸。

還過吳，從江乘渡，並海上，北至琅邪。方士徐市等入海求神藥，數歲不得，費多恐譴，乃詐曰：「蓬萊藥可得，然常爲大鮫魚所苦，故不得至。願請善射與俱，見則以連弩射之。」始皇夢與海神戰，如人狀，問占夢博士。曰：「水神不可見，以大魚蛟龍爲候。今上禱祠備謹，而有此惡神，當除去，而善神可致。」乃令入海者齎捕巨魚具，而自以連弩，候大魚出射之。自琅邪北，至榮成山，弗見。至之罘，見巨魚，射殺一魚，遂並海西。至平原津而病。……七月丙寅，始皇崩於沙丘平台。（以上皆秦始皇本紀）

由此看來，始皇的迷信神仙，却至死未悟。但武帝就不然了。他在迷信着的時候，尤較始皇爲熱烈，但最后終來了一個覺悟。這或者正是這二個雄主的不同之處。武帝的迷信神仙，史記封禪書裏寫得淋漓盡致，惜文字過於冗長。現依通鑑所載，酌舉于后·

元光二年冬十月，李少君以祠竈却老方見上，上尊之。少君者，故深澤侯舍人，匿其年及其生長，其遊以方徧諸侯，無妻子。人聞其能使物及不死，更饋遺之，常餘金錢衣食。人皆以爲不治生業而饒給，又不知其何所人，愈信爭事之。少君善爲巧發奇中，常從武安侯飲，坐中有九十餘老人，少君乃言與其大父遊射處，老人爲兒時，從其大父識其處，一坐盡驚。少君言上曰：「祠竈則致物，致物而丹沙可化爲黃金，壽可益，蓬萊仙者可見，見之以封禪則不死，黃帝是也。臣嘗遊海上，見安期生，食巨棗，大如瓜。安期生，仙者，通蓬萊中，合則見人，不合則隱。」於是天子始親祠竈，遣方士入海求蓬萊安期生之屬，而事化丹沙諸藥齊爲黃金矣。居久之，李少君病死，天子以爲化去不死。而海上燕齊怪迂之方士，多更來言神事矣。

元狩四年，齊人少翁以鬼神方見上。上有所幸王夫人卒，少翁以方夜致鬼如王夫人之貌，天子自帷中望見焉。於是乃拜少翁爲文成將軍，賞賜甚多，以客禮待之。文成又勸上作甘泉宮，中爲台室，畫天地太一諸鬼神而置祭具，以致天神。居歲餘，其方益衰，神不至。乃爲帛書以飯牛，佯不知，曰：「此牛腹中有奇。」殺視得書，書言甚怪。天子識其手書，問其人，果是僞書。於是誅文成將軍而隱之。

五年夏四月，天子病鼎湖甚，巫醫無所不致，不愈。游水發根言：「上郡有巫病，而鬼神下之。」上召置祠之甘泉。及病，使人問神君。神君言曰：「天子無憂病。病少愈，彊與我會甘泉。」於是病愈，遂起幸甘泉。病良已，置酒壽宮神君。神君非可得見，聞其言，言與人音等；時去時來，來則風，肅然居室帷中。神君所言，上使人受書其言，命之曰畫法。其所語，世人之所知也，無絕殊者，而天子心獨喜。其事祕，世莫知也。

元鼎四年春二月，樂成侯丁義薦方士欒大云：「與文成將軍同師。」……大先事膠東康王，為人長美言，多方略，而敢為大言，處之不疑。大言曰：「臣常往來海中，見安期羨門之屬，顧以臣為賤，不信臣；又以為康王諸侯耳，不足與方。臣之師曰：『黃金可成，而河決可塞，不死之藥可得，仙人可致也。』……」……於是上使驗小方，鬥棋，自相觸擊。是時上方憂河決而黃金不就，乃拜大為五利將軍、地士將軍、大通將軍。夏四月乙巳，封大為樂通侯，食邑二千戶。……又以衞長公主妻之，齎金十萬斤。天子親如五利之第，……自大主將相以下，皆置酒其家，獻遺之。天子又刻玉印，曰：「天道將軍」，使使衣羽衣，夜立白茅上，五利將軍亦衣羽衣，立白茅上受印，以示不臣。大見數月，佩六印，貴震天下。於是海上燕齊之間，莫不搤腕自言有禁方能神仙矣。

六月，汾陰巫錦得大鼎于魏脽后土營旁，河東太守以聞。天子使驗問巫得鼎無奸詐，乃以禮祠迎鼎至甘泉，從上行，薦之宗廟及上帝，藏于甘泉宮，羣臣皆上壽賀。……齊人公孫卿曰：「今年得寶鼎，其冬辛巳朔旦冬至，與黃帝時等。」卿有札書曰：「黃帝得寶鼎是歲己酉朔旦冬至，凡三百八十年，黃帝仙登於天。」因嬖人奏之。上大悅，召問，卿對曰：「受此書申公。申公曰：『漢興當復黃帝之時。漢之聖者，在高祖之孫且曾孫也。寶鼎出而與神通，黃帝接萬靈明庭。明庭者，甘泉也。黃帝采首山銅，鑄鼎于荊山下。鼎既成，有龍垂胡顙下迎黃帝。黃帝上騎龍，與羣臣後宮七十餘人俱登天。』」於是天子曰：「嗟乎！誠得如黃帝，吾視去妻子如脫屣耳！」拜卿為郎，使東候神於太室。五年，五利將軍裝治行，東入海，求其師。既而不敢入海，之太山祠。上使人隨驗，實無所見。五利妄言見其師，其方盡，多不售，坐誣罔腰斬。……

春正月，上……東巡海上，行禮祠八神。齊人之上疏言神怪奇方者以萬數。乃益發船，令言海中神山者數千人求蓬萊神人。公孫卿持節常先行，候名山至東萊，言：「夜見大人長數丈，就之則不見，其迹甚大，類禽獸。」云。羣臣有言：「見一老父牽狗，言吾欲見鉅公，已忽不見。」上既見大迹，未信；及羣臣又言老父，則大以為仙人也，宿留海上，與方士傳東，及間使求神仙人以千數。……上欲自浮海求蓬萊，羣臣諫，莫能止。東方朔曰：「夫仙者，得之自然，不必躁求。若其有道，不憂不得；若其無道，雖至蓬萊見仙人，亦無益也。臣願陛下第還宮靜處以須之，仙人將自至。」上乃止。……

太初元年冬十月，上行幸泰山。十一月甲子朔旦冬至，祠上帝于明堂。東至海上，考入海及方士求神者，莫驗。然益遣，冀遇之。

天漢三年春三月，上行幸泰山，修封，祠明堂。因受計還，祠常山，瘞玄玉。方士之候祠神人，入海求蓬萊者，終無有驗。而公孫卿猶以大人跡爲解。天子益怠厭方士之怪迂語矣。然猶羈縻不絕，冀遇其眞。自此之后，方士言神祠者彌衆。然其效可睹矣！

征和四年春正月，上行幸東萊，臨大海，欲浮海求神山。羣臣諫，上不聽。而大風晦冥，海水沸湧。上留十餘日，不得御樓船，乃還。

三月，上耕於鉅定。還，幸泰山，脩封。庚寅，祠於明堂。癸巳，禪石閭。見羣臣，上乃言曰：「朕卽位以來，所爲狂悖，使天下愁苦，不可追悔。自今事有傷害百姓，靡費天下者，悉罷之。」田千秋曰：「方士言神仙者甚衆，而無顯功，臣請皆罷斥遣之。」上曰：「大鴻臚言是也。」於是悉罷方士候神人者。是后上每對羣臣自歎：「曏時愚惑，爲方士所欺，天下豈有仙人？盡妖妄耳！節食服藥，差可少病而已！」……

像這樣的迷信着神仙，恐在古今中外歷史上找不出第二個人來。但這裏所記，頗有與他書不同所在，如他書王夫人作李夫人；東方朔本也是一個漢代神仙故事的箭垛，但從這裏他勸武帝的一段話看來，却變爲一個絕不迷信的端士。至神仙之有無，在歷史家當然是極明白的，否則那會寫出這樣幽默的好文章來！

「上有好者，下必甚焉。」於是漢代社會就成了個滿佈着很濃厚的神仙空氣的幽默社會。

二　漢武故事的起來

談到漢代的神仙故事，那麽漢武帝與東方朔彷彿是兩個固定的箭垛。這當然是他們自己的思想和行動造成的。關于敍述他們故事的專書，稱爲漢人作的，有僞托爲東方朔作的神異經與海內十洲記，班固作的漢武故事及漢武內傳，郭憲作的漢武洞冥記及東方朔傳。這幾部神仙故事書，幾皆爲漢武帝而作，而以東方朔爲之副。

海內十洲記舊稱東方朔作，是眞是僞不可知。但觀卷首數語，知此書本爲東方朔答漢武帝語的記錄，那末當然非朔所自作了。

漢武帝旣聞王母說八方巨海之中有祖洲、瀛洲、玄洲、炎洲、長洲、元洲、流洲、生洲、鳳麟洲、聚窟洲。有此十洲，乃人跡所稀絕處。又始知東方朔非世常人，是以延之曲室，而親問十洲所在，所有之物名，故書記之。

觀文中語氣，似作于漢武內傳之后。然其中亦有關于武帝時事的記錄，如鳳麟洲寫所產續弦膠的功用，其下乃云：

武帝天漢三年，帝幸北海，祠恆山。四月，西國王使至，獻此膠四兩，吉光毛裘。武帝受以付外庫，不知膠裘二物之妙用也，以爲西國雖遠，而上貢者不奇，羈留使者未遣。又時武帝幸華林園射虎，而弩弦斷。使者時從駕，又上膠一分，使口濡以續弩弦。帝驚曰：「異物也！」乃使武士數人，共對掣引之，終日不脫，如未續時也。膠色青如碧玉，吉光毛裘黃色，蓋神馬之類也。裘入水數日不沉，入火不焦。帝於是乃悟，厚謝使者而遣去，賜以牡桂乾薑等諸物，是西方國之所無者。……

聚窟洲寫所產反生香的功用，其后亦續云：

征和三年，武帝幸安定，西胡月支國王遣使獻香四兩，大如雀卵，黑如桑椹。帝以香非中國所有，以付外庫。又獻猛獸一頭，形如五六十日犬子，大似狸而色黃。……帝使使者令猛獸發聲，試聽之。使者乃指獸命喚一聲，獸舐脣良久，忽叫如天大雷霹靂；又兩目如礔磹之交光，光朗衝天，良久乃止。帝登時顛蹶，掩耳震動，不能自止。侍者及武士虎賁，皆失仗伏地。諸內外牛馬豕犬之屬，皆絕絆離繫，驚駭放蕩，久許咸定。帝忌之，因以此獸付上林苑，令虎食之。於是虎聞獸來，乃相聚屈積如死虎伏。獸入苑，徑上虎頭，溺虎口。去十步已來，顧視虎，虎輒閉目。……明日，失使者及猛獸所在，遣四出尋討，不知所止。到後元元年，長安城內病者數百，亡者大半。帝試取月支神香燒之于城內，其死未三月者皆活，芳氣經三月不歇。於是信知其神物也。乃更祕錄餘香。後一旦又失之，檢函封印如故，無復香也。……

漢武故事及漢武內傳舊皆題班固作，二書文體不相類，決非出於一人之手。漢武故事所記雖多神仙怪異的事，然不信方士，文亦簡雅。其篇末「每見羣臣，自嘆愚惑，天下豈有仙人，盡妖妄耳。節食服藥，差可少病」數語，司馬光據以錄入通鑑。可見書雖未必果出班固，然可決其必爲漢人。漢武內傳亦記帝初生至崩葬事，而于西王母降臨事特詳，所述大類方士口吻，兼雜釋家言。其著作時代自當在后。內傳所記武帝初生前事，卽全爲怪談：

漢孝武皇帝者，景帝子也。未生之時，景帝夢一赤彘從雲中下，直入崇芳閣。景帝覺而坐閣下，果有赤龍如霧，來蔽戶牖。宮內嬪御，望閣上有丹霞蓊蔚而起。霞滅，見赤龍盤迴棟間。景帝召占者姚翁以問之。翁曰：「吉祥也。此閣必生命世之人，攘夷狄而獲嘉瑞，爲劉宗盛主也。然亦大妖。」景帝使王夫人移居崇芳閣，欲以順姚翁之言也，乃改崇芳閣爲猗蘭殿。旬餘，景帝夢神女捧日以授王夫人，夫人吞之，十四月而生武帝。……

故事所記則較略。故事此下接記武帝幼時自定婚姻，爲古來婚姻佳話之一，雖非怪談，亦是奇事，且爲內傳所無：

帝以乙酉年七月七日旦生于猗蘭殿，年四歲，立爲膠東王。……膠東王數歲，［長］公主抱置膝上，問曰：「兒欲得婦否？」長主指左右長御百餘人，皆云：「不用。」指其女：「阿嬌好否？」笑對曰：「好。若得阿嬌作婦，當作金屋貯之。」長主大悅，乃苦要上，遂成婚焉。……

故事亦記李少翁術致李夫人魂事，蓋合李少君少翁爲一人，而李夫人卽通鑑之王夫人。其記神君事，亦與通鑑稍異。大概因通鑑不信神仙，已將涉于迷信之語删除；故事則錄當時之傳說，故眞僞不問。

淮南王安招方術之士，皆謂神仙，上聞而喜其事，於是方士自燕齊至者數千人。齊人李少翁，年二百餘歲，色若童子，拜爲文成將軍。歲餘，術未驗，上漸厭倦。曾所幸李夫人、死，上甚思悼之。少翁云：「能致其神。」乃夜張帷明燭，陳酒食，令上居他帳中，遙見李夫人，不得就視也。上愈益想之。……少翁者，諸方皆驗，唯祭太乙積年無應。上怒，誅之。文成被誅后月餘，使者籍賓從關東還，逢於渭亭。謂使者曰：「爲吾謝上，不能忍少日而敗大事乎！上好自愛，後四十年求我於蓬山，方將共事，不想怨也。」於是上大悔，復徵諸方士。……

神君者，長陵女子也。先嫁爲人妻，生一男，數歲死；女子悲哀悼痛之，亦死。死而有靈，其姒宛若祀之，遂聞言語，說人家小事，頗有驗。上遂祠神君，請術。初，霍去病微時數自禱于神君，神君乃見其形，自修飾，欲與去病交接。去病不肯，乃責之曰：「吾以神君淸潔，故齋戒祈福，今覬欲爲淫，此非神明也。」因絕不復往。神君亦慚。及去病疾篤，上令爲禱于神君。神君曰：「霍將軍精氣少，壽命弗長，吾嘗欲以太乙精補之，可以延年。霍將軍不曉此意，遂見斷絕。今病必死，非可救也。」去病竟薨。上造神君請術，行之有效，大抵不異文成也。神君以道授宛若，亦曉其術，年百餘歲，貌有少容。衞太子未敗一年，神君亡去。……

兩書記武帝死后，亦多怪事，今不備錄。

漢武洞冥記的作者爲郭憲，因他有「潠酒救火」一事，故爲方士所攀引。此書大概爲六朝人作，內容與神異經相類，所記都爲異事奇物。但幾每事均與武帝、東方朔有關。此書寫武帝所愛之女性，即非凡間所有：

帝所幸宮人，名麗娟，年十四。玉膚柔軟，吹氣勝蘭，不欲衣纓拂之，恐體痕也。每歌，李延年和之於芝生殿，唱迴風之曲，庭中花皆翻落。置麗娟於明離之帳，恐塵垢汚其體也。帝常以衣帶縛麗娟之袂，閉于重幕之中，恐隨風而去也。麗娟以琥珀爲佩，置衣裾裏，不使人知，乃言骨節自鳴，相與得神怪也。

唯有一女人愛悅于帝，名曰巨靈。帝旁有青珉唾壺，巨靈乍出其中，或戲笑帝前。東方朔望見巨靈，乃目之，巨靈因而飛去，望見化成青雀。因其飛去，帝乃起青雀台。時見青雀來，則不見巨靈也。

漢武故事所記拳夫人事，亦頗神奇，並錄於后，可與前引合幷以觀。

上巡狩過河間，有紫青氣自地屬天，望氣者以爲其下當有奇女、天子之祥。上使求之，見有一女子在空館中，姿貌殊絕，兩手皆拳。上令開其手，數十人擘之，莫能舒。上于是自披手，手卽伸。由是得幸，號拳夫人，進爲婕妤，居鉤弋宮。解黃帝素女之術，大有寵。有娠，十四月而產，是爲昭帝。焉從上至甘泉，因告上曰：「妾相運正應爲陛下產一男，年七歲，妾當死。今必死于此，不可得歸矣。願陛下自愛。宮中多巫蠱氣，必傷聖體。幸愼之！」言終而卒。旣殯，尸香聞十餘里。因葬雲陵。上哀悼之，又疑其非常人，乃發冢開視，空棺無尸，惟衣履存。上乃爲起通靈台于甘泉。……

東方朔傳係幷合洞冥記所記東方朔故事而成，以朔爲主，而以武帝爲賓，故留待下節再述。

總之：武帝以好神仙之故，所以一切無稽荒唐神祕之談，都盡量集中在他的身上。不但他的初生及死后有種種奇事，凡與他有關的一事一物，甚至他寵愛的女性，無一而非神奇。

自古以來所有種種神仙故事，武帝要算是個最大的箭垛了。

三　東方朔

漢書東方朔傳贊云：

劉向言：少時數問長老通於事及朔時者，皆曰：「朔口諧倡辯，不能持論，喜爲庸人誦說，故令後世多傳聞者。」而揚雄亦以爲「朔言不純師，行不純德，其流風遺書，蔑如也。」然朔名過實者，以其詼達多端，不名一行，應諧似優，不窮似智，正諫似直，穢德似隱，非夷齊而是柳下惠，戒其子以上容首陽爲拙，柱下爲工，飽食安步，以仕易農，依隱玩世，詭時不逢，其滑稽之雄乎！朔之詼諧、逢占、射覆，其事浮淺，行于衆庶，童兒牧豎莫不眩燿。而後世好事者，因取奇言怪語附著之朔，故詳錄焉。

這段文字評隲東方朔的爲人，頗爲確當；而且又使人明白了後世「奇言怪語」何以附著於他的理由。傳中所敘，並無一事及于神怪，惟處處使人感到幽默而已。傳中說他有一次曾

「因醉入殿中，小遺殿上，」可見他的爲人眞放浪到極點。他的「割肉歸遺細君」故事，至今盛傳爲一個詼諧的典故。他實是漢武帝時的一個怪人。但班固已云「奇言怪語附著之朔，」可見在東漢之時，朔早已成爲一個神仙故事的箭垛，遠在志怪書盛行的六朝以前。今人往往疑心那些附着于漢武帝及東方朔的故事起于志怪書盛行之際，見了此語可以釋然了。

漢武帝手下臣子甚多，後世獨以東方朔與武帝並爲神仙故事的箭垛而不及他人，其故已如前述。但吾們試想假如朔不遇武帝，不獨他不能獲得那種做官的際遇，卽一切「奇言怪語」也不會附着到他身上去。正是機會成之，謂之何哉！

記述東方朔的「奇言怪語」的書，有稱爲朔自著的海內十洲記，班固的漢武故事，郭憲的漢武洞冥記及東方朔傳。這幾種書的作者盡屬僞托，已見前述。其中東方朔傳實係概括洞冥記所述朔的故事而成，敍述最詳，今全錄于后。不足之處，更補以他書所敍。東方朔傳云：

東方朔，小名曼倩。父張氏，名夷，字少平；母田氏。夷年二百歲，顏若童子；朔生三日，而田氏死。死時，漢景帝三年也。鄰母拾朔養之，時東方始明，因以姓焉。年三歲，天下祕識，一覽暗誦于口，恆指揮天上空中獨語。鄰母忽失朔，累月，暫歸，母笞之。後復去，一年乃歸。母見之，大驚曰：「汝行經年一歸，何以慰吾？」朔曰：「兒暫至紫泥之海，有紫水汚衣，仍過虞泉湔浣。朝發中還，何言經年乎？」母又問曰：「汝悉經何國？」朔曰：「兒湔衣竟，暫息冥都崇臺，一寤眠。王公啖兒以丹栗霞漿，兒食之旣多，飽悶幾死；乃飲玄天黃露半合，卽醒。還遇一蒼虎，息於路。初兒騎虎而還，打捶過痛，虎嚙兒脚傷。」母便悲嗟，乃裂青布裳裹之。

朔復去家萬里，見一枯樹，脫布掛樹，布化爲龍，因名其地爲布龍澤。

朔以元封中遊鴻濛之澤，忽遇王母採桑於白海之濱。俄而有黃眉翁，指母以語朔曰：「昔爲我妻，託形爲太白之精。今汝亦此星之精也。吾卻食吞氣，已九千餘年，目中童子皆有青光，能見幽隱之物；三千年一返骨洗髓，二千年一剝皮伐毛；吾生來已三洗髓，五伐毛矣！」

朔既長，仕漢武帝爲大中大夫。武帝暮年好仙術，與朔狎暱。一日，謂朔曰：「朕欲使愛幸者不老，可乎？」朔曰：「臣能之。」帝曰：「服何藥？」曰：「東北地有芝草，西南有春生之魚。」帝曰：「何知之？」曰：「三足烏欲下地食此草，羲和以手掩烏目，不許下，畏其食此草也。鳥獸食此，即美悶不能動。」帝曰：「子何知之？」朔曰：「小兒時掘井，陷落井下，數十年無所托。有人引臣往取此草，乃隔紅泉不得渡。其人與臣一隻履，臣乃乘履泛泉，得而食之。其國人皆織珠玉爲簟，要臣入雲䍥之幕，設玄琨雕枕，刻鏤爲日月雲雷之狀，亦曰鏤空枕，亦曰玄雕枕；又薦蟁毫之珍褥，以百蟁之毫織爲褥。此毫褥「柔而冷，常以夏日舒之，因名柔毫水藻之褥。臣舉手拭之，恐水濕席，定視，乃光也。」

其後武帝寢於靈光殿，召朔於青綺窗綈紈幕下，問朔曰：「漢年運火德，統以何精何瑞爲祥？」朔對曰：「臣嘗游昊然之墟，在長安之東，過扶桑七萬里，有雲山，山頂有井，雲從井中出，若土德則黃雲，火德則赤雲，金德則白雲，水德則黑雲。」帝深信之。

太初二年，朔從西那邪國還，得聲風木十枝，以獻帝，長九尺，大如指。此木出因桓之水，則禹貢所謂「因桓是來，」即其源也。出甜波，上有紫燕黃鵠集其間。實如細珠，風吹珠如玉聲，因以爲名。帝以枝遍賜羣臣年百歲者。頒賜此人有疾，枝則有汗；將死者，枝則折。昔老聃有周七千七百年，此枝未汗；洪崖先生堯時年已三千歲，此枝亦未一折。帝乃賜朔。朔曰：「臣見此木三遍枯死，死而復生，何翅汗折而已！語曰：『年復年，枝忽汗。』此木五千歲一濕，萬歲一枯也。」帝以爲然。

又天漢二年，帝升蒼龍館，思仙術，召諸方士言遠國遐鄉之事。唯朔下席操筆疏曰：「臣游北極，至鏡火山，日月初不照，有龍銜火以照山四極；亦有園圃池苑，皆植異草木。有明莖草，如金燈，折爲燭，照見鬼物形。仙人寧封，嘗以此草然爲夜朝，見腹內外有光，亦名洞腹草。」帝剉此草爲蘇，以塗明雲之觀，夜坐此觀，即不加燭。亦名照魅草。採以藉足，則入水不沉。

朔又嘗東遊吉雲之地，得神馬一匹，高九尺。帝問朔何獸？曰：「王母乘雲光輦，以適東王公之舍，稅此馬於芝田。東王公怒，棄此馬於淸津天岸。臣至王公壇，因騎而返，遶日三匹。此馬入漢關，關門猶未掩；臣於馬上睡，不覺還至。」帝曰：「其名云何？」朔曰：「因事爲名，名步景駒。朔……自馭之，如駑馬蹇驢耳。」朔曰：「臣有吉雲草千頃，種於九景山東，二千年一花，明年應生，臣走往刈之以秣馬，馬立不饑。」朔曰：「臣至東極，過吉雲之澤，」帝曰：「何爲吉雲？」曰：「其國常以雲氣占凶吉，若有喜慶之事，則滿室雲起，五色照人，着於草樹，皆成五色露，露味皆甘。」帝曰：「吉雲甘露可得否？」曰：「臣負吉雲草以備馬，此立可得，日可三二往。」乃東走至夕而還，得玄白青黃露，盛以靑琉璃，各受五合，授帝。帝偏賜羣臣，其得之者，老者皆少，疾者皆除也。

又武帝嘗見彗星，朔折指星木以授帝，帝指彗星，應時星沒。時人莫之測也。

朔又善嘯，每曼聲長嘯，塵落漫飛。

朔未死時，謂同舍郎曰：「天下人無能知朔，知朔者唯大王公耳！」朔卒後，武帝得此語，卽召大王公問之，曰：「爾知東方朔乎？」公對曰：「不知。」「公何所能？」曰：「頗善星曆。」帝問諸星皆具在否？曰：「諸星具在，獨不見歲星十八年，今復見耳。」帝仰天嘆曰：「東方朔生在朕傍十八年，而不知是歲星哉！」慘然不樂。

其餘事跡，多散在別卷，此不備載。

但是見于洞冥記而未爲東方朔傳所採取的，尚有下列若干事：

建元二年，帝起騰光台以望四遠，於台上撞碧玉之鐘，掛懸黎之磬，吹霜條之篪，唱來雲依日之曲。方朔再拜於帝前曰：「臣東遊萬林之野，獲九色鳳雛……」（其下文意不明，當有脫誤）

太初四年，東方朔從支提國來。國人長三丈二尺，三手三足，各三指。多力，善走，國內小山能移之。有澗泉飲能盡；結海苔爲衣；其戲笑取犀象相投擲爲樂。

元封三年，歎過國獻能言龜一頭，長一尺二寸；盛以青玉匣，廣一尺九寸；匣上豁一孔以通氣。東方朔曰：「唯承桂露以飲之。」置于通風之台上，欲往卜，命朔而問焉，言無不中。

唯有一女人，愛悅于帝，名曰巨靈。帝傍有青珉唾壺，巨靈乍出入其中，或戲笑帝前。東方朔望見巨靈，乃目之，巨靈因而飛去……

元封，起方山像，招諸靈異，召東方朔言其祕奧。乃燒天下異香，有沉光香，精祇香，明庭香，金磾香，塗魂香。外國所貢精檀之燈，青檀木有膏如淳漆，削置器中，以蠟和之，塗布，燃照數里。

帝解鳴鴻之刀以賜朔，刀長三尺。朔曰：「此刀黃帝採首山之銅鑄之，雄已飛去，雌者猶存。」帝臨崩，舉刀以示朔，恐人得此刀，欲銷之。刀于手中化爲鵲，赤色，飛去雲中。

綜觀以上所述，東方朔幾是一個無所不知的超人。

漢武故事中記朔事，亦有三則：

東方朔娶宛若爲小妻，生三子，與朔同日死，時人疑化去未死也。

東郡送一短人，長五寸，衣冠俱足。上疑其精，召東方朔至。朔呼短人曰：「巨靈，阿母還來否？」短人不對，因詣謂上：「王母種桃，三千年一結子，此兒不良，已三過偸之，失王母意，故被謫來此。」上大驚，始知朔非世中人也。短人謂上曰：「王母使人來，告陛下求道之法，惟有清靜，不宜躁擾。」言終，不見。上愈恨，召朔問其道，朔曰：「陛下自當知。」上以其神人，不敢逼也，乃出宮女希幸御者二十人以賜之。朔與行道，女子並年百歲而死。惟一女子，長陵徐氏，號儀君，善傳朔術，至今上元延中，已百三十七歲矣，視之如童女。諸侯貴人更迎致之，問其道術，善行交接之道，無他法也。……後遂入胡，不知所終。

……東方朔于朱鳥牖中窺母。母曰：此兒好作罪過，疏妄無賴，久被斥退，不得還天。然原心無惡，尋當得還，帝善遇之！」……

東方朔不但爲人家造出許多神怪之事，而且又把人家談神怪之書也托名爲他所作。他在漢代不過是個小官，他的文字方面的成績也遠不及司馬相如、揚雄等的偉大，但他的名聲却很大，許多關于他的故事在民間一代一代流傳下去。到了元明之際，戲曲家曾採他的故事作題材，小說家也把他故事寫入小說。他眞是一個曠古未有的幸運兒啊！

四　西王母故事的演化與東王公

吾在前面說過：在初民時代，人與一切自然现象的界域尚不甚分清，人與動物的關係更不似現在般的隔絕，所以古代神話中的神的形像，往往是介于人與動植物之間的怪物。但這種思想一經文化進步的陶冶，神的形像及種種也跟着演化。形由漸漸由怪物變爲人形，行動也逐漸趨向人化。這樣一代一代的下去，於是本來樸野的簡短的故事，變成美麗曲折的了；道德的教訓，膚淺的哲理，也加進去了。于是形式全變了。

在古代神話中，西王母的故事本是極簡樸的。但到了神仙故事盛行的漢代，牠也逐漸脫去了神話中的神樣，而趨向神仙故事中的神仙化。牠的演化的段落是很顯明的。在山海經上的西王母，是：

又西三百五十里，曰玉山。是西王母所居也。西王母，其狀如人，豹尾虎齒而善嘯，蓬髮戴勝，是司天之厲及五殘。（西山經）

> 西王母梯几而戴勝杖，其南有三青鳥，爲西王母取食，在崑崙北。（海內北經）

> 西海之南，流沙之濱，赤水之後，黑水之前，有大山，名曰崑崙之丘。有神，人面虎身，有文有尾，皆白處之。其下有弱水之淵環之，其外有炎火之山，投物趣然。有人戴勝，虎齒有豹尾，穴處，名曰西王母。此山萬物盡有。（大荒西經）

牠是一個人身虎面豹尾食鳥的怪物，寫得很是可怕。到了戰國時人作的穆天子傳中的西王母就不同了。穆天子傳記周穆王西征見西王母事，這裏的西王母已變成一個文雅的國王。

> 吉日甲子，天子賓于西王母。執玄圭白璧以見西王母，獻錦組百純，□組三百純。西王母再拜受之。乙丑，天子觴西王母於瑤池之上。西王母爲天子謠曰：「白雲在天，山陵自出，道里悠遠，山川間之。將子無死，尚能復來。」天子答之曰：「予歸東土，和治諸夏。萬民平均，吾顧見汝。比及三年，將復而野。」天子遂驅升于弇山。乃紀其跡於弇山之石，而樹之槐，眉曰：「西王母之山。」

到漢代稱爲班固作的漢武故事及漢武內傳裏所記，便與前此大不相同了。內傳裏的西王母，竟一變而爲「年可三十許」的麗人。故事寫西王母會見漢武帝的情形云：

七月七日，上於承華殿齋，日正中，忽見有青鳥從西方來。上問東方朔。朔對曰：「西王母暮必降尊像上。」……是夜漏七刻，空中無雲，隱如雷聲，竟天紫氣。有頃，王母至，乘紫車，玉女夾馭，戴七勝，青氣如雲；有二青鳥，夾侍母旁。下車，上迎拜，延母坐，請不死之藥。母曰：「……帝滯情不遣，慾心尙多，不死之藥，未可致也。」因出桃七枚，母自噉二枚，與帝二枚。帝留核箸前。王母問曰：「用此何爲？」上曰：「此桃美，欲種之。」母笑曰：「此桃三千年一著子，非下土所植也。」留至五更，談語世事而不肯言鬼神，肅然便去。……母既去，上惆悵良久。（說郛卷五十二所錄無此一段）

內傳裏也有一段同樣的記事，但文辭更爲縟嚴，現亦錄于后：

到七月七日，乃修除宮掖，設坐大殿，以紫羅薦地，燔百和之香，張雲錦之幃，然九光之燈，列玉門之棗，酌蒲萄之醴，宮監香果，爲天宮之饌。帝乃盛服立於階下，勅端門之內不得有妄窺者；內外寂謐，以候雲駕。到夜二更之後，忽見西南如白雲起，鬱然直來，逕趨宮庭。須臾轉近，聞雲中簫鼓之聲，人馬之響。半食頃，王母至也；縣投殿前，有似鳥集：或駕龍虎，或乘白麟，或乘白鶴，或乘軒車，或乘天馬，羣仙數千，光耀庭宇。既至，從官不復知所在，唯見王母乘紫雲之輦，駕九色斑龍，別有五十天仙，側近鸞輿，皆長丈餘，同執綵旄之節，佩金剛靈璽，戴天眞之冠，咸在殿下。王母惟扶二侍女上殿。侍女年可十六七，服青綾之袿，容眸流盼，神姿清發，眞美人也！王母上殿東向坐，着黃金褡襡，文采鮮明，光儀淑目，帶靈飛大綬，腰佩分景之劍，頭上太華髻，戴太眞晨嬰之冠，履元璚鳳文之舄。視之可年三十許，修短得中，天姿掩藹，容顏絕世，眞靈人也！下車登床，帝跪拜問寒暄畢，立。因呼帝共坐，帝面南。王母自設天廚，眞妙非常，豐珍上果，芳華百味，紫芝萎蕤，芬芳塡樏，清香之酒，非地上所有，香氣殊絕，帝不能名也。又命侍女更索桃果。須臾，以玉盤盛仙桃七顆，大如鴨卵，形圓青色，以呈王母。母以四顆與帝，三顆自食。桃味甘美，口有盈味。帝食輒收其核。王母問帝。帝曰：「欲種之。」母曰：「此桃三千年一生，實，中夏地薄，種之不生。」帝乃止於坐上。酒觴數遍，王母乃命諸侍女王子登彈八琅之璈，又命侍女董雙成吹雲和之笙，石公子擊昆庭之金，許飛瓊鼓震靈之簧，婉凌華拊五華之石，范成君擊湘陰之磬，段安香作九天之鈞，於是衆聲澈明，靈音駭空，又命法嬰歌元靈之曲。……

故事與內傳盡爲僞書，然大概皆爲東漢時人所作。用文字作比較，那麽內傳產生當較后，已如前述。所以在故事中，西王母的從者尙祇二青鳥，和山海經相符合；但在內傳中則有羣仙數千，又「別有五十天仙，側近鸞輿，」又侍女有王子登、董雙成、石公子、許飛瓊、婉凌華……等，顯然是後世皇帝的排場。其增飾之跡，尤洞然可見。

西王母故事的演化既如此，其實一切神話故事的演化未嘗不如此。而且西王母故事到了漢代，人們覺得有了皇后必有皇帝，何以西王母獨有母而無公，所以又另外造出一個東王公來。東王公故事，見於神異經：

東荒山中，有大石室，東王公居焉。長一丈，頭髮皓白，人形鳥面而虎尾，戴一黑熊，左右

顧望。恆與一玉女投壺，每投千二百矯，設有入不出者，天爲之噫噓。矯出而脫誤不接者，天爲之笑。（東荒經）

寫東王公的故事始於此書。牠所寫的形像雖然模仿山海經的西王母，但究竟因在古代神話裏沒有根據，所以他就不能和西王母同樣惹人的注意。神異經又寫東王公與西王母的會合：

崑崙之山有銅柱焉，其高入天，所謂「天柱」也，圍三千里，周圓如削。下有回屋，方百丈，仙人九府治之。上有大鳥，名曰希有，南向，張左翼覆東王公，右翼覆西王母；背上小處無毛，一萬九千里，西王母歲登翼上，會東王公也。（中荒經）

既有公而又有母，他們自然必須會合。但他們是仙人而不是凡人，所以同牛郎織女一樣，僅是每年會合一次。

桓驎的西王母傳也敍及東王公，而且更顯明的寫明他們的關係。他們在自然史上彷彿創世記中的亞當與夏娃。

在昔道氣凝寂，湛體無爲，將欲啓迪玄功，化生萬物，先以東華至眞之氣，化而生木公。木公生於碧海之上，蒼靈之墟，以主陽和之氣，理於東方，亦號曰東王公焉。又以西華至妙之氣，化而生金母。金母生於神州伊川，厥姓侯氏，生而飛翔，以主元毓，神玄奧於眇莽之中，分大道醇精之氣，結氣成形，與東王公共理二氣，而育養天地，陶鈞萬物矣。

五　幾部著名神仙故事書的作者

東方朔（約前一六一——約前八七）字曼倩，平原厭次人。武帝初卽位，下詔徵天下舉方正、賢良、文學、材力之士，待以不次之位，他就上書自薦。武帝壯其言，命待詔公車。久之，得爲常侍郎，官至大中大夫。以滑稽得武帝歡，帝亦不甚重用。神異經與海內十洲記二書，僞托爲朔作。二書皆仿山海經，然略於山川道路，而多載詭異之物，間有嘲諷之辭。神異經中尤多有意義的寓言，與其他神仙故事書不同。例如：

東方有人焉：男皆朱衣縞帶玄冠，女皆采衣。男女便轉可愛，恆恭坐而不相犯，相譽而

不相毀。見人有患，投死救之。名曰善人，一名敬，一名美。不妄言，嘌嘌然而笑，倉卒見之如癡。（東荒經）

西南荒中出訛獸，其狀若菟，人面能言，常欺人，言東而西，言善而惡。其肉美，食之言不眞矣。一名誕。（西南荒經）

西北海外有人長二千里，兩脚中間相去千里，腹圍一千六百里；但日飲天酒五斗，不食五穀魚肉，唯飲天酒，忽有飢時，向天仍飲；好遊山海間，不犯百姓，不干萬物，與天地同生。名曰無路之人，一名仁，一名信，一名神。（西北荒經）

劉向（前七七——前六）本名更生，字子政，漢之宗室。宣帝時，以通達經術，善爲文章，得與王褒、張子僑等並進。官至散騎宗正給事。向所著新序、說苑、列女傳諸書，均纂輯古書而成，中多小說家言。又有列仙傳一書，亦僞托向作，其體裁略仿列女傳而篇幅很短，所敘大都見于六朝人志怪書，故其作書年代當不屬漢代。茲錄簫史及園客二事：

簫史者，秦穆公時人也，善吹簫，能致孔雀白鶴于庭。穆公有女，字弄玉，好之，公遂以女妻焉。日教弄玉作鳳鳴，居數年，吹似鳳聲；鳳凰來止其屋，公爲作鳳台。夫婦止其上。不下數年，一旦皆隨鳳凰飛去。故秦人爲作鳳女祠于雍宮中，時有簫聲而已。

簫史妙吹　鳳雀舞庭　嬴氏好合　乃習鳳聲
遂攀鳳翼　參翥高冥　女祠寄想　遺音載清

園客者，濟陰人也，姿貌好而性良；邑人多以女妻之，客終不取。常種五色香草，積數十年，食其實。一旦有五色蛾止其香樹末，客收而薦之以布，生桑蠶焉。至蠶時，有好女夜至，自稱客妻，道蠶狀。客與俱收蠶，得百二十頭；繭皆如甕大，繅一繭，六十日始盡。訖則俱去，莫知所在。故濟陰人世祠桑蠶，設祠室焉。或云：陳留濟陽氏。

美哉園客　顏曄朝華　仰吸玄精　依捋五葩
馥馥芳卉　采采文蛾　淑女宵降　配德升遐

郭憲（約前二六——後五五以前）字子橫，汝南宋人。少師事王仲子。王莽建新，拜郎中，賜衣服。憲受衣焚之，逃海濱。光武時徵拜博士，代張堪爲光祿勳。敢言，時有「關東觥觥郭子橫」之目。托名憲作的漢武洞冥記凡六十則，皆言漢武時神仙道術及遠方怪異之事，尤詳于東方朔之歷史。書中又嘗敍一與東方朔同樣怪誕的人董謁，頗不見于他書所載，茲錄以爲例：

董謁字仲玄，武都郁邑人也。少好學，嘗遊山澤，負挾圖書，患其繁重；家貧，拾樹葉以代書簡，言其易卷懷也。編荊爲牀，聚鳥獸毛以寢其上。

元光中，帝起壽靈壇。壇上列植垂龍之木，似青梧，高十丈。有朱露色如丹汁，洒其葉，地皆成珠。其枝似龍之倒垂，亦曰珍枝樹。此壇高八尺，帝使董謁乘雲霞之輦以昇壇。至夜三更，聞野雞鳴，忽如曙，西王母駕玄鸞歌春歸樂，謁乃聞王母歌聲，而不見其形。歌聲遶梁三匝乃止。壇傍艸樹枝葉或翻或動，歌之感也。四面列種軟棗，條如青桂，風至如拂堦上遊塵。

帝好微行，於長安城西，夜見一螭遊于路。董謁曰：「昔桀媚末喜於膝上，以金簪貫玉螭腹爲戲。今螭腹餘金簪穿痕，得非此耶？」（此處似有缺文）曰：「白龍魚鱗，網者食之。」帝曰：「試我也。」

趙曄（約四〇前后在世）字長君，會稽山陰人。少爲縣吏，以不願奉迎督郵棄官。從杜撫受韓詩，凡二十年不還家。撫卒，爲發喪制服，乃歸。州召補從事，不就。後舉「有道，」卒于家。曄所著吳越春秋十卷，記吳越二國興亡始末。又有吳女紫玉傳，敍夫差女紫玉悅童子韓重，王怒不與，玉結氣死，其魂與重重合。又有楚王鑄劍記，敍干將莫邪爲楚王鑄劍，劍成，王殺干將，莫邪子赤比乃與客報父仇。二文皆托名趙曄作。吳越春秋雖稱史籍，中亦多神怪之談。如：

越有處女，出於南林，國人稱善。……越王乃使使聘之，問以劍戟之術。女將北見於王，道逢一翁，自稱曰袁公，問於處女：「吾聞子善劍，願一見之。」女曰：「妾不敢有所隱，惟公試之。」於是袁公卽杖箖箊竹，竹枝上頡橋，末卽墮地，女卽捷末。（藝文類聚引作「袁公挽林內之竹，似枯槁，未折墮地。女接取其末。」本書似有誤文。）袁公則飛上樹，變爲白猿。……（勾踐陰謀外傳）

班固（三二——九二）字孟堅，扶風安陵人。因父彪續史記未詳盡，乃潛精研思爲續成，卽今傳之漢書百篇。竇憲征匈奴敗，固爲中護軍，因被繫，遂死獄中。漢武故事及漢武內傳舊本皆題固作，今皆知其非確。考文中語氣，內傳之作當較故事爲后。然桓麟西王母傳末有「至漢武帝元封元年七月七日，夜降于漢宮，語在漢武帝傳內，此不復載焉」等語，可知內傳之作，在於桓麟之前。唐張柬之以內傳爲齊王儉僞造，不知何據。二書前引已多，不再舉錄。

桓麟（約一〇八——約一四八）字元鳳，沛郡龍亢人。桓帝初爲議郎，入侍講禁中。出爲許令，病免。遭母喪，未祥，哀毀而卒，年四十一歲。後漢書載麟著作有碑、誄、讚、說書二十一篇。今傳之西王母傳，稱麟作，未知眞僞。篇首述東王公及西王公的產生，已見前引。中述王母所居，且爲山海經「豹尾虎齒而善嘯，蓬髮戴勝」的西王母作辯正，以爲「此乃王母之使金方白虎之神，非王母之眞形也。」繼述王母助黃帝平蚩尤，授舜以白玉環及地圖，茅盈、王褒、張道陵從之傳道。末述及周穆王賓于王母，云「事具周穆王傳。」最末言王母夜降漢宮，云「語在漢武帝傳內。」所述黃帝平蚩尤事，與他書異：

黃帝討蚩尤之暴，威所未禁；而蚩尤幻變多方，徵風召雨，吹烟噴霧，師衆大迷。帝歸息太山之阿，昏然憂寢。王母遣使者被玄狐之裘，以符授帝曰：「太一在前，天一在後，得之者勝，戰則克矣。」符廣三寸長一尺，青瑩如玉，丹血爲文。佩符既畢，王母乃命一婦人，人首鳥身，謂帝曰：「我九天玄女也。」授帝以三宮五意陰陽之略，太一遁甲六壬步斗之術，陰符之機，靈寶五符五勝之文。遂克蚩尤于中冀，剪神農之后，誅榆罔于阪泉，天下大定，都于上谷之涿鹿。

此外尚有張儼的太古蠶馬記，文句全與干寶搜神記中所敍全同，未知果出誰手。按漢魏之際有兩張儼：一爲餘杭人，好學有賢德，遭漢末亂，嘗開圃種瓠，獲利以造橋。一字子節，吳郡人，張翰之父。以博聞多識拜大鴻臚。寶鼎（二六七左右）中使晉，賈充、荀勗欲傲以所不知，皆不能屈。著有文集二卷，默記三卷。此文所署張儼，當爲后者。全文已見前引，茲不贅。

六　漢書所錄漢人小說及其他

漢書藝文志所錄漢人小說凡六家，今皆不存，逸文亦未見。

封禪方說十八篇。原注：「武帝時。」待詔臣饒心術二十五篇。注：「武帝時。」顏師古注：「劉向別錄云饒，齊人也，不知其姓，武帝時待詔。作書名曰心術。」待詔臣安成未央術一篇。應劭注：「道家也，好養生事，爲未央之術。」以上三書皆屬道家，內當有神仙鬼怪之談。臣壽周紀七篇。注：「項國圉人，宣帝時。」

虞初周說九百四十三篇。注：「河南人。武帝時，以方士侍郎，號黃車使者。」應劭注：「其說以周書爲本。」顏師古注：「史記云虞初，洛陽人，卽張衡西京賦『小說九百，本自虞初』者也。」太初元年（前一〇四）虞初嘗與丁夫人等以方祠詛匈奴大宛，見漢書郊祀志。周說今亦不傳。晉唐人所引周書，有三事似山海經及穆天子傳，與逸周書不類，朱右曾（逸周書校釋十一）疑卽爲虞初周說的逸文：

天狗所止地盡傾，餘光燭天爲流星，長十數丈，其疾如風，其聲如雷，其光如電。（山海經注十六）

穆王田，有黑烏若鳩，翩飛而跱於衡，御者斃之以策，馬佚，不克止之，蹶於乘，傷帝左股。

（文選李善注十四）

岭山神蓐收居之。是山也西望日之所入，其氣圓，神經光之所司也。（太平御覽三）

百家百三十九卷。劉向說苑敍錄云：「說苑雜事，……其事類衆多，……除去與新序復重者，其餘淺薄不中義理，別集以爲百家。」由此觀之，百家爲劉向所編。但漢書未曾注明，未知何故。書雖不傳，但觀今本說苑及新序內容，則所記亦嘗爲古人行事之跡，惟「不足爲法戒」及「無當于治道」罷了。

其他被稱爲漢人所作的小說，尙有劉歆的西京雜記，伶玄的飛燕外傳，無名的雜事秘辛。數書皆托名漢人，然今人皆謂爲僞作。

劉歆（約前五三——後二三）字子駿，後更名秀，字穎叔，彭城人，劉向之少子，少與王莽同爲黃門郎，河平中，（前二六）與父向領校秘書，遂通六藝百家之學。官至都騎尉奉車光祿大夫。莽建國，尊爲國師。後以謀誅莽，事洩，自殺。著作以七略爲最著。西京雜記二卷，雜載朝野瑣事，末有葛洪跋言：「其家有劉歆漢書一百卷，考校班固所作，殆是全取劉氏，小有異同；固所不取，不過二萬許言。今抄出為二卷，以補漢書之闕。」照此看來，原文為歆作，而書名及編成今本的式樣乃葛洪所為，故唐書藝文志逕云葛洪撰。今人卽據此謂為葛洪所自作，殊嫌誤會。今姑不論其眞僞，「若論文學，則此在古小說中，固亦意緒秀異，文筆可觀者也。」（中國小說史略三四頁）但書中所記，亦有怪誕若漢武故事等書所述

　　宣帝被收繫郡邸獄，臂上猶帶史良娣合采婉轉絲繩，繫身毒國寶鏡一枚，大如八銖錢。舊傳此鏡見妖魅，得佩之者為天神所福，故宣帝從危獲濟。及卽大位，每持此鏡，感咽移辰。常以琥珀笥盛之，緘以戚里織成錦，一曰斜文錦。帝崩，不知所在。

然其他所記，大抵為遺史逸聞，如司馬相如與卓文君的故事，王嬙為畫工所欺故事，……皆出於此書。

　　司馬相如初與卓文君還成都，居貧愁懣，以所著鷫鸘裘就市人陽昌貰酒，與文君為歡。既而文君抱頸而泣曰：「我生平富足，今乃以衣裘貰酒！」遂相與謀，於成都賣酒。相如親着犢鼻褌滌器，以恥王孫。王孫果以為病，乃厚給文君，文君遂為富人。文君姣

好，眉色如望遠山，臉際常若芙蓉，肌膚柔滑如脂，爲人放誕風流，故悅長卿之才而越禮焉。長卿素有消渴疾，及還成都，悅文君之色，遂以發痼疾。乃作美人賦，欲以自刺，而終不能改。卒以此疾至死。文君爲誄，傳于世。

元帝後宮既多，不得常見，乃使畫工圖形，案圖召幸之。諸宮人皆賂畫工，多者十萬，少者亦不減五萬。獨王嬙不肯，遂不得見。匈奴入朝，求美人爲閼氏，於是上案圖以昭君行。及去，召見貌爲後宮第一，善應對，舉止閑雅。帝悔之，而名籍已定。帝重信於外國，故不復更人，乃窮案其事，畫工皆棄市。……

伶玄（約一前后在世）字子于，潞水人。由司空小吏歷三署，刺守州郡，爲淮南相。因辱班彪之父躅，故漢書不爲立傳。其妾樊通德，爲樊嫕弟子不周之女，能道趙飛燕姊妹故事，於是撰飛燕外傳。通鑑嘗取其中「禍水滅火」語，則竟認爲眞出伶玄之手。其文字頗豔麗，有非漢人展齒所曾經，當爲僞托無疑。

婕妤接帝于太液池，作千人舟，號「合宮之舟」。池中起爲瀛州榭，高四十尺。帝御流波文縠無縫衫，后衣南越所貢雲英紫裙碧瓊輕綃。廣榭上，后歌舞歸風送遠之曲。帝以文犀簪擊玉甌，令后所愛侍郎馮無方吹笙以倚后歌。中流歌酣，風大起，后順風揚音，無方長噏細嫋，與相屬。后裙髀，曰：「顧我，顧我！」后揚袖，曰：「仙乎，仙乎！去故而就新，寧忘懷乎！」帝曰：「無方為我持后。」無方捨吹持后履。久之，風霽。后泣曰：「帝恩我，使我仙去不得！」悵然曼嘯，泣數行下。帝益愧愛后，賜無方千萬，入后房闥。他日，宮姝幸者，或襞裙為縐，號曰留仙裙。……

雜事祕辛一卷，記後漢桓帝選閱梁冀妹及冊立事，楊愼序有云：「得于安寗州土知州董氏。……卷首有『祕辛』二字不可解，要是卷帙甲乙名目。」然沈德符野獲編以為即愼遊戲之作。但其中寫女性的美，深入隱微，搖人心目。造語之工，尤多獨到。書雖偽作，亦為天地間難得的文字。書中寫吳姁與單超奉帝命到梁商第周視商女女瑩動止，到后：

第內讙諜食時，商女女瑩從中閤細步到寢。姁與超如詔書周視動止，俱合法相。超留外舍，姁以詔書如瑩燕處，屏斥接御，閉中閤子。時日晷薄辰，穿照蜃窗，光送著瑩面上，如朝霞和雪，艷射不能正視。目波澄鮮，眉嫵連卷，朱口皓齒，修耳懸鼻，輔靨頤頷，位置均適。姁尋脫瑩步搖，伸髻披髮，如黝鬒可鑒，圍手入盤，墜地加半握。已乞緩私小結束，瑩面發赬抵攔。姁告瑩曰：「官家重禮，借見朽落，緩此結束，當加鞠翟耳。」瑩泣數行下，閉目轉面內向。姁為手緩，捧着日光，芳氣噴襲，肌理膩潔，拊不留手，規前方後，築脂刻玉，胸乳菽發，臍容半寸珠許，私處墳起。為展兩股，陰溝渥丹，火齊齊吐，此守禮謹嚴處女也。約略瑩體，血足榮膚，膚足飾肉，肉足冒骨；長短合度，自顛至底，長七尺一寸，肩廣一尺六寸，臀視肩廣減三寸，自肩至指，長各二尺七寸，指去掌四寸，肖十竹萌削也，髀至足長三尺二寸，足長八寸，脛跗豐妍，底平指斂，約縑迫袜收束，微如禁中，久之不得音響。姁令推謝「臯帝萬年」。瑩乃徐拜皇帝稱「皇帝萬年」。若微風振簫，幽鳴可聽。不痔不瘍，無黑子創陷，及口鼻腋私足諸過。……

第三章　六朝鬼神志怪書

一　產生鬼神志怪書的時代背景

凡事有因必有果，古代神話遺留到秦漢之際，便造成了秦皇漢武及漢武時舉國若狂的迷信神仙；秦漢的求仙術及不死之藥二事，一傳到東漢之末，却又造成了黃巾之亂與士大夫服藥的風氣。

漢武的求仙術，不過想與神仙相遇，傳授他們的輕身却老之方，並不想在世間稱雄於人。這因爲他本是一位人主，在人中的地位他也不能再求其高了。所以他的希望，在平人視之，却頗高雅而不俗。但這種希望生在一個普通人的心裏便不同了。仙之不可成，漢武是位人主尚如此，何必再作來軫之繼。但他相信仙術是有的，他或者竟然已學會了一些，於是他想用之於別途。一個普通人想做「萬人之上」的皇帝，正和一個皇帝想做不死的神仙一樣，這種心理的產生是極自然的。這樣就來了東漢末的黃巾之亂，最后造成了三國的鼎峙。

不死之藥原是仙術的一種，不過服了便可成神仙，却比其他方法直截了當。秦皇求了多年，沒有得到；漢武用盡了種種方法，望穿了秋水，也終於沒有得到。這樣，較聰明的人便知道這樣求法是無用的，他們相信不死之藥是有的，在人間而不在仙人那裏，他們可以用人力來製造。他們看見世間只有金石類的壽命最永，牠們或竟可同天地不朽，而且也載於醫經；於是他們想造成一個有人的靈魂而金石的身軀的超人，也就是所謂仙人。這樣，不是在事實上易於做到，而且可以不再蹈那希求神仙的不死之藥却永遠在虛無漂渺之中的覆轍？於是造成了魏晉時代士大夫煆煉服食藥散的風氣，產生了所謂「名士」的一派。

吾們來看看歷史上所載「黃巾之亂」的起源，據通鑑所載：

> 初，鉅鹿張角，奉事黃老，以妖術教授，號太平道。呪符水以療病，令病者跪拜首過；或時病愈，衆共神而信之。角分遣弟子，周遊四方，轉相誑誘。十餘年間，徒衆數十萬，自靑徐

幽冀荆揚兗豫八州之人，莫不畢應。或棄賣財產，流移奔赴，塡塞道路；未至病死者，亦以萬數。郡縣不解其意，反言角以善道教化，爲民所歸。

這種舉國若狂的情形，若非張角利用當時人民的求仙思想，安能致此？即使張角本來無甚妄想，到此地步，也不由他不別生希望。於是他就想奪取漢朝的天下：

角遂置三十六方，方猶將軍也，大方萬餘人，小方六七千，各立渠帥。訛言：「蒼天當死，黃天當立；歲在甲子，天下大吉。」以白土書京城寺門及州郡官府，皆作「甲子」字。大方馬元義等，先收荆揚數萬人，期會發於鄴。元義數往來京師，以中常侍封諝徐奉等爲內應，約以三月五日，內外俱起。（漢靈帝光和六年）

這樣一來，此仆彼起，經了六年以上的征討，方算剿滅。但從此以后的天下，雖非黃巾的天下，也不是漢朝的天下了。這次黃巾之變，從張角傳道曾經十餘年的歷史一節看來，雖從變亂到初剿滅，僅過了六年以上的時期，但他們這種思想在民間的影響，決不會就此消滅。因此之故，鬼神志怪書的流行，張華郭璞（因注山海經）輩的被推重，就成爲必然之事。

關於服食藥散一事，昔人注意者很少，更說不到去研究。今人魯迅在廣州演講的魏晉風度及文章與藥及酒之關係一文中，對此事頗多發揮，而且敍說很詳。今不嫌冗長，錄之以見當時的風氣：

「五石散」是一種毒藥，是何晏喫開頭的。漢時，大家還不敢喫，何晏或者將藥方略加改變，便喫開頭了。五石散的基本，大概是五樣藥：石鍾乳，石硫黃，白石英，紫石英，赤石脂；另外怕還配點別樣的藥。但現在也不必細細研究牠，我想各位都是不想吃牠的。

從書上看起來，這種藥是很好的，人喫了能轉弱爲強。因此之故，何晏有錢，他喫起來了；大家也跟着喫。那時五石散的流毒就同清末的鴉片的流毒差不多，看喫藥與否以分闊氣與否的。現在由隋巢元方做的諸病源候論的裏面可以看到一些。據此書，可知喫藥是非常麻煩的，窮人不能喫，假使喫了之後，一不小心，就會毒死。先喫下去的時候，倒不怎樣的，後來藥的效驗既顯名曰「散發」。倘使沒有「散發」，就有弊而無利。因此喫了之後不能休息，非走路不可，因走路才能散發，所以走路名曰「行散。」比方我們看六朝人的詩，有云：「至城東行散，」就是此意。……走了之後，全身發燒，發燒之後又發冷。普通發冷宜多穿衣，喫熱的東西。但喫藥後的發冷剛剛要相反：衣少，冷食，以冷水澆身。倘穿衣多而食熱物，那就非死不可。因此五石散一名寒食散。只有一樣不必冷喫的，就是酒。

喫了散之後，衣服要脫掉，用冷水澆身；喫冷東西；飲熱酒。這樣看來，五石散喫的人多，穿厚衣的人就少；……因爲皮肉發燒之故，不能穿窄衣。爲豫防皮膚被衣服擦傷，就非穿寬大的衣服不可。現在有許多人以爲晉人輕裘緩帶，寬衣，在當時是人們高逸的表現，其實不知他們是喫藥的緣故。一班名人都喫藥，穿的衣都寬大，於是不喫藥的也跟着名人，把衣服寬大起來了！

還有，喫藥之後，因皮膚易於磨破，穿鞋也不方便，故不穿鞋襪而穿屐。所以我們看晉人的畫像或那時的文章，見他衣服寬大，不鞋而屐，以爲他一定是很舒服，很飄逸的了，其實他心裏都是很苦的。

更因皮膚易破，不能穿新的而宜於穿舊的，衣服便不能常洗。因不洗，便多蝨。所以在文章上，蝨子的地位很高，「捫蝨而談」，當時竟傳爲美事。

到東晉以後，作假的人就很多，在街旁睡倒，說是「散發」以示闊氣。就像清時尊讀書，就有人以墨塗唇，表示他是剛才寫了許多字的樣子。……

又因散發之時，不能肚餓，所以喫冷物，而且要趕快喫，不論時候，一日數次也不可定。因此影響到「居喪無禮」。……晉禮居喪之時，也要瘦，不多喫飯，不准喝酒。但在喫藥之後，爲生命計，不能管得許多，只好大嚼，所以變成「居喪無禮」了。……

喫散發源於何晏，和他同志的，有王弼和夏侯玄兩個人，與晏同爲服藥的祖師。有他三人提倡，有多人跟着走。……

這種服散的風氣，魏晉，直到隋唐，還存在着，因爲唐時還有「解散方」，即解五石散的藥方，可以證明還有人喫，不過少點罷了。唐以後就沒有人喫，其原因未詳，大概因其弊多利少，和鴉片一樣罷？

晉名人皇甫謐作一書曰高士傳，我們以爲他很高超。但他是服散的，曾有一篇文章，自說喫散之苦。因爲藥性一發，稍不留心，卽會喪命，至少也會受非常的痛苦，或要發狂；本來聰明的，因此也會變成癡呆。所以非深知藥性，會解救，而且家裏的人多深知藥性不可。晉朝人都是脾氣很壞，高傲，發狂，性暴如火的，大約便是服藥的緣故。比方有蒼蠅擾他，竟至拔劍追趕；就是說話，也要糊糊塗塗地才好，有時簡直是近於發瘋。但在晉朝更有以癡爲好的，這大概也是服藥的緣故。（而已集一二七——一三三頁）

服藥原以求長壽或不死，可是這三位服藥祖師，王弼二十餘歲便死了，夏侯何二人皆爲司馬懿所殺，結果適得其反。但却沒有因此引起人們反對，因爲這已被公認爲富人示闊的一種手段的緣故。但這種可笑的風氣，一爲一般平民所羨慕，便更充實了鬼神志怪書的內容了。

六朝的鬼神志怪書，除了上面所說兩個原因而較漢代神仙故事更擴大其內容外，較漢代神仙故事尙有一不同之點，就是「鬼」和「怪」的故事佔了大部分的地位。「怪」的來源不必說，當然遠始於古代的神話。惟古代以怪爲神，此以怪爲怪，古代的怪有一定形體，此則變化多端而已。至於鬼的來源，左傳已有「新鬼大，故鬼小」之說，所載鬼事亦多，可見鬼事且爲歷史家所承認。惟以前的鬼但離去人身而獨立，此則亦形狀多端，變化莫測，且與神仙幾不相分別。六朝時代，求仙不死的迷夢旣逐漸打破，於是轉而憧憬於死後魂魄的種種，又羨慕着人以外的物體反而不易消滅，自然「鬼」「怪」之說會和神仙故事等量齊觀的多起來了。

二 鬼神志怪書的作者(一)

本節專敍幾個著名的，有作品傳下的鬼神志怪書的作家。

曹丕（一八七——二二六）字子桓，沛國譙人。漢末爲五官中郎將，有文學，喜交文士。

父操封魏王，丕爲太子。後篡漢自立，改元黃初。在位六年，卒，諡文帝。隋書經籍志有列異傳三卷，署魏文帝撰，今佚。兩唐志則云張華撰，未知孰是。然其書嘗爲宋裴松之三國志注所引，那麼可決其必爲魏晉人所作。據其遺文以觀，正如隋志所云，「以序鬼物奇怪之事。」

南陽宗定伯年少時，夜行逢鬼，問曰：「誰？」鬼曰：「卿復誰？」定伯欺之，言：「我亦鬼也。」鬼問：「欲至何所？」答曰：「欲至宛市。」鬼言：「我亦欲至宛市。」共行數里，鬼言：「步行大亟，可共迭相擔也。」定伯曰：「大善。」鬼便先擔定伯數里，鬼言：「卿太重，將非鬼也？」定伯言：「我新死，故重耳。」定伯因復擔鬼，鬼略無重。定伯復言：「我新死，不知鬼悉何所畏忌？」鬼曰：「唯不喜人唾。」……行欲至宛市，定伯便戴鬼至頭上，急持之。鬼大呼，聲咋咋，索下，不復聽之。徑至宛市中，著地化爲一羊，便賣之，恐其便化，乃唾之，得錢千五百。（太平御覽八百八十四，法苑珠林六）

神仙麻姑降東陽蔡經家，手爪長四寸。經意曰：「此女子實好佳手，願得以搔背。」麻姑大怒。忽見經頓地，兩目流血。（太平御覽三百七十）

張華（二三二——三〇〇）字茂先，范陽方城人。魏初，舉太常博士。入晉，爲中書令，拜黃門侍郎。官至司空，領著作，封廣武侯，拜太子少傅。趙王倫之變，爲孫秀所害，夷三族。華生時有博物洽聞之稱，通圖讖，多覽方技書，能識災祥異物，嘗類記異境奇物及古代瑣聞雜事，著博物志四百卷，進於武帝。帝令芟截浮疑，分爲十卷，今猶行世。自後凡關異物奇事，都托之張華，他直成爲一位無所不知的博物大家了。

穿胸國：昔禹平天下，會諸侯會稽之野，防風氏後到，殺之。夏德之盛，二龍降之，禹使范成光御之，行域外。既周而還，至南海，經防風。防風之神二臣以塗山之戮，見禹使，怒而射之。迅風雷雨，二龍昇去。二臣恐，以刃自貫其心而死。禹哀之，乃拔其刃，療以不死之草，是爲穿胸氏。

昔劉玄石於中山酒家酤酒，酒家與千日酒，忘言其節度。歸至家，當醉，而家人不知，以爲死也，權葬之。酒家計千日滿，乃憶玄石前來酤酒，醉當醒耳，往視之，云：「玄石亡來三年，已葬。」於是開棺，醉始醒。俗云：「玄石飲酒，一醉千日。」

葛洪（約二五〇——約三三〇）字稚川，丹陽句容人。初以儒學知名，尤好神仙導養之法。太安中官伏波將軍，以平賊功，封關內侯。與干寶友善。聞交阯出丹砂，求爲句漏令。攜子姪過廣州，爲刺史鄧獄所留，遂止羅浮山煉丹。年八十一，兀然若睡而卒。洪曾編西京雜記，已見前章。又著有言黃白事及服食之書名曰抱朴子，及神仙傳、集異傳、肘後方與詩文，約可六百卷。神仙傳十卷，專述古代迄漢的仙人；抱朴子中亦多雜怪異之談。集異傳今不傳，當亦爲鬼神志怪的書。

伯山甫者，雍州人也。入華山中，精思服食，時時歸鄉里省親，如此二百年，不老。到人家，即數人先世以來善惡功過，有如目見。又知方來吉凶，言無不效。其外甥女年老多病，乃以藥與之。女時年已七十，轉還少，色如桃花。漢武遣使者行河東，忽見城西有一女子，笞一老翁，俛首跪受杖。使者怪問之，女曰：「此翁乃妾子也。昔吾舅氏伯山甫以神藥授妾，妾教子服之，不肯，今遂衰老，行不及妾，故杖之。」使者問女及子年幾，答曰：「妾有一百三十歲，兒七十一。」後入華山去。（神仙傳卷二）

洛西有古墓，穿壞多時，水滿墓中，多石灰汁，主治瘡。夏日，行人有病瘡煩熱，見此墓中水清好，因自洗浴，瘡偶便愈。於是諸病者聞之，悉往自洗。轉有飲之以治腹內者。近墓居人，便於墓所立廟舍，而賣此水；而往買者又當祭廟中，酒肉不絕。而來者轉多，此水行盡，於是賣者夜當竊運他水以益之。其遠道人不能往者，皆因行使或侍器遺信。賣水者大富。或言其無神，官家禁之，遂塡塞之，乃絕。（抱朴子內篇卷九道意）

干寶（約三一七前后在世）字令昇，新蔡人。少博覽，以才器聞，爲著作郎，以平杜弢功賜關內侯。王導荐領國史，著晉紀二十卷，稱良史。以家貧求補山陰令，遷始安太守。官至散騎常侍。性好陰陽術數，嘗有感於他的父婢死而再生及兄氣絕復蘇，自言見天神事，乃撰搜神記二十卷，以明神道之不誣。書成以示劉惔，惔云：「卿可謂鬼之董狐。」其書於神祇靈異人物變化之外，頗言神仙五行，又偶有釋氏之說。

董永父亡，無以葬，乃自賣爲奴。主知其賢，與錢千萬，遣之。永行三年喪畢，欲還詣主，供其奴職。道逢一婦人，曰：「願爲子妻。」遂與之俱。主謂永曰：「以錢丐君矣。」永曰：「蒙君之恩，父喪收藏；永雖小人，必欲服勤致力，以報厚德。」主曰：「婦人何能？」永曰：「能織。」主曰：「必爾者，但令君婦爲我織縑百匹。」於是永妻爲主人家織，十日而百匹具焉。

漢齊人梁文，好道。其家有神祠，建室三四間，座上施阜帳，常在其中，積十數年。後因祀事，帳中忽有人語，自呼高山君，大能飲食，治病有驗。文奉事甚肅。積數年，得進其帳中。神醉，文乃乞得奉見顏色，謂文曰：「授手來！」文納手，得持其頤，髯鬚甚長，文漸繞手，卒然引之，而聞作殺羊聲。座中驚起，助文引之，乃袁公路家羊也。失之已七八年，不知所在。殺之，乃絕。

王嘉（？——約三九〇）字子年，隴西安陽人。貌醜，好談笑，不食五穀，清虛服食，隱東陽谷，鑿崖穴居，受業者數百人。後遷隱終南，苻堅累徵不起。好言未來之事，日後盡驗。姚萇入長安，逼之自隨，以問答失萇意，爲所殺。嘉著有拾遺錄。今本名拾遺記，前有梁蕭綺序，言書本十九卷，二百二十篇，當苻秦之季，典章散滅，此書亦多有亡，綺更刪繁存實，合爲一部，凡十卷。其文筆頗靡麗，而事皆誕謾無實，與蕭綺之言亦不合。明胡應麟以爲「蓋即綺所撰而托之王嘉」但言無佐證，不當就相信他。

田疇北平人也。劉虞爲公孫瓚所害，疇追慕無已，往虞墓，設雞酒之禮，慟哭之，音動於林野；翔鳥爲之悽鳴，走獸爲之吟伏。疇臥於草間，忽有人通云：「劉幽州來，欲與田子泰言生平之事。」疇神悟遠識，知是劉虞之魂。旣近而拜，疇泣不自支，因相與進雞酒。疇醉，虞曰：「公孫瓚購求子甚急，宜竄伏避害。」疇對曰：「聞君臣之義，生則盡禮。今見君之靈，願得同歸九泉，死且不朽，安可逃乎？」虞曰：「子萬古之貞士也，深愼爾儀。」奄然不見。疇醉亦醒。（卷七）

陶潛（三七二——四二七）字淵明，一作名淵明，字元亮，尋陽柴桑人。胸懷高曠，任眞自得。嘗爲彭澤令，以不願束帶見督郵，遂棄官歸。不治生業，終日醉於酒。今有搜神後記十卷，題陶潛撰，亦記靈異變化之事。魯迅云：「陶潛曠達，未必拳拳於鬼神，蓋僞托也。」其言甚確。

干寶字令升，其先新蔡人。父瑩，有嬖妾，母至妬，寶父葬時，因生推婢著藏中。寶兄弟年小，不之審也。經十年而母喪，開墓見其妾伏棺上，衣服如生，就視猶暖，輿還家，終日而蘇。云：「寶父常致飲食，與之寢接，恩情如生。」家中吉凶輒語之，校之悉驗。平復數年後方卒。寶兄常病，氣絕積日不冷。後遂寤，云見天地間鬼神事，如夢覺，不自知死。（卷四）

晉人所作鬼神志怪書，尚有祖台之的志怪錄四卷，西戎主簿戴祚的甄異傳三卷，書皆已佚，間存一二遺文。作者生平亦皆不可考。惟隋志又錄台之文集十六卷，亦未見傳。

晉懷帝永嘉中，譙國丁杜渡江，至陰陵界。時天昏霧，在道北，見一物如人倒立，兩眼垂血從頭下，聚地兩處，各有升餘。杜與從弟齊聲喝之，滅而不見。立處聚血皆化爲螢火數千枚，縱橫飛去。（志怪錄，古今說部叢書第三集）

劉沙門居彭城，病亡，妻貧兒幼。遭暴風雨，牆宇破壞，其妻泣擁稚子曰：「汝爺若在，豈至於此！」其夜，夢沙門將數十人料理宅舍，明日，舍矣。（甄異傳，太平廣記卷二百七十六）

三　鬼神志怪書的作者(二)

劉敬叔（？——約四六八）字敬叔，彭城人。少穎異，有異才。由司徒掌記至南平國郎中令。晉末，爲宋長沙王驃騎將軍。入宋，爲給事黃門郎，以病免，卒於家。所著有異苑十餘卷，今本存十卷，已非原書。

義熙中，東海徐氏婢蘭忽患羸黃，而拂拭異常。共伺察之，見掃帚從壁角來，趨婢床。乃取而焚之，婢卽平復。（卷八）

東莞劉邕性嗜食瘡痂，以爲味似鰒魚。嘗詣孟靈休，靈休先患灸瘡，痂落在牀，邕取食之。靈休大驚。痂未落者悉褫取飴邕。南康國吏二百許人，不問有罪無罪，遞與鞭，瘡痂落，常以給膳。（卷十）

劉義慶（四〇三——四四四）字不詳，彭城綏里人。襲封臨川王。官至南兗州刺史。卒，諡康。性簡素，愛好文義，常招聚文學之士，如何長瑜、鮑照……等，均集其門。義慶爲六朝最大之小說家，著有幽明錄三十卷，宣驗記三十卷，世說八卷，小說十卷，徐州先賢傳八卷，……等。幽明錄內容如搜神記，皆集前人所作編成，唐時嘗盛行。劉知幾云：「晉書多取之。」書已佚，太平廣記等書徵引甚多。

宋世焦湖廟有一柏枕，或云玉枕，枕有小坼。時單父縣人楊林爲賈客，至廟祈求。廟巫謂曰：「君欲好婚否？」林曰：「幸甚。」巫卽遣林近枕邊。因入坼中，遂見朱樓瓊室，有趙太尉在其中，卽嫁女與林，生六子，皆爲秘書郎。歷數十年，並無思歸之志。忽如夢覺，猶在枕旁。林愴然久之。（太平廣記卷二百八十三）

太平寰宇記卷一百二十六亦引此條，云出搜神記，文首無「宋世」二字，首句逕作「焦湖廟有一玉枕，」餘文則無一字不同。然今本搜神記不載。讀太平廣記所引，自當以出於幽明錄爲是。

漢袁安父亡，母使安以鷄酒詣卜工，問葬地。道逢三書生，問安何之？具以告。書生曰：「吾知好葬地，」安以鷄酒禮之，畢，告安地處，云：「當世世爲貴公。」便與別，數步顧

覩者不見，安疑是神人，因葬其地，遂登司徒，子孫昌盛，四世五公焉。（太平廣記卷一百三十七）

祖冲之（四二九——五〇〇）字文遠，范陽薊人。有機思，明歷法，造指南車，欹器，巧思入神。嘗作一器，不因風水，不用人力，施機自運。又造千里船，於新亭試之，日行百餘里。於樂遊苑造水推磨，宋武帝親自臨視。官至長水校尉。隋志有述異記十卷，題冲之作，今佚。至於現行的述異記二卷，題梁任昉撰，係別爲一書，當於後文再述。

東陽無疑（約四五〇前后在世）的字里不詳，仕宋爲散騎侍郎。著有齊諧記七卷，今逸，然見引於太平廣記頗多。

有范光祿者得病，兩脚並腫，不能飲食。忽有一人，不自通名，徑入齋中，坐於光祿之側。光祿問曰：「先不識君，那得見詣？」答云：「佛使我來理君病也。」光祿遂廢衣示之。因以刀針腫上，倏忽之間，頓針兩脚及膀胱百餘下，黃濃水三升許而去。至明日，並無針傷，而患漸愈。（卷二百十八）

晉太元元年，江夏郡安陸縣師道宣，年二十二。少未了了，後忽發狂，變爲虎，食人不可紀。後有一女子樹上採桑，虎取食之，竟，乃藏其釵釧於山石間，後復人形，知而取之。經年還家，復爲人，遂出仕，官爲殿中令史。夜共人語，忽道天地變異之事，道宣自云：「吾曾得病發狂，遂化作虎，啗人。」言其姓名，同坐人或有食其父子兄弟者，於是號哭捉送赴官，遂餓死建康獄中。（卷四百二十六）

任昉（四六〇——五〇八）字彥昇，小字阿堆，樂安博昌人。早知名。仕宋爲丹陽主簿。入齊爲竟陵王子良記室，與蕭衍善。衍建梁國，累拜吏部郎中，出爲義興太守。家貧，兒妾至食麥，然聚書萬卷。還爲御史中丞，校秘書。復出爲新安太守，卒於兵。謚曰敬子。著書甚多，現行的述異記二卷，題任昉撰。魯迅以爲：「唐宋間人僞作，而襲祖冲之之書名者也，故唐人書中皆未嘗引」。書中多記古代神話，與其他志怪書不同；其文亦似山海經、十洲記之類，言簡而味雋。

在南有懶婦魚。俗云：昔楊氏家婦，爲姑所溺而死，化爲魚焉。其脂膏可燃燈燭，以之照鳴琴博奕，則爛然有光；及照紡績，則不復明焉。

定安西隴道，其谷中有彈箏之聲，行人過聞之，謂之「彈箏谷」（以上皆卷上）

彭城郡，古徐國也。昔徐君宮人生一大卵，棄於野，徐有犬名后倉，啣歸溫之，卵開，內有一兒，有筋而無骨。後為徐君，號曰偃王，為政而行仁義。

秦惠王獻五美女於蜀王，王遣五丁迎女。乃見大蛇入山穴中，五丁曳蛇，山崩，五女上山，遂化為石。（以上皆卷下）

吳均（四六九——五二〇）字叔庠，吳興故鄣人。家世寒賤，好學有俊才。天監初，為吳興主簿，旋兼建安王偉記室。終除奉朝請，以撰齊春秋不實免職。已而復召，使撰通史，艸本紀、世家已畢，唯列傳未就，遽卒。均有詩名，文體清拔有古氣，好事者學之，稱為吳均體。所為小說，語多怪誕，世因目語之無稽者曰「吳均語」。有續齊諧記一卷，蓋續東陽無疑的齊諧記而作。

京兆田眞，兄弟三人，共議分財，生貲皆平均，惟堂前一株紫荊樹，共議欲破三片。明日就截之，其樹卽枯死，狀如火然。眞往見之，大驚，謂諸弟曰：「樹本同株，聞將分斫，所以顦顇，是人不如木也。」因悲不自勝，不得解樹。樹應聲榮茂。兄弟相感，合財寶，遂爲孝門。眞仕至大中大夫。

東晉桓玄時，朱雀門下，忽有兩小兒通身如墨，相和作芒籠歌；路邊小兒從而和之數十人。歌云：「芒籠首，繩縛腹；車無軸，倚孤木。」聲甚哀楚，聽者忘歸。日旣夕，二小兒還入建康縣，至閤下，遂成一雙漆鼓槌。鼓吏劉云：「槌積久，比恆失之而復得，不意作人也。」明年春而桓玄敗。言車無軸，倚孤木，「桓」字也；荊州送玄首，用敗籠，因包裹之以芒繩束縛其尸，沉諸江中，悉如童謠所言爾。

此外確知爲六朝人所作的鬼神志怪書，尙有孔約的志怪四卷，荀氏的靈鬼志四卷，謝氏的鬼神列傳二卷，及陸氏的異林……等。然亦作品皆佚，作者生平不可考，僅能見其遺文罷了。

晉明帝時，「有」獻馬者，夢河神請之。及至，與帝夢同，卽投河以奉神。始，太傅褚褒亦好

此馬，帝云：「已與河神。」及褚公卒，軍人見公乘此馬矣。（志怪，太平廣記卷二百七十六）

河內姚元起居近山林，舉家恆入野耕種。唯有七歲女守屋，而漸覺瘦。父母問女，女云：「常有一人長丈餘，而有四面，面皆有七孔，自號高天大將軍，來輒見吞，逕出下部，如此數過。云：『慎勿道我！道我當長留腹中。』」闔門駭惋，遂移避。（靈鬼志，太平廣記卷三百二十）

四　佛教徒怎樣利用鬼神志怪書

鬼神志怪書到了南北朝時，曾經一度爲當時佛教徒所利用。

佛教自漢時傳入中國，因其思想與中國人民崇尚玄虛的心理相合，所以不但毫無反響，立即就在社會傳佈。在漢時已有經典的繙譯，至晉時更大盛行，所譯已有數百部，當時且由私人對譯而闢大規模的譯場。到南北朝時，往印度遊學者之多，幾肩摩踵接。佛寺之建築，和佛畫的遺留，即貽中國美術史上以無窮瓌寶。社會人士對於佛教信仰之篤，及信仰者之多，於此可見。即當時的文學家，在作品中亦時露頌揚功德之意。蕭衍捨身佛寺，劉勰薙髮出家，帝王與文學之士尚如此，其他更可想見了。

無論何種事物，到了這樣一個環境裏，要想拒絕牠所給予的影響，在事理上均有所不能。所以在當時志怪書中，除了道士外，多了沙門，除了神仙外，又多了佛，其範圍因之而擴大。但如此尚不致就失去其為志怪書的意義，因為對於佛教的傳佈與發達，尚取客觀的態度；社會上既有僧與佛的故事傳說，自當取以為敍寫的對象，正同他們寫神仙與道士的態度一樣。

但是佛教徒中本有不少聰明的文士，他們很深切地了解鬼神志怪書在普通社會的勢力，而也明白這種勢力的造成，全在乎完全能適合一般民衆的心理。但他們的經典呢？那種用直譯法譯成的高深的經典，不要說一般民衆不能了解，就是沒有研讀修養的普通文人也不易了解，要用來宣揚教義，豈不難之又難？於是他們很聰明地想出了一種方法，把佛教中最膚淺的因果思想及靈驗的事，用志怪書的故事體裁發揮出來；這樣，在六朝的神鬼志怪書之外，又來了許多講佛談鬼的應驗錄。

所以照實而論，這些應驗錄實不應當在本書上敘述，因為牠不過是一種傳教書，正同耶教的四福音一類小册子一樣，牠不過在利用志怪書的體裁而已。但這樣一來，却很有影響於整個社會的信仰與思想，一代一代的下去，與後來的小說裏的思想却發了密合不可分開的關係。（如金瓶梅的收場就在講果報。）正同唐代佛教徒所創的用以傳教的「變文」一樣，動機雖起於此，而收果往往反在於彼，或有重大影響於彼，牠竟給予後來通俗小說以莫大的影響，而造成了小說的正宗地位。這樣看來，本書自有敘述的必要了。

這類書籍，今存者惟有顏之推的寃魂志一卷。其他有逸文可見而有作者可考者，有宣驗記、冥祥記、集靈記、旌異記四種。茲依作者在世先后敍次於后。

宣驗記三十卷，劉義慶撰。義慶生平已見前。

車母者，遭宋廬陵王青泥之難，為虜所得，在賊營中。其母先本奉佛，即燃七燈於佛前，夜，精心念「觀世音」，願子得脫。如是經年，其子忽叛還。七日七夜獨行自南走，常值天陰，不知東西，遙見有七段火光。望火光而走，似村欲投，終不可至。如是七夕，不覺到家，見其母猶在佛前伏地；又見七燈。因乃發悟，母子共談，知是佛力。自後懇禱，專行慈悲。（太平廣記卷一百十）

相州鄴城中有丈六銅立像一軀。賊丁零者，志性兇悖，無有信心，乃彎弓射像。箭中像面，血下交流，雖如瑩飾，血痕猶在。又選五百力士，令挽仆地，消鑄爲銅，擬充器用。乃口發大聲，響烈雷震，力士亡魂喪膽，人皆仆地，迷悶宛轉，怖不能起。由是賊侶慚惶，歸信者衆。丁零後時著疾，被誅乃死。（太平廣記卷一百十六）

冥祥記十卷，王琰撰。琰（約四七〇前后在世）字不詳，太原人。幼在交趾，受五戒。於宋大明及齊建元年兩感金像之異，因作冥祥記，撰集像事，繼以經塔。冥祥記中自序其事甚詳。書雖佚，然存於法苑珠林及太平廣記中的尚不少。其文以敍述委曲詳盡勝。

漢明帝夢見神人，形垂二丈，身黃金色，項佩日光，以問羣臣。或對曰：「西方有神，其號曰佛，形如陛下所夢，得無是乎？」於是發使天竺，寫致經像，表之中夏，自天子王侯，咸敬事之，聞人死精神不滅，莫不懼然自失。初，使者蔡愔將西域沙門迦葉摩騰等齎優塡王畫釋迦佛像，帝重之，如夢所見也，乃遣畫工圖之數本，於南宮淸涼臺及高陽門顯節壽陵上供養。又於白馬寺壁畫千乘萬騎遶塔三匝之像，如諸傳備載。（法苑珠林卷十三）

宋張興，新興人，頗信佛法，常從沙門僧融、曇翼，時受八戒。元嘉初，興嘗爲刼賊所引，逃避。妻繫獄，掠笞積日。時縣失火，出囚路側；會融翼同行，偶經囚邊，妻驚呼闍梨，何不賜救？融曰：「貧道力弱不能救，如何！唯宜勸念觀世音，庶獲免耳。」妻便晝夜祈念，經十日許，夜夢一沙門以足躡之，曰：「咄咄可起！」妻卽驚起，鉗鎖桎梏俱解。然閉戶驚防，無由得出，慮有覺者，乃却自械。又夢向者沙門曰：「戶已開矣。」妻覺而馳出，守備俱寢，安步而逸，闇行數里，卒値一人，妻懼躃地，已而相訊，乃其夫也，相見悲喜，夜投僧翼，翼匿之，獲免焉。（太平廣記卷一百十）

冤魂志一卷，（一名北齊還冤志，兩唐志作三卷，）今存；集靈記十卷，今佚，皆顏之推撰。之推（五三一——五九一以後）字介，琅邪臨沂人。好學博覽，性任誕，好飲酒。初仕梁，爲湘東王繹記室，遷散騎侍郎。入齊爲中書郎，尋除黃門侍郎。齊亡入周，爲御史上士。隋開皇中，太子召爲文學。尋以疾卒，年六十餘。之推所作，以家訓二十篇爲最著，著應驗錄乃其餘事。冤魂志嘗引經史以證報應，尙未脫儒家本色；然仍着重於佛教之果報，終不失爲宣揚教義的書。

吳王夫差殺其臣公孫聖而不以罪。後越伐吳，吳王敗走，謂太宰嚭曰：「吾前殺公孫聖，投於胥山之下，今道由之，吾上畏蒼天，下慚於地，吾舉足而不能進，心不忍往，子試唱於前，若聖猶在，當有應聲。」嚭乃登餘杭之山，呼之曰「公孫聖！」聖卽從上應曰：「在。」三呼而三應。吳王大懼，仰天歎曰：「蒼天乎！寡人豈可復歸乎！」吳王遂死不返。

晉夏侯玄字太初，亦當時才望，爲司馬景王所忌而殺之。玄宗族爲之設祭，見玄來靈座，脫頭置其旁，悉取果食酒肉，以內頸中。旣畢，還自安，言曰：「吾得訴于上帝矣，司馬子元無嗣也。」尋而景王薨，遂無子。其弟文王封次子攸爲齊王，繼景王後。攸薨，攸子問嗣立，又被殺。及永嘉之亂，有巫見宣王泣云：「我國傾覆，正由曹爽、夏侯玄二人訴寃得申故也。」

旌異記十五卷，侯白撰。白（約五八一前后在世）字君素，魏郡人。好學有捷才，舉秀才爲儒林郎。通侻不持威儀，好爲俳諧雜說，人愛狎之。隋文帝令於祕書修國史，每將擢之，輒曰「侯白不勝官」而止。後給五品食，月餘而死。時人咸傷其薄命。又有啓顏錄二卷，係諸談之書，亦佚。

高齊初，沙門寶公者，嵩山高棲士也。旦從林慮向白鹿山，因迷失道。日將過中，忽聞鐘聲，尋響而進，岩岫重阻，登陟而趨，乃見一寺，獨據深林，山門正南，赫奕輝煥。前至門所，看額「靈隱寺」。門外五六犬，其大如牛，白毛黑喙，或踴或臥，迴眸眄寶。寶怖將返。須臾見胡僧外來，寶喚不應，亦不迴顧，直入門內，犬亦隨之。良久，寶見人漸次入門，屋宇四周，門房並閉。進至講堂，唯見牀榻，高座儼然。寶入西南隅床上坐，久之，忽聞東間有聲。仰視，見開孔如井大，比邱前后從孔飛下，遂至五六十人。依位坐訖，自相借問：今日齋時，何處食來？或言豫章，成都，長安，隴右，薊北，嶺南，五天竺寺，無處不至，動卽千萬餘里。末後一僧從空而下，諸人競問：來何太遲？答曰：「今日相州城東彼岸寺鑒禪師講會，各各屈義。有一後生，聰俊難問，詞音鋒起，殊爲可觀，不覺遂晚。」寶本事鑒和尙，旣聞此語，望得參話，因整衣而起，白諸僧曰：「鑒是寶和尙。」諸僧直視寶，頃之，已失鑒隱寺所在矣。寶但獨坐於柞木之上，一無所見，唯覩岩谷禽鳥翔集喧亂。及出山，以問於尙統法師。法師曰：「此寺石趙時佛圖澄法師所造者，年歲久遠，賢聖居之，非凡所住，或沈或隱，遷徙無定，今山行者猶聞鐘聲焉。」（太平廣記卷九十九）

五　笑話集與淸言集的起來

在東漢末神怪思想瀰漫着民間的時候，在政府方面却產生了一派所謂「淸流」人物。他們是當時宦官極度干政的反動，他們的行爲正合於所謂「非禮弗聽，」「非禮弗言，」「非禮弗視。」他們對於普通人物的批評正是「一言之褒，榮於華袞；……」關於這種批評，當時叫做「清議」。凡爲「清議」所貶的人，卽爲社會所不齒。這派的代表人物，就是李膺、李固……等。但不久卽來了「黨錮之禍」，由禁錮而遭大肆殺戮，這派人幾無一幸免。漢室也跟着亡了。

這種「清流」風氣旣養成，牠倒並不「人亡政息」，牠的勢力仍舊存在。但這種風氣行於士大夫相與之間，却尙沒有什麽不好；可是對於政府的行政上面，就要發生種種不便了。大政治家及大文學家曹操很反對這種風氣，所以他在徵求人才時却這樣說，不忠不孝不要緊，只要有才便可以。在大亂時代的用人，的確，人才主義才是對症發藥。「清流」派雖是正人君子，然而確實無補於亂世的政治的。

在那「非禮弗言」的「清議」時代，凡屬士夫之流，旣不能隨便說話，但不能不說話，於是他們專說些幽默、風雅的話，以免爲「清流」所指摘。接着，政治上又來了一度大變化，魏代有了漢室的天下，不久晉又替代了魏。在易朝換代之際，當局者受正人君子的指摘是常有的事，但也爲他們所最痛忌。所以等到時局一定，他們就要受裁制，或爲當局者借端報復，就不易隨便發言了。他們中乖一點的人，表面上也假做說些反對正人君子的論調，說些什麽「禮豈爲我輩設哉」的話，行動上也極端通脫，甚至假做「醉臥於人妻之側」而處之泰然，而實際上他們何嘗忘懷於禮教！他們還在指摘當道，還在發他們的牢騷，不過換了一種說話方法，就利用那本來避免清議指摘的說話藝術，就是所謂「清談」也就是現在正在盛行的「幽默」。「清議」「清談」即從名字去觀察，便可知道他們是同出一源啊！可是他們的手段却高明極了！

這樣，在文學上面，就產生了笑話集和清言集。笑話集產生最早，在漢末已有；清言集却到東晉以後才盛行。這二種文學作品都是極幽默而雅緻的小品文字，是專供士大夫階級閱讀鑑賞的東西，一般社會的人是不了解的。牠和同時風行的鬼神志怪書站在反對的地位：鬼神志怪書代表了平民階級裏普遍的迷信思想，所以爲一般社會所「雅俗共賞」；牠代表了智識階級而不肯流入迷信思想，專在宣揚風雅，所以不能配合一般人的口胃而獲得他們的了解。總而言之：志怪書是平民小說，而牠總不脫爲一種貴族文學。

今傳最古的笑話集的逸文，爲東漢末邯鄲淳的笑林。但用諧語寫成文字，也不始於邯鄲淳，像前引的韓非子幾條裏就有這一種文字。不過彼爲寓言，僅用爲哲學家說明主見的一種引證，此則專用以作酒後茶餘的雅談，供聽者讀者以一笑而已。笑林凡三卷，原書已佚，遺文今存二十餘則。作者邯鄲淳（一三二——？）一名竺，字子叔，潁川人。生有異才。元嘉元年，曾爲曹娥作碑文，操筆立成，於是遂知名。初平中，寓居荊州，曹操很敬禮他。曹丕自立，以他爲博士給事中。淳嘗作投壺賦千餘言，奏之，丕賜帛千匹。時年已九十餘。笑林所敍，都爲當時流行的笑話：

某甲夜暴疾，命門人鑽火。其夜陰暝，不得火，催之急。門人忿然曰：「君責人亦太無道理！今闇如漆，何以不把火照我，我當得覓鑽火具，然後易得耳！」孔文舉聞之曰：「責人當以其方也。」

吳沈衍弟峻，字叔山，有名譽，而性儉吝。張溫使蜀，與峻別。峻入內良久，出語溫曰：「向擇一端布，欲以送卿，而無粗者。」溫嘉其能顯非。又嘗經太湖岸上，使從者取鹽水；已而恨多，敕令還滅之。壽亦自愧，曰：「此吾天性也。」

桓帝時，有人辟公府椽者，倩人作奏記文。人不能爲作，因語曰：「梁國葛龔，先善爲記文，自可寫用，不煩更作。」遂從人言寫記文，不去葛龔名姓。府公太驚，不答而罷歸。故人語曰：「作奏雖工，宜去葛龔。」（以上皆舊小說甲集一）

平原陶丘氏，取渤海墨台氏女。女色甚美，才甚令，復相敬，已生一男而歸。母丁氏，年老，進見女壻。女壻既歸而遣婦。婦臨去請罪，夫曰：「曩見夫人年德以衰，非昔日比，亦恐新婦老後，必復如此，是以遣，實無他故。」（太平御覽四百九十九）

笑林之後，繼作者有楊松玢的解頤二卷，但不惟書已佚亡，即遺文亦一字不存。又太平廣記詼諧類所引談藪多至數十條，亦爲同類的書。其所述止於隋，或卽作於此時，惜不知作者爲何人，其卷數亦已莫得而詳。說郛亦收談藪，凡七卷，係宋人龐元英作，與此別爲一書。

齊劉繪爲南康郡，郡人郅類所居名穢里，繪戲之曰：「君有何穢而名穢里？」答曰：「未審孔丘何闕而居闕里？」繪歎其辯客（？）。

齊黃門郎吳興沈昭略，侍中文叔之子，性狂儁，使酒任氣，朝士常憚而容之。常醉負杖至蕪湖苑，遇琅邪王約，張目視之曰：「汝王約耶？何肥而癡？」約曰：「汝是沈昭略耶？何瘦而狂？」昭略撫掌大笑曰：「瘦已勝肥，狂又勝癡。」約景文之子。（以上皆太平廣記卷二百四十七）

隋前內史侍郎薛道衡，以醴和麥粥食之，謂盧思道曰：『禮之用，和爲貴，先王之道，斯爲美。』思道答曰：『「知和而和，不以禮節之，亦不可行也。」』（太平廣記卷二百四十八）

觀其所引，皆爲雋談，故魯迅以爲「世說之流」。

侯白所作啓顏錄二卷，今已佚。白生平見前。啓顏錄見引於太平廣記頗多，觀其內容，大抵取資於子史的舊文，一直到他自己的言行事，多浮淺，又以鄙語調侃他人，往往流爲輕薄。中記及唐代事，當爲後人所加。

後魏孝文帝時，諸王及貴臣多服石藥，皆稱「石發」。乃有熱者，非富貴者，亦云「服石發熱，」時人多嫌其詐作富貴體。有一人於市門前臥，宛轉稱熱，因衆人競看。同伴怪之，報曰：「我石發。」同伴人曰：「君何時服石，今得石發？」曰：「我昨在市得米，米中有石，食之，乃今發。」衆人大笑。自後少有人稱「患石發」者。（太平廣記卷二百四十七）

山東人娶蒲州女，多患癭，其妻母項癭甚大。成婚數月，婦家疑壻不慧，婦翁置酒盛會親戚，欲以試之。問曰：「某郎在山東讀書，應識道理。鴻鶴能鳴，何意？」曰：「天使其然。」又曰：「松柏冬青，何意？」曰：「天使其然。」又曰：「道邊樹有骨骴，何意？」曰：「天使其然。」婦翁曰：「某郎全不識道理，何因浪住山東？」因以戲之曰：「鴻鶴能鳴者頸項長，松柏冬青者心中強，道邊樹有骨骴者車撥傷：豈是天使其然？」壻曰：「請以所聞見奉酬，不知許否？」曰：「可言之。」壻曰：「蝦蟆能鳴，豈是頸項長？竹亦冬青，豈亦心中強？夫人項下癭如許大，豈是車撥傷？」婦翁羞愧，無以對之。（太平廣記卷二百四十八）

啓顏錄與笑林相比，文字內容，均有雅俗之分。蓋啓顏錄著作時代較後，已脫離貴族文學而儕於平民讀物之林，不似前此的笑話書，專爲供士大夫的清賞而作了。

但自後作者遂多：唐有何自然的笑林，今已佚。宋有呂居仁的軒渠錄，沈徵的諧史，周文玘的開顏集，天和子的善謔集；元明迄清又不下十餘種；至今尚有滑稽大觀類的書的纂輯。可見牠的「流風餘韻，」一時尚還未已咧。

六 由語林到三說——世說俗說與小說

專記「淸言」的書，始自東晉裴啓的語林，繼之以郭澄之的郭子，宋劉義慶的世說，梁沈約的俗說及殷芸的小說。諸書以世說爲最著名。

裴啓（約三六二前後在世）一作名榮字榮期，河東人。父穉爲豐城令。啓少有風姿才氣，好論古今人物，嘗撰漢魏以來迄於當世言語應對之可稱述者，謂爲語林。時人都好其書，頗見流行。以記謝安語不實，爲安所詆毀，其書遂廢。語林凡十卷，至隋時已佚。但其遺文散見於他書所引，尚不下數十條，牠的內容遂賴此得以考見。

王武子葬夕，孫子荆哭之甚悲，賓客莫不爲垂涙。哭畢，向靈座曰：「卿常好驢鳴，今爲君作驢鳴。」既作，聲似眞，賓客皆笑。孫曰：「諸君不死，而令武子死乎！」賓客皆怒。須臾之間，或悲或哭。

王子猷嘗暫寄人空宅住，便令種竹。或問：暫住何煩爾？嘯詠良久，直指竹曰：「何可一日無此君！」

桓温自以雄姿風氣，是司馬宣王、劉越石一輩器，有以比王大將軍者，意大不平。征苻健還，於北方得一巧作老婢，乃是劉越石妓女，一見温入，潸然而泣。温問其故，答曰：「官家甚似劉司空。」温大悅，即出外整衣冠，又入呼問：「我何似司空？」婢答曰：「眼甚似，恨小；面甚似，恨薄；鬚甚似，恨赤；形甚似，恨短；聲甚似，恨雌。」宣武於是弛冠解帶，不覺惛然而睡，不怡者數日。

郭澄之（約四〇三年前後在世）字仲靜，太原陽曲人。少有才思，機敏過人。嘗爲南康相。劉裕引爲相國參軍，從裕北伐。位至相國從事中郎，封南豐侯，卒於官。所著郭子三卷，亦名郭玄，賈泉爲之注。其書在唐時猶存。所述間與世說相同，下列遺文二則，卽亦爲世說所有。

許允婦是阮德如妹，奇醜，交禮竟，許永無復入理。桓範勸之曰：「阮嫁醜女與卿，故當有意，宜察之。」許便入見婦，卽出，提裾待之。許謂婦曰：「婦有四德，卿有幾？」答曰：「新婦所乏唯容。士有百行，君其有幾？」許曰：「皆備。」婦曰：「君好色不好德，何謂皆備！」許有慚色，遂雅相敬重。允爲吏部郎，多用其鄉里。帝遣虎賁收允，婦出閤戒允曰：「明主可以理奪，難以情求。」允至，明帝核之，允答曰：「『舉爾所知，』臣之鄉人，臣所知也，願陛下檢校爲稱職與否，若不稱職，臣宜受其罪。」旣檢校，皆其人，於是乃釋。允舊服敗壞，乃賜新衣。初被收，允新婦自云：「無憂，尋還。」作粟粥待之。須臾允至。

王渾妻鍾生女，甚賢明，令武子爲姊擇嘉壻，而未有其人；兵家子有才，欲以妻之，獨與之議，初不告，事定乃白。母曰：「誠是地也，自可貴，要當令我見之。」於是武子令此兵與羣小雜處，使母微察之。母曰：「刑衣者汝可（？）拔乎？」武子曰：「是。」母曰：「此才足以拔萃，然地寒，非長年，不足展其才用。觀其形骨，恐不可與婚。」數年，果死。

劉義慶的生平已見前。他所著的世說，原本爲八卷；梁劉孝標爲作注，擴爲十卷。今本名爲世說新語，凡三卷，爲宋詞人晏殊所刪併，於注亦小有剪裁。唐時則名爲世說新書。今本世說新語凡分三十八篇，每篇爲一類，事起後漢，迄於東晉。孝標注頗淵博，所引書多至四百餘種，且大都今已不存，故後人以之與裴松之三國志注並珍。書中文字，與語林、郭子中同者頗多，當亦爲纂輯舊文而成，非屬創作。義慶尚著有小說十卷，見兩唐志，今佚。然太平廣記所引，除殷芸小說均注明「商芸小說」外，又有單注「小說」者甚多。例之志怪亦有兩種，於孔約的志怪注明「孔約志怪」於祖台之所作則不著姓名而僅注「志怪」，則此單注「小說」者，或即爲義慶所作。然前人未言，不敢隨便斷定。

阮光祿在剡，曾有好車，借者無不皆給。有人葬母，意欲借而不敢言。阮後聞之，歎曰：「吾有車而使人不敢借，何以車爲？」遂焚之。（卷上德行篇）

公孫度目邴原：「所謂雲中白鶴，非燕雀之網所能羅也。」（卷中賞譽篇）

劉伶恆縱酒放達，或脫衣裸形在屋中。人見譏之，伶曰：「我以天地爲棟宇，屋室爲褌

衣，諸君何爲入吾褌中？」（卷下任誕篇）

石崇每要客燕集，常令美人行酒，客飲酒不盡者，使黃門交斬美人。王丞相與大將軍嘗共詣崇，丞相素不能飲，輒自勉強，至於沉醉。每至大將軍，固不飲以觀其變，已斬三人，顏色如故，尚不肯飲。丞相讓之，大將軍曰：「自殺伊家人，何預卿事？」（卷下汰侈篇）

沈約（四四一——五一三）字休文，吳興武康人。少孤貧，好學，晝夜不倦。左目重瞳子，聰明過人。仕宋爲尚書度支郎。入齊，初爲文惠太子管書記，校四部圖書。累至五兵尚書。後與范雲等助蕭衍建梁國，累至尚書令，太子少傅。卒，諡隱。約好聚書，晚年聚至二萬卷。著作亦宏富，不下數百卷。其俗說三卷，今已佚。以書名及遺文觀之，便知牠和世說、小說是同類了。

荀介子爲荊州刺史，荀婦大妬，恆在介子齋中，客來便閉屏風。有桓客者，時在中兵參軍，來詣荀諮事，論事已訖，爲復作餘語。桓時年少，殊有姿容，荀婦在屏風裏便語桓云：「桓參軍，君知作人不？論事已訖，何以不去？」桓狼狽便走。

殷芸（四七一——五二九）字灌蔬，陳郡長平人。性倜儻，不妄交友，勵精勤學，博洽羣書。齊永明中，爲宜都王行參軍。梁天監中，累遷國子博士，昭明太子侍讀。普通末，直東宮學士省，卒於官。芸官安右長史時，嘗奉武帝命撰小說三十卷。其書至隋僅存十卷，明初尚存，今乃祇見於太平廣記、續談助及原本說郛中。書亦采集羣書而成，以時代爲次序，特置帝王事於全書之首，始於周漢而迄於南齊。

郭林宗來遊京師，當還鄉里，送車千許乘，李膺亦在焉。衆人皆詣大槐客舍而別，獨膺與林宗共載，乘薄笨車上大槐坂，觀者數百人，引領望之，眇若松喬之在霄漢。（太平廣記卷一百六十四）

漢末陳太丘實與友人期行，過期不至，太丘捨去，去後乃至。其子元方年七歲，在門外戲。客問元方：「尊君在否？」答曰：「待君不至，已去。」友人便怒曰：「非人！與人期行，委而去！」元方曰：「君與家君期日中時，過中不來，則是無信；對子罵父，則是無禮。」友人相慚，下車引之。元方遂入門不顧。（太平廣記卷一百七十四）

上述諸書，以世說爲最著名，故後世仿作的特多。唐有王方慶作續世說新書，宋有王讜作唐語林，孔平仲作續世說，明有何良俊作何氏語林、李紹文作明世說新語，焦竑作類林，張墉作二十一史識餘，鄭仲夔作淸言，淸有吳肅公作明語林，章撫功作漢世說，李淸作女世說，顏從喬作僧世說，王晫作今世說，汪琬作說鈴，今尙有易宗夔作新世說，陳灨一作新語林。最近，新文學家亦有此種著作，可見牠也正還「方興未艾」咧！

第四章　唐代傳奇

一　一個新環境的產生

到了唐代，無論政治、文化以及其他種種方面，都開闢了一個新的環境。所以這個時代的文學，也跟着他們同時進展。唐代向稱爲詩歌的黃金時代，但同時也是文體小說的黃金時代。這種文體小說，叫做傳奇。傳奇的起源，當然是六朝鬼神志怪書的演進。胡應麟說：「變異之談，盛於六朝，然多是傳錄舛訛，未必盡幻設語，至唐人乃作意好奇，假小說以寄筆端。」魯迅先生說：「其云作意云幻設者，則即意識之創造。」於此可覘知傳奇小說與志怪書的不同，又可知時代到了唐代，始有人有意專爲小說。但因有意爲小說，致使文言小說踏進了黃金時代；然亦因有意爲小說，致使文字易樸質爲華豔，敍述由直截而宛轉，遂與一般社會逐漸相隔絕，由六朝的平民的志怪書，進而爲唐代的貴族的傳奇了。

以內容而言，志怪書中儘多民間無名人士的故事，傳奇就不然。傳奇中的主人翁，一觀其姓，便可知爲皆出於著名之門閥。吾們綜合唐人所作，十九不出寫的是太原王、滎陽鄭、淸河博陵二崔、隴西趙郡二李、范陽盧、京兆韋、吳郡陸……諸家的故事。這種情形，並非出之偶然，蓋另有牠的歷史背景存在。六朝最重門閥，凡望族子弟，在政治上社會上俱佔優勝地位，且從不肯與卑姓爲婚。他們之視寒族，幾如主人之視奴隸，成爲二個敵對的階級。此風至唐仍不衰。唐太宗雖曾一度下詔禁止，但無效果。此種風氣表現於傳奇，在作者却自以爲抬高了作品的價值，不料反顯出了作者的階級意識，使我們不能不承認牠是貴族的而非平民的文學了。

更以牠們的技術與取材而論，亦與前此的志怪書不同。不但抒寫宛轉，而其對象亦擴大，由瑣碎而變爲有條理可尋，由混雜而漸趨於分析。後人嘗以所寫對象歸納傳奇爲三大類，卽神怪、戀愛與豪俠故事。這三種對象的產生，都與這個新的環境有密切的關係。只要熟悉一些唐代歷史的人，便知道唐代歷史上有三樁爲其他時代所無或不同的事件，就是：一是佛道二教的特別發達，二是女性的解放，三是藩鎮的專橫。「文學是時代的反映，」這三樁事件反映於傳奇，自然成爲傳奇的神怪、戀愛、豪俠三種故事的對象了。

唐代是佛教的黃金時代，同時又是道教的黃金時代。不用說，至今徧傳在民間的唐三藏取經故事就產生在這個時代，而佛教經典翻譯之多也以此時爲最。古文家韓愈爲了反對憲宗迎佛骨，以致被貶潮州，尤爲佛教勢力戰勝儒家勢力的一種最有力的表現。另外又爲了「生殖崇拜」的關係，唐代的國姓是李，而爲道教所托始的太上老君也姓李，於是高宗尊李耳爲玄元皇帝，竭力的崇高道教的地位。到了玄宗時，張果、葉法善之流，大得皇帝信任；而他們的神奇的故事，也大量地流傳於當時人口。玄宗遊月宮及方士於海外仙山找到楊妃兩樁故事一產生，道家的神通也表現到十足。在上者旣推崇之無所不至，在下當然亦羣起而效尤。於是道士在社會上成爲一個特殊階級了。在他們中間，也產生過不少的文人。佛教的報應之談，更挾上道教的種種神通故事，和六朝志怪書中所述的相糅合攏來，這樣，就產生了描寫神怪故事的傳奇。

在唐以前，女性不獨在政治上社會上沒有地位，卽在法律上亦不以人類相待。吾們只要看一件事就可知道。晉代石崇筵客，命美人行酒，客不肯飲則斬美人。這種看女性連其他生命都不如的事實，居然行之於朝士筵宴之時，他們平日對待女性的手段更可想見。東晉以后，來了外族的陵略，受了外來的習俗的感染，此風已稍好，所以也產生過像大義公主一類的英雄，可是終竟也失敗了。唐代便是女性的天堂時代了。雄才大略的武媚娘，居然一躍而爲則天皇后，再躍而爲大周金輪皇帝。她在爲皇后時期，不但常代高宗臨朝視事，也參加封禪典禮，又請廢除了「父在爲母齊衰期」的古禮，而實行「父在爲母齊衰三年。」她一旦爲帝，便盡效男性所爲，以男性爲妃嬪，也加以玩弄。這種報復手段，在男性看來，自是奇辱大恥。但此后的女性却大佔便宜了，不獨打破了專責女子守貞而允許男性放蕩的舊觀念，她們的行動也由此得了自由。所以從前的女子一到懷春時期，只有鬱悒，只有幽恨，誰敢明白表示！此后便不管了。只要有與男性接觸的機會，她們就敢大膽不顧一切地發揮她們的本能了。門閥的限制也無用了，父兄的尊嚴也失掉了。戀愛，戀愛，只要戀愛了，一切藩籬在她們是等於沒有一樣了。加之女子有才之爲社會推重，女子爲求脫離家庭的束縛而爲女道士之風又盛極一時，妓女制度也公開地成立，一切都給與了女性的種種便利，女性那能還不解放出來呢？但女性解放了，同時也便宜了寒素的男性。他們本以婚姻爲苦事，沒有黃金休想娶得滿意的妻子，沒有閥閱更攀不上高貴的女性。這時便不然了，只要她和你戀愛，黃金和閥閱也失去了魔力了。在這樣一個環境裏，偉大的戀愛故事當然很自然地產生了。

唐代藩鎭的專橫，不下於近年來軍閥的跋扈。他們大都屬於非智識階級，所以他們沒有高貴的願望。他們只知圖物質的奢侈，奪人財貨，刼人妻女，都視爲常事。政府却奈何他們不得。只要看通鑑所載，便可見他們在當時的勢力：

時成德節度使李寶臣，魏博節度使田承嗣，相衞節度使薛嵩，盧龍節度使李懷仙，收安史餘黨，各擁勁卒數萬，治兵完城，自署文武將吏，不供貢賦，與山南東道節度使梁崇義及正己皆結爲婚姻，互相表裏。朝廷專事姑息，不能復制，雖名藩臣，羈縻而已。

（代宗永泰元年）

有時在他們的中間，爲了私怨而起衝突，便臨之以武力。這樣，豈不又苦了一般小百姓？但政府那裏敢說一句話！討伐更不必說了。你再看通鑑所載：

夏六月壬寅，幽州兵馬使朱希彩經略副使昌平朱泚，泚弟滔，共殺節度使李懷仙，希彩自稱留後。閏月，成德節度使李寶臣遣將將兵討希彩，爲希彩所敗。朝廷不得已，宥之。庚申，以王縉領盧龍節度使。丁卯，以希彩知幽州留後……冬十一月丁亥，以幽州留後朱希彩爲節度使。（大曆三年）

政府既獎強抑弱，於是各藩鎮日以增高軍力爲事，且各畜死士以從事暗殺。所以所謂劍俠，遂得橫行當時。例如元和十年，刺客殺宰相武元衡，傷裴度；開成三年，盜刺宰相李石，馬逸而脫於急。前者是平盧節度使李師道所遣，後者是宦官仇士良所遣；其他大臣或重鎮以「暴卒」聞者，史上更不絕書。這些劍客們的驚人故事既流佈民間，同時又感覺到在「強權卽公理」的時代，只有他們的行事最痛快，於是對於他們抱着熱烈的希冀。這樣，便產生了許

多叫人讀了痛快的豪俠故事

從文體方面說，傳奇一方面是志怪書的演進，一方面也受了當時「古文運動」的影響。吾們讀了在韓愈以前的張鷟所作遊仙窟爲近於駢文的體裁，便可知道在韓愈同時或以后的傳奇都是流利的散文，決非無因所致。鄭振鐸說：「唐代『傳奇文』是古文運動的一支附庸；却由附庸而蔚成大國。其在我們文學史上的地位，反遠較蕭、李、韓、柳之散文爲重要。」又說：「他們乃是古文運動中最有成就的東西——雖然後來的古文運動者們未必便引他們爲同道。」（中國文學史四九三頁）這自是研究有得的話，我們儘可以深信而不疑的。

二　傳奇小說三大派（一）

神怪故事乃直接由六朝鬼神志怪書演變而來，所以產生的時期在傳奇中爲最早。像王度古鏡記，無名氏的補江總白猿傳，都產生在隋唐易代之際。當然，牠們在技巧上不能與唐代中葉及中葉以後的作品相比擬不過篇幅長短有相似之處罷了。

王度（？——六四四前不久）一作名凝，字不詳，絳州龍門人。他是當時思想家王通的弟弟。隋大業中，爲御史，罷歸河東。復入爲著作郎，奉詔修國史。又出爲芮城令，持節河北道。其餘事迹不很可考。他所著的古鏡記，係敍他自己獲神鏡於侯生，能降妖魔。後來他的弟弟勣遠游，借以自隨，也殺了許多鬼怪。最后鏡乃化去。度的其他著作未見，今惟此篇尚存。

……遊江南，將度廣陵揚子江，忽暗雲覆水，黑風波湧，舟子失容，慮有覆沒。勣攜鏡上舟，照江中數步明朗徹底，風雲四斂，波濤遂息。須臾之間，達濟天塹。躋攝山麴芳嶺，或攀絕頂，或入深洞，逢其羣鳥環人而噪，數熊當路而蹲，以鏡揮之，熊鳥奔駭。是時利涉浙江，遇潮出海，濤聲振吼，數百里而聞。舟人曰「濤既近，未可渡南，若不迴舟，吾輩必葬魚腹。」勣出鏡照，江波不進，屹如雲立。四面江水豁開五十餘步，水漸清淺，黿鼉散走。舉帆翩翩，直入南浦。然後卻視，濤波洪湧，高數十丈，而至所渡之所也。遂登天台，周覽洞壑，夜行佩之山谷，去身百步，四面光徹，纖微皆見。林間宿鳥，驚而亂飛。……

補江總白猿傳不知何人所作，僅知牠是唐初作品。傳中敍梁將歐陽紇略地至長樂，深入溪洞，其妻貌美，乃爲白猿所掠。及救歸，已懷孕，過歲生子，貌竟似猿。紇後爲陳武帝所殺，子詢賴江總收養成人，入唐，有文名。相傳詢貌類獼猴，所以他的仇家造此故事來汚蔑他，事實當然是憑空揑造的。這樣，無怪作者姓氏不傳了，魯迅云：「是知假小說以施誣蔑之風其由來亦頗古矣。」眞慨乎言之！

……既逾月，忽於百里之外叢篠上，得其妻繡履一隻。雖雨浸濡，猶可辨識。紇尤悽悼，求之益堅。選壯士三十人，持兵負糧，巖棲野食。又旬餘，遠所舍約二百里。南望一山，葱秀迥出。至其下，有深溪環之，乃編木以渡。絕巖翠竹之間，時見紅綵，聞笑語音。捫蘿引絙而陟其上，則嘉樹列植，間以名花，其下綠蕪，豐軟如毯。淸迥岑寂，杳然殊境。有東向石門，婦人數十，被服鮮澤，嬉遊歌笑，出入其中。見人皆謾視遲立。至則問曰：「何因來此？」紇具以對。相視歎曰：「賢妻至此月餘矣。今病在牀，宜遣視之。」入其門，以木爲扉，中寬闢若堂者三四，壁設牀，悉施錦薦。其妻臥石榻上，重茵累席，珍食盈前。紇就視之，回眸一睇。卽疾揮手令去。

李朝威（約七五九前后在世）字不詳，隴西人。生平不可考。著有傳奇柳毅傳，敍洞庭龍君之女爲舅姑丈夫所虐，懇柳毅寄信於其父。爲叔錢塘君所知，乃出兵討伐，吞了她丈夫。因感柳毅傳書之德，以龍女嫁之，毅不允。毅後娶張娶韓皆夭亡。後於金陵娶盧氏，歲餘，生一子。盧氏始自認卽龍女。乃相與朝洞庭，徙居南海。開元中，復歸洞庭，遂成仙。開元末，毅表弟薛嘏經洞庭，見毅，與藥五十九。嘏后亦不知所在。元人尙仲賢據之以作柳毅傳書，淸人李漁又作蜃中樓。又有柳參軍傳亦題朝威作，然其享名不及柳毅傳之盛。

……君以書授之，令達宮中。須臾宮中皆慟哭。君驚謂左右曰：「疾告宮中，無使有聲，恐錢塘所知。」毅曰：「錢塘何人也？」曰：「寡人愛弟也。昔爲錢塘長，今則致政矣。」毅曰：「何故不使知？」曰：「以其勇過人耳。昔堯遭洪水九年者，乃此子一怒也。近與天將失意，穿其五山。上帝以寡人有薄德於古今，遂寬其同氣之罪。然猶縻繫於此，故錢塘之人，日來候焉。」詞未畢，而大聲忽發，天折地裂，宮殿擺簸，雲煙沸湧。俄有赤龍，長千餘尺，電目血舌，朱鱗火鬣，項掣金鎖，鎖牽玉柱，千雷萬霆，激繞其身。霰雪雨雹，一時皆下。乃擘青天而飛去。毅恐蹶仆地。君親起持之曰：「無懼。固無害。」毅良久稍安，乃獲自定。因告辭曰：「願得生歸，以避復來。」君曰：「必不如此。其去則然，其來則不然。幸爲少盡繾綣。」因命酌互舉，以款人事。俄而祥風慶雲，融融怡怡，幢節玲瓏，簫韶以隨。紅粧千萬，笑語熙熙。中有一人，自然蛾眉，明璫滿身，綃縠參差，迫而視之，乃前寄辭者。然而若喜若悲，零淚如絲。須臾，紅煙蔽其左，紫氣舒其右，香氣環旋，入於宮中。君笑謂毅曰：「涇水之囚人至矣。」……

沈既濟（約七八〇前后在世）字不詳，蘇州吳人，或作吳興武康人。明經學，楊炎荐其有史才，召拜左拾遺，史館修撰。後炎得罪，既濟坐貶處州司戶參軍。復入朝，位禮部員外郎，卒。他官修撰時，嘗請省天后紀以合中宗紀，又諫德宗權公錢收子贍用，可見他是一位有剛直之氣的人物。著有建中實錄十卷，及傳奇枕中記與任氏傳二篇。枕中記或題李泌作，非是。記敍道士呂翁行邯鄲道中，於逆旅遇盧生，見他因窮困歎息，便授以一枕道：枕此當榮適如意。

生夢娶淸河崔氏，登顯宦，不數年便爲宰相，中間曾爲人所忌，以飛語受貶，然不久卽復官。後壽至八十，子孫滿前而死。至此，盧生乃醒，時旅舍主人蒸黃粱尙未熟。呂翁顧他笑道：人世之事，不過如此而已。生憮然良久，拜謝別去。元人馬致遠等合作之黃粱夢，和明人湯顯祖的邯鄲記二劇，都據此文而作。任氏傳敍妖狐幻化爲人助鄭六立家業且能守貞拒强暴後爲犬所逐而斃；作者譽爲「雖今之婦人有不如者，」蓋亦爲諷世而作。

……數歲帝知其冤復起爲中書令，封趙國公，恩旨殊渥，備極一時。生有五子，僔、倜、儉、位、倚。僔爲考功員外，儉爲侍御史，位爲太常丞，季子倚最賢，年二十四，爲右補闕。其姻媾皆天下族望。有孫十餘人。凡兩竄嶺表，再登台鉉，出入中外，迴翔臺閣，三十餘年間，崇盛赫奕，一時無比。末節頗奢蕩，好逸樂，後庭聲色，皆第一。前後賜良田甲第佳人名馬不可勝數。後年漸老，屢乞骸骨，不許。及病，中人候望，接踵於路，名醫上藥，畢至焉。……（枕中記）

……鄭子武調，授槐里府果毅尉，在金城縣。……將之官，邀與任氏俱去。任氏不欲往。

……崟與更勸勉，且詰其故。任氏良久曰：「有巫者言是歲不利西行，故不欲耳。」……二子曰：「豈有斯理乎？」懇請如初。任氏不得已，遂行。崟以馬借之，出祖於臨皋，揮袂別去。信宿至馬嵬，任氏乘馬居其前，鄭子乘驢居其後。女奴別乘，又在其後。是時西門圉人教獵狗於洛川，已旬日矣，適値於道，蒼犬騰出於草間。鄭子見任氏欻然墜於地，復本形而南馳。蒼犬逐之，鄭子隨走叫呼，不能止，里餘，爲犬所獲。鄭子銜涕出囊中錢贖以瘞之，削木爲記。迴覩其馬，嚙草於路隅，衣服悉委於鞍上，履襪猶懸於鐙間，若蟬蛻然，唯首飾墜地，餘無所見。女奴亦逝矣。……（任氏傳）

李景亮（約八○四前后在世）的字里無考。生平事迹，也僅知他於貞元十年舉「詳明政術可以理人」科擢第。著有李章武傳及人虎傳。李章武傳敍章武自長安往華州詣別駕崔信，偶於市中見一美婦，遂賃舍於其家。主人王姓，美婦爲其媳，因與私通。章武歸長安，互贈詩物爲別。八九年后，章武往訪，則王氏已亡，遺命仍留止其舍。是夜，果與王氏鬼魂會，歡恰如初。臨別，復贈以白玉寶簪及詩。後有胡僧求見其簪，謂爲天上至物，非人間所有。人虎傳亦見宣室志，敍李徵博學工文，屈居下僚，鬱鬱不得志，發狂夜走。後同榜李儼遇虎，自稱爲徵所化，告以經過，且托以賑其孤弱，錄其遺文。儼悉如其請。

……章武乃求鄰婦爲開門，命從者市薪芻食物。方將具裀席，忽有一婦人，持箒出房掃地，鄰婦亦不之識。章武因訪所從來，云是舍中人。又逼而詰之，卽徐曰：「王家亡婦，感郎恩情，將見會，恐生怪怖，故使相聞。」章武云：「章武所由來者，誠爲此也。雖顯晦殊途，人皆忌憚，而思念情至，實所不疑。」語畢，執箒人欣然而去，逡巡映門，卽不復見。乃具飲饌，呼祭自食飲畢，安寢。至二更許，燈在床之東南，忽而稍暗，如此再三。章武心知有變，因命移燭背牆，置室東南隅。旋聞西北角悉窣有聲，如有人形，冉冉而至。五六步，卽可辨。其狀貌衣服，乃主人子婦也。與昔見不異，但舉止浮急，音調輕清耳。章武下床，迎擁攜手，款若平生之歡。自云：「在冥錄以來，都忘親戚，但思君子之心，如平昔耳。」章武倍與狎暱，亦無他異。但數請令人視明星，若出，當須還，不可久住。每交歡之暇，卽懇託謝鄰婦楊氏，云：「非此人，誰達幽恨？」至五更，有人告可還。子婦泣下床，與章武

連臂出門，仰望天漢，遂嗚咽悲怨。……（李章武傳）

白行簡（？——八二六）字知退，下邽人。他是大詩人白居易的季弟。第進士，辟盧坦劍南東川府。元和十五年，授左拾遺，累遷司門員外郎主客郎中。以病卒年五十餘歲。行簡有文集二十卷今已佚。所作傳奇，有李娃傳與三夢記。三夢記所記三事，敍述皆甚簡質，而事特瑰奇，文體類志怪書。三事爲「彼夢有所往而此遇之者，或此有所爲而彼夢之者，或兩相通夢者，」其第一事尤勝。但他書記此事，其主人翁姓名各不同，河東記以爲獨孤遐叔，纂異記以爲張生，此則以爲劉幽求，而事迹盡相同。

天后時，劉幽求爲朝邑丞，嘗奉使歸。未及家十餘里，適有佛堂寺，路出其側。聞寺中歌笑歡洽，寺垣短缺，盡得覩其中。劉俯身窺之，見十數人兒女雜坐，羅列盤饌，環繞之而共食。見其妻在坐中語笑。劉初愕然，不測其故。久思之，且思其不當至此，復不能捨之。又熟視容止言笑無異。將就察之，寺門閉不得入。劉擲瓦擊之，中其罍洗，破迸走散。因忽不見。劉踰垣直入，與從者同視殿廡，皆無人。寺扃如故。劉訝益甚。遂馳歸。比至其家，妻方寢。聞劉至，乃敍寒暄訖。妻笑曰：「向夢中與數十人同遊一寺，皆不相識，會食於殿庭。有人自外以瓦礫投之，杯盤狼藉，因而遂覺。」劉亦具陳其見。蓋所謂彼夢有所往而此遇之者矣。

李公佐（約八一三前后在世）字顓蒙，隴西人。嘗舉進士。元和初爲江淮從事，有僕夫執役勤瘁，凡三十年，一旦留詩一章，距躍淩空而去。八年，罷歸京師。會昌初，爲揚府錄事。大中二年，坐累削兩任官。餘事無考。公佐所作傳奇凡四篇，其中南柯大守傳等三篇皆爲神怪故事。三篇中以南柯太守傳一篇最爲動人，敍淳于棼所居宅南，有大槐樹一株，清陰數畝。一天，他在醉寢後夢到槐安國去，做了國王的女壻，統治南柯郡。守郡三十年，將兵與檀羅國戰，大敗，公主又死，因此罷官。後被國王送回故鄉。醒後，在槐下發現一穴，彷彿若夢中所經。命僕發掘，有蟻數斛。樹根上積土，成城郭台殿之狀。中有丹台，上居二大蟻，長可三寸許，知卽爲槐安國王及后……。復掘，所謂南柯郡與其妻葬處，都彷彿尋得。復爲掩塞如舊。是夜大風雨暴發，蟻均遷去，不知所往。明人湯顯祖之南柯記，卽演此事爲戲曲。其他二篇原題皆未見，他書所引者則都已改題。一爲廬江馮媼，敍董江妻亡更娶，媼見有女泣於路旁的一室中，自稱董江之妻，後乃知卽爲死者之墓。董聞知，以妖妄罪逐媼出邑。一爲李湯，或題作古嶽瀆經，記漁人見龜山下水中有大鐵鎖，時李湯爲楚州刺史，命人以牛曳出。乃風濤大作，一獸狀似猿猴，白首長鬐，雪牙金爪，闖上岸來。高五丈餘，初時目俱閉，後忽開，光彩若電，慢慢地引鎖曳牛入水中，不復出。一時人皆不識爲何物。後經公佐跋涉搜訪，始於石穴天書中知其來歷，乃大禹治水時所獲的淮渦水神無支祁。此說後盛行於民間，漸誤以禹爲僧伽或泗州大聖，元明人作西遊記，乃移寫其神變奮迅之狀爲孫悟空，而且把水怪變作山妖了。

……生感念嗟歎，遂呼二客而語之，驚駭。因與生出外，尋槐下穴。生指曰：「此卽夢中所經入處。」二客將謂狐狸木媚之所爲祟，遂命僕夫荷斤斧，斷擁腫，折查枿，尋穴究源。旁可袤丈，有大穴，根洞然明朗，可容一榻。上有積土壤，以爲城郭臺殿之狀。有蟻數斛，隱聚其中。中有小臺，其色若丹。二大蟻處之，素翼朱首，長可三寸。左右大蟻數十輔之，諸蟻不敢近。此其王矣。卽槐安國都也。又窮一穴，直上南枝，可四丈，宛轉方中，亦有土城小樓，羣蟻亦處其中，即生所領南柯郡也。又一穴。西去二丈，磅礴空巧，嵌窞異狀，中有一腐龜殼，大如斗，積雨浸潤，小草叢生，繁茂翳薈，掩映振殼，即生所獵靈龜山也。又窮一穴，東去丈餘，古根盤屈，若龍虺之狀，中有小土壤，高尺餘，即生所葬妻盤龍岡之墓也。追想前事，感歎於懷，披閱窮跡，皆符所夢，不欲二客壞之，遽令掩塞如舊。是夕風雨暴發，旦視其穴，遂失羣蟻，莫知所去。……（南柯太守傳）

沈亞之（約八二五前后在世）字下賢，吳興人。初至長安，應舉不第，李賀爲歌以送歸。元和十年登第，爲秘書省正字。長慶中，補櫟陽令。累遷至殿中丞御史內供奉。太和初爲德州行營使柏耆判官。耆貶，亞之亦謫南康尉。終郢州掾。著有文集十二卷。亞之有文名，自謂「能覙縷窈窕之思。」集中有傳奇三篇，都是以華豔之筆，敍恍忽之情，而好言仙鬼亦有生死，與同時作家異趨。湘中怨辭敍鄭生偶遇孤女，相處多年，女乃自言她是「蛟宮之娣，」今謫限已滿，遂別去。十餘年後，又遙見之畫艫中，含嚬悲歌，於風濤中失其所在。異夢錄敍邢鳳夢見美人示以春陽曲，且爲「弓彎」舞，及醒，詞箋仍在袖；及王炎夢侍吳王久，忽聞笳鼓，乃葬西施，因奉命作挽歌，爲王所嘉賞。秦夢記自叙他道經長安，家槖泉邸舍，夢爲秦官有功。時弄玉壻蕭史新死，因尙公主，自題所居曰翠微宮。穆公亦待之甚厚。一日，公主忽無疾卒，穆公乃不復欲見他，遂遣歸。

……後十餘年，生兄爲岳州刺史。會上巳日，與家徒登岳陽樓望鄂渚，張宴樂酣。生愁思吟曰：「情無限兮蕩洋洋，懷佳期兮屬三湘。」一聲未終，有畫艫浮漾而來。中爲綵樓，高百餘尺，其上帷帳欄籠，盡飾帷囊，有彈絃鼓吹者，皆神仙蛾眉，被服煙電，裾袖皆廣尺。中一人起舞，含嚬怨慕，形類汜人，舞而歌曰：「泝青春兮江之隅，拖湖波兮裊綠裾。荷拳拳兮來舒，非同歸兮何如？」舞畢，斂袖索然。須臾風濤崩怒，遂不知所往。（湘中怨辭）

……居久之，公幼女弄玉壻蕭史先死。……固辭，不得請，拜左庶長，尙公主，賜金二百斤。民間猶謂蕭家公主。其日，有黃衣人中貴疾騎馬來延亞之入宮闕甚嚴，呼公主出，鬟髮著偏袖衣裝不多飾。其芳殊明媚，筆不可模樣。侍女祇承分立左右者數百人。召見亞之，便館居亞之於宮，題其門曰翠微宮。宮人呼為沈郎院。雖備位下大夫，繇公主故，出入禁衛。公主喜鳳簫，每吹簫，必翠微宮高樓上，聲調遠逸，能悲人，聞者莫不自廢。公主七月七日生，亞之嘗無貺壽。內史廖曾為秦以女樂遺西戎，戎主與之水犀小合。亞之從廖得以獻公主，主悅，嘗愛重，結裙帶上。……（秦夢記）

韋瓘（約八三一前后在世）字茂宏，京兆萬年人。登進士第，累官中書舍人。與李德裕善，故與牛僧孺黨交惡。德裕罷相，瓘貶明州長史。會昌末，遷楚州刺史。終桂管觀察使。他曾冒牛僧孺的名字著周秦行紀，用第一人稱敍僧孺舉進士落第，將歸宛葉，經伊闕鳴皋山下，因暮失道，遂止薄太后廟中，與漢唐妃嬪燕飲。太后問今天子為誰？他對道：「今皇帝先帝長子。」太眞笑道：「沈婆兒作天子也大奇！」復賦詩，終以昭君侍寢，至明別去。德裕因作論謂僧孺姓應圖讖，周秦行紀則記身與后妃冥遇，欲證其人非人臣，至戲呼德宗為沈婆兒，可謂無禮於君之極，宜少長咸置於法。開成中，果為憲司所覈，文宗讀之笑道：「此必假名。僧孺是貞元進士，豈敢呼德宗為沈婆兒也？」一事遂寢。自來假小說以排陷他人，要以此事為最惡毒了。

……詩畢，酒既至。太后曰：「牛秀才遠來，今夕誰人爲伴？」戚夫人先起辭曰：「如意兒長成，固不可，且不可如此。」潘妃辭曰：「東昏以玉兒身死國除，玉兒不宜負也。」綠珠辭曰：「石衞尉性嚴急，今有死，不可及亂。」太后曰：「太眞今朝先帝貴妃，不可言其他。」乃顧謂王嬙曰：「昭君始嫁呼韓單于，復爲株累弟單于婦，固自困，且苦寒地，胡鬼何能爲？昭君幸無辭。」昭君不對，低首羞恨，俄各歸休。余爲左右送入昭君院。會將旦，侍人告起。昭君垂泣侍別，忽聞外有太后命，余遂出見太后。太后曰：「此非郎君久留地，宜亟還，便別矣，幸無忘向來歡。」更索酒，酒再行，己，戚夫人、潘妃，綠珠，皆泣，竟辭去。太后使朱衣送往大安，抵西道，旋失使人所在，時始明矣。……

裴鉶（約八六〇前后在世）的字、里均無考。咸通中爲靜海節度使高駢掌書記，加侍御史內供奉。乾符五年，以御史大夫爲成都節度副使，作題文翁石室詩。鉶著有傳奇三卷，多記神仙恢譎之事，其中裴航及崔煒傳二篇，亦記神鬼戀愛故事，尤以裴航一篇爲著名。裴航因下第遊鄂渚歸，傭巨舟載於湘漢。同舟樊夫人，有國色，航思與之通，有所獻。夫人召見，告以有夫，贈詩爲別。至京，於藍橋驛遇美女雲英，乃向其祖母求婚。祖母限以百日內得玉杵臼始許。航果求得之，再百日，於山中成婚。來賓皆神仙，妻姊亦在，卽舟中所遇樊夫人也。航遂亦成仙。明人龍米陵取材以作藍橋記傳奇，明末楊之炯又合崔護事以作玉杵記。崔煒傳敍煒有詩名，嘗脫衣援一丐嫗，嫗贈以灸艾云可由此獲美艷。煒以艾愈任翁疾，翁事鬼，將殺煒以饗。翁女密於窗隙告之，夜遁，墮蛇穴，以艾灸蛇疾，愈，蛇乃導之至一洞府。洞爲田橫玄宮，橫許以女。及返，已三年。後果送田女至，遂成婚。最后煒亦仙去。

……飾粧歸輦下，經藍橋驛側近，因渴甚，遂下道求漿而飲。見茅屋三四間，低而復隘。有老嫗緝麻苧。航揖之，求漿。嫗咄曰：「雲英擎一甌漿來，郎君要飲。」航訝之，憶樊夫人詩有雲英之句，深不自會。俄於葦箔之下，出雙玉手，棒瓷。航接飲之，眞玉液也。但覺異香氤鬱，透於戶外。因還甌，遽揭箔視，女子露裛瓊英，春融雪彩，臉欺膩玉，鬢若濃雲，嬌而掩面蔽身，雖紅蘭之隱幽谷，不足比其芳麗也。航驚怛植足，而不能去。因白嫗曰：「某僕馬甚饑，願憩於此，當厚答謝，幸無見阻。」嫗曰：「任郎君自便。」且遂飯僕秣馬。良久，謂嫗曰：「向覩小娘子豔麗驚人，姿容擢世，所以躊躕而不能適。願納厚禮而娶之，可乎？」嫗曰：「渠已許嫁一人，但時未就耳。我今老病，只有此女孫。昨有神仙遺靈丹一刀圭，但須玉杵臼擣之，百日方可就吞，當得後天而老。君約取此女者，得玉杵臼，吾當與之也。其餘金帛，吾無用處耳。」航拜謝曰：「願以百日爲期，必攜杵臼而至，更無他許人。」嫗曰：「然。」航恨恨而去。……（裴航）

……虵遂咽珠，蜿蜒將有所適。煒遂再拜，跨虵而去，不由穴口，只於洞中行，可數十里。其中幽暗若漆，但虵之光燭兩壁，時見繪畫古丈夫，咸有冠帶。最後觸一石門，門有金獸齧環，洞然明朗。虵低首不進，而卸下煒。煒將謂已達人世矣，入戶，但見一室，空闊可百餘步。穴之四壁，皆鐫爲房屋。當中有錦繡幃帳數間，垂金泥紫，更飾以珠翠，炫晃如明星之連綴。帳前有金爐，爐上有蛟龍鸞鳳龜虵鸞雀，皆張口噴出香烟，芳芬蓊鬱。傍有小池，砌以金璧，貯以水銀，鳧鷖之類，皆琢以瓊瑤，而泛之。四壁有牀，咸飾以犀象，上有琴、瑟、笙、篁、鼗鼓、柷敔，不可勝記。煒細視手澤尚新。煒乃恍然，莫測是何洞府也。……

三　傳奇小說三大派(二)

(崔煒傳)

在唐以前，中國向無專寫戀愛的小說。有之，始自唐人傳奇。就是唐人所作傳奇，也要算這一類最爲優秀。作者大都能以雋妙的鋪敍，寫悽惋的戀情，其事多屬悲劇，故其文多哀艷動人；不似後代的才子佳人小說，其結局十九爲大團圓，讀畢后使人沒有些兒回味可尋。

這類傳奇的產生，以遊仙窟爲最早。全文共萬餘言，體近駢儷，且爲唐代傳奇中最長的作品。作者張鷟（約六六〇——七四一間在世）字文成，自號浮休子，深州陸渾人，博學工文詞，七登文學科，曾爲御史，性情躁卞，儻蕩不檢，姚崇很看不起他，後被劾貶嶺南，旋又內徙，終於司門員外郎。日本、新羅使至，常以金寶買他的文章。游仙窟係自敍奉使河源，道中夜投大宅，逢二女曰十娘、五娘，宴飲歡笑，以詩相調，止宿而別。在日本有傳說，言作者姿容清媚，好色多情，慕武則天后而無由通其情愫，乃爲此文進之。作者與則天后爲同時人，此傳言當有所自。此文中國已久佚，近始由日本傳入而有印本。下面所錄，乃寫升堂燕飲時情形的一段：

……十娘喚香兒爲少府設樂，金石並奏，簫管間響；蘇合彈琵琶，綠竹吹箏箎，仙人鼓瑟，玉女吹笙。玄鶴俯而聽琴，白魚躍而應節。清音哳叨，片時則梁上塵飛，雅韻鏗鏘，卒爾則天邊雪落；一時忘味，孔丘留滯不虛，三日繞梁，韓娥餘音是實。……兩人俱起舞，共勸下官，……遂舞著詞曰：「從來巡遶四邊，忽逢兩個神仙，眉上冬天出柳，頰中旱地生蓮，千看千處嫵媚，萬看萬種嬡妍，今宵若其不得，剌命過與黃泉。」又一時大笑。舞畢，因詠曰：「僕實庸才，得陪淸賞，賜垂音樂，慚荷不勝。」十娘詠曰：「得意似鴛鴦，情乖若胡越，不向君邊盡，更知何處歇？」十娘曰：「兒等並無可收採，少府公云：『冬天出柳，旱地生蓮。』總是相弄也。」……

作者尙著有龍筋鳳髓判十卷，朝野僉載三十卷，亦盛行於時。

陳玄祐（約七七九前后在世）的字、里、生平都無考；著有離魂記。記中敍張倩娘與王宙相愛甚深，其父欲將倩娘嫁別人，她不願，宙亦悲恨訣別。夜半，他忽見倩娘追蹤而至，相處五年，生二子，然後二人同到倩娘父家。誰知倩娘臥病在家，未嘗出門，臥病的倩娘聞和宙同來的倩娘至，便起牀相迎，二女相合爲一體。乃知和宙同來的爲倩娘之魂。元鄭德輝的倩女離魂一劇，卽據此文而作。文中寫宙與張家决別後：

……日暮至山郭數里，夜方半，宙不眠。忽聞岸上有一人行聲甚速，須臾至船。問之，乃倩娘徒行跣足而至。宙驚喜發狂，執手問其從來。泣曰：「君厚意如此，寢相感。今將奪我此志，又知君深情不易，思將殺身奉報，是以亡命來奔。」宙非意所望，欣躍特甚。遂匿倩娘於船，連夜遁去，倍道兼行，數月至蜀。凡五年，生兩子，與鎰絕信。……

許堯佐（約八〇六前后在世）的字、里亦無考。他曾擢進士第，又舉宏辭，爲太子校書郎。貞元十六年，與張宗本、鄭權皆佐征西幕府。後位諫議大夫，卒。堯佐善爲詩，全唐詩中曾采錄。所作傳奇名章台柳傳，或名柳氏傳，於敍戀愛外復寫豪俠，實爲備具兩種對象的故事。其文敍韓翃的戀人柳氏爲番將沙吒利所奪，他無計把她取回，俠士許俊憐其情，自告奮勇去替他刼回。此本爲當時實事，二人的酬答詩「章台柳，章台柳，昔日青青今在否？……」，至今尚流誦於文學家之口。文中寫翃於途中遇柳氏后，許俊爲之刼歸一段，柔情脈脈，俠氣如虹，奕然大有生氣：

……翃得從行至京師，已失柳氏所止，歎想不已。偶於龍首岡見蒼頭以駮牛駕輜軿從兩女奴。翃偶隨之，自車中問曰：「得非韓員外乎？某乃柳氏也。」使女奴竊言失身沙吒利，阻同車者，請詰旦幸相待於道政里門。及期而往，以輕素結玉合，實以香膏，自車中授之曰：「當遂永訣，願寘誠念。」乃回車，以手揮之，輕袖搖搖，香車轔轔，目斷意迷，失於驚塵。翃大不勝情。會淄青諸將合樂酒樓，使人請翃。翃強應之，然意色皆喪，音韻悽咽。有虞侯許俊者，以材力自負，撫劍言曰：「必有故，願一効用。」翃不得已，具以告之。俊曰：「請足下數字，當立致之。」乃衣縵胡，佩雙鞬，從一騎，徑造沙吒利之第。候其出行里餘，乃被衽執轡，犯關排闥，急趨而呼曰：「將軍中惡，使召夫人。」僕侍辟易，無敢仰視。遂升堂出翃札示柳氏，挾之跨鞍馬，逸塵斷鞅，倏忽乃至。引裾而前曰：「幸不辱命。」四座驚歎。……

白行簡生平見前，所著李娃傳係敍：李娃爲長安名妓，常州刺史滎陽公之子因迷戀她而致墮落，至爲乞丐。李娃終於救了他使他勉力讀書上進；後奉父命結爲婚姻，待娃以殊禮。元石君寶的曲江池，和明薛近兗的繡襦記二劇，都叙寫此事。鄭元和唱蓮花落故事，至今尙盛傳於閭里間。

……一旦大雪，生爲凍餒所驅，冒雪而出，乞食之聲甚苦，聞見者莫不悽惻。時雪方甚，人家外戶多不發。至安邑東門，循理垣北轉第七八，有一門獨啓左扉，卽娃之第也。生不知之，遂連聲疾呼：「饑凍之甚」音響悽切，所不忍聽。娃自閤中聞之，謂侍兒曰：「此必生也，我辨其音矣。」連步而出，見生枯瘠疥厲，殆非人狀。娃意感焉，乃謂曰：「豈非某郎也？」生憤懣絕倒，口不能言，頷頤而已。娃前抱其頸，以繡襦擁而歸於西廂，失聲長慟曰：「令子一朝及此，我之罪也。」絕而復蘇。姥大駭，奔至，曰：「何也？」娃曰：「某郎。」姥遽曰：「當逐之，奈何令至此。」娃斂容却睇曰：「不然，此良家子也。當昔驅高車，持金裝，至某之室，不踰期而蕩盡。且互設詭計，捨而逐之，殆非人。令其失志不得齒於人倫。父子之道，天性也。其情絕，殺而棄之。又困躓若此。天下之人，盡知爲某也。生親戚滿朝，一旦當權者熟察其本末，禍將及矣。況欺天負人，鬼神不祐，無自貽其殃也。某爲姥子，迨今有二十歲矣。計其貲，不啻直千金。今姥年六十餘，願計二十年衣食之用以贖身，當與此子別卜所詣。所詣非遙，晨昏得以溫凊，某願足矣。」姥度其志不可奪，因許之。給老之餘，有百金，北隅因五家稅一隙院。乃與生沐浴，易其衣服，爲湯粥通其腸，次以酥乳潤其臟。旬餘方薦水陸之饌，頭巾履襪，皆取珍異者衣之。未數月，肌膚稍腴；卒歲，平愈如初。異時，娃謂生曰：「體已康矣，志已壯矣。淵思寂慮，默想曩昔之藝業，可溫習乎？」生思之曰：「十得二三耳。」娃命車出遊，生騎而從。至旗亭南偏門鬻墳典之肆，令生揀而市之，計費百金，盡載以歸。因令生斥棄百慮以志學，俾夜作晝，孜孜矻矻。娃常偶坐，宵分乃寐。伺其疲倦，卽諭之綴詩賦。二歲而業大就，海內文籍，莫不該覽。……

蔣防（約八一三前后在世）字子徵（一作子微，）義興人。年十八，作秋河賦，援筆立就。妻于簡女官右拾遺。元和中，於李紳席上賦鞲上鷹詩，有「幾欲高飛天上去，誰人爲解綠絲蘿」一句，紳乃荐之。后歷翰林學士，中書舍人。長慶中坐紳黨自司封員外郎知制誥貶汀州刺史，詩改連州。防善詩，有集一卷，但以著傳奇霍小玉傳著名。相傳傳中所敘爲實事：霍小玉爲霍王寵婢所生，父死被逐，易姓鄭氏。進士李益與之戀愛，有婚姻之約。但益的母親，已爲他訂婚於盧氏，他不敢拒，遂和小玉斷絕音問。小玉念李益成病，家裏又窮，得將家產賣盡，連最心愛的紫玉釵都賣去，李益仍避不見面！一天，他在崇敬寺看牡丹，爲一黃衫客強邀到小玉處。小玉數其負心，且誓必爲厲以報，長嘆數聲而絕。其後李益妻妾間果常起猜忌，家庭終於破散。李益爲唐時詩人，惟事跡並不盡如所說。明人湯顯祖紫釵記和近人紫玉釵劇本，都以此爲題材。以所敘事實而言，亦爲兼寫豪俠故事的傳奇，與柳氏傳同。傳中寫益爲黃衫客所賺一段，最能動人：

……乃輓挾其馬，牽引而行。遷延之間，已及鄭曲。生神情恍惚，鞭馬欲回。豪士遽命奴僕數人，抱持而進，疾走推入車門，便令鎖卻，報云：「李十郎至也！」一家驚喜，聲聞於外。先此一夕，玉夢黃衫丈夫抱生來至席，使玉脫鞋，驚寤而告母。因自解曰：「鞋者，諧也，夫婦再合。脫者，解也，既合而解，亦當永訣。由此徵之，必遂相見；相見之後，當死矣」凌晨，請母梳粧。母以其久病，心意惑亂，不甚信之。僶勉之間，強爲粧梳。粧梳纔畢，而生果至。玉沈綿日久，轉側須人。忽聞生來，欻然自起，更衣而出，恍若有神。遂與生相見，含怒凝視，不復有言。羸質嬌姿，如不勝致。時復掩袂，返顧李生，感物傷人，坐皆欷歔。頃之，有酒餚數十盤，自外而來。一座驚視，遽問其故，悉是豪士之所致也。因遂陳設，相就而坐。玉乃側身轉面，斜視生，良久，遂舉杯酒酬地曰：「我爲女子，薄命如斯！君是丈夫，負心若此！韶顏稚齒，飲恨而終；慈母在堂，不能供養；綺羅絃管，從此永休；徵痛黃泉，皆君所致！李君，李君，今當永訣！我死之後，必爲厲鬼，使君妻妾終日不安！」乃引左手握生臂，擲杯於地，長慟號哭數聲而絕。母乃舉尸寘於生懷，令喚之，遂不復蘇矣。……

陳鴻（約八一三前后在世）字大亮，里籍無考。貞元二十一年，登太常第，始閑居遂志。乃修大統紀，七年而成。在長安時，與白居易爲友。太和三年，官尚書主客郎中。鴻的著作，除大統紀三十卷及長恨歌傳外，尚有開元昇平樂一卷，東城老父傳一篇，及全唐文所錄文三篇。居易作長恨歌，鴻因爲之記其本事，以作此傳。明皇和楊妃的戀史本是很感人的題材，所以元人白樸取以作梧桐雨雜劇，淸人洪昇取以作長生殿傳奇。東城老父傳也是記開元和天寶間事，寫賈昌於兵火後追念太平盛事，榮華零落，兩相比照，其語甚悲。長恨歌作於元和初，亦追追開元中楊妃入宮以至死於蜀道本末，寫法與老父傳相似。然傳本頗多，文字殊多歧異，下面所引，係依文苑英華所錄：

……開元中，泰階平，四海無事。玄宗在位，歲久，勸於旰食宵衣。政無大小，始委於丞相，稍深居遊宴，以聲色自娛。先是元獻皇后，武淑妃，皆有寵，相次卽世，宮中雖良家子千萬數，無可悅目者。上心忽忽不樂。時每歲十月，駕幸華淸宮，內外命婦，熠燿景從，浴日餘波，賜以湯沐，春風靈液，淡蕩其間。上心油然，恍若有遇。顧左右前後，粉色如土。詔高力士潛搜外宮，得弘農楊玄琰女於壽邸。旣笄矣，鬒髮膩理，纖穠中度，舉止閒冶，如漢武帝李夫人。別疏湯泉，詔賜澡瑩。旣出水，體弱力微，若不任羅綺。光彩煥發，轉動照人。

上甚悅。進見之日，奏霓裳羽衣曲以導之。定情之夕，授金釵鈿合以固之。又命戴步搖，垂金璫。明年册爲貴妃，半后服用。由是冶其容，敏其詞，婉孌萬態，以中上意。上益嬖焉。

……

元稹（七七九——八三一）字微之，河南河內人。舉明經，補校書郎。元和初，應制策第一，除左拾遺。歷監察御史，坐事貶江陵。又自虢州長史徵入，漸遷中書舍人承旨學士，進工部侍郎同平章事。未幾罷相，出爲同州刺史，徙浙東觀察使。召爲尙書左丞，俄拜武昌軍節度使。暴得疾，一日而卒。他自少與白居易唱和，當時號爲「元和體」宮中嬪妃好唱其詩，呼爲元才子。所著有長慶集百卷，小集十卷，類集三百卷。傳奇文今僅傳會眞記一篇，亦名鶯鶯傳，敍崔張故事。略謂貞元中，有張生，性貌溫美，年二十三，未近女色。遊於蒲，寓普救寺。適有崔氏孀婦攜女歸長安，亦寓此寺，會軍人因渾瑊死而播擾，賴生之將護，得無恙。崔氏感之，因出其女鶯鶯與見。生因婢紅娘之介，得與鶯鶯通。生至長安后，文戰不利，遂絕鶯鶯。后鶯鶯適他人，而生亦別娶。適過鶯鶯所居，請以外兄見，終不出。後數日，鶯鶯以詩謝絕他。相傳記中張生卽是他自己，同他續會眞詩三十韻同樣在寫自己，所以寫來特別艷麗蕩人。此一詩一文，均不載於長慶集，其詩爲才調集所錄，則逕作會眞詩三十韻，無「續」字，足證傳說的不爲無稽。宋趙德麟嘗取其本事作商調蝶戀花十闋，金董解元作絃索西廂（一名西廂搊彈詞）元王實甫作西廂記，關漢卿作續西廂記，明李日華作南西廂記，陸采亦作南西廂記。更有翻西廂、續西廂、竟西廂、後西廂諸作，出現於明清之交。較近則有砭眞記。牠給與後世戲劇方面影響之大，他著均莫與之比。

……張生臨軒獨寢，忽有人覺之，驚駭而起，則紅娘斂衾攜枕而至，撫張曰：「至矣，至矣！睡何爲哉！」置枕設衾而去。張生拭目危坐久之，猶疑夢寐，然而修謹以俟。俄而紅娘捧崔氏而至。至則嬌羞融冶，力不能運支體，曩時端莊，不復同矣。是夕，旬有八日也。斜月晶瑩，幽輝半床。張生飄飄然，且疑神仙之徒，不謂從人間至矣。有頃，寺鐘鳴，天將曉，紅娘促去。崔氏嬌啼宛轉，紅娘又捧之而去。終夕無一言。張生辨色而興，自疑曰：「豈其夢邪？」及明，覯粧在臂，香在衣，淚光熒熒然，猶瑩於席而已。是後十餘日，杳不復知。張生賦會眞詩三十韻，未畢，而紅娘適至，因授之以貽崔氏。自是復容之。朝隱而出，暮隱而入，同安於曩所謂西廂者，幾一月矣。張生常詰鄭氏之情，則曰：「知不可奈何矣。」因欲就成之。亡何，張生將之長安，先以情諭之，崔氏宛無難詞，然而愁怨之容動人矣。將行之夕，再不復可見，而張生遂西。……

房千里（約八四〇前后在世）字鵠舉，河南人。太和初進士。遊嶺徼，有進士韋滂自南海致趙氏爲妾。千里調官入京，臨別，趙氏極悵戀。過襄州遇許渾，乃以趙氏托之。渾至，而趙氏已從韋秀才。因以詩報千里，有「爲報西遊減離恨，阮郎纔去嫁劉郎」句。千里哀慟幾絕。在京官國子博士，會因罪謫端州。後終高州刺史。千里以著傳奇楊倡傳著名。魯迅先生謂爲「此傳或即作於得報之後，聊以寄慨者。」他又撰有南方異物志一卷，投荒雜錄一卷，今亦皆傳。

……嶺南帥甲，貴遊子也。妻本戚里女，遇帥甚悍。先約，設有異志者，當取死白刃下。帥幼貴喜媱，內苦其妻，莫之措意，乃陰出重賂，削去娼之籍，而挈之南海，館之他舍，公餘而同，夕隱而歸。娼有慧性，事帥尤謹。平居以女職自守，非其理，不妄發。復厚帥之左右，咸能得其歡心。故帥益嬖之。會間歲，帥得病不起。思一見娼，而憚其妻。帥素與監軍使厚，密遣導意，使爲方略。……監軍卽命娼冒爲婢以見帥。計未行而事洩，帥之妻乃擁健婢數十，列白梃，熾膏鑊於廷，而伺之矣。須其至，當投之沸鬲。帥聞而大恐，促命止娼之至。且曰：「此自我意，幾累於渠。今幸吾之未死也，必使脫其虎喙。不然，且無及矣。」乃大遺其奇寶，命家僮傍輕舠衞娼北歸。自是帥之憤益深，不踰旬而物故。娼之行，適及洪矣。問至，娼乃盡返帥之賂，設位而哭曰：「將軍由妾而死。將軍且死，妾安用生爲？妾豈孤將軍者耶？」卽撤奠而死之。……

于鄴（約八六七前后在世）字武陵，杜曲人。大中中，舉進士不第，攜琴書往來商洛、巴蜀間。嘗南至瀟湘，愛河洲芳草，欲卜居，未果。後終老嵩陽別墅。鄴工五言詩，飄逸多感，有集一卷。其所著傳奇揚州夢，敍詩人杜牧冶遊揚州及在湖州戀一幼妓的故事，約十年後來娶，待重來湖州，已逾相約的年期，女已嫁人生三子。他的「綠葉成陰子滿枝」的名句，卽爲此時而詠。此文全爲寫實，然結果爲悲劇，讀之令人悵悵。元雜劇家喬吉，取材以作揚州夢。

……太和末，牧復自侍御史出佐沈傳師江西宣州幕，雖所至輒遊，而終無屬意。咸以非其所好也。及聞湖州名郡，風物姸好，且多奇色，因甘心遊之。湖州刺史某乙，牧素所厚者，頗喻其意。及牧至，每爲之曲宴周遊，凡優姬娼女，力所能致者，悉爲出之。牧注目凝視曰：「美矣，未盡善也。」乙復候其意，牧曰：「願得張水嬉，使州人畢觀，候四面雲集，某當閒行寓目，冀於此際或有閱焉。」乙大喜，如其言。至日，兩岸觀者如堵。迨暮，竟無所得，將罷舟艤岸，於叢人中有里姥引鴉頭女，年十餘歲，牧熟視曰：「此眞國色，向誠虛設耳！」因使語其母，將接致舟中。母女皆懼。牧曰：「且不卽納，當爲後期。」姥曰：「他年失信，復當何如？」牧曰：「吾不十年，必守此郡；十年不來，乃從爾所適可也。」母許諾，因以重幣結之，爲盟而別。……

皇甫枚（約八八〇前后在世）一作名牧，字遵美，安定三水人。咸通末曾爲汝州魯山令。是年，由汝入秦。光啓中，僖宗在梁州，調赴行在。他著籍三水，而在汝墳溫泉又有別業。枚於天祐庚午旅食汾晉，手紀咸通中事，爲三水小牘三卷。其中非烟傳一篇，曾單行，敍武公業妾步非烟戀愛比鄰趙氏子象，先通書詩，繼乃命象躋梯相從。事洩，象遁，非烟被鞭死。非烟死后殊有靈，而象後爲汝州魯山縣主簿，傳中載二人來往的書詩頗多，大都纏綿可誦。

……無何，煙數以細過撻其女奴，奴陰銜之，乘間盡以告公業。公業曰：「汝愼言，我當伺察之。」後至直日，乃僞陳狀請假，迨夕，如常入直，遂潛於里門，街鼓既作，匍伏而歸。循牆至後庭，見煙方倚戶微吟，象則據垣斜睇。公業不勝其忿，挺前欲擒象，覺，跳去。業搏之，得其半襦，乃入室呼煙詰之。煙色動聲戰，而不以實告。公業愈怒，縛之大柱，鞭楚血流。但云：「生得相親，死亦何恨！」深夜，公業怠而假寐，煙呼其所愛女僕曰：「與我一杯水，」水至，飲盡而絕。公業起，將復笞之，已死矣。乃解縛舉置閤中，連呼之，聲言煙暴疾致殞。後數日，窆北邙，而里巷間皆知其強死矣。象因變服易名，遠竄江浙間。……

「生得相親，死亦何恨！」在不自由的桎梏下求自由的女性，都應該抱着這樣堅決的意志！

四　傳奇小說三大派（三）

豪俠故事亦爲唐代特有的產物，前述戀愛故事裏的黃衫客、許俊，他們的舉動也屬於豪俠一類。至專寫豪俠的故事產生較后，單篇也較少，著名的故事往往出於整部的傳奇集中；然亦常爲人選出單行，所以亦在這裏敍述。這種故事的主人翁，有男性，有女性，女性的俠客尤較男性爲多，她們的智力與本領也往往反超過於男性，這個特殊的現象是很足令人詫異的。

柳珵（約七九五前后在世）字不詳，蒲州河東人。生平無考。常記其世父柳芳所談爲常侍旨言，又著傳奇上淸傳。上淸爲相國竇公靑衣，公爲陸贄所陷，流驩州未至，詔令自盡。上淸沒入宮，數年后，以善煎茶常在帝左右，乘機白公冤。帝乃下詔昭雪。後上淸特敕丹書度爲女道士，終嫁爲金忠義妻。

……德宗謂曰：「宮掖間人數不少。汝了事，從何得至此？」上淸對曰：「妾本故宰相竇參家女奴。竇某妻早亡，故妾得陪埽灑。及竇某家破，幸得塡宮。旣侍龍顏，如在天上。」德宗曰：「竇某罪不止養俠刺，亦甚有贓汚。有時納官銀器至多。」上淸流涕而言曰：「竇某自御史中丞歷度支戶部鹽鐵三使至宰相首尾六年月入數十萬，前後非時賞賜，當亦不知紀極。迺者郴州所送納官銀物，皆是恩賜。當部錄日，妾在郴州，親見州縣希陸贄意旨刮去。所進銀器上刻作藩鎭官銜姓名，誣爲贓物。伏乞下驗之。」於是宣索竇某沒官銀器覆視，其刮字處皆如上淸言。時貞元十二年。德宗又問蓄養俠刺事，上淸曰：「本實無。悉是陸贄陷害使人爲之。」德宗怒陸贄曰：「這獠奴我脫却伊綠衫，便與紫衫着。又常喚伊作陸九。我任使竇參方稱意，次須教我枉殺却他。及至權入伊手，其爲軟弱甚於泥團。」乃下詔雪竇參。時裴延齡探知陸贄恩衰，得恣行媒孼。贄竟受譴不迴。……

李公佐生平見前所著謝小娥傳，記：小娥父及夫爲盜所殺，小娥折足墮水，爲人所救，依居尼菴。父與夫於夢中示小娥以讎人姓名，小娥乃喬裝爲男子，爲人傭保，後果遇讎人於潯陽，刺殺之，並聞於官，捕獲餘黨。小娥得免死。此事亦見唐書列女傳，恐係當時事實。李復言續玄怪錄亦載其事。宋亦有謝小娥爲父報仇事，見輿地紀勝；是一是二，已不可攷。明人又取以爲通俗短篇小說，見於拍案驚奇中。

……爾後小娥便爲男子服，傭保於江湖間。歲餘，至潯陽郡，見竹戶上有紙牓子，云：「召傭者。」小娥乃應召詣門。問其主，乃申蘭也。蘭引歸，娥心憤貌順，在蘭左右，甚見親愛。金帛出入之數，無不委娥。已二歲餘，竟不知娥之女人也。先是，謝氏之金寶錦繡衣物器具，悉掠在蘭家。小娥每執舊物，未嘗不暗泣移時。蘭與春，宗昆弟也。時春一家住大江北獨樹浦，與蘭往來密洽。蘭與春同去經月，多獲財帛而歸。每留娥與蘭妻蘭氏同守家室，酒肉衣服，給娥甚豐。或一日，春攜文鯉兼酒詣蘭，娥私歎曰：「李君精悟元鑒，皆符夢言。此乃天啓其心，志將就矣。」是夕，蘭與春會，羣賊畢至，酣飲。暨諸兇既去，春沉醉臥於內室，蘭亦露寢於庭。小娥潛鏁春於內，抽佩刀先斬蘭首，呼號鄰人並至。春擒於內，蘭死於外，獲贓收貨，至千萬。初，蘭、春有黨數十，暗記其名，悉擒就戮。……

袁郊（約八五三前后在世）一作名郜，字之乾，亦作字之儀，蔡州朗山人，亦作陳郡汝南人。咸通中爲祠部郎中。昭宗朝，爲翰林學士。累至虢州刺史。郊工詩，嘗與溫庭筠倡和。咸通九年，著傳奇甘澤謠一卷，今存九則，皆記譎異之事，然以其中紅線一則流傳最廣。紅線傳亦題楊巨源作。巨源（約八〇〇前后在世）字景山，蒲中人。第進士。歷官禮部員外郎，國子司業。太和中致仕，年已七十。有詩集六卷。此文究爲巨源所作而爲郊收入甘澤謠（當時此等事頗多，）抑出后人誤題，均不能考。但由此可知其嘗單篇流傳。紅線是潞州節度使薛嵩的青衣，田承嗣想吞併潞州，嵩憂懼，紅線乃夜往盜取承嗣牀頭的金合。嵩使人往送還，承嗣驚懼，乃復修好。事後，紅線遂別去，不知所往。事很平常，但紅線的俠名因之永垂不朽了。

……乃入闈房，飭其行具。乃梳烏蠻髻，貫金雀釵，衣紫繡短袍，繫青絲輕履，胸前佩龍文匕首，額上書太乙神名。再拜而行，倏忽不見。嵩乃返身閉戶，背燭危坐。常時飲酒，不過數合，是夕舉觴十餘不醉。忽聞曉角吟風，一葉墜露，驚而起問，即紅線迴矣。嵩喜而慰勞曰：「事諧否？」紅線曰：「不敢辱命。」又問曰：「無傷殺否？」曰：「不至是。但取牀頭金合爲信耳。」紅線曰：「某子夜前二刻，卽達魏城，凡歷數門，遂及寢所。聞外宅兒止於房廊，睡聲雷動。見中軍士卒徒步於庭，傳叫風生。乃發其左扉，抵其寢帳。田親家翁止於帳內，鼓趺酣眠，頭枕文犀，髻包黃縠，枕前露一星劍。劍前仰開一金合，合內書生身甲子與北斗神名。復以名香美珠，散覆其上。然則揚威玉帳，坦其心豁於生前，熟寢蘭堂，不覺命懸於手下。寧勞擒縱，只益傷嗟。時則蠟炬烟微，爐香燼委，侍人四布，兵器交羅。或頭觸屏風，鼾而嚲者；或手持巾拂，寢而伸者。某乃拔其簪珥，縻其襦裳，如病如醒，皆不能寤。遂持金合以歸。出魏城西門，將行二百里，見銅臺高揭，漳水東流，晨雞動野，斜月在林。忿往喜還，頓忘於行役；感知酧德，聊副於依歸。所以當夜漏三時，往返七百里。入危邦一，道經過五六城，冀減主憂，敢言其苦。」……

裴鉶傳奇中崑崙奴、聶隱娘二篇，亦爲著名的豪俠故事，因曾被編入單行的劍俠傳內，故或誤爲段成式作。崑崙奴在從前或曾單行，故亦有題爲馮延己作的。敘崔生奉父命往覷「蓋天之勳臣一品」病，一品乃命一穿紅綃的妓沃一甌緋桃的甘酪以進。生臉紅不受，一品命妓以匙進之。及生辭去，妓送出院，臨別出三指，反掌三度，然後指胸前一鏡爲記。生歸後頗苦念妓，而又不解其意。家中有崑崙奴名磨勒的探知其故，乃爲之解釋道：「立三指是示她住在第三院，三度反掌是示十五之數，胸前鏡子是指明月，卽要你十五夜月明前去的意思。」於是磨勒負生入一品家，逾十重垣與妓相見，又負他們二人同出。後一品知其事，命捕磨勒，他在重圍中飛出，不知所往。十年後有人見他在洛陽賣藥，容貌如舊。所謂一品者，係隱指郭令公子儀。在唐時，豪紳官僚廣蓄姬妓是極平常的事，所以不免多有怨女，甚至有因此摧毀了由戀愛而成的佳偶。明梁伯龍本此作紅綃雜劇，與舊傳紅線女併稱「雙紅劇。」又梅禹金亦有崑崙奴雜劇。聶隱娘敍魏博大將聶鋒，有女名隱娘，十歲時爲尼誘入山中受劍術，術成，送她囘家。後來她嫁了一個磨鏡的少年。魏帥田氏與陳許節度使劉昌裔不和，魏帥命隱娘去殺昌裔。誰知昌裔有神算，預知其來，於中途用厚禮迎接她夫婦。隱娘感其意，遂留居許。月餘後，魏帥又使精精兒去殺隱娘和昌裔，反爲隱娘所殺。接着又使妙手空空兒至，又被隱娘設計，使他一擊不中，愧而遠逸。昌裔死，隱娘便隱去。淸人尤侗的黑白衞一劇，卽演此事。

……是夜三更，與生衣青衣，遂負而逾十重垣，乃入歌妓院內，止第三門。綉戶不扃，金釭微明，惟聞妓長嘆而坐，若有所俟。翠環初墜，紅臉纔舒，玉恨無妍，珠愁轉瑩。但吟詩曰：「深洞鶯啼恨阮郎，偷來花下解珠璫。碧雲飄斷音書絕，空倚玉簫愁鳳凰。」侍衞皆寢，鄰近闃然。生遂緩搴簾而入。良久，驗是生。姬躍下榻執生手曰：「知郎君穎悟，必能默識，所以手語耳。又不知郎君有何神術，而能至此？」生具告磨勒之謀，負荷而至。姬曰：「磨勒何在？」曰：「簾外耳。」遂召入，以金甌酌酒而飲之。姬白生曰：「某家本富，居在朔方。主人擁旄，逼爲姬僕。不能自死，尚且偷生。臉雖鉛華，心頗鬱結。縱玉筯舉饌，金鑪泛香，雲屏而每進綺羅，綉被而常眠珠翠，皆非所願，如在桎梏。賢爪牙既有神術，何妨爲脫狴牢。所願既申，雖死不悔。請爲僕隸，願侍光容。又不知郎君高意如何？」生愀然不語。磨勒曰：「娘子既堅確如是，此亦小事耳。」姬甚喜。磨勒請先爲姬負其囊橐粧奩，如此三復焉。然後曰：「恐遲明。」遂負生與姬而飛出峻垣十餘重。一品家

之守禦，無有警者。……（崑崙奴傳）

……後月餘，白劉曰：「彼未知住，必使人繼至。今宵請剪髮，繫之以紅綃，送于魏帥枕前，以表不迴。」劉聽之。到四更，卻返曰：「送其信了。後夜必使精精兒來殺某及賊僕射之首。此時亦萬計殺之，乞不憂耳。」劉豁達大度，亦無畏色。是夜，明燭半宵之後，果有二幡子，一紅一白，飄飄然如相擊于牀四隅。良久，見一人望空而踣，身首異處。隱娘亦出曰：「精精兒已斃。」拽出于堂之下，以藥化為水，毛髮不存矣。隱娘曰：「後夜當使妙手空空兒繼至。空空兒之神術，人莫能窺其用，鬼莫得躡其蹤。能從空虛之入冥然無形而滅影。隱娘之藝，故不能造其境。此即繫僕射之福耳。但以于闐玉周其頸，擁以衾，隱娘當化為蠛蠓，潛入僕射腸中聽伺，其餘無逃避處。」劉如言。至三更，瞑目未熟，果聞項上鏗然，聲甚厲。隱娘自劉口中躍出，賀曰：「僕射無患矣。此人如俊鶻，一搏不中，即翩然遠逝，恥其不中。纔未逾一更，已千里矣。」後視其玉，果有匕首劃處，痕逾數分。……（聶隱娘傳）

薛調（八三〇——八七二）字不詳，河中寶鼎人。美姿貌，人號爲「生菩薩。」咸通十一年，以戶部員外郎加駕部郎中，充翰林承旨學士。次年，加知制誥。郭妃悅其貌，謂懿宗道：「駙馬盍若薛調乎?」不久卽暴卒。世遂以爲中鴆。調著有傳奇無雙傳，敍劉無雙許配於王仙客，後兵亂相失，無雙被召入後宮，仙客悲痛欲絕。因訪俠士古押衙訴其事，古生別去。半年後，忽喧傳守園陵的一個宮女死了，仙客往覷，乃是無雙，號哭不已。夜半，古生抱無雙屍至，灌以藥，得復生。於是二人逃去；古生自殺以示滅口。明陸采的明珠記一劇，卽取此爲題材。

……半歲無消息，一日，扣門，乃古生送書。云：「茅山使者回，且來此。」仙客奔馬去見古生。生乃無一言。又啓使者。復云：「殺卻也。且吃茶。」夜深，謂仙客曰：「宅中有女家人識無雙否?」仙客以采蘋對。仙客立取而至。古生端相，且笑且喜云：「借留三五日，郎君且歸。」後累日，忽傳說曰：「有高品過，處置園陵宮人。」仙客心甚異之。令塞鴻探所殺者，乃無雙也。仙客號哭，乃歎曰：「本望古生，今死矣！爲之奈何！」流涕歔欷，不能自已。是夕更深，聞叩門甚急，及開門，乃古生也。領一籮子。入謂仙客曰：「此無雙也，今死矣。心頭微暖，後日當活。微灌湯藥。切須靜密。」言訖，仙客抱入閣子中，獨守之，至明，遍體有暖氣。見仙客，哭一聲遂絕。救療至夜方愈。……

杜光庭（八五〇——九三三）字聖賓，一作字賓至，處州縉雲人，一作括蒼人。好辭章。懿宗時，應萬言科不中，入天台為道士。僖宗至蜀，召充麟德殿文章應制。王建建國，為諫議大夫，賜號廣成先生，進戶部侍郎。後主立，以為傳真天師崇真觀大學士。後解官隱青城山白雲溪，自號東瀛子。光庭著作頗多，有諫書一百卷，錄異記十卷，廣成集一百卷，神仙感遇傳一卷，虬髯客傳一卷……等。虬髯客傳亦載神仙感遇傳，惟詳略不同。舊本原題張悅撰，或本為悅作而光庭刪錄之以入神仙感遇傳，故宋史藝文志遂題為光庭作。傳敍李靖謁見楊素，素身旁一執紅拂妓，夜亡奔靖。二人途中逢虬髯客，妓認客為兄，意氣相得。虬髯客本有爭天下之志，後見李世民，知非所敵，壯志全消，乃推資與靖，使佐世民，自到海外去。後至扶餘國，殺其主，自立為王。李世民亦虬髯，髯可挂角弓，故杜甫詩有「虬鬚似太宗」語，可見虬髯客和李世民實二而為一。傳中所云，全為作者故弄狡獪。明人取以作曲的，有張鳳翼和張太和的紅拂記，及凌初成的虬髯翁。

……行次靈石旅舍，既設牀，爐中烹肉且熟。張氏以髮長委地，立梳牀前。靖方刷馬。忽有一人，中形，赤髯而虬，乘蹇驢而來，投革囊於爐前，取枕欹臥，看張氏梳頭。靖怒甚，未決，猶刷馬。張氏熟觀其面，一手握髮，一手映身，搖示令勿怒。急急梳頭畢，斂袂前問其姓。臥客曰：「姓張。」對曰：「妾亦姓張，合是妹。」遽拜之。問第幾，曰：「第三。」問妹第幾，曰：「最長。」遂喜曰：「今日多幸，遇一妹。」張氏遙呼曰：「李郎且來，拜三兄。」靖驟拜，遂環坐。曰：「煮者何肉？」曰：「羊肉，計已熟矣。」客曰：「饑甚。」靖出市買胡餅，客抽匕首切肉共食，食竟，餘肉亂切爐前，食之甚速。客曰：「觀李郎之行，貧士也，何以致斯異人？」曰：「靖雖貧，亦有心者焉。他人見問固不言，兄之問則無隱矣。」具言其由。曰：「然則，何之？」曰：「將避地太原耳。」客曰：「然吾故非君所能致也。」曰：「有酒乎？」靖曰：「主人西則酒肆也。」靖取酒一斗。酒既巡，客曰：「吾有少下酒物，李郎能同之乎？」靖曰：「不敢。」於是開革囊，取出一人頭，幷心肝。卻收頭囊中，以匕首切心肝共食之。曰：「此人乃天下負心者。銜之十年。今始獲，吾憾釋矣。」……

五 幾部著名的傳奇集

纂合多篇傳奇而成爲一集的，除前述的袁郊的甘澤謠，裴鉶的傳奇及皇甫枚的三水小牘外，在唐代尙有許多。今擇其較著名的若干種，如牛肅的紀聞，牛僧孺的玄怪錄，薛用弱的集異記，鄭還古的博異志，李復言的續玄怪錄，段成式的酉陽雜俎，張讀的宣室志……等，依時代先後，略敍作者生平及作品內容。

牛肅（約八〇四前后在世）的字、里均無考，生平亦不詳，僅知其有女名應貞，嫁弘農楊廣源，年二十四而卒。他嘗記開元乾元間徵應及神怪異聞，爲紀聞十卷。紀聞原書已佚，今有抄本十卷，乃從太平廣記輯出，非其原狀。書中牛應貞傳，卽記其女的事，亦嘗單行，題宋若昭撰；若昭爲宋氏五女之一，未知何據。又所記吳保安事，唐書忠義傳曾採錄之，可知其爲實事。其書文字樸質，敍述平直，不類他書的易於引人入勝，故傳世遂亦不如他書之盛。

牛僧孺（七七九——八四七）字思黯，隴西狄道人。幼孤。第進士，舉賢良方正第一。嘗條指失政，至考官李益等皆調去，己則調伊闕尉。累遷考功員外郎，集賢殿直學士。穆宗時，位至同中書門下平章事。文宗時，爲李德裕黨所仇視，造成了所謂「牛李黨爭」，兩黨傾軋頗烈。武宗時，累貶循州長史。宣宗立，乃召還爲太子少師。卒，諡文簡。他曾撰玄怪錄十卷，今已佚，僅太平廣記中尙存三十三篇。文字亦同當時其他傳奇，惟敍事往往在暗示人以出於造作，不求見信，如元無有篇卽其一例：

寶應中，有元無有，常以仲春末獨行維揚郊野。值日晚，風雨大至。時兵荒後，人戶多逃，遂入路旁空莊。須臾霽止，斜月方出，無有坐北窗，忽聞西廊有行人聲。未幾，見月中有四人，衣冠皆異，相與談諧，吟詠甚暢。乃云：「今夕如秋，風月若此，吾輩豈不爲一言以展平生之事也？」其一人卽曰云云。吟詠旣朗，無有聽之具悉。其一衣冠長人卽先吟曰：「齊紈魯縞如霜雪，寥亮高聲予所發。」其二黑衣冠短陋人詩曰：「嘉賓良會淸夜時，煌煌燈燭我能持。」其三故弊黃衣冠人，亦短陋，詩曰：「淸冷之泉候朝汲，桑綆相率常出入」其四故黑衣冠人，詩曰：「爨薪貯泉相煎熬，充他口腹我爲勞。」無有亦不以四人爲異。四人亦不虞無有之在堂隍也。遞相褒賞，觀其自負，則雖阮嗣宗詠懷，亦若不能加矣。四人遲明方歸舊所。無有就尋之，堂中惟有故杵，燈臺，水桶，破鐺。乃知四人，即此物所爲也。

薛用弱（約八二〇前后在世）字中勝，河東人。長慶中，爲光州刺史。太和初，自儀曹郎出守戈陽，爲政嚴而不殘，以良吏稱。他著有集異記，一名古異記，記隋唐間譎異奇詭之事十六則。其本或作三卷，或作二卷，亦作一卷，而內容皆同。書中如徐佐卿，蔡少霞，王維，王渙之諸條，常爲詞人援引，遂成典實。王維事有明人王辰玉取材爲鬱輪袍雜劇，西湖居士撰爲鬱輪袍記，清黃兆森亦有鬱輪袍雜劇。王渙之事則有明鄭之文作旗亭記傳奇，清張龍文作雜劇，盧見曾亦作傳奇，皆名旗亭記。以一代才人的大作，不見賞于顯赫的有司，僅供紅顏皓齒歌以侑觴，雖知己可感，然而情事却可傷之至了。此「旗亭畫壁」故事之所以至今猶爲不遇的文人所樂道也。

開元中詩人王昌齡、高適、王之渙齊名。時風塵未偶，而遊處略同。一日，天寒微雪，三人共詣旗亭貰酒小飲。忽有梨園伶官十數人，登樓會讌。三詩人因避席隈映，擁爐火以觀焉。俄有妙妓四輩，尋續而至，奢華豔曳，都冶頗極。旋則奏樂，皆當時之名部也。昌齡等私相約曰：「我輩各擅詩名，每不自定其甲乙，今者可以密觀諸伶所謳，若詩入歌詞之多者，則爲優矣。」俄而一伶拊節而唱曰：「寒雨連江夜入吳，平明送客楚山孤。洛陽親友如相問，一片冰心在玉壺。」昌齡則引手畫壁曰：「一絕句。」尋又一伶謳之曰：「開篋淚霑臆，見君前日書，夜臺何寂寞，猶是子雲居？」適則引手畫壁曰：「一絕句。」尋又一伶謳曰：「奉帚平明金殿開，強將團扇共徘徊。玉顏不及寒鴉色，猶帶昭陽日影來。」昌齡則又引手畫壁曰：「二絕句。」之渙自以得名已久，因謂諸人曰：「此輩皆潦倒樂官，所唱皆巴人下里之詞耳，豈陽春白雪之曲，俗物敢近哉？」因指諸妓之中最佳者曰：「待此子所唱，如非我詩，吾卽終身不敢與子爭衡矣。脫是吾詩，子等當須列拜床下，奉吾爲師。」因歡笑而俟之，須臾，次至雙鬟發聲，則曰：「黃河遠上白雲間，一片孤城萬仞山。羌笛何須怨楊柳，春風不度玉門關。」之渙卽揶揄二子曰：「田舍奴，我豈妄哉！」因大諧笑。諸伶不喻其故，皆起詣曰：「不知諸郎君，何此歡噱？」昌齡等因話其事。諸伶競拜曰：「俗眼不識神仙，乞降淸重，俯就筵席。」三子從之，飲醉竟日。

鄭還古（約八二七年前后在世）字不詳，自號谷神子，里籍亦無考。元和中，登進士第。終國子博士。他嘗注老子指歸十三卷。博異志相傳亦是他所撰。但考沈亞之一篇卽爲亞之所作的異夢錄，那麽此書大概不盡是他的創作。明人顧元慶以他與段成式比之韓昌黎、李長吉，其言亦似過譽。

天寶中，河南緱氏縣東太子陵仙鶴觀，常有道士七十餘人，皆精專修習，法籙齋戒皆全，有不專者，自不之住矣。常每年九月三日夜，有一道士得仙，已有舊例。至旦，則具姓名申報，以爲常。其中道士，每年到其夜，皆不扃戶，各自獨行，以求上昇之應。後張竭忠攝緱氏令，不信。至時，乃令二勇者以兵器潛覘之，初無所見，至三更後，見一黑虎入觀來，須臾，衙出一道士。二人遂射，不中，奔棄道士而往。至明，並無人得仙，具以此白竭忠。竭忠申府，請弓矢大獵於太子陵東石穴中格殺數虎，或金簡玉籙洎冠帔，或人之髮骨甚多，斯皆謂每年得仙道士也。自後仙鶴觀中卽漸無道士，今並休廢，爲守陵使所居也。（張竭忠）

李復言（約八三一前后在世）字不詳，隴西人。生平事迹難考。太和四年，遊巴蜀，與進士沈田會于蓬州，田因話奇事，他遂續牛僧孺玄怪錄作續玄怪錄五卷。宋史藝文志又收復言搜古異錄十卷，當爲同書而異其書名與卷數。其中定婚店一則，爲絕妙的婚姻故事，傳佈尤廣。李衛公靖敍李靖代龍宮行雨事，淸楮人穫引入通俗隋唐演義；亦嘗單行，題爲李衛公別傳。杜子春一篇亦單行，後來仿作者頗多。定婚店敍韋固遇老人，謂其必娶賣菜嫗的三歲女，固怒，命人刺之，然求婚終不遂。

……又十四年，以父蔭參相州軍，刺史王泰俾攝司戶掾，專鞫詞獄，以爲能，因妻以其女。可年十六七，容色華麗，固稱愜之極。然其眉間常帖一花子，雖沐浴閒處，未嘗暫去。

歲餘，固訝之。憶昔日奴刀中眉間之說，因逼問之。妻潸然曰：「妾郡守之猶子也，非其女也。疇昔父曾宰宋城，終其官。時妾在襁褓，母兄次歿，唯一莊在宋城南，與乳母陳氏居，去店近，鬻蔬以給朝夕。陳氏憐小，不忍暫棄。三歲時，抱行市中，爲狂賊所刺，刀痕尚在，故以花子覆之。七八年前，叔從事盧龍，遂得在左右，以爲女嫁君耳。」固曰：「陳氏眇乎？」曰：「然。何以知之？」固曰：「所刺者固也，」乃曰：「奇也命也！」因盡言之，相敬愈極。後生男鯤，爲雁門太守，封太原郡太夫人。知陰騭之定，不可變也。宋城太守聞之，題其店曰：「定婚店」。

段成式（？——八六三）字柯古，齊州臨淄人，以蔭爲校書郎，家多奇篇秘籍，成式無所不覽，尤深于佛書。嘗侍父文昌於蜀，以畋獵自放，累擢尚書郎，爲吉州刺史，大中中，歸京，仕至太常少卿。他本以駢文著名，亦專著小說，有錦里新聞三卷，廬陵官下記二卷，今皆佚；酉陽雜俎二十卷，凡三十篇，續集十卷，卷一篇，今並存。酉陽雜俎之爲書，或錄秘書，或敍異事，仙佛人鬼以至動植物，無不畢載。又以類相聚，有如類書。每篇各有題目，其題皆很隱僻，文字長短皆有，其體實合鬼神志怪書與奇傳集而爲一。後人嘗裒集其所敍豪俠事，與他人所作爲一書，名曰劍俠傳。今本卽題成式撰，蓋出後人妄托。

天翁姓張，名堅，字刺渴，漁陽人。少不羈，無所拘忌。常張羅得一白雀，愛而養之，夢劉天翁責怒，每欲殺之，白雀輒以報堅。堅設諸方待之，終莫能害。天翁遂下觀之，堅盛設賓主，乃竊騎天翁車，乘白龍，振策登天。天翁乘餘龍追之，不及。堅旣到元宮，易百官，杜塞北門，封白雀爲上卿侯，改白雀之胤不產於下土。劉翁失治，徘徊五岳作災。堅患之，以劉翁爲太山太守，主生死之籍。

大歷中，有士人莊在渭南，遇疾卒於京。妻柳氏，因莊居，一子年十一二。夏夜，忽其子恐悸不眠，三更後，忽見一老人，白衣，兩牙出吻外，熟視之良久，漸近床前。床前有婢眠熟，因扼其喉，咬然有聲，衣隨手碎，攫食之，須臾骨露，乃舉起飲其五臟。見老人口大如簸箕，子方叫，一無所見，婢已骨矣。數月後，亦無他。士人祥齋日，暮，柳氏露坐逐涼，有胡蜂遶其首面，柳氏以扇擊墮地，乃胡桃也。柳氏遽取，翫之掌中，遂長，初如拳，如椀，驚顧之際，巳如盤矣，嘌然分爲兩扇，空中輪轉，聲如分蜂，忽合於柳氏首。柳氏踣首，齒著於樹。其物因飛去。竟不知何怪也。（均卷十四諾臯記）

張讀（約八五三前后在世）字聖用，一作字聖朋，深州陸渾人。有俊才。年十九，登進士第。累官至中書舍人，禮部侍郎，典貢擧，時稱得士。位終尙書左丞。著有建中西狩錄十卷，宣室志十卷。宣室志專記仙鬼靈異事迹，今尙存。但其文字每篇長短詳略不同，也是雜合志怪書及傳奇集二體而成爲一書的。

雲花寺有聖畫殿，長安中謂之「七聖畫。」初，殿宇旣製，寺僧求畫工，將命綵施飾繪，責其直，不合寺僧所酬，亦竟去。後數日，有二少年詣寺來謁，曰：「某善畫者也。今聞此寺將命畫工，某不敢利其直，願輸工可乎?」寺僧欲先閱其筆，少年曰：「某兄弟凡七人，未嘗畫于長安諸寺，寧有蹟乎?」僧以爲妄，稍難之。少年曰：「某旣不納師之直，苟不可師意，卽命圬其壁，未爲晚也。」寺僧利其無直，遂許之。後一日，七人果至，各挈綵繪，將入殿宇，且爲僧約曰：「從此去七日，愼勿啓我之戶，亦不勞賜食，蓋以畏風日所僂鑠也，當以泥錮之，無使有纖隙；不然，則不能施其妙矣。」僧從其語。自是凡六日間，無有聞，僧相語曰：「此必怪也，當不宜果其約。」遂相與發其封。戶既啓，有七鴿，翩翩望空飛去。其殿中綵繪儼若，四偶惟西北墉未盡飾焉。後畫工來，見之，大驚曰：「眞神妙之筆也！」於是莫敢繼其色者。（卷一）

天寶中，有渤海高生者，亡其名，病熱而瘠，其臆痛不可忍，召醫視之。醫曰：「有鬼在臆中，藥亦可療。」於是煑藥而飲之。忽覺臆中動搖，有頃，嘔涎斗餘。其中凝固不可解，以刀刃剖之，有一人自涎中起，初甚么麽，俄高數尺。高生欲苦之，其人起，出，降階，遽不見。自是疾愈。（卷十）

六　變文的起來與俗文的遺留

在傳奇小說最盛行於上流社會的時代，以其趨向極端的貴族文學化的緣故，在民間却因了佛教勢力的深入，和傳教師宣傳方法的普遍化與通俗化，他們放棄了專談報應的應驗書，而去從事於正式經典的的俗譯，却產生了所謂「變文」的一種文體。這種文體，是宋代「話本」和「淘眞」的濫觴，「話本」與「淘眞」是後世章回小說和彈詞的濫觴。所以這個消息在中國小說史上一流露，其嚴重有非吾們任何想像所可比擬，而在這裏也不能不將這個消息儘量宣佈。

「變文」這個名字爲文學史家所引用，還是最近的事情。牠的消息，在五代、兩宋、元、明、淸幾代的書籍中，都沒有吐露過。牠的發現雖還在淸末，而牠的名字却在近數年來才爲一般文學研究者所知道和引用。

敍述「變文」的發現，這椿事的本身已富有小說的趣味。在鄭振鐸的中國文學史（插圖本）裏敍述這事的經過道：

在二十幾年前（一九〇七年五月），有一位爲印度政府做工作的匈牙利人斯坦因（A. Steine）到了中國的西陲，從事于發掘和探險。他帶了一位中國的通事蔣某，進入甘肅敦煌。他風聞敦煌千佛洞石室裏有古代各種文字的寫本的發見，便偕蔣某同到千佛洞，千方百計，誘騙守洞的王道士出賣其寶庫。當他歸去時，便帶去了二十四箱的古代寫本與五箱的圖畫繡品及他物。這事與中世紀的藝術，文化及歷史關係極大。其中圖畫和繡品都是無價之寶，而各種文字的寫本尤爲重要。就中文的寫本而言，已是近代的最大的發見。在古典文學，在歷史，在俗文學等等上面，無在不發見這種敦煌寫本的無比的重要。這消息傳到了法國，法國人也派了伯希和（paul Pelliot）到千佛洞去搜求。同樣的，他也滿載而歸。他帶了不多的樣本到北京，中國官廳方才注意到此事。行文到甘肅提取這種寫本，所得已不多。大多數皆爲寫本的佛經，其他略略重要些的東西，已盡在英、法二國的博物院，圖書館裏了。又經各級官廳的私自扣留，精華盆盡。（今存北平圖書館）但斯坦因第二次到千佛洞時，王道士還將私藏的寫本，再搜數賣給了他。這個寶庫遂空無所有，敦煌的發現，至此告了一個結束。

千佛洞的藏書室，封閉得很早。今所見的寫本，所署年月，無在公元第十世紀（北宋初年）之後者。可見這藏庫是在那時閉上了的。室中所藏卷子及雜物，從地上高堆到十英尺左右。其容積約五百立方英尺。除他種文字的寫本外，漢文的寫本，在倫敦者有六千卷，在巴黎者有一千五百卷，在北平者有八千五百卷。散在私家尙有不少，但無從統計。這萬卷的寫本尙未全部整理就緒，在倫敦的最重要的一部分，也尙未有目錄刊出。其中究竟有多少藏寶我們尙沒有法子知道。但就今所已知者而論，其重要已是無匹。研究中國任何學問的人們，殆無不要向敦煌寶庫裏作一番窺探的工夫，特別是關於文學一方面。（五八三——五八五頁）

「變文」究竟是什麼東西呢？原來那些重要的佛教經典往往是以韻文散文聯合組織成功的。由晉至唐佛典的翻譯日多，文體由意譯而直譯，於是有人擬仿起來。他們起先爲傳教而將經典通俗化，故先有佛經的變文。后來亦產生了些歷史故事的變文。所謂「變文」的意義，和「演義」差不多，把古典的故事重新再演說一番，變化一番，使人們容易明白；正和流行於同時的「變相」（例如廟宇的巨壁上，都繪飾以「地獄變相」等等的壁畫）一樣，那也是以「相」或「圖畫」來表現出經典的故事以感動羣衆的。

最早的變文，大約產生在中唐以前，據今人考據所得，那時便有佛本生經變文。玄宗時則有降歷變文。唐摭言記張祜對白居易道：「明公亦有『目連變』長恨詞云：『上窮碧落下黃泉，兩處茫茫皆不見。』豈非『目連訪母』耶？」是可見關於目連的變文，在貞元元和時代，在士大夫口裏也已作爲談資。長慶中，有僧文漵專講變文，文宗採其聲爲曲子，號文漵子；段安節則稱文漵爲俗講僧。又可見在中晚唐之際，僧徒常爲俗講，而他們的底本變文，自然也就流行起來了。可是到了公元第十世紀之末，變文隨着敦煌石室的封閉而中絕。他的原因，大概與當時的政治有關係的，因爲那時國內屢起變亂，中國的北部大部分已非漢族所統治。但牠的魂魄却遺留在別種文體裏，前述的「話本」與「淘眞」，就是感染着牠的影響而起來的，牠們在宋代文學中却佔着重要的地位。

我們再來看看那所謂變文的文體。牠和一部分以韻文散文合組起來的翻譯的佛經完全相同；不過在韻文一部分變化較多而已。翻譯的佛經，其「偈言」都是五言；而變文的歌唱部分則採用了當時流行的歌體或和尙們流行的唱文，而有了五言，六言，「三、三言」七言，或「三、七言」合成的「十言」等等的不同。在一種變文裏，也往往使用好幾種不同的文體。但大體總是以七言爲主體。後來的「淘眞」和「彈詞」就由七言體直接演進的。

我們現在必須要講本書所最應該講的散文一部分，因爲那才與宋代「話本」有直接的關係。唐時士大夫在拼命提倡古文運動，所以流行於士大夫階級的傳奇小說也趨向古文化；但爲他們所打落的駢體文，却反流入民間去而通俗化，反助長了通俗文學的傳佈的順利。本來以駢體文寫通俗小說，武后時的張鷟在遊仙窟裏已嘗試過，牠流到日本后，日本文壇就大受影響。但今日所見敦煌的變文，其散文的一部分，也幾沒有不是以駢體文插入應用的。這種文字的句子儘管不通，字眼儘管不對，但總是一排一排的對寫下去。這種似乎有意與古文運動作對的風氣的造成，決不會是偶然的事實。我們不妨引一段來看看：

六師聞語，忽然化出寶山，高數由旬。欽岑碧玉，崔嵬白銀，頂侵天漢，藂竹芳薪，東西日月，南北參晨。亦有松樹參天，藤蘿萬段，頂上隱士安居，更有諸仙遊觀，駕鶴乘龍，仙歌聊亂。四衆誰不驚嗟，見者咸皆稱嘆。舍利弗雖見此山，心裏都無畏難。須臾之頃，忽然化出金剛。其金剛乃作何形狀？其金剛乃頭圓像天，天圓祇堪爲蓋，足方萬里，大地纔足爲鉉。眉鬱翠如青山之兩崇，口咤暇猶江海之廣潤。手執寶杵，杵上火焰天。一擬邪山，登時粉碎；山花萎悴飄零，竹木莫知所在。百僚齊嘆希奇，四衆一時唱快。故云，金剛智杵破邪山處。若爲：

六師忿怒情難止，化出寶山難四比，嶄巖可有數由旬，紫葛金藤而覆地。山花蔚翠錦文成，金石崔嵬碧雲起。上有王喬丁令威，香水浮流寶山裏。飛仙往往散名華，大王遙見生歡喜！舍利弗見山來入會，安祥不動居三昧。夜時化出大金剛，眉高額闊身驅礙。

手持金杵水衝天，一擬邪山便粉碎。

於時帝王驚愕，四衆忻忻。此度不如他，未知更何神變？

這段所寫，實不下於西遊記的寫孫行者與二郎神鬥法，但文字是駢文而非普通的散文。

除了純粹佛經與有關佛教的變文不再講，非佛教故事的變文，有列國志變文，敍述伍子胥的故事；明妃變文，敍述王昭君和番事；舜子至孝變文，敍述舜被父陷害事。其他如季布歌，孝子董永傳，李陵降虜……等，皆爲七言俗歌，更非本文所要講的。舜子至孝變文寫舜父瞽叟受了後妻的鼓弄，常常設計害舜，而舜每次都逃脫出來。較史記所敍，又加入些神話分子。這當是一篇最早的「晚娘故事」。牠的結構很奇特，在敍每次後母要陷害舜時，總是說着：

自從夫去遼陽，遣妾勾當家事，前家男女不孝。

瞽叟聽完了後妻的陷害之計後，也總是說道：

娘子雖是女人，設計大能精細。

這是爲其他變文所沒有的。明妃變文分上下二卷，在上卷之末有云：

上卷立鋪畢，此入下卷。

這是後來通俗小說「欲知後事如何，且聽下回分解」的根源，而且也做了後來話本與通俗小說確由變文演變而來的一個重要證據。

但我以爲敦煌石室所發現的寫本，還有較前述變文更重要的一種，就是藏在英國倫敦博物院的三種用俗文寫的故事。這三種文字皆已不全，所以都不知牠的題目是什麼。牠與變文的不同所在，不但沒有唱句，且爲純粹的散文。大約牠是當時流行民間的偏重目覩的通俗文學。牠與後來話本的關係，其重要不下於前述的變文。可惜流傳不多，如非發現於敦煌，幾使我們不知當時世間有過此種文體。

這三種俗文，一種是講秋胡故事，一種是講列國故事，一種是講唐太宗入冥故事；三種中以秋胡故事佚存最長，而以唐太宗入冥故事爲最短。秋胡故事即據列女傳述秋胡娶妻五日，離家去做官，五年囘來，在路調戲一採桑婦，不知卽爲其妻。及抵家，妻亦歸，大責秋胡好色忘義，遂投河死。文中訛文譌字，滿紙皆是。原文已不全，今復從其中摘錄一段（據日人狩野直喜的中國俗文學史研究的材料一文所引）：

……「汝今再三棄吾游學，努力懃心，早須歸舍，莫遺吾憂。」秋胡辭母了手，行至妻房中，愁眉不盡，頓改容儀，蓬鬢長垂，眼中泣淚。秋胡啓娘子曰：「夫妻至重，禮合乾坤；上接金蘭，下同棺槨，二形合一，赤體相和；附骨埋牙，共娘子俱爲灰土。今蒙孃教，聽從遊；未知娘子聽許已不？」其妻聽夫此語，心中凄愴，語裏含悲。啓言道：「郎君，兒生非是家人，死非家鬼；雖門望之主，不是配孃檢校之人，寄養十五年，終有離心之意。女生外向，千里隨夫。今日屬配郎君，好惡聽從處分。郎君將身求學，此惬兒本情；——學問雖達一朝，千萬早須歸舍？」辭妻了，道服得十袟文書，□是孝經、論語、尚書、左傳、公羊、穀梁、毛詩、禮記、莊子、文選。便卽發程。不經旬日，行至滕山，將身卽入。此山與諸山不同。……秋胡行至牀下，見一石室，訖□□□□仕數千年老仙，洞達九經，明解才略，秋胡卽謝。便乃祇承三年，得九經通達。學問晚了，辭先生出山。便卽不歸，却頭魏國，意欲覓官，——披髮倡狂，佯痴放騃。……秋胡妻，自從夫遊學已後，經歷六年，書信不通，陰符隔絕；其妻不知夫在口口口，孝養勤心，出亦當奴，入亦當婢，冬中忍寒，夏中忍熱，桑蠶織絡，以事阿婆。……

列國故事一種，不知與前述的列國志變文有無關係。亦舉其一部分如下；

……楚之上相姓仵名奢，文武附身，情存社稷；手提三尺之劍，得提濟口口口託六尺之軀，萬邦受命；性行惇直，議節忠貞；意若風雲，心如鐵石。恆懷匪懈，宿夜兢兢事君。國致爲美，順而成之；主若有僭，犯顏而諫。仵乃有二子，口口口小者子胥，大名子尚，一事梁國，一事鄭邦；並悉忠貞，爲人洞達。楚王太子長大，未有妻房；王問百官：「誰有女堪爲妃后？」……大夫魏陵啓言王曰：「臣聞秦穆公之女，年登二八，美麗過人，眉如畫月，領似凝光，眼似流星，面如花色，髮長七尺，鼻直顏方，耳似穗珠，手垂過膝，拾指纖長。願王出勑與太子平章，儻得稱聖情，萬國和光善事」……王見女姿麗質，忽生狼虎之心；魏陵由取王情：「願陛下自納妃后。東宮太子，別與外求，美女無窮，豈口大道！」……

這不消說講的也是伍子胥故事。牠形容女性美貌的文句，和後世小說所用的很相類似。下面便是太宗入冥故事一段：

判官懆惡不敢道名氏。帝曰：「卿近前來。」輕道：「姓催，名子玉。」「朕當識。」讒言訖，使人引皇帝至院門。使人奏曰：「伏維陛下，且立在此，容臣入報判官速來。」言訖，使者到了廳前拜了。「啓判官，奉大王處太宗皇生魂到，領判官推勘，見在門外，未取引。」子玉聞語，驚忙起立唱諾。

這段文字寫在一葉敗紙上，首尾皆無，下方亦斷爛，所以不能連讀。但讀過西遊記的人，一望就可知爲寫的是太宗入冥故事。這個故事在唐人張鷟的朝野僉載已經述及，但不言判官姓名。西遊記則言姓崔名珏，與此不同。但如移子玉爲崔珏的字，却很恰當。可見牠們彼此間定有個相當的關係存在着，只是我們考查不出吧了。

第五章　宋元話本

一　由太平廣記到夷堅志

由唐末黃巢之亂，一直經過五代十國，到趙匡胤統一全國，在這個時期裏，前述的「變文」在當時僅被視爲傳教書而不被重視，俗文作者少見，故正統派的小說仍屬之於志怪書與傳奇。所以除了新發現的敦煌石室所藏的「變文」及俗文或有作于此時者外，另外却沒有一些特殊的作品遺留下來，可供我們的研討。

至於北宋這一個時代，名義上雖稱統一，然自石敬瑭勾引契丹獻了燕雲十六州之後，契丹頻年騷擾，中國北部常在混亂之中。自宋太祖親征契丹受箭而殂（此事正史不載，兩山墨談據宋神宗諭滕章敏之言始知，）他的子孫爲欲報這個不共戴天之仇，專萃心力於邊疆，那有工夫再來盡力於文事？所以在整個的北宋時代，也沒有新鮮的文學可以發現。但在開國之初，政府對于那般降王的謀臣策士不能不有以安置，否則就要因怨生事。可是那時的政府究竟還文明，既不學秦始皇的焚書阬儒，也不像淸初對付金喟等的手段，付之殺頭。他却如明成祖的編永樂大典淸高宗的編四庫全書，也給了很厚的俸祿，叫他們都跑到中央館閣去編書。在太宗太平興國時，勅置崇文院，積書八萬卷有奇，專命儒臣纂修編輯，自經史子集以及百家之言，博觀約取，集成千卷，賜名曰太平御覽；又纂古今文章爲文苑英華一千卷；又以野史傳記小說諸家成書五百卷，目錄十卷，是爲太平廣記：這就是政府對付那般謀臣策士方略的實現。

但太平廣記的編成，却反爲中國小說史上一件應該大書特書的事。因爲牠一方面做了個漢、魏、六朝、唐、五代、宋初各體小說的大結集，凡屬重要的神話，神仙故事，鬼神志怪，書傳奇及傳奇集，幾乎搜緝無遺。牠所採的書多至三百四十五種，且原書十九在現代已經佚亡。一方面又做了個前此神仙鬼怪之談的總結束，貴族化的小說的大墳墓；因爲此後的小說已全然不可挽回的傾向通俗化。雖然同時及以後志怪書及傳奇的作者仍輩出，但他們的文辭既平實而乏文彩，事實又多托古而忌談新，所以作品多模擬而少創造，多陳腐而乏新穎，遠不如牠在前此時代和同時的通俗文學可以掀動大衆了。

太平廣記以太平興國二年（九七七）三月奉詔撰集，次年八月書成表進，八月奉敕送史館，六年正月奉旨雕印板。後因有人建言，此書非後學所急需，遂收版藏太淸樓，所以宋人反多未見。直到明代中葉，十山譚氏得到抄本，始梓以行世。此書係分類纂輯，得九十二部。我們看了每部卷帙的多少，便可知前此小說所敍，以何者爲多。今將各部卷數列后，以供參考：

神仙五十五卷	女仙十五卷	道術五卷	方士五卷
異人六卷	異僧十二卷	釋證三卷	報應三十三卷
徵應十一卷	定數十五卷	感應二卷	讖應一卷
名賢一卷	廉儉一卷	氣義三卷	知人二卷

精察二卷
貢舉七卷
將帥二卷
文章三卷
書四卷
醫三卷
器玩四卷
奢侈二卷
治生一卷
嗤鄙五卷
婦人四卷
巫一卷

俊辨二卷
銓選二卷
驍勇二卷
才名一卷
畫五卷
相四卷
酒一卷
詭詐一卷
褊急一卷
無賴二卷
情感一卷
幻術四卷

幼敏一卷
職官一卷
豪俠四卷
儒行一卷
算術一卷
伎巧三卷
食一卷
諂佞三卷
詼諧八卷
輕薄二卷
童僕奴婢一卷
妖妄三卷

器量二卷
權倖一卷
博物一卷
樂三卷
卜筮二卷
博戲一卷
交友一卷
謬誤一卷
嘲誚五卷
酷暴三卷
夢七卷
神二十五卷

鬼四十卷	夜叉二卷	神魂一卷	妖怪九卷
精怪六卷	靈異一卷	再生十二卷	悟前生二卷
塚墓二卷	銘記二卷	雷三卷	雨一卷
山一卷	石一卷	水一卷	寶六卷
草木十二卷	龍八卷	虎八卷	畜獸十三卷
狐九卷	蛇四卷	禽鳥四卷	水族九卷
昆蟲七卷	蠻夷四卷	雜傳記九卷	雜錄八卷

他書均云太平廣記分五十五部，但照上面所錄計算，則得九十二部，不知五十五部之數如何算法？其中雜傳記九卷，所錄皆唐人的傳奇文。

太平廣記的監修人爲李昉，同修者十二人，其中徐鉉與吳淑本來都是小說作家。李昉（九二五——九九六）字明遠，深州饒陽人。漢乾祐進士。歷仕漢、周，歸宋，三入翰林。太宗朝，拜平章事。好接賓客，性和厚。卒，謚文正。昉爲文慕白居易，淺近易曉，有文集五十卷；又奉勅監修的書，有太平御覽文苑英華及太平廣記等。

徐鉉（九一六——九九一）字鼎臣，揚州廣陵人。少善爲文，與韓熙載齊名江東，又與弟鍇並稱「二徐」。仕吳爲校書郎，入南唐，官至吏部尙書。隨李煜歸宋，爲太子率更令。累官散騎常侍，淳化初，坐累謫靖難行軍司馬，中寒卒于官。鉉本以精小學著名，文集有騎省集三十卷。他在南唐時，曾作志怪書，歷二十年而成稽神錄六卷，僅記一百五十事。宋史則以爲其門客蒯亮所作，未知眞相究竟若何。修太平廣記時，他也希望采錄，但他不敢自專，使宋白問李昉。昉道：「詎有徐率更言無稽者！」遂得見收。魯迅以爲「其文平實簡率，既失六朝志怪之古質，復無唐人傳奇之纏綿，當宋之初，志怪又欲以『可信』見長，而此道於是不復振也。」可謂知言，且又切中宋人志怪書之弊。

朱梁時，靑州有賈客，泛海遇風，飄至一處。遠望有山川城郭。海師曰：「自頃遭風者，未嘗至此。吾聞鬼國在是，得非此邪！」頃之，舟至岸，因登岸向城而去。其廬舍田畝，不殊中國。見人皆揖之，而人皆不見。已至城，有守門者，揖之亦不應。入城，屋室人物甚般，遂至王宮。正值大宴羣臣。侍宴者數十，其衣冠器用，絲竹陳設之類，多類中國。客因升殿，俯逼王坐而窺之。俄而王有疾，左右扶還，亟召巫者視之。巫曰：「有陽地人至此。陽氣逼人，故王病。其人偶來爾，無心爲祟。以飲食車馬謝遣之可矣。」即具酒食，設座於別室。巫及羣臣皆來禱祝。客據案而食。俄有僕夫馭馬至，客亦乘馬而歸。至岸，登舟。國人竟不見。已復遇便風，得歸。時賀德儉靑州節度，與魏博節度楊師厚有親，因遣此客使魏，具爲師厚言之。魏人范宣古親聞其事，爲余言。（靑州客）

吳淑（九四七——一〇〇二）字正儀，潤州丹陽人。他是徐鉉的女壻。性純靜俊爽，屬文敏速。在南唐舉進士，以校書郎直內史。從李煜歸宋，仕至職方員外郎。嘗獻事類賦百篇，詔命注釋，又分注成三十卷以上。他著有文集十卷，江淮異人錄三卷，秘閣閒談五卷，說文五義三卷。江淮異人錄今已佚，僅從永樂大典中輯出二十五人，皆傳當時俠客術士及道流，行事大率詭譎怪異。

成幼文爲洪州錄事參軍，所居臨通衢而有廳。一日坐廳下，時雨霽泥濘而微有路，見一小兒賣鞋，狀甚貧窶，有一惡少年與兒相遇，絓鞋墜泥中。小兒哭求其價，少年叱之不與。兒曰：「吾家且未有食，待賣鞋營食，而悉爲所汙。」有書生過，憫之，爲償其值。少年怒曰：「兒就我求食，汝何預焉？」因辱罵之。生甚有慍色。成嘉其義，召之與語，大奇之，因留之宿。夜共話，成暫入內，及復出，則失書生矣，外戶皆閉，求之不得。少頃復至前曰：「且來惡子，吾不能容，已斷其首。」乃擲之於地。成驚曰：「此人誠忤君子，然斷人之首，流血在地，豈不見累乎？」書生曰：「無苦。」乃出少藥，傅於頭上，捽其髮摩之，皆化爲水，因謂成曰：「無以奉報，願以此術授君。」成曰：「某非方外之士，不敢奉教。」書生於是長揖而去，重門皆鎖閉，而失所在。

大家都知道，宋代是個最崇儒家的時代，許多著名的理學家都產生在這時代。但這是南宋時的情形，北宋時却不如此，惟在醞釀中而已。所以北宋的社會，仍爲佛道二教的勢力所佔，神鬼、變怪、報應之談，仍在民間流行着。因此，關于志怪的作品，仍得風行一時，而作者亦輩出。下面所敍，就是幾個專作志怪書的作家。此外，如在他的雜記中偶然兼敍及怪異事的，因多不勝敍，故一概不及。

張君房（約一〇〇一前后在世）字不詳，岳州安陸人。景德進士。官尙書度支員外郎，充集賢校理。祥符中，自御史台坐鞫獄謫官寧海。適眞宗崇道教，盡以秘閣道書付杭州，戚綸荐君房主校正事，乃編次得四千五百六十五卷進之。又撮其精要共萬餘條，成雲笈七籤一百二十二卷。又嘗志鬼神變怪之事，作乘異記三卷，凡十一門七十五事。咸平六年書成，自爲序。又著有潮說三卷。秦再思（約一〇〇一前后在世）的字、里、生平均無考。嘗記五代及宋初識應雜事，爲洛中記異十卷。聶田（約一〇三〇前后在世）的字、里無考。天禧中，舉進士不第。元祐（疑是寶元之誤）初，因記近時詭聞異見一百餘事，爲祖異志十卷。張師正（約一〇六〇前后在世）一作名思政，字不疑，里籍不詳。擢甲科，得太常博士。熙寧中，爲辰州帥。師正得太常博士後，游宦四十年，不得志，於是推變怪之理，參見聞之異，爲括異記十卷，凡二百五十篇。又有倦游雜錄八卷，王銍以爲皆魏泰僞作，宋志又有怪集五卷。畢仲詢（約一〇八二前后在世）的字、里不詳。元豐初，爲嵐州判官。嘗纂當代怪奇可喜之事，爲二十門，成幕府燕閒錄十卷。……其書大抵皆逸亡，今引遺文二則以見一斑：

張士傑客壽陽，被酒，歷淮濱，入龍祠，見後帳龍女塑像甚美，乃爲桐葉題詩投帳中，曰：「我是夢中傳采筆，書于葉上寄朝雲。」忽見舍有美女，士傑邀詣置酒，女吟曰：「落帆且泊小沙灘，霜月無波海上寒。若向江湖得消息，爲傳風木到長安。」士傑昏醉。既醒，孤坐於廟門之右，小女奴曰：「娘子傳語：『還君桐葉勿復置念！』」（乘異記，說郛卷四）

廣州有蕭某家者，嘗泛船過海，故以「都綱」呼之。有侍婢，忽娠姙，蕭疑與奴僕私通，苦詰之，則曰：「與大娘子私合而孕也。」蕭有女，年十八，向以許嫁王氏子。自十歲後變爲男子，而家人不知也，自此始彰。吳中舍潛時隨兄官番禺，曾假玉仙觀爲學。蕭子亦預焉，好讀文選，略皆上口，雖鬚出於頤，然其舉止體態亦婦人也。時景祐五年，任諫議中郎，知廣州。（括異記，說郛卷四十四）

北宋末，徽宗爲道士林靈素所惑，篤信神仙，自號「道君皇帝」，於是道教勢力更盛。宜和遺事前半部即專敍其事。高宗南渡之后，此風未改，只要看「泥馬渡康王」這一個民間傳說起于此時，就可想見。高宗傳位後，退居南內，亦好神仙幻誕之書。其時有洪邁作夷堅志，郭象作睽車志，似皆嘗呈進以供御覽，而夷堅志尤以著者之名與卷帙之多著稱于世。

洪邁（一一二三——一二〇二）字景盧，鄱陽人。自幼過目成誦，博極羣書。從二兄試博學宏詞科，他獨被黜。紹興中及進士第，累遷左司員外郎。使金，抗節不屈，爲金人所困辱，然卒遣還。後知贛州，裁驕兵；徙婺州，特遷敷文閣待制。以端明學士致仕。卒，諡文敏。著作頗富，有野處類稿一百另四卷，瓊野錄三卷，容齋五筆七十四卷，及四六叢話……等。夷堅志爲其晚年遺興之作，始刊于紹興之末，絕筆于淳熙之初，十餘年中，凡成甲至癸二百卷，支甲至支癸、三甲至三癸各一百卷，四甲四乙各十卷。今惟存甲至丁八十卷，支甲至支戊五十卷，三己三辛三壬三十卷，補二十六卷，又摘抄本五十卷及二十卷。內容既雜，且又急于成書，或以五十日作十卷，有稍易舊說以投者，亦不加删潤錄入。故此書卷帙雖多，實不能與太平廣記相比擬。郭象（約一一六五前后在世）字伯象，一作字次象，和州歷陽人。由進士歷官知興國軍。

著睽車志五卷，書名蓋取易睽卦上六「載鬼一車」之語，他的內容可以據此推知了。

紹興十年春，樂平人馬元益赴大理寺監門與婢意奴俱行。至上饒道中，同謁一神祠丐福。是歲六月，婢夢與馬至所謁祠下，有親事官數輩傳呼曰：「大卿請。」指前高樓云：「大卿在彼宰猪，爲慶會召寮屬。」明日，馬以語寺卿周三畏，意建亥之月，當有遷陟。明年冬，寺中作制院鞫岳飛。遇夜，周卿往往閒行至鞫所。一夕月微明，見古木下一物，似豕而角。周疑駭卻步。此物徐行往獄旁小祠而隱。經數夕，復往，月甚明，又見前怪，首上有片紙書發字。周謂獄成當有恩澤。既而聞岳之門僧惠清言岳微時居相臺，爲市游徼。有舒翁者，善相人，見岳必烹茶設饌，嘗密謂之曰：「君乃猪精也。精靈在人間，必有異事。它日當爲朝廷握十萬之師，建功立業，位在三公。然猪之爲物，未有善終，必爲人屠宰。君如得志，宜早退步也。」岳笑不以爲然。至是方驗。（猪精，夷堅志）

劉先生者，河朔人，年六十餘，居衡嶽紫蓋峯下。間出衡山縣市，從人丐得錢，則市鹽酪以歸。盡則更出。日攜一竹籃，中貯大小筆、樓帚、麻拂數事。遍遊諸寺廟，拂拭神佛塑像，鼻耳竅有塵土，即以筆撚出之，率以爲常。環百里人，皆熟識之。縣市一富人，嘗贈一衲袍。劉欣謝而去。越數日見之，則故褐如初。問之，云：「吾幾爲子所累。吾常日出菴，有門不掩。既歸就寢，門亦不扃。自得袍之後，不衣而出，則心繫念，因市一鎖，出則鎖之。或衣以出，夜歸則牢關以備盜。數日營營，不能自決。今日偶衣至市，忽自悟以一袍故，使方寸如此，是大可笑。適遇一人過前，即脫與之，吾心方坦然無復繫念。嘻，吾幾爲子所累矣！」嘗至上封歸，路遇雨，視途邊一冢有穴，遂入以避。會昏暮，因就寢。夜將半，睡覺雨止。月明透穴，照壙中歷歷可見。甓甃甚光潔，北壁惟白骨一具，自頂至足俱全。餘無一物。劉方起坐，少近視之，白骨倏然而起，急前抱劉。劉極力奮擊，乃零落墮地，不復動矣。劉出，每與人談此異。或曰：此非怪也。劉有氣壯盛，足以翕附此枯骨耳。今兒童拔雞羽置之懷，以手指上下引之隨應。羽梢折斷，即不應，亦此類也。（劉先生，睽車志）

此外，宋人所作志怪的書，尚有陳彭年志異十卷，無名氏窮神記十卷，說異記二卷，鬼董五卷……等，或傳或不傳。其中鬼董一名鬼董狐，相傳爲元人關漢卿作，頗新警可喜，如所記樊生事，同時通俗小說西山一窟鬼亦取爲題材，可證其爲當時民間盛傳的故事。

二　宋人所作傳奇

宋人作單篇傳奇的很少且大都不題作者姓名。即有，除了樂史外作者的生平又不可考，所以大都不能確定他們作品產生的時代。但傳奇到了宋代，已成強弩之末，所敍多剿舊聞；而且在小說史上這個時代已是「話本」的時代，即使沒有人作傳奇我們也不覺得怎樣可惜了。

樂史（九三〇——一〇〇七）字子正，撫州宜黃人。自南唐入宋爲著作佐郎，知陵州，獻金明池賦，召爲三館編修。雍熙三年，獻所著貢舉事三十卷，登科記三十卷，題解二十卷，唐登科文選五十卷，孝弟錄二十卷，續卓異記三卷。太宗嘉其勤，遷著作郎，直史館。又獻廣孝傳五十卷，總仙傳一百四十一卷，詔秘閣寫本進內。咸平初，遷職方，復獻廣孝新書五十卷，上清文苑四十卷。後出掌西京磨勘司。居洛頗久，因卜居，有亭榭竹樹之勝，優遊自得。未幾，卒。史極喜著述，然博而不精，除前述外，尚有太平寰宇記二百卷，總記傳一百三十卷，坐知天下記四十卷，商顏寶錄二十卷，廣卓異記二十卷，諸仙傳二十五卷，神仙宮殿窟宅記十卷，……又編所著爲仙洞集一百卷。太平寰宇記徵引羣書至百餘種，而時雜以小說家言。所作傳奇，今見綠珠傳一卷及楊太眞外傳二卷，皆薈萃稗史成文，而又參以輿地志語，篇末亦有嚴冷的誡語。綠珠傳兼敍他人事，於綠珠事反敍之甚少，實不足稱爲一篇。太眞外傳前半極寫繁華，後半極寫凋落，對照以觀，令人讀之不歡，頗有悲劇的意味。作者又有滕王外傳，李白外傳，許邁傳三篇，皆爲傳奇，今盡佚亡。

……十載上元節，楊氏之宅夜遊，與廣寧公主騎從爭西甫門。楊氏奴揮鞭誤及公主衣。公主墮馬，駙馬程昌裔扶公主，因及數撾。公主泣奏之。上令決殺楊家奴一人，昌裔停官，不許朝謁。於是楊家轉橫，出入禁門不問，京師長吏爲之側目。故當時謠曰：「生女勿悲酸，生男勿喜歡。」又曰：「男不封侯女作妃，君看女卻是門楣。」其天下人心羨慕如此。上一日御勤政樓，大張聲樂。時教坊有王大娘，善戴百尺竿，上施木山，狀瀛州方丈。令小兒持絳節出入其間，而舞不輟。時劉晏以神童爲祕書省正字，十歲慧悟過人。上召於樓中，貴妃坐於膝上，爲施粉黛，與之巾櫛。貴妃令詠王大娘戴竿，晏應聲曰：「樓前百戲競爭新，唯有長竿妙入神。誰謂綺羅翻有力，猶自嫌輕更着人。」上與妃及嬪御皆歡笑移時，聲聞於外。因命牙笏黃紋袍賜之。……（卷上）

……後欲改葬，李輔國等皆不從，……肅宗遂止之。上皇密令中官，潛移葬之於他所。妃之初瘞，以紫褥裹之。及移葬，肌膚已消釋矣。胸前猶有錦香囊在焉。中官葬畢，以獻。上皇置之懷袖。又令畫工寫妃形於別殿，朝夕視之而歔欷焉。上皇既居南內，夜闌登勤政樓，凭欄南望，煙月滿目。上因自歌曰：「庭前琪樹已堪攀，塞外征人殊未還。」歌歇，聞里中隱隱如有歌聲者，顧力士曰：「得非梨園舊人乎?遲明爲我訪來。」翌日，力士潛求於里中，因召與同去。果梨園弟子也。其後，上復與妃侍者紅桃在焉，歌涼州之詞，貴妃所製也。上親御玉笛，爲之倚曲。曲罷，相視無不掩泣。上因廣其曲，今涼州留傳者益加焉。至德中，復幸華清宮。從宮嬪御，多非舊人。上於望京樓下，命張野狐奏雨霖鈴

曲。曲半，上四顧凄涼，不覺流涕，左右亦爲感傷。……（卷下）

秦醇字子復（一作子履）亳州譙人。生平無考。他的傳奇被收于劉斧所編青瑣高議，所以知他是北宋人。青瑣高議所收他的傳奇凡四篇，辭意皆甚無劣。一爲趙飛燕別傳，自序云：得之李家牆角破筐中。敍飛燕入宮至自縊，復以冥報化爲大黿事。文中有「蘭湯灧灧，昭儀坐其中，若三尺寒泉浸明玉」語，明人見之，詫爲眞古籍。二爲驪山記，三爲溫泉記，敍張俞不第還蜀，于驪山下就故老問楊妃逸事，故老爲一一具道；他日，俞再過驪山，遇楊妃遣使相召，問人間之事，且賜之浴，明日，命吏送回，乃如夢覺，復題詩于壁，後于野外遇一牧童，致酬和詩，說是前日一婦人所托。四爲譚意歌傳，意歌本良家女，流落長沙爲娼，與汝州人張正字相戀，訂婚約；而正字迫于母命，竟別娶。越三年，妻沒，有客自長沙來，責正字負心，且盛譽意歌之賢。正字遂往迎歸。後生子成進士，意歌爲命婦，夫婦亦偕老。魯迅以爲「蓋襲蔣防之霍小玉傳，而結以團圓者也。」其言甚確。

……昭儀方浴，帝私窺之。侍者報昭儀，昭儀急趨燭後避。帝瞥見之，心愈眩惑。他日，昭儀浴，帝默賜侍者，特令不言。帝自屏罅覘，蘭湯灧灧，昭儀坐其中，若三尺寒泉浸明玉。帝意思飛揚，若無所主。帝常語近侍，自古人主無二后，若有，則吾立昭儀爲后矣。后知昭儀以浴益寵幸，乃具湯浴，請帝以觀。既往，后入浴，祼體而立，以水沃之，后愈親近，而帝愈不樂，不幸而去。后泣曰：「愛在一身，無可奈何！」后生日，昭儀爲賀，帝亦同往，酒半酣，后欲感動帝意，乃泣數行下。帝曰：「他人對酒而樂，子獨悲，豈有所不足耶；」后曰：「妾昔在主宮時，帝幸其第，妾立主後，帝視妾不移目甚久，主知帝意，遣妾侍帝，竟承更衣之幸，下體常污御服，妾欲爲帝浣去，帝曰：『留以爲憶。』不數日，備後宮。時帝齒痕猶在妾頸，今日思之，不覺感泣。」帝惻然懷舊，有愛后意，傾視嗟歎。帝欲留，昭儀先辭去，帝遇暮，方離后宮。……（趙飛燕別傳）

……會汝州民張正字爲潭茶官，意一見謂人曰：「吾得壻矣。」人詢之，意曰：「彼風調才學皆中吾意。」張聞之，亦有意。一日，張約意會於江亭。於時亭高風怪，江空月明。陡帳垂絲，清風射牖，疎簾透月，銀鴨噴香，玉枕相連，繡衾低覆，密語調簧，春心飛絮，如仙葩之並蒂，若雙魚之同泉，相得之歡，雖死未已。翌日，意盡挈其裝囊歸張。……後二年，張調官，復來見，意乃治行，餞之郊外。張登途，意把臂囑曰：「子本名家，我乃娼類。以賤偶貴，誠非佳婚。況室無主祭之婦，堂有垂白之親。今之分袂，決無後期。」張曰：「盟誓之言，皎如日月。苟或背此，神明非欺。」意曰：「我腹有君之息數月矣，此君之體也。君宜念之！」相與極慟。乃捨去。意閉戶不出，雖比屋莫見意面。……（譚意歌傳）

大業拾遺記二卷，亦名隋遺錄，題唐顏師古撰。跋言于會昌年間，開上元縣瓦棺寺，得書一帙，乃隋書遺稿。中有數幅，題南部烟花錄，拆視其軸，皆有顏公名。惜缺落十之七八，因補以傳。跋后無名，大概即出于作此文者之手。記始于煬帝將幸江都，命麻叔謀開河。次敘途中許多荒恣事，又造迷樓，荒蕩不理國事。其時人望乃屬之唐公李淵。終于宇文化及將謀變，因請放官奴分直上下，帝可其奏。全記敘述頗陵亂失實，惟文筆尙淸豔，情致亦時有綽約可觀之處。

……長安貢御車女袁寶兒，年十五，腰肢纖墮，騃冶多態。帝寵愛之特厚。時洛陽進合蒂迎輦化，云得之嵩山塢中，人不知名。採者異而貢之。會帝駕適至，因以迎輦名之。花外般紫，內素膩菲芬，粉蘂心深紅，跗爭兩花。枝幹烘翠類通草，無刺，葉圓長薄。其香穠芬馥，或惹襟袖，移日不散，嗅之令人多不睡。帝命寶兒持之，號曰司花女。時詔虞世南草征遼指揮德音敕于帝側，寶兒注視久之。帝謂世南曰：「昔傳飛燕可掌上舞，朕常謂儒生飾于文字，豈人能若是乎？及今得寶兒，方昭前事。然多憨態，今注目於卿。卿才人，可便嘲之。」世南應詔爲絕句曰：「學畫鴉黃半未成，垂肩嚲袖太憨生。緣憨却得君王惜，長把花枝傍輦行。」上大悅……（卷上）

帝幸月觀，煙景清朗。中夜，獨與蕭妃起臨前軒。簾掩不開，左右方寢。帝凭妃肩，說東宮時事。適有小黃門映薔薇叢調宮婢，衣帶爲薔薇罥結，笑聲吃吃不止。帝望見腰支纖弱，意爲寶兒有私。帝披單衣亟行擒之，乃宮婢雅娘也。回入寢殿，蕭妃誚笑不知止。帝因曰：「往年私幸妥娘時，情態正如此。此時雖有性命，不復惜矣。後得月賓，被伊作意態不徹。是時儂憐心，不減今日對蕭娘情態。曾效劉孝綽爲雜憶詩，常念與妃。妃記之否？」蕭妃承問，卽念云：「憶睡時，待來剛不來。卸粧仍索伴，解珮更相催。博山思結夢，沉水未成灰。」又云：「憶起時，投籤初報曉。被惹香黛殘，枕隱金釵裊。笑動上林中，除卻司晨鳥。」帝聽之，咨嗟云：「日月遄逝，今來已是幾年事矣。」妃因言「聞說外方羣盜不少，幸帝圖之。」帝曰：「儂家事，一切已託楊素了。人生能幾何？縱有他變，儂終不失作長城公。汝無言外事也！」……（卷下）

開河記一卷，敍麻叔謀奉煬帝詔開河，虐民，掘墓，納賄，食小兒種種不法，後事發被誅事。迷樓記一卷，敍煬帝晚年荒淫，因王義之諫，獨宿二日，以爲不樂，復入宮後聞童謠，自知運盡事。海山記二卷，始于敍煬帝的降生，次及興土木，見妖鬼，幸江都，終至遇害。此三文內容，與隋遺錄相類，而所敍加詳，惟雜俚句頗多，故文采稍遜。海山記亦見于青瑣高議中，篇題下原有小注，上卷云「說煬帝宮中花木，」下卷云「記煬帝後苑鳥獸，」爲劉斧所加，非屬原有。然由此可知爲北宋人作，今本有題韓偓撰的，爲明人妄加。

……叔謀旣至寧陵縣，患風痒，起坐不得。……取半年羊羔，殺而取腔，以和藥，藥未盡而病已痊。自後每令殺羊羔，日數枚，同杏酪五味蒸之，置其腔盤中，自以手擘而食之，謂曰含酥臠。鄉村獻羊羔者日數千人，皆厚酬其直。寧陵下馬村民陶郎兒，家中巨富，兄弟皆兇狠，以祖父塋域傍河道二丈餘，慮其發掘，乃盜他人孩兒年三四歲者，殺之，去頭足，蒸熟，獻叔謀。咀嚼香美，迥異於羊羔，愛慕不已。召詰郎兒，郎兒乘醉泄其事。及醒，叔謀乃以金十兩與郎兒，又令役夫置一河曲以護其塋域。郎兒兄弟自後每盜以獻，所獲甚厚。貧民有知者，競竊人家子以獻，求賜。襄邑寧陵睢陽所失孩兒數百，寃痛哀聲，旦夕不輟。……（開河記）

……有迷樓宮人靜夜抗歌云：「河南楊柳謝，河北李花榮。楊花飛去去何處，李花結果自然成。」帝聞其歌，披衣起聽，召宮女問之云：「孰使汝歌也？汝自歌之耶？」宮女曰：「臣有弟民間得此歌，曰：『道途兒童多唱此歌。』」帝默然久之，曰：「天啓之也，人啓之也！」帝因索酒，自歌云：「宮木陰濃燕子飛，興衰自古漫成悲。它日迷樓更好景，宮中吐豔變紅輝。」歌竟，不勝其悲。近侍奏「無故而悲，又歌，臣皆不曉。」帝曰：「

休問它日自知也。……」（迷樓記）

……一日，洛水漁者獲生鯉一尾，金鱗赤尾，鮮明可愛。帝問漁者之姓。姓解，未有名。帝以朱筆於魚額書「解生」字以記之，乃放之北海中。後帝幸北海，其鯉已長丈餘，浮水見帝，其魚不沒。帝時與蕭院妃同看，魚之額朱字猶存，惟解字無半，尙隱隱角字存焉。蕭后曰：「鯉有角，乃龍也。」帝曰：「朕爲人主，豈不知此意？」遂引弓射之，魚乃沉。……（海山記下）

梅妃傳一卷，敍唐明皇有寵妃曰江釆蘋，因愛梅，戲呼爲梅妃。後楊妃入宮，乃爲所幽放，值祿山之亂，死于兵事。後面亦有跋，略謂「此傳得自萬卷朱遵度家，大中二年所書，惟葉少蘊與予得之。」跋亦不署名，當卽作者所題。少蘊爲葉夢得字，則此文當作于南渡的前后。今本或題唐曹鄴撰，自亦出于明人所爲。

……是時承平歲久，海內無事。上於兄弟間極友愛，日從讌間，必妃侍側。上命破橙往賜諸王，至漢邸，潛以足躡妃履，登時退閣。上命連宣，報言適履珠脫綴，綴竟當來。久之，上親往命妃。妃拽衣迓上，言胸腹疾作，不果前也。卒不至。其恃寵如此。後上與妃鬬茶，顧諸王戲曰：「此梅精也。吹白玉笛，作驚鴻舞，一座光輝。鬬茶今又勝我矣。」妃應聲曰：「草木之戲，誤勝陛下。設使調和四海，烹飪鼎鼐，萬乘自有心法，賤妾何能較勝負也。」上大悅。會太眞楊氏入侍，寵愛日奪，上無疎意。而二人相疾，避路而行。上嘗方之英皇，議者謂廣狹不類，竊笑之。太眞忌而智，妃性柔緩，亡以勝。後竟爲楊氏遷於上陽東宮。……

又有李師師傳一卷，敍徽宗易服私行，臛倡女李師師，賞賜甚厚，又由離宮作潛道通師師宅；及禪位，遊興始衰。師師後亦棄家爲女冠。迨金兵入汴，金主指名以索，張邦昌等蹤跡得之以獻。師師大罵，以簪自刺其喉，不死；折而吞之，乃死。宣和遺事亦載此事，稍有不同。此文雖作以愧當時的貳臣，然辭句極雅豔，非平常文人所能作。

……暮夜，帝易服雜內寺四十餘人中，出東華門二里許，至鎭安坊。鎭安坊者，李姥所居之里也。帝麾止餘人，獨與迪翔步而入。堂戶卑庳，姥迎出，分庭抗禮。慰問周至。進以時果數種，中有香雪藕，水晶蘋婆，而鮮棗大如卵，皆大官所未供者。帝爲各嚐一枚。姥復款洽良久，獨未見師師出拜。帝延佇以待。時迪已辭退，姥乃引帝至一小軒，凭几臨窗，縹緗數帙，窗外新篁，參差弄影。帝翛然兀坐，意興閒適，獨未見師師出侍。少頃姥引帝至後堂，陳列鹿炙雞酢，魚膾羊臛等肴，飯以香子稻米。帝每進一餐，姥侍傍款語多時，而師師終未出見。帝方疑異，而姥忽復請浴。帝辭之，姥至帝前耳語曰：「兒性好潔，勿忤。」帝不得已，隨姥至一小樓下湢室中。浴竟，姥復引帝坐後堂，肴核水陸，盃盞新潔，勸帝歡飲，而師師終未一見。良久，姥纔執燭引帝至房。帝搴帷而入，一燈熒然，而絕無師師在。帝益異之，爲倚徙几榻間。又良久，見姥擁一姬，珊珊而來，淡妝不施脂粉，衣絹素，無豔服。新浴方罷，嬌豔如水芙蓉。見帝意似不屑，貌殊倨，不爲禮。姥與帝耳語曰：「兒性頗愎，勿怪。」帝於燈下凝睇物色之，幽次逸韻，閃爍驚眸。問其年，不答。後強之，乃遷坐於他所。姥復附帝耳曰：「兒性好靜坐，唐突弗罪。」遂爲下幃而出。師師乃起解玄絹褐襖，衣輕綈，捲右袂，援壁間琴，隱几端坐，而鼓平沙落雁之曲。輕攏慢撚，流韻淡遠，帝不覺爲之傾耳，遂忘倦。比曲三終，雞唱矣。帝亟披帷出，姹聞亦起，爲進杏酥飲，棗糕餺飥諸點品。帝飲杏酥杯許，旋起去。內侍從行者，皆潛候於外，即擁衛還宮。時大觀三年八月十七日事也。……

此外屬於傳奇的作品，被收于劉斧青瑣高議的尚不少，然都不及前述各篇的流膾人口。青瑣高議原爲十八卷，今本二十卷，又別集七卷。編者生平無可考，僅知他是北宋人罷了。

三　說話發達的社會背景及其家數

「話本」是宋時說話人用的一種底本，所以要問「話本」始於何時，便不能不去考究說話人何時始有。向來都根據酉陽雜俎「予太和末因弟生日，觀雜戲。有市人小說，呼扁鵲作『褊鵲』字上聲」及李商隱驕兒詩「或謔張飛胡，或笑鄧艾吃」所說，以爲唐時已盛行。這個證據是可靠的。不過他們是否有底本，其底本作何式樣，那我們便茫然無知。在那倫敦博物院中的唐太宗入冥故事等幾段俗文，是否即爲當時的「市人小說，」我們也不敢隨便下斷。所以關于這個問題，我們暫時只好缺疑了。

說話雖起于唐代，但僅盛行于民間，所以不爲大雅所稱道。到了宋代，忽成爲皇帝御前供奉的娛樂的一種，於是才有人加以注意。郎瑛七修類稿云：「小說起宋仁宗時，國家閒暇，日欲進一奇怪之事以娛之，故小說『得勝頭囘』之後，即云『話說趙宋某年……』云云。」東坡志林也說：「王彭嘗云『塗巷中小兒薄劣，其家所厭苦，輒與錢令聚坐聽說古話。至說三國事，聞劉玄德敗，頻蹙額，有出涕者。聞曹操敗，即喜唱快』」可見說話在北宋中葉時代，不獨成爲皇帝娛樂之一，且爲士大夫家用爲感化頑劣兒童的一種教育方法。到北宋之末，說話的技術更進步，且進而有科目的分別，像孟元老東京夢華錄記載當時之「伎藝」其中已有：「孫寬、孫十五、曾無黨……等講史；李慥、楊中立、張十一……等小說；吳八兒合生；……霍四究說三分；尹常賣五代史」的話，可見當時說話人不獨分科，而且只要專精一科，便可出賣他的技術了。

宋室南渡後，京都的繁華也隨着南遷，因此在杭州的說話人，其實伎狀況，一如在汴京時候。古今小說序有云：「南宋供奉局，有說話人，如今說書之流。」今古奇觀序裏也說：「至有宋孝皇，以天下養太上，命侍從訪民間故事，日進一回，謂之說話人。而通俗演義乃始盛行。」宋孝宗之待高宗，既如北宋時代臣下之奉仁宗，且又命「侍從訪民間故事，」揆之「上有好者，下必甚焉」之例，話本自然會不期然而然的多量產生起來。今人所見話本，大抵作於南宋，或即因此故。

倘有一個值得提出的問題，就是爲了各書所載文字的不同，對于說話的科別的分法，有種種說法。這雖與牠的底本話本似無甚關係，但連來源也不明，似非研究家所應抱的態度，故不能不爲引述。歷來對于說話的分類，大概都根據下列三書所載：

一，趙某（號耐得翁約一二三〇前后在世）的都城紀勝（說郛改題古杭夢遊錄）

說話有四家：一者小說，謂之銀字兒，如煙粉、靈怪、傳奇、說公案，皆是搏刀（說郛作搏拳提刀、）趕棒及發跡、變泰（說郛作態）之事；說鐵騎兒，謂士馬金鼓之事；說經，謂演說佛書；說參請，謂賓主參禪悟道等事；講史書，謂說前代史書文傳興廢戰爭之事，最畏小說人。蓋小說者，能以一朝一代故事，頃刻間提破。合生，與起令隨令相似，各占一事。商謎，舊用鼓板吹賀聖朝，聚人猜詩謎、字謎、戾謎、社謎，本是隱語。……（瓦舍衆伎）

二，吳自牧（約一二七〇前后在世）的夢粱錄　說話者，謂之舌辯，雖有四家數，各有門庭。且小說名銀字兒，如煙粉靈怪傳奇公案朴刀桿棒發跡蹤參之事，有譚淡子……等，談論古今，如水之流。談經者，謂演說佛書；說參請者，謂賓主參禪悟道等事，有寶菴……和尚等。又有說諢經者，戴忻菴。講史書者，謂講說通鑑、漢唐歷代書史文傳興廢戰爭之事，有戴書生……。但最畏小說人。蓋小說者，能講一朝一代故事，頃刻間捏合，與起令隨令相似，各占一事也。商謎者，先用鼓兒賀之，然後衆人猜詩謎、字謎、戾謎、社謎，本是隱語，……如有歸和尚及馬之齋，記聞博洽，厥名傳久矣。（卷二十小說講經史）

三，周密（一二三二——一三〇八后不久）的武林舊事　……演史，喬萬卷……；

說經諢經，長嘯和尚……；小說，蔡和……；商謎，胡六郎……；合笙，雙秀才……

……（卷六諸色伎藝人）

比較這三段文字夢粱錄似卽抄都城紀勝，而漏去了「合生」二字；但都城紀勝文字甚含糊不明，致引起後人種種誤解。武林舊事則歷記種種技術人的姓名，未嘗說明說話有幾家，且除前引五種外，尙有說諢話，學鄉談，說藥……等，亦似屬於說話的一類，但不見於他書，故不引。爲了對前引幾段文字讀法的不同，對于四種說話，遂產生下面四種不同的分法：

一，分爲：小說、講史、說經說參請、合生。見魯迅中國小說史略，鄭振鐸中國文學史……等。但魯迅以武林舊事爲無合生，頗不確，大概因字作「合笙」，所以不曾看到了。

二，分爲：小說，談經，講史書，商謎。見拙編中國文學進化史，文學概論講話……等。

三，分爲小說、講史、傀儡（其話本或如雜劇，或如崖詞，大抵多虛少實、）影戲（其話本與講史書者頗同，大抵眞假相半。）見胡適宋人話本八種序，他又加注道：「以上說『四家說話人，』與王國維先生和魯迅先生所分『四家』都不同。我另有專篇

論這個問題。」但所謂專篇，我們却還未見。他又把小說分成煙粉靈怪傳奇，說公案，
說鐵騎兒，說經，說參請五目，也與各家不同。
四，分爲：小說、說經、講史、合生商謎。見孫楷第的今古奇觀序。

這個攪不清的家數問題，其實很簡單。都城紀勝於「說話有四家」後，接着就述「小說」「說鐵騎兒」「說經」「說參請」四家，其「小說」中「說公案」的「說」字係衍文，觀夢粱錄所敍可見，且「公案傳奇」或「傳奇公案」爲後人常用之語，尤可爲「說」字爲衍文的證據。其下又續述「講史書，」且于「講史書」下又云「最畏小說人……」。所以我以爲說話有四家者，卽指小說、說鐵騎兒、說經、說參請，因爲這四家名字中恰巧都有一「說」字，定非偶然巧合。至「講史書」乃與「說話」平行，故云「最畏小說人。」「小說」爲四家之首，故舉以代表「說話人」。大概說話全憑虛造，講史書須有根據，故又云：「小說者，能以一朝一代故事，頃刻間提破。」而講史書便不能。至「講史書」與「說鐵騎兒」的分別，講史書以一個朝代或一個皇帝爲主，說鐵騎兒則以一家英雄或一個名將爲主；前者

如各史平話，後者如薛家將傳說岳全傳等。其他「合生」「商謎」亦與「說話」「講史書」並列，皆爲當時「瓦舍衆伎」之一。「傀儡」（亦分四家）「影戲」亦然。都城紀勝說「傀儡」「影戲」皆有「話本」，故胡適把牠們亦列入「說話」。但由此可知「話本」這個名字爲當時一切伎藝人員所用文字底本的共名，不是「說話」一技所獨有的。

這些所謂說話（包括講史書）人他們爲了利益的關係當時也有團體的組合。他們有「書會」，有「雄辯社」，正和現時的書社一樣。他們都有個固定的說書場。他們說一個故事，前面總有個引子，叫做「得勝頭迴」，也和後世說書先唱一個開篇一樣。書場情形，吾們可在說岳全傳中「大相國寺閒聽評話」半回裏窺見一斑。說岳全傳雖非宋人所作，但今本係改明人所著而成，明代去宋未遠，其情形當不致和宋時扞格，所以雖或「不中」，但定「不遠」了。

却說牛皐跟了那兩箇人，走進圍場裏來，舉眼看時，却是一箇說評話的，擺著一箇書場，聚了許多人，坐在那裏聽他說評話。那先生看見三箇人進來，慌忙立起身來，說道：

「三位相公請坐。」那兩箇人也不謙遜，竟朝上坐下。牛皐也就在肩下坐定，聽他說評話。却說的北宋金槍倒馬傳的故事，正說到：「太宗皇帝駕到五臺山進香，被潘仁美引誘，觀看透靈牌，照見塞北幽州，天慶梁王的蕭太后娘娘的梳粧樓。但見樓上放出五色毫光，太宗說：『朕要去看看那梳粧樓，不知可去得否？』潘仁美奏道：『貴爲天子，富有四海，何況幽州！可令潘龍賫旨，去叫蕭邦暫且搬移出去，待主公去看便了。』當下閃出那開宋金刀老令公楊業，出班奏道：『去不得！陛下乃萬乘之尊，豈可輕入虎狼之域！倘有疏虞，干係不小。』太宗道：『朕取太原，遼人心膽已寒，諒不妨事。』潘仁美乘勢奏道：『楊業擅阻聖駕，應將他父子監禁，待等囘來再行議罪。』太宗准奏，即將楊家父子拘禁；傳旨著潘龍來到蕭邦。天慶梁王接旨，就與軍師撒里馬達計議。撒里馬達奏道：『狼主可將機就計，調齊七十二島人馬，湊成百萬，四面埋伏，待等宋太宗來時，將幽州圍困，不怕南朝天下，不是狼主的。』梁王大喜，依計而行，款待潘龍，搬移出去，恭迎天駕往臨。潘龍覆旨，太宗就同了一衆大臣，離了五臺山，來到幽州。梁王接駕進城，倘未坐定，一聲礮響，伏兵齊起，將幽州城圍得水洩不通。幸虧得八百里淨山王呼必顯藏旨出來，會見天慶梁王，只說回京去取玉璽來獻，把中原讓你，方能騙出重圍，來到雄州，召楊令公父子九人領兵來到幽州解圍。此叫作「八虎闖幽州，楊家將的故事。」說到那裏就不說了。那穿白的即身邊取出銀包打開來，將兩錠銀子，遞與說書的道：「道友，我們是過路的，送輕莫怪。」那說書的道：「多謝相公們！」二人轉身就走，牛臯也跟了出來。那說書的只認他是三箇同來的，那曉得是聽白書的。牛臯心裏還想：「這廝不知搗他娘甚麼鬼？還送他兩錠銀子。」那穿紅的道：「大哥，方纔這兩錠銀子，在大哥也不爲多，只是這裏本京人看了，只說大哥是鄉下人。」那穿白的道：「兄弟，你不曾聽見說，我的先祖父子九人，這箇七祖宗百萬軍中沒有敵手。莫說兩錠，十錠也值。」穿紅的道：「原來爲此。」牛臯暗想：「原來爲祖宗之事。倘然說著我的祖宗，拿什麼與他？」又見那穿白的道：「大哥，這一堆去看看。」穿紅的道：「小弟當得奉陪。」兩箇走近人叢裏，穿白的叫一聲：「列位，我們是遠方來的，讓一讓。」衆人聽見，閃開一條路，讓他兩箇進去。那牛臯仍舊跟了進來，看是作什麽的。原來與對門一樣說書的。這道友見他三箇進來，也叫聲：「請坐。」那三箇坐定，聽他說的是興唐傳，正說到：「秦王李世民，在枷鎖山赴五龍會，內有一員大將，天下數他是第七條好漢，姓羅，名成；奉軍師將令，獨自一人，拿洛陽王王世充，楚州南陽王朱燦，湘州白御王高談聖，明州夏明王竇建德，曹州宋義王孟海公……」正說到：「羅成獨要成功，把住山口……」說到此處，就住了。這穿紅的，也向身邊拿出四錠銀子來，叫聲：「朋友，我們是過路的，不曾多帶得，莫要嫌輕。」說書的連稱：「多謝。」三箇人出來。牛臯想道：「又是他祖宗了！」……（第十回）

這種情形，正和現代大城市的著名寺廟中的廣場中的賣解，變戲法，小熱昏一樣，也是先獻伎，後索錢，而價目沒有一定的。這大約也可說是實在情形，都城紀勝也說：

……如執政府牆下空地（舊名南倉前），諸色路歧（疑當作伎）人在此作場，尤爲駢闐。又，皇城司馬道亦然。候潮門外殿司教場，亦有絕伎作場。其他街市如此空隙

地段，多有作場之人，如大瓦、肉市、炭橋、藥市、橘園……。（市井）

而且在茶肆中說書，在當時也已通行，夷堅志云：「呂德卿偕其友出嘉會門外茶肆中坐，見幅紙用帖其尾云：今晚講說漢書。」又夢粱錄載：「中瓦內王媽媽家茶肆，名一窟鬼茶坊。」京本通俗小說中有西山一窟鬼故事，發生在紹興年間，鬼輩亦載其事，且也提起王老娘茶肆。可見王媽媽竟因同姓關係，利用說書人的題目來作幌子了，不用說，那茶坊裏自然也有說書的了。

宋代社會上，說話與講史書等既這樣風行，加以國家又設專局司採坊之事，士大夫由此不但不菲薄而加提倡，那麼話本的產生，雖欲抑止，亦屬不可能的事。這樣，南宋就成爲一個話本的黃金時代。

四　說話的話本——小說（一）

宋代說話人的家數既如前述，但今存的話本却僅有二類，一爲屬于說話的小說，一爲講史書。前者大都被收於京本通俗小說，明清平山堂所刻話本（失去書名）及馮夢龍編的古今小說、警世通言、醒世恆言等書中，單行的有大唐三藏取經詩話及佚本西遊記（即永樂大典所收本）等；後者有武王伐紂書，七國春秋後集，秦併六國平話，前漢書續集，三國志平話，梁公九諫，五代史平話及宣和遺事等。這許多書大都作於南宋之時，間亦有元人所作，只是不易分別出來。

小說與講史書的分別，除前述外，魯迅以為「講史之體在歷敘史實而雜以虛辭；小說之體，在說一故事而立知結局。」這樣的分別，自然令人很易明白。現在最通行的五代史平話及通俗小說殘本二書，其體式正如是。

京本通俗小說今存八種，當原書的卷第十至卷十六及卷二十一。全書原有若干卷，作者何人，今都不可考。他的材料多取之當時，或採自志怪書等。他的體製則十九先以閒話或他事引起，後乃綴合以入正文。如碾玉觀音因欲敘咸安郡王游春，就連舉春詞至十餘首之多；西山一窟鬼因欲敘一士人遇鬼，就舉另一士人沈文述的集古詞，幷引每句詞所由來的原詞，亦多至十餘首；拗相公因敍王安石事，則先引王莽事；錯斬崔寧因欲敍劉貴戲言遭禍，就先引魏鵬舉戲言失官事；馮玉梅團圓欲敍「雙鏡重圓，」就先敍「交互姻緣；」……其體製幾一律。本來，說話人在說話之先，聽衆未齊，必須打鼓開場，得勝令就是常用的鼓調。得勝令又名得勝迴頭，又轉爲得勝頭迴。後來說書人開講時，往往因聽衆未齊，須慢慢地說到正文，故或用詩詞，或用相類故事，也「權做個得勝頭迴。」錯斬崔寧裏說：「這回書單說一個官人，只因酒後一時戲笑之言，遂至殺身破家，陷了幾條性命。且先引下一個故事來，權做個『得勝頭迴。』」就是此意。後來明人所作通俗短篇，牠的體裁也十九如是。

現將八種的內容略敍如下：碾玉觀音敍紹興時某郡王府有待詔崔寧，以碾玉觀音得郡王歡。府中養娘秀秀很愛他，迫之偕逃，在潭州開舖生活。不料爲王府郭排軍所見，遭其陷害，秀秀被郡王活埋於王府的後花園。但她的靈魂仍隨崔寧作鬼夫妻，終于報了郭排軍的仇，崔寧亦同死。此篇亦見警世通言卷八，題作崔待詔生死冤家。菩薩蠻敍紹興時有少年陳守常，多才薄命，入靈隱寺爲僧，好作菩薩蠻詞，極得某郡王之寵。後因被誣與王府侍女新荷通，適詞中有「新荷」語，橫遭杖楚。及辯白，他已圓寂了。此篇亦見警世通言卷七，題作陳可常端陽坐化。西山一窟鬼敍紹興間秀才吳洪赴臨安應試落第，教書度日，由王婆作媒，娶李樂娘爲妻，與從嫁錦兒皆有姿色。洪後發覺諸人皆是鬼，懼甚。幸癩道人爲之作法除妖，吳後亦仙去。警世通言卷十四題作一窟鬼癩道人除怪。志誠張主管敍開封員外張士廉，家財百萬，年老無子，續娶王招宣府遣出之小夫人爲妻。小夫人怨員外年老，愛其主管張勝，張不爲所動。後員外因小夫人竊王府珠寶之累，家產全被抄封，小夫人亦自縊死。她死后猶化爲少女追隨張勝，但張終以女主人敬事之。警世通言卷十六題作張主管志誠脫奇禍，亦作小夫人金錢贈少年。拗相公敍王安石施行新法之害，中敍其罷相后，由京師至江寧途中所見老百姓對他痛恨情形。胡雲翼以爲其體例不似一篇小說。警世通言卷四題作抝相公飲恨平山堂。錯斬崔寧敍高宗時有劉貴爲盜所殺，其妾陳氏及少年崔寧因嫌疑被指爲戀奸殺夫，皆處死刑。不久，劉妻王氏爲盜靜山大王刧爲壓寨夫人，頗愛好。後王氏於無意中知大王卽殺夫之盜，終殺盜以雪冤。醒世恆言卷三十三題作十五貫戲言成巧禍，淸今古奇聞亦載之，又有人取材以作十五貫彈詞。馮玉梅團圓敍高宗時少女馮玉梅在亂離中爲賊所擄，而與賊中一忠良少年范希周結婚。賊黨失敗，夫婦亦失散。后來經了許多波折，她終于與她的父母丈夫相會而團圓。警世通言卷十二題作范鰍兒雙鏡團圓。金虜海陵王荒淫敍金主亮的荒淫故事文字猥褻異常，內容與金史所載無甚大異。但其描寫之佳，在宋人「話本」中實首屈一指。醒世恆言卷二十三題作金海陵縱慾亡身。鄭振鐸以此篇爲明人所作。在通俗小說殘本中，尙有定州三怪一篇，因破碎不全，未經翻刻，但通言卷十九崔衙內白鷂招妖，注云：「古本作定州三怪，又名新羅白鷂。」可知其書尙流傳於人間。

明淸平山堂所刻話本，今殘存三册，凡十五篇。全書的名字叫做什麼？及共有若干篇？現在皆已不能考明。此十五篇中，可以知爲宋人作的，有簡帖和尙與西湖三塔記，二書皆載于也是園書目的宋人詞話中。簡帖和尙也見于古今小說卷三十五，題作簡帖僧巧騙皇甫妻；又陳巡檢梅嶺失妻記，卽爲古今小說卷二十及喻世明言卷二十二的陳從善梅嶺失渾家；刎頸鴛鴦會，一名三送命，一名寃報寃，卽爲警世通言卷三十八蔣淑貞刎頸鴛鴦會；五戒禪師私紅蓮記，則和古今小說卷三十明悟禪師趕五戒相同；風月瑞仙亭，則與警世通言卷六俞仲舉題詩遇上皇入話裏的司馬相如故事相同，另一刻本通言卽別作一篇，名爲卓文君慧眼識相如。其末爲他書所錄而就其風格與文句上可考知爲宋人的著作的，更有合同文字記，洛陽三怪記及楊攔路虎傳等作。合同文字記有「話說宋仁宗時慶歷年間，去這東京汴梁城，離城三十里，有個村，喚做老兒村……」等語；洛陽三怪記有「今時臨安府官巷口花市，喚做壽安坊，便是這個故事……」等語；楊攔路虎傳有「話說楊令公之孫重立之子，名溫，排行第三，喚做楊三官人……」等語；都明明是宋人的口吻。此外，有快嘴李翠蓮記一篇，體裁與其他話本不甚類似，皆以韻語的唱說爲主體，或卽爲宋時說話人用以彈唱的底本，而爲「淘眞」的一種。又有藍橋記一篇，全襲唐人傳奇舊文，不過在起首加上了名爲「入話」的一首五言絕句，及篇末「正是玉室丹書著姓，長生不老人家」二語，與其他話本也不相類。

明萬歷時，有單行本的蘇長公章台柳傳，敍蘇軾乘醉欲娶妓女章台柳，已而忘却，妓久待不至遂嫁，等到軾再想着，已來不及了。這篇話本的風格亦似宋元人作。

在馮夢龍所編「三言」及「三言」中喻世明言的前身古今小說中，宋人作品也有不少。（關于「三言」的種種，當在下章詳述。）現亦依次分敘于後。

古今小說共包四十種話本，其卷三十三張古老種瓜娶文女，當即也是園書目所載宋人詞話十二種中的種瓜張老。卷三十四簡帖僧巧騙皇甫妻，也卽爲也是園書目中及清平山堂所刻話本中的簡帖和尚。此外，從其風格及文字上可以推知其必爲宋人的作品的，凡有十篇。卷三新橋市韓五賣春情，敘少年吳山因戀了韓姓女幾至病亡事；文中有「說這宋朝臨安府去城十里，地名湖墅，出城五里，地名新橋……」等語，明是宋人語氣。卷四閒雲菴阮三償寃債，敘少年阮三因迷戀陳玉蘭小姐，得病而死，小姐終身不嫁，撫子成名事；文字古樸自然，且直敘云「家住西京河南府梧桐街急演卷……，」自當爲宋人之作。卷十五史弘肇龍虎君臣會，敘郭威及史弘肇君臣微時，爲柴夫人及閻行首所識事；運用俗語，描狀人物，俱臻化境。卷十九楊謙之客舫遇俠僧，敘楊益爲貴州安莊知縣，途遇異僧，嫁以婦人李氏，以治縣中蠱毒事；敍述邊情世態，至爲眞切。卷二十陳從善梅嶺失渾家，卽清平山堂所刻陳巡檢梅嶺失妻記，其故事全脫胎唐人傳奇補江總白猿傳；開端便云「話說大宋徽宗皇帝宣和三年上春間……，」口吻爲宋人如見。卷二十四楊思溫燕山逢故人，敍思溫于金兵南渡后流落燕山，在酒樓上遇見故鬼，終于死于水中事，文中敍及祖國的遠思，尤覺纏綿悱惻，當爲南渡后故老所作。卷二十六沈小官一鳥害七命，敍沈秀因酷愛畫眉，終死于強人之手，畫眉亦爲所奪，自后因此鳥而死者又有六人事；爲「公案傳奇」之一。卷三十六宋四公大鬧禁魂張，敍宋時大盜宋四公等在京城犯了許多案件，而官府終莫可奈何他們的事。卷三十八任孝子烈性爲神，敍任珪娶妻梁氏，她與周得通奸，反誣珪之盲父；珪休了她，並因之殺死五命事。卷三十九汪信之一死救全家，敍俠士汪革爲程彪弟兄所陷，進退無路，不得不自殺以救全家事；風格頗渾莽豪放。上述十篇，大概亦皆爲宋人之作。

警世通言亦包括話本四十種，其中卷四，卷七，卷八，卷十二，卷十四，卷十六，卷十九均爲通俗小說殘本所有，卷三十七萬秀娘仇報山亭兒卽也是園書目中的山亭兒，及卷三十八蔣淑貞刎頸鴛鴦會爲清平山堂刻的話本所有外，可決爲宋人所作者尙有三篇：一爲卷十三三現身包龍圖斷寃，敍包拯斷明孫押司被妻及其情人所謀害的案件事；其開首寫「話說大宋元祐年間，一箇太常大卿姓陳名亞……」，明是宋人口吻。卷二十計押番金鰻產禍，原注：「舊名金鰻記，」敍計安因誤殺了一條金鰻，害得合家慘亡事；開端亦有「話說大宋徽宗朝有個官人……」等語。卷三十九福祿壽三星度世，敍劉本道被壽星座下的鹿、龜、鶴三物所戲弄，後乃爲壽星所度，隨之而昇天事；開頭有「這大宋第三帝主，乃是眞宗皇帝……」等語，自屬宋人之作。其他確知爲元人作的，有卷二十七假神仙大閙華光廟一篇，敍魏生遇僞呂仙及僞何仙姑事；開頭有「話說故宋時，杭州普濟橋，有個寶山院，乃嘉泰中所建……」一語，確爲元人口氣。此外卷十錢舍人題詩燕子樓，文中亦有宋人口氣的語句，但全篇除開頭「話說大唐自政治大聖大孝皇帝謚法太宗開基之後……」的幾句開場白外，全爲傳奇文，編入通言中，頗有些不倫不類。卷三十金明池吳清逢愛愛，敍吳清逢女鬼愛愛，終藉其力得成另一人世姻緣事；風格亦近宋人。卷三十三喬彥傑一妾破家，敍喬俊因娶一妾周氏而致家破人亡事；開頭有「話說大宋仁宗皇帝明道元年，這浙江路寧海軍，卽今杭州是也……」語，大似元人口氣。卷三十六皁角林大王假形，敍宋新會知縣趙再理因燒了皁角大王廟，去官歸家時，却被大王冒了形貌先歸，家中一時眞假莫辨，告到當官，眞的趙再理却被充軍遠去，後賴九子母娘娘之力，滅了假趙再理，合家團圓事；開頭有「却說大宋宣和年間，有個官人，姓趙名再理，東京人氏……」口吻亦似宋人。以上四篇，風格甚類宋元間作品，却因無甚佐證，故不敢確定。

醒世恆言亦收話本四十篇，今存三十九篇。其中除卷二十三及卷三十三爲通俗小說殘本所有外，尚有：卷六小水灣天狐詒書，敍唐玄宗時王臣因彈狐奪取天書，而爲狐所捉弄事；其風格似爲宋元人作。卷十三勘皮鞋單證二郎神，敍孫神通冒作二郎神而與韓夫人通好事；描寫逼眞，文筆樸實自然，大似宋人之作。卷十四鬧樊樓多情周勝仙，敍女郎周勝仙與范二郎相戀而不得相會，勝仙病亡后，爲盜墓賊救活，不得已與之同居，後乃乘隙逃訪二郎，二郎疑爲鬼，驚而以酒器擊死，後獲盜墓賊，其冤始雪事；文中有「那大宋徽宗朝年，東京金明池邊有座酒樓，喚做樊樓……，」其他地名，如桑家瓦裏等等，也都是宋代地名，文筆古拙，絕類出于宋人之手。卷十七張孝基陳留認舅，敍漢末張孝基承繼得岳家巨產，却不忘其成爲破家子弟而流落在外的妻舅，終于讓產于他使他成爲一個好人的事；其風格似爲宋元人作。卷三十一鄭節使立功神臂弓，敍鄭信立功成名事，風格亦似宋人所作，且開端直說「話說東京汴梁城開封府……，」也大似宋人的口吻。

前面所敍，原書雖有若干種爲我們能力所不易見（如古今小說，僅日本有藏本，爲人間孤本，）但得知道牠尚在人間，且由他文所述而知其內容何似，亦一快事。此外，猶有其篇名或書名可考而作品存亡不知者，有紫羅蓋頭，女報寃，風吹轎兒（以上見明晁瑮寶文堂書目，）燈花婆婆，李煥生五陣雨，小金錢（以上見寶文堂書目及錢曾也是園書目，）四和香，豪俠張義傳（以上見周密志雅堂雜抄，）好兒趙正（見鍾嗣成錄鬼簿）及話本集煙粉小說四卷（見也是園書目）等。

宋人所作單篇話本，當然不止如前面所述。然即依前面所述而論，其成績已大有可觀。

牠較之傳奇小說之在唐代，其盛況有過之而無不及。茲引通俗小說馮玉梅團圓中范鰍兒夫婦重會一段，以見當時短篇話本的文字程度：

……次日，賀承信又進衙領回文。馮公延至後堂，置酒相款。飲酒中間，馮公問其鄉貫出身，承信言語支吾，似有羞愧之色。馮公道：「鰍兒非足下別號乎？老夫已盡知矣，但說無妨也。」承信求馮公屏去左右，即忙下跪，口稱死罪。馮公用手挽扶道：「不須如此。」承信方敢吐膽傾心告訴道：「小將建州人，實姓范。建炎四年，宗人范汝爲煽誘飢民，據城爲叛，小將陷於賊中，實非得已。後因大軍來討，攻破城池，賊之宗族，盡皆誅戮。小將因平昔好行方便，有人救護，遂改姓名爲賀承信，出就招安。紹興五年，撥在岳少保部下，隨征洞庭湖賊楊么。岳家軍都是西北人，不習水戰。小將南人，幼通水性，能伏水三晝夜，所以有范鰍兒之號。岳少保親選小將爲前鋒，每戰當先，遂平么賊。岳少保薦小將之功，得受軍職，累任至廣州指使。十年來，未曾洩之他人。今既承鈞問，不敢隱諱。」馮公又問道：「令孺人何姓？是結髮還是再娶？」承信道：「在賊中時，曾擄一官家女，納之爲妻。踰年城破，夫妻各分散逃走。曾相約苟存性命，夫不再娶，婦不再嫁。小將後來到信州，又尋得老母，至今母子相依，止留一粗婢炊爨，未曾娶妻。」馮公又問道：「足下與先孺人相約時，有何爲記？」承信道：「有鴛鴦寶鏡，合之爲一，分之爲二，夫婦各留一面。」馮公道：「此鏡尙在否？」承信道：「此鏡朝夕隨身，不忍少離。」馮公道：「可借一觀。」承信揭開衣袂，在錦裹肚繫帶上，解下一個繡囊，囊中藏着寶鏡。馮公取觀；遂於袖中亦取一鏡合之，儼如生成。承信見二鏡符合，不覺悲泣失聲。馮公感其情義，亦不覺泪下，道：「足下所娶，卽吾女也。吾女現在衙中。」遂引承信至中堂與女兒相見，各各大哭。馮公解勸了，且作慶賀筵席，是夜，卽留承信於衙門歇宿……

……

五　說話的話本——小說（二）

今人所見宋元人所作的長篇的小說話本，僅有大唐三藏取經詩話及西遊記二種，而西遊記僅存逸文一段，實不足與其他一種並列。

大唐三藏取經詩話凡三卷，別本名大唐三藏法師取經記，內容全同。卷末有一行云：「中瓦子張家印。」張家爲宋時臨安書舖，故王國維、羅振玉皆以爲宋人作。然魯迅以爲「逮於元朝，張家或亦無恙，則此書或爲元人撰，未可知矣。」本來書的印行和著作不一定在同一時候，也不一定不在同一時候，所以究竟是元是宋，吾們無從解決。但如云，非元人卽宋人作，或云作于宋元之際，就可不致犯武斷之嫌了。全書分十七節，每節末必以詩結，故曰「詩話。」但與後來章回小說中所引的詩句不同，蓋本書的詩句皆吟自書中人物的口中，類于戲曲中的下場詩。並不像章回小說中「有詩爲證」的詩句與書中人說話無關。而此種體裁，現存的也僅見此書，後世亦無仿爲之者。此書的於文中分節，亦爲前此話本所未有。原書二本首章皆缺，現錄其節目如左：

……………第一（原缺）

行程遇猴行者處第二

入大梵天王宮第三
入香林寺第四
過獅子林及樹人國第五
過長坑大蛇嶺處第六
入九龍池處第七
……第八（原本缺前段）
入鬼子母國處第九
經過女人國處第十
入王母池之處第十一
入沉香國處第十二
入波羅國處第十三
入優鉢羅國處第十四

入竺國度海之處第十五

轉至香林寺受心經本第十六

到陝西王長者妻殺兒處第十七

書中情節，與西遊記的情節全然不同，雖然二書都爲敍孫行者（取經詩話名猴行者）保護唐僧取經故事。文筆亦樸質異常，大類敦煌石室所發現的那幾個俗文斷片，與三國志平話風格亦相似；較之前述的短篇話本，却全然異致。照我的推測，此書與三國志平話一流話本，當爲說話人預備講說時用的大綱摘要，在講說時可以隨意把牠延長或另加穿插，否則像此書中最短的一節不滿百字，不滿一分鐘就可講畢，講時那裏會有人去聽？

全書所敍，除首章已缺，不知爲何事外，次章卽敍玄奘法師遇猴行者，自稱爲「花果山紫雲洞八萬四千銅頭鐵額獼猴王」，來助和尚取經。於是藉行者神通，偕入大梵天王宮。法師講經畢，得賜隱身帽一頂，金鐶錫杖一條，鉢盂一隻。復返下界，經香林寺，履大蛇嶺、九龍池諸危地，都靠行者法力，得安全過去。又得深沙神身化金橋，渡過大水，出鬼子母國、女人國而逢王母池處。法師命行者往偷桃，行者爲取一七千歲者，化成一枚乳棗，法師吞入腹中。由是覺達天竺，求得經文五千四百卷，而闕多心經，回至香林寺，始由定光佛見授。歸途，適遇王長者妻殺兒一事，法師爲救其兒。抵京，皇帝郊迎，諸州奉法。至七月十五日正午，天宮乃降採蓮舡，法師乘之，向西仙去。後太宗復封猴行者爲銅筋鐵骨大聖。

書中雖分章節，然每節文字長短不齊，長者如第十七節，多至一千六百餘字，而第十二節則不滿百字：

師行前邁，忽見一處，有牌額云：「沉香國」。只見沉香樹木，列占萬里，大小數圍，老株高侵雲漢。想吾唐土，必無此林。乃留詩曰：

國號沉香不養人，高低聳翠列千尋。前行又到波羅國，專往西天取佛經。

像這樣簡單的敍述也算一節，可算得空前絕后，第十七節便大不相同了，單是其中寫王長者妻殺前妻所生子故事一段已有千餘字。這一段文字含有和牠同時流行的「寶卷」的氣息，且亦爲「晚娘故事」之一，寫來頗能感人。現將這一段故事摘錄于下：

回到河中府，有一長者姓王，平生好善，年三十一，先喪一妻，後又娶孟氏。前妻一子名曰癡那；孟氏又生一子，名曰居那。長者一日思念考妣之恩，又憶前妻之分，廣修功果，以薦亡魂。又與孟氏商議：「我今欲往外國經商，汝且小心爲吾看望癡那。此子幼小失母，未有可知，千萬一同看惜。」遂將財帛分作二分，「與你母子在家營謀生計；我將一分外國經商。回來之日，修崇無遮大會，廣布梁緣，薦拔先亡，作大因果。」祝付妻了，擇日而行。妻送出門，再三又祝看望癡那，无令疏失。去經半載，逢遇相知人回，附得家書一封，繫鼓一面，滑石花座，五色繡衣，怨般戲具。孟氏接得書物，拆開看讀，書上只云與癡那收取。「再三說看管癡那，更不問着我居那一句！」孟氏看書了，便生嗔恨，毀剝封題，打碎戲具，生心便更陷害癡那性命。一日，與女使春柳言說：「我今欲令癡那死却，汝有何計？」春柳答曰：「此是小事。家中有一鈷鏻，可令癡那入內坐上，將三十斤鐵蓋蓋定，下面燒起猛火燒煑，豈愁不死？」孟氏答曰：「甚好！」明日一依如此，令癡那入內坐，被佗蓋定，三日三夜，猛火煑燒。第四日扛開鐵蓋，見癡那從鈷鏻中起身唱喏。孟氏曰：「子何故在此？」癡那曰：「母安我此。一金變化蓮花座，四件是冷水池，此中坐臥，甚是安穩。」孟氏與春柳敬惶相謂曰：「急須作計殺却！恐長者回來，癡那報告。」春柳曰：「明日可藏鐵甲於手，鑌癡那往後園計櫻桃口，待佗開口，鐵甲鈎斷舌根，圖得長者歸來，不能說話。」明日，一依此計，領去園中，鈎斷舌根，血流滿地。次日起來，遂喚一聲癡那，又會言語。孟氏遂問曰：「子何故如此？」癡那曰：「夜半見有一人，稱是甘露王如來，手執藥器，來與我延接舌根。」春柳又謂孟氏曰：「外有一庫，可令他守庫，鎖閉庫中餓殺。」經一月日，孟氏開庫，見癡那起身唱喏。孟氏曰：「前日女使鎖庫，不知子在此中。一月日間，那有飯食？」癡那曰：「飢渴之時，自有鹿乳從空而來。」春柳曰：「相次前江水發，可令癡那登樓看水，推放萬丈江波之中；長者回來，只云他自撲向溪中浸死，方免我等之危。」孟氏見江水泛漲，一依所言，令癡那上樓望水，被春柳背後一推，癡那落水。孟氏一見，便云：「此囘死了！」方始下樓，忽見門外有青衣走報——。長者在路中早見人說癡那落水去了，行行啼哭；才入到門，擧身自撲。遂乃至孝擇日解還無遮法會，廣設大齋。三藏法師從王舍城取經回來，僧行七人，皆赴長者齋筵。法師與猴行者全不喫食。長者問曰：「師等今日既到，何不喫齋？」法師曰：「今日中酒，心內只憶魚羹；其他皆不欲食。」長者聞言，无得功果，豈可不從；便令人尋買。法師曰：「小魚不喫；須要一百斤大魚，方可充食。」僕方尋到漁父舡家，果得買大魚一頭，約重百斤。當時扛回家內，啓白長者，魚已買回。長者遂問法師作何修治？法師曰：「借刀，我自修事。」長者取刀度與法師。法師咨白齋衆長者：「今日設无得大齋，緣此一頭大魚，作甚罪過？」長者曰：「有甚罪過？」法師曰：「此魚前日吞却長子癡那，見在肚中不死。」衆人聞語，起身圍定。被法師將刀一劈，魚分二段；癡那起來，依前言語。長者抱兒，敬喜倍常；合掌拜謝法師：「今日不得法師到此，父子无相見面。」大衆歡喜。長者謝恩，乃成詩曰：

經商外國近三年，孟氏家中惡意偏。遂把癡那推下水，大魚吞入腹中全。却因今日齋中坐，和尚沉吟醉不鮮。索討大魚親手煮，爺兒再覩信前緣。

法師曰：「此魚歸東土，置僧院，却造木魚，常住齋時，將槌打肚。」又成詩曰：

孟氏生心惡，推兒入水中。只因无會得，父子再相逢。

……

這裏所要講的西遊記，既非明人吳承恩所作而現在流行的西遊記，也非明人所刻四遊記中的西遊記，乃是最近始發現的見收于永樂大典中的西遊記。這部西遊記的作者爲何人？共有幾卷？內容與後來各本異同若何？都已無從考見。因爲這部爲永樂大典所收的西遊記，今僅發見了遺文一段，其餘或待再發現，或早已都隨着永樂大典燬滅，現在尙不敢預料。這段遺文見于永樂大典第一萬三千一百三十九卷「送」字韻中「夢」字的一類裏，共有一千二百餘字，題目是「夢斬涇河龍」，引書標題作「西遊記」，茲照樣全錄於下：

夢斬涇河龍（西遊記）長安城西南上有一條河，喚作涇河。貞觀十三年，河邊有二個漁翁，一個喚張梢，一個喚李定。張梢與李定道：「長安西門裏，有箇卦鋪，喚神言山人。我每日與那先生鯉魚一尾，他便指教下網方位，依隨着百下百着。」李定曰：「我來日也問先生則個。」這二人正說之間，怎想水裏有個巡水夜叉，聽得二人所言。「我報與龍王去。」龍王正喚做涇河龍。此時正在水晶宮正面而坐。忽然夜叉來到言曰：「岸邊有二人都是漁翁，說西門裏有一賣卦先生，能知河中之事。若依着他籌，打盡河中水族。」龍王聞之大怒，扮着白衣秀士，入城中。見一道布額，寫道：「神翁袁守成於斯備命。」老龍見之，就對先生坐了。乃作百端磨問，難道先生，問何日下雨。先生曰：「來日辰時布雲，午時升雷，未時下雨，申時雨足。」老龍問下多少。先生曰：「下三尺三寸四十八點。」龍笑道：「未必都由你說。」先生曰：「來日不下雨，到了時，甘罰五十兩銀。」龍道：「好，如此來日却得厮見。」辭退，直回到水晶宮。須臾，一個黃巾力士言曰：「玉帝聖旨道：『你是八河都總涇河龍。教來日辰時布雲，午時升雷，未時下雨，申時雨足。』」力士隨去。老龍言不想都應着先生謬說。到了時辰，少下些雨，便是向先生要了罰錢。次日，申時布雲，酉時降雨二尺。第三日，老龍又變爲秀士，入長安卦鋪，向先生道：「你卦不靈。快把五十兩銀來。」先生曰：「我本籌算無差。却被你改了天條。錯下了雨也。你本非人，自是夜來降雨的龍。瞞得衆人，瞞不得我。」老龍當時大怒，對先生變出眞相。霎時間，黃河摧兩岸，華岳振三峯，威雄驚萬里，風雨噴長空。那時走盡衆人，唯有袁守成巍然不動。老龍欲向前傷先生，先生曰：「吾不懼死。你違了天條，刻減了甘雨，你命在須臾。剮龍台上，難免一刀。」龍乃大驚悔過，復變爲秀士，跪下告先生道：「果如此呵，希望先生明說與我因由。」守成曰：「來日你死，乃是當今唐丞相魏徵，來日午時斷你。」龍曰：「先生救咱！」守成曰：「你若要不死，除非見得唐王，與魏徵丞相行說勸救時節，或可免災。」老龍感謝，拜辭先生回也。「玉帝差魏徵斬龍」天色已晚，唐王宮睡思半酣，神魂出殿，步月閑行。只見西南上有一片黑雲落地，降下一個老龍，當前跪拜。唐王驚怖曰：「何爲？」龍曰：「只因夜來差降芒雨，違了天條，臣該死也。我王是眞龍，臣是假龍，眞龍必可救假龍。」唐王曰：「吾怎救你？」龍曰：「臣罪正該丞相魏徵來日午時斷罪。」唐王曰：「事若干魏徵，須教你無事。」龍拜謝去了。天子覺來，却是一夢。次日，設朝，宣尉遲敬德總管上殿曰：「夜來朕得一夢，夢見涇河龍來告寡人道：『因錯行了雨違了天條，該丞相魏徵斷罪。』朕許救之。朕欲今日於後宮裏宣丞相與朕下碁一日，須直到晚乃出。此龍必可免災。」敬德曰：「所言是實。」乃宣魏徵至。帝曰：「召卿無事，朕欲與卿下碁一日。」唐王故遲延下着。將近午，忽然魏相閉目籠睛，寂然不動。至未時，却醒。帝曰：「卿爲何？」魏徵曰：「臣暗風疾發，陛下恕臣不敬之罪。」又對帝下碁。未至三着，聽得長安市上百姓喧鬧異常。帝問何爲。近臣所奏：千步廊南十字街頭，雲端吊下一隻龍頭來，因此百（姓）喧鬧。帝向魏徵曰：「怎生來？」魏徵曰：「陛下不問，臣不敢言。涇河龍違天獲罪，奉玉帝聖旨命臣斬之。臣若不從，臣罪與龍無異矣。臣適來合眼一霎，斬了此龍。」正喚作魏徵斬涇河龍。唐皇曰：「本欲救之，豈期有此！」遂罷碁。

照這段文字看來，這部西遊記的內容大概不會和吳承恩所作相差太遠的。而且由中間插入「玉帝差魏徵斬龍」一個題目看來，這部西遊記也分段敍述，其體裁和元刊本三國志平話全同。三國志平話也于文字中間常常插入題目，如「關公誅文丑」「曹公贈袍」「諸葛出庵」……等。故鄭振鐸以爲「當是元代中葉（或至遲是元末）的作品，」理或可信。但我們如果說牠或是宋時作品，雖無理由可以證實，但也無理由可以推翻。所以據了永樂大典的編纂的年代講，不如索性含混的說牠是宋元人的作品爲愈。

永樂大典已經被燬，遺存的也散在國內外圖書館及個人收藏，不會再有全部擺在一起供我們翻閱的一日。但還有一線希望，希望這部西遊記像元人所刊五種平話及前述的大唐三藏取經詩話等書一樣，有一朝會突然的在某地藏書室裏發現。這不是我的癡望，像元人吳昌齡的西遊記雜劇，起先不是大家以爲已不在世了嗎？就把牠佚存在他書中的斷片作爲鴻寶。等到後來在日本一發現，大家才慶幸牠還在人世。我對于這本西遊記的希望也是這樣。甚至我還希望在我寫這篇文字時已經發見了。

六　所謂講史書

前節所云現存的屬于講史書的話本，有武王伐紂書，七國春秋後集，秦併六國平話，前漢書續集，三國志平話，梁公九諫，五代史平話及宣和遺事等八種。這八種中，有著作時代可考的僅有梁公九諫一種，而作者何人，則全不可知。

梁公九諫一卷，現無單行本，惟被見收於士禮居叢書中。全書敍唐武后廢太子爲廬陵王，而欲傳位於姪武三思，經狄仁傑極諫了九次，武后始感悟，召廬陵王回來復立爲太子。卷首載有范仲淹唐相梁公碑文，乃仲淹貶守鄱陽時作，故其書當作于明道二年（一〇三三）以後。鄭振鐸遽以爲「北宋人作，」且以爲「當是『說話人』未起以前的所作。」其文筆果樸質如敦煌所發現的幾段俗文，但以爲作于「說話人」未起以前，則「說話人」究竟起于何時，現在尙未經考定，那麽此文是否作于「說話人」未起以前，亦難以遽下斷語。今錄其第六諫以見一斑：

則天睡至三更，又得一夢，夢與大羅天女對手着棋，局中有子，旋被打將，頻輸天女，忽然驚覺。來日受朝，問諸大臣，其夢如何？狄相奏曰：「臣圓此夢，於國不祥。陛下夢與大羅天女對手着棋，局中有子，旋被打將，頻輸天女：蓋謂局中有子，不得其位，旋被打將，失其所主。今太子廬陵王貶房州千里，是謂局中有子，不得其位，遂感此夢。臣願東宮之位，速立廬陵王為儲君，若立武三思，終當不得！」

自武王伐紂書至三國志平話五種，今存者皆為元至治刊本，其完全的書名及卷數如下：武王伐紂書三卷，樂毅圖齊七國春秋後集三卷，秦併六國秦始皇傳三卷，呂后斬韓信前漢書續集三卷，三國志三卷。刊本的書名上均有「全相平話」字樣，故今人併稱為元至治本全相平話五種。看了牠的書名，原刊當不止此五種，故鄭振鐸以為至少，在七國春秋後集之前，必定有一個「前集」；在前漢書續集之前也必定有一個「正集」，那麼全書至少當有七種。但在武王伐紂書之前，如沒有「開闢演義」「夏商志傳」一類的東西，在伐紂書之後，七國春秋之前，却一定是會有「列國志傳」一類的東西的。又，繼於前漢書續集，三國志之前的，也當會有一種「光武志」或「後漢書平話」一類的東西。繼于三國志之後的，或當更有「隋唐志傳」「五代平話」「南北宋志傳」一類的東西吧！這種猜測或許會有得到證明的一天的。

武王伐紂書爲明人封神傳的祖本，其書先以蘇妲己被魅，狐狸進據其身，誘惑紂王，爲惡多端爲開場，這正與封神傳相同。次敍仙人雲中子見宮中妖氣甚熾，進劍除妖，而紂王不納的事。再次則敍紂王的作惡，立酒池肉林，囚西伯于羑里等等。次敍西伯脫歸，數聘姜子牙出來助周。子牙神術高強，諸將畏服。及文王死，武王即位，遂大舉伐紂，以子牙爲帥。紂子殷郊也來助武王以伐無道。武王收兵斬將，屢次大勝，遂滅了殷紂，立了八百年天下的基礎。

七國春秋後集敍齊王自孫子破魏后，有併吞天下之志。又封孟子爲上卿，齊國大治。這時孫臏之父操因諫阻燕王噲讓位於子之，被囚，孫子遂率兵滅燕國，殺噲及子之。孟子因諫齊滅燕，不聽，遂去齊。燕人立太子平爲君，是爲昭王，大施仁政，收集流亡。時齊王爲國舅鄒堅、鄒忌所弒，立愍王，貶田文于即墨，孫子諫之不從，遂詐死。秦白起聞孫子死，領兵來要七國將印，燕、魏、韓亦起兵來攻齊。蘇代計誆孫子出來，四國始退兵。但孫子不久仍歸隱。燕國有賢人樂毅，初投齊，不見用，投燕，昭王任以國政。他乃合秦、趙、韓、魏之兵伐齊，破七十餘城，齊王亦終于被殺。齊太子逃奔即墨田單處。孫子復下山，用反間使燕以騎劫代樂毅，並教田單使一火牛計，殺退燕兵。燕復以樂毅爲帥，與齊帥孫子互以陣法及勇將相鬥。樂毅又請師父黃柏楊下山，布迷魂陣陷孫子等。於是孫子師父鬼谷子也被再三請下山來，率五國軍兵九十萬，破陣救出孫子，大敗燕兵。秦白起率兵助燕，七國混戰，殺人無數。黃柏楊終于抵敵鬼谷子不住，遂講和。衆仙各受封歸山。從此天下亦太平無事。

秦併六國平話先敍歷代興亡「入話」，繼敍秦始皇兵力強盛，有併吞天下之意，使人使六國，要六國盡納土地于秦。六國恐且怒，遂連合攻秦，互有勝負。於某次大勝后，諸王各班師囘國，且約定一國有難，諸國皆來救應。中插敍始皇原爲呂不韋子，至是不韋勢太甚，乃設法安置於蜀，不韋遂自殺。繼敍始皇命王翦伐韓，韓向趙、齊借兵，不應，遂爲秦所滅。秦又伐趙，屢爲趙將李牧所挫，適牧爲司馬尚讒死，秦兵遂滅趙。時燕太子丹懼秦伐燕，命荆軻入秦獻樊於期首及督亢地圖，乘間刺秦王，未中。秦遂命王翦圍燕，燕斬太子丹請和，始罷圍。又命王賁攻魏，魏不能抗，虜其王，遂滅魏。又伐楚，先以李信爲將，率兵二十萬，爲楚敗還。更命王翦率兵六十萬往，不久楚便滅亡。又命王賁伐燕，燕王投奔遼東，秦兵敗遼兵，燕王自殺，遼王將其首交秦兵，王賁方收兵回國。又命王賁攻齊，齊王降。始皇既統一天下，設筵相慶。有燕人高漸離善擊筑，爲始皇所信，乘間擊之，亦不中，爲左右所殺。于是始皇以天下爲三十六郡，銷兵器，焚書阬儒，又命徐福求仙。韓人張良擊之博浪沙，亦不中。至沙丘，始皇死。趙高與李斯謀立胡亥，矯詔殺太子扶蘇。不久，趙高又殺李斯父子，弒二世，立孺子嬰。孺子嬰又設計殺趙高。自后，劉邦攻入咸陽，降孺子嬰，復與項羽爭天下。邦用張良韓信等，滅了項羽，遂統一天下。

前漢書續集先敍項羽烏江自刎，其屍爲五侯所奪。繼敍劉邦既平天下，大封功臣，然深忌韓信等。適他所恨的楚臣季布以計自首，而鍾離末則爲信所匿。遂設一計，詐遊雲夢以取信。末勸信反，不聽，反斬末以獻。邦乃奪其兵權，安置咸陽。陳稀奉命禦番兵，臨行與信密談，到邊地后，遂反漢。漢王率兵親征。呂后商之蕭何，詐傳已斬陳稀，命信入長安宮謝罪，遂斬信。劉邦亦用陳平計，收服陳稀之衆，稀奔匈奴。信部下六將反，欲呂后之頭，呂后上城，六將射之，忽見一條金龍護體，知天命存在，遂各自刎。不久，彭越又爲漢王所殺，以肉爲醬，賜與羣臣。英布食之而吐，入江盡化爲螃蟹，遂反。漢王親征，爲布射中一箭，但布亦爲吳芮所賺殺。次又敍漢王欲立如意爲太子，爲羣臣所阻。王死，立呂后子，是爲惠帝。呂后遂欲誅劉氏諸王，先殺如意。賴陳平、王陵諸臣設計暗護，諸劉始無恙。后呂后爲韓信陰魂射死，樊亢率兵入宮，盡殺諸呂。諸臣請劉澤等三王登位，他們皆不能坐到龍座上去，因此將帝位缺了半年。後從陳平言，迎薄姬子北大王爲帝。他要日午再西方卽位。果然日影再午，他便安登龍位，是爲漢文帝。

三國志平話先敍光武時有秀才司馬仲相遊御園，斷劉邦、呂雉屈斬韓信、彭越、英布一案，命他們投生爲劉備、曹操、孫權三人，三分漢室天下以報宿仇。上帝以仲相判斷公平，送他投生爲司馬懿，削平三國，一統天下，以酬其勞。以后接敍孫學究于地穴得天書，傳弟子張覺，遂起黃巾之亂。靈帝以皇甫松爲帥，松以桃園結義之劉備、關羽、張飛三人爲先鋒，遂平定張覺等。常侍段珪讓以索賄不遂，沒三人功，後賴董成力，劉備爲安喜縣尉。張飛因忿殺太守督郵，備等遂往太行山落草。帝大驚，斬十常侍之首，命人擕往招安，並以備爲平原丞。後獻帝立，董卓專權，曹操袁紹等討之，爲呂布所敗。劉、關、張三人戰勝呂布，布始閉關不出。王允復以連環計使呂布殺董卓，布突圍往投劉備于徐州。後布爲操擒殺，操又引備入朝，封豫州牧。操亦專權，詔劉備等討之，爲所覺，遂進兵，殺得劉備大敗，弟兄三人皆失散。關爲操所收，於殺袁紹將顏良、文丑后，便棄操尋備。後與劉、張會于古城，往投劉表，表以備爲辛治太守。備於此時三請諸葛亮出廬。操引大軍攻破辛治，備投孫權。權以周瑜敵操，大破之于赤壁。劉備乘機借荊州暫住。從諸葛計，進兵取四川，取成都，降劉璋，自立爲漢中王，命關羽守荊州。吳慶索荊州，不與，權遂進兵殺羽。時曹丕篡漢，備與權聞之，也各自立爲帝。備因欲報羽仇攻吳，大敗，卒于白帝城。諸葛亮輔阿計（即阿斗）爲帝，先平南蠻，七擒孟獲以服其心，更六出岐山討曹魏，但無功。亮卒後，姜維繼之，亦無所施展。後司馬氏篡魏，使鄧艾、鍾會平蜀，王濬、王渾平吳，天下復歸于一。但漢帝外孫劉淵逃于北方，不肯服晉，其子聰更驍勇絕人，自立國號曰漢，爲劉氏報仇。晉懷帝時，聰領兵至洛陽，殺懷帝，又追擄新立的閔帝于長安，滅了晉國，即皇帝位。

由前述以觀，可見這五部平話決非出于一人之手。然其內容雖或近于歷史，或多無稽的傳說，或雜神怪的軍談，而其文字的樸陋不大通順，白字破句的連篇累牘，卻是五作如一。較之五代史平話及宣和遺事，都相差遠甚。鄭振鐸以此五書爲作于五代史平話之后，故以爲「令人未免有『倒流』『退化』的感想。」其實這五書爲何決其必作于五代史平話之後，他也沒有證據提出使吾們要信也無從相信呢！今從五書中徵引三則于后，以一覘其文字的程度：

……樂毅大喜，看柏楊定甚計來。先生曰：「此是迷魂陣，捉孫子之地。」毅告曰：「下戰書與孫子。孫子拜師父爲師叔，兼孫操拜爲師父。若見，必吞辨也。」柏楊曰：「放心也。敗爾者弱吾節槩。」同樂毅至張秋景德鎮，向燕陣中烈八足馬四疋，懷胎婦人各用七個，取胎埋於七處，四角頭埋四面日月七星旗，陰陽不辨，南北不分，此爲迷魂陣。若是打陣入來，直至死不能得出。準備了畢，却說齊師孫子在營中，有人報軍師：「寨門外有一道童來。」先生喚至。呈書與孫子。孫子看曰：「師父書來，道臏有百日之災，愼勿出戰，只宜忍事。如出陣，有誤也。」言未已，有人報樂毅下戰書。先生曰：「此非師父之書，是樂毅之計，必詐也。」孫子不信，叫袁達：「聽吾令，依計用事，破燕陣，捉樂毅。」袁達持斧上馬曰：「只今朝便覷個淸平。」來戰樂毅。且看勝敗如何？……（樂毅圖齊七國春秋後集）……按漢書云：呂后送高皇回來，常思斬韓信之計，中无方便。「若高皇征陳希回來，必見某過也。」呂后終日不悅。駕去早經二月有餘，令左右請蕭何入內。呂后問丞相曰：「高皇出征臨行，曾言，子童與丞相同謀定計，早獲斬韓信，要其愆過。」問：「丞相有計麽？」蕭何聞言，心中大驚。暗思：「韓信未遇，吾曾舉薦他掛印，東蕩西除，亡秦滅楚，收伏天下。今一統歸於劉氏，今作閑人，坐家致仕，今亦要將韓信斬首，呂后逼吾定計，不由吾矣。實可傷悲！韓信好昔哉！」蕭何哽咽未對。呂后大怒曰：「丞相不與朝廷分憂，到與反臣出力，爾當日三箭亦保韓信反乎？」蕭何急奏曰：「告娘娘，與小臣三日暇限，於私宅中思計如何？」太后准奏。還於私宅，悶悶而不悅。升坐片間，有左右人來報，楚王下一婦人名喚青遠，言有機密事要見相公。蕭何曰：「喚來。」青遠叩廳而拜，「告相公，妾有冤屈之事。韓信教唆陳希告反，却把妾男長與殺了。因此妾告狀相公。」蕭何聽婦人言其事，諕得蕭何失色。暗引婦人青遠入內見太后。蕭相言其韓信教唆陳希謀反。呂后大驚，問蕭何如何。蕭相言：「牢中取一罪囚，貌相陳希，斬之。將首級與使命，於城外將來，詐言高臯捉訖陳稀斬首，教他將頭入宮。韓信聞之，必然憂恐。更何說韓信入宮，將他問罪，與婦人青遠對詞證之。」太后曰：「此計甚妙。」……（前漢書續集）

……有張飛遂問玄德：「哥哥因何煩惱？」劉備曰：「令某上縣尉九品官爵。關、張衆將一般軍前破黃巾賊五百餘萬。我爲官，弟兄二人無官，以此煩惱。」張飛曰：「哥哥錯矣！從長安至定州，行十日不煩惱，緣何參州回來便煩惱？必是州主有甚不好。哥哥對兄弟說。」玄德不說。張飛離了玄德，言道：「要知端的，除是根問去。」去於後槽根底，見親隨二人便問。不肯實說。張飛聞之大怒，至天晚二更向後，手提尖刀，即時出尉司衙。至州衙後，越牆而過。至後花園，見一婦人。張飛問婦人：「太守那裏宿睡？你若不道，我便殺你。」婦人戰戰兢兢，怕怖言：「太守在後堂內宿睡。」「你是太守甚人？」「我是太守拂牀之人。」張飛道：「你引我後堂中去來。」婦人引張飛至後堂。張飛

把婦人殺了，又把太守元嶠殺了。有燈下夫人忙叫道：「殺人賊，」又把夫人殺訖。……（三國志平話）

五代史平話凡十卷，每史爲二卷，稱爲梁史平話、唐史平話……等。但此五史皆出于一人之手，故其文字前后一致。每史前各有細目，但書中則不復注明如三國志平話及西遊記。梁史平話始于開闢，次略敍歷代興亡之事，其敍三國事，則云：

……劉季殺了項羽，立着國號曰漢，只因疑忌功臣，如韓王信、彭越、陳豨之徒，皆不免族滅誅夷。這三個功臣抱屈啣寃，訴於天帝，天帝可怜見三個功臣無辜被戮，令他每三個托生做三個豪傑出來：韓信去曹家托生做着個曹操，彭越去孫家托生做着個孫權，陳豨去那宗室家托生做着個劉備。這三個分了他的天下，……三國各有史，道是三國志是也。……

此處所云，雖與三國志平話開首所敍略異，如三國志以爲英布托生爲孫權，彭越托生爲劉備，而無陳豨，但由是可見此說實根據于三國志平話，而可以用爲此書實較三國志後出的證明。其投生人名岐異之故，想因作者于寫此書時未翻原文而僅憑記憶所致。書的開端將梁以前各代均敍完，始乃述及梁事。唐以下各史，便自爲起訖，不及古代。今本梁史、漢史皆缺下卷，周史末亦有缺文。全書敍事，繁簡頗不同。大抵史上大事，就無甚發揮，一涉細事，便多增飾之語。又如唐人「變文」好用駢語，間雜詩句，作詼諧之詞，以博一笑。如敍黃巢下第，與朱温等爲盜，將刼侯家莊馬評事時途中光景：

……黃巢道：「若去刼他時，不消賢弟下手，咱有桑門劍一口，是天賜黃巢的。咱將劍一指，看他甚人，也抵敵不住。」道罷便去，行過一個高嶺，名做懸刀峯，自行了半個日頭，方得下嶺，好座高嶺！是根盤地角，頂接天涯，蒼蒼老檜拂長空，挺挺孤松侵碧漢，山雞共日雞齊鬬，天河與澗水接流，飛泉飄雨脚廉纖，怪石與雲頭相軋。怎見得高？

幾年攧下一樵夫，至今未曾攧到底。

黃巢兄弟四人過了這座高嶺，望見那侯家莊。好座莊舍！但見：石惹閑雲，山連溪水，堤邊垂柳，弄風裊裊拂溪橋，路畔閑花，映日叢叢遮野渡。那四個兄弟望見莊舍遠不出

五里田地，天色正晡，同入個樹林中歇了，待晚西却行到那馬家門首去。……（梁史卷上）

宣和遺事四卷，或分前后二集。世人都以爲宋人作；魯迅以爲：「文中有呂省元宣和講篇及南儒詠史詩，省元南儒皆元代語，則其書或出于元人，抑宋人舊本而元時又有增益，皆不可知。」全書係節抄舊籍而成，故前后文體不相類。始於稱述堯舜而終以高宗的定都臨安，按年演述若史籍中的編年體。考其文字及所敍事跡，可分全書爲十節：一，敍歷代帝王荒淫之失；二，敍王安石變法之禍；三，敍王安石引蔡京入朝，至童貫蔡攸巡邊；四，敍梁山濼宋江等英雄聚義的本末；五，敍徽宗幸李師師家，曹輔進諫及張天覺隱去；六，敍道士林靈素的進用及其死葬之異；七，敍京師臘月預賞元宵及元宵看燈的繁華盛景；八，敍金人來運糧，以至京城失陷；九，敍徽欽二帝北行的痛苦和屈辱；十，敍高宗定都臨安。末二節卽删節南燼紀聞、竊憤錄及續錄而成，故文字無甚差異。最可注意的是第四節所敍梁山濼故事，是後來水滸傳的祖本。胡適以爲看宣和遺事，便可看見一部縮影的「水滸故事。」他又把宣和遺事中的水滸故事分爲六段：

一，楊志李進義（後來作盧俊義）林冲，王雄（後來作楊雄，）花榮，柴進，張靑，徐寧，李應，穆橫，關勝，孫立十二個押送「花石綱」的制使，結義爲兄弟。後來楊志在潁州阻雪，缺少旅費，將一口寶刀出賣，遇着一個惡少口角廝爭。楊志殺了那人，判決配衛州軍城。路上被李進義，林冲等十一人救出去，同上太行山落草。

二，北京留守梁師寶差縣尉馬安國押送十萬貫的金珠珍寶上京，爲蔡太師上壽。路上被晁蓋，吳加亮，劉唐，秦明，阮進，阮通，阮小七，燕靑等八人用麻藥醉倒，搶去生日禮物。

三，「生辰綱」的案子，因酒桶上有「酒海花家」的字樣，追究到晁蓋等八人。幸得鄆城縣押司宋江報信與晁蓋等，使他們連夜逃走。這八人連結了楊志等十二人，同上梁山泊落草爲寇。

四，晁蓋感激宋江的恩義，使劉唐帶金釵去酬謝他。宋江把金釵交給娼妓閻婆惜收了。不料被閻婆惜得知來歷，那婦人本與吳偉往來，現在更不避宋江。宋江怒起，殺了他們，題反詩在壁上，出門跑了。

五，官兵來捉宋江，宋江躱在九天玄女廟裏。官兵退後，香案上一聲響喨，忽有一本天書，上寫着三十六人姓名。這三十六人除上文已見二十人之外，有杜千，張岑，索超，董平都已先上梁山泊了；宋江又帶了朱仝，雷橫，李逵，戴宗，李海等人上山。那時晁蓋已死，吳加亮與李進義爲首領。宋江帶了天書上山，吳加亮等遂共推宋江爲首領。此外還有公孫勝，張順，武松，呼延綽，魯智深，史進，石秀等人，共成三十六員（宋江爲帥，不在天書內。）

六，宋江等旣滿三十六人之數，「朝廷無其奈何，」只得出榜招安。後有張叔夜「招誘宋江和那三十六人歸順宋朝，各受武功大夫誥勑，分注諸路巡檢使去也。因此三路之寇悉得平定，後遣宋江收方臘，有功，封節度使。」（見胡適文存卷三水滸傳考證）

宋遺民龔聖與作宋江三十六人贊，其姓名已與此不同。此書的吳加亮、李進義、李海、阮進、關必勝、王雄、張青、張岑贊則作吳學究、盧進義、李俊、阮小二、關勝、楊雄、張淸、張橫。諱名亦有不同。由是可見聖與的贊與後來的水滸傳中的人名最接近，而宣和遺事當作在聖與之前。可爲宣和遺事爲宋人所作添一證據了。

茲錄關于李師師事一段，以見此書作者寫作技術的程度：

……天子出的師師門，相別了投西而去了。忽見一人從東而來，厲聲高喝師師道：「從前可惜與伊供炭米，今朝却與別人歡！」睁開殺人眼，咬碎口中牙，直奔那佳人家來。師師不越那漢舒猿臂用手揪住師師之衣，問道：「恰來去者那人是誰？你與我實說！」師師不忙不懼，道：「是箇小大兒。」這人是誰？乃師師結髮之壻也，姓賈名奕，先文後武，兩科都不濟事，後來爲捉獲賽甲縣畢地龍劉千，授得右廂都巡官帶武功郎。那漢言道：「昨日是箇七月七節日，我特地打將上等高酒來，待和你賞七月七則箇。把箇門兒關閉閉寨也似，便是樊噲也踏不開。喚多時，悄無人應，我心內早猜管有別人取樂。果有新歡，斷料必恰來去者。那人敢是箇近上的官員？」師師道：「你今番早子猜不着。官人你坐歷我說與你，休心困者。」

師師說到傷心處，賈奕心如萬刀鑽。

師師道：「恰去的那箇人，也不是制置幷安撫，也不是御史與平章；那人眉勢教大！」賈奕道：「止不過王公駙馬。」師師道：「也不是。」賈奕道！「更大如王公，只除是當朝帝主也。他有三千粉黛，八百烟嬌，肯慕一匪人。」師師道：「怕你不信。」賈奕道：「更大如王公駙馬，止不是宮中帝王。那官家與天爲子，與萬姓爲王，行止處龍鳳，出語後成敕，肯慕娼女，我不信。」師師道：「我交你信。」不多時，取過那交綃直繫來，交賈奕看。賈奕覷了，認的是天子衣，一聲長歎，忽然倒地。不知賈奕性命如何？

三條氣在千般用，　一日無常萬事休。

……（卷上）

第六章　明清通俗小說（二）

一　正統文學沒落時代的社會狀況

在中國政治史上許多開國的皇帝中，有兩個著名的流氓出身的皇帝，一個是曾自稱「無賴」的做保正出身的劉邦，一個是由牧豬奴出身而又做過和尙的朱元璋。在這裏把他們這樣的提出，並不含有「瞧不起」的意思。本來，「將相本無種，」「天下者，非一人之天下也，」皇帝誰都可以做得。但因爲他們二人在開國之後的種種舉動如出一轍，如他們的輕視「智識階級，」殺戮「開國功臣，」多少都與人以不快之感。他們靠着「智識階級」的出智謀，「開國功臣」的用氣力，造成了一個可以傳之萬世的天下，本來有功該賞，却反去殺戮他們，在理自然是欠當的。可是這正是他們慣使的流氓手段的十足的表現。你們沒有看見在城鎮市集中的十字街頭，不也有幾個穿着大袖袍子的無業英雄，有時却仗義替人打「抱不平」同時他們却在開賭，販私，拐賣人家的婦女小孩。你碰了他，不客氣，給你顏色看看，一頓毒打是小事，就是打死了也拚着吃官司，好在管埋刑事的官吏都是他們的同產弟兄。大概因了這些「智識階級」「開國功臣」起先確是出力過而使他感激的，但到了後來太平年頭兒，不免「飽暖思淫欲」在胡言亂道中得罪了他們所擁護的主人翁，就是所謂「碰了他，」哼，那就不念什麼功不功，要給顏色你看看了。

明太祖在建國后的第三年，曾大封功臣，這也是開國之君應有的文章。但到了明年，一個「識相」的左相李善長就致仕。又過了四年，就是洪武八年，就來了一個好聽的名兒，「賜德慶侯廖永忠死。」十二年，丞相汪廣洋以欺罔賜死。十三年，丞相胡惟庸以謀反伏誅。二十三年，賜韓國公李善長死，可見他雖已致仕，還是逃避不過。二十六年，賜凉國公藍玉死。二十七年，賜潁國公傅友德死。二十八年，賜宋國公馮勝死……好了，這樣賜死下去，又加了閻王在陰間的邀請，功臣自然不完自完了。從此以后，這產業都是我的了，再也不會有人敢看相他的了。你們讀了三國志演義中賣草鞋出身的蜀帝劉備和他兩個也是低微出身的弟弟何等義氣？關羽不惜捨棄了曹操給他的斗大的黃金印去找他不知去向的哥哥，張飛爲了報關羽的仇竟至傷了生命，就是劉備也爲了報關羽的仇而死在白帝城的；水滸傳中的梁山泊的首領押司出身的宋江待人又是何等仁義？「來時三十六，去時十八雙；若還少一個，定是不還鄉，」（借用宣和遺事宋江題旂語）眞可算得義重如山了。這樣的事實，寫給朱元璋看了，不要使他慚殺羞殺。原來三國志演義和水滸傳的作者，雖然用的都是舊的材料，可是他們筆鋒特別着重所在，却都不是無的放矢的。

太祖沒後，又來了一套「燕王靖難」的故事，這故事却造成了後來的二部講史——承運傳和續英烈傳。但建文帝的出亡沒有下落，究竟使成祖不放心，不能不使人到海外去蹤跡，於是有鄭和下西洋之舉。爲了這件事所起的種種傳說，又使後來產生了三寶太監下西洋記那部通俗演義。永樂十八年，蒲台妖婦唐賽兒作亂，史上說她以幻術聚衆，攻下莒、即墨，圍安邱，政府命安遠侯柳升往勦，中計而敗；但後來爲衞靑、王眞所平，而賽兒卒不獲。升忌青功，反加以摧辱。這個故事既與宋王則之亂相似，而唐賽兒的不獲，在民間一定會有許多關于她的神奇故事流傳。但這是當時的實事，中間又有忌功之事發生，直寫了不免有種種不便，於是又把來移寫了一部三遂平妖傳，而所謂「三遂，」他們却是和衷共濟，不相嫉忌的。其用意正和三國志演義與水滸傳的作者相同。因此，大家都以三遂平妖傳爲羅貫中作，我却以爲大有可以斟酌的餘地。

明人既逐元人北去而有天下，可是元人依舊在蒙古做着皇帝，其勢力也仍不弱。成祖靠了宦官的探聽及報告京師虛實成了功，就創立東廠叫他們專刺探外事，於是宦官有了政治地位。英宗時，寵用司禮太監王振。振好用兵，適瓦剌入寇，振就慫恿英宗親征，遂爲也先所獲。這個事實在當時自是駭動聽聞。後來賴于謙的調度，卒戰退也先，英宗得還。但在英宗復辟的那年，反將于謙殺了。這寃獄那裏會使當時人心服？這樣精忠說岳傳一流的小說自然又要借題發揮了。而于少保萃忠全傳則竟直寫其事。

英宗復辟后，仍信任太監，叫他們各處去探事，弄得敲詐官吏，誣害平民，天下大受其害。

憲宗立，又寵任太監汪直，屢興大獄。至武宗時，又信太監劉瑾，所造成的罪惡尤難指數。所以在后來的正德遊江南傳，白牡丹傳一流書中對劉瑾却大肆攻擊。但武宗的好淫逸，也是當時實事。在王陽明平定宸濠之役，他反借親征之名，到南京遊玩了一趟。許多關于他的淫豔故事的產生，大約都是他這次遊玩出來的。明代太監的專橫，終竟造成了後來魏忠賢的大變，因此使明代走上了亡國之途。關于魏忠賢事也有許多小說如斥奸書、中興聖烈傳、警世陰陽夢、檮杌閒評……等在敘寫着。

看了以上所述，講史所以興起及盛行之故，可以不言而明。但明代又有大批「靈怪」小說產生，牠也有原因可尋。吾們只要看看明代道佛二教的社會勢力如何。

明代在開國之初，對佛道二教沒有歧視；後來因政治關係，對喇嘛僧稍予優待。天順、成化間，胡僧頗佔優勢，佛教徒假借餘光，其勢力在道教之上。武宗極喜佛教，自列西番僧一同唄唱，至托名大慶法王，鑄印賜誥命。到了嘉靖時，世宗信道教，初用侍郎趙璜言，括武宗所鑄佛鍍金一千三百兩。又用眞人陶仲文等，天天在西苑玄修作醮，求延年永命。一般方士偶獻一二秘方，便承寵遇。諸臣入直者往往以靑詞稱意，不次大拜。當時已有靑詞宰相傳小說譏刺其事。四方獻靈芝，白鹿，白鵲，丹砂無虛日，廷臣亦天天講符瑞，報祥異，其盛況不下于漢武洞冥記之寫漢武時代。當時道士遍天下，其領袖甚至封侯伯，位上卿。次下的亦封小官，凌視士人，擅作威福。一面則焚佛牙，燬佛骨，逐僧侶，沒廟產，熔佛像，佛教眞倒霉到極點。至萬歷時，又崇佛教，在京師建慈壽，萬壽諸寺，富麗冠海內。又度僧爲替身出家，其顯赫比擬王公；又大開經廠，頒賜天下各名刹。在這佛道二教交替盛衰之際，他們的教徒必有言談以各誇其教，這種誇教的故事就來了擴大的西遊記及東遊記、南遊記、北遊記、鐵樹記、飛劍記、呪棗記、……等而西遊記所以成于嘉靖時，東遊記……等皆刊于萬歷時，金瓶梅中也多寫道士設醮荐亡的事，其故皆可想而得。

語云：占風旗兒隨風轉，其實社會的眼睛也是很勢利的。明代開國之君的出身旣爲流氓，那麼社會對待流氓的態度自會因之變更。他們相信流氓也會做皇帝，于是他們也必得向他們捧。後來太監們也得勢了，他們的出身是不容諱言的，決不是什麽「世家之子」，

「名門之后。」而他們勢力之大，却遠非「世家之子」「名門之后」的在朝官吏可比。這樣，民衆又增多了一種閱歷。流氓，無賴，破落戶他們的地位，一天一天高起來。他們一有機會，諸事都會得心應手，而他們也會窮奢極欲。他們不像那些從文詞出身的官僚們，他們動稱風雅，把淫欲的對象——一般被蹂躪的婦女們——表面上看顯得極好；而他們看中了女人只是要，不肯，用些小計兒也弄得到手；一到手，膩煩了，再來一個，有何不可！這正是流氓們的拿手好戲。看春畫，吃春藥，是連帶着該有的事，就是當時皇帝也歡喜這些。成化時，方士李孜、僧繼曉，就靠着獻房中術進用。這樣，金瓶梅一流小說所寫也都是當時的實情。就是繡榻野史、閒情別傳、如意君傳、浪史、僧尼孽海……一流專寫性欲的書，也是這個放縱淫逸的流氓社會所必有的產物。

在世宗時，大奸臣嚴嵩執政，同黨的人夤緣為奸，政治的腐敗，官僚的無恥，都成為民衆詬罵的對象。像金瓶梅中所寫西門慶一流人物，在這時都靠了他的金錢和手腕，接連着由下流社會爬進了衙門裏，做了民衆的統治者。一般有智識有志氣的人都看不起他們，但那裏有辦法！要駡，只好嘴裏說，那敢筆上寫？在憤不可遏止時，偶然看到水滸傳裏所寫的奸臣們，却有些兒貌似，于是把水滸傳來增修一下，刻以行世，以當痛快的一駡。又把水滸傳中一部分故事提出來，作成金瓶梅那樣一部書，借了西門慶這一個名字，來痛駡一番那些由下流社會驟然爬進衙門裏的流氓。

回轉頭來看看當時的文壇吧！這是一個正統文學詩文極衰頹的時代，而才子之多却可算得空前絕后，什麼七才子、十才子、前五子、後五子、廣五子、四才子……，恐怕播穿了頭皮也不會記得清楚。而這些才子兒他們的拿手本領，第一是溫存女性，第二是寫或唱曲兒。有一點小天才的妓女被他們捧到天上，她們因此也知附庸風雅，動動筆兒。所以明代妓女能曲能詩的可以車載斗量，像所謂金陵十二釵，就爲這時才子們所樂道。這些才子兒偶然高興，也會做一些驚人的怪事兒，像楊愼在瀘州時，偶然醉了，面上敷了粉，頭上打了個雙丫髻，又插了花，叫他的門人抬了，許多妓女也捧着，遊行城市；唐伯虎爲了一個妓女桂華，不惜賣身作僕，和她連夜逃回；才子張靈，好扮乞丐向人求乞，終爲了他所愛的佳人崔瑩而死；……

才子這樣的追逐佳人，佳人亦因此不由不想才子。在這樣的情形之下，自然會產生那些千篇一律的才子佳人書來。只是倒霉了那般妓女，她們被他們寫入書中時，大都已變爲名門閨女，而已不是朝秦暮楚的人物。大概這是受了當時理學盛行的影響。因爲明時文學與理學截然分途，文學家却浪漫到極端，而理學家總是板着面孔說道話。文學家如以佳人屬之妓女，那不該受理學家們的吐罵？才子是有智識的，他們就把來移花接木了。

看了前述種種，在這個正統文學沒落時代，通俗小說的特別發達，自非無故。即正統文學的所以沒落，我們只要認清楚了那位開國之君對待文人的態度，及歷朝君王的推尊道釋，就可明白他的緣故。所以明代小說發達的歷史背景，幾全和元代的戲曲一樣。他們在寫作時不過是作爲消遣，或爲了生活（明代書賈有請人編小說刻賣的，）但不爲名。因爲他們知道只有正統文學可博到名，所以所有作品大都不署眞姓名。明代的「四大奇書，」三國志演義與水滸傳的作者，却只能當他是一種傳說；西遊記作者的姓名在明代知者極少；金瓶梅是四部中一部最能表現明代社會的書，但牠的作者，在最近也僅發現牠的一個別號——笑笑生其他自鄶而下，自更不必說了。

二　四大奇書(一)

所謂明人所作的「四大奇書」——三國志通俗演義，忠義水滸全書，西遊記全傳，金瓶梅詞話——以牠們流行在明清二代社會上的勢力言實居「四大」之名而無愧。胡適嘗竭力稱道三國志演義，說他「是一部絕好的通俗歷史，在幾千年的通俗教育史上，沒有一部書比得上牠的魔力。五百年來，無數的失學國民從這部書裏得着了無數的常識與智慧，從這部書裏學會了看書寫信作文的技能，從這部書裏學得了做人與應世的本領。……」如移以作此「四大奇書」的總贊，除去金瓶梅在清代受禁止而讀者較少外，亦都頗確當。

這四部奇書，除水滸中尙偶存話本的形式外，餘皆一望卽知出於文人手筆。但以材料言，則除金瓶梅所寫世情大都取型當代，餘三書皆僅將宋元傳來的話本或傳說加以擴大。

故以材料評四大奇書，四大奇書實皆不奇；而所奇者乃在描摹人物的細膩，敘事抒意的曲折周到，遣辭造句的流利通暢，為前此作品所未有。然以此項標準以評四書，那麼金瓶梅自當列之「班首，」而三國志只好做牠們的「殿軍」了。

牠們產生的時代，彼此亦相差甚遠；三國志、水滸產生于元、明之間，而西遊記、金瓶梅則產生于嘉靖年間。其作者今僅知作西遊記的為吳承恩，其他三書，金瓶梅不知作者真姓名，三國志、水滸的作者相傳為施耐菴，亦云羅貫中，或曰施作羅續，尚在迷離惝恍之中，無從決定。以產生時代的先后關係，本節先述三國志，依次再及水滸等三書。

施耐菴為何人？在昔却沒有人去追究。自白話文運動勝利，通俗小說也被列入文學作品之林，於是就有人起而作研考。其結果，有「考據癖」的胡適竟說他是子虛烏有之流，不免令人失望。吳梅說他就是施君美，也少確證。大約在距今一二年前，有一位胡瑞亭先生，他到江北去調查戶口，「至東台屬之白駒鎮，有施家橋者，見其宗祠中所供十五世祖諱耐菴，心竊疑焉。詢其族裔，乃悉即著水滸之施耐菴。更索觀族譜，得耐菴小史，暨殘篇之墓誌。」於是始知施耐菴確有其人。就胡氏所述，可知耐菴（約一二九〇——一三六五間在世）名子安，元末淮安人，曾官錢塘，不得志而去。張士誠徵之不起。士誠敗時，他已死了，年七十五歲。他的著述除水滸外，尚有志餘、三國志演義、隋唐志傳、三遂平妖傳等。羅貫中確為其門人，曾做過他著述的幫手。（以上據于時夏水滸傳的作者一文）澄江舊話也說耐菴為東台人，曾在江陰徐姓當過塾師，水滸卽作于徐府上。至羅貫中（約一三六七前后在世）的生平，則知者較少，他的名字、里籍也不一其辭，或說他名本字貫中，東原人，或作武林人，廬陵人，其名或有作牧也有作木的。但明初人賈仲名的續錄鬼簿（這也是部新發現的書）裏却說「羅貫中，太原人，號湖海散人。與人寡合，樂府隱語，極為清新。與余為忘年交，遭時多故，天各一方。至正甲辰（一三六四）復會。別後又六十餘年，竟不知所終。」這段話自較諸說可靠。周亮工本來說他是洪武時人（書影），由此可以證實。他既是位不得志的人，所以與施耐菴為同道，而也沒有做過官。他曾做過許多雜劇，所以他的名字知者較多。他和耐菴既皆有其人，且有師生關係，那麼三國志和水滸在二人中是誰所作，這個問題可以不必提出。況且我們本來僅當牠是一種傳說觀的。

三國故事在唐、宋時已爲說話人取爲題材，已見前述。及三國志平話出世，乃始有了文字的刻本。三國志通俗演義係平話的擴大自不必說，但也經過後人的增潤修改。今本稱爲第一才子書的，乃淸人毛宗崗所改，但與原文相差還不遠。牠和平話的最大不同，乃在將平話開首司馬仲相斷獄一事刪除，闢除果報之談，而使成爲純粹的歷史小說。其他不同者尙有數點：一削去了平話中許多荒誕不經的事實，如曹操勸獻帝讓位於其子曹丕，劉備到太行山中落草爲寇等。二，增加了平話上所沒有的許多歷史上的眞實材料，如何進誅宦官，禰衡罵曹操，曹子建七步成詩等。三，增加了平話上所沒有的許多詩詞、表札。四、改寫了平話上許多不經的記載，如平話叙張飛拒曹操于長板橋，大喊一聲，橋竟爲之斷，此實萬無此理之事，故此書改作驚破了夏侯傑的胆。五，保存了平話的叙述，加以潤飾，改作，往往放大到五六倍，將枯瘠的記載成爲豐贍華腴的描寫。

現在所知的三國志演義版本很多，最不同的有三種：第一種就是明弘治刊本三國志通俗演義，明末李卓吾的評本亦即此本。全書分二十四卷，每卷分十大段，每段有一題目，共二百四十目；題目語句亦參差不齊，和當時其他講史相同，這當是最古的一本。第二種是清康熙時毛聲山的刪改評定本，也就是現代最通行的一本。他不僅加上許多金聖嘆式的批評，且把回目整理過，成為很工整的對偶句子而併為一百二十回，把內容也整理過，去其背謬的而加入不少新的材料。在當時，因毛氏改動原本過甚了，於是復有不滿意於他的改正本者出來，略將舊本改動一下來付印。這便是第三種本子笠翁評閱第一才子書。此本的式樣，完全同卓吾批評本，回目也是參差不齊的，每回也是分為二段的；不過文字略有改動，改去了許多不通的句子；他是力求少改動原文，所以非千萬不得已不肯輕易更改。可惜，第一種今尚有影印本，而第三種則在國內或已成絕本了！明人曾把卓吾評的水滸和三國志合刻在一起，每頁上半頁為水滸，而下半頁為三國志，改名為英雄譜。清初亦刻英雄譜，却用毛本三國志以代了卓吾的評本。茲舉書中最有精采的「關雲長義釋曹操」一段於後：

……華容道上，三停人馬，一停落後，一停塡了溝壑，一停跟隨曹操。過了險峻，路稍平安，操回顧止有三百餘騎隨後，並無衣甲袍鎧整齊者。……又行不到數里，操在馬上加鞭大笑。衆將問丞相笑者何故。操曰：「人皆言周瑜諸葛亮足智多謀，吾笑其無能爲也。今此一敗，是吾欺敵之過；若使此處伏一旅之師，吾等皆束手受縛矣。」言未畢，一聲砲響，兩邊五百校刀手擺開，當中關雲長提青龍刀，跨赤兔馬，截住去路。操軍見了，亡魂喪膽，面面相覷，皆不能言。操在人叢中曰：「旣到此處，只得決一死戰。」衆將曰：「人縱然不怯，馬力乏矣；戰則必死。」程昱曰：「某素知雲長傲上而不忍下，欺強而不凌弱，人有患難，必須急之，仁義播於天下。丞相舊日有恩在彼處，何不親自告之，必脫此難矣。」操從其說，卽時縱馬向前，欠身與雲長曰：「將軍別來無恙？」雲長亦欠身答曰：「關某奉軍師將令，等候丞相多時。」操曰，「曹操兵敗勢危，到此無路，望將軍以昔日之言爲重。」雲長答曰：「昔日關某雖蒙丞相厚恩，曾解白馬之危以報之矣。今日奉命，豈敢爲私乎？」操曰「五關斬將之時，還能記否？古之大丈夫處世必以信義爲重；將軍深明春秋，豈不知庾公之斯追子濯孺子者乎？」雲長聞知，低首不語。

當時曹操引這件事來說，雲長是個義重如山之人，又見曹軍惶惶，皆欲垂淚，雲長思起五關斬將放他之恩，如何不動其心。於是把馬頭勒回，與衆軍曰：「四散擺開！」這個分明是放曹操的意思。操見雲長回馬，便和衆將一齊衝將過去。雲長回身時，前面衆將已自護送曹操過去了。雲長大喝一聲，衆皆下馬，哭拜于地。雲長不忍殺之，正猶豫中，張遼驟馬而至；雲長見了，又動故舊之情，長歎一聲，並皆放之。後人史官有詩讚曰：

徹膽常存義，終身思報恩，威風齊日月，名譽震乾坤，忠勇高三國，神謀陷七屯，至今千古下，軍旅拜英魂。（第五十回下）

稱爲三國志演義續書有三種：一名三國志後傳，凡十卷一百三十九回，明失名撰。一名三國志演義續編，眞名實爲石珠傳，淸梅溪遇安氏著，共三十回，敘仙女石珠事，而時代適續前書，故以爲名。一名後三國志，實卽東西晉演義，明失名撰，體例似平話三國志，敘西晉全代，而東晉僅敘至建國卽止。我平常很懷疑牠的內容的有二書，一卽此書，一爲東西漢演義。東西漢的原本也只分段而不稱「回」，西漢只敘至全國統一，而東漢卻由立國敘至東漢亡國，中間無故缺去西漢立國後全代的史實，實在太無理由。

稱為施耐菴或羅貫中作的隋唐志傳，牠的原本亦不可見。今有偽托正德時林瀚（字亨大，閩縣人，由進士官至兵部尚書）重編的隋唐兩朝志傳一百二十二回，其序中自言得到羅貫中原本，重編為十二卷。孫楷弟以為係改嘉靖時熊大木所編唐書志傳通俗演義而成。唐書志傳凡八卷九十節，所演以太宗為主，故書終于征高麗，以「坐享太平」結束。隋唐兩朝志傳於九十二回後增補高宗以下事，至僖宗而止，而文甚草率。又有隋史遺文十二卷六十回，係袁于令（字令昭，號籜菴，吳縣人，官至荊州守，約卒于一六七四年七十以外）取市人話本稍加增改而成。又有隋煬豔史八卷四十回，署「齊東野人編演」，專敘煬帝一生的放蕩行為，書出于崇禎時，大概是受到金瓶梅的影響而作。清褚人穫（字稼軒，號石農，長洲人，約一六八一前后在世）取以上三書併合刪改為通俗隋唐演義二十卷一百回，今最盛行。但其書中止於元宗之卒，似又失卻了講史的意義。全書大意，為隋主伐陳，周禪位於隋，隋煬帝窮奢極侈，乃亡於唐后來武后稱尊，明皇幸蜀，楊妃死於馬嵬，旣復兩京，明皇退居西內，令道士求楊妃魂，得見張果，因知明皇與楊妃爲煬帝與朱貴兒後身。這樣的敍述，似乎專爲寫明皇和楊妃的兩世姻緣，主意不在講兩朝史實，不是失去了講史的意義嗎？但中間寫隋唐間英雄，如秦瓊、竇建德、單雄信、尉遲恭、花木蘭……等，皆能有色有聲。全書取材，除正史外，唐宋傳奇元明戲曲，莫不採取；故敍述多有來歷，不亞於三國志演義。然文中亦偶好作嘲戲之詞，似宋人話本：

……一日玄宗於昭慶宮閑坐，祿山侍坐於側旁，見他腹過於膝，因指着細說道：「此兒腹大如抱甕，不知其中藏的何所有？」祿山拱手對道：「此中並無他物，惟有赤心；耳臣願盡此赤心，以事陛下。」玄宗聞祿山所言，心中甚喜。那知道：

人藏其心，不可測識。自謂赤心，心黑如墨。

玄宗之待祿山，眞如腹心；安祿山之對玄宗，却純是賊心狼心狗心，乃眞是負心喪心。有心之人，方切齒痛心，恨不得卽剖其心，食其心，虧他還哄人說是赤心。可笑玄宗還不覺其狠子野心，却要信他是眞心，好不癡心。閒話少說。且說當日玄宗與安祿山閒坐了半晌，回顧左右，問妃子何在。此時正當春深時候，天氣尙暖，貴妃方在後宮坐蘭湯洗浴。宮人回報玄宗說道：「妃子洗浴方完。」玄宗微笑說道：「美人新浴，正如出水芙蓉。」令宮人卽宣妃子來，不必更洗梳粧。少頃，楊妃來到。你道她新浴之後，怎生模樣？有一曲黃鶯兒說得好：

皎皎如玉，光嫩如瑩，體愈香，雲鬢慵整偏嬌樣。羅裙厭長，輕衫取涼，臨風小立神駘宕。細端詳：芙蓉出水，不及美人粧。（第八十三回）

舊本說唐全傳，亦題羅貫中編。今本說唐共分二部：前半曰說唐前傳，凡六十八回，始自隋文帝卽位，終於唐代統一，有單行本。後半曰說唐後傳，又分爲說唐小英雄傳、說唐薛家府傳兩部分。小英雄傳凡十六回，單行本名羅通掃北；薛家府傳凡四十二回，單行本名征東全傳。續此書的有二種：一爲異說後唐傳三集薛丁山征西樊梨花全傳，凡八十八回，和前傳、后傳都題姑蘇蓮如居士編。居士乾隆時人，當爲根據羅氏原本而加以擴大的。此三書最流行於社會。一爲續隋唐演義，凡四十回，始於丁山征西，餘和今本隋唐演義後數十回的回目文字都相同。牠的出世較晚，當爲妄人割裂上列諸書而成。又有殘唐五代史演傳六十則，署「貫中羅本編輯，」其書內容反較五代史平話簡陋，而分量亦反見減少，更爲出于僞托無疑。

此外明人所作講史，有封神演義一百回，署許仲琳撰。仲琳（約一五六六前后在世）名不詳，號鍾山逸叟，南京應天府人。書蓋據宋元人所著武王伐紂書平話而加以鄺大，其關係猶之三國志演義的和三國志平話。首叙紂王進香女媧宮題詩𧭍神，神因命三妖惑紂以助周。第二至三十回雜叙紂王暴虐，姜尙出身，文王脫禍，黃飛虎反商，以成商周交戰之局。其中寫哪吒出世一段，對于父子綱常觀念頗加攻擊。但後來寫殷郊時，却說他反周助紂，而與武王伐紂書相反，令人莫解其故。三十回后叙商兵伐西岐，六十七回后叙周兵伐商，其中神佛錯出，助周的爲闡教，助商的爲截教，各用道術，互有死傷，而截教終敗。于是紂王自焚，子牙斬將封神，武王分封列國以報功臣，全書乃告終。今錄其第十四回哪吒現蓮花化身中哪吒報李靖毀打泥身的事一段：

話說哪吒來到陳塘關，逕進關來，至帥府大呼曰：「李靖早來見我。」有軍政官報入府內：「外面有三公子，脚踏風火二輪，手提火箭鎗，口稱老爺姓諱，不知何故？請老爺定奪。」李靖喝曰：「胡說！人死豈有再生之理！」言未了，只見又一起人來報：「老爺如出去遲了，便殺進府來。」李靖大怒：「有這樣事！」忙提畫戟，上了青驄，出得府來，見哪吒脚踏風火二輪，手提火尖鎗，比前大不相同。李靖大驚，問曰：「你這畜生！你生前作怪，死後還魂，又來這裏纏擾。」哪吒曰：「李靖，我骨肉已交還與你，我與你無相干礙。你爲何往翠屏山鞭打我的金身，火燒我的行宮？今日拿你報一鞭之恨。」把鎗緊一緊，劈面刺來。李靖將畫戟相迎，輪馬盤旋，戟鎗並舉。哪吒力大無窮，三五合，把李靖殺的馬仰人翻，力盡筋輸，汗流脊背。李靖只得望東南逃走。哪吒大叫曰：「李靖休想今番饒你！不殺你，決不空回！」往前趕來。不多時，看看趕上，哪吒的風火輪快，李靖馬慢。李靖心下著慌，只得下馬借土遁去了。哪吒笑曰：「五行之術，道家平常，難道你土遁去了，我就饒你！」把脚一蹬，駕起風火二輪，只見風火之聲，如飛雲掣電，望前追趕。李靖自思：「今番趕上，一鎗被他刺死，如之奈何！」李靖見哪吒看看至近，正在兩難之際，忽然聽得有人作歌而來。

淸水池邊明月，綠楊堤畔桃花。別是一般淸味，淩空幾片飛霞。

李靖看時，見一道童頂著髮巾，道袍大袖，蔴履絲縧，原來是九公山白鶴洞普賢眞人徒弟木吒是也。木吒曰：「父親，孩兒在此。」李靖看時，乃是次子木吒，心下方安。哪吒駕輪正趕，見李靖同一道童講話，哪吒向前趕來。木吒上前大喝一聲：「慢來！你這孽障！好大膽子！殺父忤逆亂倫！早早回去，饒你不死！」哪吒曰：「你是何人？口出大言。」木吒曰：「你連我也認不得！吾乃木吒是也。」哪吒方知是二哥，忙叫曰：「二哥，你不知其詳。」哪吒把翠屏山的事，細細說了一遍，「這個是李靖的是，是我的是？」木吒大喝曰：「胡說！天下無有不是的父母。」哪吒又把「剖腹剜腸，已將骨肉還他了，我與他無干，還有甚麼父母之情？」木吒大怒曰：「這等逆子！」將手中劍望哪吒一劍砍來。哪吒鎗架住曰：「木吒，我與你無仇，你站開了，待吾拿李靖報仇。」木吒大喝：「好孽障，焉敢大逆！」提劍來取。哪吒道：「這是大數造定，將生替死。」手中鎗劈面交還，輪步交加，弟兄大戰。哪吒見李靖站立一傍，又恐走了他。哪吒性急，將鎗挑開劍，用手取金磚望空打來，木吒不提防，一磚正中後心，打了一交，跌在地下。哪吒登輪來取李靖。李靖抽身就跑。哪吒笑曰：「就趕到海島也取你首級來，方洩吾恨！」李靖望前飛走，眞似失林飛鳥，漏網遊魚，莫知東西南北。……

又有盤古至唐虞傳二卷十四則，有夏誌傳四卷十九則，有商誌傳四卷十二則，大隋志傳四卷四十六回，皆題「鍾惺景伯父編輯。」惺（？——一六二五）字景伯，亦作伯敬，竟陵人，官至福建提學僉事。他好評刻詩文小說，故此四書皆托其名。開闢衍繹通俗志傳六卷八十回，題「五岳山人周游仰止集。」游（約一六二八前后在世）生平無考。所敘自盤古開天闢地起，至周武王弔民伐罪止。列國志傳八卷，一本作十二卷，余邵魚撰。邵魚（約一五六六前后在世）字畏齋，福建建陽人。此書後經馮夢龍的改訂爲新列國志一百另八回，皆根據古籍，無一謠語。列國志傳所有的什麽臨潼鬭寶，轅伏展雄諸無根故事，皆一掃而空，成爲一部典雅的「講史。」孫龐鬥志演義二十卷，亦明人撰，作者無考。全漢志傳十二卷，唐書志傳通俗演義八卷，宋傳宋傳續集共二十卷，大宋中興通俗演義八卷八十則，皆熊大木撰。大木（約一五六一前后在世）字鍾谷，福建建陽人。全漢志傳分西漢東漢各六卷，在其後有西漢通俗演義八卷一百另一則，題「鍾山居士建業甄偉演義；」東漢十帝二通俗演義十卷一百四十六則，題「金川西湖謝詔編集。」宋傳與宋傳續集原題作南北宋傳，南宋演太祖事，北宋演宋初及眞宗仁宗二朝事；後來的通行本南宋飛龍傳與北宋楊家將，卽爲此二書的化身。大宋中興通俗演義亦名大宋中興岳王傳，又名武穆精忠傳；後經鄒元標編訂爲岳武穆精忠傳六卷六十八回，于華玉刪爲岳武穆盡忠報國傳七卷二十八則。至現行本說岳全傳二十卷八十回，乃淸人錢彩（字錦文，仁和人）所編，以岳飛爲大鵬臨凡，秦檜爲女土蝠轉生，始見于此書。隋唐演義（非褚人穫作）十卷一百一十四節，作者無考，有徐文長序。皇明開運英武傳（卽英烈傳）八卷，一本作六卷，演明開國事，相傳爲嘉靖時武定侯郭勳所作。雲合奇蹤八十回，亦題英烈傳，署「徐渭文長甫編」即今通行本之英烈傳。渭（一五二一——一五九三）字文長，一字文淸，又字天池，自號靑藤山人，山陰人。詩、文、戲曲、書、畫皆工，知兵。不遇，佯狂以終。承運傳四卷，記成祖靖難之役，作者無考。續英烈傳五卷三十四回，一本作二十回，題「空谷老人編次」演建文遜國事。于少保萃忠全傳十卷四十傳，孫高亮（字懷石）撰。王陽明先生出身靖難錄三卷，馮猶龍撰。征播奏捷傳通俗演義六卷一百回，題「棲眞齋名道狂客演」演李化龍平播酋楊應龍事。魏忠賢小說斥奸書四十回，題「吳越草莽臣撰」。皇明中興聖烈傳五卷，樂聖日（杭州人）撰，亦演忠賢事。遼海丹忠錄八卷四十回，陸雲龍撰。雲龍字雨侯，浙江錢塘人。記明季遼東之役，以毛文龍爲主。平虜傳二卷二十則，題「吟嘯主人撰」，記崇禎初滿州入犯事。

前述皆爲明人「講史」的作品，今所見者已盡其十九。至淸代而作者愈夥，但一味以接近史實爲主，文字呆板無生動，作通俗歷史觀尙可，把牠當作小說，却不能與前此所有的「講史」並觀了。

三 四大奇書（二）

三國志演義為「講史書」的一種，這裏所述的忠義水滸傳，似屬于宋人說話四家的「說鐵騎兒」但在宋人作品中反少見。水滸傳卽敘宋江……等聚義梁山泊的故事，宣和遺事只敘三十六人，這書却增多至一百另八人，姓名亦彼此間有不同。在描寫的技術方面，較之宋人「話本」也有極大的進步。一百另八個人，寫來個個都有個性，個個都有他的環境和他們不同的出身，而難得有重複的地方。此書完全為貪官汚吏與不良政治的反響，所以處處表現出一種強毅的反抗的精神。讀者試看所謂一百另八個強盜，那一個是甘心自願上梁山入夥的？每個都為到了「不得不」的地步，才走向「水滸」中去！這是眞正的平民文學！這是一部平民對於貴族政治表示反抗精神的偉大的傑作，而且在當時也只有這樣的一部傑作。

明代的水滸傳原有繁簡兩本，繁本為嘉靖時人所作，增添最甚之處，為：一，征遼；二，征田虎、王慶，三，詩詞。施、羅原本，始于洪太尉誤走妖魔，而終于衆英雄魂聚蓼兒窪；其間最大的戰役，爲曾頭市，祝家莊，及與高太尉，童貫相抗；至招安后征討方臘的一役，則衆英雄在陣喪亡過半，不甚有生氣。其中，征遼大約是嘉靖時加入的，征田虎、王慶的二段的加入則似乎更晚。此書不同的版本甚多，文辭亦多異同，可是原本却絕不可見。以回數多少言，有百回本，百十回本，百十五回本，百二十回本，百二十四回本。百回本僅有征遼、征方臘，而無征田虎、征王慶事。百十回、百十五回、百二十四回本則皆有征田虎、王慶事。百二十回本文辭幾和百回本全同，惟另加入了二十回的征田虎、王慶事。此外，有殘本名「新刻京本全像插增田虎王慶忠義水滸全傳」亦上半頁爲插圖，下半頁爲原文，形式似元刊本三國志平話，文辭和百十五回本幾乎全同。觀其書名，可爲征田虎、王慶爲原書所無之證明。但亦有征遼，那麼離原本當然還遠咧！諸本或署「東原羅貫中編輯」，或題「錢塘施耐菴的本，羅貫中編次」亦署「施耐菴集撰，羅貫中纂修」頗不一致。但今最盛行之本，爲金人瑞所批改的七十回本，卷首有「楔子」一回；其書止於盧俊義夢一百另八人被張叔夜所擒殺。他以叙招安以後的事爲羅貫中所續，且痛斥其非，又僞造一施耐菴之序，冠於卷首。此本與百二十回本的前七十回無甚異，金氏截取的底本當卽爲百二十回本。後人又截取百十五回本的六十七回至結末，稱爲後水滸，又名蕩平四大寇傳，又名征四寇，初附刊於七十回本之後，後又單行。

水滸傳的文筆，較三國志爲大進步，其中保存土話尤多。對于人物的描寫，其個性皆能活躍紙上，尤爲特色。現錄其第四十二回中李逵尋母一段：

……李逵怕李達領人趕來，背著娘，只奔亂山深處，僻靜小路而走。看看天色晚了，李逵背到嶺下，娘雙眼不明，不知早晚。李逵却認得這條嶺，喚做沂嶺，過那邊去，方纔有人家。娘兒兩個，趁著星明月朗，一步步捱上嶺來。娘在背上說道：「我兒，那里討口水來我吃也好！」李逵道：「老娘且待過嶺去，借了人家安歇，做些飯吃。」娘道：「我日中吃了些乾飯，口渴得當不得。」李逵道：「我喉嚨裏也煙發火出，你且等我背你到嶺上，尋水與你吃。」娘道：「我兒端的渴殺我也，救我一救。」李逵道：「我也困倦得要不得。」李逵看看挨得到嶺上松樹邊一塊大靑石上，把娘放下，插了朴刀在側邊，分付娘道：「耐心坐一坐，我去尋水來你吃。」李逵聽得溪澗裏水響，聞聲尋路去，盤過了兩三處山脚，來到溪邊，捧起水來，自吃了幾口。尋思道：「怎生能彀得這水去，把與娘吃？」立起身來，東觀西望，遠遠地山頂上，見一座廟。李逵道：「好了！」攀藤攬葛，上到庵前，推開門看時，却是個泗州大聖祠堂，面前只有個石香爐。李逵用手去掇，原來是和座子鑿成的。李逵拔了一回，那里拔得動？一時性起來，連那座子掇出前面石堦上，一磕，把那香爐磕將下來。拿了，再到溪邊，將這香爐水里浸了，拔起亂草，洗得乾淨。挽了半香爐水，雙手擎來，再尋舊路，夾七夾八，走上嶺來。到得松樹邊石頭上，不見了娘，只見朴刀插在那里。李逵叫娘吃水，杳無踪跡。叫了一聲不應，李逵心慌，丟了香爐，定住眼四下里看時，並不見娘。走不到三十餘步，只見草地上一團血跡。李逵見了一身肉發抖，趁著那血跡尋將去，尋到一處大洞口，只見兩個小虎兒在那里舐一條人腿。李逵把不住抖道：「我從梁山泊歸來，特爲老娘來取他，千辛萬苦，背到這里，倒把來與你吃了！那鳥大蟲，拖著這條人腿，不是我娘的是誰的？」心頭火起，便不抖，赤黃鬚豎起來，將手中朴刀挺起來搠那兩個小虎。這小大蟲被搠得慌，也張牙舞爪，鑽向前來，被李逵手起，先搠死了一個，那一個望洞裏便鑽了入去，李逵趕到洞裏，也搠死了。李逵却鑽入那大蟲洞內，伏在裏面張外面時，只見那母大蟲張牙舞爪，望窩裏來。李逵道：「正是你這孽畜吃了我娘！」放下朴刀，跨邊掣出腰刀。那母大蟲到洞口，先把尾去窩裏一剪，便把後半截身坐將入去，李逵在窩裏看得仔細，把刀朝母大蟲尾底下，盡平生氣力，捨命一戳，正中那母大蟲糞門。李逵使得力重，和那刀靶也直送入肚裏去了。那母大蟲吼了一聲，就洞口帶著刀跳過澗邊去了。李逵却拿了朴刀，就洞裏趕將出來。那老虎負痛直搶下山石巖下去了。李逵恰待要趕，只見就樹邊捲起一陣狂風，吹得敗葉樹木如雨一般，打將下來。自古道：「雲生從龍，風生從虎。」那一陣風起處，星月光輝之下，大吼了一聲，忽地跳出一隻吊睛白額虎來。那大蟲望李逵勢猛一撲，那李逵不慌不忙，趁著那大蟲的勢力，手起一刀，正中那大蟲頷下。那大蟲不曾再掀再剪，一者護那疼痛，二者傷著他那氣管，那大蟲退不彀五七步，只聽得響一聲，如倒半壁山，登時間，死在巖下。那李逵一時間殺了子母四虎，還又到虎窩裏，將著刀，復看了一遍，只恐還有大蟲，已無有踪跡。李逵亦困乏了，走向泗州大聖廟裏，睡到天明。次日早晨，李逵却來收拾親娘的兩腿，及剩的骨肉，把布衫包裹了，直到泗州大聖廟後，掘土坑葬了。李逵大哭了一場而去。……

清初有陳忱（約一六三〇前后在世）字遐心，一字敬夫，號古宋遺民，又號雁蕩山樵，浙江烏程人。生平著作並佚，惟存後水滸傳四十回，是續百回本的水滸而作。此書叙宋江死後，其餘諸人助宋禦金，然無功，李俊遂率衆浮海，爲暹羅國王。作者的精神特別灌注在「勤王救國」和「誅殺奸臣」兩件事上，所以寫來額外的有聲有色。我們一考作者的時代背景，便知他的用意所在。普通本因欲別於征四寇之續七十回本水滸，故題爲三續水滸，又有題爲混江龍開國傳的。第二十四回寫燕青入金營獻黃柑青子于道君皇帝：

……道君皇帝一時想不起，問「卿現居何職？」燕青道：「臣是草野布衣；當年元宵佳節，萬歲幸李師師家，臣得供奉，昧死陳情；蒙賜御筆，赦本身之罪，龍劄猶存。」遂向身邊錦袋中取出一幅恩詔，墨跡猶香，雙手呈上。道君皇帝看了，猛然想着道：「元來卿是梁山泊宋江部下。可惜宋江忠義之士，多建大功；朕一時不明，爲奸臣蒙敝，致令沈鬱而亡，朕甚悼惜。若得還宮，說與當今皇帝知道，重加褒封，立廟，子孫世襲爵。」燕青謝恩，喚楊林捧過盒盤，又奏道：「微臣仰覲聖顏，已爲萬幸。獻上青子百枚，黄柑十顆，取苦盡甘來的佳讖，少展一點芹曝之意。」齊眉獻上，上皇身邊止有一個老內監，接來啓了封蓋。道君皇帝便取一枚青子納在口中，說道：「連日朕心緒不寧，口內甚苦；得此佳品，可以解煩。」嘆口氣道：「朝內文武官僚世受國恩，拖金曳紫；一朝變起，盡皆保惜性命，眷戀妻子，誰肯來這裏省視！不料卿這般忠義！可見天下賢才傑士原不在近臣勳戚中！朕失於簡用，以致於此。遠來安慰，實感朕心。」命內監取過筆硯，將手中一柄金鑲玉弝白紈扇兒弔着一枚海南香雕螭龍小墜，放在紅氈之上，寫一首詩道：「笳鼓聲中藉毳茵，普天僅見一忠臣，若然青子能回味，大賚黄柑慶萬春！」寫罷，落個款道：「教主道君皇帝御書。」就賜與燕青道！「與卿便面。」燕青伏地謝恩。上皇又喚內監分一半青子黃柑：「你拿去賜與當今皇帝，說是一個草野忠臣燕青所獻的。」……兩個取路回來，離金營已遠，楊林伸着舌頭道：「嚇死人！早知這個所在，也不同你來。虧你有這膽量！……我們平日在山寨，長罵他（皇帝）無道；今日見這般景象，連我也要落下眼淚來。」……

讀了這段文字，我們也幾乎要落下眼淚來！

又有清人俞萬春（？——一八四九，）字仲華，別號忽來道人，山陰人。嘗從父官粵，從征猺民之變，有功議叙。後行醫杭州，晚年皈依道釋。他曾續七十回本水滸，作結水滸傳七十回，結子一回，亦名蕩寇志。立意和陳忱全相反，使梁山泊首領，非死即誅，而鬼魂仍鎮之於石碣之下，以與七十回本之楔子相呼應。作者作此書，首尾共經二十二年，不曾修飾而去世；咸豐時，其子龍光爲潤飾修改，始刻而傳世。書中精彩處，幾超過於水滸，惟雜以道釋二家之妄說，使全書減色不少。下列一段，乃寫盜魁宋江的被擒：

……哥子道：「運氣來了，那裏論得定？方才我聽他的夢話，又聽你說出他的面貌，這人定是宋江。端的十不離九。我到有個計較在此，我進去如此，你進去如此，管賺出他的姓名來。」兩人計議停當，那兄弟便上了岸，哥哥便取了繩索，輕輕的走進艙內，將宋江一索綑了，便大叫兄弟快來。宋江夢中驚醒道：「你們是什麽人？怎麽綑我？」那哥子喝道：「咱老爺生在深江，一生只愛銀錢，你問做甚？兄弟快來！」宋江急得極叫道：「好漢，我身邊銀錢，盡行奉送，只求饒我。」那兄弟一面說，一面持火進來。宋江哀告饒命，那兄弟將火一照，忙叫：「呵呀！哥哥休鹵莽，不要傷犯好人。這位客官好像是及時雨忠義宋公明。」哥子道：「胡說？忠義宋公明現在梁山做大王，今夜單身來此做甚？」宋江到得此際，不知虛實，想左右終是一死，因回憶那年潯陽江、清風嶺等處，曾經遇著此等僥倖，今日說出姓名，或者倘有生路，便開言道：「二位好漢，何處認識宋公明？」那兄弟道：「哥哥快把繩索解了。你此番得罪了上天星宿，大有罪孽。」哥子道：「且慢！你說他好像宋公明，到底是不是宋公明？萬一不是宋公明，我兩人著了這個鬼，倒是一場笑話。」宋江忙接口道：「我眞是宋公明。」那哥子道：「客官，你休要冒認宋公明。宋公明現在梁山，堂堂都頭領，單身到此做甚？」宋江道：「不瞞二位說，我梁山被官軍攻圍甚急，十分難支，我想逃到鹽山，重興事業，路上怕人打眼，特揀僻路走，所以走到此處。今懇求好漢，……」話未說完，那兩人哈哈大笑道：「你原來眞是宋公明！你休要慌，那張經略大將軍等你已久，我們一俟天明，便直送你到他營前。」宋江聽了這話，方曉得著了他們的道兒，驚得魂飛天外。那兩人便加了一道繩索，捆縛了他。宋江半晌定神，剪著兩手，瞪著單眼，看那兩人。那兩人坐在艙內，講不出那心中懽喜，笑嘻嘻的看那宋江。宋江歎一口氣道：「不料我宋江今日絕命於此！」便問那兩人道：「這裏端的是甚麼地方？」兩人答道：「老實對你說，這裏長淸管下北境夜明渡。這裏有件奇事，水中石壁，到五更時便放光明，因此喚作夜明渡。」宋江一聽得夜明渡三字，便長歎一聲道：「宋江該死久矣！笱冠仙，笱冠仙，我悔不聽你言，致有今日也！你那八句讖語，分明是『到夜明渡，遇漁而終』八個字，我迷而不悟，一至於此！」歎畢，一口氣悔不轉，竟厥了去。那兩人忙替他揪頭髮，搯人中，擊胸膛，擺佈了好一歇，方醒轉來。那弟兄忙去燒口熱茶與他吃了，各呆看了一回。天已黎明，宋江又開言問道：「你們二人，是甚名字？」那哥子笑著答道：「咱老爺三不改名，四不改姓，咱老爺姓賈，喚作賈忠，」——指那兄弟道：「這是咱兄弟，喚作賈義。」宋江聽罷，又浩然長歎道：「原來我宋江死於假忠假義之手，罷了！」……（第一百四十回）

此外又有天華翁的水滸後傳，敘宋江再生為楊幺，盧俊義為王魔，也是續百回本的。天華翁為何人？今不可考。

三遂平妖傳為「靈怪傳奇」的一種，既非講史，亦非說鐵騎兒，與施、羅其他諸作風格亦殊異。但與後來的濟公傳、昇仙傳……等却是同類的作品。所謂原本的三遂平妖傳，今猶傳，凡四卷二十回，署「東原羅貫中編次。」書敘宋時貝州王則以妖術變亂事。宋史載則本涿州人，因歲飢流至恩州（唐為貝州）慶曆七年，僭號東平郡王，改元得聖，六十六日而平。此書即本其事，首敘汴州胡浩得仙畫，其婦焚之，因孕生女永兒，有妖狐聖姑姑授以道法，遂能為紙人豆馬。王則則為貝州人，娶永兒，術人彈子和尚、張鸞、左黜皆來見，遂買軍作亂。已而文彥博討之，彈子和尚見則無道，化身諸葛遂智助文，馬遂詐降，擊破則脣使不能持咒，李遂又率掘子軍作地道入城，乃擒則及永兒。建功的三人皆名「遂」，故名三遂平妖傳。今本平妖傳凡十八卷，分四十回，係馮夢龍所補，前加十五回，始於盛傳民間的燈花婆婆故事，中敍諸妖人之鍊法；其他五回則散入舊本各回間，多補述諸怪民道術。材料亦多取之舊籍，如杜七聖的幻術，即爲唐人小說中所有：

杜七聖慌了，看着那看的人道：「衆位看官在上，道路雖然各別，養家總是一般。只因家火相逼，適間言語不到處，望看官們恕罪則個。這番教我接了頭，下來吃杯酒，四海之內，皆相識也。」杜七聖伏罪道：「是我不是了，這番接上了。」只顧口中念咒，揭起臥單看時，又接不上。杜七聖焦燥道：「你教我孩兒接不上頭，我又求告你再三，認自己的不是，要你恕饒，你却直恁的無理。」便去後面籠兒內取出一個紙包兒來，就打開，撮出一顆葫蘆子，去那地上，把土來掘鬆了，把那顆葫蘆子埋在地下，口中念念有詞，噴上一口水，喝聲「疾！」可霎作怪：只見地下生出一條藤兒來，漸漸的長大，便生枝葉，然後開花，便見花謝，結一個小葫蘆兒。一夥人見了，都喝采道：「好！」杜七聖把那葫蘆兒摘下來，左手提着葫蘆兒，右手拿着刀，道，「你先不近道理，收了我孩兒的魂魄，教我接不上頭，你也休想在世上活了！」看着葫蘆兒，攔腰一刀，剁下半個葫蘆兒來。却說那和尚在樓上，拿起麵來却待要喫；只見那和尚的頭從腔子上骨碌碌滾將下來。一樓上喫麵的人都喫一驚，小膽的丟了麵跑下樓去了，大膽的立住了脚看。只見那和尚慌忙放下碗和筯，起身去那樓板上摸，一摸摸着了頭，雙手捉住兩隻耳朵，掇那頭安在腔子上，安得端正，把手去摸一摸。和尚道：「我只顧喫麵，忘還了他的兒子魂魄」，伸手去揭起楪兒來。這里却好揭得起楪兒，那里杜七聖的孩兒早跳起來；看的人發聲喊。杜七聖道「我從來行這家法，今日撞着師父了。」……（第二十九回下杜七聖狠行續頭法）

王則故事與王則相類的故事，在明代因遭唐賽兒之亂，頗見盛傳，故又有金台傳十二卷六十回，又名平陽傳，亦叙破滅王則事，金台傳且有彈詞。歸蓮夢十二回，明蘇菴主人編，叙女子白蓮岸幼喪父母，襟懷壯大，思立功業，乃從白猿得天書，得知兵法及神詭變幻之術，創白蓮教。後爲白猿索還天書，女之兵法及妖術俱一無所知，遂失敗。結構似平妖傳，但平妖傳之中心人物，初爲胡永兒，後爲文彥博及三遂，不如此書則以白蓮岸一氣貫串，不蔓不枝，較爲一致。清呂熊（字文兆，號逸田叟，吳人，約一六七四前后在世）作女仙外史，凡一百回，述青州唐賽兒之亂，結果亦不背史實，當爲受平妖傳及歸蓮夢之暗示而作。

稱爲羅貫中作的，尚有粉妝樓，敘唐代羅家子孫故事，或以爲貫中鋪張他先世門閥而作。今本粉妝樓凡八十回，其內容不出英雄落難，山林聚義，朝廷除奸，征番得功的常套，故其體裁似講史而實非講史，題「竹溪山人撰」，可見非貫中的原作。像粉妝樓同類體裁的作品，尚有明人清溪道人的禪眞佚史八集四十回及禪眞後史十集六十回，淸人無名氏的大漢三合明珠寶劍傳四十二回，綠牡丹八卷六十四回，南唐薛家將傳一百回，木蘭奇女傳四卷三十二回，說呼全傳十二卷四十回，五虎平西南前後傳二十卷一百四十四回，……等。以上諸書，今人或稱之爲「講史」，或列入「說公案」，我以爲皆爲「說鐵騎兒」之流，與水滸爲同流。

這一類「說鐵騎兒」的小說，到了淸末，和「公案」小說相合，成爲許多義俠小說，像三俠五義、永慶昇平之類；和「靈怪」小說相合，成爲許多濟世小說，像濟公傳、昇仙傳之流。蓋政治環境已與前此不同，卽使再欲寫如水滸、粉妝樓一流明白反抗朝廷的「說鐵騎兒」這個時代無論若何不會容許你了。

四　四大奇書(三)

西遊記故事的來源，其開始在「四大奇書」中爲最早。三國志的歷史背景當然遠在唐前，然其中所錄民間傳說如「呂布戲貂蟬」及「諸葛祭風」等故事，却來源于元人雜劇。西遊記中如太宗入冥故事，則遠始于張鷟朝野僉載之前。卽較后見于敦煌的俗文，亦較前于三國志或同時（唐末已有市人小說講三國事，見前引的酉陽雜俎。）雖然說：畫鬼較畫人物容易，然拿牠與三國志、水滸傳相較，牠那種海闊天空，窮奇極怪的浪漫思想，在三國志、水滸傳的作者那裏會想得到？因爲三國志等重在文字的抒寫，西遊記則文字思想並重；三國志等作者的天才長在用筆，而西遊記作者的天才，却腦手並長。正如唐代詩人一樣，三國志等的作者似杜甫，而西遊記的作者則似李白。

現在最通行的一百回本西遊記，爲吳承恩所作。承恩（約一五〇〇——一五八二）字汝忠，號射陽山人，淮安人。博極羣書，詩文雅麗，亦工書。嘉靖二十三年歲貢生，授長興縣丞。隆慶初，歸山陽，放浪詩酒，貧老以卒，無子。他的詩文，死后多散失，邑人邱正綱爲編成射陽存稿四卷，續稿一卷。生前又善諧劇，著雜記數種，名震一時。西遊記卽爲雜記之一，他著皆無考。

西遊記中所敘故事，當與永樂大典中所收宋、元人所作西遊記相近，而與大唐三藏取經詩話完全無關，前面已經講過。大概承恩依據大典本以爲骨格，更雜以詼諧，間以刺諷，或有意的用以說說道埋，談談玄解，于是引起後來的種種解說：或以爲作者是以此闡明佛理的，或以爲作者是講修鍊的，或以爲作者是用以討論儒家的明心見性的學問的。總之，仁者見仁，智者見智，反弄得一無是處。我們爲什麼定要扭着儒釋道三教的妄測之談而不當牠一部偉大的浪漫故事看呢！想到這裏，也可釋然了。全書百回，可分為三大段：一，第一至第七回，敘孫悟空出生，求仙及得道，鬧三界等事。可以獨立成為一部英雄傳奇。二，第八至第十二回，敘魏徵斬龍，唐皇入冥，劉全進瓜及玄奘奉諭西行求經事（吳氏原本無玄奘出身及為父母報仇事，通行本乃從後來朱鼎臣的西遊釋厄傳補入）即魏徵斬龍一段公案。三，第十三至第一百回，敘玄奘西行，到處遇見魔難，凡八十一次，但皆得佛力佑護，及孫行者的努力，得以化險為夷，安達西天，復護經還東土，皆得成眞為佛事。這段才是本書的正文，寫得層次井然，一難過去又來一難，而八十一難又難難不同，可見作者想像力的豐裕和筆鋒的周密。全書描寫人物，也很活潑眞切，無論神怪，都各有他的性格，即妖怪亦含有極眞摯的人性。其所寫孫悟空的性格，似本於唐人傳奇無支祁的故事；其敘悟空和二郎神大戰，彼此互相變化一段，和天方夜談說妬一段裏美后與魔戰時互相變化亦似同出一型。

……那大聖趁着機會，滾下山崖，伏在那裏又變，變一座土地廟兒：大張着口，似個廟門；牙齒變作門扇；舌頭變做菩薩；眼睛變做窗櫺；只有尾巴不好收拾，豎在後面，變做一根旗竿。真君趕到崖下，不見打倒的鵓鳥，只有一間小屋，急睜鳳眼，仔細看之，見旗竿立在後面，笑道：「是這猢猻了。他今又在那裏哄我。我也曾見廟宇，更不曾見一個旗竿豎在後面的。斷是這畜生弄諠。他若哄我進去，他便一口咬住。我怎肯進去？等我掣拳先搗窗櫺，後踢門扇。」大聖聽得，……撲的一個虎跳，又冒在空中不見。真君前前後後亂趕，……起在半空，見那李天王高擎照妖鏡，與哪吒住立雲端。真君道：「天王，曾見那猴王麼？」天王道：「不曾上來，我這裏照着他哩。」真君把那賭變化，弄神通，拿羣猴一事說畢，却道：「他變廟宇，正打處，就走了。」李天王聞言，又把照妖鏡四方一照，呵呵的笑道：「真君，快去快去，那猴子使了個隱身法，走出營圍，往你那灌江口去也。」……却說那大聖已至灌江口，搖身一變，變作二郎爺爺的模樣，按下雲頭，徑入廟裏。鬼判不能相認，一個個磕頭迎接。他坐在中間，點查香火，見李虎拜還的三牲，張龍許下的保福，趙甲求子的文書，錢丙告病的良願。正看處，有人報「又一個爺爺來了。」衆鬼判急急觀看，無不驚心。真君却道：「有個甚麼齊天大聖，纔來這裏否？」

衆鬼判道：「不曾見甚麼大聖，只有一個爺爺在裏面查點哩。」眞君撞進門；大聖見了，現出本相道：「郎君，不消嚷，廟宇已姓孫了！」這眞君卽舉三尖兩刃神鋒，劈臉就砍。那猴王使個身法，讓過神鋒，掣出那繡花針兒，幌一幌，碗來粗細，趕到前，對面相還。兩個嚷嚷鬧鬧，打出廟門，半霧半雲，且行且戰，復打到花果山。慌得那四大天王等衆隄防愈緊；這康張太尉等迎着眞君，合心努力，把那美猴王圍繞不題……（第六回下小聖施威降大聖）

關于西遊記的注本，有汪象旭（字澹漪，原名淇，字右子，西陵人，約一六四四前后在世）的西遊證道書一百回，蔡金的西遊記注，陳士斌（字允生，號悟一子，浙江山陰人，約一六九二前后在世）的西遊眞詮一百回，張書紳（字南薰，山西人，約一七三六前后在世）的新說西遊記一百回，劉一明（自號素樸散人，甘肅蘭州金天觀道士，約一八〇〇前后在世）的西遊原旨一百回，張含章（字逢原，四川成都人）的通易西遊正旨一百回，皆經刊行。後來流行的鉛印石印本，皆爲新說西遊記。現在標點無注本通行，恐新說西遊記不日也要廢置了。

西遊記亦有續書續西遊記一百回傳本少見，西遊補附記云：「續西遊摹擬逼眞，失于拘滯，添出比邱靈虛，尤爲蛇足。」高閬仙謂：「此書乃反案文字，所記如孫悟空、朱八戒等，均失其法器，歸于無用。」顧實以爲敍三藏師徒在西土得經而還，又遇許多艱險。前書既云諸人已得道，而仍遇往時同樣之苦辛，殊爲蛇足；且文辭亦欠暢達，不能稱佳作。後西遊記四十回，中敍花果山復產生一石猴，自稱小聖；護唐僧大顚往西天求眞解，中途又收了猪八戒之子一戒及沙僧之徒沙彌，途遇種種妖魔，把他們一一蕩平之，毫不復蹈前書，一概爲作者創造；而且又加以說明每一妖魔成就的原因，和打破的理由，此着似較勝於前書。這二書均不知作者姓名。後西遊記寫不老婆婆事尤妙有寄托，茲錄其撞死時自己懺悔一段：

話說不老婆婆被小行者推跌了一交，急急扒將起來看時，小行者已提着鐵棒過山去了。欲要趕去，又因被小行者鐵棒攪得情昏意亂，玉火鉗的口散漫，就趕上也夾他不住。欲待任他去了，心下却又割捨不得。因長嘆一聲道：「我不老婆婆既得了此玉火鉗，這孫小行者又家傳了此金箍鐵棒，自知是天生一對，就應該伴着朝夕取樂，方不虛生。奈何彼此異心，各不相顧，他既有了金箍鐵棒，遠上靈山，皈依佛法，却叫我這玉火鉗何處生活？若要別尋枝葉，料無敵手，也終不免熬煎。」因又長歎一聲道：「罷罷！自言有情不如無情，多慾不如無慾，惺惺抱恨，不如漠漠無知，若使孤生不樂，要此長顏何用？不老何爲？莫若將此靈明仍還了天地，到得個乾淨。」因大叫一聲，提起玉火鉗照着山石上摔得粉碎道：「玉火玉火！我不老婆婆爲你累了一生，今日銷除了恨煞！」因又大叫一聲道：「罷罷罷！天地間萬無剎而不復之理，捐我不老婆婆塡還了理數罷！」因照着大剎山崖上一頭觸去，嘟喇一聲響亮，幾乎像共工一般，連天柱都觸倒了。小行者提着鐵棒正往前趕，忽聽得後面響聲震天，急回頭睜開火眼金睛一看，只見不老婆婆撞倒在石崖之下，不知是何緣故？因急急復回來細看，腦漿迸裂，一頭的白髮，爲血直染成紅髮，但見得無氣無聲，魄散雲霄，魂遊地府。正是：

萬片淫心飛白雪，一頭熱血濺桃花。

又有西遊補十六回，插入原書遇牛魔王與大鬧龍宮之間，寫悟空化齋，爲妖所迷，入了夢境，經歷了許多過去未來的事，後爲虛空主人呼醒。作者董說（一六二〇——一六八六），字若雨，烏程人。幼穎悟，自願先誦圓覺經，次乃讀四書及五經。十三入泮，及見中原流寇之亂，遂絕意進取。明亡，于靈岩爲僧，名曰南潛，號月函，其他別字尙甚夥。三十餘年不履城市，惟與漁樵爲伍。著有上堂晚參唱酬語錄及豐草菴雜著十種，詩文集若干卷。西遊補中多寓言，頗多譏彈明季世風，如「殺靑大將軍」「倒置歷日」等語，似在暗罵滿淸。書中寫行者化身爲虞美人，尋秦始皇不見：

忽見一個黑人坐在高閣之上，行者笑道：「古人世界有賊哩，滿面塗了烏煤在此示衆。」走了幾步，又道，「不是逆賊。原來倒是張飛廟。」又想想道：「旣是張飛廟，該帶一頂包巾。……帶了皇帝帽，又是玄色面孔，此人決是大禹玄帝。我便上前見他，討些治妖斬魔秘訣，我也不消尋着秦始皇了。」看看走到面前，只見臺下立一石竿，竿上插一首飛白旗，旗上寫六個紫色字：

「先漢名士項羽」

行者看罷，大笑一場，道：「眞個是『事未來時休去想，想來到底不如心。』」老孫疑來疑去，……誰想一些不是，倒是我綠珠樓上強遙丈夫。」當時又轉一念道：「哎喲，吾老孫專爲尋秦始皇替他借個驅山鐸子，所以鑽入古人世界來，楚伯王在他後頭，如今已見了，他却爲何不見？我有一個道理：巡到臺上見了項羽，把始皇消息問他，倒是個着脚信。」行者卽時跳起細看，只見高閣之下，……坐着一個美人，耳朵邊只聽得叫「虞美人，虞美人。」……行者登時把身子一搖，仍前變做美人模樣，竟上高閣，袖中取出一尺冰羅，不住的掩淚，單單露出半面望着項羽，似怨似怒。項羽大驚，慌忙跪下。行者背轉，項羽又飛趨跪在行者面前，叫「美人，可憐你枕席之人，聊開笑面。」行者也不做聲；項羽無奈，只得陪哭。行者方纔紅着桃花臉兒，指着項羽道：「頑賊！你爲赫赫將軍，不能庇一女子，有何顏面坐此高臺？」項羽只是哭，也不敢答應。行者微露不忍之態，用手扶起道，「常言道：『男兒兩膝有黃金。』你今後不可亂跪！」……

（第六回）

和西遊記有同樣價值的神魔小說，有續證道書東遊記，又名新編掃魅敦倫東遊記，署榮陽清溪道人著，華山九九老人述，凡二十卷一百回。以南印度國不如密多尊者繼達摩老祖發願普渡衆生，闡揚佛教，自南而東，化及有情的故事為主體，故叫做東遊記；而其敘述的詭怪變幻，不下于「證道奇書」西遊記。其中諸魔之最大最頑強的，為陶情（酒）、王陽（色）、艾多（財）及分心魔（氣），一切世間罪惡，皆由此四魔之播弄而成。作者文筆很不壞，辭句活潑而整潔，敘雜亂瑣碎的事而能前後貫串。此書在中國似已失傳，近始有人在國外發現。明代通俗小說之失傳者不知有多少，此書之不見流傳，尤為文壇上一極大損失。

又有四遊記，為四部靈怪小說的彙刻，彼此可以獨立。第一種是上洞八仙傳，亦名八仙出處東遊記傳，凡二卷五十六回，為蘭江吳元泰（約一五六六前后在世）著。敘李玄、鍾離權、呂洞賓、張果、藍采和……等八仙得道之由；又敘到呂洞賓助遼蕭后以與宋楊家將相抵抗，及八仙與四海龍王及天兵交戰，因觀音講和而和好如初諸事。二爲南遊記，亦名五顯靈光大帝華光天王傳，共四卷十八回，余象斗（約一五九六前后在世）編。敘華光之始末，事蹟很變幻，自始至終，都在反抗的鬥爭中，很像吳承恩西遊記的開始數回敘孫行者出身的故事。最后，華光到地獄去尋母親，因幻化爲孫大聖偸仙桃以醫母親的食人癖，致與大聖相鬥，爲大聖女月孛所擊，將死，火炎王光佛出而講和，華光始得逃死，終皈依於佛道。

……却說華光三下酆都，救得母親出來，十分歡悅。那吉芝陀聖母曰：「我兒你救得我出來，道好，我要討蚑蛾喫。」華光問「蚑蛾是甚麼子，我兒媳俱不曉得。」母曰：「蚑蛾不曉得，可去問千里眼順風耳。」華光即問二人。二人曰：「那蚑蛾是人，他又思量喫人。」華光聽罷，對娘曰：「娘，你住酆都受苦，我孩兒用盡計較，救得你出來，如何又想喫人？此事萬不可爲。」母曰：「我要喫！不孝子，你沒有蚑蛾與我喫，是誰要救我出來？」華光無奈，只推曰：「容兩日討與你喫。」……（第十七回華光三下酆都）

三名北遊記，一名北方眞武玄天上帝出身志傳，凡四卷二十四回，亦余象斗所編；敘玉帝忽因貪念，以其三魂之一，下凡爲劉氏子，後歷數刼，掃蕩諸魔，復歸天爲眞武大帝。四爲西遊記，凡四卷四十一回，爲齊雲楊志和（約一五六六前后在世）編，此書爲吳氏西遊記的節本，故內容全與百回本相同。又有唐三藏西遊釋厄傳十卷，朱鼎臣撰。鼎臣（約一五六六前后在世）字冲懷，廣州人，其書亦爲吳作的節本，惟插入自己另作的陳光蕊故事一段。後來汪象旭、張書紳又把這故事插入吳氏百回本中，故今通行本皆已非吳作原來的式樣。

三寶太監下西洋記通俗演義二十卷一百回，係二南里人羅懋登所著，成於萬歷丁酉。書中敍明永樂時，太監鄭和……等，造大舶，下西洋，服外夷三十九國。鄭和眞有其人，雲南人，卽世所稱三寶太監，前後凡七次奉使至西洋（實卽今之南洋，）世俗盛稱其功，故作者取爲題材。全書多敍謊誕怪異之事，似竊取之於西遊與封神，而文詞却支蔓不工。亦多搜里巷傳說，如「五鬼鬧判」、「五鼠鬧東京」……故事，都賴此以傳於後世。懋登（約一五九六前后在世）生平不可考，惟所刊著之作頗多；曾爲琵琶記作音釋，又爲邱濬的投筆記作注，他自己也寫過些劇本，乃是位好事的文人。下面所錄，乃「五鬼鬧判」一段：

……五鬼道：「縱不是受私賣法，却是查理不淸。」閻羅王道：「那一個查理不淸？你說來我聽着。」劈頭就是姜老星說道：「小的是金蓮象國一個總兵官，爲國忘家，臣子之職，怎麽又說道我該送罰惡分司去？以此說來，却不是錯爲國家出力了麽？」崔判官道：「國家苦無大難，怎叫做爲國家出力？」姜老星道：「南人寶船千號，戰將千員，雄兵百萬，勢如纍卵之危，還說是國家苦無大難？」崔判官道：「南人何曾滅人社稷，呑人土地，貪人財貨，怎見得勢如纍卵之危？」姜老星道：「旣是國勢不危，我怎肯殺人無厭？」判官道：「南人之來，不過一紙降書，便自足矣。他何曾威逼於人？都是你們偏然強戰，這不是殺人無厭麽？」咬海干道：「判官大王差矣。我爪哇國五百名魚眼軍一刀兩段，三千名步卒煮做一鍋，這也是我們強戰麽？」判官道：「都是你們自取的。」圓眼帖木兒說道：「我們一個人劈作四架，這也是我們強戰麽？」判官道：「也是你們自取的。」盤龍三太子說道：「我舉刀自刎，豈不是他的威逼麽？」判官道：「也是你們自取的。」百里雁說道：「我們燒做一個柴頭鬼兒，豈不是他的威逼麽？」判官道：「也是你們自取的。」五個鬼一齊吆喝起來，說道：「你說甚麽自取？自古道：『殺人的償命，欠債的還錢，』他枉刀殺了我們，你怎麽替他們曲斷？」判官道：「我這裏執法無私，怎叫做曲斷？」五鬼說道：「既是執法無私，怎麽不斷他塡還我們人命？」判官道：「不該塡還你們！」五鬼說道：「但曰『不該』兩個字，就是私弊。」這五個鬼人多口多，亂吆亂喝，嚷做一䭾，閙做一塊。判官看見他們來得兇，也沒奈何，只得站起來喝聲道：「哇，甚麽人敢在這裏胡說！我有私，我這管筆可是容私的？」五個鬼齊齊的走上前去，照手一搶，把管筆奪將下來，說道：「鐵筆無私。你這蜘蛛鬚兒扎的筆，牙齒縫裏都是私（絲，）敢說得個不容私？」……（第九十回靈曜府五鬼閙判）

明人所作靈怪小說，尚有朱星祚（疑爲江西撫州臨川人，約一五九六前后在世）的二十四尊得道羅漢傳六卷，鄧志謨（字景南，號竹溪散人，疑爲江西饒州安仁人，嘗遊閩爲建陽余氏塾師，約一五九六年前后在世）的許仙鐵樹記二卷十五回，呂仙飛劍記二卷十三回，薩眞人呪棗記二卷十四回，朱名世（約一五七三前后在世）的牛郎織女傳四卷，楊爾曾（字聖魯，號雉衡山人，浙江錢塘人，約一六一二年前后在世）的韓湘子全傳三十回，……等。又有隆慶四年（一五七〇）所刻錢塘漁隱濟顚禪師語錄一卷，署「仁和沈孟柈述」，敍紫脚羅漢投胎爲天台縣李氏子，俗名修元，後至杭州靈隱出家，名道濟。然行爲顚放浪無檢，或出入坊曲，與妓女戲弄，多識王侯貴介，遊戲里巷，奇迹甚多，爲人治病，亦有驗。寺有殿坍壞，他向毛太尉請施錢三千貫，以三日爲期，無何，太后夢金身羅漢示現，果如數佈施。後收小販沈乙爲弟子，亦疾恒化。淸人王夢吉（字長齡，號香嬰居士，杭州人，約一六六一前后在世）的濟公全傳三十六則，天花藏主人的醉菩提全傳（亦名皆大歡喜）二十回，皆爲語錄的擴大。至通行的出至二十集的濟公傳，那是淸末受了義俠小說化后的產物，與前述諸書不相同了。

五　四大奇書（四）

在中國一切的舊小說中，金瓶梅是一部最能表現時代，最含有社會性的傑作。牠中間所敍的人物，雖似上帝創造夏娃似的，從水滸傳所寫武松故事裏臠割出來；但牠不似夏娃之于亞當，牠却另有牠獨立的資格，牠是化附庸爲大國，另外建立了牠的不朽與偉大。通常都把牠當「淫書」看，道學先生見之皺眉，慫恿政府禁止出版；小夥子們却拚命要設法看到牠，這樣，却便宜了書賈們，他們都由此發了大財。然平心而論，這部書對于意志未強的青年們自不宜閱讀；就是除去了那所謂猥褻的描寫，書中好處，在他們未經人世艱險的青年們也不會了解。正同儒林外史一樣，有許多中學生們問我：「牠的好處究在那裏？」這和他們或她們那裏解釋得清楚？因爲他們都還沒有踏進社會呀！

金瓶梅是寫一個惡霸土豪一生怎樣發跡的歷程，代表了中國古今社會一般流氓或土豪階級發跡的歷程。牠是一部偉大的寫實小說，赤裸裸地毫無忌憚地表現中國社會的病態，表現着最荒唐的一個墮落的社會的景象。這個社會至今還存在着，至今常常掙扎在我們的眼前。表面上看來，金瓶梅似在描寫潘金蓮、李瓶兒和那些婦人們的一生，所以稱贊牠好處的人，往往說牠描寫婦人性格怎樣活躍，描寫閨閣瑣事又是那麽唯妙唯肖。而不知却是以西門慶的一生的歷史爲全書的骨幹與脈絡的。

我們先來看看西門慶的出身，然後再略敍一敍全書的內容。原來西門慶「是清河縣一個破落戶財主，就縣門前開着個生藥鋪。從小兒也是個好浮浪子弟使得些好拳棒，又會賭博，雙陸象棋，抹牌道字，無不通曉。近來發跡有錢，專在縣裏管些公事，與人把攬說事過錢，交通官吏。因此滿縣人都怕他。」（第二回）他又和一般幫閒人如應伯爵、謝希大、花子虛……等結爲兄弟。一天，偶見潘金蓮，卽設計與之通奸，酖殺武大，娶金蓮爲妾。後武松來報仇，誤殺他人，西門慶實未死。此后，他越發放肆，家有數妾，倘到處勾引婦女。又謀殺花子虛，娶他的妻李瓶兒爲妾，通婢女春梅，得了幾場橫財。不久李瓶兒生了一子。他先去勾結楊戩；楊戩倒了，他更用金錢勾結上了蔡京。蔡京爲報答他，竟把這「一介鄉民」提拔起來，在那山東提刑所，做個提刑副千戶。蔡京生辰到了，他親自帶了厚厚的二十扛金銀段匹去拜壽，拜京做乾爺。不久，便升了正千戶提刑官，進京陛見，和朝中執政的官僚們勾結着，很說得來。此時，他一帆風順竟到了頂點了。後來瓶兒所生的兒子，爲金蓮設計致驚風死了，瓶兒不久也死。西門慶又於某夜以淫慾過度暴卒。金蓮與壻通奸，爲正室月娘逐出居王婆家，仍爲武松所殺。春梅被賣爲周守備妾。後來金兵南下，月娘帶遺腹子孝哥避亂奔濟南，夢見西門慶一生因果，知孝哥即西門慶托生，因使孝哥出家爲和尚，以贖前愆而修後緣。

金瓶梅的作者不知爲誰。世因沈德符野獲編有「聞此爲嘉靖間大名士手筆」一語，遂定爲王世貞作。張竹坡作第一奇書批評，曾冠以苦孝說；顧公燮的消夏閒記摘抄也詳記世貞作此書以毒害嚴世蕃爲父復仇事。謝頤則云世貞門人所作。宮偉鏐又有薛應旂、趙南星二說。到了最近，有萬曆丁巳（一六一七）欣欣子序文的金瓶梅詞話出現，上述的傳說都已打破。欣欣子的序中說：「蘭陵笑笑生作金瓶梅傳，寄意于時俗，蓋有謂也。」蘭陵爲今山東嶧縣，和書中的使用山東土白一點正相合。但可惜這個偉大作家笑笑生的眞姓大名還是不曉，他的生平更不用說了。吳晗疑心作序的欣欣子或許就是笑笑生，因爲這二個名字相似的緣故。序中曾稱引到丘瓊、周靜軒等；而稱他們爲「前代騷人」，又就其所引歌曲看來，皆可信其爲萬曆間而非嘉靖間所作。但是萬曆丁巳本並不是金瓶梅第一次的刻本，在這個刻本以前，已經有過幾種蘇州或杭州的刻本行世。在刻本以前，幷已有抄本行世。因爲袁宏道的觴政中，他把金瓶梅列爲逸典，在野獲編中又告訴吾們在萬曆三十四年（一六〇六）袁宏道已見過幾卷，麻城劉氏且藏有全本。到萬曆三十七年，袁中道從北京得到一個抄本，沈德符又從他借抄一本。不久，蘇州就有刻本，這刻本才是金瓶梅的第一個本子。至現在的普通流行本，則爲張竹坡的第一奇書本。

……婦人（指播金蓮）道：「怪奴才，可可兒的來，想起一件事來，我要說又忘了。因令春梅，「你取那隻鞋來與他瞧。你認的這鞋是誰的鞋？」西門慶道：「我不知是誰的鞋。」婦人道：「你看他還打張雞兒哩。瞞着我黃貓黑尾，你幹的好繭兒，來旺媳婦子的一隻臭蹄子，寶上珠也一般收藏在藏春塢雪洞兒裏拜帖匣子內，攪着些字紙和香兒，一處放着。甚麼罕稀物件，也不當家化化的，怪不的那賊淫婦死了墮阿鼻地獄。」又指着秋菊罵道：「這奴才當我的鞋，又翻出來，教我打了幾下。」分付春梅：

「趁早與我掠出去。」春梅把鞋掠在地下，看着秋菊說道，「賞與你穿了罷。」那秋菊拾着鞋兒說道：「娘這個鞋，只好盛我一個脚指頭兒罷。」那婦人罵道：「賊奴才，還叫甚麼囗娘哩。他是你家主子前世的娘！不然，怎的把他的鞋這等收藏的嬌貴？到明日好傳代。沒廉恥的貨！」秋菊拿着鞋就往外走，被婦人又叫回來，分付「取刀來，等我把淫婦鞋作幾截子，掠到茅廁裏去，叫賊淫婦陰山背後永世不得超生。」因向西門慶道：「你看着越心疼，我越發偏砍個樣兒你瞧。」西門慶笑道「怪奴才，丟開手罷了，我那裏有這個心。」……（第二十八回）

……掌燈時分，蔡御史便說：「深擾一日，酒告止了罷。」因起身出席。左右便欲掌燈，西門慶道：「且休掌燭。請老先生後邊更衣。」于是……讓至翡翠軒，……關上角門，只見兩個唱的盛妝打扮，立於階下，向前插燭也似磕了四個頭。……蔡御史看見，欲進不能，欲退不捨，便說道：「四泉，你何如這等厚愛？恐使不得。」西門慶笑道：「與昔日東山之遊，又何異乎？」蔡御史道，「恐我不如安石之才，而君有王右軍之高致矣。」

……因進入軒內，見文物依然，因索紙筆，就欲留題相贈。西門慶即令書童將端溪硯研的墨濃濃的，拂下錦箋。這蔡御史終是狀元之才，拈筆在手，文不加點，字走龍蛇，燈下一揮而就，作詩一首。……（第四十九回）

相傳作者又曾作續編，名玉嬌李，今已不傳。今所傳之續金瓶梅，凡六十四回，敍金瓶梅中諸人各復投身入世，以了前世之因果報應。文筆較前書爲瑣屑，却亦頗放恣，而仍雜以猥褻之描寫，故後來亦列爲禁書。作者爲丁耀亢（約一六〇七——約一六七八），字西生，號野鶴，山東諸城人。明諸生，淸初入京，充鑲白旗教習，後爲容城教諭。所著尙有詩集十餘卷，天史十卷，傳奇四種。又有隔簾花影四十八回，一名三世報，乃改易續金瓶梅中人名及回目，並删去絮說因果之語而成，書尙未完；但續金瓶梅中之猥褻語却未被削除，故亦爲禁書。

……這裏大覺寺興隆佛事不題。後因天壇道官並闔學生員爭這塊地，上司斷決不開，各在兀朮太子營裏上了一本，說道：「這李師師府地寬大，僧妓雜居，單給尼姑蓋寺，恐久生事端，宜作公所。其後半花園，應分割一半，作三教堂，爲儒釋道三教講堂。」

王爺准了，纔息了三處爭訟。那道官見自己不獨得，又是三分四裂的，不來照管。這閑封府秀才吳蹈里、卜守分兩個無恥生員，借此爲名，也就貼了公帖，每人三錢，倒斂了三四百兩分貲。不日蓋起三間大殿。原是釋迦佛居中，老子居左，孔子居右，只因不肯倒了自家門面，便把孔夫子居中，佛老分爲左右，以見貶黜異端外道的意思。把那園中臺榭池塘，和那兩間粧閣，當日銀瓶做過臥房的，改作書房。……這些風流秀士，有趣文人，和那浮浪子弟們，也不講禪，也不講道，每日在三教堂飲酒賦詩，到講了個色字，好不快活。所在題曰三空書院，無非說三教俱空之意。……（第三十七回上三教堂靑樓成淨土）

金瓶梅寫一個家庭的由衰而盛、而復衰，中間雜以無數的美人，而以悲劇終篇。後來仿作的人，却專寫才子佳人之離合悲歡，而都以團圓爲終局；且才子無一非狀元，佳人無一非淑女，千篇一律，讀之生厭。今人郭昌鶴以爲才子佳人小說的故事結構與思想，不外與下列之敍述類似：

某公子年少才美，七步成詩，以擇配過苛，二十未娶。某日出遊，忽于某園百花深處遇一女郎，驚爲天人。與之語，嬌羞不能自仰，惟脈脈含情；以詩挑之，不拒，遂訂白首。女郎蓋某顯宦女，年方二八，秀麗穎慧，并擅詩詞，以宇內才難，猶深閨待字，見生風流雋逸，方自慶得人——會某奸臣聞女豔名，百計求爲子婦，搆陷多端；有情人因之備經艱苦。後生忽中狀元，奸人伏誅，生乃奉旨與女成婚，生三子，蘭桂騰芳，夫婦壽登九十，無疾而逝。

才子佳人小說最盛行于明末清初之際，今確知爲明人作而且刊行在明時的，僅有吳江雪一種。是書凡二十四回，顧石城著，書中男主人爲江潮，女爲吳媛，而又間以俠義可風的撮合山雪婆，描寫瑣細，故時亦逼眞可喜，而且還沒有套上前述的常套。此外僅知牠著作或刊行于明、清之際的，有玉嬌梨二十回，一名雙美奇緣，題荑荻山人或荻岸散人編，敍才子蘇友白與才女白紅玉及盧夢梨的結合故事。平山冷燕二十回，亦題荻岸山人編，敍才子平如衡與燕白頷和才女山黛與冷絳雪的遇合故事。又有平山冷燕二集，本名兩交婚，凡十八回，題步月主人訂，與前書並不相接，惟終構頗相似，敘甘頤、甘夢兄妹二人，及辛發、辛古釵兄妹二人，彼此互訂爲婚姻，中間也經歷了不少艱苦。飛花詠十六回，一名玉雙魚，不知作者，敘昌谷與女子端容姑情好事，二人輾轉流離，各易姓二次，而後歸宗團圓。金雲翹傳四卷二十回，一名雙奇夢，題靑心才人編，敘翠翹與所眷書生金重復合事。麟兒報四卷十六回，不知作者，所敘亦不詳。玉支璣小傳四卷二十回，題烟水山人編，敘才子長孫無忝與佳人管彤秀之婚姻事，文字簡潔，描寫世情亦眞切。賽紅絲十六回，不知作者，主人翁爲才子宋古玉與佳人裴芝之二人之結合，起因於詠紅絲一詩，而中間播弄之人，却爲一教讀先生，爲才子佳人小說中別開一生面之作。幻中眞四卷十回，一本作十二回，題烟霞散人編，寫吉夢龍一家分散，而以祖孫父子會面、夫婦團圓作結。畫圖緣四卷十六回，不知作者，敘秀才花棟遊天台，遇老人授以畫圖，藉以得與柳藍玉成婚事，中又插敘藍玉弟路與趙紅瑞的結合經過。定情人十六回，作者不知，所敘亦不詳。人間樂四卷十八回，題天花藏主人著，所敘亦不詳。上列十二種，皆有天花藏主人序，主人不知何人，觀玉嬌梨序，似卽爲玉嬌梨的作者。其中烟水散人則爲徐震。震字秋濤，浙江嘉興人，所作尚有合浦珠十六回，敍蘇州錢蘭與范太守女珠娘及妓女趙素馨、白瑞枝婚姻故事。賽花鈴十六回，敍蘇州紅文畹與方素雲等三女團圓事。其他尚有好逑傳四卷十八回，一名俠義風月傳，題名教中人編，敍鐵中玉與水冰心二人不惟有才，且還有智有勇，能以計自脫于奸人，而終得團圓事。醒風流奇傳凡二十回，題鶴市散人編，敍梅幹與馮閶英的結合；二人因受奸人誣毀，故結婚后仍不同居，直待「欽賜團圓」，再度花燭，全書方告終，則又似風月傳。鳳簫媒四卷十六回，亦題鶴市散人編，內容不詳。鐵花仙史二十六回，題雲封山人編，於才子佳人故事中又插入仙妖怪異之事，文墨亦平常。玉樓春四卷二十回，一本作十二回，題白雲道人編，敍邵十州和佳人黃玉娘與霍春暉的結合，結構頗似幻中眞，疑爲即幻中眞之改作。飛花豔想十八回，題樵雲山人編，敍才子柳友梅與佳人梅如玉、雪瑞雲結合事。快心編三集共三十二回，題天花才子編，敍凌駕山與李麗娟婚姻事。蝴蝶媒四卷十六回，題南岳道人編，敍蔣巖與華柔玉、袁秋蟾的結合故事。五鳳吟四卷二十回，題嗤嗤道人編，敍才子祝瓊與二女三婢相戀，始離終合的事。引鳳簫四卷十六回，題半雲友輯，敍宋時白引與金鳳娘結合故事。此外有春柳鶯四卷十回，題鶡冠史者編；鳳凰池十六回，題煙霞散人編；終須夢四卷十八回，題彌堅堂主人編；幻中遊十八回，題步月齋主人編；宮花報回數及作者均不詳：以上諸書，皆不知其內容。

在金瓶梅出世的同時，有戲曲家呂天成（約一五七三——一六一九間在世）一名文，字勤之，號鬱藍生，餘姚人，亦喜寫穢褻小說。今傳有繡榻野史上下二卷，又有閒情別傳，已佚。此外有浪史四十回，題風月軒入玄子著；僧尼孽海，托名唐寅撰；癡婆子傳上下二卷，題芙蓉主人輯；如意君傳，不知何人作。明末清初之際，猶有李漁（生平詳后）著肉蒲團六卷二十回，一名覺後禪，又名循環報，他名尙多；徐震著燈月緣十二回及桃花影十二回，桃花影一名牡丹奇緣；嗤嗤道人著催曉夢四卷二十回，今皆存。其他不知出世年代的尙多，不勝錄。然明末社會淫逸之風之盛，由此可見其一斑了。

六　通俗短篇小說五大寶庫

到了明末，編刻通俗短篇小說集之風大盛，大約是受了當時編刻唐宋人傳奇雜俎叢的影響。此類短篇小說，或取宋元人所作的話本或爲當時人所編造；其材料或取之於古籍，或爲里巷傳說，或爲當時實事。牠的內容，小說、說鐵騎兒都有短短的一篇，頭尾俱全，擴大之，每種都可成爲極好的長篇小說。所以照嚴格的現代的短篇小說的定義說起來，牠們只可算是許多長篇小說的節本或提要，不能算爲眞正的短篇小說。

明人編刻的通俗短篇小說（即話本）淸人僅知有今古奇觀，而今人也僅知有三言、兩拍。不知在三言、兩拍之前，明代已有許多單行的話本傳至今者，有嘉靖時淸平山堂所刻話本殘存的十五種，萬歷刻本四種，皆見錄於明人晁瑮的寶文堂書目。書目又錄其他話本八十四種，其中除二十種已爲後來各叢集所收外，餘六十四種今皆不傳。淸平山堂所刻十五種中，確知爲明人作的僅有柳耆卿詩酒翫江樓，風月相思，張子房慕追記，陰隲積善四篇，餘皆宋元人作。萬歷本四種，蘇長公章台柳傳爲宋元人作，馮伯玉風月相思見淸平山堂所刻，餘二種——孔淑芳雙魚扇墜傳可確定爲明人所作，張生彩鸞燈傳風格甚古，作書時代頗難定。

現在要講到三言了，三言是喻世明言、警世通言及醒世恆言的總稱。現存的京本通俗小說全部八種及清平山堂等所刻單本話本的一部分皆被編入。編者馮夢龍（？——一六四六）字猶龍，一字子猶，長洲人。崇禎時，官壽寧縣知縣，明亡殉難。所居曰墨憨齋，嘗删訂明人傳奇若干種，且更易名目，總名曰墨憨齋定本傳奇。又著有七樂齋稿，編有智囊補、譚概……等。他除增補平妖傳外；他人託名的有海烈婦百煉眞傳十二回，敍康熙初年徐州海烈婦事；編有古今列女傳演義六卷，凡一百十則，除採列女傳外，明代名婦故事及海烈婦事都被採入上列三書，都是平話體。他又曾勸沈德符以金瓶梅錄付書坊刻板發行，卒未如願。

喻世明言凡二十四篇，她的前身實爲古今小說。古今小說凡四十篇，和警世通言、醒世恆言無一篇重複，且篇數同樣爲四十。喻世明言則取古今小說的二十一篇，警世通言的一篇，醒世恆言的二篇編成，實不能獨立爲一書。又有覺世雅言，有綠天館主人序，說隴西茂苑野史家藏小說甚富，有意矯正風化，故授之賈人；則似完全翻印舊本，惜不知茂苑野史爲誰。

全書共八篇，其中一、五、七、八四篇，醒世恆言中亦有之；二、四兩篇，喻世明言亦有之；第三篇則爲初刻拍案驚奇所有，第六篇不詳所本。此書或即古今小說的前身，或係坊賈雜集他書而成，現在還沒有人考定。

三言中除前述宋元人所作外，所收明人話本確有不少。在古今小說中，比較顯明的有：卷一蔣興哥重會珍珠衫，文中有明代地名湖廣；卷二陳御史巧勘金釵鈿，所述官制皆爲明制；卷十滕大尹鬼斷家私，有「話說國朝永樂年間」字樣；卷十二衆名姬春風吊柳七，敍柳耆卿與妓女謝玉英事，其故事與清平山堂所刻翫江樓記不同；卷十三張道陵七試趙昇，以唐寅一詩起。卷十四陳希夷四辭朝命，其風格絕類明末人的擬話本；卷十六范巨卿雞黍死生交，風格亦爲明末人的擬話本；卷十八楊八老越國奇逢，敍元代事，但形容倭患甚詳；卷二十二木綿菴鄭虎臣報寃，觀其引張志遠詩及議論，當作于明代；卷二十七金玉奴棒打薄情郎，中引鄭元和唱蓮花落事；卷三十一鬧陰司司馬貌斷獄，所敍較元刊三國志平話爲詳；卷三十二遊酆都胡母迪吟詩，當作在雜劇東窗事犯之后；卷三十七梁武帝累修歸極樂，其風格似明人；卷四十沈小霞相會出師表，其主人翁卽爲明人。尙有卷五窮馬周遭際賣䭔媼，卷六葛令公生遺弄珠兒，卷七羊角哀捨命全交，卷八吳保安棄家贖友，卷九裴晉公義還原配，卷十一趙伯昇茶肆遇仁宗，卷十七單符郎全州佳偶，卷二十臨安里錢婆留發跡，卷二十三張舜美元宵得麗女，卷二十五晏平仲二桃殺三士，卷二十八李秀卿義結黃貞女，卷二十九月明和尙度柳翠，卷三十明悟禪師趕五戒，卷三十四李公子救蛇獲稱心等十四篇，其時代雖不可考知，但不是宋人所作，却大略可以確定；或元或明，不可臆測。惟其中大部分，若斷爲明作似較爲近理；像卷七羊角哀，卷八吳保安，卷九裴晉公等，都是具有很濃厚的近代的擬作的氣息的。

警世通言中的明人作品，有卷十一蘇知縣羅衫再合，卷十七鈍秀才一朝交泰，卷十八老門生三世報恩，卷二十二宋小官團圓破氈笠，卷二十四玉堂春落難逢夫，卷二十六唐解元一笑姻緣，卷三十二杜十娘怒沉百寶箱，卷三十四王嬌鸞百年長恨，卷三十五況太守斷死孩兒，以上皆敍明世事；卷二十一趙太祖千里送京娘，文中有「因遭胡元之亂」語；卷三十一趙春兒重旺曹家莊，官制地名皆屬明代。此外除去宋元所作，所餘十三篇，亦大都爲明代作品，如卷五呂大郎還金完骨肉文中用「江南」一地名；卷六俞仲舉題詩遇上皇，引風月瑞仙亭作入話；卷二十五桂員外途窮懺悔，開端有「話說元朝大順年間」語，似爲明人口氣；卷二十八白娘子永鎮雷峯塔，較宋話本西湖三塔加詳；卷四十旌陽宮鐵樹鎮妖，即單行本題「鄧志謨撰」的鐵樹記，文字幾全同：這五篇也灼然可知爲明人之作。餘如卷一俞伯牙摔琴謝知音，卷二莊子休鼓盆成大道，卷三王安石三難蘇學士，卷九李謫仙醉草嚇蠻書，卷十五金令史美婢酬秀童，卷二十三樂小舍拚生覓偶等六篇，就其風格而論，也可知大約皆爲明人所作。惟卷二十九宿香亭張浩遇鶯鶯，除了開頭數語外，全篇皆爲文言，實是一篇傳奇文，其著作時代很難定；但像這類的傳奇文，明代也產生得不少。

醒世恆言最爲後出，故所收以明人之作爲最多。其中如卷十劉小官雌雄兄弟，卷十五赫大卿遺恨鴛鴦縧，卷十六陸五漢硬留合色鞋，卷十八施潤澤灘闕遇文友，卷二十張廷秀逃生救父，卷二十一張淑兒巧智脫楊生，卷二十七李玉英獄中訟冤，卷二十九盧太學詩酒傲公侯，卷三十五徐老僕義憤成家，卷三十六蔡瑞虹忍辱報仇，所敍皆明代事，當然為明人所作。餘如卷三賣油郎獨占花魁，敍及掛枝兒小曲；卷九陳多壽生死夫妻，說起「國朝會槩狀元，應制詩做得甚好」；卷十九白玉娘忍苦成夫，有「淮東地方已盡數屬了胡元」語：這三篇也是明代作品。此外，像卷一兩縣令競義婚孤女，卷二三孝廉讓產立高名，卷五大樹坡義虎送親，卷七錢秀才錯　鳳凰儔，卷十二佛印師四調琴娘，卷二十二呂純陽飛劍斬黃龍，卷二十五獨孤生歸途鬧夢，卷三十李汧公窮邸遇俠客，卷三十二黃秀才徼靈玉馬墜，卷三十七杜子春三入長安，卷三十九汪大尹火燒寶蓮寺，卷四十馬當神風送滕王閣等十二篇，也都一望可知為後來的擬作。惟卷四灌園叟晚逢仙女，卷八喬太守亂點鴛鴦譜，卷十一蘇小妹三難新郎，卷二十六薛錄事魚服證仙，卷二十八吳衙內鄰舟赴約，卷三十四一文錢小隙造奇冤，卷三十八李道人獨步雲門等七篇，時代頗不易斷定。

……却說金玉奴只恨自己門風不好，要掙個出頭，乃勸丈夫刻苦讀書。凡古今書籍，不惜價錢，買來與丈夫看。又不吝供給之費，請人會文會講。又出貲財，教丈夫結交延譽。莫稽繇此才學日進，名譽日起。三十三歲發解，連科及第。這日瓊林宴罷，烏帽宮袍，馬上迎歸，將到丈人家裏。那街坊上人爭先來看。兒童輩都指道：「金團頭家女壻做了官也。」莫稽在馬上聽得此言，又不好攬事，只得忍耐。見了丈人，雖然外面盡禮，卻包着一肚子忿氣。想道：「早知有今日富貴，怕沒王侯貴戚招贅爲壻，卻拜個團頭做岳丈。可不是終身之玷！養兒女出來，還是個團頭的外孫，被人傳作話柄。如今事已如此，妻又賢慧，不犯七出之條，不好深絕得。正是事不三思，終有後悔。」爲此心中怏怏，只是不樂。玉奴幾遍問而不答，正不知甚麼意故。好笑那莫稽只想着今日富貴，卻忘了貧賤的時節，把老婆資助成名一段功勞，化爲冰水。這是他心術不端處。不一日，莫稽謁選，得授無爲軍司戶。丈人治酒送行。此時衆丐戶料也不敢登門吵鬧了。喜得臨安到無爲軍，是一水之地。莫稽領了妻子，登舟赴任。行了數日，到了采石江邊，維舟北岸。其夜月明如晝，莫稽睡不能寐。穿衣而起，坐於船頭玩月。四顧無人，又想起團頭之事，悶悶不悅。忽然動一個惡念，除非此婦身死，另娶一人，方免得終身之羞。心生一計，

（三）

走進船艙，哄玉奴起來看月華。玉奴已睡了，莫稽再三逼他起身。玉奴難逆丈夫之意，只得披衣走至艙門口。舉頭望月。被莫稽出其不意，牽出船頭，推墮江中。悄悄喚起舟人，分付快快開船前去，重重有賞，不可遲慢。舟子不知明白，慌忙撐篙蕩槳，移舟於十里之外。住泊停當，方纔說：「適間奶奶因玩月墮水，撈救不及了。」卻將三兩銀子，賞與舟人爲酒錢，舟人會意，誰敢開口。船中雖跟得有幾個蠢婢子，只道主母眞個墜水，悲泣一場，丟開了手，不在話下。有詩爲證：

只爲團頭號不香，一朝得意棄糟糠。　天緣結髮終難解，惹得人稱薄倖郎。

（古今小說卷二十七金玉奴棒打薄情郎）

……劉奇回至家時，已是黃昏時候。劉方迎着，見他已醉，扶進房中，問道：「兄長何處飲酒，這時方歸？」劉奇答道：「偶在欽兄家小飲，不覺話長坐久。」口中雖說，細細把他詳視。當初無心時，全然不覺是女。此時已是有心辨他眞假，越看越像是個女子。劉奇雖無邪念，心中卻要見個明白，又不好直言，乃道：「今日見賢弟所和燕子詞甚佳，非愚兄所能及。但不知賢弟可能再和一首否？」劉方笑而不答，取過紙筆來，一揮而就，詞云：

營巢燕，聲聲叫，莫使青年空歲月。可憐和氏璧無瑕，何事楚君終不納？

劉奇接來看了，便道：「原來賢弟是個女子。」劉方聞言，羞得滿面通紅，未及答言。劉奇又道：「你我情同骨肉，何必避諱。但不識昔年因甚如此粧束？」劉方道：「妾初因母喪，隨父還鄉，恐途中不便，故為男粧。後因父沒，尚埋淺土，未得與母同葬，妾故不肯改形，欲求一安身之地，以厝先靈。幸得義父，遺此產業，父母骸骨，得以歸土。妾是時意欲說明，因思家事尚微，恐兄獨力難成，故復遲遲。今見兄屢勸妾婚配，故不得不自明耳。」劉奇道：「原來賢弟用此一段苦心，成全大事。況我與你同榻數年，不露一毫圭角，眞乃節孝兼全，女中丈夫，可敬可羨！但弟詞中已有俯就之意，我亦決無他娶之理。萍水相逢，周旋數載。昔為弟兄，今為夫婦。此豈人謀，實由天合。倘蒙一諾，便訂百年。不知賢弟意下如何？」劉方道：「此事妾亦籌之熟矣。三宗墳墓俱在於此。若妾適他人，父母三尺之土，朝夕不便省視。况義父義母看待你我，猶如親生。棄此而去，亦難恝然。兄若不棄陋質，使妾得侍箕帚，共奉三姓香火，妾之願也。但無媒私合，於禮有虧。唯兄裁酌而行，免受傍人談議，則全美矣。」劉奇道：「賢弟高見，卽當處分。」是晚兩人便分房而臥。次早劉奇與欽大郎說了，請他大娘爲媒，與劉方說合。劉方已自換了女裝，劉奇備辦衣物，擇了吉日，先往三家墳墓上，祭告過了，然後花燭成親。大排筵宴，廣請鄰里。那時鬨動了河西務一鎭，無不稱爲異事，贊嘆劉家一門孝義貞烈。劉奇成親之後，夫婦相敬如賓，掙起大大家事，生下五男二女，至今子孫蕃盛，遂爲巨族。人皆稱爲劉方三義村云。……（醒世恆言卷十劉小官雌雄兄弟）

兩拍爲初刻拍案驚奇與二刻拍案驚奇的總稱。編者淩濛初（約一五八四——一六四四，）字玄房（一作元方，）號初成（一作稚成，）亦號卽空觀主人，烏程人。父迪知，喜校刻古書，淩氏書風行天下。濛初壯時，累困場屋，專以刻書著作爲事。崇禎時，官上海縣丞，後擢徐州判，死於流寇之亂。生平著作甚富，除兩拍外，尚有燕筑謳、南音三籟、惑溺供……等十八種，或傳或不傳，今已不易攷。又善作曲，名目亦不甚可攷，僅知其所作至少在五種以上。他編作兩拍的動機，因爲看見馮氏編刻的三言，語多俚近，意存諷勸，有益世道；但宋元舊種，已被搜括殆盡，所以他取古今雜碎之事，可資聽談者，演爲若干篇，彙刻成書。初拍刻於天啓七年，可知爲在凌氏未入宦途時所編。二拍刻于爲上海縣丞的次年，自此以後，遂專心仕途，於文學上沒有什麼貢獻了。

三言和兩拍有絕不相同的一點，就是一祇是翻刻舊籍，一却完全爲創作。初刻拍案驚奇原本凡四十篇，今本都爲三十六篇，或只三十四篇；二刻拍案驚奇原本亦爲四十篇，今本或爲三十九篇或只三十四篇。三十九篇本的第二十三篇，和初刻的第二十三篇不但文字全同，回目亦全同，疑爲後來刻書的人誤入，原本當不如是。又有三刻拍案驚奇三十回，一名幻影，又名型世奇觀，題夢覺道人編；此書雖以三刻相標榜，實與前兩拍無關。

……東山正在顧盼之際，那少年遙叫道：「我們一齊走路這個。」就向東山拱手道：「造次行途，未問高姓大名。」東山答道：「小生姓劉名奇，別號東山，人只叫我是劉東山。」少年道：「久仰先輩大名，如雷貫耳。小人有幸相遇，今先輩欲何往？」東山道：「小生要回本籍交河縣去。」少年道：「恰好恰好。小人家住臨淄，也是舊族子弟，幼年頗會讀書。只因性好弓馬，把書本丟了。三年前帶了些資本，往京貿易，頗得些利息。今欲歸家婚娶，正好與先輩作伴，同路行去，放胆壯些。直到河間府城，然後分路。有幸，有幸！」東山一路看他腰間沉重，言語溫謹，相貌俊逸，身材小巧，諒道不是歹人。且路上有伴，不至寂寞，心上也歡喜道：「當得相陪。」是夜一同下了旅店，同一處飲食，歇宿，如兄若弟，甚是相得。明日，並轡出涿州。少年在馬上問道：「久聞先輩最善捕賊，一生捕得多少？也曾撞著好漢否？」東山正要誇逞自家手段，這一問，搔著癢處，且是他年少可欺，便侈口道：「小弟生平兩隻手，一張弓，拿盡綠林中人，也不記其數，並無一個對手。這些鼠輩何足道哉！而今中年心懶，故棄此道路。倘若前途撞著，便中拿個把兒你看。」少年但微微冷笑道：「原來如此。」就馬上伸手過來說道：「借肩上寶弓一看。」東山在騾上遞將過來。少年左手拿住，右手輕輕一拽就滿，連放連搜，就如一條軟絹帶。東山大驚失色，也借少年的弓過來看看。那少年的弓，約有二十斤重。東山用盡平生之力面紅耳赤。不要說拉滿，只求如初八夜頭的月，再不能勾。東山惶恐無地，吐舌道：「使得好硬弓也。」便向少年道：「老弟神力，何至於此。非某所敢望也。」少年道：「小人之力，何足稱神。先輩弓自太軟耳。」東山贊嘆再三，少年極意謙謹。晚上又同宿了。至明日，又同行。日西時，過雄縣，少年拍一拍馬，那馬騰雲也似前面去了。東山望去不見了少年。他是賊窠中弄老了的，見此行止，如何不慌。私自道：「天教我只番倒了架也，倘有個不良之人，這樣神力，如何敵得，勢無生理。」心上正如十五個吊桶打水，七上八下的。沒奈何，迤迤行去。行得一二鋪，遙望見少年在百步外，正灣弓挾矢，拉個滿月，向東山道：「久聞足下手中無敵，今日請先聽箭風。」言未罷，颼的一聲，東山左右耳根相聞，蕭蕭如小鳥前後飛過，只不傷著東山。又將一箭引扣，正對東山之面，大笑道：「東山曉事人，腰間騾馬錢，快送我罷，休得動手。」東山料是敵他不過，先自慌了手腳。只得跳下鞍來，解了腰間所繫銀袋，雙手捧着，膝行至少年馬前叩頭道：「銀錢送奉，好漢將去，只求饒命。」少年馬上伸手，提了銀包，大喝道：「要性命做甚！快走快走！你老子有事在此，不得同兒子前行了。」撥轉馬頭，向北一道烟的跑了。但見黃塵滾滾，霎時不見了……（初刻拍案驚奇卷三劉東山誇技順城門）

三言兩拍完全出世後十餘年，有抱甕老人嫌其卷帙浩繁，不便普通觀覽，乃選刻四十種，名爲今古奇觀。全書取自古今小說者八篇（內含喻世明言五篇，因此我疑心古今小說在明代已改稱喻世明言，今二十四篇本的喻世明言，當爲後人妄折；否則抱甕老人何以在喻世明言之外，再取古今小說三篇），警世通言十篇，醒世恆言十一篇，初刻拍案驚奇七篇，二刻拍案驚奇三篇；餘一篇不詳所出，或採自足本的兩拍，亦爲事理所當有。此書在清代中葉，曾奉諭删去若干回，故未至完全失傳。坊間又有所謂續今古奇觀者，凡三十篇，即取今古奇觀選餘的初刻拍案驚奇二十九篇編成，又加入今古奇聞一篇。

明人所編刻的通俗短篇集，除前述的三言兩拍外，尚有石點頭十四篇，爲天然癡叟作，馮夢龍曾爲之作序作評。材料也古今都有，文字亦頗生動有情致。坊本改名五續今古奇觀，而脫去了最后二篇。醉醒石十五篇，題東魯古狂生編，所敍皆明代事，只第六篇爲重述唐人事。歡喜冤家一名貪歡報，凡二十四篇，題西湖漁隱主人編，內容有和他書相同處，因所述同爲世俗俚詞，已爲他人所採取者，自難免爲之重述，非剿襲原書者可比。全書幾乎每篇中都有猥褻的描寫，故至今仍嚴令禁止印行。坊刻改名爲三續今古奇觀，已將猥褻語削除，故不遭禁止。鼓掌絕塵四集四十回，題古吳金木散人編，每集十回，集演一故事。鴛鴦針四卷，題華陽散人編，卷演一故事，書賈別刻其一二兩卷爲一枕奇，二卷三四兩卷爲雙劍雪二卷。西湖一集，篇數及編者均不詳。西湖二集三十四篇，周楫（字清原，號濟川子，武林人，約一六一九前后在世）纂，每篇敍一與西湖有關之故事。一片情四卷十四回，作者不詳，每回演一故事。

……王知縣一連數口，便道：「今日團魚爲何異常有味？」那葉訓導自來戒食此品，叫門子送到知縣席上。惟王教授一見供上團魚，忽然不樂，再一眼看覷，又有驚疑之意。及舉筯細細一箇，俯首沉吟，出了神去。兩手拿筯在碗中撥上撥下，看一看，想一想，汪汪兩行珠淚，掉將下來。比適纔猜拳擲色的光景，大不相同。王知縣看了，情知八九，便道：「一人向隅，滿座不樂。王老先生每次悲哭敗興，大殺風景，收了筵席罷。」葉訓導聽見此語，早已起身打躬作謝，王教授也要告謝。王知縣道：「葉老先生先請回衙，王老先生暫留，還有說話。」遂送葉訓導出衙，上轎去後，覆身轉來，屏退左右，兩人接席而坐。王知縣低聲問道：「王老先生適纔不吃團魚，反增淒慘，此是何故？小弟當為老先生解悶。」王教授道：「晚生一向抱此心事，只因汚耳，故不敢告訴於堂翁。晚生原配荊妻喬氏，平生善烹團魚，先把團魚裙子，刮去黑皮，切臠必定方正。今見貴衙中整治此品，與先妻一般，感物觸懷，所以流淚。」王知縣道：「原來尊閫早已去世，小弟久失動問。」王教授道：「何曾是死！却是生離。」王知縣道：「為甚乃至於此。」王教授將臨安就居一段情由，說了一遍。王知縣聽了此話，即令開了私宅門，請王教授進內，便叫喬氏出房相認。喬氏一見了王從事，王從事一見了妻子，彼此並無一言，惟有相抱大哭。連王知縣也悽慘垂淚。直待兩人哭罷，方對王教授道：「我與老先生同在他方做官，就把令正送到貴衙，體面不好。小弟以同官妻為妾，其過大矣，然實陷於不知。今幸未育兒女，甚爲乾淨。小弟如今宦情已淡，卽日告病歸田。待小弟出衙之後，離了府城，老先生將以小船相候。彼此不覺，方爲美算。」王教授道：「然則老先生當年買妾，用多少身價，自當補還。」王知縣道：「開口便俗，莫題，莫題！」說罷，王教授別了王知縣、喬氏自還衙齋。王從古卽日申文上司告病，各衙門俱已批允收拾行裝，離任出城，登舟望北而行，打發護送人役轉去。王教授泊船冷靜去處，將喬氏過載，復爲夫婦，一床錦被遮羞，萬物盡勾一筆。只將臨安刼掠始終，并團魚一夢，從頭至尾，上床時說到天明，還是不了。……（石點頭卷十王孺人離合團魚夢）

……相隔半月，魏推官又來，仍不是前番遠迎光景。魏推官看了，又笑道：「伽藍想仍不靈。」只見這老僧口中趦趄道：「靈是靈的。」魏推官道：「既靈，怎又不報。且我前日央你問得何如？」寂和尚欲言不言。又停了半日，魏推官大笑。「伽藍之說，還是支吾。」寂和尚又沉吟許久，欲言怕激惱推官，不言，只道他平昔都是誑言，眞是出納兩難。纔道個：「不好說。」魏推官道：「我與和尚方外知己，有話但說。」和尚道：「伽藍是這樣說，和尚也不敢信。」把椅移一移，移近魏推官，悄悄道：「伽藍說：老公祖異日該撫全楚，位主冢宰，此地屬其轄下。」魏推官笑道：「怕沒這事。」和尚道：「平日通報，以此之故。」魏推官又道：「今日不報，想我不能撫楚了。」和尚道：「眞難說。」推官又催他。和尚道：「神人說：近日老公祖得了一人六百金，捉生替死，枉斷一人，大符已下，不能撫楚，故此不報。」這幾句嚇得魏推官：

似立華山頂，似立滄海濱。汗透重裘濕，身無欲主神。

……（醉醒石卷十一惟內惟貨兩存私）

話說姚伯華父母雙雙被賊人攧死，那時姚伯華從亂軍中失散了父母，口人推擠，紛紛亂竄。伯華四處尋覓，喊叫，並不見影。心中慌張，不顧性命找尋。當夜在星月之下，遍處徘徊顧望，竟無蹤跡。次日，賊人稍退，伯華心中，走頭沒路，大聲痛哭，竟至血淚流出。果然孝感天地。那時賊鋒未已，誰敢行走。四野茫茫，並無一人可以問得消息。伯華只得望空禱告天地道：「我父母何在？萬乞天地神明指示。」禱告已畢，忽然背後有人則聲道：「爾父母在前面山崖之下，速往尋覓。」伯華回轉看視，並無一人。有詩爲證：

曠野茫茫屬恁人，有誰指示爾雙親？是知孝德通天地，幻出神明感至人。

話說伯華回頭看視，並無一人，急急忙忙走到前面山崖之下，呼叫不見聲應。細細尋覓，但見父母屍骸做一堆兒攧死在地。伯華痛哭。那時盜賊縱橫，一陣未了，又是一陣。伯華料賊人必然又來，若還遇見自己性命亦不能保。急將身上衣服，脫將下來，扯爲兩處，裹了父母屍首，每邊一個，背在肩上。不敢從大路而行，乘夜從小路而走。用盡平生之力，穿林渡嶺，走得數里，却早天色昏暗上來。星月之下，脚高步低，磕磕撞撞，好生難走。一步步捱到江口。那時已是二更天氣，萬籟無聲，江邊靜悄悄的，並無一舟可渡。伯華對天嘆息道：「這時怎得個船兒渡過南岸去便好。若遲到明日，恐賊兵又來，性命難免矣！」嘆息方畢，兩淚交流。只聽得上流頭咿咿呀呀，一個漁父掉一隻船兒下來。伯華暗暗叫聲：「謝天地！」叫那漁父，渡一渡到南岸去。漁父依言將船兒撐到岸邊，伯華背了兩個屍首，跳上了船。漁父一篙子撐開了船，問這姚伯華道：「這是誰人屍首?」伯華哭訴道:「是雙親屍首,被賊人推落崖下而死。無可奈何,恐賊明早又來,性命難保,只得連夜背了,載到祖墳上埋葬。」說罷,號啕痛哭不止。霎時間,到了南岸。伯華袖中取出銀鐲子一隻,付與漁父。漁父大笑道:「我見你是大孝之人,所以特撑船來渡你,難道是要銀鐲之人!你只看這兵火之際,二更天氣,連鬼也沒一個,這船兒從何而來?」說罷,不受其鐲,把篙點開來船,……霎時並不見了這隻船兒。……(西湖二集卷六姚伯子至孝受顯榮)

清初戲曲家李漁亦善作通俗小說。漁(一六一一——一六七六以后)字笠翁,號覺世稗官,亦稱湖上笠翁,或號覺道人,蘭溪人。少好遊歷,晚由南京遷居杭州。世稱李十郎。所著有十二樓,全名爲醒世恆言十二樓,又名爲覺世名言第一種。書中共有故事十二篇,大約都是他的創作;這些故事每一篇都是與「樓」有關係的,故謂之十二樓。全書事跡多奇詭可喜,敍寫亦甚橫恣活潑,語氣多帶滑稽,一如他所作的十種曲。那十二樓?即合影樓,凡三回,奪錦樓,凡一回,三與樓,凡三回,夏宜樓,凡三回,歸正樓,凡四回,萃雅樓,凡三回,拂雲樓,凡六回,十畚樓，凡二回，鶴歸樓，凡四回，奉先樓，凡二回，生我樓，凡四回，聞過樓，凡三回：共十二卷三十八回。又有連城璧全集十二集（別本名無聲戲，內容全同，）外編六卷，亦李漁撰，全集集演一故事，外編卷演一故事。

……這幾間書樓，竟抵了半座寶塔，上下共有三層。每層有匾額一箇，都是自己題名，高人寫就的。最下一層，有雕欄曲檻，竹徑花塢，是他待人接物之所，匾額上有四個字云：「與人爲徒。」中間一層，有淨几明窗，牙籤玉軸，是他讀書臨帖之所，匾額上也有四個字云：「與古爲徒。」最上一層，極是空曠，除名香一爐，黃庭一卷之外，並無長物，是他避俗離囂，絕人屏跡的所在，匾額上有四個字云：「與天爲徒。」既把一座樓臺，分了三樣用處，又合來總題一匾，名曰三與樓。未曾棄產之先，這三種名目，雖取得好，還是虛設之詞，不曾實在受用。只有下面一層，因他好客不過，或有遠人相訪，就下榻於其中，還合着與人爲徒四個字。至於上面兩層，自來不曾走到。如今園亭既去，舍了與古爲徒的去處，就沒有讀書臨帖之所；除了與天爲徒的所在，就沒有避俗離囂的場所。日坐在其中，正合命名之意。方纔曉得舍少務多，反不如棄名就實。俗語四句，果然說得不差：『良田萬頃，日食一升；大廈千間，夜眠七尺。』以前那些物力，都是虛費了的。從此以後，把求多務廣的精神，合來用在一處，就把這座樓閣，分外齊正起來。虞素臣住在其中，不但不知賣園之苦，反覺得贅瘤既去，竟鬆爽了許多。（十二樓第二卷三與樓第一回造園亭未成先賣）

清初人所作，猶有珍珠舶六卷，徐震撰，卷演一故事。照世杯四卷，題酌元亭主人編，卷演一故事，每卷復分細目。十二峯十二回，題心遠主人撰；二刻醒世恒言上函十二回，下函十二回，亦心遠主人編，皆每回演一故事。五色石八卷，題筆鍊閣編，每卷題一故事。八洞天八卷，題五色石主人編，與上書編者爲一人，亦每卷演一故事。稍后有西湖佳話古今遺蹟十六篇，署古吳墨浪子編，每篇敍一與西湖有關之事跡，大都奇幻可喜。西湖拾遺四十八卷四十八篇，陳樹基（字梅溪，錢塘人，約一七八五前后在世）撰。娛目醒心編十六卷三十九回，杜綱撰，每卷演一故事。綱（約一七七五前后在世）號草亭老人，崑山人，又著有南北史演義傳世。

清末，有一部很流行而不很高明的通俗小說集，就是今古奇聞。全書凡二十二篇，據王寅的序說，此書是他由日本帶回翻刻的。然其中也有傳奇體的作品，如末一篇就是。第一、第二、第六、第十八各篇，都選自醒世恆言；第十篇則選自西湖佳話。大約是王寅在日本得到三言的殘本，爲之改編了一過，又補上幾篇；否則日本原有這選本，爲王寅加入了最后一篇，始成現在這本式樣。

第七章　明清通俗小說(二)

一　異族統治下的文學環境

同樣是通俗小說盛行的時代，而明清二代的政治環境却全然相異。明代是流氓和太監勢力蓋罩了武人和士大夫階級勢力的時代。但他們不知文化爲何物，所以對於文學却抱不干涉態度，故明代的戲曲和小說，得以自由的發展。清代是以異族入主中原，他們的得天下，又是乘人之危，因了「做賊心虛」，所以對於漢人常起猜疑。但清世祖對待那幾個開國功臣——漢奸——倘好，不似明太祖的動輒賜死，後來雖然也各受誅滅，可是他們都是自作自受。至於對待文人就不同了。吾們的批評家金聖歎就在那時因了哭廟案而第一批開了刀。接着，借了奏銷案的名義，大批的大批的文人學士都鋃鐺入獄。吾們的大詩人吳梅村也因此案出亡了好久的時候。

清初對於文人的特別注意，原來也有他的「不得不」的苦衷的。清兵入關之后，在黃河流域的戰爭，可稱得「勢如破竹；」但在下江南時，却碰了幾次頂子。這幾次頂子的領袖都是文人，都是爲地方所信仰的文人。於是，憤怒之餘，來一個「揚州十日，」再來一個「嘉定三屠。」文人到底敵不過武力，江南的版圖終竟歸了清朝。但因此却引起了他們的注意。

在一個國家開始建立的時候，除了用兵時儘可「玉石不分」外，無端殺戮，乃是大戒。（只有明太祖沒有讀過書，不明此理，所以殺戮功臣成爲後世譏誚之點。）所以他們不得不借別的題目來對付。而且他們的怕文人羣衆反抗，早已成爲過去。現在所怕的，是他們的舞文弄墨。如果被他們在筆下寫出些有損天朝威嚴的話，倘一經傳世，那便非用武力來所能湔除。於是他們不得不向他們示一下威。走狗們也正在要想獻殷勤，於是，莊氏史案發生了，許多名士都弄得流離顛沛；接着，戴名世案，字貫案，科場出題案，……一個一個產生出來了，文人們你也牽連，我也帶累，弄得心身都無寧日。僥倖而不死，也已如驚弓之鳥，對政府那裏還敢撤一個屁兒！於是，這個政策竟收了功。

但還不放心，又想出了一個大題目。借了這個題目，不但容易銷除一切反清的文字，同時又可以拉攏文人們，使他們不好意思反抗。這就是高宗的編四庫全書。這個道兒果然用得着。該禁止的書，該抽燬的書，目錄一批一批的在開出來，幾乎將自古以來所有的書籍統通檢閱了一下。所保存的那些書中，不但沒有一個反清的文字，就是那種異端邪說也已剷除乾淨。此后，政府對於青年士子，可以毫無顧慮了。至於那些編校的人，這時都給他們做了官，那裏再會發生什麼異動！

在這樣一個時代，像水滸傳那樣寫結夥合隊同政府反抗的書，那里再會產生出來，即使他們對於官僚們有所不滿，也只能寫出些俠義小說；這些俠義們又都跟着一個清官來剷除貪污，再也沒有一個俠客敢對政府表現一些兒反抗。有時也想借重神仙的力量，因爲神仙不想做皇帝，這不會引起皇帝的嫉忌的。於是又寫了幾部神仙濟世的小說。

由明代而清代，通俗小說的創作權，本已由非文人到了文人的手裏，而寫才子佳人書，又是文人們的拿手戲。文人們在專制時代的地位是很高的，他們中間儘有不知柴鹽油米是何物的人，所以他們所寫的小說的題材，除了風花雪月的風雅事外竟別無可取。偶然有幾個想像力豐富一些的人，他們會憑空製造題材，但他們也僅能寫鏡花緣，寫野叟曝言，而寫不出金瓶梅和今古奇觀。在清朝中葉，國家一時承平無事，在位的或有錢的文人們，又大都飽暖思淫，窮奢極華，專事冶遊，所以在才子佳人書外，又增加了許多冶遊的故事。在明人小說中，冶遊的人往往是些富商蕩子，而在清人小說中却儘有的是正經的才子，這又很顯明地呈出了二朝文人對於冶遊這椿事的態度的殊異。

許多自明傳來及清人新著的小說，在這時代也碰着好幾次的禁止刊印傳佈的厄運。第一次是順治九年，「題准瑣語淫詞，通行嚴禁。」以後是康熙四十八年，「議准淫詞小說，及各種祕藥，地方官嚴禁。」五十三年，「九卿議定坊肆小說淫詞，嚴查禁絕，版與書俱銷燬，違者治罪，印者流，賣者徒。」乾隆元年，「覆准淫詞穢說，疊架盈箱，列肆租貸，限文到三日銷毀；官故縱者照禁止邪教不能察緝例，降二級調用。」嘉慶七年，「禁坊肆不經小說，此後不准再行編造。」十五年，「御史伯依保奏禁燈草和尚、如意君傳、濃情快史、株林野史、肉蒲團……等，諭旨不得令吏胥等藉端於坊市紛紛搜查，致有滋擾。」十八年，「又禁止淫詞小說。」（以上見俞正燮癸巳存稿）同治七年，丁日昌任江蘇巡撫，嚴禁坊間瑣語淫詞，毋許刊刻販賣，禁止尤嚴。其札文云：

照得淫詞小說，最易壞人心術，乃近來書賈射利，往往鏤板流傳，揚波扇燄。水滸、西廂等書，幾於家置一編，人懷一篋。原其著述之始，大率少年浮薄，以綺膩爲風流；鄉曲武豪，藉放縱爲任俠；而愚民尠識，遂以犯上作亂之事，視爲尋常。地方官漠不經心，方以盜案奸情，紛歧疊出。殊不知忠孝廉節之事，千百人教之而未見爲功；奸盜詐僞之書，一二人道之而立萌其禍；風俗與人心，相爲表裏。近來兵戈浩刼，未嘗非此等踰閑蕩檢之說，默釀其殃。若不嚴行禁燬，流毒伊於胡底？本部院前在藩司任內，曾通飭所屬，宣講聖諭廣訓；並頒發小學各書，飭令認眞勸解。俾城鄉士民，得以目染耳濡，納身軌物。惟是尊崇正學，尤須力黜邪言，合亟將應禁書目，黏單札飭。札到，該司卽於見在書局，附設銷燬淫詞小說局，略籌經費，俾可永遠經理。並嚴飭府縣，明定限期，諭令各書鋪，將已刷陳本及未印板片，一律赴局呈繳，由局彙齊，分別給價，卽由該局親督銷燬。仍禁書差，毋得向各書肆藉端滋擾。此係爲風俗人心起見，切勿視爲迂闊之談。並由司通飭外府縣，一律嚴禁。本部院將以辦理之認眞與否，辨守令之優劣焉。計開應禁書目：

龍圖公案 品花寶鑑 照陽趣史 玉妃媚史 呼春稗史 春燈謎史 濃情快史 何必西廂 國色天香 繡榻野史 隔簾花影 無稽讕語 幻情佚史 如意君傳 北史演義 夢幻姻緣 株林野史 桃花豔史 檮杌閒評 攝生總要 隋煬艷史 巫山艷史 脂粉春秋 溫柔珠玉 禪眞佚史 禪眞後史 風流野志 燈草和尚 漢宋奇書 笑林廣記 風流艷史 拍案驚奇 宜春香質 女仙外史 妖狐媚史 海底撈針 紅樓重夢 續紅樓夢 紅樓圓夢 後紅樓夢 紅樓後夢 紅樓補夢 增補紅樓 續金瓶梅 唱金瓶梅 前七

國志（非四友傳） 醒世奇書（即空空幻） 今古奇觀（抽禁） 豈有此
理 更豈有此理 摘錦倭袍 綠野仙蹤 雙鳳奇緣 文武香球 摘錦雙珠
鳳 鸞鳳雙簫 龍鳳金釵 花間笑語 小說各種（福建版） 巫山十二峯
金石緣 五美緣 燈月緣 萬惡緣 雅觀緣 巫夢緣 一夕緣 雲雨緣
諭癡符 夢月緣 桃花影 嬌紅傳 紅樓夢 紫金環 牡丹亭 七美圖
梧桐影 循環報（即肉蒲團） 金瓶梅 艷異編 天豹圖 八美圖（即百
美圖） 鴛鴦影 三妙傳 貪歡報（即歡喜寃家） 日月環 天寶圖 杏
花天 桃花艷 怡情陣 兩交歡 同拜月 蜃樓志 石點頭 蒲蘆草 碧
玉環 載花船 癡婆子 一片情 皮布袋 奇團圓 八段錦（非講玄門者）
碧玉獅 鬧花叢 醉春風 同枕眠 弁而釵 清風閘 文武元 鳳點頭
綠牡丹 綿繡衣 尋夢記 雙珠鳳 芙蓉洞（即玉蜻蜓） 一夕話
十二樓 乾坤套 解人頤 子不語 夜航船 二才子 百鳥圖 劉成美

盤龍鐲 繡球緣 萬花樓 玉鴛鴦 九美圖 十美圖 換空箱 一箭緣
雙玉燕 金桂樓 白蛇傳 空空幻 五鳳唫 眞金扇 探河源 雙翦髮
百花台 鍾情傳 四箱緣 錦香亭 玉連環 合歡圖 西廂（即六才子）
浪史 情史 倭袍 反唐 隋唐 蟫史

這個書目裏有紅樓夢，還不覺什麼有二才子、萬花樓、隋唐……，那麼窺他的用意，非禁絕一切的小說不可，也不關什麼淫不淫了。可是在這張書目之後，又來了許多俠義小說和譴責小說，就是書目中所開列的也還在流行，政府究竟沒法可想。只是有幾個奉持三聖經的書業老板，他們自動的把那些小說大加删削，以致牠們都失去了原來的式樣及精神，這却是一樁極不幸的事實。

淸代的俠義小說的起來，除了直接承受水滸傳的衣鉢外，另外還有牠的社會的原因。在康熙末年，爲了幾個皇子爭立之故，彼此畜養劍客，爭技鬥勝，鬧出了不少的故事。后來雍正帝的成功，也靠的是那些劍客。最后，他又喪命在劍客的手裏。所以在淸代小說中，無論傳奇或通俗小說，寫劍客故事的事是很多的。據胡蘊玉雍正外傳所寫：

雍正帝爲康熙第四子，少無賴，好飲酒擊劍，不見悅於康熙，出亡在外。所交多劍客力士，結兄弟十三人，居長者爲某僧，技尤高，驍勇絕倫，能鍊劍爲丸，藏腦海中，用時自口吐出，夭矯如長虹，殺人百里之外，號萬人敵。次者能鍊劍如芥，藏指甲縫。雍正亦習其術。康熙帝疾篤，雍正偕劍客數人返京。先是康熙已草詔，收藏密室。雍正偵知之，設法盜出，詔中云「傳位十四太子」，潛將十字改爲于字，藏諸身邊，入宮問疾。……康熙宣召大臣入宮，久無至者，驀見雍正立前，大怒，取玉念珠投之，有頃，帝崩。雍正出告百官，謂奉詔册立，並舉玉念珠爲證。百官莫辯眞僞，奉之登極。康熙諸子，有知其事者，心皆不服，時出怨言。雍正知羣情洶洶，遂以峻法嚴刑爲治，卽位未幾，親藩誅鋤殆盡。其時各藩皆有黨與，大半俠士之流。雍正恐遭人暗殺也，……心懷疑懼滋甚。思天下劍客，多半爲我黨與，可無慮；惟某僧獨不爲用，亡命山澤，深以爲患，思殺之以除害，而某僧行蹤飄忽，無從弋獲。一日，偵在某所，命結義兄弟三人易服往探，復佈精兵，圍守要隘。僧覩三人至，笑曰：「若等受主命來捕我耶！汝主氣數尙旺，吾不能與爭。雖然，汝主多行不義，屢以私恨殺人。今吾雖死，汝主必不能免，一月後必有爲我復仇者。汝等誌之。」言訖，伏劍而死。三人攜其首覆命，並以其語聞。雍正大懼，防衞益嚴，寢食不寧者數日。月餘，無故暴死於內寢，宮庭祕密，諱爲病歿，實則爲某女俠所刺。相傳女俠卽呂留良孫女，劍術尤冠儕輩云。

這篇文字，自然也是小說家言。然雍正更改詔書，及無疾暴亡二事，乃是當時實事。甚者且言雍正死後失其首，入殮時係用玉琢的首以替代。在民國之初，言論之禁大開，雍正的劍俠故事又盛行一時。可見雍正與劍客的關係，並非全是空穴來風。而社會的注意劍俠，也卽由此開始。所謂劍俠，本爲無賴走江湖之流，但自爲雍正借重，社會遂也不敢輕視。更兼文人又寫入小說，推重之一似水滸傳的強盜。強盜本不可愛，但因寫入水滸傳而令人生愛；劍客本爲無賴，但經文人渲染，他的身份也就擡高起來了。

雍正奪帝位一事，本爲一樁很好的小說題材。但事關當代一國之君，誰敢加以非議？惟文人究竟狡猾，自會用「偷天換日」的手段來抒寫，所以當時卽有紅樓夢爲隱寫此事而作之說。紅樓夢在表面上確爲一部抒寫戀愛及家庭故事很飽滿的小說，但只須稍加觀察，便知確實別具用意。此事卽非國家大事，以淸代文字獄之屢興，人非鐵石，安敢與政府抗？故不得已而必欲抒寫此事，自非將「眞事隱去，」另造「假語村言」不可。紅樓夢所寫的是什麽？至今還是個「謎，」卽以此故。紅樓夢至今猶爲一般文人所寶愛者，亦因此故。

此時代的文人既有種種顧忌，於是除了寫冶遊之外，幾乎沒有一部寫實小說。幽默文學雖由此而興，但也僅敢寫社會各色人物的一部分，而對於政治仍不敢發一議論和批評。此所以儒林外史僅寫士人階級，而官場現形記也僅及於官場。直至光緖欲行新政，舊禁頗多廢馳，而文人亦得用直筆少抒其胸襟。但此時淸代已將臨到他的末日了。

光緖帝本是淸代一個最開明的皇帝，他確實很誠心的欲實行新政以圖富強。他的練海軍，開鐵鑛，築鐵道，設兵工廠，開譯書館，無一非當務之急。可是他手下的人，除了康梁少數人外，無一不是從官場中浴身過來的人，所以仍把牠來看作過往的「奉行過事」一般，不肯脚踏實地的做去。而且官僚們自經數次對外戰爭的失敗，他們對於外人的那種畏縮，也已成爲牢不可破的積習。這種種情形，我們不但可以在官場現形記、文明小史裏讀到，就是其他小說裏也寫着不少。

金瓶梅的時代實現時，明朝不久便亡了國；官場現形記的時代實現時，滿人也失却了他的天下。吾們在小說史看到的許多小說中，只有這二朝的小說家曾經有人貼切地表演過他們各個的時代。像這樣的小說，才當得「偉大」兩字，而爲吾們所需要的啊！

二 醒世姻緣傳紅樓夢及冶遊之作

通俗小說到了清代，牠的作者無形中分成了兩派：一派是文人，他們認識了通俗文學的眞價，用他們細膩的手腕來做小說，所以在修辭和結構方面都來得高明，爲一切社會人士所愛讀；一派仍是平民作家，他們的修辭和結構當然不及文人，但是他們固有的樸質之氣還完全保存着，活潑而天眞，爲平民階級中人所奉爲鴻寶。這二派的作品，文人所作，大都爲人情、理想、諷刺一流；平民作家却喜述義俠、勇武故事。

清代的人情小說，其主旨亦皆在抒寫男女婚姻的結合，但其所寫對象却較明人爲擴大，上至名門貴族，中及才子佳人，下至娼妓優伶，莫不各有作者出其「搏虎」之力從事寫作。其中最偉大的作品，當推蒲松齡的醒世姻緣傳、不知作者的紅樓夢和陳森書的品花寶鑑……等。

醒世姻緣傳在此中是一部最先出的書，同時也是部最奇特的書。一切的婚姻故事，無論牠的主人翁屬於那一個階級，他們戀愛的進程如何殊異，但總不出兩途，一是團圓，一是生離死別，而他們的兩個心却總是一致的。這部書却不然。牠寫的是一對孽緣的夫婦，是一個怕老婆的故事。一條被裏藏着兩個異樣的心，偏偏要分離也分離不得，雖然從前似乎沒有人道過，但這却是普遍常有的事。作者捉到這樣一個好題材，又加上了他那生花妙筆，這個故事就顯得格外動人了。

醒世姻緣傳共一百回，敍山東人晁源射死了一隻仙狐，又把狐皮剝了。他又寵愛他的妾珍哥，把他的妻計氏逼得上吊自殺。後來晁源托生爲狄希陳，死狐托生爲他的妻薛素姐，計氏托生爲他的妾童寄姐。狄希陳受他的妻妾的種種虐待，素姐的殘暴凶悍更是慘無人理。後來幸得高僧胡無翳指出前生的因果，狄希陳念了一萬遍金剛經，才得銷除寃業。作者似是個頗不滿或嫉忌那才子佳人小說中的主人翁對對都是似膠如漆的美滿，故意別出心裁以寫這個悍婦故事的。除此書外，他所著的聊齋誌異中有江城、邵女及馬介甫三篇，寫悍婦之威，亦莫不虎虎有生色，令讀者變色。此書結構頗似江城篇，其所附議論亦同，正因出於一手之故。

蒲松齡（一六三〇——一七一五）字留仙，一字劍臣，號柳泉居士，又號西周生，山東淄川人。讀書於甕山中，老而不達，以諸生授徒於家。康熙五十年始成歲貢生。著作頗多，尤好爲通俗文字，有問天詞、東郭外傳、牆頭記……等鼓詞，及慈悲曲、禳妒咒、富貴神仙……等俗曲。禳妒咒即寫聊齋誌異中的江城故事。作者爲山東人，故所作俗文多用山東土話，而醒世姻緣傳中用之尤多。據胡適考證，那麼書中的故事實有藍本，薛素姐是作者一位同社的詩友王鹿瞻夫人的映像，其言或可相信。

却說狄希陳自從娶了這素姐的雜星進宮，生出個吉凶的先兆，屢試屢應，分毫不爽。若是素姐一兩日喜歡，尋覺不到他身上，他便渾身通暢；若是無故心驚，渾身肉跳，再沒二話，多則一日，少則當時，就是拳頭種火，再沒有不着手的。一日，身上不覺怎麼，止覺膝蓋上肉戰，果不然一錯二悞的把素姐的腳踹了一下，嘴像念豆兒佛的一樣告饒，方才饒了打，罰跪了一宿。恰好這一日身上的肉倒不跳，止那右眼梭梭的跳得有二指高；他心裏害怕，說道：「這隻賊眼這們的跳，沒的是待摳眼不成！」懷着鬼胎害怕。到了黃昏，靈前上過了供，燒過了紙，又同他父親表弟睡了。相大妗子娘娘兩個已早回去了。狄希陳心中暗喜，說道：「阿彌陀佛！僥幸過了一日！怎麼得脫的過，叫這眼跳的不靈也罷。」次早三日，請了和尙念經。各門親戚都陸續到來。狄希陳收着幾尺白素杭紬，要與和尙裁制魂旛，只得自己往房中去取。素姐一見漢子進去，通似餓虎撲食一般，抓到懷裏，口咬牙撕了一頓，幸得身子還甚狠狽，加不得猛力。他那床頭邊有半步寬的個空處，叫狄希陳進到那個所在，門口橫攔了一根綫帶，掛了一幅門簾，罵道：「我只道一世的死在外邊，永世不進房來了！誰知你還也脫離不得這條路！這却是你自己進來，我又不曾使丫頭去請，我又不曾自己叫你，這却是天理報應！我今把你監在裏邊，你只敢出我繩界，我有本事叫你立刻即死！打的有傷痕，你好給你表弟看；這坐監坐牢的，又坐不出傷來！」狄希陳條條貼貼的坐在地上，就如被張天師的符咒禁住了的一般，氣也不敢聲喘。狄員外等他拿不出絹去，自己走到門外催取，直着喉嚨相叫，狄希陳聲也不應。狄員外只得嚷將起來。素姐說：「不消再指望他出去，我送他監裏頭去了。」狄員外隨即抽身回去。……（第六十回）

紅樓夢出世后，即奪去三國志演義之席而居四大奇書之一。牠在清人小說中，其地位恰如金瓶梅之於明人小說，而所寫亦恰皆爲一家一門之事跡。惟金瓶梅所寫，爲市井無賴之家庭，其中人物，部居中下流階級；紅樓夢所寫，爲富豪貴族的大家庭，人物大都豪華奢麗，另成一種景象。二書結構造境，亦有相似處：金瓶梅敍潘金蓮與李瓶兒爭寵，卒至瓶兒失敗身死，中間插入婢女春梅，她在西門慶死后嫁人，備享幸福；紅樓夢敍薛寶釵與林黛玉同愛賈寶玉，以致演成三角戀愛，到底寶釵勝利了，黛玉鬱死，中間插入婢女襲人，她在寶玉出家後嫁人，夫婦很和洽。所不同者，一寫婦人之爭寵，一寫少女之妬情而已。金瓶梅寫西門一家，由盛而衰，至於家破人亡；紅樓夢的主旨亦相同，惟因後四十回爲另一人所作，故預示復興之兆，實非原作者之本意。至於描寫的方法和背景的設置，那麼二書並沒有一處相像，否則紅樓夢成了襲人窠臼之模仿文學，何能盛行到現在而被千萬人所頌贊和推許啊！

紅樓夢原名石頭記，又名金玉緣，作者自云：一名情僧錄，或名風月寶鑑，又名金陵十二釵。作者相傳爲曹霑，（？——一七六四）字雪芹，一字芹圃，漢軍正白旗（一作鑲藍旗，一作鑲黃旗，均誤）人。祖寅父頫俱爲江甯織造。寅曾作楝亭詩鈔，著傳奇二種，並刻書十餘種；好藏書，家藏精本二千餘種。清聖祖五次南巡，曾有四次以寅的織造署爲行宮。故霑幼年乃生長於豪華之環境中。後頫卸任，霑隨父歸北京，時約十歲。後曹氏忽衰落，衰落之因，是否如石頭記中所說，已不可攷。中年時的霑，乃至貧居郊外，啜饘粥。石頭記卽作於此時。乾隆二十九年，殤子，霑傷感成疾，數月而卒，年四十餘。石頭記未完稿，初成八十回，遂有鈔本流傳。後曾續作，但都於死后佚失。

現在流行本百二十回的紅樓夢，其後四十回爲高鶚所作。鶚（約一七九五前后在世）字蘭墅，漢軍鑲黃旗人。乾隆進士，官侍讀。嘉慶時，爲順天鄉試同考官。他補作紅樓夢，當在未成進士之前；乾隆末，程偉元據以印行，今流行本即爲此本。同年，程氏又將初刻本校改修正，再付印行，遠勝於初印本；此本流行不廣，近始由亞東圖書館，加以新標點符號而付之重印。

紅樓夢爲曹霑所作，經胡適作紅樓夢考證而更確定。但自壽鵬飛紅樓夢本事辯證出世，而作者爲曹霑之說遂見動搖。壽氏僅認曹雪芹爲增删紅樓夢之一人，而雪芹亦非曹霑，馬水臣以爲係上海人曹一士。一士（一六七八——一七三六）字諤廷，號濟寰，亦號洟浦生，雍正進士，官兵科給事中，工詩文，有四焉齋集。一士於康熙末未通籍時，入京假館某府者十餘年，所居與海寧陳相國比鄰，與樗散軒叢談所言「康熙間某府西席某孝廉所作」相合。至高鶚續作之說，壽氏亦不承認，僅認其曾爲釐訂修正而已。故紅樓夢的作者究竟爲誰？

至今又成為未決的懸案了。

全書內容的大概是這樣的：主要人物賈寶玉、林黛玉與薛寶釵等同居大觀園中。賈寶玉是個癡情人，善於奉迎女性，即婢女亦蒙其青睞，最恨利祿中人，冒之為「祿蠹。」林黛玉是個多愁多病的女子，無端生感，哭泣終宵，是其常事；一朵花的萎落，一片葉的飄零，都足使她感傷不盡。薛寶釵似乎是一個很賢惠的女子，很熟趨奉，儀態大方，但性格不及黛玉來得爽直。他們形成了三角戀愛，時常發生暗鬥。寶玉自小便和這般姑娘們以及丫頭襲人、紫鵑、晴雯……等厮混。後來年漸長大，父賈政欲為娶婦，方始赴外任作官，因為黛玉羸弱，恐妨後嗣，便決定娶寶釵。姻事由從嫂王熙鳳謀畫，知寶玉屬意黛玉，用了偸樑換柱之計，待結婚晚上，寶玉始知娶的是寶釵。其時已為黛玉所知，咯血成病，就在寶玉成婚那天死了！寶玉憤婚姻之不如志，又痛心於黛玉之亡，懨懨成病。後來他隨了僧道亡去，不知所終。

作者自云「將眞事隱去，」故引起後人種種猜測。有謂書中人皆影當時名伶的（樗散軒叢譚，）有謂記金陵張侯（名勇）家事的（周春紅樓夢隨筆，）有謂記故相明珠家事的（陳康祺燕下鄉脞錄、俞樾小浮梅閒話等，）有謂刺和坤事而作的（譚瀛室筆記，）有謂藏讖緯之說的（寄蝸殘贅，）有謂全影金瓶梅的（闞鐸紅樓夢抉微，）有謂記清世祖與董小宛故事的（王夢阮沈瓶广紅樓夢索隱，）有謂影康熙朝政治狀態的（蔡元培石頭記索隱，）有謂作者曹雪芹自述生平的（胡適紅樓夢考證，）此外猶有以爲演明亡痛史的，演清開國時六王七王家姬爭的，異說紛紜，莫衷一是。此中以胡適之說最佔勢力，而蔡元培之說最爲合理。壽鵬飛更擴充蔡氏之意，以爲紅樓夢包羅順治、康熙兩朝八十年的歷史，林薛之爭寶玉，當指康熙末胤禎諸人奪嫡一事。寶玉乃指玉璽，黛玉爲廢太子胤礽（封代理親王，）而寶釵乃爲世宗胤禎，王鳳熙指相國王熙，賈母指康熙帝，金陵十二釵正冊副冊又副冊諸女子，指康熙三十六子；賈政猶言僞政府，癩僧乃影明太祖，跛道人影崇禎帝，南京甄寶玉影明弘光帝，史湘雲爲作者自喻，北靜王影吳三桂，……引證頗詳，十九似可憑信。

壽氏又謂：「吾意紅樓夢一書，原本既不分章回，必專寫宮闈祕事，或尚信筆直書，近於野史，未必盡合小說體裁。後値文字之獄迭興，慮遭時忌，諱莫如深，於是托之閨闥，故爲顚倒事實，以亂人目。迨禁中索閱，避忌愈甚，改竄愈多，去事實愈遠，遂全爲隱語寓言之作。至雪芹而五次增刪，體裁盡變，章回顯分，惟情文之是取，致本事之愈濶。加以輾轉傳抄，後先異本，故於諸皇子影事，不甚完全眞切，令讀者難於揣測。」因爲不甚完全眞切，故蔡壽二氏之說，易與他人以攻破之隙，且不易致信於人。而近出之各文學史，亦無採用之者。

……一徑來至一個院門前，鳳尾森森，龍吟細細，卻是瀟湘館。寶玉信步走入，只見湘簾垂地，悄無人聲。走至牕前，覺得一縷幽香從碧紗窗中暗暗透出。寶玉便臉貼在紗窗上，往裏看時，耳內忽聽得細細的歎了一聲道：「鎭日家情思睡昏昏。」寶玉聽了，不覺心內癢將起來。再看時，只見黛玉在牀上伸懶腰。寶玉在窗外笑道：「爲什麼『鎭日家情思睡昏昏』的？」一面說，一面掀簾子進來了。黛玉自覺忘情，不覺紅了臉，拿袖子遮了臉，翻身向裏裝睡着了。寶玉纔走上來，要扳他的身子，只見黛玉的奶娘並兩個婆子都跟了進來，說：「妹妹睡覺呢！等醒來，再請罷。」剛說着，黛玉便翻身坐了起來，笑道：「誰睡覺呢？」那兩三個婆子，見黛玉起來，便笑道：「我們只當姑娘睡着了。」說着便叫紫鵑說：「姑娘醒了，進來伺候。」一面說，一面都去了。黛玉坐在牀上，一面擡手整理鬢髮，一面笑向寶玉道：「人家睡覺，你進來做什麽？」寶玉見他星眼微餳，香腮帶赤，不覺神魂早蕩，一歪身坐在椅子上笑道：「你纔說什麽？」黛玉道：「我沒說什麽。」寶玉道：「給你個榧子喫呢，我都聽見了。」二人正說話，只見紫鵑進來，寶玉笑道：「紫鵑，把你們的好茶倒碗我吃。」紫鵑道：「那裏有好的呢！要好的，只好等襲人來。」黛玉道：「別理他，你先給我舀水去罷。」紫鵑道：「他是客，自然先倒了茶來，再舀水去。」說着倒茶去了。寶玉道：「好丫頭！『若與你多情小姐同鴛帳，怎捨得叫你疊被鋪牀！』」林黛玉登時撂下臉來，說道：「二哥哥你說什麽？」寶玉笑道：「我何嘗說什麽。」黛玉便哭道：「如今新興的外面聽了村話來，也說給我聽；看了混帳的書，也拿我取笑兒。我成了替爺們解悶兒的。」一面哭，一面下牀來往外就走。寶玉不知要怎樣，心下慌了，趕忙上來說：「好妹妹！我一時該死，你別告訴去，我再敢這樣說，嘴上就長個疔，爛了舌頭。」正說着，只見襲人走來說道：「快回去穿衣服，老爺叫你呢。」寶玉聽了，不覺打了個焦雷一般。也顧不得別的，疾忙回來穿衣服。……林黛玉聽見賈政叫了寶玉去了，一日不回來，心中替他憂慮。至晚飯時，聞得寶玉來了，心裏要找他問問是怎麽樣了。一步步行來，見寶釵進寶玉的房內去了，自己也隨後走了來。剛剛到了沁芳橋，只見各色水禽盡都在池中浴水，也認不出名色來，但見一個個文彩烱灼，好看異常，因而站住看了一回。再往怡紅院來，門已閉了，黛玉卽便叩門，誰知晴雯和碧痕二人正拌了嘴，沒好氣，忽見寶釵來了，那晴雯正把氣移在寶釵身上，正在院內報怨說：「有事沒事跑了來，坐着，叫我們三更半夜的不得睡覺。」忽聽又有人叫門，晴雯越發動了氣，也並不問是誰，便說道：「都睡下了，明兒再來罷。」林黛玉素知丫頭們的性情，他們彼此頑耍慣了，恐怕院內丫頭沒聽見是他的聲音，只當別的丫頭們了，所以不開門，因而又高聲說道：「是我，還不開門麽？」晴雯偏生沒聽見，便使性子說道：「憑你是誰！二爺吩咐的，一概不許放人進來呢。」林黛玉聽了，不覺氣怔在門外，待要高聲問他，逗起氣來，自己又回思一番，雖說是舅母家如同自己家一樣，到底是客邊。如今父母雙亡，無依無靠，現在他家依棲，如今認眞慪氣，也覺沒趣。一面想，一面又滾下淚來了。正是回去不是，正沒主意，只聽裏面一陣笑語之聲，細聽一聽，竟是寶玉寶釵二人。林黛玉心中越發動了氣，左思右想，忽然想起早起的事來，必竟是寶玉惱我告他的原故，但只我何嘗告你去了，你也不打聽打聽，就惱我到這步田地！你今兒不叫我進來，難道明兒就不見面了！越想越傷感起來，也不顧蒼苔露冷，花徑風寒，獨立牆角邊花陰之下，悲悲切切嗚咽起來。……忽聽院門響處，只見寶釵出來了，寶玉襲人一羣人送了出來，待要上去問着寶玉，又恐當着衆人問羞了寶玉不便，因而閃過一傍，讓寶釵去了，寶玉等進去關了門，方轉過來，尙望着門灑了幾點淚，自覺無味，轉身回來，無精打彩的卸了殘妝。紫鵑雪鴈素日知道林黛玉的情性，無事悶坐，不是愁眉，便是長歎，且好端端的不知爲了什麽常常的便自淚不乾的。先時還有人解勸，誰知後來一年一月的竟常常如此，把這個樣兒看慣了，也都不理論了，所以也沒人去理，由他悶坐，只管睡覺去了。那林黛玉倚着牀欄干，兩手抱着膝，眼睛含着淚，好似

木雕泥塑的一般，直坐到二更多天方纔睡了。……（第二十六——二十七回）

專門爲批評或考證此書的作品，除已見前述外，猶有護花主人之評論及摘誤、明齋主人的總論，太平閒人的石頭記讀法及音釋、大觀園圖說、問答，蝶薌仙史之細評，簣覆山房的紅樓夢偶說，願爲明鏡室主人的讀紅樓夢雜記，王雪香的石頭記評讚，王國維的紅樓夢評論，張其信的紅樓夢偶評，話石主人的紅樓夢本義約編，俞平伯的紅樓夢辨，胡適的攷證紅樓夢的新材料……等，尚有散見於清末名家筆記中的，不能一一盡舉。

紅樓夢的續書有兩種：一爲續八十回本，除高鶚所補四十回本外，有歸鋤子的紅樓夢補四十八回，失名的紅樓幻夢二十四回，實皆自九十七回續起；一爲續一百二十回本，則有托名曹雪芹的後紅樓夢三十回，秦子忱（號雪塢，隴西人，官兗州都司）的續紅樓夢三十卷，王某（號蘭皋主人）的綺樓重夢（原名紅樓續夢，亦名蜃樓情夢）四十八回，失名（署紅香閣小和山樵南陽氏）的紅樓復夢一百回，魏某（號嫏嬛山樵）的補紅樓夢四十八回，增補紅樓夢三十二回，雲槎外史的紅樓夢影二十四回，臨鶴山人的紅樓圓夢三十回，及失名的紅樓後夢、紅樓再夢……等，大抵都在補書中的缺陷，而結以寶黛團圓。紅樓夢的特色，本書以悲劇結全書使讀者綽有餘情。一般續作者不明此意，欲以喜劇作結，遂不免於「畫蛇添足」之誚了。

才子佳人書在清代作者亦多，然無一可稱。今略舉其較流行的，則有錦香亭四卷十六回，題古吳素庵主人編；水石緣六卷三十則，題稽山李春榮芳普氏編；雪月梅十卷五十回，陳朗（字曉山，號鏡湖逸叟）撰；駐春園小史六卷二十四回，題吳航野客編；聽月樓二十回，爲「九種奇情」之一，失名撰；白圭志十六回，崔象川（博陵人）撰；二度梅全傳六卷四十回，題惜陰堂主人編；英雲夢傳十六回，題震澤九容樓主人松雲氏撰；五美緣八十回，失名撰；蘭花夢奇傳六十八回，題吟梅山人撰；林蘭香八卷六十四回，題隨緣下士編；……共不下數十種。又有改作彈詞爲小說的，如龍鳳配再生緣七十四回，完全敍再生緣彈詞中元孟麗君事。又有繡戈袍全傳，托名袁枚作，係敍倭袍傳彈詞事。又有情夢柝二十回，題蕙水安陽酒民著，敍胡楚卿改扮書童，賣身沈府，圖與沈若素小姐結合，終於達到目的；這顯然仿自三笑姻緣彈詞，而只變換了主人翁的名字。……此外還有許多，也不及一一舉出。

這時有許多作家，却避去了用那陳舊的題材，移其手腕，易以寫妓女優人之故事。以題材新穎，亦頗聳動一時。唐人好作冶遊，時在他們所作詩歌和傳奇中流露；宋明文人，與妓人之關係尤深，詞曲中多以院中故事爲題材，而詞曲尤爲青樓中所流行。明人通俗短篇中，已有寫娼妓的故事，如賣油郎獨占花魁女……等；明清人所作筆記，專記娼妓瑣事者尤多，最著者有梅鼎祚的青泥蓮花記，余懷的板橋雜記；其他尙多，如吳門畫舫錄、揚州畫舫錄、秦淮畫舫錄、海陬冶遊錄……等，不下數十種。至於長篇通俗小說之寫冶遊故事，而且以爲全書主幹者，却始見於風月夢與品花寶鑑，風月夢體裁略似諷刺小說，而品花寶鑑則所寫爲伶人。

風月夢三十二回，題邗上蒙人撰。他的自序作於道光二十八年（一八四八），序中有云：「余幼年失恃，長違嚴訓，懶讀詩書，性躭遊蕩。及至成立之時，常戀烟花場中，幾陷迷魂陣裏，三十餘年。所遇之麗色者，醜態者，多情者，薄倖者，指難屈計。蕩費若干白鏹青蚨，博得許多虛情假愛，迴思風月如夢，因而戲撰成書，名曰風月夢。」照此看來，此書乃是作者的現身說法。書中叙揚州人袁猷、陸書、吳珍、魏璧、賈銘……等各戀一妓，而下場各各不同：陸書戀川香，金盡被逐，狼狽返里；吳珍戀桂林，因吸烟被陷入牢；賈銘戀鳳林，背盟另嫁；魏璧戀巧雲，結果被騙而走，獨袁猷所戀雙林，則誓死相從，猷病死，雙林亦服毒以殉，終且受旌入烈婦祠。歷來寫妓寮之作，當以此書最爲近眞。花月痕把妓女人品看得太高，靑樓夢寫妓院如家庭，皆過於理想化。惟後來海上花列傳等作，差可與此相比。此書後經人將書中人名改變，易其背景爲上海，所有地名亦全改，但辭句皆同，名曰名妓爭風，又名海上花魅影，頗盛行。而風月夢原作反少見。

……陸書坐在房裏，月香同他猶如初來生客，連戲話總不說一句；在房裏笑的時辰少，在別人房裏閑頑的時辰多。晚間才睡上牀，月香道：「你把幾塊倒頭洋錢把與老鴇罷，省得說這些窮話。你前日出了門，他同我咭咭呱呱，說我不幫着他同你要洋錢。說多少熬不生煑不熟的話；我不慣聽他那些厭話，你明日做點好事，將洋錢把與他罷！你我相好，省得帶累我受氣。」陸書聽他這些言語，自己知道洋錢亦已用盡，現在那裏有洋錢開發，又不好說得沒有，只好含胡答應。次早起來，洗漱已畢，月香道：「昨日我沒有零錢，未曾叫人買蓮子煨，相應你到教場茶館裏吃點心，回去取了洋錢再來罷。」陸書聽了這話，心中大不受用。離了月香房裏，才下樓，蕭老媽子迎住道：「陸老爺！那事今日拜托你幫個忙，我等着開發人呢！」陸書唯唯答應，出了進玉樓，到了教場方來茶館，只見賈銘、吳珍、袁獻、魏璧四人，總在那裏，彼此招呼入座吃茶。陸書悶懨，不比得時常光景；衆人見他沒精沒神，這般模樣，追問他爲着何事。陸書遂將蕭老媽子如何追逼要銀錢，月香待他如何光景，怎麼樣冷落，他說些甚麼言語，逐細告訴衆人。賈銘道：「賢弟！你今日信了愚兄那日勸你的話了。你若再不相信，你三天不到那裏去，到第四日空手再去，看他那裏是甚麼樣子待你，你就明白了。若說是蕭老媽子、月香現在待你的光景，但凡這些地方，要同客家打帳，總是這些頑頭，才好起結呢。」陸書將信將疑，心中仍是眷戀月香；只因蕭老媽子追逼要錢，現在囊橐蕭條，沒有洋錢，不能到那裏去，行止兩難。……（第二十一回）

品花寶鑑凡六十回，作者爲陳森書。森書（約一八三五前后在世）字少逸，常州人。道光中居北京，嘗出入於伶人之中，因掇拾所見所聞，作爲此書。當時京中士大夫，每以狎伶爲務，使之侑酒歌舞，一如妓女。此風至淸末始熄。在此書中，描寫此種變態的性愛，極爲詳盡。本爲男子之伶人，如杜琴言輩，乃溫柔多情，如好女子；而所謂士大夫之狎伶者，則亦對他們致纏綿之情意，一如對待絕代佳人。在小說中保留這個變態心理的時代者，當以此書爲最重要的一部，也許便是唯一的一部。書中人物，亦大抵爲實有，田春航之爲畢秋帆，侯石翁之爲袁子才，屈道翁之爲張船山，尤爲人所共知。但描寫有極猥褻處，故被列爲禁書。

話說那魏聘才聽說錦春園的華公子，便問道：「我正要問那個華公子。」就將那路上看見的光景車夫口內說的話，述了一徧。富三道：「趕車的知道什麽！這華公子名官，號星北。他的老爺子是世襲一等公，現做鎭西將軍。因祖上功勞很大，他從十八歲上當差，就賞了二品閑散大臣。今年二十一歲，練得好馬步箭；文墨上也很好，腦袋是不用說，就是那些小旦，也趕不上他。只是太愛花錢，其實他倒不驕不傲，人家看着他那樣氣燄排場，便不敢近他。他家財本沒有數兒，那年娶了靖邊侯蘇兵部的姑娘，這粧奩就有百萬。他夫人眞生得天仙似的，這相貌只怕要算天下第一了，而且賢淑無雙，琴棋書畫，件件皆精。還有十個丫頭，叫做十珠婢，名字都有個珠字，都也生得如花如玉，通文識字，會唱會彈。這華公子在府裏，眞是一天樂到晚，這是城裏頭第一個貴公子，第一個闊主兒。我與他關一門的親，是你嫂子的舅太爺。我今年請他喫一頓飯，就花了一千多吊。酒樓戲館，是不去的，到人家來這一羣二三十匹馬，二三十個人，房屋小，就沒處安頓他們。況且他那脾氣，既要好，又要多，喫量雖有限，但請他時，總得要另外想法，多做些新樣的菜出來。須得三四十樣好菜，二三十樣果品，十幾樣好酒。唱動了興，一天不殼，還要到半夜。叫班子唱戲，是不用說了，他還自己帶了班子來。叫幾個陪酒的相公也難，一會兒想着這個，一會兒想着那個，必得把幾個有名的全數兒叫來伺候著。有了相公，也就罷了，還有那些檔子班，八角鼓，變戲法，雞零狗碎的頑意兒，也要叫來預備着，輳他的高興。高興了，便是幾個元寶的賞；有一點錯了，與那腦袋生得可厭的，他却也一樣賞。賞了之後，便要打他幾十鞭，轟了出去。你想，這個標勁兒！他亦不管人的臉上下得來下不來，就是隨他性兒。那一日我原冒失些，我愛聽十不閑，有個小順兒，是十不閑中的狀元了，我想他必定也喜歡他。那個小順兒上了妝，剛走上來，他見了就登時的怒容滿面，冷笑了一聲，他跟班的連忙把這小順兒轟了下去，教我臉上好下不來。看他以後，便話也不說，笑也不笑。纔上了十幾樣菜，他就急於要走，再留不住，只得讓他去了。還算賞我臉，沒有動着鞭子。他這坐一坐，我算起來，上席，中席，下席，各色賞耗，共一千多弔。不但沒有討好他，倒說我俗惡不堪。以後我就再不敢請他的了……（第五回）

其後有花月痕，又名花月姻緣；凡十六卷五十二回，作者爲魏子安。子安（約一八五六前后在世）名秀仁，一字子敦，福建侯官人。早歲負盛名，長遊四方，好狹邪遊。所作詩詞多綺語。後折節學道，鄉里稱爲長者，但不忍棄其少作，乃托名眠鶴主人作花月痕以盡納之。或云，作者作於客居王慶雲撫晉時幕中。其書雖非全寫狹邪，但和妓女特有關涉，隱現全書中，配以名士，亦如佳人才子小說定式。書中寫二對戀人，一成一敗，使讀者於歡笑之時，亦露黯然之色。行文以纏綿爲主，時雜悲涼之筆；結末忽雜妖異之事，致爲人所訾議。書中人物，或以爲均有所隱，但不甚可攷。

話說癡珠和秋痕，由秋華堂大門，沿著汾堤，一路踏月，步到水閣。此時雲淡波平，一輪正午。兩人倚闌遠眺，慢慢談心。秋痕道：「掬水月在手，這五個字就是此間實景，覺得前夜烘騰騰的熱鬧，轉不如這會有趣。」癡珠道：「我所以和你對勁兒，就在這點子上。譬如他們處著這冷淡光景，便有無限惆悵；我和你轉是熱鬧場中百端棖觸，到枯寂時候，自適其適，心境豁然。好像這月一般，在燈市上全是煙塵之氣，在這裏纔見得他晶瑩寶相。」秋痕道：「你眞說得出。就如冬間，我是在家裏挨打挨罵，對著北窗外的梅花，凄涼的景況，儘也難受。然我心上，却乾乾淨淨，沒有一點兒煩惱，儘天弄那一張琴，幾枝筆，却也安樂得狠。我平素愛哭，這一個月就眼淚也稀少了。如今到不好，在你跟前，自然說也有，笑也有；此外見了人到的地方，都覺得心上七上八下的跳動起來，不知不覺生出多少傷感。這不是枯寂到好，熱鬧到不好麼？」凝珠道：「熱鬧原也有熱鬧的好處，只我和你現在不是個熱鬧中人，所以到得熱鬧境中便不覺好。——去年仲秋那一晚，彤雲閣裏實在繁華，實在高興；後來大家散了，你不和我就同倚在這闌干上麼？」秋痕道：「那晚我吹了笛，你還題兩首詩在我的手帕上。忽忽之間，便是隔年，光陰實在飛快。」凝珠嘆道：「如今他們都有結局，只我和你，還是個水中月哩！」秋痕慘然道：「這是我命不好，逢著這難說話的人，其實我兩人的心不變，天地也奈我何！」凝珠道：「咳，你我的心不變，這是個理！時勢變遷，就是天地也做不得主，何況你我？」秋痕勉強笑道：「好好賞月，莫觸起煩惱！」口裏雖這般說，眼波却溶溶的落下淚來。凝珠就也對著水月，說起別話。無奈兩人心中，總覺得悽惻，就自轉來。……（第三十四回）

較后，則有青樓夢六十四回，作者署名爲慕眞山人，其眞姓名乃俞達。達（？——一八八四）字吟香，江蘇長洲人。生平頗作冶遊，後以風疾卒。著有醉紅軒筆話、花閒棒、閒鷗集等。

青樓夢成於光緒四年，書中人物都爲妓女，而不及其他。書中故事大略如下：蘇州人金挹香，工文辭，頗致纏綿於諸妓女。後掇巍科，納五妓，一妻四妾，爲餘杭知府。不久，父母皆在府衙中跨鶴仙去，挹香亦入山修眞，又歸家度其妻妾盡皆成仙。曩所識之三十六伎，原皆爲散花苑主坐下司花的仙女，今亦一一塵緣已滿，重入仙班。這種敍事，仍不脫佳人才子小說之舊套，惟將女主人翁閨閣佳人換做了青樓妓女而已。

……席上分曹射覆，行令飛花，至上燈時候。愛卿見拜林與珠卿十分眷戀，他早猜他的心事，便笑道：「今夕我也要來做個媒了。三位姐姐家我去回覆，你們三人也不要回去，各邀一美剪燭談心，未識可否？」拜林道：「好雖好，但香弟在姐姐這裏，只怕他不肯。」愛卿說：「我去說，不怕他不肯。」拜林道：「如此甚好。」愛卿卽便去尋挹香，恰遇挹香於松陰之下，便道：「你在此做甚？」挹香道：「我在此看這月兒十分圓好，你來做什麼？」愛卿道：「爲此月圓之夕，特來與你做媒。」挹香道：「你圖謝媒，爲何又要做媒？」愛卿道：「並非別事，因見你們林哥哥與着珠卿十分眷戀，是以替你們三人做媒。」挹香道：「使不得，棄舊憐新，我金某決不幹此勾當之事。」愛卿道：「誰來咎你棄舊憐新。」挹香道：「卽姊姊不咎，我總不可。」愛卿道：「今夕任你什麽法兒，我如月老一般，紅絲已繫定你的了。」挹香笑道：「姐姐紅絲本來繫定我的了。」愛卿紅着臉打了一下道：「油嘴。」便扯挹香上樓謂拜林道：「我向他說過了。」拜林色喜。席散漏沉，愛卿命婢張燈，送拜林與珠卿入「醉香亭，」送夢仙與秀娟入「劍閣」中，剩月仙一人，愛卿與挹香道：「你同月妹到『海棠館』去罷。」挹香道：「我不去，我不去，我要到『留香閣。』」愛卿道：「那個說。」扯了挹香不由分說的就走，挹香已有些醉意，一手搭好月仙的肩上，一手挽了愛卿，步履欹斜，往「海棠館」而來。愛卿送了二人入內，回身出外，反叩其門道：「月妹妹明晨會了。」言訖，飄然往「留香閣」而去。……（第二十七回）

海上花列傳凡六十四回，坊本或改稱新海上繁華夢，亦爲寫妓院之小說。作者韓邦慶（一八五六——一八九四）字子雲，別署花也憐儂，松江人。善奕棋，嗜鴉片，旅居上海甚久，爲報館編輯，沈酣於花叢中，閱歷既深，遂著此書。書中故事，大都爲實有，不如其他人情小說之嚮壁處造。其中人物，至今尚可指出其爲某人、某人。此書與他書二種合印爲海上奇書三種，每七日出一冊，每冊中，有此書二回，甚風行，爲上海一切小說雜志的先鋒。全書結構亦爲儒林外史式，亦無一定之主人翁；但敍寫逼眞，能吸引讀者興趣。又全用蘇州語，在方言文學上亦占極重要地位。此書在近二十年的影響極大，至今，這種體裁的小說仍時有出現。

……王阿二一見小村，便攛上去嚷道：「耐好啊！騙我，阿是？耐說轉去兩三個月啘，直到仔故歇坎坎來。阿是兩三個月嗄？只怕有兩三年哉！」小村忙陪笑央告道：「耐覅動氣。我搭耐說。」便湊着王阿二耳朶邊，輕輕的說話。說不到四句，王阿二忽跳起來，沈下臉道：「耐倒乖殺哚。耐想拿件濕布衫撥來別人着仔，耐末脫體哉，阿是？」小村發急道：「勿是呀，耐也等我說完仔了哩。」王阿二便又爬在小村懷裏去聽，也不知咕咕唧唧說些甚麼，只見小村說着，又努嘴，王阿二即回頭把趙樸齋瞟了一眼，接着小村又說了幾句。王阿二道：「耐末那价呢？」小村道：「我是原照舊哓。」王阿二方纔罷了，立起身來，剔亮了燈臺；問樸齋尊姓；又自頭至足，細細打量。樸齋別轉臉去，裝做看單條。只見一個半老娘姨，一手提水銚子，一手托兩盒烟膏，蹭上樓來，……把烟盒放在煙盤裏，點了煙燈，冲了茶碗，仍提銚子下樓自去。王阿二靠在小村身旁燒起烟來，見樸齋獨自坐着，便說：「榻牀浪來躺躺哩。」樸齊巴不得一聲，隨向烟榻下手躺下，看着王阿二燒好一口烟，裝在槍上，授與小村，颼颼颼直吸到底。……至第三口，小村說：「勦喫哉。」王阿二調過槍來，授與樸齋。樸齋吸不慣，不到半口，斗門噎住。……王阿二將簽子打通煙眼，替他把火。樸齋趁勢捏他手腕，王阿二奪過手，把樸齋腿膀儘力摔了一把，摔得樸齋又痠又痛又爽快。樸齋吸完煙，却偸眼去看小村，見小村閉着眼，朦朦朧朧，似睡非睡光景。樸齋低聲叫「小村哥。」連叫兩聲，小村只搖手，不答應。王阿二道：「烟迷呀，隨俚去罷。」樸齋便不叫了。……（第二回）

此外，類於靑樓夢之寫妓女小說，有西泠野樵的繪芳錄八十回，鄒弢的海上塵天影六十章；……等；體裁仿海上花列傳的，有張春帆的九尾龜十二集一百九十二回，孫家振的海上繁華夢三集一百回……等，都寫上海花叢的花花絮絮。但種類既多，並無創格，讀者遂爲之感到嫌厭，故都無足稱述。

這時，才子佳人小說亦很多，但都已受西洋小說的熏染。較爲有創作性的風格高尚的作品，似只有湘影的歸夢，新劇家取以表演之於舞台，曾賺得不少人的眼淚！其餘如陳蝶仙淚珠緣之倣紅樓夢，李涵秋廣陵潮之合儒林外史、紅樓夢於一爐，篇幅很長，文辭亦勝，在此中可算是佼佼者了。

三　野叟曝言與鏡花緣

明代的理想小說如西遊記，全爲文人一時遊戲之作，就是今人所謂「爲藝術而藝術」。清代的理想小說却不然。他們都利用牠來爲庋藏他們博學的工具，將他們一生所得，完全借小說發抒出來。這種文字本來算不得是文學。但因他們大都天才頗高，描寫手腕亦靈轉，使讀者不覺其爲帳簿式的百科全書，而爲有趣味而又很動情的故事；在這點上，他們就亦得在小說史上佔一席地了。

借小說來發抒作者的學問，唐人張鷟的遊仙窟已開其端，惟只限於文辭的修飾，而不在於內容。以作者平生的學問借小說的內容爲庋藏之工具，實始於淸人夏敬渠的野叟曝言。此書在光緒初年始出版，而作書時期却在康熙時。全書凡二十卷，以「奮武揆文天下無雙正士鎔經鑄史人間第一奇書」二十字編卷回數多至一百五十四回，等到印行時，已稍有缺失；今通行本均完全無缺，當爲他人所補。作者夏敬渠（約一七五〇前后在世）字懋修。號二銘，江陰人。英敏積學，通經、史，旁及諸子、百家、禮樂、兵刑、天文、算數之學，無不淹貫。生平足跡，幾遍全國。於野叟曝言外，著有綱目舉正、全史約編、學古編及詩文集等。相傳野叟曝言成時，適值聖祖南巡，乃裝潢備進呈。敬渠有女頗明慧，以書中多狂悖語，帝性猜忌，恐禍且不測。但父性剛愎，知勸諫亦無益，乃與父門人某謀一良策，乘夜裁紙訂成同式書本，將原書私爲易去。到了進呈之日，敬渠啓視，見無一字，乃大哭，以謂奇書遭天忌，故字跡都被吸收去；女復乘間勸慰之，乃悒悒而罷。敬渠老於諸生，生平經濟學問，鬱鬱不得一試，乃盡出所蓄，著爲這一部小說。凡敍事，談經，論史，教孝，勸忠，運籌，決策，藝之兵、詩、醫、算，情之喜、怒、哀、懼，講道學，闢邪說，無所不包。凡古今來之忠孝才學富貴榮華，都萃於主人翁文白（字素臣）之一身。一切小說中紀武力，述神怪，描春態，一切文籍中談道學，論醫理，講歷數，無不包羅於此書中。有的人以爲文白卽作者自況（析「夏」字爲「文白」二字，）他把自己生平所學的，所欲做的，所夢想的，完全寫在野叟曝言中了；所以這部小說，乃成了抒寫作者才情、寄托作者夢想的工具。牠的主人翁處處都是空想的行動，都是不自然的做作。書中因有幾處猥褻的描寫，所以現在仍被列爲禁書之一。

……素臣一覺醒來，却被璇姑纖纖玉指，在背上畫來畫去，又頻頻作圈，不解何意，問其緣故。璇姑驚醒，亦云：「不知，但是一心憶着算法，夢中尙在畫那弧度，就被相公喚醒了。」素臣道：「可謂好學者矣！如此專心，何愁算學不成？」因在璇姑的腹上，周圍畫一個大圈，說道：「這算周天三百六十度。」指着璇姑的香臍道：「這就算是地了。這臍四圍就是地面，這臍心就是地心，在這地的四圍，量至天的四圍，與在這地心量至天的四圍，分寸不是差了麽？所以算法有這地平差一條，就是差着地心至地面的數兒。昨日正與你講到此處，天就晚了。」璇姑笑道：「天地謂之兩大，原來地在天中，不在這一點子，可見妻子比丈夫小著多哩！」素臣笑道：「若是妾媵，還要更小哩！」璇姑道：「這個自然。但古人說：『周天三百六十五度四分度之一，謂之天行。』怎麽相公只說是三百六十度？」素臣道：「三百六十五度四分度之一，雖喚做『天行，』其實不是天之行。天行更速，名宗動天，歷家存而不論，所算者不過經緯而已。這三百六十五度四分度之一，也只是經星行度。因經星最高，其差甚微，故卽設爲天行。古人算天行盈縮，也各不相同，皆有零散；惟邵康節先生，止作三百六十度，其法最妥，今之歷家宗之，所謂整馭零之法也。蓋日月五星行度，各各不同，兼有奇零，若把天行再作奇零，便極難算，故把他來作了整數。地恰在天中，大小雖殊，形體則一，故也把來作了三百六十度，天地皆作整文，然後去推那不整的日月五星，則事半功倍矣。」璇姑恍然大悟。素臣戲道：「如今該謝師了。」璇姑也戲道：「奴身自頂至踵，肌體髮膚，皆屬之相公，無可圖報。只求隨時指點，休似昨日將被單緊裹，把徒弟漫在鼓中就是了。」

兩人謔笑一回，沉沉睡去……（第八回）

㊇鏡花緣凡一百回，以描寫女子爲全書中心，似已受了彈詞的影響。但作者宗旨，却也是在發抒他生平所得的學問。作者李汝珍（約一七六三——一八三〇間在世）字松石，直隸大興人。他於音韻及雜藝，如壬遁、星卜、象緯，以至書法、奕道，都很有研究；著有音鑑，主實用，重今音而敢於變古。生平不甚得志，老於諸生。晚年，努力作小說以自遣，歷十餘年才成功。道光時始有刻本。這部小說就是鏡花緣。書中有一大段論音韻的文字，那是作者最擅長的學問；書中還有許多論學、論藝的文字，和許多詩文及酒令之類，那也是作者所喜的或所欲談的東西。這部小說的歷史背景，是在唐武則天時代：徐敬業討武氏失敗，忠臣子弟四散避難於他方。有唐敖者，與敬業等有舊，亦附其婦弟林之洋商船至海外遨遊。途中經歷了遇見了無數的奇象與奇人。作者在這裏幾乎把全部山海經、神異經都搬入書中了。後敖至一山，食仙草而仙去。敖女閨臣又去尋父，不遇而返，却結識了許多海外才女。値武后開科試才女，諸

才女乃會聚京都，大事宴遊。不久，勤王兵起，諸女伴又從戎於兵間，致力於討武氏之事業。其結果，則諸才女各各不同，大抵其命運都已前定。書中關於女子之論特多，故胡適以爲是一部討論婦女問題的小說，牠對於這個問題的答案，是男女應該受平等的待遇，平等的教育，平等的選舉制度。敍寫很不壞：有很深刻的譏刺，很滑稽的諷笑，甚至有很大胆的創見，如林之洋在女人國歷受種種女子所受之苦楚，爲尤可注意者。

鏡花緣全書凡一百回，書末有云：「欲知鏡中全影，且待後緣，」那麽作者似還乎有續書，但今未見。其書亦似彈詞，頗爲閨閣中人所愛讀。

……多九公道：「此國離海不遠，向來路過，老夫從未至彼。唐兄今旣高興，到要奉陪一走。但老夫自從東口山趕那肉芝，跌了一交，被石塊墊了脚脛，雖已全愈；無如年紀大了，血氣衰敗，每每勞碌，就覺疼痛。近日只顧奉陪暢遊，連日竟覺步履不便。此刻上去，倘道路過遠，竟不能奉陪哩！」唐敖道：「我們且去走走，九公如走得動，同去固妙；九公如走不動，半路回來，未爲不可。」於是約同林之洋，别了徐承志，一齊登岸。走了數里，遠遠望去，並無一些影響。多九公道：「再走一二十里，原可支持，惟恐回來費力，又要疼痛，老夫只好失陪了。」林之洋道：「俺聞九公有跌打妙藥，逢人施送，自己有病，爲甚反不多服幾劑？」多九公道：「只怪彼時少服了兩帖藥，留下病根，今已日久，服藥恐已無用。」林之洋道：「俺今日匆忙上來，未省換衣，身穿這件布衫，又舊又破，剛才三人同行，還不理會，如今九公回去，我同妹夫一路行走，他是儒巾，綢衫，俺是舊帽，破衣，倒像一窮一富，若被勢人看見了，還來睬俺麼？」多九公笑道：「他不睬你，就對他說，『俺也有件綢衫，今日匆忙未曾穿來，』他必另眼相看了。」林之洋道：「他若另眼相看，俺更要擺架子，說大話了。」多九公道：「你說甚麼？」林之洋道：「俺說，俺不獨有件綢衫，俺家中還開過當鋪，還有親戚做過大官。如此一說，只怕還要奉承酒飯款待哩！」說着再同唐敖去了。多九公回船，脚腿甚痛，只得服藥歇息，不知不覺，睡了一刻。及至睡醒，疼痛已止，足疾已自平服，心中大爲暢快。正在前艙同徐承志閒談，只見唐林二人回來，因問道：「這兩面國如何風景，爲何唐兄忽穿林兄衣帽，這是何意？」唐敖道：「俺們別了九公，又走了十餘里，才見人煙。原來看看兩面國是何形狀，誰知他們個個頭戴浩然巾，都把腦後遮住，只露出一個正面，却把那面藏了，因此並未看見兩面。小弟上前問問風俗，彼此一經交談，他們那種和顏悅色，滿面謙恭光景，令人不覺可親可愛，與別處迥不相同。」林子洋道：「俺同妹夫說笑，他也隨口問他兩句，掉轉頭來把俺上下一望，陡然變了樣子；臉上就冷冷的，笑容也收了，謙恭也免了，停了半晌，他才答俺半句。」多九公道：「說話還有一句兩句，怎麼叫做半句？」林之洋道：「他的說話，雖是一句，因他無情無緒，半吞半吐，及至到俺耳中，却是半句。俺因他們個個把俺冷淡，後來走開，俺同妹夫商量，俺們彼此換了衣服，看他可還冷淡？登時俺就穿起綢衫，妹夫穿了布衣，又去尋他閒話，那知他們忽又同俺謙恭，却又把妹夫冷淡起來。」多九公嘆道：「原來所謂兩面，却是如此！」唐敖道：「豈但如此！後來舅兄又同一人說話，小弟暗暗走到此人身後，悄悄的把他浩然巾揭起，不意裏面藏着一張惡臉，鼠眼鷹鼻，滿面橫肉。他見小弟，把掃帚眉一皺，血盆口一張，伸出一條長舌，噴出一股毒氣，霎時陰風慘慘，黑霧漫漫，小弟一見，不覺大叫一聲，『唬殺我也！』再向對面一望，誰知舅兄却跪在地下。……」多九公道：「唐兄唬得喊叫也罷了！林兄忽然跪下，這却爲何？」林之洋道：「俺同這人正在說笑，妹夫猛然揭起浩然巾，識破他的行藏，登時他就露出本相，把好好一張臉，變成青面獠牙，伸出一條長舌，猶如一把鋼刀，忽隱忽現。俺怕他暗地殺人，心中一唬，不由的腿就軟了，望着他磕了幾個頭，這才逃回。九公！你道這事可怪麽？」九公道：「諸如此類，也是世間難免之事，何足爲怪！老夫稍長幾歲，却又經歷不少，揆其所以，大約二位語不擇人，終失於心，以致如此。幸而知覺尙早，未遭其害。此後擇人而語，諸凡留神，可免此患了。」當時唐林二人，換了衣服，四人閒談。因落雨不能開船，到晚，船雖住了，風仍不止。……（第二十五回）

在野叟曝言和鏡花緣出世時代的中間，又產生了一部似靈怪而又似非靈怪的小說綠野仙踪。他是一部寫求仙訪道渡世的理想的書，但牠也寫及官場的勢利，政治的腐惡，情場的虛僞，則又似部寫實的書。後來一切寫訪道濟世的故事書的起來，大概都是受了牠的影響。

綠野仙踪凡一百回，通行本作八十回，李百川撰。百川（約一七六六前后在世）生平無考，僅知他是江南人。書成於乾隆二十九年（一七六四）。敍冷於冰爲嚴嵩奪去其解元，乃看破富貴功名，決心修道，道成雲遊四方，降怪濟弱，收弟子溫如玉、連城壁、金不換、猿不邪等事，而於每個弟子的出身及修仙經過，也都寫得極神奇變幻之致。中間寫溫如玉嫖妓受欺，把伎院裏的情景表現得極眞切，一切假情的妓女，愛鈔的老鴇，勢利的幫閑，個個都寫得生動異常。其末段寫諸弟子各入幻境，則又似本於唐人的杜子春故事，惟經歷不同而已。

……一日，逢六月初四，是如玉壽日，早間，苗禿子和蕭麻子，湊了二錢半銀子，他們也自覺禮薄，不好送與如玉，暗中與鄭三相商：「將這五錢銀子，買了些酒肉，算與你三夥同請，第二日，不怕如玉不還席。」鄭三滿口應允，說道：「溫太爺在我們身上用過情，二位既有此舉動，我將此銀買些酒肉，不殼了，我再添上些，算二位與溫大爺備席。

明日我另辦……」話未說完，鄭婆子從傍問道：「是多少銀子？」蕭麻子道：「共五錢。委曲你們辦辦罷！」鄭婆子道：「那溫大爺不知道是什麼人情世故的人，我拙手鈍脚的，也做不來，不如大家做個不知道，豈不是個兩便？」蕭麻子道：「這生日的話，往常彼此都問過，裝不知道也罷。只是你們冷冷的。」說罷又看苗禿子。苗禿子道：「與他做什麼壽？攤倒罷！」於是兩人將銀子各分開袖起去了。金鐘兒這日絕早的起來，到廚房中打聽，沒有與如玉收拾着席，自己拿出錢來，買了些麵，又着打雜的備了四樣菜，喫早飯；午間又托他備辦一桌酒席；回房裏來，從新粧束，穿一件大紅紗氅兒銀紅紗襯衣，鸚哥綠偏地錦裙兒，與如玉上壽。若是素常，苗禿子看見這樣粧束，就有許多的說話；今日看見，只裝不看見……（第四十四回）

昇仙傳八卷五十六回，題倚雲氏著。敍明嘉靖時濟小塘應試，也爲嚴嵩所逐，亦憤而修道，降妖濟世，收了幾個徒弟。此書已受俠義小說影響，故中間亦插入幾個飛簷走壁的人物。又有評演濟公傳前後集二百四十回，係清初所作皆大歡喜等述濟公神異事迹的擴大，中間寫江洋大盜殺人越貨，俠士鋤奸，一如施公案、彭公案等俠義小說所寫。敍濟公行動，則尤幽默有趣，無論治病賑難，捉大盜收門徒，無不出之以游戲。書亦爲平話體，惟所敍多神異變幻之事，與封神傳借講史以演神怪相同，故不能列入俠義小說一流。是書續作甚多，今已至二十餘集，還沒有完畢。

話說濟公同柴杜二位班頭押解四個賊人船隻，正往前走。這天走到小龍口，濟公忽然靈機一動，就知道水裏來了賊人。和尙說：「我在船上悶的狠，我出個主意，釣公道魚能。」大衆說：「怎麼叫公道魚？」和尙說：「我釣魚也不用網，也不用鈎子；你們給我找一根大繩子，我拴一個活套，往水裏一捺；我一念咒，叫魚自己上套裏去；我要釣一個百十多斤的魚，偺們大家吃，好不好？」大衆說：「好。」就給和尙找了一根大繩；和尙拴了一個來回套，墜上石塊，捺在水內。和尙就說「進去，進去」。大衆都不信服，和尙說：「拿住了，你們幫着往上揪。」衆人往上一揪，果然狠沉重，揪出水來，一瞧不是魚，原來是一個人，頭戴分水魚皮帽，水衣水靠，魚皮岔油綢子連脚褲，黃臉膛，三十多歲。

和尙叫人把他捆上。和尙說：「還有。」又把繩子捺下去，果然工夫不大，又揪上一個來；是白臉膛，也是水師衣靠。……（第一百十五回）

四　由諷刺小說到譴責小說

諷刺小說實起原於戲曲的打諢，宋人遊技已有「說諢經」一門，與「說話」並列，惜無書可見。明末董說的西遊補和劉璋（太原人）的鍾馗捉鬼傳十回，一則已富含譏刺，一則語帶謾罵，都是屬於諷刺的作品。但是用客觀的描寫，能婉而多諷，使讀者憤笑不得的，當首推吳敬梓的儒林外史。

吳敬梓（一七〇一——一七五四）字敏軒，安徽全椒人，幼穎異，詩賦援筆立就。他不善治生，性又豪邁，不數年，揮資財都盡，時或至於絕糧。雍正時，曾一度被舉應博學鴻詞科，不赴。後移居金陵，爲文壇之中心，又集同志建先賢祠於雨花山麓，祀泰伯以下二百三十人，經濟不足，賣去所住的屋來湊成。因此家裏更貧了。晚年，客居揚州，自號文木老人，尤落拓縱酒。

所著尙有詩說七卷，文木山房集五卷，詩七卷，皆不甚傳。

敬梓所有著作的卷帙，都爲奇數，儒林外史凡五十五回，卽其一例。後有人割裂作者文集中的駢語，排列全書人物爲「幽榜」，作爲一回，加在全書之末；又有人補作四回，雜入全書中，所以現在通行本有五十五回及六十回本兩種。作者專在攻擊矯飾的頹風，又痛心於一般士人醉心於制藝而忘記了社會生活，所以書中描寫的都是此種人物。他所根據的都是親聞親見，故能燭幽索隱，凡官僚、儒師、名士、山人，間亦有市井細民，都現身紙上，聲態如生，一一呈露在讀者眼前。他一方面發揮自己的理想社會，但見解仍帶酸氣，處處在維持他的正統的儒家思想，所以不能與社會以重大影響。本書有一特點，就是其他小說描寫人物，往往惡人始終露他的奸猾，善人處處是仁舉義動；本書却打破此種不合理的寫法，儘管有同是這個人，而行爲前后大不相同的。這雖是因作者要寫科舉之毒人，所以一個起先是萬里尋親的孝子，一與文人結交，便酸氣冲天，行爲腐化；但不料在無形中却打破了始終一律的人格描寫的風氣。至於書中人物，大抵爲實在的，如杜少卿卽爲他自己，杜愼卿爲其兄青然，尙志爲程緜莊，虞育德爲吳蒙泉，餘亦皆可指證。

……虞華軒到家第二日，余大先生來說：「節孝入祠，定於出月初三，我們兩家有好幾位叔祖母伯母叔母入祠，我們兩家都該公備祭酌。自家合族人，都送到祠裏去。我兩人出去傳一傳。」虞華軒道：「這個何消說得。寒舍是一位，尊府是兩位，兩家紳衿，共有一百四五十人。我們會齊了，一同到祠門口，都穿了公服，迎接當事，也是大家的氣象。」余大先生道：「我傳我家的去，你傳你家的去。」虞華軒到本家去轉了一轉，惹了一肚子的氣，回來氣得一夜沒睡着。清晨，余大先生走進來，氣的兩隻眼白瞪着，問道：「表弟，你傳的本家怎樣？」虞華軒道：「正是。表兄傳的怎樣？爲何氣的這樣光景？」余大先生道：「再不要說起。我去向寒家這些人說，他不來也罷了，都回我說方家老太太入祠，他們都要去陪祭候送，還要扯了我也去。我說了他們，他們還要笑我說背時的話。你說可要氣死了人！」虞華軒笑道：「寒家亦是如此，我氣了一夜！明日，我備一個祭桌，自送我家叔祖母，不約他們了。」余大先生道：「我也只好如此！」相約定了。到初三那日，虞華軒換了新衣帽，叫小廝挑了祭桌，到他本家八房裏；進了門，只見冷冷清清，一個客也沒有。八房裏堂弟是個窮秀才，頭戴破頭巾，身穿舊襴衫，出來作揖。虞華軒進去拜了叔祖母的神主，奉主升車。他家租了一個破亭子，兩條扁擔，四個鄉里人歪擡着，也沒有執事；亭子前四個吹手，滴滴打打的吹着，擡上街來；虞華軒同他堂弟跟着，一直送到祠門口歇下。遠遠望見也是兩個破亭子，幷無吹手，余大先生、二先生弟兄兩個跟着，擡到祠門口歇下。四個人會着，彼此作了揖，看見祠門前尊經閣上掛着燈，懸着綵子，擺着酒席。那閣蓋的極高大，又在街中間，四面都望見。戲子一擔擔挑箱上去，擡亭子的人道：「方老爺家的戲子來了。」又站了一會，聽得西門三聲銃響，擡亭子的人道：「方府老太太起身了。」須臾，街上鑼響，一片鼓樂之聲，兩把黃傘，八把旗，四隊踹街馬，牌上金字，打着「禮部尚書」「翰林學士」「提督學院」「狀元及第」都是余虞兩家送的。執事過了，腰鑼，馬上吹，提爐，簇擁着老太太的神主亭子，邊旁八個大脚婆娘扶着。方六老爺紗帽圓領跟着亭子。後邊的客，分做兩班：一班是鄉紳，一班是秀才。鄉紳是彭二老爺，彭三老爺，彭五老爺，彭七老爺，餘皆就是余虞兩家的舉人，進士，貢生，監生，共有六七十位，都穿着紗帽圓領，恭恭敬敬跟着走；一班是余虞兩家的秀才，也有六七十位，穿着襴衫，頭巾，慌慌張張，在後邊趕着走。鄉紳末了一個是唐二棒椎，手裏拏一個簿子，在那邊記賬；秀才末了一個是唐三痰，手裏拏個簿子在那裏邊記賬。那余虞兩家到底是詩禮人家，也還有道，走到祠前，看見本家的亭子在那裏，竟有七八位走過來作一個揖，便大家簇擁着方老太太的亭子進祠去了……（第四十七回）

儒林外史的體裁，每描述一人完畢，卽遞入他人，全書都是這樣的蟬聯而成。仿他的體裁而作的小說，直到清末才盛行。和他同樣含諷刺意味的小說，有李伯元的官場現形記、文明小史……等。

清末是官場最黑暗的時代，一般清正的人視官如鬼物，他們的行動覺得處處不入眼。官場現形記是清末官場的大寫眞，處處寫作者所深惡而痛絕的齷齪卑鄙的官場行動，而且寫來如描如繪，使讀了他作品的人沒有一個不見了官僚不禁要掩面而笑罵。他初作時，本擬作十編，每編十二回；不料成了一半，他忽去世。他自言這是部做官的教科書，前半寫官場的卑鄙，是用以警惕後人的，後半方爲敍述正當的做官方法。這樣的中途停止了，只給我們以全幕黑暗的寫照，而未示給以光明之路，似爲文壇上之極大損失。其實不然。這樣，牠才能使我們對於舊官場的意味深玩不盡；否則如才子佳人小說的大團圓，不是要使讀者感起同樣的乏味嗎？

李伯元（一八六七——一九〇六）名寶嘉，號南亭亭長，江蘇武進人。少時擅制藝及詩賦，以第一名入學；後累應舉不第。乃到上海辦指南報，旋中止；又辦游戲報，專作俳諧嘲罵文字；後又辦海上繁華報，專記優伶、娼妓消息，兼載詩、詞、小說，頗盛行一時。所著尚有庚子國變彈詞、海天鴻雪記、李蓮英、繁華夢、活地獄、文明小史等。文明小史凡六十回，寫維新時鄉曲儒紳蠢態，亦令人爲之忍俊不禁。官場現形記係應商人之託而作，分編告成，故隨作隨刊。作者死后，無嗣，伶人孫菊仙爲理其喪，彷彿似宋妓之於柳耆卿，這是菊仙報他在繁華報的揄揚之恩，菊仙也算伶人中知恩必報者了。

且說毛維新在南京候補，一直是在洋務局當差，本要算得洋務中出色能員。當他未曾奉差之前，他自己常常對人說道：「現在吃洋務飯的，有幾個能彀把一部各國通商條約，肚皮裏記得滾瓜爛熟呢？但是，我們於這種時候出來做官，少不得把本省的事情溫習溫習，省得辦起事情來一無依傍。」於是單檢了道光二十二年江寧條約抄了一遍，總共不過四五張書，就此埋頭用起功來，一念念了好幾天，居然可以背誦得出。他就到處向人誇口說，他念熟這個，將來辦交涉是不怕的了。來後……竟有兩位道台在制台前很替他吹噓，說：「毛令不但熟悉洋務，連着各國通商條約都背得出的，實爲牧令中不可多得之員。」制台道：「我辦交涉也辦得多了；洋務人員，在我手裏提拔出來的也不計其數，辦起事情來，一齊都是現查書。不但他們做官的是如此，連着我們老夫子也是如此。所以我氣起來，總朝着他們說：『我老頭子記性差了，是不中用的了；你們年輕人，很應該拿這些要緊的書念兩部在肚子裏，一天念熟一頁，一年便是三百六十頁；化了三年工夫，那裏還有他的對手！』無奈我嘴雖說破，他們總是不肯聽。寧可空了打麻雀，逛窰子；等到有起事情來，仍然要現翻書。說起來眞正氣人！今天你二位所說的毛令，既然肯在這上頭用功很好，就叫他明天來見我。」

原來此時做江南制台的，姓文名明，雖是在旗，却是個酷慕維新的；只是一樣，可惜少年少讀了幾句書，胸中一點學問沒有這遭總算毛維新官運亨通。第二天上去，制台問了幾句話，虧他東扯西扯，居然沒有露出馬脚，就此委了洋務局的差使。這番派他到安徽去提人，稟辭的時候，他便回道：「現在安徽那邊，聽說風氣亦很開通。卑職此番前去，經過的地方，一齊都要留心考察考察。」制台聽了，甚以爲然。等到回來，把公事交代明白，上院稟見。制台問他考察的如何。他說：「現在安徽官場上很曉得維新了。」制台道：「何以見得？」他說：「聽說省城裏開了一爿大菜館，三大憲都在那裏請過客。」制台道：「但是吃吃大菜，也算不得開通。」毛維新面孔一板道：「回大人的話：卑職聽他們安徽官場上談起那邊中丞的意思說：凡百事情，總是上行下效；將來總要做到叫這安徽全省的百姓，無論大家小戶，統通都會吃了大菜纔好。」制台道：「吃頓大菜，你曉得要幾個錢？還要什麼香檳酒，皮酒，去配他。還有些酒的名字，我亦說不上來。貧民小戶，可吃得起嗎？」制台的話說到這裏，齊巧有個初到省的知縣，同毛維新一塊進來的，只因他初到省，不大懂得官場規矩。因見制台只同毛維新說話，不理他，他坐在一旁難過，便插嘴道：「卑職這回出京，路過天津上海，很吃過幾頓大菜。光吃菜，不吃酒，亦可以的。」他這話原是幫毛維新的，制台聽了，心上老大不高興，眼睛往上一楞，說：「我問到你再說。上海洋務局，省裏洋務局，我請洋人吃飯，也請過不止一次了，那回不是好幾千塊錢！你曉得！」回頭又對毛維新說道：「我兄弟雖亦是富貴出身，然而並非紈袴一流，所謂稼穡之艱難，尙還略知一二。」毛維新連忙恭維道：「這正是大帥關心民瘼，纔能想得如此週到。」……（第五十三回）

同時，描寫官場之小說尙多，吳沃堯的二十年目覩之怪現狀與劉鶚的老殘遊記亦屬此類；但非純粹寫官場，亦及其他社會中人，且都以作者爲中心，非似官場現形記的蟬聯而下。後來曾樸的孽海花，則又用儒林外史的方式；其時又有人用此體裁以寫冶遊小說，如張春帆的九尾龜……等都是。

清末，梁啟超印行新小說雜志於日本的橫濱，月出一冊，吳沃堯卽爲投稿者之一。他先後曾投電術奇談、九命奇寃、二十年目覩之怪現狀凡三種。電術奇談一名催眠術，係演述譯本；九命奇寃三十回，爲一棒雪警富新書的改作。警富新書凡四十回，署安和先生撰，係敍雍正時粵東梁天來案事；二書都非創作。二十年目覩之怪現狀共一百八回，全書以自號「九死一生」者爲線索歷記二十年中所遇、所聞天地間驚聽的故事，上至官師，下至紳商，莫不著錄。此書與恨海、劫餘灰……等都是作者的創作。恨海對於舊家庭、舊婚姻制度痛下攻擊，爲極新穎的問題小說。其他作品則都無甚價值。

吳沃堯（一八六七——一九一〇）字繭人，後改趼人，廣東南海人，居佛山鎮，故自稱我佛山人。後至上海，爲日報撰小品文；投稿新小說，亦於此時。後客山東，遊日本，皆不得意。仍回居上海，爲月月小說主筆，著劫餘灰、發財祕訣、上海遊驂錄十回，又爲世界繁華報作糊突世界十二回，爲繡像小說作瞎騙奇聞八回，爲指南報作新石頭記四十回。曾主持廣志小學校，頗盡力。宣統初成近十年之怪現狀二十回，全書未完稿，忽以病死。死時，衣袋中僅賸小銀元二枚。他生時的窘況可想而知了。別有恨海十回、胡寶玉二書，在作者生時已發行；又嘗受商人之托，以三百金爲作還我靈魂記頌其藥，一時頗爲人訾議。又有趼廛筆記、趼人十三種、我佛山人筆記四種、我佛山人滑稽談、我佛山人劄記小說等在坊肆頗盛行，都爲後人綴集作者之短文而成。

……到了晚上，各人都已安歇，我在枕上隱隱聽得一陣喧嚷的聲音出在東院裏。……嚷了一陣，又靜了一陣，靜了一陣，又嚷一陣，雖是聽不出所說的話來，却只覺得耳根不清淨，睡不安穩。……直等到自鳴鐘報了三點之後，方纔朦朧睡去；等到一覺醒來，已是九點多鐘了。連忙起來，穿好衣服，走出客堂，只見吳亮臣李在茲和兩個學徒，一個廚子，兩個打雜，圍在一起竊竊私議。我忙問是甚麼事。……亮臣正要開言，在茲道：「叫王三說罷，省了我們費嘴。」打雜王三便道：「是東院符老爺家的事。昨天晚上半夜裏我起來解手，聽見東院裏有人吵嘴，……就摸到後院裏，……往裏面偷看：原來符老爺和符太太對坐在上面，那一個到我們家裏討飯的老頭兒坐在下面，兩口子正駡那老頭子呢。那老頭子低着頭哭，只不做聲。符太太駡得最出奇，說道：『一個人活到五六十歲，就應該死的了，從來沒見過八十多歲人還活着的。』符老爺道：『活着倒也罷了。無論是粥是飯，有得喫喫點，安分守己也罷了！今天嫌粥了，明天嫌飯了，你可知道要吃的好，喝的好，穿的好，是要自己本事掙來的呢。』那老頭道子：『可憐我並不求好喫好喝，只求一點兒鹹菜罷了。』符老爺聽了，便直跳起來，說道：『今日要鹹菜，明日便要鹹肉，後日便要鷄鵝魚鴨，再過些時，便燕窩魚翅都要起來了。我是個沒補缺的窮官兒供應不起！』說到那裏，拍桌子打板櫈的大駡……駡彀了一回，老媽子開上酒菜來，擺在當中一張獨脚圓棹上。符老爺兩口子對坐着喝酒，却是有說有笑的。那老頭子坐在底下，只管抽抽咽咽的哭。符老爺喝兩杯，駡兩句；符太太只管拿骨頭來逗叭狗兒頑。那老頭子哭喪着臉，不知說了一句甚麼話，符老爺登時大發雷霆起來，把那獨脚棹子一掀，匉訇一聲，棹上的東西翻了個滿地，大聲喝道：『你便喫去！』那老頭子也太不要臉，認眞就爬在地下拾來喫。符老爺忽的站了起來，提起坐的凳子，對準了那老頭子摔去。幸虧站着的老媽子搶着過來接了一接，雖然接不住，却攩去勢子不少。那凳子雖然還摔在那老頭子的頭上，却只摔破了一點頭皮。倘不是那一攩，只怕腦子也磕出來了。」我聽了這一番話，不覺嚇了一身大汗，默默自己打主意。到了喫飯時，我便叫李在茲趕緊去找房子，我們要搬家了。（第七十四回）

又有老殘遊記二十章，題洪都百鍊生著。作者劉鶚（約一八五〇——一九一〇間在世）字鐵雲，江蘇丹徒人。少精算術，頗放蕩，後自悔，又行醫於上海，忽又棄而爲商，盡喪其資。光緒時，河決鄭州，鶚以同知投效於吳大澂，治河有功，聲譽大起，漸至以知府用。在北京時，上書請敷鐵道；又主張和外人訂約合開煤礦，既成，世俗交謫，罵爲「漢奸」。庚子之亂，鶚以賤價購太倉儲粟於外人之手，用以賑飢民，活人甚衆；後政府加以私售倉粟罪名，放逐新疆而死。書中主人翁鐵英，號老殘，卽爲他自己。全書都記他的言論聞見，敍寫景物，頗有可觀。攻擊官吏處亦很多，且摘發所謂淸官者之可恨，或尤甚於贓官，言人所未嘗言，作者頗自詡爲特創。他以爲贓官可恨，人人知之，故自知有病，不敢公然爲非；淸官尤可恨，人多不知。淸官自以爲不要錢，便何所不可，剛愎自用，小則殺人，大則誤國。歷來小說，皆揭贓官之惡；有揭淸官之惡者，自老殘遊記始。或以爲作者本未完稿，由其子續成。今又有續書二十章，則爲他人所托名。

……那衙役們早將魏家父女帶到，却都是死了一半的樣子。兩人跪到堂上，剛弼便從懷裏摸出那個一千兩銀票幷那五千五百兩憑據，……叫差役送與他父女們看。他父女回說「不懂，這是甚麼緣故？」……剛弼哈哈大笑道：「你不知道，等我來告訴你，你就知道了。昨兒有個胡舉人來拜我，先送一千兩銀子，說，你們這案，叫我設法兒開脫；又說，如果開脫，銀子再要多些也肯。……我再詳細告訴你，倘若人命不是你謀害的，你家爲甚麼肯拿幾千兩銀子出來打點呢？這是第一據。……倘人不是你害的，我告訴他：『照五百兩一條命計算，也應該六千五百兩。』你那管事的就應該說：『人命實不是我家害的，如蒙委員代爲昭雪，七千八千俱可，六千五百兩的數目却不敢答應。』怎麼他毫無疑義，就照五百兩一條命算賬呢？還是第二據。我勸你們，早遲總得招認，免得饒上許多刑具的苦楚。」那父女兩個連連叩頭說：「青天大老爺，實在是冤枉。」剛弼把棹子一拍，大怒道：「我這樣開導，你們還是不招？再替我夾拶起來！」底下差役炸雷似的答應了一聲「嗄！」……正要動刑。剛弼又道：「慢着。行刑的差役上來，我對你說。……你們伎倆，我全知道。你們看那案子是不要緊的呢，你們得了錢，用刑就輕，讓犯人不甚喫苦。你們看那案情重大，是翻不過來的了，你們得了錢，就猛一緊，把犯人當堂治死，成全他個整屍首，本官又有個嚴刑斃命的處分。我是全曉得的。今日替我先拶賈魏氏，只不許拶得他發昏，但看神色不好就鬆刑，等他回過氣來再拶。預備十天工夫，無論你甚麼好漢，也不怕你不招！」……（第十六章）

孽海花傳本只二十回。初載於小說林雜志，目錄已定，凡六十回，截至二十五回時，忽中輟。傳本署「愛自由者發起，東亞病夫編述」愛自由者爲金松岑，東亞病夫爲常熟人曾樸。初二回爲金松岑所作，後以事繁，乃讓曾樸續撰二十回本出世後，有陸士諤依作者所定回目爲之續完，但爲作者否認。七年前，曾樸又發憤續成全書，又續成數十回，且將前二十回亦大加修改，后忽又中輟。當時曾有金松岑亦將由二回起續作之說，但至今消息亦沉寂。曾樸（一八七一——）字孟樸，號籀齋，清舉人，曾與其子虛白設書肆於上海，編眞善美雜志，父子都專心於譯著。金松岑即吳江金天翮（或作天羽）或以爲字鶴望，則未知其確否。全書敍清季三十年遺聞軼事，故人物均隱約可指，主人翁爲名妓賽金花，中間記庚子時事特詳，寫達官名士模樣，亦淋漓盡致，筆鋒不下於官場現形記。

話說雯青趕出了阿福，自以爲去了個花城的強敵，愛河的毒龍，從此彩雲必能回首面內委心帖耳的了，衽席之間，不用力征經營，倒也是一樁快心的事。……却說有一天，雯青到了總署，也是寃家路窄，不知有一件什麼事，給莊小燕忽然意見不合，爭論起來。爭到後來，小燕就對雯青道：「雯兄久不來了，不怪於這裏公事有些隔膜了。大凡交涉的事，是瞬息千變的，只看雯兄養病一個月，國家已經蹙地八百里了。這件事，光罷雯兄就沒有知道罷。」雯青一聽這話，分明譏誚他，不覺紅了臉，一語答不出來。少時，小燕道：「我們別儘論國事了。我倒要請教雯兄一個典故，李玉溪詩道：『梁家宅裏秦宮入，』兄弟記得秦宮是被梁大將軍趕出西第來的，這個入字，好像改做出字的妥當，雯兄，你看如何？」說完，只管望着雯青笑。雯青到此，眞有些耐不得了，待要發作，又怕蜂蠆有毒，惹出禍來，只好納着頭，生生的咽了下來。坐了一會，到底兒坐不住，不免站起來拱了拱手道：「我先走了。」說罷，回身就往外走，昏昏沉沉，忘了招呼從人。……（第二十四回）

魯迅中國小說史略別題淸末的諷刺小說爲譴責小說。爲什麼叫譴責小說呢？他說：「揭發伏藏，顯其弊惡，而於時政，嚴加糾彈，或更擴充，并及風俗。雖命意在於匡世，似與諷刺小說同倫，而辭氣浮露，筆無藏鋒，甚且過其辭，以合時人嗜好，則其度量技術之相去遠矣，故別謂之譴責小說。」

這種譴責小說，除前述外，尚有檮杌萃編十二編二十四回，一名宦海鐘，錢錫寶（字叔楚，號誕叟，浙江杭州人）撰；學究新談三十六回，題吳蒙編；上海之維新黨十回，（？）葉景范（字少吾，浙江杭州人，署沈希淹）撰；玉佛緣八回，署嘿生撰；學界鏡四回，署鴈叟著；市聲三十六回，署姬文撰；……等，多不勝錄。

五　俠義小說的起來

像水滸傳裏那樣團結起來反抗政府的英雄，在清人小說裏是不會有的，牠的原因已見前述。清代只有俠義小說，而且產生的時期已近清末。這些小說裏的英雄，他們所要剷除的對象，是土豪，是劣紳，是貪官，是污吏，不用多說，這自然也有牠的社會背景的。凡俠義小說有一種特色，就是都爲平話體，三俠五義和續書的作者石玉崑，本是北方平話家。永慶昇平則著名爲哈輔源演說，貪夢道人既續永慶昇平，又作彭公案，當爲平話家無疑。至於最先出的兒女英雄傳評話，作者已自題爲「評話」；文康爲北方人，習聞說書，故擬口其吻作是書。所以清代的俠義小說，實直接宋人話本的正脈，而且又是眞正的平民文學。惟後來的擬作及續作者，專爲書賈漁利，大都濫惡或平庸，故一盛卽又衰落。

兒女英雄傳與鏡花緣一樣，也是以女子爲主人翁的；原本有五十三回，今殘存四十一回。作者爲道光中的文康（約一八六八前後在世）他是滿洲鑲紅旗人，費莫氏，字鐵仙，大學士勒保的次孫。曾爲郡守，擢觀察，丁憂旋里。又特起爲駐藏大臣，以疾不果行。他家世本貴盛，而諸子不肖，遂中落且至困憊。晚年，塊處一室，僅存筆墨，乃作此書以自遣。升降盛衰，俱所親歷，故多感慨之音。卷首有雍正及乾隆時人序，那是作者故布的疑陣。是書初名金玉緣，又名日下新書，又名正法眼藏五十三參，最後才題爲兒女英雄傳評話。

內容的大略是如此。有俠女何玉鳳，父爲軍閥紀獻唐所殺，乃假名十三妹，溷跡山林，一心報仇。她武技至高，在各處行俠。某日，遇孝子安驥受厄，救之出險，以是相識，而又漸稔。後紀獻唐爲朝廷所誅，玉鳳雖未手刃仇人，而父讎則已報，欲出家；然卒爲人勸阻，嫁於安驥爲妻。同時，她又媒介了張金鳳爲他的妻，她乃曾與他同遇難，而又同爲玉鳳所救者。驥後爲學政，二妻各生一子，書中人物，亦大抵隱約可指：如紀獻唐爲年羹堯，安驥之父爲作者自況，因諸子不肖，乃反寫安驥之榮貴聊以自慰。作者的見解，處處爲傳統的道德觀念所束縛，時時以迂闊的議論與讀者相見，頗使人憎厭。但全書都以純粹的北京話寫成，在方言文學上很占重要，和石頭記所用京語，同樣流利可誦。有人作續書三十二回，序謂先有續書甚俗，應書肆之請而作此；然亦文意並拙，且未完，說有二續，未知其曾否完稿。

……那女子片刻之間，彈打了一個當家的和尚，一個三兒，刀劈了一個瘦和尚，一個禿和尚，打倒了五個作工的僧人，結果了一個虎面行者，一共整十個人。他這纔抬頭望着那一輪冷森森的月兒，長嘯了一聲，說：「這纔殺得爽快！只不知屋裏這位小爺嚇得是活是死？」說着，提了那禪杖，走到牕前。只見那牕櫺兒上，果然的通了一個小窟窿。他把着往裏一望，原來安公子還方寸不離，坐在那個地方，兩個大拇指堵住了耳門，那八個指頭，握着眼睛，在那裏藏貓兒呢。那女子叫道：「公子，如今廟裏的這般強盜，都被我斷送了，你可好生的看着那包袱，等我把這門戶給你關好，向各處打一照，再來。」一公子說：「姑娘，你別走！」那女子也不答言，走到房門跟前，看了看那門上並無鎖鑰屈戌，只釘着兩個大鐵環子。他便把手裏那純鋼禪杖，用手灣了轉來，灣成兩股，把兩頭插在鐵環子裏，只一擰，擰了個蔴花兒。把那門關好，重新拔出刀來，先到了廚房。只見三間正房，兩間作廚房，屋裏西北另有個小門，靠禪堂一間，堆些柴炭，那廚房裏牆上，挂着一盞油燈，案上雞鴨魚肉，以至米麵俱全。他也無心細看，趁身就穿過那月光門，出了院門，奔了大殿而來。又見那大殿並沒些香燈供養，連佛像也是暴土塵灰。順路到了西配堂一望，寂靜無人。再往南便是那座馬圈的柵欄門。進門一看，原來是正北三間正房，正西一帶灰棚，正南三間馬棚。那馬棚裏，卸着一輛糙蓆蓬子大車，一頭黃牛，一匹粉白叫驢，都在空糟邊拴着。院子裏四個騾子，守着個簾子，在那裏嚼。一帶灰棚裏，不見些燈火，大約是那些做工的和尚住內。南頭一間堆着一地喂牲口的草，草堆裏臥着兩個人。從牕戶映着月光一看，只見兩人身上止剩得兩條褲子，上身剝得精光，胸前都是血跡模糊，碗大的一個窟窿，心肝五臟，都掏去了。細認了認，却是在岔道口看見的那兩個騾夫。那女子看見點頭道：「這還有些天理。」說着，踅身奔了正房。那正房裏面燈燭點了正亮，兩扇房門虛掩。推門進去，只見方纔溜了的那個老和尚守着一堆炭火，旁邊放着一把酒壺，一盅酒，正在那裏燒兩個騾夫的狠心狗肺吃呢！他一見女子進來，嚇的纔待要嚷。那女子連忙用手把他的頭往下一按說「不准高聲，我有話問你，說的明白，饒你性命！」不想這一按手重了些，按錯了筍子，把個脖子按進腔子裏去。哼的一聲，也交代了。那女子笑了一聲說：「怎的這樣不禁按！」他隨把桌子上的燈拿起來，屋外屋裏一照，只見不過是些破箱破籠，衣服鋪蓋之流。又見那炕上堆着兩個騾夫的衣裳行李，行李堆上放着一封信，拿起那信來一看，上寫着「褚宅家信」。那女子自語道：「原來還封信在這裏。」回手揣在懷裏，邁步出門，嗖的一聲，縱上屋去，又一縱，便上了那座大殿，站在殿脊上。四邊一望，只見前是高山，後是曠野，左無村落，右無鄉鄰，止那天上一輪冷月，眼前一派寒煙，「這地方好不冷靜！」又向廟裏一望，四邊靜寂，萬籟無聲，再也望不見個人影兒，「端的是都被我殺盡了。」看畢，順着大殿房脊，回到禪堂東院，從房上跳將下來。纔待上台階兒，覺得心裏一動，耳邊一熱，臉上一紅，不由得一陣四肢無力，連忙的用那把刀柱在地上，說：「不好！我大錯了！我千不合，萬不合，方纔不合結果了那老和尙纔是！如今正是深更半夜，况又在這古廟荒山，我這一進屋子，見了他正有萬語千言，旁邊要沒個證、明的人，幼女孤男，未免覺得……」想到這裏，渾身益發搖搖無主起來。呆了半晌，他忽然把眉兒一揚，胸脯兒一挺，拿那把刀上下一指，說道：「癡丫頭！你看這上面是甚麼，下面是甚麼？便是明裏無人，豈得暗中無神！縱說暗中無神，難道他不是人不成！我不是人不成！何妨！」說着，他就先到廚房，向竈邊尋了一根秫秸，在燈盞裏醮了些油，點着出來。到了那禪堂門首，一着手扭開那鎖門的禪杖，進房先點上了燈。那公子見他回來，說道：「姑娘，你可回來了。方纔你走後，險些兒不曾把我嚇死。」那女子忙問道：「難道又有甚麼響動不成！」公子說：「豈止響動，直進屋裏來了！」女子說：「不信門關得這樣牢靠，他會進來？」公子道：「他何常用從門裏走，從牕戶裏就進來了！」

女子忙問：「進來便怎麼樣？」公子指天畫地的說道：「進來，他就跳上桌子，把那桌子上的菜舔了個乾淨。我這裏拍着膈戶吆喝了兩聲，他纔夾着尾巴跑了。」女子道：「這到底是個甚麼東西？」公子道：「是個挺大的大狸花貓。」女子含怒道：「你還人怎的這等沒要緊？如今大事已完，我有萬言相告。此時纔該你我閒談的時候了！」……（第六回）

至三俠五義、施公案、彭公案諸書，所敍剷惡除奸的英雄都不止一人，與水滸傳同。三俠五義原名忠烈俠義傳，出現於光緒五年，凡百二十回，爲石玉崑作。此書在中國社會上影響甚大，施公案續集以後及彭公案……等都是繼其軌而作的。這類書大都描寫勇俠之士，遊行村市，除暴安良，爲國立功，而必以一個有名的大官爲中樞，以總領一切豪傑。三俠五義中的領袖爲宋代的包拯，有三俠——展昭、歐陽春、丁兆蕙——及五鼠——盧方、韓彰、徐慶、蔣平、白玉堂——做他的羽翼，到處破大案，平惡盜，並定襄陽王之亂。包公的故事在元人戲曲中已盛見敍寫；明人又作龍圖公案十卷，亦名包公案，記包公所斷奇案六十三件，文意甚拙。

後又有人演爲大部，仍稱龍圖公案，則組織嚴密，首尾通連，卽爲三俠五義的藍本。包公案的「五鼠鬧東京」本爲一椿神怪故事，在三俠五義中，却都變做人的綽號而成了武俠的遊戲故事了。後俞樾見此書，大爲歎賞，頗病開篇「狸猫換太子」之不經，乃援據史傳，別撰第一回。又以書中南俠、北俠、雙俠，爲數已四，又有小俠艾虎，艾虎之師黑妖狐智化及小諸葛沈仲元，均爲俠士，乃改名七俠五義。後又有忠烈小俠五義傳及續小五義傳，相繼出現於京師，皆一百二十四回，每回前間引古事或唱句爲入話，似宋人話本，專敍平定襄陽王一事，而止於衆俠士皆受朝廷封賞，中間亦串插衆俠士在江湖間誅鋤惡霸事。序中亦稱爲石玉崑原稿。石玉崑爲北方之平話家，爲柳敬亭一流人物，如彈詞家之有俞遇乾與馬如飛。又有正續小五義全傳，凡六十回，卽取二書合爲一部，去其重複，汰其鋪敍，省略成五十二回，末又加八回而成；書中反增許多猥褻的描寫，故傳世甚希。至通行本七俠五義則僅百回，大約書肆以後二十回與小五義所敍重複，故删去。

且說包公正與展爺議論石子來由，忽聽一片聲喧，乃是西耳房走了火了。展爺連忙趕至那裏，早已聽見有人嚷道：「房上有人。」展爺借火光一看，果然房上站立一人，連忙用手一指，放出一枝袖箭只聽噗哧一聲，展爺道：「不好中又了計了。」一眼却瞧見包興在那裏張羅救火，急忙問道：「印官看視三寶如何？」包興說：「方纔看了，紋絲沒動。」展爺道：「你再看看去。」正說間三義四勇俱各到了。此時耳房之火已然撲滅，原是前面牕戶紙引着，無甚要緊。只見包興慌張跑來，說道。「三寶眞是失去不見了！」展爺卽飛身上房。盧方等聞聽亦皆上房。四個人四下搜尋，並無影響。下面却是王馬張趙，前後稽查也無下落。展爺與盧爺等仍從房上回來，却見方纔用箭射的，乃是一個皮人子，脚上用雞爪丁扣定瓦攏，原是吹膨了的，因用袖箭打透，冒了風，也就攤在房上了。愣爺徐慶看了，道：「這是老五的。」蔣爺揑了他一把。展爺却不言語。盧方聽了，好生難受，暗道：「五弟做事太陰毒了。你知我等現在開封府，你却盜去三寶，叫我等如何見相爺？如何對的起衆位朋友？」他那裏知道相爺處還有個知照帖兒呢。四人下得房來，一同來至書房……（第五十一回）

施公案奇聞一名施公清烈傳，又名百斷奇觀，凡九十七回，出於三俠五義之先，（道光中，）未知作者姓名，敍康熙時施世綸斷案事，而文辭殊拙直。其後有續集、三集、四集，……始敍及諸俠客行義故事，但其出世却在三俠五義之後。此書在一般社會上的勢力亦甚大，今人無不知有黃天霸者，卽無不知有施公案。又有施公洞庭傳，今已出至甲至己集，共二百四十八回，尚未完，主人翁亦爲施世綸（書中都作施仕綸）全出於三俠五義之後者，有彭公案二十三卷一百回，爲貪夢道人作，敍彭朋於康熙中微行訪案，許多俠士爲之幫忙事。文辭亦甚拙直，然較施公案爲勝。亦有續集、三集、四集，每集八十回，皆大行於世。

……此泉山陰流出，其水黑綠之色。向東有一窩隧在泉之下，如冰盤大一股水直向東流，歸入逆水潭中；由山之東澗溝，流歸入河內。從南紫金山之背後，有線路一條，進寒泉之面上。站在泉之台階上，東望逆水潭，如在目前。蔡慶、高恆先派人搭了架子，拴好了繩兒，把荆條筐也拴好了，按上鈴鐺。高恆立時坐在筐內，吩咐衆人，「聽鈴響急往上拉！」自己換了水衣水靠，帶了鈎連拐，放下了繩子。魚眼高恆，看那水是碧綠，涼風透骨，冷氣侵人。高恆年已八十，血氣衰敗，一見這冷氣，喘息不止；到了水面，跳下水去，往下一沉，身入水內，冷氣如刀，強長精神，至水底約有五六丈深；在下面方要尋找金牌，手已麻木，不知用力；連忙上來，坐在筐內，一搖鈴鐺。上面張耀宗連忙叫人快往上拉，到了泉口，高恆早已不省人事；急忙搭下筐來，用火拷了半個時辰，並未煖過這口氣來。高通海放聲大哭道：「不想你老人家今日死於此處！」張耀宗、歐陽德、蔡慶、劉芳，看着慘不可言。此時天已正午，蔡慶說：「此事如何辦理呢？」高通海一想：「爲人盡忠不能盡孝，我父爲金牌死於冷泉之內，我必要繼父之志。」先把父親屍身移在一旁，即刻換了衣服，坐在筐內，叫人放下去。自己先打算不行，即速上來，別死在這裏；及至水面，跳下去，沉身墜至水底，在各處一找，並不見有金牌，覺着冷氣入骨，不能緩氣。再有一刻工夫，找不着金牌，高通海也要凍死啦。他心中禱告說：「故去父親陰魂保佑，叫孩兒快找着金牌，我也好光宗耀祖，顯達門庭。」正自禱告，覺有一物撞着手心，也不知是何物件，拿在手中，即忙上來，坐在筐內，搖響鈴鐺。上面拉上來，一看，正

是金牌。……（第五十九回）

貪夢道人又曾續作永慶昇平後傳一百回。永慶昇平前傳凡九十七回，爲潞河張廣瑞錄哈輔源演說。二書敍康熙帝變裝私訪，得英雄除邪教、平逆匪諸案，偏重武藝而少敍義俠，與同時他作微異。然亦迄今尙有續作，與施公案、彭公案、三俠五義同。

此外擬作的書，有聖朝鼎盛萬年靑八集七十六回，亦名乾隆巡幸江南記，原名則爲萬年清奇才新傳，撰者爲廣東人，失其姓名。書中敍乾隆帝以大政付劉墉、陳宏謀，自遊江南，歷遇奸徒犯法，英雄効命的事。七劍十三俠三集一百八十回，一名七子十三生，題姑蘇桃花館主人唐芸洲編，演諸俠客助王守仁平宸濠事，不根史實，而侈言劍術。此書影響於後來的俠義小說甚大，蓋前此平話所寫俠客雖皆有寶劍，但至多能削鐵如木而已；雖能飛簷走壁，但無簷壁則不能飛走。此中劍仙，則白光一道，即能授敵人之首，來往可在空中自由。其遠祖雖爲唐人傳奇，而寫入通俗小說，却自此書始。此後作者寫俠客，皆一變三俠五義等所寫俠客的人性爲神性，遂皆無甚可觀了。

却說徐鳴皋托住頂板，往下看時，下面透出亮光來，張見一個門戶。只見紅衣從裏面跳將出來，心中大喜。便叫聲：「紅衣姐姐，小弟在此！」羅季芳聽得，便把禪床周圍的鐵柱毀斷，鳴皋便把頂板豁喇喇扯將下來，抛在旁邊，那床面便落到底下去了。原來這兩扇門與禪床通連的，非非僧每要到地穴中去，便坐在禪牀上面，一手轉動機關，這床面往下沉落去，這兩扇門自開放，那上面的頂板落在禪床面上，依舊一隻好好的禪床，頂板之上也有席子鋪着，所以全看不出破綻；他要出來時，便坐床上，下面也有機關轉動，這床便自升將起來，那兩扇門也自關好，便已到上面溫房之內。今日紅衣不知這個道理，硬開了門，所以有箭出來着了道兒，去撥動了機關，那禪床便落下來，恰巧鳴皋看見，也是天數，不然難開是門，仍難出來。鳴皋等再也尋不着地穴的門戶，除非把這寺院盡行拆毀，方能得見。其中豈非鬼使神差？當時紅衣見了鳴皋，只叫聲：「徐英雄，地穴盡皆破了，衆女人却在這裏，我却身受致命重傷，與公等來生再會的了。」說罷，把箭扯將出來，鮮血直冒，嗚呼，數千里跋涉，來到江南，成此一件大功，可憐死在此箭鳴皋跳到下面，見紅衣已死，十分悲悼，不覺流下幾點英雄淚來。………

（第二十八回）

七劍十三俠初集出世的時候，別有續書名仙俠五花劍四十回，即續出，內容與通行續集不同。首有惜花吟主自敍，末回敍至王守仁奉命統諸俠往征宸濠止，全書仍未完。此外又有同名的仙俠五花劍三十回，又名飛仙劍俠奇緣，署海上劍癡撰，則獨立爲一書。書敍劍仙虬髯公、黃衫客、空空兒、聶隱娘、紅線下凡授徒事，諸仙飛行及施劍術的本領，則與七劍十三俠中劍仙全同。

六　傳奇與志怪書的復興

唐宋人小說的單行本，到明初已十九亡失；太平廣記又絕少流傳，明人偶一得見，仿之爲文，即爲世人所驚賞。其時有錢塘人瞿佑（一三四一——一四二七）字宗吉，自號存齋，錢塘人。少以和凌雲翰梅雪爭春詞知名。累官周府長史。永樂中，以詩禍謫保安。終內閣辦事。

生平著述宏富，最著者爲傳奇文剪燈錄四十卷，剪燈新話四卷二十一篇。稍後，有李禎（一三七六——一四五二）字昌祺，廬陵人。永樂進士，歷官廣西河南左布政使。致仕后，足跡不踏公府，守貧以終。嘗續瞿佑書作剪燈餘話四卷二十二篇。三書皆一味模仿唐人，且好敍寫閨情豔事，爲時流所喜，仿傚的紛起，甚至遭禁止方息。然佑等的作風，實開了淸代聊齋志異的先聲。

天水趙源，早喪父母，未有妻室。延祐間，遊學至於錢塘，僑居西湖葛嶺之上。其側，卽宋賈秋壑舊宅也。源獨居無聊，嘗日晚徙倚門外，見一女子從東來，綠衣雙鬟，年可十五六。雖不盛妝濃飾，而姿色過人。源注目久之。明日出門，又見如此凡數度，日晚輒來。源戲問之曰：「家居何處？暮暮來此？」女笑而拜曰：「兒家與君爲鄰，君自不識耳。」源試挑之，女欣然而應。因遂留宿，甚相親昵。明旦辭去，夜則復來。如此凡月餘，情愛甚至。源問其姓氏居址。女曰：「君但得美婦而已，何用強知！」問之不已，則曰：「兒常衣綠，但呼我爲綠衣人可矣。」終不告以居址所在。源意其爲巨室妾媵，夜出私奔，或恐事蹟彰聞，故不肯言耳。信之不疑，寵念轉密。一夕，源被酒，戲指其衣曰：「此眞可謂『綠兮衣兮，綠衣黃裳』者也。」女有慚色，數夕不至。及再來，源扣之，乃曰：「本欲相與偕老，柰何以婢妾待之，令人忸怩而不安。故數日不敢侍君之側。然君已知矣，今不復隱，請得備言之。兒與君舊相識也。今非至情相感，莫能及此。」源問其故。女慘然曰：「得無相難乎？兒實非今世人，亦非有禍於君者。蓋冥數當然，夙緣未盡耳。」源大驚曰：「願聞其詳。」女曰：「兒故宋秋壑平章之侍女也。本臨安良家子，少善奕。某年十五，以棊童入侍。每秋壑回朝，冥坐半閒堂，必招兒侍奕，備見寵愛。是時，君爲某家蒼頭，職主煎茶。每因供進茶甌，得至後堂。君時少年，美姿容，兒見而慕之。嘗以綉羅錢篋，乘暗投君。君亦以瑇瑁脂盒爲贈。彼此雖各有意，而內外嚴密，莫能得其便。後爲同輩所覺，讒於秋壑，遂與君同賜死於西湖斷橋之下。君今已再世爲人，而兒猶在鬼籙，得非命歟！」言訖，嗚咽泣下。源亦爲之動容。久之，乃曰：「審若是，則吾與汝乃再世因緣也。當更加親愛，以償曩昔之願。」自是遂留源舍，不復更去。……（剪燈新話卷四綠衣人傳）

嘉靖間，唐人小說復出現，編成叢集者很多；明初陶宗儀所編說郛一百二十卷，亦於此時刊行。於是有陸楫（字思豫，上海人）編古今說海一百四十二卷，徐應秋（字君義，浙江西安人）編玉芝堂談薈三十六卷，陸貽孫（蘇州人）編烟霞小說二十二卷，李某編歷代小史一百五卷，葉向高（字進卿，號台山，福清人）編說類六十二卷，陶珽（姚安人）編續說郛四十六卷，王圻（字元翰，上海人）編稗史彙編一百七十五卷，顧元慶（字大有，長洲人）編文房小說四十種，明朝四十家小說及廣四十家小說……等，都大行於世。即當時一般專爲古文的人，也喜爲異人俠客童奴以至虎狗蟲蟻作傳，編於個人文集中。此風至清初仍不減，吾們讀張潮從各家文集輯出而成的虞初新志，和鄭澍若的續志，可以想見一時之盛。

清代作傳奇及志怪書的風氣又大盛，赫然佔有社會勢力者凡三大家：一爲聊齋志異，以遣辭勝；一爲新齊諧，以敍事勝；一爲閱微草堂筆記，以說理勝。然以文學的眼光評此三書，則不能不推聊齋志異爲此中「祭酒」。

聊齋志異爲作醒世姻緣傳的蒲松齡所作，他的生平已見前述。通行本聊齋志異凡八卷，或析爲十六卷凡四百三十一篇，作者年五十時始寫定。初惟有傳鈔本，漁洋山人曾激賞之，聲名益振。至於刻本，則至著者死後方有；且有但明倫、呂湛恩等爲之注。所記雖亦爲神仙狐鬼精魅故事，然都和易可親，使讀者忘其爲異類；是合志怪書傳奇於一爐，而別開生面的。又有拾遺一卷，凡二十七篇，其中殊無佳構，疑爲作者所刪棄，或是他人的擬作。

……陶飲素豪，從不見其沉醉。有友人曾生，量亦無對，適過馬，馬使與陶較飲。二人……自辰以訖四漏，計各盡百壺。曾爛醉如泥，沉睡坐間。陶起歸寢，出門踐菊畦，玉山傾倒，委衣於側，卽地化爲菊：高如人，花十餘朶皆大於拳。馬駭絕；告黃英；英急往，拔置地上，曰：「胡醉至此？」覆以衣，要馬俱去，戒勿視。旣明而往，則陶臥畦邊。馬乃悟姊弟菊精也，益愛敬之。而陶自露迹，飲益放。……值花朝，曾來造訪，以兩僕舁藥浸白酒一罈，約與共盡。曾醉已憊，諸僕負之去。陶臥地又化爲菊；馬見慣不驚，如法拔之，守其旁以觀其變。久之，葉益憔悴大懼，始告黃英。英聞，駭曰：「殺吾弟矣！」奔視之，根株已枯！痛絕，掐其梗埋盆中，攜入閒中，日灌溉之。馬悔恨欲絕，甚惡曾，越數日，聞曾已醉死矣。盆中花漸萌，九月，既開，短幹粉朵，嗅之有酒香，名之「醉陶」，澆以酒則茂。……黃英終老，亦無他異。（卷四黃英）

此書相傳因有隱譏滿人之語，或以書中言狐，實諧「胡」音，故不爲後來四庫全書所收。但以作者生平思想推之，恐不甚確。

新齊諧凡二十四卷，續十卷，初名子不語，後因見前人所作已有此名，故改題今名。作者袁枚（一七一六——一七九七）字子才，號簡齋，又號隨園老人，錢塘人。乾隆進士。知江寧等縣，有循吏名。年四十告歸，築隨園於小倉山，頗放情聲色，好著述，又喜奬拔文士才女，四方宗仰。所著隨園全集，多至三十餘種。新齊諧之作，恰如其書名，純爲志怪之作。其文據事直書，不尙雕飾，好言因果，有六朝風。但亦好作僞，其卷二十四所載唐人控鶴監秘記二則（普通本已刪除，）與楊愼所得之漢人雜事秘辛爲同流。

俗傳凶人之終，必有惡鬼，以其力能相助也。揚州唐氏妻某，素悍妬，妾婢死其手者無數。亡何，暴病，口喃喃詈罵如平日撒潑狀。鄰有徐元，膂力絕人，先一日昏暈，鼾呼叫罵如與人角鬥者。逾日始蘇。或問故，曰：「吾爲羣鬼所借用耳。鬼奉閻羅命拘唐妻，而唐妻力強，羣鬼不能制，故來假吾力縛之。吾與鬥三日，昨被吾拉倒其足，縛交羣鬼，吾纔歸耳。」往視唐妻，果氣絕，而左足有青傷。（卷二鬼借力制兇人）

台州富戶張姓家，有老僕某，六十無子，自備一棺，嫌材料太薄，訪有貧者治喪倉卒不能辦棺者，借與用之，還時但加厚一寸以爲利息。如是數年，居然棺厚九寸矣。藏主人廂房內。一夕，鄰家火起，合室倉皇，看火者見張氏宅上立一黑衣人，手執紅旂，送風而揮，揮到處火頭便轉。張氏正宅無恙，惟廂房燒燬。老僕急入扛取，棺業已焚，及忙投水塘中，俟撲滅餘火後拖起刨之，依然可用。但尺寸之薄，亦依然如前矣。（卷八命該薄棺）

和聊齋志異，明樹異幟的，爲紀昀的閱微草堂筆記五種。他是主張排除唐代傳奇浮豔的作風，而追仿六朝志怪書的質直的；但過偏於議論，且其目的爲求有益人心，已失去了文學的意義。紀昀（一七二四——一八〇五）字曉嵐，一字春帆，自號石雲，直隸獻縣人。乾隆進士，官至侍讀學士，因事被謫戍烏魯木齊。後召還，爲四庫全書館之總纂官，他的畢生精力，都用在多至二百卷的四庫全書總目提要上。後又累遷大官。筆記五種爲灤陽消夏錄六卷，如是我聞、槐西雜志、姑妄聽之各四卷及灤陽續錄六卷。每種一脫稿卽爲書肆刊行，故當時五種都單行。後來他的門人盛時彥將五種合刻，始名閱微草堂筆記。魯迅謂作者「本長文筆，多見祕書，又襟懷夷曠，故凡測鬼神之情狀，發人間之幽微，托狐鬼以抒己見者，雋思妙語，時足解頤；間雜考辨，亦有灼見；敍述復雍容淡雅，天趣盎然，故後來無人能奪其席。」言雖如此，但其行世，反不如聊齋異志爲雅俗所共賞。

呂太常含輝言：「京師有富室娶婦者，男女並韶秀，親串皆望若神仙，覯其意態，夫婦亦甚相悅。次日天曉，門不啓，呼之不應，穴窗窺之，則左右相對縊，視其衾，已合歡矣。婢媼皆曰：『是昨夕已卸粧，何又著盛服而死耶？』異哉，此獄！雖皐陶不能聽矣。（如是我聞二）

田白岩言：「嘗與諸友扶乩，其仙自稱眞山民，宋末隱君子也，倡和方洽，外報某客某客來，乩忽不動。他日復降，衆叩昨遽去之故，乩判曰：『此二君者，其一世故太深，酬酢太熟，相見必有諛詞數百句，雲水散人拙於應對，不如避之爲佳；其一心思太密，禮數太明，其與人語，恆字字推敲，責備無已，閒雲野鶴豈能耐此苛求，故逋逃尤恐不速耳。』」後先姚安公聞之曰：「此仙究狷介之士，器量未宏。」（槐西雜志一）

李義山詩「空聞子夜鬼悲歌，」用晉時鬼歌子夜事也；李昌谷詩「秋墳鬼唱鮑家詩，」則以鮑參軍有蒿里行，幻窅其詞耳。然世間固往往有是事。田香沁言：「嘗讀書別業，一夕風靜月明，聞有度崑曲者，亮折清圓，悽心動魄，諦審之，乃牡丹亭叫畫一齣也。忘其所以，傾聽至終。忽省牆外皆斷港荒陂，人迹罕至，此曲自何而來？開戶視之，惟蘆荻瑟瑟而已。」（姑妄聽之三）

其他作品，其作風總不脫上述三家的範圍。和聊齋同派的作品：有諧鐸十卷，吳門沈起鳳作；夜譚隨錄十二卷，滿州和邦額作；螢窗異草初二三編共十二卷，長白浩歌子作；影談四卷，海昌管世灝作昔柳摭談八卷，平湖馮起鳳作六合內外瑣言二十卷，一名璅蛣雜記，江陰屠紳所作。近至金匱鄒弢作澆愁集八卷；長洲王韜作遯窟讕言、淞隱漫錄、淞濱瑣話各十二卷；天長宣鼎作夜雨秋燈錄十六卷；亦筆致純倣聊齋。然漸由寫狐鬼而敍烟花粉黛間及異人奇事，一似唐人傳奇的擴大六朝志怪書的描寫的對象。至於擬倣紀氏的作品有耳食錄十二卷二錄八卷，臨川樂鈞作；聞見異辭二卷，海昌許秋垞作；翼駉稗編八卷，武進湯用中作；三異筆談四卷，雲間許元仲作；印雪軒隨筆四卷，德清俞鴻漸作。此外如德清俞樾所作右台仙館筆記十六卷、耳郵四卷，頗似倣法新齊諧而記敍簡雅，不涉因果；和袁作又不同。江陰金捧閶的客窗偶筆四卷，福州梁恭辰的池上草堂筆記二十四卷，桐城許奉恩的里乘十卷，亦爲志怪書，惟旨在勸懲，離小說的旨趣漸遠。

清代有兩部著名的長篇傳奇體的小說，在當時小說界特樹一幟，一爲屠紳的蟫史，一爲陳球的燕山外史，前者爲散文，後者爲駢文。屠紳（一七四四——一八〇一）字賢書，一字笏巖，號磊砢山人，亦署黍餘裔孫，江陰人。乾隆進士，累官知甸州，五校鄉闈，後爲廣州同知。

頗好色，正室至四五娶，妾媵不在此數。嘉慶六年，以候補在北平，暴病卒。所著尚有鶚亭詩話及志怪書六合內外瑣言。蟫史凡二十卷，敍閩人桑蠋生海行，墮水獲救，見指揮甘鼎，用其意作城，敵不能瞰。又於地穴得天書，二人同視，皆大悅。已而有鄺天龍爲亂，鼎進討，有龍女來助，擒天龍，其黨婁萬赤逸去。鼎以功晉位，隨石珏勦海寇，又破交人。旋擢兵馬總帥，赴楚蜀黔廣防九股苗，與諸苗戰，多歷奇險，然皆勝。婁萬赤亦在苗中，因潛歸交阯。鼎至廣州，與撫軍區星擊交阯，擒其王，戮婁萬赤，交阯乃平。桑蠋生還閩，甘鼎亦棄官去。其文風格奇特，造詞亦多雋異，皆爲他人所未試。其志怪書六合內外瑣言的風格亦然，惟一爲長篇，一爲短篇罷了。如將此書易文言爲白話，亦與明人西遊記同流，爲靈怪小說傑作。

……婁萬赤與其師李長脚鬥法於江橋南。……李長脚變金井紿萬赤，即墜入，忽有鐵樹挺出井闌撐欲破。獷兒引慶喜至，出白羅巾擲樹巓，砉然有聲，鐵樹不復見。李長脚復其形，覓萬赤臥橋畔沙石間。遂袖出白壺子一器，持向萬赤頂骨咒曰：「……」咒畢，舉手振一雷。萬赤精氣已鑠，躍入江中，將隨波出海。木蘭呼鱗介士百人追之，飄浮，所在必見吆喝，乃變爲璅蛣。乘海蟹空腹，入之，以爲「藏身之固」矣。交阯人善撈蟹者，得是物如箕，大喜，剉蟹將取其腹腴，一蟲隨手出，倏墮地化爲人形，俄頃長大，固儼然僧焉，詢之不復語。有屠者攜刀來視，咄咄曰：「蟹腹自有『仙人』一名『和尚』，要是謔語，斷無別腸容此妖物，不誅戮之，吾南交禍未已也。」揮刀斫其首。時甘君已入城，與謳撫軍議班師矣；常越所部卒持僧首以獻，轉告兩元戎。桑長史進曰：「斯必萬亦頭也。記天人第二圖爲大蟹浮海中，篆云『橫行自斃』。某當初疑萬亦先亡，乃令始驗。」適李長脚入辭，視其頭笑曰：「此賊以水火陰陽爲害中國，不死於黃鉞而死於屠刀，固犬豕之流耳。仙骨何有哉？……」……（卷二十）

陳球（約一八〇八年前后在世）字蘊齋，浙江秀水人。家貧，爲諸生，以賣畫自給。工駢體文，喜爲傳奇，嘗取明馮夢楨竇生傳爲骨幹，加以敷衍，演成四六文三萬一千餘言，名曰燕山外史，凡八卷。光緒初，永嘉傅聲谷爲之注釋，但於本文反有刪削。書敍永樂時燕人竇繩祖，就學嘉興，悅貧女李愛姑，迎以同居。後父命迫婚淄川宦族，愛姑輾轉落妓家，得俠士馬遴之助，復歸寶生。大婦待之虐，生攜愛姑遁去。會唐賽兒之亂作，又相失。及生復歸，則家中資產已空，大婦亦求去。愛姑本匿尼菴，遂返。是年，寶生及第，累官至山東巡撫，迎愛姑入署。未幾生男，覓乳媼，適前大婦再嫁，後夫死，子殤，往應之。生仍爲優容。婦又設計陷害馬遴，生亦牽連得罪。終乃昭雪復官，生與愛姑皆仙去。此書如易駢文爲白話，也不過是一部平常的才子佳人小說而已。然因世間頗少此體，故頗爲愛好古典者所重。

……其父內存愛犢之思，外作搏牛之勢，投鼠奚遑忌器，打鴨未免驚鴛；放笠之豚，追來入笠，喪家之犬，叱去還家。疾驅而身弱如羊，遂作補牢之計，嚴錮而人防似虎，終無出柙之時；所虞龍性難馴，拴於鐵柱，還恐猿心易動，辱以蒲鞭。由是姑也薔薇架畔，青黛將斲，薜荔牆邊，紅花欲悴，託意丁香枝上，其意誰知，寄情豆蔻梢頭，此情自喻。而乃蓮心獨苦，竹瀝將枯，卻嫌柳絮何情，漫漫似雪，轉恨海棠無力，密密垂絲。纔過迎春，又經半夏，采葑采葛，只自空期，投李投桃，俱爲陳迹，依稀夢裏，徒栽侍女之花，抑鬱胸前，空帶宜男之草。未能蠲忿，安得忘憂，鼓殘瑟上桐絲，奚時續斷，剖破樓頭蔆影，何日當歸？豈知去者益遠，望乃徒勞，昔雖音問久疏，猶同鄉井，後竟夢魂永隔，忽阻山川。室邇人遐，每切三秋之感，星移物換，僅深兩地之思……（卷二）

至清末，傳奇體的小說仍風行，而又多述武俠及政治異聞；再后，更起了黑幕小說的風尚，作風愈趨愈下。長篇一流，如何諏的碎琴樓，和徐枕亞之玉梨魂，曾一時顛倒了許多青年男女。然亦僅此二種，餘則皆似「東施效顰」令人徒覺肉麻罷了。

結論

自通俗小說勃興，而中國各體小說皆趨入末路，卽通俗小說自身亦然。通俗小說爲什麼也會趨入末路呢？這個問題似很奇特。但是我們如果細心地去考量一下，那就可恍然於這個趨向的來源，和這趨向在小說史上是進化而非退化，而且這個問題亦不是個難解答的問題。

通俗小說的勃興，除了受佛教的影響外，與當時政治者的愛好很有關係。吾們翻開全部中國文學史來看，漢魏樂府、唐詩、宋詞、元曲爲什麼能代表一個時代的文學？那麼不是朝廷提倡，便是權力者的愛好，所以能盛極一時。明代雖沒有什麼權力者出來明白的提倡，但我們看明成祖時敕編的明代唯一太叢書永樂大典，其中平話一門，所收甚多，可見當時的政治者把平話和其他著作已一例看待。到了淸代就不同了。淸代敕編的多至三萬六千二，百七十五册的四庫全書，不獨平話體的通俗小說踪跡不見，就是古典的傳奇小說如聊齋志異亦不見收。我們只要這樣一考量便知通俗小說之所以勃興和所以走入末路的原因所在了。

清代不但輕視小說，而且又加以禁止。在順治、康熙、嘉慶、同治四朝曾幾度禁止發賣淫穢小說。同治時，丁日昌爲江蘇巡撫，開列應禁書目，出示禁止銷燬，共有一百五十餘種之多。一代名作如紅夢夢、金瓶梅、十二樓、今古奇觀、西廂記雜劇……等，都在禁止銷燬之列。而且如隋唐演義、綠牡丹、錦香亭、白蛇傳一類毫無淫穢可以指摘之書，亦玉石不分，一概列入。至今，吾們要欣賞文學名著，如金瓶梅、倭袍、品花寶鑑……等，一時却無法購到。但文學是時代的反映，通俗小說在清雖遭禁止，這樣還不足致牠於末路。時代變動了，牠也應該轉換一個方向了，這始是通俗小說趨入末路之一因。你看，清末的時代，受了屢次的外來的壓迫，政治、經濟、社會，都起了不安的現象。一般維新志士，蓄心救國，對於學術方面，不但要改變墨守書本的八股取士制度，而且又明白革新國政當自革新人民思想做起，又認識了小說是革新人民思想的唯一利器。但這時代所需要的小說不是過去的各體的通俗小說，而是傳布新思想，破壞舊風俗的革命小說。當時的小說，如梁任公的新中國未來記、許指嚴的劫花慘史，都足表示這時代的反映和這時代的人的心理。牠們的文字也是白話的，但牠們的風格和體裁已脫離了占據四五百年中國文壇的通俗小說，牠們却已受了外來的文學的影響了。

在這時代，西洋的學術思想似急風驟雨般的猛攻進來，一般久埋頭於破紙殘册堆中的頭腦清醒些的文人，沒有一個不開門迎接。不單是以資借鏡，竟是老實的完全接受。在這樣一個局面之下，在一切學術家中以頭腦最冷靜稱的文學家，他們當然不甘落後，他們也屏棄了故舊的見解和體裁，也出來從事於新的創作。這是每個過渡時代的現象，在年深月久的中國舊文壇上謀澈底的改革，當然也是由漸而至極新的。所以清末至民國初年的創作，很少成功的和有永久價值的，就爲這個原因。也因這時候所輸入的西洋文學在西洋方面也已是過去的、陳舊的文學，換一句話，就是不是當代的文學。但此種在西洋爲過去的、陳舊的文學，一入中國，便成了現代的、極新的了。中國文學素來太落后了，所以在這時候，得到這樣一種式樣，便如得了用煤來發動的機器一樣，已是見所未見，決不會夢想到西洋已有用電來發動的機器更巧妙哩！

因爲西洋文學的輸入，使中國文人知道了小說在一切文學中所占的地位，因而抬高了小說家在社會上的地位，這也是中國人將覺醒的一種好現象。從此以後，小說作家個個有名字可考了，小說的作者也蜂擁起來了。有人說：這時的小說大都篇幅很短，像李涵秋……輩作長篇的人絕少，都是些簡短的、膚淺的小說，有何樂觀可抱呢？這是不明白時代的誤解。二十世紀是一個人事最繁冗的時代，一般文人都不能再過優越的林下生活；而且自科舉廢后，一般潦倒的天才文人也沒有了暴發的機會，再也不能坐在書房裏「構思十年」的從事創作。或有人駡他們因急於問世，所以往往粗製濫造，實在是爲時代和環境所迫，不宜如此苛責啊！

新時代已迫近在我們眼前了，一切的一切都不能不走向這個新時代去；幾個先驅者已經築下極艱深的基礎，我們只要盡力在這個基礎上去謀新的建設——只要新的，什麽建設通能表示出這個時代的特徵。舊的已隔離得遠了，過渡時代也已成了不值留戀的畸形物，覺悟的小說家都不之回顧而一直向前去了！

一九三四，雙十節完稿

編後記

一、《民國中國小說史著集成》叢書以影印方式全面收錄了民國時期出版的中國古代小說史著作，以公開出版的單行本為主，酌收部分手稿、講義及報刊發表過的小說史或具有小說史意義的文章。（此部分為重排）以上資料來源主要選用收藏者王振良搜集之初版本，補以少量圖書館藏或著者後人所藏。

二、本叢書約有半數為 1949 年後未刊行，其他 1949 年後再版過的著作，多數在序跋和內容方面也有一定差別。

三、本叢書排列大體遵照出版時間和作者時代的順序，有時為照顧分卷薄厚略有調整。

四、特別要說明的是胡適《中國章回小說考證》雖非小說史，但其對中國小說史的撰寫和研究影響甚大，因此突破體例予以收錄。

五、許多相關著作中所提及馬廉所著《中國小說史》，實為馬廉所著《短篇小說講義》，現藏南京大學圖書館，為羅根澤舊藏，鉛印三冊。為 1926 年至 1927 年間，其在北師大的講義。全書收十三篇小說研究論文或研究資料。並非系統的中國古代小說史著作，叢書未予收錄，特此說明。

Мастер и Маргарита

大师和玛格丽特

[俄] 布尔加科夫——著　徐昌翰——译

中国友谊出版公司

图书在版编目（CIP）数据

大师和玛格丽特 ／（俄罗斯）布尔加科夫著 ；徐昌翰译 . -- 北京 ：中国友谊出版公司，2021.1

ISBN 978-7-5057-5087-6

Ⅰ . ①大… Ⅱ . ①布… ②徐… Ⅲ . ①长篇小说－俄罗斯－现代 Ⅳ . ① I512.45

中国版本图书馆 CIP 数据核字 (2020) 第 259723 号

书名　大师和玛格丽特

作者　[俄] 布尔加科夫

译者　徐昌翰

出版　中国友谊出版公司

发行　中国友谊出版公司

经销　新华书店

印刷　唐山富达印务有限公司

规格　880×1230毫米　32开

16印张　350千字

版次　2021年4月第1版

印次　2021年4月第1次印刷

书号　ISBN 978-7-5057-5087-6

定价　68.00元

地址　北京市朝阳区西坝河南里17号楼

邮编　100028

电话　（010）64678009

米哈伊尔·阿法纳西耶维奇·布尔加科夫

（1891—1940）

俄罗斯“白银时代”的重要作家，魔幻现实主义开山鼻祖，代表作《大师和玛格丽特》公认是20世纪俄罗斯最伟大的小说之一。

在基辅圣弗拉基米尔大学时的学生档案

1891 年 5 月 15 日，布尔加科夫出生于乌克兰基辅市。父亲是基辅神学院的副教授；爷爷是一个乡村墓地教堂的神父；母亲是女子中学教师；外祖父是基辅教区的大司祭。

17 岁那年的夏天，结识了少女塔吉亚娜·拉帕。

1909 年，18 岁，中学毕业。同年，考取沙皇敕建圣弗拉基米尔大学（基辅大学）医学院。

22 岁时与塔吉亚娜结婚。

1914 年 8 月，德国向俄国宣战，第一次世界大战爆发。医学院高年级学生布尔加科夫去野战医院参加实际医疗工作，后又回校学习。

1916 年，布尔加科夫以优异成绩通过毕业考试，获“优秀医师”学衔。参加了白军，还曾被短暂征入乌克兰民族军，服役期间被派往乡医院任院长。次年 9 月，被调离乡医院，到维亚济马市立医院任传染病及性病科主任。

十月革命的浪潮波及地方后，混乱的局势使医院工作难以为继。这段时间布尔加科夫目睹了故乡乌克兰的历史剧变。1918 年，布尔加科夫办理“因病退役”，离开市医院，同妻子回到基辅，作为性病医生开诊所行医。业余时间以乡医院的工作经历为题材开始写作。

1918 年到 1920 年，曾三度被不同军队抓去当军医，最后因患病（回归热）才得以脱离部队。此后他决心弃医从文，在《高加索》报做编辑工作。苏维埃政权接管报纸后，布尔加科夫被任命为文学版主编，开始在地方报刊上发表短篇。也曾在剧场开演前做报告、讲课，从事戏剧创作。

1921 年初，离开基辅到莫斯科追求文学梦想。10 月任中央政治教育委员会文学出版处（里托）秘书。年末，“里托”被撤销，布尔加科夫失业。其间，他的《巴黎公社社员》上演。开始写讽刺小品，构思《白卫军》，继续以乡村医生的经历写短篇。

接下来的几年，他陆续在《前夜报》发表大量特写、短篇、小品，在莫斯科文坛崭露头角。陆续发表了《金色的城市》系列小品和不少短篇，基本完成长篇小说《白卫军》，并加入全俄作家协会。

1924 年发表《紫红岛》《二十年代的莫斯科》。在《俄罗斯》杂志上发表《白卫军》第一部分。

文场得意的时候，作家的婚姻生活却发生了变故。他与第一任妻子塔吉亚娜·拉帕离婚，不久与柳·别洛泽尔斯卡娅结婚。

一个基辅的吉卜赛女人曾预言布尔加科夫：您将结婚三次，第一任妻子来自上帝，第二位妻子来自人，第三位来自魔鬼。”布尔加科夫不以为意。

1925 年《俄罗斯》杂志发表《白卫军》第二部分，开始写剧本《白卫军》。2 月，发表《不祥的蛋》。3 月，完成《狗心》。7 月，他的第一本中短篇小说集《魔障》出版。

1926 年 10 月，根据长篇《白卫军》改编的话剧《图尔宾一家的命运》首次公演，场场爆满。同年，《佐伊卡的住宅》首次上演。接着剧本《逃亡》获得巨大成功。布尔加科夫成为家喻户晓的剧作家。

次年,《图尔宾一家的命运》被禁演，后又被批准本年之内可演。发表小说《吗啡》。

1928年12月,《血红的岛》在莫斯科室内剧院首次上演。开始写长篇小说《魔怪的故事》(即后来的《大师和玛格丽特》)。

自1929年起，布尔加科夫的剧本接连被禁，直到所有剧本全被禁演，并从剧目中取消。散文作品被禁止发表。报刊批判进一步升温。布尔加科夫向苏联政府提出几次书面请求，希望批准他与妻子一同出国，均遭拒绝。

1930年，布尔加科夫放弃出国打算。在斯大林的亲自关照下，任青年工人剧院顾问。5月，任莫斯科艺术剧院助理导演，开始将《死魂灵》改编为剧本。10月3日,《莫里哀》剧本得到批准，允许上演。1931年，完成剧本《亚当和夏娃》。出国旅游的申请再次遭到拒绝。

1932年3月，莫斯科艺术剧院开始排演《莫里哀》，不久后中止。10月，与叶莲娜·谢尔盖耶芙娜正式结婚，后与妻子同去列宁格勒。恢复《大师和玛格丽特》的写作。11月28日,《死魂灵》剧首次公演。

1934年3—4月，继续修改《大师和玛格丽特》书稿。6月，在全苏联作家协会成立前被接纳为苏联作协会员，同时成为作家基金会的会员。9—10月，写出《普希金》剧本初稿。10月，完成改编剧本《钦差大臣》。10月16日，莫斯科艺术剧院恢复《莫里哀》的排演。1935年，完成剧本《普希金》。

1936年2月,《莫里哀》首次公演。不久即受到一些半官方报刊的严厉批评，剧院宣布取消这一剧目。

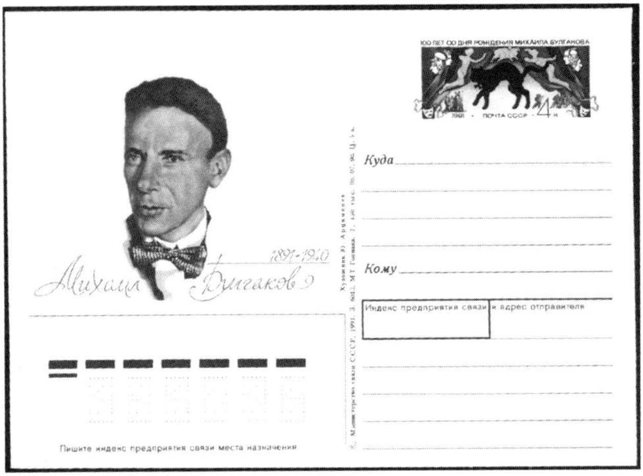

俄罗斯布尔加科夫邮票

1937 年，继续写《大师和玛格丽特》。写出几个歌剧剧本（《黑海》《彼得大帝》）。

1938 年，剧本《堂吉诃德》脱稿。9 月开始写关于斯大林青年时期的剧本《巴统》。

1939 年 5 月，《大师和玛格丽特》的“尾声”脱稿。7 月，《巴统》正式脱稿。8 月，莫斯科艺术剧院《巴统》演出组收到斯大林办公室急电：据斯大林口头指示，《巴统》未获批准，不能上演。演出组一行立即返回莫斯科。

同年 9 月，布尔加科夫同妻子去列宁格勒，其间发病。他患的是具有遗传性的高血压性肾硬化。返回莫斯科后，病情加剧。

印有布尔加科夫的苏联明信片，1991年

1940 年 3 月 10 日，布尔加科夫与世长辞，享年 49 岁。他的骨灰被安葬在新圣母公墓，在契诃夫墓近旁。

目录

第一部

第二部

"……那么，你究竟是谁？"

"我是那永生作恶、永世为善之力的一部分。"

——歌德《浮士德》

MACTEP N MAPRAPNTA

第一部

第一章
千万别跟生人搭话

燠热的春日，夕阳西下，长老湖畔来了两位公民。头里那位四十上下，一身银灰色夏装，矮矮的个头，黑色的头发，顶门已秃，长得富富态态，手拿一顶帽顶打褶、相当体面的宽檐帽，刮得光光的脸上，点缀着一副特大号角质黑框眼镜。身后跟着个小伙子，肩宽背阔，赤发蓬松，后脑勺上歪戴着一顶格呢便帽，上身花格翻领衬衫，下身皱皱巴巴的白裤子，脚穿黑便鞋。

头里这位赫赫有名，叫作米哈伊尔·亚历山德罗维奇·别尔利奥兹，是一家颇有分量的文学杂志主编，莫斯科某文学协会（简称莫文协）主席。同行的年轻人是诗人伊万·尼古拉耶维奇·波内廖夫，笔名流浪汉[①]。

两位作家同志走进绿荫乍起的椴树林，径直奔向油漆得花花绿绿的小卖亭，亭子上悬着一块招牌："啤酒、矿泉水。"

说到这里，且容我先把当晚第一桩咄咄怪事作上一笔交代：

① 革命后的苏联文学界，有一种流行趋势，就是以形容词为笔名。比如高尔基（苦涩的）、别德内（贫穷的）等等。"流浪汉"直译起来是"没有家的"。这是一种追逐时尚的做法。——译者（下同）

这是一个毛骨悚然的五月的傍晚，商亭左近以及平行于小铠甲街的整条林荫路到处阒无一人。夕阳正穿过干燥的雾氛，朝花园环城路冉冉西沉，烈日把莫斯科烤得滚烫，热得人透不过气来。怪的是椴树荫下却不见游客，路边长椅无人问津，整个林荫路空空荡荡。

“来瓶矿泉水。”别尔利奥兹说。

“矿泉水没货。”小卖亭里的女人说不上为什么没好气地回答。

“啤酒有吗？”流浪汉哑着嗓子问。

“啤酒晚上才能来。”女人回答。

“那有什么？”别尔利奥兹问。

“杏仁茶，只有温暾的。”女人说。

“好吧，好吧，温暾就温暾吧……”

杏仁茶上泛着厚厚一层黄沫，飘出一股剃头铺子的怪味。两位文学家一顿豪饮，接着马上打起嗝来。他俩付过茶钱，坐到一张临湖背街的长椅上。

这时又出了第二桩怪事，不过仅同别尔利奥兹有关：一时间他的嗝突然止住了，心脏却咚地猛跳了一下，好似朝什么地方直坠下去，待到回归原位时，疼得就像扎进了一根秃针。更有甚者，这位别尔利奥兹蓦然间被一股莫名而强烈的恐怖感攫住了：他恨不得拔腿就跑，立刻从这长老湖畔逃之夭夭。

别尔利奥兹心情抑郁地朝身后看了一眼：恐怖感从何而来呢？实在莫名其妙。他脸色惨白，掏出手帕擦擦脑门，心想：“这是怎么啦？从来没有过的事呀！心脏出毛病了？……疲劳过度？……兴许，该把那些乱七八糟的事先撂在一边，到基斯洛沃茨克[1]去歇上两天……”

正在这节骨眼上，一团热气飘到他眼前凝聚起来，形成一位怪模怪样的透明的公民：小脑袋上扣着一顶马车夫戴的小巧玲珑的硬檐大盖帽，穿着一件也是轻飘飘的花格上衣……个子足足两米出头，但人却瘦得出奇，是个溜肩膀。列位注意，这家伙脸上完全是一副幸灾乐祸的表情。

别尔利奥兹一辈子不信邪，哪见过这等活见鬼的怪事。他脸色更白了，眼珠子瞪得差点没掉出来，心里直犯嘀咕：“这绝不可能……”

惜乎事实就在眼前，不容不信！这位透明透亮、又高又瘦的公民正悬在半空中左摇右晃。

这一来别尔利奥兹吓得非同小可，连眼睛都闭不上了。待到再一睁眼，一切早已杳然：幻影消失了，穿花格上装的不见了，扎进心里的秃针也同时被人拔掉了。

“呸，真见鬼！”主编喊了一声，“伊万，你看我，方才差点没热昏过去！甚至产生了某种幻觉……”他想挤出一丝笑容，可眼神里却余悸未消，两只手还在哆哆嗦嗦。但他总算一点点镇静下来，取出手帕扇了两下，摆出精神头十足的架势说了一句：“来吧，咱们接着谈……”于是，被杏仁茶打断的话头又接了下去。

事后方知，这番话谈的是耶稣基督。原来这位主编约了诗人给下期杂志写一部反宗教长诗。时过不久，伊万便应约交稿，遗憾的是主编竟一点儿也不满意。尽管流浪汉不惜浓墨重彩，把长诗主人公耶稣涂抹得一团漆黑，但依着主编的意思，整部长诗还

① 苏联南部的温泉疗养胜地。

得重写。这会儿主编正在给诗人大讲耶稣，颇有给学生上课的味道，目的就是要指出诗人的基本错误。

伊万不成功的原因何在？是才尽智穷、力不胜任，还是对问题一无所知？这就很难说了。不过若要说他笔下的这个耶稣，可也真算得活灵活现，只不过浑身毛病罢了。

别尔利奥兹呢，却打算向诗人证明，问题并不在于对耶稣有没有赞美，而是世上压根儿就没有这么一号人，种种有关耶稣的传说，纯属子虚乌有，都是最不值钱的瞎话。

列位须知，主编本是一位饱学鸿儒，言谈中他巧妙地指出，许多古代历史学家，如名满天下的亚历山大城的斐洛[①]，学富五车的约瑟夫·弗拉维[②]，都不曾有一个字提及耶稣的存在。好个别尔利奥兹，果然不愧是纵览经史、学识渊博，话里话外又告诉诗人，在塔西佗[③]著名的《编年史》十五卷四十四章虽有一处提到耶稣之死，其实那纯粹是后人的伪托。

主编这番谈话，诗人听来处处新鲜。他洗耳恭聆别尔利奥兹的教诲，一双充满活力的碧眼目不转睛盯着主编，只是不时打两个嗝儿，惹得在心里不由得直骂杏仁茶可恶。

“所有东方宗教，”别尔利奥兹说，“几乎都出过一个什么童贞女诞育的神。基督教也没有做什么新鲜事，它不过是依样画葫芦地炮制了自己的耶稣而已。其实，历史上哪有过耶稣这个人呐，需要着重说明的应该是这一点……”

别尔利奥兹那尖声尖气的高嗓门响彻了空荡荡的林荫路。只

---

① 亚历山大城的斐洛（前25？—50年？），哲学家和宗教思想家。

② 弗拉维（37—100），著有《犹太战争》《犹太古代史》《生命》等。

③ 塔西佗（55？—177），古罗马历史学家。

有他这样一个博古通今之人，才敢于涉足如此深奥的学问而不至碰得头破血流。诗人呢，也得以与闻多多趣闻逸事，增长不少有益的知识。比如，埃及的欧西利斯是天地之子，是一位德行崇高的神祇；腓尼基有个神祇叫法穆兹，还有个神祇叫巴杜克；墨西哥的阿兹德克人过去特别崇拜一个鲜为人知的可怕神祇维茨里－普茨里；等等。正在别尔利奥兹对诗人讲到阿兹德克人用泥团捏制维茨里－普茨里的当儿，林荫路上出现了第一个人。

后来不少单位出过证言来描绘此人的外貌。不过，说实在的，那放的都是马后炮。然而，若将这些证言的内容加以对照，真叫个使人无所适从。比如，第一份材料说此人身材矮小，镶金牙，跛右足；第二份却说他身材魁梧，戴白金牙套，跛左足；第三份只是一笔带过，说此人并无特征。应该承认，这些证言全都漏洞百出。

事实上这位公民哪条腿也不瘸，身材既不矮小，也不魁梧，只不过个头稍高而已。至于牙，左侧镶的是白金牙套，右侧是金牙。穿着一身价格昂贵的灰常服，脚上是一双与衣服同色的进口皮鞋。灰色贝雷帽潇洒地歪戴在脑袋上，腋下夹着一根文明棍，黑色镶头雕成了狮子狗脑袋形状。此人看上去四十出头，嘴角微歪，胡子刮得挺干净，黑发，右眼珠乌黑，左眼珠不知为什么却是绿的。眉如漆描，一高一低。一句话，是个外国佬。

他从主编和诗人并坐的长椅前走过，瞟了一眼，收住脚步，一屁股坐到旁边那张长椅上，距两位朋友只有几步。

“是德国人。”别尔利奥兹暗忖。

“是英国佬……”流浪汉脑子里寻思，“嚯，还戴着一副手套，也不嫌热！”

外国佬举目朝那环湖列成方阵的一幢幢高楼眺望，看来此地显然他是第一次光临，故而兴味盎然。

他的目光滞留在大厦的顶端几层，上面的玻璃窗映着即将同别尔利奥兹永别的太阳，闪动着万点碎金，发出耀眼的光辉。接着，又把目光向下移动，但见苍茫暮色之中，一扇扇玻璃窗已变得昏暗无光。他说不上为啥傲慢地冷笑一声，眯起眼睛，双手扶定文明棍的圆柄，下巴颏压到手背上。

“伊万，”别尔利奥兹说，“你有些地方，比如上帝之子耶稣诞生那段，写得相当精彩，讽刺也很深刻。不过关键在于耶稣降生之前早已出现过不少别的神子，像古代腓尼基人信奉的阿多尼斯，弗里吉亚人[1]信奉的阿提斯，波斯人信奉的密特拉都是。简而言之，他们谁也谈不上降生不降生的，谁也没有真正存在过。其中包括耶稣。所以，你千万别去写什么耶稣诞生的场面，或者，比方说，写什么智者报信[2]的场面，而是要把报信之说的种种荒诞不经写出来。否则照你那么一写，就像真有那么一回子事儿似的！……”听到这儿，流浪汉忙屏住呼吸，强忍着把一股难受的逆呃压了下去，结果打出的嗝来更不是味儿，声音也益发响亮。这当儿别尔利奥兹也收住话头，因为外国佬竟突然起身，朝两位作家走来。他俩瞅着来人，满面愕然。

“请原谅，”外国佬来到面前，话虽带点洋腔，说得倒还清楚，“我同二位素昧平生，不揣冒昧……不过，二位这一番宏论实在太精辟，太有意思了，故而……”

---

① 古代小亚细亚西北部的游牧民族。

② 据《旧约》马太福音第一章：耶稣降世时，有许多博士到犹太的伯利恒地方去寻找新诞生的犹太王。智者报信即指此而言。

他客客气气除下贝雷帽，这一手搞得两位朋友毫无办法，只好起身答礼。

“八成是法国人。”别尔利奥兹想。

“准是波兰人……”流浪汉寻思。

笔者还得交代两句：打从外国佬一开口，诗人对他的印象就十分糟糕；不过别尔利奥兹倒似乎挺喜欢这个人。其实也算不上喜欢，而是，怎么说呢……就算感兴趣吧。

“我可以坐一坐吗？”外国佬彬彬有礼地问。两位朋友身不由己地往边上一闪，外国佬就势一转身坐到他俩之间，立刻加入了谈话。“如果鄙人不曾听错，二位方才好像说，世上没有耶稣？”他用左边的碧眼盯住别尔利奥兹问。

“是的，您没听错，”别尔利奥兹也恭而敬之地回答，“我正是这样说的。”

“啊！太有意思了！”外国佬叫了起来。

“这家伙搞什么鬼名堂？”别尔利奥兹皱起眉头心中暗想。

“阁下也同意贵友的这番高见吗？”陌生人又往右一转，朝流浪汉问。

“完全的百分百！”诗人说话总爱别出心裁。

“妙哉！”不速之客叫了一声，但说不上为什么又鬼鬼祟祟朝身后张了一眼，把本来就不算高的嗓门压得更低了，“请原谅鄙人这样喋喋不休，不过，抛开别的先不论，以我的理解，二位竟不信上帝吗？”他眼里流露出又惊又惧的神情，接着加上一句：“我发誓，一定守口如瓶！”

“是的，我们不信上帝。”别尔利奥兹见这位外国游客如此胆小怕事，微微一笑，“不过，这事完全可以放心大胆地谈嘛。”

外国佬朝椅背上一靠，好奇得甚至发出一声轻轻尖叫。

“你们都不信神？”

“是的，我们是无神论者。”别尔利奥兹笑眯眯地回答。流浪汉却火冒三丈，心想：“缠住不放了，这洋鬼子！”

“啊，太好了！”让人纳闷的外国佬大叫一声，转动脑袋，一会儿朝这位文学家瞧瞧，一会儿朝那位文学家看看。

“在我们国家，不信神绝不会有人感到奇怪，”别尔利奥兹彬彬有礼地说，颇有外交家的风度，“我国大多数人出于自觉，早就不相信上帝的种种神话了。”

谁知这时外国佬竟站起来同惊愕不已的主编握握手，冒出这么一句：

“请允许我向您表示衷心感谢！”

“您干吗谢他？”流浪汉眨巴着眼睛问。

“为的是这条非常重要的新闻啊。对于我这样一个旅行者来说，这条消息实在太有意思了。”洋怪物意味深长地竖起一根手指说。

看来，这条重要新闻给外国佬留下的印象的确十分深刻，只见他又惊又惧地抬起头来，把幢幢楼宇一一看过，仿佛生怕每个窗口都会冒出个什么不信神的人物来似的。

“不，他不是英国人。”别尔利奥兹心想。流浪汉却琢磨：“这家伙俄语怎么说得这么地道？哪儿学的？真有意思！”接着，又蹙起眉头。

“不过，鄙人倒要请教，”外国佬经过一番忧心忡忡的思索，又开口了，“对于那些上帝存在说的论据又作何解释呢？众所周知，这样的论据足有五条之多呢！”

"咳,"别尔利奥兹不无遗憾地回答,"哪一条论据也是一文不值!人类早就把它们统统塞进历史博物馆啦。您总该承认,对一个心智健全的人来说,任何证明上帝存在的论据,都是难以成立的啊!"

"妙哉!"外国佬又叫道,"妙哉!在这个问题上,您同康德那不知安分的老儿说法倒是如出一辙。不过怪就怪在虽说这五条论据已被他彻底推翻,可后来他却像自嘲似的反倒又搞出来个第六条。"

"康德的论据,"满腹经纶的主编委婉地一笑,"同样不足为训。难怪席勒说,康德对这个问题的观点只能使奴才感到满意。施特劳斯[①]对第六条可是公然嗤之以鼻的。"

别尔利奥兹一边说话一边心里嘀咕:"这到底是个什么人,俄语怎么这么棒?"

"真该把康德抓起来。单冲他这套谬论,就该打发他到索洛夫基[②]去蹲上三年!"伊万冷不防脱口说了这么一句。

"伊万。"别尔利奥兹搞得很窘,轻喊了一声。

不过,把康德送往索洛夫基的建议非但没使外国佬惊讶,反倒逗得他大为开心。

"着哇,着哇!"他喊,那只死盯着别尔利奥兹的碧绿的左眼闪出一缕光芒,"那地方他去正合适!那天吃早饭的时候我就对他说过:'教授,一切悉听尊便。不过您琢磨出来的那一套,实在不怎么合乎情理。也许挺高明,可谁也闹不明白。人家会笑

---

① 施特劳斯(1808—1874),德国哲学家。

② 索洛夫基是俄国人对索洛韦茨基群岛口语化的说法。群岛位于苏联北方白海海湾,为流放犯人的传统所在。

话您的。’”

这话把别尔利奥兹听傻了，心想：“吃早饭的时候？……对康德说？……胡诌些什么呀？”

“可是，”外国佬毫不在乎别尔利奥兹这副大吃一惊的表情，接着又对诗人说，“要想把他打发到索洛夫基去怕是没法办了。早在一百多年前他就上比索洛夫基远得多的地方去了。而且，实话对您说吧，谁也没那个能耐把他再弄回来。”

“真遗憾。”诗人挑衅似的说。

“我也深以为憾。”陌生人说话时一只眸子熠熠发光。随即又说：“不过，有这么一个问题我始终百思不解：如果没有上帝，那么请问，谁来支配芸芸众生的一切呢？谁又是天下的主宰呢？”

“人自己支配自己呗。”流浪汉忙愤愤地回答。其实，这个问题他也闹不清。

“对不起，”陌生人客客气气地说，“若是说到支配，总得在一段说得过去的时间里有一个比较拿得准的计划才成吧？人要是非但无法对短得可笑的一小段时间——比如说一千年吧——提出任何计划，甚至连自己的明天也无法担保，那么请问二位，这支配二字又怎能谈得上呢？”

“说实在的，”这回陌生人转向了别尔利奥兹，“就拿您来说吧，试想，正当您支配着别人和自己，在那儿发号施令的时候，总之，正当您春风得意的时候，突然，您……嘻嘻……肺子里冒出个大瘤子……”只见外国佬甜蜜地一笑，仿佛能琢磨出肺子里长瘤子这档子事来心里不知有多高兴似的。“是的，瘤子……”他像只猫似的眯起眼睛，把这个刺耳的词儿又说了一遍，“结果呢，您这种支配说完就完！

“于是您哪，除了保命要紧，别的事可就一概不感兴趣了。一来二去家里人事事瞒着您，您也估摸出大事不好，赶紧四处求访名医。后来就连走方郎中也不放过了，甚而至于还算命打卦。可是求医问药也好，求神打卦也罢，全都无济于事了。这您心里明镜似的。最后的结局别提多惨：两天前还自以为能支配这支配那，如今却躺在木头匣子里一动不动了。身边的人也心里有数：躺着的这家伙再也不中用了。于是就把他塞进炉膛，一烧了之。

“有时还更糟：某某人刚打算到基斯洛沃茨克去疗养，”说到这儿外国佬拿眼睛朝别尔利奥兹一瞟，“心里想，这还不是小事一桩吗？可谁知就连这点小事也支配不了，因为不知怎么搞的他竟会一跤滑到电车轮子底下轧死！您说，自己支配能支配到这个份上吗？您难道不认为，说他完全受别人支配反倒更合乎情理吗？”说罢，陌生人吃吃怪笑起来。

别尔利奥兹聚精会神听完这段关于瘤子和电车的很不入耳的奇谈怪论，种种想法搞得他心烦意乱。“他不是什么外国人……绝不是外国人……”他寻思，“叫人琢磨不透……不过你倒说说，他究竟是个什么人……”

“我看，您是想抽支烟吧？”身份不明的人蓦然间对流浪汉说，“爱抽哪种牌子的？”

“您随身还带着好几种牌子怎么的？”诗人气不打一处来。他的烟果然抽完了。

“您喜欢哪种？”陌生人又问。

“就给来支‘伸手’牌的吧。”流浪汉恶叨叨地回答。

陌生人立刻从衣袋中掏出烟盒，朝流浪汉递过去。

“请吧，‘伸手’牌的……”

主编和诗人全都惊傻了，原因不仅在于烟盒里的香烟果然是“伸手”牌的，更出奇的是那只烟盒：它硕大无比，赤金打就，盖子开合之间，钻石镶嵌的三角图案[1]闪出蓝白二色光焰。这一来，两位文学家的想法可就不尽相同了。别尔利奥兹想：“唔，的确是个外国人！”流浪汉却想：“真他妈的带劲！吓！……”

诗人和烟盒主人都点上了烟，不抽烟的别尔利奥兹谢绝了。

“应该这么驳他，”别尔利奥兹拿定了主意，“是的，人总是要死的，这谁也不反对。但问题在于……”

但不等他说完，外国佬又说：

“是啊，人总是要死的，不过，这并不算糟糕。糟糕的是往往会暴死、横死，这才叫祸从天降呢！谁也说不准今儿个晚上自己会怎样。”

“说的什么话！多荒唐！”别尔利奥兹心想，嘴上却说：

“您未免过甚其词了。要说今天晚上，自己总还能做点主吧？当然啰，如果走到铠甲街，不巧有块砖头飞到我脑袋上……”

“无缘无故，”陌生人颇有把握地打断他说，“砖头绝不会飞到谁头上。至于您，我敢担保，砖头也绝不会伤害您一根汗毛。您另有死法。”

“您兴许能知道我究竟是怎么个死法吧？”别尔利奥兹不由自主地拿出了一副讽刺的腔调，他已经不知不觉被这荒唐透顶的话题吸引住了，“请问，能否赐教呢？”

“遵命。”陌生人应声答道。他把别尔利奥兹上下打量一

---

① 三角形具有多种象征意义，关于此处的象征意义众说纷纭。有的说它象征对人心灵的控制，有的说它象征共济会。究竟指什么很难说得清。

番，仿佛打算给他量体裁衣似的，嘴里叽里咕噜叨咕着："一、二……水星入于二宅……月隐于……六——有难……晚——七。"接着兴冲冲大声宣布："您是断头而死！"

流浪汉横眉立目直盯盯瞪着放肆的陌生人。别尔利奥兹却苦笑着问：

"谁来断我的头？敌人吗？外国干涉军吗？"

"不，"对方说，"一个俄国妇女，还是个共青团员。"

"哼……"别尔利奥兹被陌生人的玩笑搞得很恼火，鼻子里哼了一声，"对不起，这不大可能。"

"我可要向您说声对不起，"外国佬回答，"这是命中注定的。对呀，我正要问您今晚有何贵干呢。不保密吧？"

"不保密，我这就要回花园路，回家。晚上十点莫斯科文协还要开会，我得去主持。"

"哦，这事可以免了。"外国佬的口气不容置辩。

"为什么？"

这时，几只黑色的鸟儿预感凉爽的夜晚即将来临，在天空悄然回翔。外国佬眯起眼睛朝天上望望说："因为安努什卡已经买到了葵籽油，不但买到，还把它弄洒了，所以，会也就开不成了。"

此时此刻，不难想象椴树荫下那种鸦雀无声的场面。

"对不起，"别尔利奥兹看了看信口雌黄的外国佬，出言打破僵局，"这跟葵籽油有什么相干？……哪个安努什卡？"

"葵籽油是这么回事。"流浪汉突然开了口，看来他决心要同这位不速之客来一场舌战，"公民，您有幸进过疯人院吗？"

"伊万……"别尔利奥兹轻声喊。

但外国佬毫不介意，居然高高兴兴笑起来。

“进过，进过，还不止一次呢！”他笑着嚷道，不过眼睛里却毫无笑意，直勾勾盯着诗人，“我哪有没去过的地方呀？只可惜没顾上向教授打听打听，精神分裂症是怎么回事。那么，劳您大驾，将来亲自问问教授吧，伊万先生！”

“您怎么知道我的名字？”

“这是哪里话，伊万先生！您大名鼎鼎，哪个不知，谁人不晓啊！”外国佬顺手从大衣口袋里掏出一张昨天的《文学报》。伊万在第一版上看到了自己的照片，下面还登着他的一首诗。这种荣誉和名声的佐证昨天还使他沾沾自喜，如今却弄得他怿意全无了。

“对不起，”诗人的面容黯然失色，“能不能稍候片刻？我想跟朋友说句话。”

“哦，请便！”陌生人高声说，“这树荫里实在太舒服了，好在我又不急着上哪儿去。”

“米沙，听我说，”诗人把别尔利奥兹拉到一边咬耳朵，“他绝不是外国游客，他是特务，是个潜回来的白俄。朝他要证件，不然他可就要溜了……”

“是吗？”别尔利奥兹小声问。他有些慌，暗想：“说得有道理……”

“听我的话准没错。”诗人贴在他耳边嘶声说，“他在装疯卖傻，套咱们的底。你听，他俄语说得多地道。”诗人边说边用眼睛瞟着陌生人，生怕他逃跑，“咱俩拖住他，别让他溜了……”

于是诗人又把别尔利奥兹拉回长椅旁。

这会儿陌生人不是坐着，而是在长椅旁站着，手里拿着个深灰封皮的小本本、一个厚厚实实的高级信封，还有一张名片。

“对不起，我只顾同二位争论，忘了自我介绍一下。这是我的名片、护照和聘书。本人是应聘到莫斯科来就任顾问的。”陌生人颇有分量地说，目光炯炯逼视着对方。

两位文学家好不尴尬。“见鬼，全听见了……”别尔利奥兹想。他不失风度地把手一挥，表示无须出示什么证件，可外国佬还是一个劲儿把证件往主编手里塞。诗人一眼瞥见名片上用洋文印着“教授”二字，姓名的头一个字母是两道弯——“W”。

“很荣幸。”主编不好意思地咕哝了一句。外国佬这才把证件揣进口袋。

这样一来，关系恢复了。三人重新落座。

“教授，您是应聘来做顾问？”别尔利奥兹问。

“是的，做顾问。”

“您是德国人？”流浪汉打听。

“我吗？……”教授反问了一句，突然犯起寻思来，“唔，也可以算是德国人吧……”

“您的俄语说得太棒了。”流浪汉说。

“噢，我是个语言通，懂的语言太多了。”教授回答。

“您搞什么专业？”别尔利奥兹又问。

“我是魔法专家。”

“我的天……”别尔利奥兹脑子里一震。

“您就是以这个身份应聘到我们这边来的吗？”

“是的，以这个身份。”教授说。接着，又解释道，“这里的国立图书馆请我来做研究，他们发现了赫伯特·阿夫里拉克斯基的一部手稿真迹，请我来鉴定。那是个十世纪的魔法师。我是世界上唯一的专家。”

“哦，原来您是个历史学家？”别尔利奥兹肃然起敬，心头一块石头落了地。

“是搞历史的。”这位学者承认。接着，又不知所云地加了一句，“今晚在长老湖畔准能看到一段有趣的历史！”

主编和诗人更觉得摸不着头脑。教授招招手，请他俩过去，等到脑袋凑到跟前，悄声说：

“记住，耶稣是确有其人的。”

“您瞧，教授，”别尔利奥兹强挤出一丝笑容，“我们尊敬您学识渊博，不过在这个问题上，却不敢苟同。”

“什么问题不问题！”古怪的教授答道，“的确是实有其人，就这么回事。”

“不过，总该有点证据吧……”别尔利奥兹又要大发议论了。

“什么证据也不用。”教授说，随后就低声讲了起来。不知怎的，他的洋腔一点也听不出来了，“一切都再明白不过，那是春季尼桑月[①]十四日清晨，他身披猩红衬里白披风，拖着骑兵那种沙沙磨地的步履……”

① 古犹太教历中的1月，约相当于现行公历的3—4月。

第二章
本丢·彼拉多

春季尼桑月十四日清晨，犹太总督本丢·彼拉多身披猩红衬里的白色披风，拖着骑兵那种沙沙磨地的步履，来到大希律王宫邸正殿的柱廊。

总督大人世上最恨玫瑰油香味。种种兆头预示，今日绝非吉日，因为这股子香味儿天一亮就不断刺激着他。

总督大人觉得花园里的柏树和棕榈也散发着玫瑰油的香味，甚至卫士们的汗臭和皮具的气味中，也仿佛混进了这股可恶的玫瑰芳香。

“哦，神祇呀神祇！何苦要罚我活受罪呢？……啊，果然又发作了，要命的偏头风……真是痼疾难医！……一发作半个脑袋就疼得要命……无药可医，无计可施……脑袋连动都不敢动……”

喷泉旁嵌花地坪上，已备好一把扶手椅。总督大人旁若无人地坐了上去，把手朝旁边一伸。书记官朝这只手毕恭毕敬呈上一张羊皮纸。总督大人实在疼痛难忍，龇牙咧嘴偏着脑袋，一目十行看过文件，把羊皮纸朝书记官手里一塞，有气无力地说：

“罪犯是加利利的？案子由州判过目了吗？”

“是的，大人。”书记官回禀。

“怎么说？”

“他不敢专擅，把耶路撒冷贵族院所判死刑呈请大人定夺。”书记官说。

总督面颊一抽，轻声吩咐：

“带犯人。”

转眼间，两名军士带过一名二十七八的男子，从花园平台进入柱廊的露台，直趋总督座前。此人双手反缚，穿一件半旧希腊长袍，浅蓝颜色，撕了好些个口子；额缠白布，外勒皮条；左眼下一大块乌青，嘴角已破，凝着血痕。进殿之后，以一种好奇而又不安的目光打量着总督。

总督略一沉吟，用阿拉梅语[①]轻声问：

“煽惑民众捣毁耶路撒冷圣殿的就是你吗？”

总督说话之间正襟端坐，仿佛一尊石像，唯见两唇在轻轻翕动。之所以端凝如此，是因为脑袋疼得要命，不敢有所动作。

那人反剪双手，趋步向前说：

“善人哪，请相信我……”

“你称我为善人？”总督突然打断对方，身子依然纹丝未动，声音也没有提高，“错了。耶路撒冷满街都在窃窃私议，视本督为凶神恶煞，——这倒还言之不谬。”接着淡淡加上一句：“传小队长鼠见愁。”

一小队队长马克，绰号鼠见愁，应声来到总督座前。他一踏

① 即古叙利亚语。

上柱廊，人们顿觉眼前一黑：鼠见愁比军团里最高的军士还高出一头，肩宽有如一堵墙，竟把爬得还不算太高的太阳也全遮住了。

总督操着拉丁语对小队长说：

“这囚人称本督为善人。带下去，开导开导他！让他明白明白，该怎么跟我说话。不过可不许落下残疾。”

鼠见愁马克一挥手，示意囚徒跟他下去。总督照旧纹丝不动，其他人都注视着马克。无论在什么地方，鼠见愁总是个惹人注目的人物。这主要是因为他身材高大。初见的人还有另一个原因，就是小队长的尊容实在不堪入目：他吃过日耳曼人的狼牙棒，鼻子揍得开了花。

马克脚穿大皮靴，把嵌花地坪蹬踏得咚咚作响，囚徒轻手轻脚跟在他身后。柱廊内肃静异常，就连露台外花园平台上咕咕的鸽子叫，喷泉那奇妙动听有如仙籁的淙淙流淌，都能一一传入耳中。

总督大人很想起身移步，伸出额头去承受那股飞泉，但他知道，这样也还是无法减轻半点疼痛。

鼠见愁把囚徒由柱廊带入花园，从鹄立在青铜像旁的罗马军士手中接过皮鞭，信手一挥，抽在囚徒脊背上。小队长的动作显得那样漫不经心，轻柔舒展，然而转眼之间，那囚徒已好似被人一刀砍断了双腿，咕咚一声瘫倒在地，面色惨白，两眼发直，连气都喘不上来了。

马克轻舒左臂，把倒在地上的人像提空口袋似的拎了起来，朝地上一掼，操着蹩脚的阿拉梅语鼯声鬞气说：

"往后得管罗马帝国的总督叫伊格蒙[1]。废话少说，站好。明白吗？想不想再来一顿？"

囚徒身子一晃，强撑着总算站稳了，脸上又有了血色。他长舒了一口气，哑着嗓子说：

"你说的全明白。别打了。"

他立刻又被带回总督座前。

响起了喑哑的、病病恹恹的问话声：

"姓名？"

"我的吗？"囚徒赶紧问了一句，完全是一副准备尽心竭力回答问题的样子，生怕再有所冒犯。

总督轻声说：

"本督的姓名用得着问你吗？休得假作痴呆。快说！"

"耶稣。"囚徒慌忙回答。

"绰号呢？"

"拿撒勒人。"

"籍贯？"

"哈马拉镇。"囚徒回答时脑袋望右边一晃，表示哈马拉镇在北边一个遥远的地方。

"父母呢？"

"说不准，"囚徒忙说，"我已经记不得父母了。据说家父是叙利亚人。"

"家住何方？"

"小人四海为家，"囚徒显得有点不好意思，"从一个市镇到

---

① 即霸主。

另一个市镇，云游四海。”

“短短三个字——流浪汉——岂不更为贴切！”总督说。接着又问：“家中还有何人？”

“没有谁了，就我一个。”

“知书识字吗？”

“是的。”

“除了阿拉梅语，还会讲别种语言吗？”

“会，还会说希腊语。”

总督一只肿眼泡上裂开了一条小缝，眼睛由于头疼而显得神采大减，紧紧盯着囚徒。另一只眼睛依然闭合着。

彼拉多讲起了希腊话：

“煽惑百姓，妄图捣毁圣殿的就是你吗？”

听到这话，那囚徒精神反倒振作起来，眼中毫无惧色。他也操着希腊语说：

“我吗？善……”囚徒发觉自己险些又说走嘴，惊恐的光芒在眼中一闪，“伊格蒙，我可从来没想过要捣毁圣殿呀！也绝不会让人去干这种蠢事的。”

书记官正伏在一张矮几上录供，这时讶然将头抬起，但随之又朝羊皮纸里埋下去。

“入城欢度佳节的百姓八方汇集，如潮而来，三教九流，无所不有。术士有之，占星家有之，预言家有之，杀人犯有之，”总督语气单调平板，“妖言惑众之徒亦有之。比方说你就是其中之一。煽惑百姓，欲毁圣殿，这是记录在案的。人证俱在，怎容抵赖？”

“那些善男信女，”囚徒刚一开口，赶忙又补了一句，“伊格蒙……他们都是些愚民，把我说的话全弄得颠三倒四。我真担心以讹传讹，贻误后世呀！全怪记录的那个家伙，都搞差了。”

总督一时无言。这回他的两只病眼一齐睁开，吃力地瞅着囚徒。

“歹徒，本督最后再提醒你一次！休得装疯卖傻，假装痴呆！”但彼拉多语气并不严厉，声音仍是那么平板，“你的妖言记录在案的虽然不多，然凭此就足以把你送上十字架了。”

“不，不，伊格蒙，”囚徒变得很紧张，一心想说服总督，“有人总拿张羊皮纸跟在我身后记呀记的。有一回我往羊皮纸上一瞅，心里一惊：上头记的根本不是我说的话。我哀告他：求求你，把那张羊皮纸烧了吧！可他从我手里抢过就跑了。”

“那是何人？”彼拉多用手揉着太阳穴厌烦地问。

“利未·马太[①]，”囚徒欣然答道，“他是个税吏，一开头我是在通往伯法其的大道上遇上他的。那地方有座无花果园紧挨大路，我同他就在那儿攀谈起来。起初他对我态度不好，甚至恶语相伤，以为把我叫作狗就可以羞辱于我，”说到这儿囚徒笑了一笑，“但我却认为狗这种动物并没有什么不好，对这样的称呼我一点也不介意……”

书记官停下笔来，偷偷投出惊讶的一瞥，但不是看囚徒，而是看总督。

“谁知听了我这番议论，他的态度却软了下来。”耶稣接着说，“后来，他把税款朝大路边一撂，说是非要跟我去游历不可……”

① 利未·马太是圣经传说中耶稣的十二门徒之一，他所记录的耶稣言行，即为《马太福音》。

彼拉多半边面颊猝然一笑，龇出一口黄牙，整个身子直僵僵地转向书记官：

“哦，想不到耶路撒冷还有如此奇闻！听见了吗？税吏竟敢把税款弃之于途！”

书记官不知如何回答，觉得还是跟着彼拉多也笑笑为好。

“他说，从此他要视金钱如粪土。”耶稣把利未·马太这种令人费解的举动解释了一下，随后又说，“自打那时起，他就一路跟上了我。”

总督大人依然龇着黄牙，先看看囚徒，后瞅瞅太阳。太阳冉冉升起，已爬到右下方远处跑马场的一组奔马雕塑上方。他忽觉烦躁不安，心想：还不如说一声“绞死他”，把这个怪里怪气的歹徒从露台上拉出去了事。他巴不得把卫士们也撵走，然后离开柱廊，退入内殿，下令掩蔽门窗，倒在卧榻，传来一杯清凉凉的水，再用怜惜的声音唤来爱犬斑嘎，对它诉诉偏头风的痛苦。蓦地，服毒自尽的念头在总督大人疼痛不堪的脑袋里诱人地一闪。

他把呆滞的目光移向囚徒，口中沉吟不语，心中却苦苦琢磨：这囚徒何苦非要到耶路撒冷来，闹得鼻青脸肿，站在自己面前忍受这近午时分大太阳的无情烤炙呢？自己又何苦非要对他提这些个无聊的问题呢？

“利未·马太？”总督闭上眼睛嘶声问。

“是的，是叫利未·马太。”耳畔响起一个尖溜溜的声音，扰得人心烦。

“那么，关于圣殿，你在集市上对百姓究竟说了些什么？”

回话的声音仿佛直刺彼拉多太阳穴，弄得他头疼欲裂：

“伊格蒙，我说的是旧信仰的殿堂将会坍塌，新的真理之殿将会矗立起来。我这么说，是为了让人一听就明白。”

“好个流浪汉，在集市妖言惑众，奢谈真理，意欲何为？你明白什么是真理吗？”

总督大人边说边在心里想：“哦，神祇呀！审案时跟他说这些废话干什么？……难道我真是才劳智竭了吗？……”一碗黑色毒液又在他眼前晃动，“给我毒药，毒药……”

耳边这时再次传来那个声音：

“您的脑袋疼，疼得您简直不想活，这就是真理。您不但无心同我谈话，就连看我一眼都费劲。有意也好，无意也罢，眼下我是在折磨您，对此我实在过意不去。您甚至已经无法思考，一心盼着您的爱犬能快来同您做伴。这条狗也许是您唯一离不开的生灵了。不过，您的罪马上就要受到头，脑袋这就不会再疼了。”

书记官目瞪口呆地望着囚徒，写了半句话就停下了笔。

彼拉多朝囚徒抬起那双饱含痛苦的眼睛，见跑马场上方的日头已升起老高，阳光穿过廊柱渐渐爬到耶稣那双磨秃了的木屐旁。他发现耶稣也在躲避阳光。

总督倏地从扶手椅上站起，双手紧抱脑袋，刮得光光的脸上显出惊惧交集的神色。但他旋又强打精神，故作镇静，重新落座。

囚徒仍在自顾往下说。书记官已不再记录，只是伸长了脖子听着，一个字也不放过。

“现在一切都过去了，”囚徒同情地望着彼拉多，“对这一点我深感欣慰。伊格蒙，我想奉劝您暂离官邸，徒步到郊外去走走，哪怕到橄榄山的花园去散散步也好。暴风雨就要来了……”囚徒转身觑起眼睛看看太阳，“……傍晚就会来的。出去散步对您大有裨益。我很乐意陪您走走。我有些个新鲜的想法，很想同您聊聊，说不定您会感兴趣。况且，一看就知道您是个聪明人。”

书记官吓得半死不活，面色惨白，羊皮纸卷也失手掉到地上。“毛病就出在，”囚徒还是滔滔不绝往下说，“您过于深居简出，对他人完全丧失信心。您也该想想，总不能只跟一条狗情意缱绻吧？伊格蒙，您的天地过于狭窄了。”说罢，囚徒还微微一笑。

书记官在一旁只顾琢磨，到底该不该相信自己的耳朵。看来还得信。尽管他摸透了总督的脾性，但绞尽脑汁也难以想象，火暴性子的总督大人听到囚徒这番空前放肆的议论，会以何等怪诞可怕的方式来宣泄怒火。

这时，响起了总督沙哑的声音，他脱口说了句拉丁语：

“松绑。”

一名卫士把长矛朝地面咚地一顿，交与旁人，走上前来给囚徒松开双手。书记官拾起羊皮纸卷，心想：“这会儿最好什么也别记，对什么也别大惊小怪。”

“告诉本督，”彼拉多用希腊语悄声说，“你精通医道吗？”

“不，总督大人，我不懂医道。”囚徒一边回答，一边心满意足地揉搓着青紫发麻的手腕。

彼拉多耸起眉毛，目光如电，霍地刺向囚徒。他那昏暗蒙眬的眸子里，重又迸射出手下人都熟悉的火星。

“本督忘了问你，”彼拉多说，“你兴许还懂拉丁语吧？”

“是的，我懂。”囚徒答道。

彼拉多焦黄的脸上透出红晕，他用拉丁语说：

“唤狗一事你又是从何而知呢？”

“这很简单，”囚徒也用拉丁语回答，“您用手在空中做了这样一个动作，”囚徒模仿彼拉多做了一个手势，“就像抚摸一条狗，嘴唇也……”

“不错。”彼拉多说。

二人沉默了一会儿。彼拉多又操希腊语问：

“那么，你略通医术？”

“不，不，”囚徒忙不迭地否认，“真的，我不懂医。”

“好吧，想保守秘密吗？那就悉听尊便吧。于办案倒也无碍。这么说，你否认煽惑百姓毁弃圣殿……或是纵火，或是阴谋破坏啰？对吗？”

“伊格蒙，容我再说一遍：我从来没煽惑任何人做这等事。你看我像个傻子吗？”

“不错，你倒的确不傻，”总督轻声回答，还微微一笑，样子挺吓人，“若无此事，你可对天设誓！”

“您要我以何为誓呢？”囚徒问。松了绑之后，他的精神好多了。

“就以你的性命吧，”总督说，“目下以它为誓正当其时！你的性命有如千钧系于一发，要放明白点！”

“伊格蒙，难道您真以为是您把我的性命系上了头发丝吗？”囚徒问，“如果您这样想，那就大错特错了。”

彼拉多不禁浑身一震，咬牙切齿地说：

“但本督可以挥刀断之。”

“这您又错了，”囚徒用手挡着阳光朗然笑道，“只有先把它用头发丝系上，才谈得上斩断发丝。这一点，您怕是不能不赞成吧？”

“着哇，”彼拉多笑笑说，“现在本督夫复何疑！怪不得耶路撒冷的无业游民全都唯你马首是瞻！真不知谁给你生就的这副伶牙俐齿。顺便问一句：据说进耶路撒冷时你是由苏兹门骑驴而入的，后有大群贱民百姓相随，沿途纵声欢呼，有如恭迎至圣先知，此事确否？”说到这儿，总督指了指羊皮纸卷。

囚徒看看总督，莫名其妙。

“伊格蒙，我连毛驴也没有一头，”他说，“我打苏兹门[1]进的耶路撒冷不假，但却是步行，只有利未·马太一人跟着我，哪来的人冲我欢呼？当时耶路撒冷城里谁也不认识我呀。”

“有个底斯马斯，还有个赫斯塔斯和巴拉巴，这三个人你可认识？”彼拉多目不转睛地逼视着囚徒。

“我同这几位善人无缘相识。”囚徒回答。

“当真？”

“真的。”

“再有，你为何对人总以‘善人’相称呢？人人都如此相称吗？讲！”

“是的，”囚徒说，“世上没有恶人。”

“多新鲜！”彼拉多冷冷一笑，“不过，也许本督是少见多怪吧……下边不用记了。”他这是对书记官吩咐。其实，书记官根本就什么也没记。接着，他又对囚徒说：“以上所言，莫非你见之于哪部希腊典籍？”

“不，自己想出来的。”

“于是便四处宣扬？”

“是的。”

“以绰号鼠见愁的这个小队长而言，他也算得是个善人吗？”

① 耶路撒冷的东门，对着橄榄山，俗称金门音书记载耶稣骑驴由此门进入耶路撒冷，受到民众夹道欢迎。

“是的。”囚徒说，“当然，他是个不幸的人。自打善人们使他破了相以来，他就变得心狠手毒，铁石心肠了。我倒想知道是谁使他破了相。”

“得以奉告，不胜荣幸。”彼拉多回答，“这事倒正是本督亲眼所见,发生在伊底斯塔维佐的贞女谷之役[①]。当时一群善人有如群犬扑熊，朝马克蜂拥而上。那群日耳曼人扳胳膊的扳胳膊，抱腿的抱腿，还卡住了他的脖子。步兵中队陷入埋伏。若非一支骠骑兵小队从侧翼冲入重围，而指挥官又正是本督，那么，哲学家先生，即使今天你再想同鼠见愁谈话，怕也是难以如愿了。”

“如果我真能同马克谈谈，”囚徒脸上突然现出如梦如幻的神情，“我相信，他肯定会大彻大悟的。”

“依本督看，”彼拉多说，“你想同副将大人手下的官兵谈话，他是不会高兴的。好在事无可能，对双方倒也都是幸事。否则第一个要过问的就是本督了。”

这时，一只燕子闪电般窜入柱廊，贴着描金天花板兜了一圈，接着掠地低回，尖尖的翅膀几乎刮到壁龛中铜像的脸上。最后，也许是起了在柱头筑巢的念头，钻进那里不见了。

就在燕子翻飞的当儿，总督的脑袋好多了，又变得清醒起来。了结此案的办法也已考虑妥当：总督审理了绰号拿撒勒人的流浪哲人，案中未见有犯罪成分，尤其是未见此人行为与不久前的耶路撒冷骚乱有何关联。鉴于该流浪哲人实已精神错乱，总督以为，小贵族院判处该犯死刑之议应予撤销。但又鉴于拿撒勒人错乱的空想言论可能在耶路撒冷引起骚乱，故决定将耶稣逐出耶

① 此役发生在公元16年，地点在维泽尔河右岸，交战双方为罗马人和日耳曼人。结果罗马人大败日耳曼人。

路撒冷，流放地中海沿岸的凯撒利亚，即总督行辕所在地。

现在，只需向书记官口授一下就行了。

燕子扑扑地扇动翅膀，贴着总督头顶一掠而过，冲向喷泉水盂，重新投入自由的怀抱。总督抬眼看看囚徒，见阳光在他身旁映出一道光柱。

“也就这些事了吧？”彼拉多问书记官。

“不，遗憾的是还有。”书记官出乎意料地回答。他向彼拉多呈上另一张羊皮纸。

“这又是何事？”彼拉多皱起了眉头。

阅罢呈文，他的脸色更难看了。说不清究竟是一股紫血涌上了颈项和面庞呢，还是由于什么别的原因，只见他的脸色由蜡黄转成铁青，眼睛也仿佛塌陷了。

兴许又是血在作怪：它猛地涌到太阳穴，怦怦直跳，弄得总督的视力似乎也出了毛病。比如，他觉得，囚徒的脑袋好像正朝着什么地方飘去，可是，脖腔子里一下子又冒出一个新脑袋，微秃的脑门上还戴着一顶齿状金冠。前额上长了个大圆痈，四周溃烂的皮肤上涂着药膏。因为没有牙，嘴是瘪的，下嘴唇儿还调皮地往下耷拉着。彼拉多仿佛觉得露台上的玫瑰色廊柱统统消失了，山下远方花园外，耶路撒冷的一座座屋顶也全都消失了，周围的一切都消逝在喀普利亚式果园郁郁葱葱的浓荫之中。耳朵也不知出了什么毛病，总觉得远方有支号角在轻轻地、威严地鸣响；一个傲慢的鼻音拖着长声清清楚楚地说：“欺君之罪，依法难逃……”

许多瞬间即逝、毫不连贯、乖于常理的念头接二连三闪过。“毁了！……”然后是：“我们都毁了！……”在这些想法中，忽然又冒出一个近乎荒唐的念头——想到某种永生。然而不知为什么，这种念头又惆怅得叫人难以忍受。

彼拉多强打精神，驱散幻影，目光又落回露台，眼前是囚徒那双眼睛。

“听着，拿撒勒人，”总督以一种奇特的眼神瞅瞅耶稣，脸上山雨欲来，眼神却透着忧心忡忡，“你是否对恺撒陛下有所非议？快讲！是否……有所非议？”这一个“否”字拖得超出了过堂时应该拿的腔调，同时又向耶稣递去一个若有深意的眼色，仿佛是在向囚徒提醒什么。

“说真话好办，我心里也痛快。”囚徒说。

“说真话你心里是否痛快与本督无关，”彼拉多压着嗓门恶狠狠地说，“不过，谅你也不敢谎言相欺。只要你不想受酷刑而死，就要三思而言，知道每句话的分量。”

谁都不知犹太总督究竟搞什么名堂，但见他抬手装作遮挡阳光，居然又偷偷给囚徒递去一个眼色。

“好吧，”他说，“你认不认识一个加略人叫犹大的？如果你跟他谈到恺撒，都说了些什么？从实招来！”

“噢，是这样的。”囚徒欣然开口，“前天傍晚，我在圣殿旁结识了一个年轻人，自称是加略人犹大，家住下城，他把我请到家中，殷勤款待……”

“岂不又是一个善人？”彼拉多说话时恶作剧的火花在眼中一闪。

“那可是个一心向学的善人，”囚徒说，“他对我的主张极感兴趣，高高兴兴招待我……”

“他点起数盏明灯……”彼拉多咬牙切齿，学着囚徒的声调，眼中闪烁着凶光。

“是啊，”耶稣对总督大人如此了解详情颇感惊讶，“他请我谈谈安邦治国的见解，对此他特别感兴趣。”

“你又是如何谈的呢？”彼拉多问，“也许你要推托说，早已忘得一干二净了吧？”彼拉多的语调显出他已不抱有丝毫希望。

“我说了不少。其中谈到，”囚徒说，“当政者莫不以暴力压迫民众。总有一天，一个恺撒不再当权任何人也不再为政的时代将会到来。人类将进入真理和正义的王国，那时将无须任何人治理。”

“下文呢？”

“下文没有了，”囚徒说，“我刚说到这儿，好多人一拥而入，将我捆绑起来，送进了大牢。”

书记官尽量一字不漏，在羊皮纸上刷刷地记着。

“就天下百姓而言，唯举世无双的提比略大帝[①]才是最伟大、最完美的明君！……”彼拉多那病病恹恹的沙哑的声音越来越高亢。不知为什么，总督恨恨地又朝书记官和卫士们瞟了一眼。

“而你，一个疯子，一个罪犯，怎敢说三道四！”说到这儿，彼拉多大喝一声：“卫士们，撤下露台！”转身又对书记官说：“事关国家机密，我要单独审问罪犯！”

卫士们提起长矛，铁掌军靴踏出有节奏的咔咔声，从露台撤入花园，书记官也跟了下去。

此刻露台寂静无声，只有喷泉在潺潺歌唱。水注满了喇叭形的大盂盘，又漫过边缘向四外漾出，形成涓涓细流，飘洒而下。

① 提比略大帝（前42—37），古罗马第二代皇帝，奥古斯都的义子。公元14年继位。

彼拉多一直在注视着。

首先开口的是囚徒。“我发现，跟那位加略青年的一席谈话似乎给他带来了某种灾难。伊格蒙，我预感他将会非常不幸。我很可怜他。”

“我看，”总督阴阳怪气地笑着说，“世上比加略犹大值得你可怜的人有的是！遭遇比犹大更为不幸的也有的是……那么，难道冷酷无情、心如铁石的刽子手鼠见愁马克，难道因你布道而将你残害到如此地步的那些人，”总督指指耶稣那被糟蹋得不成人形的面孔，“难道那率领众喽啰杀死四名军士的强贼底斯马斯、赫斯塔斯，最后还有那卑鄙龌龊的叛徒犹大——难道这些人也都是善人吗？”

“是的。”囚徒说。

“真理王国最终还会来临？”

“会来的，伊格蒙。”耶稣满怀信心地说。

“永远不会来临！”彼拉多突然发出一声可怕的怒吼，耶稣不由得往后一闪。多年前，彼拉多也曾对手下骑兵这样大喝：“砍死他们！砍死他们！大个子鼠见愁被他们活捉了！”这会儿他放开因喊口令而嘶哑了的喉咙，抻着脖子大叫，好让花园里的人也字字听清：“罪人！罪人！罪人！”接着，又压低嗓门问：“拿撒勒人耶稣，你信什么神吗？”

“那独一无二的尊神，我信。”

“那就向他祈祷吧！好好祈祷！不过……”彼拉多把声音放得更低了，“已经无济于事了。尚未娶妻吧？”彼拉多不知为什么神色黯然地说。他自己也不明白这是怎么了。

“还没有，我是个单身汉。”

“可恨的城市……”总督冷不防没头没脑咕哝了一句，肩膀还哆嗦了一下，仿佛打了个寒噤。他像洗手似的搓搓双手，“倘若同加略犹大见面之前你即为人所杀，也许反倒更好。”

“那么，您能放了我吗，伊格蒙？”囚徒出乎意料问了一句，声音怵惕不安，“我知道，有人想害我。”

一阵痉挛过后，彼拉多脸都变歪了。他用两只发炎的、布满血丝的眼睛盯着耶稣说：

“可怜虫啊可怜虫，你以为一个罗马总督救得了像你这样说话的人吗？天哪，天！你以为本督也想跟你落个同样下场？你的这些主张本督岂敢苟同！听着！从现在起，若是再敢胡言乱语，跟别人多嘴多舌，小心本督的厉害！”

“大人……”

“住嘴！”彼拉多一声断喝，狂乱地盯着那只翩然飞返露台的燕子喊：“来人！”

待到书记官和卫士们重又按班站定，彼拉多宣布，他批准耶路撒冷小贵族院对拿撒勒罪犯的死刑判决。书记官将彼拉多的话记录在案。

片刻之后，鼠见愁马克来到总督座前。总督命他将罪犯交付按察司看管，并传总督口谕将拿撒勒人耶稣单独关押，不得与其他人犯混杂；严禁按察司的人同耶稣谈话，违者严惩不贷。

马克一挥手，卫士们围上前来，把耶稣带下露台。

俄顷，一个金须美发男子前来谒见总督。他盔插雕翎，胸是金光闪闪的狮面护心镜；佩剑皮绦上、带子直系到膝部的三层底战靴上、披于左肩的猩红斗篷上，都镶着黄灿灿的金片。此人是军团副将[1]。

总督询问塞瓦斯蒂大队现位于何处，副将回说该大队正在跑马场前公判罪犯的广场上执勤。

总督命副将从罗马大队抽出两个小队，一队交鼠见愁指挥，负责押送装载罪犯和行刑器具的车辆及刽子手等开赴髑髅地，到达后立即将山顶严密封锁。另一小队直接开赴髑髅地，马上将该地区戒严。总督还请副将派友军骑兵——叙利亚骑兵团前往协助实施封锁。

副将退出露台，总督命书记官请长老院正卿、两位少卿和耶路撒冷圣殿主持到宫中议事，并嘱咐于议事之前先安排他同长老院正卿单独会晤。

总督的命令迅速而准确地执行了。当他登上花园上层平台，在石阶旁两只白色大理石狮子附近同担任长老院正卿的大司祭约瑟·该亚法会面时，这些天来一直火辣辣地炙烤着耶路撒冷的太阳还没有爬到当顶。

花园内寂然无声。他步出柱廊，但见上层花园平台洒满灿烂阳光。这里摆设着一株株粗细有如象腿的棕榈。凭台远眺，总督大人眼前展现出他所深恶痛绝的耶路撒冷城全景：飞廊高悬，楼堡林立，尤为触目的是那座顶饰金色龙鳞纹的大理石建筑——气象万千的耶路撒冷圣殿。总督大人的耳音敏锐，他听到山下远处，在围墙把官邸花园的底层平台同城市大广场分割开的地方，传来一阵低沉的嗡嗡声，其中不时还迸发出几声尖细微弱的高音，又像呻吟，又像喊叫。

---

① 古罗马官制，副将为总督副手，驻地方军团的领军将领。

总督知道，那边广场上已经麇集起无数百姓——那是近日来被耶路撒冷骚乱搞得惶惶不安的居民。人群正急不可耐地等待宣示判决，其中卖水的吆喝声一声迭一声在回响。总督首先请大司祭登上露台避一避无情的暑气。该亚法推说节庆马上就要开始，彬彬有礼地谢绝了。彼拉多拉起风帽，盖住微秃的脑门，开始了谈话。谈话用希腊语进行。

彼拉多说他审查了拿撒勒人耶稣的案子，批准了死刑。

这样，今天将要处死的，除底斯马斯、赫斯塔斯、巴拉巴等三名强贼外，还有一名，就是拿撒勒人耶稣。前两名罪犯因煽惑民众暴动，妄图推翻恺撒，交手时被罗马当局擒获。交总督定罪是一种例行手续，此时此刻，这样的罪犯当然毫无考虑的余地。后两名——巴拉巴和拿撒勒人，是由当地政府捕获交长老院审理的。为了庆祝今天盛大的逾越节，按法律和习俗，理应释放其中一名，恢复其自由。故而总督想知道，赦免一事长老院究竟意属何人：巴拉巴，还是拿撒勒人？

该亚法把头一点，意思是问题业已清楚，接着回答说：

“长老院请求赦免巴拉巴。”

总督早就料到大司祭一定会这样回答。不过眼下他要做的却是装出一副事出意外的样子。

彼拉多的表演相当出色。傲慢的面庞上双眉一挑，目光直逼大司祭，似乎说这样的回答实在令人惊讶。

“说实话，这个意见使本督深为诧异，”总督语气相当平和，“这里头怕有点误会吧？”

彼拉多解释了一下：罗马当局绝没有干涉本地教权的意思，这一点，大司祭想必也很清楚。然而，这一决定显然有不妥之处。对于纠错一层，罗马当局自感关切。

的确，以拿撒勒人的罪行而言，其严重程度与巴拉巴难以相提并论。前者——一个显然精神失常的人，只是由于在耶路撒冷言语荒唐而触犯刑律，那么后者的罪行则远为严重。该犯不仅直接鼓动暴乱，拒捕时还杀了一名军士。巴拉巴比拿撒勒人要危险多了。

鉴于上述理由，总督提请大司祭复议决定，在已判决的两名罪犯中，择其危害较小者予以开释。应当得到赦宥的无疑该是拿撒勒人，对吧？

该亚法平和谦恭，然而却坚定不移地回答说，长老院仔细研究了案情，再次申明，决定释放巴拉巴。

“怎么？连本督出面也无法挽回吗？须知，这是罗马委派的总督在说话！大司祭，请再说一遍。”

“我第三次通知，我们将释放巴拉巴。”该亚法不动声色地说。

一切全完了，再谈什么也没有意义了。永别了，拿撒勒人。总督那要命的头疼将无人医治。除却一死，怕是别无他法了。但眼下彼拉多感到吃惊的倒不是这些想法。原先在露台上曾感到的惆怅，那种莫名的惆怅，又攫住了他的整个心身。他急于找出这种感觉的原因，但得到的解释却很奇怪：隐隐约约觉得似乎有好多话没同罪犯谈透，甚至也或许是——没有听他说透。

彼拉多驱散了这种念头。这是一种倏然降临又倏然消逝的念头。它飞走了，不过，惆怅的原因还是难于捉摸，因为又冒出来一个新念头：“永生……永生降临了……”这念头一闪即逝，短暂得宛若电光石火，所以也根本谈不到能对惆怅做出什么解释。谁的永生降临了？总督搞不明白。然而一想到这种神秘的永生，即使烈日当空，他也不由得要打个冷战。

“好吧，”彼拉多说，“就这么办吧。”

说完，他四下环顾，朝身旁目力所及的世界扫视了一眼，周围的变化不禁使他大吃一惊：繁花缀枝的玫瑰丛消逝了，环抱最上层平台的一圈柏树也消失了，那石榴，那满园绿荫，连同绿荫丛中的白色雕像，也统统消失得无影无踪了。代替它们的，是一团红似血、稠如粥的东西在飘荡，里头有许多水草在摇晃，在朝一个方向漂移。彼拉多也随这团水草漂呀漂。这会儿，一股最可怕的愤怒——无可奈何的愤怒——在冲击他，折磨他，烧炙他。

“憋死我了，”彼拉多喊，“憋死我了！”

他抬起冰凉的汗漉漉的手，从长袍领口一把扯下领扣。扣子迸落到沙地上。

“今天真闷人，什么地方准在下暴雨。”该亚法注视着总督那张紫涨的面孔，预见到还有更大的痛苦在等待他，“啊，今年的尼桑月真可怕！”

“不，”彼拉多说，“不是闷热。跟你在一起本督憋得慌，该亚法。”接着，彼拉多眯起眼睛，冷笑一声，又加上一句：“大司祭，走着瞧。”

大司祭那双乌黑的眼睛一亮，同时——比起总督的表演来也毫不逊色——也是一脸惊诧之色。

“此话怎讲，总督大人？”该亚法语气十分平静地傲然问，“此案是大人亲定的，怎么反倒威胁起我来了？真是奇闻！在下一向以为罗马总督说话是最有分寸的。伊格蒙，我们的谈话不会有人听见吧？”

彼拉多用一双毫无生气的眼睛瞅瞅大司祭，把牙一龇，强作笑容。

“这是什么话，大司祭！在这个地方，谁又能听见你我的谈话呢？该亚法，难道本督是孩子吗？在什么场会说什么话难道本督都不懂？花园和官邸四周早已布下岗哨，即使是只耗子也休想钻进来。不仅耗子，就连加略人……叫什么来着？……就连那家伙也甭想混进来。大司祭，本督想顺便问一句，你认识这个人吗？是啊……他若钻到这里来，定会追悔莫及，此话你自然是相信的吧？放明白点，大司祭，从今以后，你休想再得安生！无论是你还是你的百姓都将永无宁日。”彼拉多用手指指右侧远方山头，那边矗立着闪闪发光的圣殿，“勿谓我金矛骑士本丢·彼拉多言之不虞！”

“知道，知道！”黑须的该亚法毫无惧色，双目炯炯，一只手臂举向苍穹，“犹太百姓都知道大人对他们恨之入骨。大人能让他们陷身水火，却永远无法将他们毁灭！神将保佑他们！全能至尊的恺撒会听到我们的呼声，会使我们免遭灾星彼拉多带来的厄难！”

“哦，不！”彼拉多每喊出一个字，就感到一阵轻松：再也不用装腔作势，转弯抹角。“该亚法，你在恺撒座前一贯谗告本督，未免太过分了吧？如今本督也饶不了你！本督要立遣急使禀告，不，不是到安蒂奥基亚向陛下的全权代表报告，也不是向罗马报告，而是到喀普里亚岛直接向陛下禀报，告发你们在耶路撒冷蓄意包庇大逆不道的死囚。本督一心想为你们造福，本打算把所罗门湖的水引到耶路撒冷来，不，如今本督要让耶路撒冷血流成河！别忘了，为了你们，本督曾多次调集大军，披坚执锐，攻城略地，不辞劳苦，亲临视察你们这里究竟出了什么乱子！记住我的话，大司祭！你会看到罗马大军在耶路撒冷大动干戈的！各地闪击军团将会兵临城下，阿拉伯铁骑将奔袭而来，那时你将听到哀声四起，遍地呻吟！那时，你才会想起被你赦宥的巴拉巴！想起被你送上十字架的与世无争的哲人！”

大司祭的面孔一阵红一阵白，他的眼睛在燃烧。他也跟总督一样，龇牙笑了一声答道：

“大人，您自己能相信您现在说的话吗？不，您不敢相信！您想把他放出来，纵容他妖言惑众，侮辱信仰，致使百姓惨遭罗马大军刀兵之劫吗？不，只要我犹太大司祭一息尚存，就决不允许信仰沉沦，百姓遭难！彼拉多，您听见吗？”该亚法说到这儿，威严地举起一只手，“大人，您听听！”

该亚法沉默了。于是，总督仿佛又听到一阵阵海涛般的喧声，拍打着大希律王花园的宫墙。这喧声起自总督脚下，劈头盖脸向他涌来。两厢殿堂后面，又传来令人惊慌不安的号角声，几百只脚沉重地践踏着地面；兵刃撞击，金铁交鸣。总督立刻明白了，这是罗马步兵正按他的指令迅速出动，前往参加刑前阅兵式，目的是在精神上给暴徒和强贼以威慑。

“您听见吗，总督大人？”大司祭又轻声叨咕了一遍，“您是不是想告诉我，”大司祭这时举起双臂，黑色斗篷从他头上滑落，“这一切都是一个无足轻重的蟊贼巴拉巴引发的呢？”

总督用手背擦擦额头沁出的冷汗，看看地面，又眯起眼睛望望天空。一团火球几乎已挂到当顶，该亚法的影子缩到了狮子尾巴旁。于是，他不经意地轻声说了一句：

“天已近午，你我只顾谈话了。这事以后再谈吧。”

他彬彬有礼、风度翩翩地向大司祭道了声歉，请对方先在木兰荫下一张长椅上坐候片刻，等他把其他人召集起来，再作一次最后的简短会商，还要发布一道与行刑有关的命令。

该亚法只手抚胸，礼数周全地鞠了一躬，独自留在了花园。彼拉多回到露台，命令等候在那里的书记官把副将、大队长、两名长老院少卿和圣殿卫队长请到花园。这些人正在花园下层平台上那座有喷泉的小圆亭中等候召见。彼拉多还吩咐说他一会儿就到，随后进了内殿。

就在书记官召集会议的当儿，总督在一间挡着黑窗帘的密室召见了另外一个人。尽管这间房里完全用不着担心阳光的刺激，但来人还是头戴风帽，将面孔遮去一半。会晤极为短暂，总督只是附耳交代了两句，后者便匆匆离去。彼拉多穿过柱廊，复又来到花园。

他召集的人早已到齐。总督板着面孔，郑重其事地当众宣布：他批准拿撒勒人耶稣的死刑，并正式征询长老院的意见，问他们属意赦宥哪一名罪犯。得到的回答是巴拉巴。

“太好了。”总督说，随后命书记官记录在案。他手里紧攥着书记官从沙地上拾起的领扣，庄严地说：“时候到了！”

到场的人随即走下两旁植有玫瑰花丛的宽阔的大理石阶。玫瑰花丛散发着迷人的芬芳。他们一路向下，迤逦走向宫墙和宫门。门外是一片铺砌得十分平整的大广场。对面耶路撒冷竞技场的圆柱和塑像隐约可见。

一行人走出花园，步入广场，登上雄踞一侧的巨大石台。彼拉多眯起眼睛四下一望，整个场面已尽收眼底。

方才走过的那片旷地，由宫墙到石台，全无一个人影。但朝前一望，却是人头攒动，哪里还见有什么广场。左有塞瓦斯蒂大队，右有伊图利亚辅助大队，两队军士在彼拉多身前分列了各三道警戒线挡住人群。否则，石台和台后那片旷地早被人海吞没了。

彼拉多眯起眼睛，登上高台，掌心里下意识地攥着一粒毫无用处的领扣。总督大人眯起双眼倒不是怕阳光刺激，不！不知为什么，他不愿见到几个待决的囚犯。他很清楚，这几个人正紧随其后被押上台来。

当彼拉多紧闭双目，身披猩红衬里的白袍，出现在高耸于人海边的石台上时，耳际突然响起一排声浪："啊……啊……啊……"它起于远处跑马场那边，起初声音不大，后来却殷殷有如雷鸣。响了一阵，又渐渐平息下去。"这是看见我了。"总督想。声浪不等降到最低点，又开始回升，扶摇而上，高过了第一个浪峰。还夹杂着一阵呼哨，宛如浪头上泛起的泡沫。透过雷鸣般的喧声，传来一阵女人清晰可辨的呻吟。"这是把他们押上台来了，"彼拉多寻思，"呻吟，是人群向前拥来，挤坏了几个女人。"

他稍候片刻，深知人群是任何力量也无法使之沉寂的，唯有让他们把心中的积郁尽情发泄出来，方自会安静下去。

安静的时刻终于到来了。总督将右臂倏地举起，人群中最后一点嘈杂立即随之消失。

彼拉多抓住这间隙，往胸中猛吸了一口炽热的空气，竭尽全力发出高喊。他那嘶哑的声音在成千上万人头顶回荡。

"我以恺撒陛下的名义……"

蓦地，他耳畔响起了几通高亢急促的呼声——罗马军队的兵士们把长矛和旗帜举向空中，发出可怕的呐喊：

"恺撒万岁！"

彼拉多昂起头，面向烈日。他的眼中仿佛腾起一股绿色的火焰，脑子也仿佛在燃烧。人群上空回响着沙哑的阿拉梅语：

“四名罪犯因杀人行凶，煽动暴乱，藐视王法和信仰，在耶路撒冷被捕，并判处极刑——吊上十字架！死刑马上就要在髑髅地执行！罪犯的名字是——底斯马斯、赫斯塔斯、巴拉巴和拿撒勒人。他们就在大家眼前！”

彼拉多用右手一指，眼中虽不见任何罪犯，但他知道，他们会站在应该站的地方。

人群报以长时间喧嚣，又像惊讶，又像慰藉。待到喧嚣平息下去，彼拉多又接着说：

“但仅有三人的死刑将得到执行，因为，按照法律和习俗，为了纪念逾越佳节，经长老院议定，由罗马当局批准，其中一名死囚将由仁慈的恺撒赐还他可鄙的生命！”

彼拉多扯着脖子喊话的时候就已经听出，人群的喧嚣已转而成为无比深沉的寂静。此时此刻，他再也听不到半点声息。有那么一瞬间彼拉多甚至以为，周围的一切全消失了。他所仇视的城市死寂了，唯有他屹然独立，仰面向天，承受着当顶烈日的炙烤。彼拉多让这种寂静再延长了一会儿，接着又喊：

“当场开释的犯人，名字是……”

他没有将名字立时说出，而是停顿了一下，考虑该说的是否已经说完，因为他知道，幸运儿的名字只要一出口，整个城市便会重新苏醒，再想说什么便难于办到了。

“说全了吗？”彼拉多无声自问，“说全了。只剩下宣布名字了！”

于是，他把尾音拖得又长又响，对静默的城市高喊：

“巴——拉——巴！”

霎时间，他恍惚觉得太阳铿然一声，在头顶上裂成了碎片，火焰呼啸着灌进他的耳朵。在这熊熊烈火中，山呼海啸般翻腾着咆哮声、尖叫声、呻吟声、狂笑声和尖厉的口哨声。

彼拉多转身走向石台阶梯。他目不斜视，低头只顾看着脚下地毡上五颜六色的方格花纹，提防一脚踏空。他知道在他走后，铜币和海枣马上会像雹子似的飞上石台，号叫的人群将互相挤轧，爬上肩头，争着亲眼一睹奇迹——一个已经被死神攥在手心里的人，居然又挣脱了它的魔爪！他们要看看罗马士兵怎样为他松绑。他那过堂时打脱了臼的胳膊虽然被碰得针扎火燎般疼痛，而且他皱着眉头，哎呀连声，但脸上却挂着傻呵呵的疯狂的微笑。

彼拉多知道，此时押送队已将三个囚徒反剪双臂，带向侧阶，准备押解出城，前往西郊髑髅地。总督下得台阶，到了台后，方睁开双目。他明白，此刻自己总算脱离了险境——再也看不到这些死囚了。

人群渐趋平静，呻吟中夹着宣事人刺耳的喊声，字字清晰可辨。有的用阿拉梅语，有的用希腊语复述着总督在石阶上的喊话。此时总督耳边响起一阵急促细碎的马蹄声，从远方越来越近。短促明快的号角奏响。从市场到跑马场大道两侧，孩子们在屋顶吹响一阵震耳欲聋的口哨。只听有人喊：“快躲开！”

这时，旷旷荡荡的广场上，一名孤零零的掌旗军士神色仓皇地连连摆动小旗。总督、副将、书记官和卫队都停住了脚步。

友军骑兵团催马疾走，快速冲进广场，打算从一侧绕过人群，横穿广场，沿着爬满葡萄藤的石墙下的一条小巷，抄近路驰向髑髅地。

骑兵团长，一个身材瘦小有如孩童的叙利亚人，黑得有如摩尔人，跃马从彼拉多身边驰过。他高呼口令，抽出佩剑，跨下那匹遍体汗津津的黑色骏马猛地一蹿，前蹄腾空而起。团长将佩剑纳还鞘中，向马项抽了一鞭，将马勒回，朝小巷疾驰而去。骑兵团紧随其后，排成三路纵队飞奔，荡起一团团黄雾，一排排竹矛尖在轻盈地跳动。骑兵们掠过总督身旁，面庞衬着白色披巾，显得更加黧黑，洁白耀眼的牙齿在愉快地闪烁。

骑兵们把团团灰尘扬入半空，如一股旋风钻进小巷。最后一名骑兵从彼拉多身旁驰过，背上的号角在阳光下熠熠闪耀。

彼拉多捂着口鼻，不满地蹙着眉头，继续往前走。他快步走向宫门，副将、书记官和卫队紧随身后。

这时正是上午十点左右。

第三章
第七条证据

“是啊，尊敬的伊万先生，正是上午十点钟左右。”教授说。

诗人如梦初醒，伸手在脸上抹了一把，这才发现，原来长老湖上已是暮色朦胧了。湖水泛着黯淡的波光，一叶轻舟在水面荡漾，只听得阵阵桨声，船上有个女人在哧哧地笑。林荫路的长椅上有了游客。不过说来也怪：他们都是在正方形的另外三条边上，而在三位朋友谈话的这一边，仍见不着一个人影儿。

莫斯科的天空变得苍白透明，天心高挂着一轮圆月，轮廓显得格外分明，只是还没有变为金色，因而更显得皎洁如玉。呼吸轻松多了。椴树荫下说话的声音这会儿变得软绵绵的，染上了夜晚的情调。

“不知不觉他竟编了这么老长一个故事……”流浪汉惊奇地暗想，“瞧，天都快黑了！……莫非根本不是他在讲故事，倒是我在做梦？”

不过，咱们还得承认教授讲故事是实，否则就只好承认别尔利奥兹也做了一个相同的梦，因为他盯着外国佬也说了这么一句：

“您的故事太有趣了，教授！不过，它跟福音书里的故事情节可大不一样。”

“得了吧，”教授傲慢地笑笑，“要说别人，还情有可原，但您总该知道，福音书里的那一套从来就没有一句真话。如果我们把福音书当作史料来引用……”他又冷笑了一声。别尔利奥兹无言以对，因为他跟流浪汉沿铠甲街朝长老湖走来的时候，说的正是这几句话，一个字都不差。

“可也是，”别尔利奥兹说，“不过恐怕谁也无法证实，您给我们讲的是真事吧。”

“哦，不，证明的人有！”教授的外国腔又出来了，口气特别自信。突然，他神秘兮兮地招招手，请两位朋友往一块儿凑凑。

他俩从两边凑了过来。往下，教授的外国腔又无影无踪了。这个外国腔，真他妈的见鬼，一会儿有，一会儿没。只听他说：

“问题在于……”说到这儿，教授担惊受怕地前后张了两眼，然后压低嗓门，“我讲的这些，的确是亲眼所见。在本丢·彼拉多的露台上，在花园里——当他同该亚法对话的时候，以及在石台上，我全都在场。只是潜踪匿迹，无人知晓而已。因此，恳请二位严守秘密，万勿泄露，嘘……”

三人默默无言，别尔利奥兹脸色煞白。

“您……到莫斯科多久了？”他问话的声音有点哆嗦。

“刚到，也就一分钟吧。”教授答话也有点发慌。直到此时，朋友们才想到应该仔细观察一下对方的眼睛。结果判定：左眼碧绿，神情疯狂；右眼乌黑，死气沉沉，深虚莫测。

“这就全明白了！”别尔利奥兹忐忑不安地想，“来了个德国疯子，弄不好正是在长老湖边才犯的疯病。瞧这事闹的！”

的确，全明白了：什么已故哲学家康德怪诞不经的早餐，什么葵籽油和安努什卡之类的蠢话，以及什么掉脑袋的预言，——诸如此类的无稽之谈，这会儿全都明白了：原来教授是个疯子。

别尔利奥兹当即想出了对策。他靠到椅背上，隔着教授的脊背，朝流浪汉递了个眼色，意思说：别再跟他纠缠不休了。可是诗人却无所适从，根本没明白这眼神的意思。

“是的，是的，是的，”别尔利奥兹激动地说，“当然，很可能是这样……本丢·彼拉多啦，露台啦，全都是可能的……您是单独出行还是携夫人同行？”

“单独，单独，我向来都是一个人。”教授伤心地说。

“您带的东西呢，教授？”别尔利奥兹露出一副巴结的样子，“在大都会饭店吗？您在哪里下榻？”

“我？……哪儿也不在。”德国人答话的口吻像个白痴。他那只疯狂的碧眼抑郁迷茫地望着长老湖。

“怎么？那……您住哪儿？”

“住到您家去也不错嘛。”疯子冷不防朝他挤了一下眼睛，放肆地说。

“我……太荣幸了……”别尔利奥兹咕咕哝哝地说，“不过，住我家您会感到不方便的……大都会的高间才叫好呢，那是第一流的大宾馆……”

“你的意思魔鬼也是不存在的啰？”疯子突然快快活活冲伊万问了一句。

“魔鬼也不存在……”

“别戗着他。”别尔利奥兹赶紧朝后一仰，隔着教授的脊背挤眉弄眼，嘴唇虽在动弹，却不敢出声。

“哪有什么魔鬼！”伊万被这一套弄得心乱如麻，喊出了一句不知进退的话，“烦死人了！别再装疯卖傻了！”

这一喊疯子反倒哈哈大笑起来，惊得头顶椴树上一只麻雀扑棱棱一翅儿飞走了。

“这可实在太有意思了！”教授笑得浑身直颤，“你们这儿怎么搞的，要什么没什么！”他陡然敛住笑容——这种表现在精神病患者身上是完全可以理解的：笑过之后，立刻陷入另外一个极端——怒气冲冲，声色俱厉地叫道，“难道这魔鬼也是没有的吗？”

“别生气，别生气，别生气，教授，”别尔利奥兹生怕疯子激动，一迭连声地安慰，“您先在这儿，流浪汉同志陪着您稍坐片刻，我到那边去一趟，打个电话，然后您想上哪儿，我们一定奉陪。您怕是对本市的街道还不熟悉吧？”

别尔利奥兹的打算应该说是不错的：赶紧在附近找个电话亭，通知国际旅行社，有位外国顾问正坐在长老湖畔，精神显然不正常。必须采取措施，否则还不知会闹出什么乱子来呢！

“打个电话？好吧，打吧。”疯子的口气看来颇为忧伤，忽然他又像着了魔似的说，“不过，在这永别的时刻，我倒想求求您，最好还是相信有魔鬼！别的我就不用说了。您心里得有个数，在这个问题上存在着第七条证据，这是一条最靠得住的证据！这条证据您马上就能见到！”

“好吧，好吧。”别尔利奥兹装出一副亲切的样子，朝诗人挤挤眼睛。而诗人却一点没因为领了份看守德国疯子的美差而感到高兴。别尔利奥兹朝着设在铠甲街和叶尔莫拉耶夫胡同拐角上的长老湖公园出口飞奔而去。

霎时间教授的病态似乎全不见了，脸上又露出了笑意。

“米哈伊尔·亚历山德罗维奇！”他冲着别尔利奥兹的背影喊了一嗓子。

别尔利奥兹吓得一哆嗦，掉转头来。但转念一想，这名字教授或许也是从报上看来的，便把心又放下了。

教授用两只手掌在嘴边圈成喇叭筒喊道：

“用不用我叫人往基辅给您姑父拍个电报？”

别尔利奥兹又像触电似的一震。这疯子打哪儿知道他在基辅有这么个姑父？这件事可是哪家报纸也不会登的。哎呀，也许流浪汉说得真是不错！那些证件莫非真是冒牌货？这家伙真是怪透了……打电话，赶紧打电话！马上就会查清楚的。

别尔利奥兹再也不想听什么别的，撒腿就往前跑。

这时，就在铠甲街出口，一位公民迎着主编打长椅上站起来。此人同前不久阳光下由暑气聚成的那位公民长得分毫不差。只是眼下他已经不是虚幻之影，而是血肉之躯。透过薄暮，别尔利奥兹清清楚楚看见此人还蓄着两撇鸡翎般的小胡子，两只小眼睛略带酒意，暗含讥嘲。裤子是花格子的，两只紧绷绷的裤脚吊得老高，露出腌臜的白袜子。

别尔利奥兹吓得直往后退，但又一想，这只不过是个荒唐的巧合罢了，现在哪还顾得上这些……心情也就随之平静下来。

“您找转门吗，公民？”穿格裤的家伙扯着尖溜溜的破嗓门问，“请这边走！一直往前就能出大门。为您指路，总该给几个子儿，好买上一杯吧……让我这个原教堂唱诗班的指挥也补补元气嘛！”这家伙做了个鬼脸，一抬手把那顶马夫戴的硬檐帽摘了下来。

别尔利奥兹不去理会那位死乞白赖、装腔作势的前教堂唱诗班指挥，径直跑去伸手抓住转门。待到转出门去，刚想迈步走上铁轨，忽见眼前亮起红白两色灯光，一只方形玻璃灯上亮起了“小心电车”四个字。

说时迟，那时快，一辆电车由叶尔莫拉耶夫胡同拐上铠甲街，朝着新铺线路飞也似的冲过来。电车拐过弯后驶上直道，车厢内突然亮起灯光，车笛鸣响，速度加快。

别尔利奥兹生来谨慎，虽说站立处毫无危险，但觉得还是先到铁栏杆后面去暂避为好，于是挪动把着转门的手，后退一步。不料手上一滑，没有把住，一只脚也收不住了，竟像蹬在冰上似的，顺着卵石斜坡向铁轨哧溜溜滑去，另一条腿随之一挺，整个身子一下子横到铁轨上。

别尔利奥兹两手连抓带挠，摔了个四仰八叉，后脑勺轻轻磕在卵石路面上。高空金色的月亮在眼中一闪，是在左边还是右边可就分不清了。他赶紧侧身一滚，拼命蜷起双腿，这才看清女司机胳膊上那幅鲜艳的红袖章，和她那张吓得煞白的脸，正以排山倒海之势朝他压来。别尔利奥兹倒是一声没喊，但整条大街都响彻了女人们尖厉的惨叫。

女司机猛拉电动刹车，电车头部朝地面一扎，又陡然向上一跳，只听哗啦一声巨响，窗上的玻璃全震碎了。这时别尔利奥兹脑子里有个声音在绝望地大叫：“果真是这个下场？”月亮再一次也是最后一次在他眼前一闪，裂成纷纷碎片，化为一片黑暗。

电车轧上了别尔利奥兹。一个圆咕隆咚的黑家伙蹦起老高，从长老湖林荫路栅栏边的卵石斜坡上骨碌碌直滚下去，在铠甲街的卵石路面上跳动着。

这就是别尔利奥兹那颗被轧掉了的脑袋。

第四章
追　踪

女人歇斯底里的叫声沉寂了，民警的笛声响过了，两辆救护车也开走了：一辆，拉着无头尸和轧掉的脑袋上陈尸所；另一辆，拉着被玻璃碎片崩伤的漂亮女司机。几个扎白围裙的清道夫收拾起玻璃碎片，用黄沙掩埋了血泊。伊万不等跑到转门，一头侧歪到长椅上爬不起来了。好几回想往起站，可两腿总不听使唤——流浪汉好像成了瘫子。

本来诗人一听有人惨叫，撒腿就往转门跑，一看有颗人头在路上滚动，吓得魂飞魄散，倒在了长椅上，一口把自己的手咬出了血。那个德国疯子甭说早被他忘到了脑后。他只想琢磨出个结果：到底怎么回事？刚才还同别尔利奥兹有说有笑，可一转眼的工夫，脑袋却……

林荫路上，人们哎呀哎呀地惊叫，激动不安地从诗人身旁跑过，但伊万却顾不得听他们说什么。有两个女人冷不防在他身旁撞了个满怀，其中有个翘鼻子、光着脑袋的女人几乎就在他耳边对另一个女人喊：

“……安努什卡，就是咱楼那个安努什卡！住在花园街的那个！就是她……在副食店买了点葵籽油，瓶子在转门上一磕，碎了！裙子全油了。她那个骂呀，骂呀！……偏偏碰上倒霉的了，准是脚下一滑，摔到铁轨上去了……”

女人嚷嚷了一大套，可在伊万那麻木不仁的脑子里，只留下了一个词："安努什卡……”

“安努什卡……安努什卡……”诗人口中喃喃有词，惊慌不安地东张西望，“让我想一想，让我想一想……”

“安努什卡”和“葵籽油”挂上了钩，接着不知为啥又同“本丢·彼拉多”连上了。诗人把彼拉多抛在一边，再次从“安努什卡”这个词想起，从头整理线索。线索很快理出来了，并且立到联系刻了疯教授。

“见鬼！他不是说过，因为安努什卡洒了葵籽油，会议就开不成了吗？！得，果然开不成了！这还不算，他不是说过，别尔利奥兹要被一个女的把脑袋切下来吗？！着哇！着哇！着哇！电车司机不正是个女的吗？这是怎么回事？啊？！”

神秘的顾问事先早就确切了解别尔利奥兹惨死的全部细节，这可是一丁点儿疑问也没有的。结果有两种想法钻进了诗人的脑袋：第一："胡扯！他根本不疯！”第二："一切说不定都是他亲手安排的哩！”

“不过，请问，这怎么可能？！噢，好吧，咱们会弄清楚的！”

伊万鼓起了浑身的劲，强挺着打椅子上站了起来，转身就往跟教授谈话的地方跑。一看，幸好那人还没有走。

铠甲街已经亮起了街灯。长老湖林荫路上空高悬着一轮金色的月亮。在这最容易唤起扑朔迷离感的月光下，伊万觉得那人腋下夹的似乎不是文明棍，而是一把长剑。

教堂唱诗班的退休指挥——那个曲意逢迎的骗子手，这会儿正坐在伊万方才坐过的地方，鼻梁上架着一副显然多余的夹鼻眼镜，一块镜片早已脱落，另一块也裂了几道纹。这样一来，这位穿花格衣服的公民就比他把别尔利奥兹送到电车轮下的那会儿显得更卑鄙无耻了。

一股凉气打伊万的心底直冒上来，他走到教授身旁，瞅瞅教授的面孔——他敢说这张脸上绝没有心智混乱的征候。

“说，你是什么人？”伊万压低嗓门问。

外国佬眉头一皱，仿佛跟诗人初次见面似的瞥了他一眼，很不友好地回答：

“我的不明白……俄国话的说……”

“那位说他不懂。”坐在椅子上的指挥插了一句，尽管没人请他给外国佬帮腔。

“少装蒜！”伊万气势汹汹地说，可又觉得后背一阵阵发凉，“刚才你俄国话说得那么溜！你不是德国人，也不是什么教授！你是杀人犯！特务！……把证件拿出来！”伊万怒不可遏地吼。

神秘的教授把他那张本来就歪的嘴不屑地一撇，双肩一耸。

“公民！”讨厌的指挥又插言了，“您干吗总缠着外国客人？有地方收拾您的！”

可疑的教授板起一张傲慢的面孔，一转身走了。伊万不知所措，气急败坏地对指挥说：

“喂，公民，帮帮忙，把犯罪分子逮住！您有这个义务！”

指挥一听也忙活起来，跳起来大叫：

“犯罪分子？在哪儿？外国罪犯？”指挥的小眼睛高兴得骨碌骨碌直转，“是他？他要是罪犯，不得先喊‘抓住他’吗？要不他就该逃走啦。来，咱俩一块儿喊，一,二！”指挥把大嘴一张。

伊万正在六神无主的当儿，听指挥这么一说，便大喊一声：“抓住他！”其实指挥是在耍弄他，自己连声都没吭。

伊万这一嗓子沙哑的孤零零的叫喊，并未收到任何效果。有那么两位大姑娘吓得往旁边一闪，躲闪不迭。紧接着一声“醉鬼”传入了他的耳朵。

“啊，原来你是他的同伙！”伊万气恼已极，大喝一声，“你干吗要耍弄人？别缠着我！”

伊万往右，指挥就到右边挡；伊万朝左，这个恶棍就上左边拦。

“你是故意在我脚前脚后捣乱吗？”伊万大声吼叫，气得要发疯，“我连你一块儿扭送民警局！”

伊万想一把抓住坏蛋的衣袖，不料却扑了个空，手里啥也没捞着：指挥像钻进地缝似的，一晃就没了影儿。

伊万哎呀一声，抬头远望，发现身份不明的可恨的教授这会儿已经到了公园的长老巷出口，而且不是一个人。那个形迹岂止可疑的指挥竟同他凑到了一起。更有甚者，在这一伙儿里头，还有一只不知打哪儿钻出来的雄猫，它又肥又大，活像一头骟猪，黑得虽说不像锅底，可跟老鸹也差不哪去，还蓄着两撇骑兵中流行的亡命徒式的小胡子。仨家伙朝长老巷扬长而去，其中那大雄猫竟也是人立而行。

伊万尾随凶手，紧追不舍。过不多一会儿，心里就明白了：要想撵上他们还真难。

三个家伙转眼穿出小巷，来到斯皮里多诺夫卡大街。可无论伊万怎样加快脚步，同跟踪目标之间的距离却一点也没缩短。后来诗人自己也闹不清怎么会一下子就从僻静的斯皮里多诺夫卡大街来到了尼基茨基门广场。此处行人熙来攘往，撞到人家身上免不了挨骂；加之杀人犯逃到这里之后，又决定采用歹徒的惯用手法——分头逃窜，故而伊万的处境就愈益不妙了。

唱诗班指挥的确身手不凡，他走着走着，就跳上一辆朝阿尔巴特广场疾驰的公共汽车，溜之大吉了。伊万失去了追踪目标之一，只好把注意力集中到大黑猫身上。只见这只怪猫走到一辆停在站台的A路电车第一节车厢门前，没羞没臊地把一位妇女往旁边一推，弄得她尖叫一声，一屁股倒在地上。偏巧车内因为闷气，有个窗户开着，于是大黑猫攀住扶手，把一只十戈比的角子通过车窗塞到女售票员手上。

大黑猫的所作所为，把伊万吓了一跳。他站在拐角一家食品店门口，简直看傻了。而售票员的反应则更让他吃了一惊：她一见大黑猫想上车，气得发抖，恶狠狠大声嚷道：

“猫不许上车！不许带猫上车！去！快下去！我可要叫民警了！”

无论售票员还是乘客，居然都看不出怪在哪里：我指的不是猫扒车——这该算不了什么，怪就怪在猫竟要买票。

看来，猫不仅是一种具有支付能力的动物，还是一种遵守纪律的动物。女售票员刚喊了一声，它就不上了，一屁股坐在电车站的站台边上，手里拿着那只角子来回蹭胡子。等到女售票员一拽绳铃，电车一开，它就同所有那些被赶下电车但又急着赶路的人一样，先把头三节车厢统统让过，然后纵身一跃，扒上最后一节车厢的弓形保险杠，前爪搭在从车厢郎当出来的一根什么管子上，随车而去，省下了十戈比的车费。

伊万只顾望着卑鄙的大黑猫出神，差点没把三人行中顶顶重要的一位——教授——给放过。幸好他尚未逃之夭夭。伊万发现有顶灰色贝雷帽在人群中晃动，但已到了现如今叫作赫尔岑大街的尼基塔大街。转瞬之间伊万也赶到那里，但却一无所获。诗人赶紧加快脚步，一溜小跑，把行人撞得东倒西歪，但同教授间的距离却没有缩短一厘米。

别看伊万精神恍惚，可对这种快得异乎寻常的追踪速度还是感到惊讶不已。二十秒钟前，伊万尚在尼基茨基门外，这会儿，阿尔巴特广场的灯光已照得他两眼发花了。又过了几秒钟，出现了一条黑洞洞的小胡同。这里的人行道坑洼不平，害得伊万结结实实摔了一跤，磕破了膝盖。接着是一条灯火通明的大街——克鲁泡特金大街。后来又穿过一条胡同，来到奥斯托任卡大街，随后拐进一条凄凉、阴森、幽暗的小胡同。到了这里，便再也找不到急切想抓到手的那个人物了。教授失踪了。

伊万慌了神。过了一会儿，灵机一动，想到教授准是进了十三号楼的四十七号。

伊万一头闯进大门洞，又一阵风似的上了二楼，立刻找到了四十七号，急不可耐地按响了门铃。工夫不大，一个五岁左右的小姑娘给他开了门，一句话没问，转头就回到什么地方去了。

前厅非常之大，看来从来没人收拾，高高的天花板一角，亮着一只不丁点儿的小灯泡。顶棚又黑又脏，墙上挂着一辆扒了带的自行车，墙根摆着一口包铁皮的大木箱，衣挂上方架了块搁板，放了一顶棉帽子，长长的帽耳耷拉着。一扇门里的收音机开着，里头有个怒气冲冲的男中音在喊叫，似乎是诗朗诵。

别看伊万到的是个生地方，但一点儿没发慌。他径直闯进过道，心里还琢磨着：“这家伙准是躲进了洗澡间。”走廊黑咕隆咚，伊万直往墙上撞。他见一扇门底有一缕微光透出，便摸索着找到门把，轻轻一拽。门钩脱落了，伊万果真进了洗澡间，心想：“真走运。”

走运倒是走运，但却并未如愿！一股子热乎乎的潮气朝伊万迎面扑来。借着取暖炉里余烬的微光，他分辨出墙上挂着几只大洗衣盆，屋里还有一只通体珐琅剥落、露出大块黑斑的大浴缸。就在这么一个浴缸里，亭亭玉立着一位一丝不挂的女公民，浑身肥皂沫子，手里拿着一块澡擦子。这妞儿八成是个近视，眯着眼睛朝破门而入的伊万瞅瞅，也许光线太暗淡，把人认错了，欢欢喜喜地悄声说：

“基留什卡，规矩点！你疯了！……费多尔眼看就回来了。快走吧！”一边还朝伊万挥挥手里的澡擦子。

这显然是个误会，而且明摆着是伊万的不是。但他却不想认错，还用责备的口气喊了一声：“不要脸！”接着，糊里糊涂又进了厨房。厨房里不见人迹，幽光中仅见炉台上一溜排着十来只没点火的煤油炉，显得格外的寂静。月光透过尘封垢积、多年无人擦拭的窗户，给角落里增添了一点可怜的亮度。在这个满布蛛网尘挂的角落，供奉着一幅早已为人遗忘的圣像，神龛背后还插着两支喜烛，露出一点点尖儿。大圣像下面，又有别针别着一幅印在纸上的小圣像。

谁也闹不清伊万这会儿究竟是怎么想的：他在跑出后门之前，竟偷偷拿走了一根蜡烛，还取下了那幅小圣像。他带着这两件东西，离开了这所从未来过的住宅，嘴里还喃喃地念叨着什么。一想起方才洗澡间里的场面，脸上还觉得有点发烧，心里不由得直犯嘀咕：这下流胚基留什卡究竟是个什么人？那顶叫人恶心的长耳棉帽莫不就是他的？

诗人进入阴沉沉的空巷，反身四顾，想发现逃跑的那家伙。可哪里还有他的影子！于是伊万当机立断，自言自语：

“没错！他准是跑到莫斯科河去了！走！”

或许该问问伊万，有什么根据认为教授到了莫斯科河，而不是别的地方？遗憾的是有谁来问呢？这条破烂巷子，连个人影也见不着！

转眼之间，伊万又在莫斯科河花岗岩岸阶上出现了。

他脱下衣服，拜托一位看模样挺讨喜的大胡子代为照应。这位老兄恰好卷了一根烟卷蹲在那里抽着，身边放了一件破破烂烂的白色托尔斯泰衫和一双散着带子的旧皮鞋。伊万先是伸胳膊撂腿地活动一阵，消了消汗，接着一个燕子剪水，朝河里扎了进去。冰凉的河水激得他几乎透不过气来。脑子里念头一闪：也许这回再也甭想浮出来了。不过，总算又冒了出来。伊万噗噜噗噜换了两口气，又惊又惧地瞪圆了眼睛，在散发着石油气味、荡漾着岸边灯影的黑乎乎的水里游了起来。

后来，浑身湿淋淋的伊万沿着石级连蹦带跳，跑到拜托大胡子看衣服的地方，谁知不仅衣服不翼而飞，就连大胡子也不知去向。原来堆衣服的地方，只剩下一条条子花的衬裤、一件破旧的托尔斯泰衫，还有蜡烛、圣像和一盒火柴。伊万气得没法，捡起剩余物资，套到身上。

这会儿伊万又在为两件事发愁了：第一，他从不离身的莫斯科文协会员证丢了；第二，这一身打扮，叫他怎么在莫斯科大街上行走？不管怎么说，毕竟只是一条衬裤嘛。……倒也是，这不关别人什么事，可还是别遇上什么麻烦或是拘进局子里去才好。

伊万把裤脚上的两个扣子扯了下来，自以为也许这样就可以被人认作夏天的外裤了。他拿起蜡烛、圣像、火柴，出发前自言自语说：

“到格里鲍耶多夫去！毫无疑问，他肯定在那儿！”

城市的夜生活开始了，载重汽车把防滑链甩得哗哗作响，卷起一团团尘埃疾驰而过。几个男人仰面朝天躺在车里的麻袋上。家家窗户大敞四开，户户灯盏上罩着橙黄色的灯罩。从所有的门窗，所有的门洞，从屋顶、阁楼、地窖和院子里，猛地冲出一阵沙哑的乐曲声，那是歌剧《叶甫盖尼·奥涅金》中的波洛涅兹舞曲。

伊万的担心完全应验了：行路人对他侧目而视，频频回顾。他只好打定主意离开大街，钻进小巷。胡同里毕竟不像大街，那里的人总算不那么惹人厌，所以一个光脚丫子的人还不至招来太大风险。小胡同里遭到围观、就衬裤问题引起盘诘之类的风险要小得多。可气的是这条冥顽不化的衬裤总不愿变得更像一条外裤。

于是伊万立即采取行动，一头钻进阿尔巴特一带迷宫般的胡同网里。他贴着墙根，心惊肉跳地东张西望，十步八步一回头，有时还得闪进门洞，绕过有红绿灯的十字街口，避开使馆宅邸的豪华大门。

伴随着这段艰辛的历程，说不上为啥，总有那么一个无所不在的乐队在演奏，扰得他心烦意乱。在音乐伴奏下，一个深沉的低音，正倾诉着对塔姬雅娜[1]的爱情。

---

① 普希金的著名诗小说《叶甫盖尼·奥涅金》中的女主人公。

第五章
事情发生在格里鲍耶陀夫

环城林荫路上，有一座凋敝残败的花园。园子深处，坐落着一幢古老的奶黄色二层建筑。花园同环形路的人行道之间，隔着一道雕花铁栅栏。楼前有个小院，铺着沥青。冬天，小院里堆着一大堆雪，插着一把铁锹；夏天，等到帆布篷一支，它就成了夏季餐厅中一个极其漂亮的分部。

这幢叫作“格里鲍耶陀夫”楼的小楼据说曾是作家格里鲍耶陀夫的姑妈的财产。此事是否属实，笔者难以说清。有人甚至有印象，似乎格里鲍耶陀夫根本就没有这么一个有房产的姑妈……不过，小楼还是叫这个名儿了。更有甚者，一个好吹牛皮的莫斯科佬居然说，这位名作家就在二楼圆柱厅里朗诵过《智慧苦果》的片段，而歪在沙发上听朗诵的，恰恰就是这位姑妈。鬼知道，也许真朗诵过？不过这倒无关大局。

关乎大局的事实是：目前的楼主正是莫斯科文协。惨遭横祸的别尔利奥兹在去长老湖之前就是这里的头头。

莫斯科文协会员谁也不管这座小楼叫“格里鲍耶陀夫楼”，都是简简单单——“格里鲍耶陀夫”。一来二去，就这么叫开了：

“昨天我在格里鲍耶陀夫排了两个点。”“怎么样？”“搞到一个月假，去雅尔塔。”“真行！”或者：“去找别尔利奥兹，今天四点到五点他在格里鲍耶陀夫接待来访。”如此等等。

莫斯科文协在格里鲍耶陀夫的布局堪称方便舒适。一进门头一眼就可以看到各体育小组的通知；通向二楼的整个楼梯间挂满了会员们集体和个人的照片。

二楼头一扇门上挂着个大牌子，上有“钓鱼、别墅组”字样，旁边还画着一条上了钩的鲫鱼。

二号门上有两句费解的话：“一日创作证明。请找M.B.波德洛日娜娅。”

下一扇门上，挂了一块牌牌，文字虽说简短，但干脆叫人闹不明白：“佩列雷金诺。”再向前，一个偶然到格里鲍耶陀夫来访的人，准会被姑妈家一扇扇胡桃木门上五花八门的牌牌弄得眼花缭乱：“向波克列夫金娜领取纸张在此登记”“收款处”“特写作家结算处”……

挤过从楼下门厅排起的一字长蛇阵，在一扇人们无时不想破之而入的门上，可以看到一块牌子：“住宅问题。”

住宅问题之后，是一张十分豪华的招贴画，画的万仞悬崖之上有一位身披斗篷、肩背步枪的骑手在策马飞驰。画面稍下方是几株棕榈和一座露台，露台上坐着一位年轻人，顶门上蓬起一撮头发，手里拿着自来水笔，用一种胆大包天、目空一切的眼神仰望苍天。下面的题词是：“丰富多彩的创作假——两星期（短篇）至一年（长篇、三部曲）。雅尔塔、苏克苏、波罗沃耶、齐希齐里、马欣扎乌里、列宁格勒（冬宫）。”门前也排着长队，但不算过分，仅一百五十人左右。

再往前，顺着格里鲍耶陀夫楼内匠心独具的回廊和楼梯左转右转，爬上爬下，“莫斯科文协管理处”“二、三、四、五号收款处”“编辑部”“莫斯科文协主席办公室”“台球间”以及各种辅助机构便一一呈现眼前。最后，还有圆柱厅，就是姑妈欣赏天才侄儿朗诵喜剧的地方。

任何一个来访者，当然啰，只要不是个十足的白痴，一进格里鲍耶陀夫，马上便能看出这些幸运儿——莫斯科文协会员们——日子过得有多神气。于是心头立刻会燃起一股简直要把人吞噬的妒火。他马上会痛苦地诘问上苍，为什么不能赐他几分与生俱来的文学天才？而没有才气，想要搞到一张全市闻名的莫斯科文协会员证——一张烫着宽金边、散发着珍贵的皮革味儿的褐黄色会员证——岂非白日做梦！

嫉妒，谁愿意说这是一种高尚的感情呢？这种感情最不是东西！然而，倒也不妨替这位来访者设身处地想想。因为他在二楼的所见所闻也还并非一切，而且远非一切。姑妈家楼下整个是一座餐厅。这是一座多了不起的餐厅啊！的确可以称得上莫斯科顶尖的餐厅。且不说餐厅内两座穹顶大厅有多宽敞，顶上还绘有紫色奔马，飘扬着亚述式的鬃毛；且不说每张台面都备有一盏纱罩台灯；更甭说这地方远非大街上人人有权涉足的场所，最主要之点在于这里端上来的玩意儿质量准能胜过莫斯科任何一家大饭店，而且收费极为合理，价格相当低廉。

因此，有一次，写下这几行真实到无以复加的文字的作者在格里鲍耶陀夫铸铁栅栏旁听到如下一段对话，那就丝毫不足为怪了：

“你今儿个上哪儿吃晚饭，阿姆夫罗希？”

“还用问，当然是在这儿，亲爱的福卡！阿尔奇巴德·阿尔奇巴多维奇方才向我透露，今天有生煎梭鲈鱼片，真带劲！”

“过得真不错呀，阿姆夫罗希！”容颜憔悴、脖子上长大痈的福卡叹了口气，对双唇红艳艳、双颊红扑扑的大个子金发诗人阿姆夫罗希说。

“我什么特别能耐也没有，”阿姆夫罗希回答，“只有一个普普通通的愿望——想过过人过的日子。福卡，你可能会说，竞技场大饭店有时不也能碰上梭鲈鱼吗？可竞技场一份要十三卢布十五戈比，这地方只要五卢布五十戈比。再有，竞技场的货色准是搁了三天的。再说了，到了竞技场，保不准打大剧院胡同那边就会跑出个愣小子来，手拿一串葡萄，摔你个满脸花。不，我坚决反对竞技场！”食不厌精脍不厌细的阿姆夫罗希冲着整条林荫路嚷道，“你可别想拖我上那儿，福卡！”

“我没想拖你去呀，阿姆夫罗希，”福卡尖起嗓子说，“家里一样可以吃晚饭不是。”

“我的老爷，”阿姆夫罗希高叫一声，“我可是能够想象得出你太太在公用厨房煎锅里做生煎梭鲈鱼的那副模样！嘻！嘻！嘻！……哦来瓦尔（法语：再见），福卡！”于是，阿姆夫罗希哼着小调，朝支着凉棚的露台匆匆走去。

哦……是啊，是啊！……老莫斯科都还记得有名的格里鲍耶陀夫！那一份份清炖梭鲈鱼！亲爱的阿姆夫罗希，多便宜啊！还有鲟鱼，那用银盘盛就的鲟鱼块，四周衬着一圈虾段和新鲜鱼子酱！还有那一小碗一小碗香菇泥煎蛋呢？那鲜蘑炸鸫排，你不喜欢吗？还有热那亚鹌鹑？才九个半卢布！外带爵士乐和礼貌周到的服务！七月份，家里人都到别墅去了，你却因为文学方面许多事务缠身，只好留在城里。你坐在露台上阴凉的葡萄架下，雪白的桌布上映着一圈金色光轮，桌上是一小盘鲜奶，哦，多美！这些还记得吗，阿姆夫罗希？还用问吗？！一看你那两片嘴唇，就知道你还记得。梭鲈鱼、鲑鱼算得了什么？还有按季节供应的大鹬、小鹬、田鹬、山鹬、鹌鹑、蛎鹬等等呢？还有倒进喉咙刺啦刺啦作响的纳赞矿泉呢？！够了，读者，你想得太远了！……还是听我来往下说吧！

别尔利奥兹横尸长老巷的当晚，十点半钟，格里鲍耶陀夫二楼只有一间房亮着灯。十二位集合开会的文学家一直在房间里苦苦等待文协主席的光临。

人们在文协管理处办公室，坐在椅子、桌子上，甚至两个窗台上，个个闷得透不过气来。窗户虽然大敞四开，却感觉不到一丝风。莫斯科正在把沥青路面吸收了一天的热量不断散发出来，看来夜间也不会凉快多少。姑妈家改做餐厅的地下室飘出一股大葱味儿，招引得大家都想去喝上一杯。人人烦躁不安，满心不快。

小说家别斯库德尼科夫——一个文文静静、衣着讲究的人，生就的是一双全神贯注但又难以捉摸的眼睛——掏出了怀表。表针正爬向十一点。他用手指弹了一下表盘，朝邻座的诗人德乌勃拉茨基一亮。诗人正坐在桌上，两只胶底黄皮鞋无聊地荡来荡去。

“怎么搞的？”德乌勃拉茨基抱怨道。

“老兄，也许在克里亚兹玛河那边耽搁了。”涅普列缅诺娃以洪亮的低嗓门回答。她是个出身于莫斯科商人之家的孤女，后来成了作家，以“领航员乔治”为笔名，专写海上战斗小说。

“对不起，”一位通俗喜剧小品作家扎格里沃夫爹起胆子说，“这会儿换了我也愿意在凉台上那么一坐，小茶壶那么一端，不比在这儿上蒸笼强多啦？会议不是定在十点吗？”

“现在要是能在克里亚兹玛河那儿一待，那可是神仙过的日子！”领航员乔治知道，只要一提克里亚兹玛河畔的文学家别墅村佩列雷金诺，大家都会气不打一处来，于是就故意逗弄在座的人。“现在，夜莺大概也开始啼了。不知怎的，我一住到郊外，干起活儿来就顺手多了，尤其是春天。”

“我已经交了三年钱了，就等着能把我那甲亢老婆送进这天堂住几天，谁知钱扔进去，连个水花儿也没见着。”短篇作家波普里欣气哼哼地说，心里那个难受。

“这事可真是几家欢乐几家愁。”坐在窗台上的评论家阿巴勒科夫瓮声瓮气地说。

领航员乔治的小眼睛里腾起了欢乐的火焰，她把女低音放得尽量柔和些：

“不要妒忌嘛。别墅一共只有二十二幢，正在施工的也仅有七所，咱们莫斯科文协可有三千人呐。”

“三千一百一十一名。”有人从角落里插了一句。

“所以嘛，”领航员接着说，“有什么办法呢！能分到别墅的自然也一定只能是咱们当中最有才华的……”

“头头脑脑啰！”气哼哼的电影编剧格鲁哈廖夫说得更直截了当。

别斯库德尼科夫装作打哈欠，走出了房间。

“在佩列雷金诺一人就独占五间房。”格鲁哈廖夫冲着他的背影说。

“拉夫洛维奇一人还占六间呢！”杰尼斯金叫了起来，“餐厅里还镶了橡木墙围子！”

“嗨，现在的问题可不在这儿，”阿巴勒科夫的粗嗓门在嚷嚷，“问题在于都十一点半了。”

这一来七嘴八舌全嚷嚷开了，大有吵翻天的架势。有人往该死的佩列雷金诺打电话，可是接错了别墅，打到拉夫洛维奇家里去了。一打听，拉夫洛维奇下河去了，这一来大伙儿更来气了。又打了个电话到副九三〇号的小说委员会去碰碰运气。不用说，那儿也是一个人没有。

“他倒来个电话呀！”杰尼斯金、格鲁哈廖夫和克万特都喊。

唉，这些人全都白喊，别尔利奥兹绝不可能再给任何人打电话了。在远离格里鲍耶陀夫的地方，在被好几只千瓦大灯泡照得雪亮的大厅里，在三张白铁面的台子上，陈放着那摊不久前还叫作别尔利奥兹的东西。

第一张台面上是血迹斑斑的尸体——衣服扒下来了，一只胳膊断了，胸腔已被轧扁；另一张台面上摆着一颗人头，前牙摔脱，眼睛还没闭上，晶体已经浑浊，即使再强烈的光线，也无法对它们再起到刺激作用；第三张台面上堆的是硬邦邦的衣服碎片。

无头尸旁站着法医教授、病理解剖专家和他的解剖助手、案件调查机关的人员，还有以死者病妻的名义打电话找来的别尔利奥兹在莫斯科文协的副手——文学家热尔德宾。

小汽车先拉着热尔德宾和案情调查人员一道来到死者的公寓（这已是半夜时分了），封存了他的全部文件，然后才来到太平间。

现在，人们站在死者残骸周围，正在商议怎么办更好：是把轧掉的脑袋再缝到脖腔上呢，还是用黑布严严地一直盖到脖子，然后就这么着把尸体陈放到格里鲍耶陀夫的大厅去？

是啊，别尔利奥兹是再也不会打电话了，杰尼斯金、格鲁哈廖夫、克万特、别斯库德尼科夫这些人大可不必再大喊大叫，愤愤不已了。子夜十二点，十二位文学家离开二楼，下到餐厅。此刻，大伙儿不由得又想起，别尔利奥兹害得他们好苦：露台上张张台面早已坐得满满的。没奈何这帮人只好憋在那两间大厅里进晚餐了——那地方虽说装修赏心悦目，可就是闷得叫人透不过气来。

半夜十二点整，第一间大厅里先是轰隆一声巨响，接着叮叮当当、噼里啪啦之声大作，天地万物都在震动中颤抖。只听得一个尖嗓子男人和着音乐死声赖气地叫喊："哈里露亚！！"著名的格里鲍耶陀夫爵士乐队开始演奏了。一张张挂满汗珠的面庞顿时容光焕发，天花板上的奔马图好似有了生命，电灯也似乎增加了几分亮度。突然，人们在两个大厅里疯狂地跳起舞来。露台上也紧随其后跳开了。

格鲁哈廖夫同女诗人波露麦夏茨跳在了一起。克万特也在跳。长篇作家茹科波夫同一位穿黄色连衣裙的电影演员舞成一双。下场的还有德拉贡斯基、切尔达金。小矮个儿杰尼斯金同高头大马领航员乔治跳成了一对。一位穿白席纹布裤的陌生人把漂亮的女建筑师谢梅金娜紧紧地搂在怀里。跳舞的有自家人，也有外请的客人；有莫斯科的，也有外地的。有克琅施塔的作家约翰，还有个罗斯托夫的什么库夫季克，好像是个导演，一脸紫不溜丢的牛皮癣。翩然起舞的还有莫文协诗人分会著名代表人物：帕维奥诺夫、博戈胡利斯基、斯拉德基、什皮奇金和阿杰利芬娜·布兹佳克。此外，还有一些头发理成博克斯式的年轻人，看不出干的哪一行，衣服里衬着垫肩。有个岁数不算小的男人，蓄着大胡子，上头还沾了一片绿葱叶，他也在跳；舞伴则是一位蔫蔫巴巴、面无血色的姑娘，穿着一件皱皱巴巴的橙红色的丝连衣裙。

侍者们汗流浃背，把凝着一层露珠儿的啤酒杯高举过头，恨恨地嘶声喊着：“劳您驾，公民！”请人在一旁拿着扩音筒招呼：“十一桌一杯！九桌两杯！上等好酒！”那个细腔细调的声音已经不是在唱歌，而是在号叫：“哈利露亚！”爵士乐队中金晃晃的大镲连连击响，甚至压过了洗碗女工顺斜槽把盘子滑送到厨房的叮当声。一句话：简直是活地狱！

夜半时分的活地狱当然就有活鬼：一个黑眼睛的美男子来到露台上，他蓄着尖尖的山羊胡，身穿燕尾服，以俨然王者的威严目光扫视着自己的领地。有些神秘主义者说过——确实说过——说这位美男子原先并不穿燕尾服，而是腰扎宽皮带，上插两把快枪，乌黑油亮的头发上系着火红的缎带。指挥着一艘悬挂黑骷髅旗的双桅船，游弋在加勒比海之上。

哦，不，不，谄媚的神秘主义者在撒谎。世上哪有什么加勒比海？也不会有什么不要命的走私犯，更不会有什么追捕他们的轻巡航战舰！浪涛上没有过弥漫的硝烟，什么都不曾发生，什么也不曾存在过！看，有的只是那株蔫头耷脑的椴树，只是那道铁栅栏和栏外的林荫路……还有那在瓯中缓缓消融的冰块，那瞪得跟老牛眼睛一般大的隔桌窥伺的血红的眼睛……多么可怕，多么可怕……哦，神祇啊，赐我一杯毒药……

那边桌上忽然有人冒出一句：“别尔利奥兹！！”蓦地，爵士乐颓然寂灭，仿佛它猛然间挨了一记老拳。“什么，什么，什么？！”“别尔利奥兹？！！”人们纷纷跳将起来，七嘴八舌地嚷着……

别尔利奥兹的噩耗传开了，一股哀潮汹涌而来。有人手足无措，失声惊叫，建议必须马上、当场、就地以集体名义草拟一份电报，立即拍发。

可是，我们要问一句，草拟什么电报？往哪儿拍？干吗？真的，往哪儿拍呀？如今，既然后脑勺已经磕扁，脑袋又在戴着胶皮手套的解剖员手里捧着，脖子则在教授手里用弯针缝着，再发电报又有什么用？死了，什么电报也不需要了。一切全完了，咱们也用不着再麻烦电报局了。

是的，死了，死了……可我们，不是还活着吗？

是的，一阵悲哀像开了闸的洪水，可是仅仅持续了那么一会儿，就渐渐消退了。有人已溜回自己的餐桌旁，而且——先是偷着，然后就大模大样——咂了一口伏特加，吃了一口菜。说实在的，还能让这上好的鸡肉丸子白白糟蹋了不成？咱们能有什么办法挽救别尔利奥兹的生命？难道挨饿救得了他的命？咱们可都是活人哪！

当然啰，钢琴锁上了，爵士乐队散了，有几位记者坐车回编辑部赶写悼念文章去了。有消息说热尔德宾已从太平间回来。他在楼上死者办公室一落座，马上传出了小道消息，说此人将要接替别尔利奥兹的位置。热尔德宾把十二位执行委员从餐厅全部找来，在别尔利奥兹的办公室召开紧急会议，就如何布置圆柱大厅，如何把遗体从太平间移来，如何让大家入厅瞻仰遗容，以及与本次不幸事件有关的种种其他紧迫问题，进行了讨论。

这时餐厅又恢复了它惯常的夜生活。如果不是出了一桩极不寻常的怪事，这种情况也许会一直继续到打烊，也就是一直继续到清晨四时。这桩怪事比起别尔利奥兹的死讯来，更是让餐厅里的顾客瞠目结舌，诧异不已。

起初，先是格里鲍耶陀夫楼门口值班的马车夫骚动起来，只见其中有人在驭夫座上站起来喊道：

“哟，你们看哪！”

随着喊声，栅栏那边不知什么地方，亮起了一点微弱火光。亮光渐渐逼近露台。桌旁人们纷纷起身，定睛细看，但见一条白影随火光向餐厅移动。待得它到了花墙，用餐的人们一个个叉子上举着鲟鱼块，眼珠子瞪得溜圆，全都愣住了。正巧门卫这时从餐厅部衣帽间走到门外，打算抽口烟。他一脚踩灭香烟，朝白影走去，显然想拦住他进餐厅的道路，不知何故又改变了主意，停步傻呵呵地笑着。

白影钻过花墙门洞，一路通行无阻上了露台。人们这才看清，哪是什么白影！这不是大名鼎鼎的诗人伊万·尼古拉耶维奇·流浪汉嘛！

诗人光着双脚，身穿一件破破烂烂的白色托尔斯泰衫，胸前用别针别着一帧纸圣像，画的也不知是哪位圣徒。下身穿了一条条纹白衬裤。手里点着一根喜烛，左脸颊新划了一道口子。一阵深不可测的寂静笼罩着露台，啤酒从一个侍者拿歪了的杯子里直淌到地板上。

诗人将喜烛高举过头，大声说：

“朋友们，祝你们健康！”接着钻到身旁桌下看了一眼，忧伤地说：“不，他不在这儿！”

这时有两个人说话了，一个低音毫不怜悯地说：

“糟了，震颤性谵妄。”

第二个声音是个女士，声音又惊又惧：

“民警怎么允许他这德行就上街逛呢！”

伊万把这话听得一清二楚，当即回答：

“有两回他们想把我拦住来着，一次在桌布胡同，还有一次就在这儿，铠甲街。不过我纵身一跃，过了围墙。瞧，脸上不是划了道口子吗？”说到这儿，伊万举起蜡烛大叫一声：“文学弟兄们！（他那沙哑的声音又变得坚定了，他也更加激动起来）大家请听我说！他又出来了！快逮住他！不然要出大乱子的！”

“什么？什么？他说些什么？谁出来了？”四面八方七嘴八舌地问。

“顾问呀，”伊万回答，“就是他，就是他，刚才在长老巷，把亲爱的别尔利奥兹杀害了。”

这时人们纷纷涌出大厅，来到露台。人群朝伊万的烛光聚过来。

“劳驾，劳驾，说清楚点好吗？”伊万耳边轻轻响起一个彬彬有礼的声音，“请您谈谈，怎么杀害的？谁杀害的？”

“外国顾问呀！一个教授，是个特务。”伊万环顾着大伙儿。

“他的名字呢？”耳边那声音又轻轻问。

“就是名字不知道！”伊万伤心地嚷，“要知道名字就好了！他的名片我没看清……只记得第一个字母是W，名字以W打头！以W打头是什么名字呢？”伊万一只手捂住前额，自问一句，忽又喃喃，“维，维，瓦……沃……瓦什奈？瓦格涅？怀涅？维格奈？文特？”伊万紧张得头发都滑到了前额上。

“沃尔夫？”一位女士同情地喊。

伊万勃然大怒。

“蠢货！”他大叫一声，目光搜寻着这位女士，“这跟沃尔夫有什么相干？沃尔夫一点用不着负责！瓦……沃……不行，这样想不起来！公民们，听我说，马上给民警局打电话，让他们派五辆摩托，架上机枪，去抓教授。别忘了告诉他们，这一伙还有两个同案犯：一个是穿花格衣服的瘦高个儿，戴副破夹鼻眼镜；还有一个，是只胖乎乎的黑猫……我先得把格里鲍耶陀夫仔细搜查一下，没准就藏在这儿！”

伊万立刻变得焦躁不安，他推开周围的人，挥舞着蜡烛，溅了一身蜡油，又钻到桌下去察看。这时就有人喊：“把大夫找来！”接着，一张温柔的、营养充足的、肉乎乎的脸出现在伊万面前，胡子刮得干干净净，带着角质框眼镜。

“流浪汉同志，”这张脸的口气一本正经，“请安静！我们敬爱的别尔利奥兹同志去世使您受到了刺激，我们大家都非常清楚这一点。您需要安静。同志们这就送您去睡觉，您会安然入睡的……”

“你，”伊万把牙一龇，打断了他，“一定得抓住那个教授，你懂不懂？克列金，干吗你要跑来跟我说这些蠢话？”

“流浪汉同志，请原谅……”这张脸憋得通红，连连后退着回答。他已经在懊悔干吗要搅到这档子事里头来。

“不，不，不！别人还情有可原，你我可没法原谅。”伊万压低嗓门狠狠地说。

他一咬牙一咧嘴，迅即把蜡烛换到左手，抡起胳膊，照这张神情关切的脸猛掴了一掌。

大伙这才想到应该把伊万抱住，于是朝他扑了过去。蜡烛熄灭了，脸上的眼镜飞了起来，顿时被踩得粉碎。伊万发出一声可怕的战斗呐喊，开始奋力挣扎。喊声响彻了整条林荫路，引起了人们的注意。桌上的杯盘噼里啪啦摔得满地，女人们在吱哇乱叫。

正当侍者们用毛巾捆绑诗人时，双桅舰长同门卫在衣帽间作了一次谈话。

“你没见他只穿一条衬裤吗？”海盗冷若冰霜地问。

“阿尔奇巴德·阿尔奇巴多维奇，”门卫怯生生地说，“我能不让他进来吗？他也是莫斯科文协的会员不是？”

“你没见他只穿一条衬裤吗？”海盗又问。

“对不起，阿尔奇巴德·阿尔奇巴多维奇，”门卫满面通红，“我能有什么办法？我也知道露台上坐着女同志……”

“女同志不女同志倒无所谓，女同志根本不相干，”海盗眼中冒出的火简直要把门卫烧成灰，“可是对民警来说这可不是无所谓！一个人如果想穿着内衣在莫斯科大街上逛，那只有一种情况，就是让民警押着走；他也只有一个地方可去，那就是民警分局！你如果还算个门卫，就应该知道，见到这种人，片刻也不该迟疑，马上鸣笛报警。你听，你听听，露台上出了什么事？”

惊得呆若木鸡的门卫立时耳中听到露台上传来的一阵阵咆哮声、杯盘稀里哗啦的落地声和女人们的尖叫声。

“就这件事对你该如何处置呢？”走私犯问。

门卫的脸涨成了黑紫色，眼珠子也定住了。眼前那梳成分头的黑发，仿佛真的扎上了一条火红的缎带。白衬胸和燕尾服消失了，皮带上仿佛真的插上了手枪。门卫觉得自己仿佛已被吊上了船桅的顶部，依稀亲眼见到自己被勒得吐出了舌头，脑袋毫无生气地耷拉在肩上。他甚至听到了船舷外的海浪声。门卫已是双腿发软，这时亏得走私犯对他大发慈悲，收却了那两道犀利的目光。

“注意点，尼古拉，下不为例！咱这个餐厅，可不想白养活你这样的门卫！还是请到教堂当门卫去吧。”长官说完这话，立即迅速准确、毫不含糊地下达了命令：“把酒柜上的潘杰列伊找来，再找个民警来。搞份现场笔录，要辆车，送精神病院！”随着又加上一句，“鸣警笛！”

一刻钟后，不仅在餐厅，而且在林荫路，在窗户面向餐厅花园的所有楼房里，至为惊讶的人们看到，潘捷列伊、门卫、民警、男侍者和诗人柳欣，从格里鲍耶陀夫大门里抬出一个像洋娃娃般用布片包得紧紧的年轻人。此人流着眼泪，挣扎着朝柳欣身上啐唾沫，骂得整条林荫路都听得一清二楚：

“狗娘养的！……狗娘养的……”

卡车司机恶狠狠地打着了火。马车夫在一旁勒马待发，用淡紫色的缰绳抽着马屁股，喊着：

“上这辆车吧！精神病院我去过！”

四周人声鼎沸，都在纷纷议论这空前的怪事。简而言之，这是一场令人恶心、招人厌恶、引人入胜的、下流的殴斗。直到卡车拉着倒霉的伊万、民警、潘杰列伊，还有柳欣驶离了格里鲍耶陀夫大门，这场风波才告平息。

第六章
果然是精神分裂症

莫斯科郊外一条河的岸边，有一座新建的精神病院。时间已是过半夜一点半，一位身穿白服、蓄着山羊胡子的人走进门诊部。三个卫生员目不转睛盯着坐在沙发上的伊万。这里还有处于极度亢奋状态的诗人柳欣。方才用来捆绑伊万的一条条毛巾在沙发上胡乱堆作一团。眼下伊万的手脚倒是都自由了。

柳欣一见有人进来，脸色陡地变得苍白，他干咳一声，怯生生地说：

“大夫，您好！”

大夫向他鞠了一躬，只不过行礼的时候眼光没在他身上，却瞟着伊万。那位老兄坐在一旁一动不动，表情相当凶狠，眉毛拧成疙瘩，就连大夫进门他也纹丝未动。

“瞧，大夫，”柳欣不知为什么战战兢兢回头瞅瞅伊万，神神秘秘地悄声说，“他就是鼎鼎大名的诗人伊万·流浪汉……您看，我们怀疑他得了精神病……”

“酒喝得凶吗？”大夫口齿含糊地问。

“不啊，喝是喝，可不算过分，不至于……”

“不成天找蟑螂、捉耗子、抓鬼什么的吗？不追猫撵狗地到处乱窜吧？”

“不，不，”柳欣回答时打了个寒噤，“我昨天还见过他，今天早晨也……他都一点没事。”

“那为什么只穿条衬裤呢？从床上拖起来的？”

“大夫，他就是这副模样进的餐厅……”

“哦，哦，”大夫显得很满意，“怎么还挂彩了？打架了吗？”

“他从围墙上摔了下来，后来，在餐厅还打了人……把几个……”

“明白了，明白了，明白了，”大夫说。接着，又转向伊万：“您好！”

“您好，害人精！”伊万恶狠狠地大声说。

柳欣搞得好不尴尬，对这位彬彬有礼的大夫连正眼都不敢瞧。但大夫却一点也不在意，以一种灵活的习惯性动作摘下眼镜，撩起衣摆，放进后裤袋，接着又问伊万：

“您多大岁数？”

“你们都给我滚开好不好！”伊万粗声恶气地嚷了一句，掉过头去。

“您干吗要生气？难道我的话不中听吗？”

“我二十三，”伊万激昂地说，“我要连你们一起控告，特别是你，坏蛋！”后半句他是单独冲着柳欣说的。

“你想控告什么？”

“控告你们把我——一个健康人——抓起来，强制送进疯人院！”伊万怒不可遏地回答。

柳欣这时仔细朝伊万瞅了几眼，心里凉了半截：这家伙的眼神里果然没有精神错乱的丝毫征兆。原先，在格里鲍耶陀夫那会儿，眼睛是混浊的。可现在，却又跟原先一样清澈明亮了。

“天哪！”柳欣暗想，心里还真有点后怕，“他可真是个正常人哪！这是闹的什么鬼把戏！说实在的，咱们干吗要把他拖到这儿来？正常，百分之百的正常！只是脸上划了那么几道口子……”

“您现在，”大夫坐到只有一根亮闪闪的独腿的白凳子上，平静地说，“并不是在疯人院，而是在医院。这儿谁也不能扣留您，如果没有必要的话。”

伊万狐疑地斜了他一眼，不过还是咕咕哝哝地说：

“谢天谢地！一帮白痴当中总算找到个正常人！天才的糊涂蛋萨什卡是个头号白痴！”

“天才的萨什卡是谁？”大夫问。

“就是他，柳欣！”伊万用肮脏的手指点着柳欣说。

柳欣一听不由恼火万分。“这就是他对我的报答，”他心里很不是滋味，“报答我对他的同情！搞的什么名堂呀，真是的！”

“纯粹典型的富农心态！”伊万又说。看来他打定主意不把柳欣揭个底朝上决不罢休，“而且还是个巧妙地披上无产阶级画皮的富农。瞧他那副愁眉不展的嘴脸，再拿他写的那些口号喊得比谁都响的诗句对照对照吧！嘻——嘻——嘻！……你们最好扒开他的肚皮，看看他心里想些什么……那你们准会大吃一惊！”伊万不怀好意地大笑起来。

柳欣气得喘不过气来，脸憋得通红，脑子里只有一个想法：他在自己怀里温暖了一条毒蛇。原来竟把同情给了这样一个蛇蝎心肠的敌人。最叫人窝囊的是有苦说不出——总不能跟精神病患者吵架吧？

“干吗非把您送到我们这儿来？”大夫认真听取了流浪汉的揭发后又问。

“这伙大蠢包，真他妈的活见鬼！把我抓起来，用破布一捆，放到大卡车上就拉来了！”

“我想问问，您干吗只穿内衣就进了餐厅呢？”

“没啥可奇怪的，”伊万回答，“我到莫斯科河去游泳，衣服被人偷了，给我剩下的就是这套破玩意儿！我总不能光着屁股在莫斯科大街上走吧？只好有啥穿啥，因为还急着上格里鲍耶陀夫呢。”

大夫疑惑地看看柳欣，后者皱着眉头喃喃地说：

“餐厅叫格里鲍耶陀夫。”

“原来如此，”大夫说，“干吗您要急呢？有公事要谈吗？”

“我要去抓顾问。”伊万说，同时惊惧不安地朝四下望望。

“什么顾问？”

“您听说过别尔利奥兹这个人吗？”伊万意味深长地问。

“是那位……作曲家吗？”（别尔利奥兹同法国作曲家柏辽兹声音相同，故有此一问。——译者）

伊万大失所望。

“哪是作曲家呀！哪是……唉，不是。您说的那个作曲家是跟米哈伊尔·别尔利奥兹同名的人。”

柳欣一点也不想插言，现在只好解释一下：

“莫斯科文协的主席别尔利奥兹，昨晚在长老巷，被电车轧死了。”

“不知道你就别瞎说！”伊万对柳欣火不打一处来，“当时在场的不是你，而是我！有个人故意把他弄到电车底下去了！”

“推了一下？”

“怎能说‘推了一下’呢？”伊万嚷道。他对人人如此无知感到非常恼火，“这样的家伙，还用亲自下手去推？他什么事干不出来？你就等着吧！他事先早就算出，别尔利奥兹会被电车轧死！”

“除了您，还有谁见到过这位顾问？”

“麻烦就麻烦在只有我跟别尔利奥兹两个。”

“原来如此。那么，您采取了什么措施来抓这个凶犯呢？”说罢，大夫转身对穿白服的女人看了一眼。那女人坐到一旁，取出一张空白表格，伏在桌上填写起来。

“措施是这样的：我在厨房拿了一支蜡烛……”

“就是这支吗？”大夫指着女人面前桌上同圣像放在一起的断成好几截的蜡烛。

“就是这支，而且……”

“圣像是干什么用的？”

“圣像吗？……”伊万脸红了，“这帮人最不放心的就是这幅圣像，”他又朝柳欣那边指指，“不过，问题是，他，那位顾问，他……咱们就直说了吧，他可有点儿邪门，能装妖弄鬼的……不想点办法还真抓不住他。”

三个卫生员不知什么缘故，都把手贴着裤缝站着，虎视眈眈瞅着伊万。

“真的，”伊万接着说，“真能装妖弄鬼！有确凿证据。他亲自同本丢·彼拉多谈过话。你们不用这样瞅我，他的话句句是实！露台啦，棕榈树啦，他都亲眼见过。总之，他肯定到过本丢·彼拉多那里，这我敢担保。”

“是吗，是吗？”

“所以，我这才把圣像别到胸前，跑去……”

时钟忽然敲了两下。

“嚯，”伊万叫了一声，从沙发上站起来，“都两点了，我还在这儿跟你们闲扯！对不起，电话在哪儿？”

“别拦他。”大夫对卫生员说。

趁伊万抓起电话听筒的时候，女人悄悄问柳欣：

“他结婚了吗？”

“没有。”柳欣提心吊胆地回答。

“是工会会员？”

“是。”

“喂，民警局吗？”伊万对着电话听筒喊，“民警局？值班员同志，请立刻下令，派五辆摩托，架起机枪，去抓外国顾问。什么？来接我吧，我领你们去……我是诗人流浪汉，在疯人院给你们打电话……您的地址？”流浪汉捂住话筒小声问大夫，接着又对话筒喊：“你们听清了吗？喂！……不像话！”伊万大叫一声，把话筒往墙上一摔，然后转向大夫，朝他伸过手去，不咸不淡地道了声再见就想走。

“我说，您这是上哪儿？”大夫看着伊万的眼睛说，“深更半夜的，就穿一条衬裤……您不舒服，别走了。”

“让我过去，”伊万对当门而立的三个卫生员说，“你们到底放不放我走？”诗人的呐喊令人毛骨悚然。

柳欣发抖了。女人按了一下小桌里的按钮，玻璃桌面上跳出一个锃亮的小盒和一只封口的安瓿。

“啊，原来是这样！”伊万四下望望，像一头发狂的困兽，

“那好……再见吧！！”说罢，猛地向窗帘扑去。

只听哗啦啦一声巨响，帘后的玻璃却安然无恙。又过片刻，伊万便只落得个在卫生员手里挣扎的份儿了。他嗓子都急哑了，又撕又咬，大吵大嚷：

“原来你们安的是这种玻璃！！放了我！快放了我……”

注射器在大夫手中一闪。女人一把撕下托尔斯泰衫的破袖，然后抓住了伊万的胳膊。她的手特别有劲，一点也不像个女人。一股乙醚味儿在空中飘散开来。伊万在四条汉子的挟持下，气力逐渐衰竭。大夫抓住时机，迅速把针头扎进他的胳膊。伊万被掣了几秒钟，随后被安置到沙发上。

“强盗！”伊万大叫一声，从沙发上跳起，但却被按住。刚一松手，又要跳起来，不过这回自己坐了回去。他不言不语，怪模怪样地东张西望，忽然打了个哈欠，愤愤地冷笑了一声。

“到底把我给关起来了，”伊万说着又打了个哈欠，冷不防地躺下了。他把脑袋枕到靠垫上，像孩子似的把拳头往腮帮子底下一塞，喃喃的话音中充满了睡意，凶狠的劲头早已无影无踪，“那就太好了……你们会自食其果的……我警告过你们……你们愿意怎么办就怎么办吧……现在我最感兴趣的还是本丢·彼拉多……彼拉多……”说着说着闭上了眼睛。

“准备洗澡，一一七号单间，专人看管。”大夫戴上眼镜吩咐。这时，柳欣又打了个寒噤：两扇白门无声无息地自动开启，露出门外的走廊。走廊里亮着蓝色的夜间照明灯，一台胶轮床推了进来。平静下来的伊万被挪到轮床上，推进走廊，门在他身后又关闭了。

“大夫，”柳欣深感震惊，悄声问，“他真的有病？”

“噢，是的。”大夫说。

“他怎么啦？”柳欣怯怯地问。

大夫疲倦了，他瞅了柳欣一眼，无精打采地说：

“行为和言语过度兴奋……言谈是呓语型的……这个病例看来相当棘手。很可能是精神分裂症，再加上酒精中毒……”

大夫的话柳欣一点儿没懂，不过有一点他明白，就是伊万境况不妙，于是叹了口气问：

“他干吗总提什么顾问呀？”

“大概是见到过什么人，使他那病态的想象力受到了刺激。这也可能是某种幻觉……”

过了一会儿，卡车把柳欣送回莫斯科。天亮了，公路上已经用不着路灯，可是它们还亮着，给人一种很不愉快的感觉。司机因为一夜没捞到休息，心里老大不高兴，把车开得飞快，拐弯时车轱辘一滑就是老远。

森林一闪过去了，河流也甩到了一旁，迎着卡车扑来令人眼花缭乱的景色：一道道建有岗亭的围墙、一垛垛木柴、高高的电线杆、一座座挂着串串瓷壶的输电塔、一堆堆碎石，还有那被纵横交错的水渠分割成一块块的大地——总之，你可以感到，莫斯科就要到了。瞧，一拐过弯去，她立刻就会展现在你眼前，把你搂进自己的怀抱。

柳欣颠得够呛，晃得东倒西歪，屁股底下坐的那块木头总想往外跳。民警和潘杰列伊早就换乘无轨电车走了，这会儿他们扔下的餐厅毛巾，在车厢里颠得东一条西一条。柳欣想收拾收拾，不知为啥却气哼哼地骂了一句：“去他妈的！真格的，我是他妈的傻瓜怎么的？”随后一脚把它们踢开，再也不朝它们看一眼了。

汽车飞驰，乘客的心却阴沉得可怕。显然，疯人院此行给他留下了极其沉痛的印象。柳欣想弄个明白，究竟什么使他这样难过。是那条在记忆中永难磨灭的亮着蓝灯的走廊吗？是终于意识到人世间最大的不幸莫过于失去健全的心智吗？是的，是的，当然也包括这一点。不过，怎么说呢，这只不过是一种表层的感受。还有比这更进一步的东西。那是什么呢？是屈辱。是的，是的，就是流浪汉劈面向他掷来的那番令人难堪的话。屈辱倒是其次，糟心就糟在这番话说的完全是实情。

诗人已无心东张西望了，他呆呆瞅着颠簸不已的肮脏的厢底，喃喃低语，自怨自艾。

是啊，写诗！……他已经是三十二岁的人了！真的，以后怎么办？……还是每年涂抹这么两首诗吗？一直混到老？……是啊，混到老。这些将会给他带来什么呢？声誉？“别胡扯啦！不要自欺欺人吧！一个蹩脚诗人绝不会有什么好声誉。怎么会蹩脚呢？不，这是实话，是实话！”柳欣无情地剖析着自己。

这位被一阵神经衰弱搞得情绪异常消沉的诗人，感到晃了一下之后，身下的大厢板再也不颠了。抬头一看，原来卡车已进入了市区，莫斯科上空已是曙光照耀，云霞染成了金色。卡车排在车队里，停在即将转上林荫路的拐弯处。不远有一方碑座，上面矗立着一尊铜像（指的是普希金纪念像。——译者），头颅微侧，无动于衷地谛视着这条林荫路。

诗人病了，一连串怪诞念头涌入脑中。“他才是真正的幸运儿哪……”柳欣在车厢里一下子站起身来，举起手臂，不知什么缘故，竟对这尊无损于任何人的铜像发起了攻击。

“无论他在生活中迈出怎样的一步，无论遇上什么波折，最后总会变得对他有利，都成了他的荣誉！请问，他干了些什么？我真不明白！……‘阴霾的风暴’这几个词儿里有什么特别之处？真是莫名其妙！……就是走运，没说的！”柳欣忽然得出这么一个恶毒的结论，同时觉得卡车在他身下一抖，“白卫军朝他开了一枪，打碎了他的屁股，却给他带来了永生……”

车队蠕动起来。诗人真病了。甚至变得苍老了。又过了不到两分钟，他走上了格里鲍耶陀夫的露台。这儿已是人去桌空，只有一个角落里还聚着一伙人，饮用着最后的几杯。这儿的中心人物是个熟识的节目主持人，戴着一顶绣花小圆帽，手里正举着一杯“阿勃劳”在张张罗罗。

阿尔奇巴德·阿尔奇巴多维奇见柳欣抱着一大堆毛巾，殷勤地迎了上来。这时柳欣才终于摆脱了那堆可恨的破抹布。假如不是在病院和卡车上承受了这么多磨难，柳欣准会对他的精神病院之行津津乐道，而且还会添枝加叶，编造各种细节来点缀他的故事。不过现在谁还有这份心思！虽说柳欣是个不怎么善于察言观色的人，然而，经过卡车上这番痛苦的反思之后，破天荒头一回他仔细观察了海盗的行止。现在他明白了；别看此人对流浪汉问长问短，甚至啧啧惋叹，其实对流浪汉的命运全然无动于衷，毫不同情。“这样就对了，干得真漂亮！”柳欣怀着一种恬不知耻、自甘暴弃的心情恨恨地寻思。于是，他立刻收住精神分裂症的话题，提出要求：

“阿尔奇巴德·阿尔奇巴多维奇！能不能给我来点伏特加？”

海盗做出一副深明其理的样子，低声说：

“明白……马上就来……”随后朝侍者挥了挥手。

一刻钟后，只剩下柳欣独酌了。他低头面对一盘子小鱼，一杯接一杯地灌着。他明白，也承认，在他的生活中一切已无法改变，能够做到的只有遗忘。

别人尽兴豪饮，诗人却白白浪费了自己的良宵。现在他明白，良宵一去不复返。只消从灯影下抬起头来，仰面朝天望去，立刻便会知道，夜，已经永远消逝了。侍者们正在从一张张桌上匆匆忙忙扯下台布。露台上窜来窜去的猫显得朝气蓬勃。新的一天正以一股不可抗拒的力量，压到诗人身上。

第七章
凶　宅

假如第二天一早，有人对斯乔巴·利霍杰耶夫说：“斯乔巴，你要是不能马上起床，就要把你枪毙！”那斯乔巴也准会以一种懒洋洋的、勉勉强强才听得见的声音说：“枪毙就枪毙吧，爱怎么着就怎么着吧，横竖我就是不起床了。”

甭说起床，就连眼皮都好像挑不开。只消把眼睛一睁，立刻就会雷电大作，脑袋呀，简直马上就会炸成好几瓣。那里头似乎有口沉甸甸的大钟在嗡嗡地敲个不停；一个个褐色斑点，镶着火一般灿亮的绿色光环，在眼球和紧闭的眼睑之间，来回不停地晃动。心里总觉得一阵阵恶心直往上泛——似乎还同一台响个没完没了的留声机有关。

斯乔巴想要记起点什么来，但唯一能够想得起来的，似乎只是他昨天不知在什么地方，手里拿着餐巾，死乞白赖地要求跟一位女士接吻。而且对她保证说，第二天正午十二点准到她家去做客。女士一个劲儿推辞说：“不行不行！我不在家！”斯乔巴还是只管一个劲儿说：“我可一定去！”

女士究竟是谁？现在几点？今儿个是几月几号？——这些斯乔巴一概不知。而且，最糟糕的是他连自己究竟身在何处都糊里糊涂。他下决心哪怕先把这最后一条弄个明白，于是把左眼粘得死死的两片眼皮强撑开一条缝。朦胧中发现有个什么东西在闪着幽光。斯乔巴好不容易才认出那是面壁镜，于是恍然大悟，原来他正四仰八叉躺在自家床上，也就是躺在他卧室内原珠宝商太太的那张床上。这时，脑子里仿佛有一柄大锤重重敲了一记，他只好闭上眼睛，发出了一阵呻吟。

交代一下：此人是杂技场经理斯乔巴·利霍杰耶夫，跟已故的别尔利奥兹合住一套公寓，各占一半，位于花园街一幢 Π 字形的六层大楼里，上午一觉醒来的地方正是他的家。

应该说明，这套住宅——五十号公寓——即使算不得声名狼藉，也至少早就怪名远扬了。早在两年前，公寓里住着珠宝商德富热莱的遗孀安娜·弗兰采芙娜·德富热莱。那是位可敬的太太，年龄已届五十，办事颇有手段。她把五个房间里的三间腾出来，分别租给两家房客，一家似乎叫别洛穆特，另一家叫什么，谁也记不得了。

就在两年前，这里出了一宗难以解释的奇闻：公寓里的人竟接二连三地失踪了。

一次，一个大礼拜天，民警来到这套住宅，把那第二户居民（姓甚名谁已无从查考）请到前厅，说是派出所要他去一趟，让他在个什么东西上签个字。那住户吩咐在安娜·德富热莱家忠心耿耿工作多年的保姆安菲莎：如果有人给他打电话，就说他十分钟准回来。于是，戴着白手套的民警彬彬有礼地陪着他走了。谁知不但十分钟后没回来，而且从此就再没回来过。最令人惊讶的大概莫过于陪他一块走的那个民警也失踪了。

安菲莎是个笃信上帝的人，说得明白点是个迷信的人，她直来直去地对伤心的德富热莱夫人说，这难是碰上施魔法的了。这连住户带民警一块儿都弄走的人是谁，她心里一清二楚，只不过深更半夜的，说出来发瘆。

话又说回来了，既然有人会施魔法，施一回两回可是打不住的。记得第二个住户失踪的日子是在星期一，到了星期三，别洛穆特也不见了。只不过经过略有不同。这次是早晨，就跟平时一样，来了辆车接他去上班。车把他接走了，人也就再也没送回来。车也一去不返。

别洛穆特夫人连伤心带惊吓，那场面就甭提了。不过伤心也罢，惊吓也罢，都只不过是一会儿的事。待到晚上，德富热莱太太带了安菲莎从别墅回来——这位德富热莱太太，说不上为啥非要急急忙忙跑到别墅去一趟——发现女公民别洛穆特在住宅里也不见了。还有，这两夫妻住的那两个房间，房门上竟贴上了大封条！

连着两天总算是太平无事。到了第三天头上，几天彻夜未眠的德富热莱太太急急忙忙又去了别墅……说来也玄，这回她自己竟也没回家！

安菲莎孤零零一个人尽情洒了一回眼泪，直到过半夜一点多才躺下睡觉。后来此人命运如何，可就不得而知了。不过据楼里别的住户说，五十号住宅似乎总有人敲敲打打，而且直到天亮窗户都亮着灯。第二天早晨大伙儿才知道，安菲莎也不见了！

这些失踪的人，还有这套凶宅，引得楼内议论久久难以平息，有些话说得就更没边了。比如有人说，瘦得跟柴火棍儿似的笃信上帝的安菲莎，竟在她那干瘪的胸脯儿上藏着一只麂皮口袋，里头放着二十五颗原属德富热莱太太的大钻石。还有人说，在德富热莱太太急匆匆赶去的那幢别墅的柴房里，发现了数不尽的宝藏，一色的大粒钻石，还有沙皇时期的金币……诸如此类，不一而足。究竟是真是假，咱可不敢保证。

总而言之，统而言之，上了封条的房子只空了一星期，接着又有人搬了进去——这就是已故的别尔利奥兹夫妇和这位也是带夫人的斯乔巴。说来也不奇怪，当他们搬进凶宅后，有些怪事他娘的接二连三又来了！具体说就是在一个月时间里两家太太相继下落不明。不过两位夫人倒并非杳无踪迹可寻。据说别尔利奥兹太太是跑到了哈尔科夫，有人还见过她，似乎和个芭蕾教练双宿双飞；而斯乔巴太太则好像是搬到了圣堂街。有小道消息说，杂技场经理交游广泛，通过关系又给这位夫人搞到一处房子，但却约法三章，不许她在花园街这边露面……

上文说到斯乔巴发出一串呻吟。他想把保姆格鲁尼娅叫进来，朝她要点镇痛片。接着又一转念：这么办岂不太蠢？格鲁尼娅哪有什么镇痛片？于是他想请别尔利奥兹帮忙，哼了两声："米沙……米沙……"不过，列位想必也知道得不到回答的原因。屋里没有一点儿动静。

斯乔巴动动脚指头，发现是穿着袜子躺下的。又伸手哆哆嗦嗦朝屁股摸了一把，想把究竟脱没脱外裤的问题弄个明白，结果还是糊里糊涂不了了之。最后，他终于转过劲来：原来自己是孤零零独卧在床，哪有人来帮上一把！于是他拿定主意，无论需要做出多少非凡努力，也要起床。

斯乔巴强睁开黏黏糊糊的眼皮，瞧见壁镜里映出一个近似人形的影子：乱发如蓬，颜面浮肿，腮帮子上一层密密匝匝的黑胡茬，眼睛也肿成了一条线。衬衫腌臜，装着硬领，系着领带。下身穿的是衬裤，脚上套着袜子。

从壁镜里看到的自己正是这样一副尊容。一旁还有个陌生人，穿一身黑，戴一顶黑贝雷帽。

斯乔巴从床上坐起，使劲睁大一双充血的眼睛，打量着陌生人。这位不速之客用低沉枯涩的声音打破了寂静，夹着洋腔洋调说：

“您好，最最亲爱的斯乔巴先生！”

出现了一段小小的冷场。接着，斯乔巴先生费了九牛二虎之力，才挤出四个字：

“有何见教？”

一听自己这声音，斯乔巴不禁吓了一跳。“有”字说得尖声尖气，“何”字却低了八度，而“见教”二字低得简直听都听不见。

陌生人颇为友好地微微一笑，掏出一只壳上镶着钻石三角图案的大金表，等它敲过十一下，然后说：

“十一点了，我在等您醒来，足足等了一个小时。您同我约会的时间是十点整。我来了！”

斯乔巴摸到放在床头椅子上的裤子，轻轻说了声：

“对不起……”蹬上裤子后，又哑着嗓子说：“请问贵姓？”

这会儿讲起话来实在费劲，就像有人拿针往脑仁里扎，疼得要命。

“怎么？连我姓啥都忘了？”陌生人说着又是一笑。

“真抱歉……”斯乔巴嘶声嗄气地说。他觉得这回喝过酒之后似乎又添了点新毛病：床前的地板总好像往一边歪，眼看着就要一头栽进十八层地狱。

“亲爱的斯乔巴先生，”来客脸上挂着洞察一切的微笑，“什么镇痛片也治不了您的病。还是照积年老方办事——来个以毒攻毒吧。唯一能叫您起死回生的妙法就是两小盅伏特加，再来点儿热热乎乎的辣味下酒菜。”

斯乔巴是个滑头，病也还没有病到糊涂的地步，心想：既然这副德行已经让人撞见，莫不如一切都实话实说。

“说老实话，”他的舌头也不大好使了，“昨天我稍微……”

“甭再提了！”来客连人带椅子朝旁边一挪说。

转眼间，斯乔巴面前已摆好一张放托盘的小桌，盘里有几片切好的白面包，小罐里盛着凝成坨的鱼子酱，小碟里盛的是醋渍白蘑，小煎锅里不知还有什么东西，最后是一只原珠宝商太太的大肚细颈瓶，装了满满一下子伏特加。斯乔巴一见这些，不由得瞠目结舌。最惊人的是瓶子上竟凝着一层冰凉的露珠。其实这有什么费解呢？不过是把瓶子放进冰盆镇了一下罢了。一句话，这一餐上得利落，漂亮。

陌生人没容斯乔巴由惊诧不解变为精神失常，便以极其圆熟的手法给他斟上了半杯伏特加。

“您也来点吧？”斯乔巴尖声尖气地说。

“荣幸之至！”

斯乔巴颤颤巍巍把一杯酒端到唇边。陌生人也把杯中物一饮而尽。斯乔巴一边嚼着鱼子酱，一边挤出几个字：

“您……怎么……也不吃点菜？”

“谢谢，我从来不吃菜。”陌生人说着又斟了一巡，掀开煎锅盖——原来是茄汁小灌肠。

这一来可恨的绿色光斑从眼睛里消失了，舌头也好使了。最主要的是斯乔巴总算能想起点什么事来了。他想起昨天在斯霍德尼亚河畔，在特写作家胡斯托夫别墅里搞的那场聚会。斯乔巴是坐胡斯托夫要的出租车去的。他甚至还想起了他们是在大都会饭店门口要的车，当时在场的还有一位演员不像演员的人物……小皮箱里放着一台留声机。不错，不错，不错，确实到过别墅！还记得留声机一响，招得狗全都汪汪直叫。只有那位女士，就是斯乔巴想亲上一口的那位，却一直摸不准是个什么来路……鬼才知道她是什么来路……好像是在电台工作，又好像不是……

这样，昨天的大致情况总算是逐渐有了点眉目。不过，斯乔巴更感兴趣的却是今天，尤其是这位陌生人怎么进的卧室？怎么还带来了酒菜？这倒真该弄个明白。

“好了，我想，现在，您总能想起我的名字来了吧？”

但斯乔巴只能尴尬地笑笑，两手一摊。

“真是的！看得出来，喝完伏特加，您准是又喝葡萄酒了！对不起，这怎么成！”

“希望务必代为保守秘密才好。”斯乔巴低声下气地说。

“那当然，那当然！不过，说实在的，我对胡斯托夫这号人可不敢保险。”

“您也认识胡斯托夫？”

“昨天在您办公室见过这家伙一面。只消看看那副长相，就知道准是个坏蛋！惹是生非的小人，两面派，马屁精！”

“完全正确！”斯乔巴心想。给胡斯托夫下了这么个贴切、准确、精练的定义，这不能不使他感到惊讶。

是啊，支离破碎的昨天总算拼凑成形了，不过，杂技场经理心里还是没底儿。原因吗，就在于这个昨天之中还有一个说什么也堵不上的大黑窟窿。就拿这位戴贝雷帽的陌生人来说吧，信不信由你，斯乔巴昨天在办公室就绝对没见过。

“魔法教授沃兰德。”来客见斯乔巴那副为难的样子，便不失身份地把话挑明。接下去他把事情的来龙去脉细讲了一遍。

昨天中午，他从国外抵达莫斯科，当即拜会了斯乔巴，申请把巡回演出定在杂技场。斯乔巴就此同莫斯科州演出事业管理委员会进行了电话联系（斯乔巴面无血色，直眨眼睛），同沃兰德教授签订了七场演出合同（斯乔巴嘴都合不拢了）。约好今天上午十时由沃兰德来找他商谈有关细节……这不，沃兰德就来了。是保姆格鲁尼娅给他开的门。格鲁尼娅说，她也是刚刚到，每晚都回家住。她说，别尔利奥兹没在家，来客如果想见斯乔巴经理，就请直接进卧室。斯乔巴睡得那么死，她简直没法把他唤醒。这位魔法表演家一看斯乔巴如此狼狈，便打发格鲁尼娅到附近食品店去买了点伏特加和下酒菜，又到药房去买了点冰……

“请把账算一下吧。”斯乔巴愁眉苦脸地咕哝着往外掏钱夹。

“这是什么话！”巡回演出家喊。这种话他连听都不想听。

好了，酒菜的来路到底摸清了，可斯乔巴还是一脸尴尬相：他压根儿就记不得签过什么合同。哪怕刀架在脖子上，昨天他也没见过这位沃兰德。是的，胡斯托夫确有其事，而沃兰德却绝无其人。

“请让我看看合同好吗？”斯乔巴轻声说。

“请吧，请吧……”

斯乔巴一见合同就傻了。一切全都合乎要求：首先，上面有斯乔巴那遒劲有力的签字……旁边还有财务经理里姆斯基的斜体附言，同意表演家沃兰德由七场演出收入的三万五千于卢布中预支一万卢布。而且，这儿还有沃兰德签字的收据，一万卢布已经领出。

“这是怎么回事？！”可怜的斯乔巴脑袋直发晕。难道患上了可怕的健忘症不成？当然啰，合同已经亮出来了，再要表示惊讶，那可就未免太不礼貌了。斯乔巴对客人告了个便，就这么穿了双袜子跑到前厅去挂电话，顺便朝厨房喊了一声：

“格鲁尼娅！”

没人应声。又朝别尔利奥兹那间紧挨着前厅的书房张了一眼，正如常言所说，立时变得“呆若木鸡”了。只见门把上挂着绳子，赫然吊着一只硕大无比的火漆封印。

“我的天！”好似有人在斯乔巴的耳边大喝了一声，“这是怎么闹的？！”斯乔巴的千思万绪立时顺着轨道滚动起来。每回碰上出事，它们都是顺着这同一个方向滚动，鬼才知道要滚到哪里去！斯乔巴的脑子乱成了一锅粥，那股子乱劲儿实在没法说。那边屋里嘛，坐着那么个头戴黑贝雷帽的鬼家伙，还送来了冰镇伏特加，亮出了不可思议的合同……这边嘛，你瞧瞧，又出了这么个封门事件！不过，无论怎样，要说别尔利奥兹干什么坏事，老天爷在上，那可是谁也不会相信！绝不会相信！可这门封着是实，瞧！一点没错……

想到这儿，斯乔巴脑子里又钻出一串令人老大不快的念头。他想起偏偏前不久他把一篇稿子硬塞给了别尔利奥兹，求他找个刊物发表！不怕您见笑，这篇东西实在蠢得要命，废话连篇不说，稿费也微微寥寥……

一念方逝，又想起了另一次不能不令人担心的谈话。记得那是四月二十四日晚上，也是在饭厅，斯乔巴同别尔利奥兹共进晚餐。其实，平心而论，当然啰，要说这次谈话如何如何有问题倒也未必见得（他斯乔巴也不可能说那样的话），可是那话题实在有些多余。公民们，这样的话题，完全可以不必去碰它嘛！根本没有必要嘛！门上没贴封条之前，这种谈话也许是小事一段，可一旦上了封条……

“唉，别尔利奥兹，别尔利奥兹！”斯乔巴心中感慨不已，“谁能想到呢！”

不过，久溺于伤感倒也大可不必，于是斯乔巴拨通了剧场财务经理里姆斯基办公室的电话。要说斯乔巴的处境，可是十分微妙：一方面，外国人也许会生气，因为尽管出示了合同，这位斯乔巴还是要核对核对；另一方面，怎样跟财务经理谈也还是个大费思索的问题。说实在的，总不能这么问吧：“喂，昨天我是不是真同魔法教授签订了三万五千卢布的合同？”这么问行吗？

“喂！”听筒里传来了里姆斯基那硬邦邦的声音。

“您好，格里戈里·达尼洛维奇，”斯乔巴悄声说，“我是利霍杰耶夫。有件事要谈谈……噢……噢……那个……那个……演员沃兰德……他正坐在我家里……所以我想问一问，今晚怎么安排……”

“哦，魔术吗？”里姆斯基在听筒里回答，“海报这就贴出去。”

“好吧……”斯乔巴有气无力地说，“回见……”

“您马上就来吗？”里姆斯基问。

“再过半个点。”斯乔巴回话后挂上听筒，两手紧紧捂住滚烫的脑门。哎呀，这个纰漏出得可不小！公民们，记性坏到这步田地，可怎么得了！

不过，要继续待在前厅，可就不大妥当啦。斯乔巴当即打定了主意：必须用一切方法，掩饰自己这骇人听闻的健忘——眼下第一步先要想法儿向外国人打听打听，今天到底准备在斯乔巴主管的杂技场上演什么节目。

斯乔巴转身离开电话，不料却见前厅格鲁尼娅好久也懒得擦一回的那面镜子里，清清楚楚映出一个怪模怪样的家伙——高得像根电线杆子，还架了副夹鼻眼镜。（唉，要是伊万·流浪汉在这儿有多好！他准能一眼就认出那家伙来！）那人在镜中一闪即逝。斯乔巴忐忑不安地朝前厅定睛一看，吓了一大跳，因为，镜子里竟出现了老大一只黑猫，转眼也不见了。

斯乔巴的心好似断了线的风筝，他晃荡了一下。

"怎么搞的？！"他想，"莫不是我精神有毛病了？这几个影子是打哪儿来的？！"他又朝前厅望了一眼，惊恐地大叫：

"格鲁尼娅！猫怎么跑进咱们屋里来了？！打哪儿来的？还有个人！"

"您受惊了，斯乔巴先生！"回答的不是格鲁尼娅，而是卧室里的客人，"这猫是我们的，不要害怕。格鲁尼娅不在家，我打发她到沃罗聂日去了。她抱怨您赖了她应得的假期。"

这番话实在出乎意料，而且那么荒唐，斯乔巴不得不以为自己是听错了。慌乱之余，他一溜小跑回到卧室，到了门口却愣住了，头发也一根根竖了起来，脑门上沁出了一颗颗冷汗。

卧室里的客人已经不是一个，而是一帮：坐在另一张扶手椅上的，正是恍惚之间在前厅中似曾见过的那个家伙。这会儿看得清清楚楚：胡子翘得像公鸡翎子，夹鼻眼镜上只有一块镜片在闪着寒光，另一片却不知去向。这还不算，在珠宝商太太的软椅上，大模大样地蜷着第三位来客——一只大得瘆人的黑猫，一只爪子端着伏特加，另一只还抓着把叉子，叉着一个醋渍白蘑。

卧室光线本就相当昏暗，这一来斯乔巴更是两眼发黑。“难怪会有人精神失常……”他心里暗说，一只手紧紧把住门框。

“我看您好像吃了一惊，是不是，敬爱的斯乔巴先生？”沃兰德对牙齿咯咯作响的斯乔巴问道，“其实不用吃惊，这些都是我的随从。”

这当口大黑猫喝完了酒。斯乔巴把着门框的手也直往下滑。

“我的随从们也要有一席之地，”沃兰德接着说，“所以，这屋里咱俩肯定有一人多余。我以为，这多余的一个——就是您！”

“就是他们，就是他们！”穿花格衣服的瘦长个儿扯着山羊嗓子喊，而且针对斯乔巴竟用了个复数[1]，“总之，他们这两天来一直在胡作非为。喝酒，利用职权搞女人，什么正事也不干，而且也不会干！对工作一窍不通，净干欺骗领导的勾当！”

“还白坐公车！”大黑猫嚼着蘑菇，也在一旁添油加醋。

斯乔巴一手绵软无力地攀着门框，身子几乎要瘫倒在地了。这时，公寓里出现了第四个，也是最后一个怪物。

打壁镜里直接走出个人来，个头不高，肩膀却宽得出奇，脑袋上扣了一顶锅盔帽，嘴里还支出一颗獠牙，弄得那副人间少有的丑相更是不堪入目，加之长的还是一头红毛。

“我一点也不明白，”新来的加入了谈话，“这种人怎么配当经理？”赤发人带着越来越重的鼻音说，“他要是能当经理，我还不得当个大主教！”

“你，阿扎泽洛，可一点也不像个大主教，”黑猫说着把一块

① 按照俄语中的旧习惯，用第三人称复数来表示单数概念，是一种敬语。

香肠又到了盘子里。

“我说也是，”赤发矮人齉齉地说。又朝沃兰德转过身去，毕恭毕敬地问：“阁下，让我把他扔出莫斯科，送他见鬼去，好吗？”

“滚！！”猫大吼一声，浑身杂毛森竖。

突然间，整个卧室在斯乔巴眼前晃动起来。他一头撞到门框上，但觉天旋地转，心想：“我要完蛋……”

但他并没有完蛋。

斯乔巴微睁双目，发现自己正坐在一块硬邦邦的岩石上，周围喧声不绝于耳。待到他把眼睛大睁开之后，才明白这声音原来来自大海，而且波涛就在他的脚边起伏荡漾。简而言之，他是坐在一道防波堤的尽头，头顶着明亮耀眼的蓝天，身后山岗上屹立着一座白色的城市。

斯乔巴碰上这种邪门儿，简直蒙了头，两腿战抖，好不容易才站起身来，顺防波堤向岸边走去。

防波堤上站着个人，一边抽烟，一边不时朝海里吐唾沫。他怪里怪气地朝斯乔巴看了一眼，不吐了。

往下斯乔巴的举止可就太不成体统了——他冲着这抽烟的陌生人咕咚一声跪倒说：

“求求你，告诉我，这是什么地方？”

“这算哪一出？”那没心没肺的抽烟人说。

“我可没喝醉呀，”斯乔巴哑着嗓子说，“我……出了点岔子……我有病……我这是在哪儿？这是什么城市？”

“这不是雅尔塔吗！”

斯乔巴轻轻叹了一口气，翻身跌倒在地，脑袋碰到防波堤那被太阳晒得热烘烘的石头上，失去了知觉。

第八章
教授同诗人的决斗

正当斯乔巴倒在雅尔塔昏迷不醒的时候，也就是上午十一点半左右，伊万·尼古拉耶维奇·流浪汉却恢复了知觉。他沉沉地睡了一大觉，终于醒来了，可纳闷的是：怎么竟跑到这么一间陌生的房里来了？墙那么白，床头柜那么漂亮，还是用一种浅色金属板做的；透过白色窗帘，可以感知窗外是一片明媚的阳光。

伊万摇摇脑袋，明白头是不疼了，同时想起自己原来是住进了一家医院。这一下重又勾起对别尔利奥兹之死的回忆。但眼下这念头已不再使他感到震惊。一宿美梦之后，伊万安静多了，头脑也清晰多了。他一动不动，在雪白雪白的钢丝软床上舒舒服服躺了一会儿之后，发现身旁有个按钮。伊万有一种好乱动东西的习惯，便下意识地捅了一下。他原以为按下按钮之后会响起某种声音，或出现某种现象，然而情况并非如此。

伊万这张床的脚头，亮起一盏圆柱形磨砂玻璃灯，上边映出“喝水”二字。待了一会儿，圆柱开始旋转，直到跳出第二行字——“护理员”。这个巧妙的圆柱体自然使伊万颇为惊讶。“护理员”三字很快又变成了“请医生”。

“唔……”伊万哼了一声，瞅着这圆柱体，简直不知如何是好。幸亏圆柱体转到“女医士”三个字时，伊万无意中又碰了一下按钮，圆柱体丁零一响，停下了，灯也随之熄灭。一个白服罩身、干净利落、招人喜欢的胖女人走了进来。

“早上好！”她对伊万说。

伊万没有搭理。照他看来，目前这种礼仪根本不合时宜。说来也是，没病没灾的，被这帮人生生地捆进了医院，还要假模假样，好像理应如此！

但这女人依然满面春风，她按了一下电钮，窗帘自动卷起，阳光透过一直顶到天花板的大格细条窗栅猛地涌进房间。隔着窗栅是一座阳台，再往外，是一条曲曲弯弯的河流，对岸有一片令人神向的小松林遥遥相望。

“洗个澡吧。”女人对他说。她两手一推，只见里侧那堵墙移开了，原来里头还有个洗澡间和设备精美的盥洗室。

伊万虽说决心不搭理那女人，但看到大股水流从精光耀眼的龙头里哗哗注进浴缸，到底忍不住说了一句刺话：

“嚯，跟住在‘大都会’一个样！”

“噢，不一样，”那女人得意扬扬地回答，“比那儿可强多了！这样的设备国外也没有。不少学者、医生专程来参观我们的医院。这地方每天都有外国游客。”

一提外国游客，伊万一下子想起了昨天的顾问，脸色不由暗了下来，狠狠瞪了一眼说：

“外国游客……外国游客都快被你们当成祖宗了！其实那里头什么人都有！我昨天就认识了那么一位，准不是好东西！”

伊万差点没把本丢·彼拉多的事又唠叨上一遍，可转念一想，给她讲这些有什么用，反正又帮不上忙，这才把话咽了回去。

浴后，伊万领到了一个男人洗过澡要用的一切：熨得平平整整的衬衫、衬裤、袜子。这还不算，女人打开柜门，指指里头问：

“您爱穿哪件？长袍还是睡衣？”

伊万被迫迁入新居后，竟遇到这么个大方得近乎放肆的女人，一时也没有办法，只好指指红绒布的睡衣。

接着，他又被人带着穿过空无一人、寂然无声的走廊，进了一间不大的诊室。伊万早就抱定宗旨，要以一种对一切都付之一笑的态度来对待在这幢装备精巧绝伦的大楼中的所见所闻，因而立时为这间诊室起了个名字，叫作“厨房车间”。

如此命名并非毫无道理。这地方安放了一口口大柜和玻璃小橱，内陈各种电镀器械。摆放着一台台装备复杂的圈椅，一盏盏装着亮闪闪灯罩的大肚子灯具，数不清的瓶瓶罐罐，还有煤气炉、电线和谁也闹不明白干什么用的仪表。

诊室里接待伊万的有三个人——二男一女，都穿白服。他们先把伊万领到角落里一张小桌旁，显然想要问话。

伊万审度情势，发现眼前有三条路可走。第一条最为诱人，那就是：朝这些灯具和稀奇古怪的东西扑过去，把它们砸个稀巴烂，以此来抗议他无故被扣。然而，今日之伊万已大大有别于昨日之伊万，因此这第一条路在他看来就成了问题：弄得不好，会以为他是个武疯子哩。于是这第一条路就被他摒弃了。还有第二条：马上把顾问以及本丢·彼拉多等情况原原本本加以说明。然而，昨天的经验表明：他说的话谁也不相信，总以为是胡说八道。所以，伊万又不得不放弃这第二条路而选择第三条——报以高傲的沉默。

完全沉默总还是难以办到的。无论你是否愿意，都得要回答一系列问题。无奈只好紧皱眉头，答上它三言两语。他们几乎把伊万过去的一切都掏了个底儿朝上，就连十五六年前如何患了猩红热和具体时间都问到了。记录连正面带反面写了整整两大篇。接着，翻过来之后，一个穿白服的女人又开始盘问伊万的亲属，问题相当烦琐：同伊万的关系，死于何年何月，死亡原因，是否有饮酒史，是否得过性病，等等等等。简直是浪费时间。最后，又请他讲了一次昨天长老湖畔的情况，但一点也没有纠缠不休，对本丢·比拉多的故事也没有感到惊讶。

问完，把伊万交给了那个男的。此人对待伊万的办法可就全然不同了。他什么也不问，给伊万量了体温、脉搏，用一种灯照了伊万的眼睛。接着另一个女的又上来给这个男的当助手，不知拿什么往他后背戳了几下，不过倒不怎么疼。又用手锤的锤柄在他前胸划来划去，拿小锤敲他的膝盖，弄得脚一跳一跳的。还把他的一只手指刺破，采了点血，又在肘关节那儿刺了一下，往胳膊上套了几只胶皮镯子……

伊万只是暗自苦笑，心想，这不是纯属胡闹吗？你看，你本想提醒大家，那个来历不明的顾问是个危险人物，要把他捉住，结果却反被送进了这么一个神秘的诊室，而且还让你把舅舅费奥多尔在沃洛格达耍酒疯的破事儿也抖搂一遍。真是蠢得叫人无法容忍！

伊万好不容易被放了出来，送回了房，给他端来了一杯咖啡，两只煮得嫩嫩的鸡蛋，还有白面包和奶油。吃完喝完之后，伊万暗自决定有机会一定要见见这个单位的主要领导，提请他注意自己的处境，要求公正处理。

早饭过后不久，就把这个人给盼来了。冷不防，伊万的房门打开了，进来一群穿白服的人。打头的一位胡子修剪得很精心，留的样式像个演员，四十五岁左右，眼神倒不讨厌，只是犀利异常，举止温文尔雅。随员们对他毕恭毕敬，唯命是从，故而他的出场竟成了某种极隆重的仪式。“和本丢·彼拉多一模一样！”伊万不由得心中暗想。

是啊，这无疑是一号人物：他坐在凳子上，别人都站着。

“斯特拉文斯基医生。”坐着的这位亲切地看着伊万，自我介绍说。

“亚历山大·尼古拉耶维奇，请您过目。”有个胡子修得很整齐的人低声说，把记满伊万病历的那张纸向这位一号人物递过去。

“居然建了一整套档案哩，”伊万心里琢磨。一号人物不动声色把那张纸草草阅过，嘴里不停地咕哝：“嗯哼，嗯哼……”又同周围的人用不大有人懂的语言交谈了几句。“他也跟彼拉多一样，说的是拉丁语哩。”伊万心中忧虑不已。这时，有个词使他打了个寒噤，这就是“精神分裂症”！唉，昨天，那个可恨的外国佬在长老湖畔就说过这个字眼，今天，斯特拉文斯基教授又在这里作了重复。“原来他早就知道！”伊万惶然了。

一号人物看来有一条不成文的规定，就是凡事得同大家商量，而且不管周围的人对他说什么，他都显得很高兴，总是不住地说：“好极了，好极了！”

“好极了！”斯特拉文斯基把纸片还了回去，接着对伊万说，“您是诗人吗？”

“是的。”伊万沉着脸回答。他头一次对诗歌感到一种难以形容的厌恶。眼下他不知为啥特别不愿意别人跟他提起他的诗。

他皱起鼻子，朝斯特拉文斯基反问了一句：

“您是教授？”

斯特拉文斯基听到这么一问，彬彬有礼地一躬身。

“您是这儿的领导？”伊万又问。

斯特拉文斯基又一躬身。

“我有事想找您谈谈。”伊万意味深长地说。

“我正是为此而来的。”斯特拉文斯基回答。

“事情是这样的，”伊万觉得机会终于到了，“有人诬陷我，说我是个疯子，谁也不听我申诉……”

“哦，不，我们要极认真地听你的申诉，”斯特拉文斯基郑重其事地说，口气叫人挺放心，“我们决不允许诬陷你是疯子。”

“那么我就说说。昨天晚上，我在长老湖碰见一个神秘人物，外国人不像外国人。这个人未卜先知，早就知道别尔利奥兹要死，而且还见过本丢·彼拉多。”

随从们默默无言，一动不动地听着。

“彼拉多？是那个跟耶稣基督同时期的彼拉多吗？”斯特拉文斯基眯起眼睛，看着伊万。

“就是他。”

“噢，”斯特拉文斯基说，“这个别尔利奥兹被电车轧死了？”

“昨天晚上在长老巷，当着我的面被电车轧死的。而且，那位神秘的公民……”

“认识本丢·彼拉多的那位吗？”斯特拉文斯基问了一句。看来，他的理解力很强。

“正是他，”伊万说，心里则在琢磨着斯特拉文斯基，“他事先就说，安努什卡把葵籽油洒了……他正好就在那地方一滑！您看多巧！”伊万加重了语气，希望他的话能收到戏剧性效果。

不过他的希望落了空。斯特拉文斯基随随便便又提出下一个问题：

“安努什卡是什么人？”

这个问题有点使伊万失望，他的脸抽搐了一下。

“安努什卡在这儿其实无所谓，”他激动地说，“鬼知道她是个什么人。不过是个住在花园街的蠢女人罢了。关键是他事先早就知道葵籽油的事！您明白吗？”

“太明白啦！”斯特拉文斯基一本正经地回答。他轻触了一下诗人的膝盖，又加上一句，“不要激动，继续讲！”

“好，我讲。”伊万尽力模仿斯特拉文斯基的语调。吃一堑长一智，他知道只有镇静才能救自己。“这个可怕的家伙（他还撒谎，说他是什么顾问），身上好像有股魔力！……比如说吧，您要是跟在他身后，一辈子甭想撵上他……跟他一块儿的还有那么两个玩意儿，也不是好东西，都是一路货色：一个是瘦高个子，架着一副破夹鼻眼镜；另一个是一只大得吓人的猫，自己还会乘电车呢！除此而外，”谁也没有打断伊万的话，他越说越来劲儿，语气也越来越肯定，“他曾亲自在本丢·彼拉多的露台上待过，这一点绝对没问题。简直神了，不是吗？该马上逮捕他，否则后果不堪设想。”

“所以您才要求逮捕他，是吗？我对您的意思理解得对吗？”斯特拉文斯基问。

“他挺聪明，”伊万想，“应当承认，知识分子里头也有相当聪明的人，这一点不能否认。”于是回答：

“完全正确！您想想，我怎能不提出要求呢！可是反倒被强行扣在这里，用手电筒照我的眼睛，逼我洗澡，费佳舅舅的事也要刨根问底查个没完！……其实他早就不在人世了！我要求立即把我放了！”

“是啊，是啊，好极了，好极了！”斯特拉文斯基说，“这不全都搞清楚了吗？真格的，把一个健康人关在医院，那有什么意思？好吧，只要您说明一下，您是正确的，我马上就把您放出去。不是证明，只是说明。那么，您是个正常人啰？”

这时全场鸦雀无声。早晨侍候过伊万的那个胖女人无限崇敬地瞅了教授一眼，伊万也再次心里想：“他真聪明！”

对伊万来说，教授的问题可以说是正中下怀。但即使如此，他在回答之前也还是蹙起眉头，郑重三思，最后才毅然决然地说：

“我很正常。”

“好极了，”斯特拉文斯基如释重负地高声说，“如果这样，那咱们就按照逻辑来思考一番吧。姑且以您昨天的情况为例好了。”说罢，他转过身去，立刻有人把伊万那张记录卡递过来，“一个陌生人对您介绍说，他同本丢·彼拉多相识。为了追踪他，您昨天做了这么几件事。”斯特拉文斯基屈起他那修长的手指，一会儿看看那张纸，一会儿又看看伊万，“您曾经把圣像挂在胸前，对吗？”

“是的。”伊万皱着眉头承认了。

“又从围墙上摔下来，擦伤脸，对吗？进餐厅时手里还拿着一根点燃的蜡烛，身上仅穿着内衣，而且，在餐厅还打过人。您是被捆起送来的。到了这儿，您又给民警局打过电话，要求派机关枪来。后来，还想跳窗逃跑。是吗？请问，您这样行动，有可能捉住或者逮捕任何人吗？如果您是正常人，您一定会回答：绝不可能。您想离开这个地方？请吧，但是我要问，您上哪儿去呢？”

“当然上民警局去啰！”伊万的口气已不是那么坚定，在教授的逼视下，他已经不知所措了。

“从这儿直接去？”

“嗯……”

“不回家看看？”斯特拉文斯基连珠炮似的问。

“哪有工夫回家呀！我要是东也看看，西也看看，那家伙不早就溜之大吉了吗？”

“好吧，您到民警局先说什么呢？”

“先说本丢·彼拉多的事。”伊万一说，眼神随之就变得黯淡了。

“好极了！”百依百顺的斯特拉文斯基高声说。然后，对留胡子那人下了道命令：“费奥多尔·瓦西利耶维奇，请给流浪汉公民开张出院证，让他进城，不过房间先留一留，床上用品先不用换。再过两小时，流浪汉公民还得回来。好吧，”他对诗人说，“我不敢祝您成功，因为我一点儿也不相信您会成功。咱们很快又会见面的！”他站起身来，随从们也开始往外走。

“根据什么说我还得回来？”伊万惊惧不安地问。

斯特拉文斯基似乎正等着这个问题，他马上重又坐下，说了起来。

“我的根据是：只要您穿一条衬裤进民警局，再加上说什么您跟认识本丢·彼拉多的人见过面，就准会立即把您又送到这儿来。那么，您不是又得住回这个房间吗？”

“干吗又提衬裤？”伊万慌了手脚，四下望望问。

“主要当然是本丢·彼拉多，不过衬裤也起作用。我们总得把公家的衣服从您身上脱下来，给您换上原来的衣服吧？把您送来的时候，您不是只穿着一条衬裤吗？可您呢？却根本不打算回家。我不是还暗示过您吗！再加上谈的是什么本丢·彼拉多……这不就得了？”

说来也怪，伊万一下子崩溃了。他觉得非常虚弱，急需旁人给他拿主意。

“那，怎么办呢？”他问了一句，这回的口气已经是怯生生的了。

“好极了！”斯特拉文斯基说，“这个问题问得有理。现在，让我来告诉您到底出了什么毛病。昨天，有人把您吓着了，吓得还很厉害；本丢·彼拉多的故事和其他一些事又让您受了刺激。您精神极度紧张，在市里到处游荡，见人就讲本丢·彼拉多。这样别人自然会把您当疯子。要想恢复正常，唯一的办法就是绝对安静。您一定要在这儿留下来。”

“可是，他也一定应该抓起来呀！”伊万嚷道，不过已是带着哀求的口吻。

“好吧，不过干吗非得您亲自奔走呢？把您发现的疑点以及对那人的指控都写一写嘛！把您的检举材料往该送的地方一送，再没有比这更简单的了。如果您说得不错，那人是个犯罪分子，那么一切很快就会搞清楚。但有个条件：别把脑子搞得太累，尽量少想本丢·彼拉多。别听别人瞎说八道！并不是人人都那么可靠嘛。”

“明白了！”伊万满有决心地说，“请把笔和纸给我。”

“给他几张纸和一根铅笔头，”斯特拉文斯基吩咐胖女人。又对伊万说：“不过，我劝您今天先别写。”

“不行，不行，一定要今天写。”伊万焦躁地喊。

“好吧，不过别累着脑子。今天写不完，明天也写完了。”

“那他就该逃走了！”

“噢，不会的，”斯特拉文斯基颇有把握地说，“他跑不了，我向您保证。请记住，我们这儿会尽一切可能帮助您，没有我们的帮助，您将一事无成。您听见我的话了吗？”斯特拉文斯基冷不防意味深长地问了一句。他用两手紧紧抓住伊万，攥住他的双手，久久凝视他的眼睛，一再说：“这儿会帮助您……听见我的话了吗？……这儿会帮助您……您会感到轻松……这儿很安静，一切都很安静……这儿会帮助您……”

伊万突然打了个哈欠，面部肌肉松弛下来。

“是的，是的。”他轻声说。

“好极了！”斯特拉文斯基又说了一句口头禅，结束了这次谈话。他站起身来说：“再见！”握握伊万的手，走到门口，又转过身来，对留胡子的人说：“对了，可以用氧气试试……还有水疗。”

片刻之后，斯特拉文斯基和那群随员，统统从伊万眼前消失了。在张着铁丝网的窗外，在正午的阳光下，对岸那片生机勃勃、春意盎然的树林显得格外悦目，近处的河面闪动着粼粼波光。

第九章
科罗维耶夫的恶作剧

尼坎诺尔·伊万诺维奇·鲍索伊是莫斯科市花园街副三〇二号大楼的管理委员会主任，别尔利奥兹生前住的就是这座楼。打从前一天夜里，即星期三夜里起，这位公民就已经忙得不可开交了。

正如我们所知，半夜时分，有热尔德宾在内的那个委员会，全体坐车来到大楼，找到鲍索伊，把别尔利奥兹亡故的消息通知他，并在他陪同下，前往五十号公寓。

在那儿，他们查封了死者的手稿什物。这工夫，上白班的家庭保姆格鲁尼娅和风流的斯乔巴都不在家。委员会向鲍索伊宣布，死者的手稿要带走进行整理；死者的住房一共三间（原为珠宝商太太的书房、客厅和餐厅），移交大楼管理委员会处理；遗物堆放在指定地点，等候继承人领取。

别尔利奥兹的死讯立刻传遍全楼，其速度之快异乎寻常。星期四早七点开始，就有人不断给鲍索伊挂电话，后来又亲自登门拜访，目的不外乎想占有死者的住宅。前后仅两小时，主任竟接到此类申请达三十二份之多。

申请书中有哀告、威胁、诽谤、告密、保证自费修缮、介绍住房拥挤情况，以及无法与恶邻共处一宅等各种内容。其中有一则申请描写了在三十一号公寓把饺子直接塞进上衣口袋的盗窃场面，就其艺术感染力而言，堪称惊世杰作。还有两则宣称准备自杀，一则宣布已秘密妊娠。

有人还把主任请到自家住宅前厅，拽着主任的袖子，挤眉弄眼附在他耳旁叽叽喳喳，说是保证忘不了他的好处。

这份罪一直遭到中午十二点多，逼得鲍索伊后来索性从家里逃了出来，向大院门口的办公室跑去。一看，那儿也有人等着，便又溜了出来。人们尾随跟踪，纠缠不休，从铺了沥青的大院这头一直跟到那头。好歹摆脱之后，他一头钻进六号单元门，登上五楼，来到充满邪气的五十号公寓门口。

肥胖臃肿的鲍索伊在楼梯平台上喘定之后，才按响门铃，但却没人给他开门。他按了一次又一次，不由得嘟嘟哝哝小声骂起来。门还是没开。鲍索伊忍无可忍，掏出管理委员会的一串备用钥匙，插进去威风凛凛地一拧，打开门走了进去。

“喂，保姆在吗？”他在幽暗的前厅里高喊，“喂，是叫格鲁尼娅吧？……在家吗？”

谁也没有回答。

于是，他从皮包里掏出折尺，接着又把房门上的封漆扯了下来，一步跨入书房。这一步倒是迈出去了，然而惊诧之余，不由得又把脚收住，在门口停了下来，甚至还哆嗦了一下。

死者书桌后面，坐着一位公民，是个瘦高挑，很面生，穿一件又瘦又小的花格上衣，戴着顶马夫帽，还架着一副夹鼻眼镜……甭说，正是那一位。

“您是什么人，公民？”鲍索伊战战兢兢问。

“嚯，主任同志！”不速之客扯起尖溜溜的破嗓子喊了一声，跳起身来，抢过主任的手握了一握。这样的欢迎丝毫不能使鲍索伊感到高兴。

“对不起，”鲍索伊满腹狐疑说，“您到底是什么人？是个公职人员吗？”

“唉，主任同志！”陌生人喟然长叹，“什么公职人员私职人员的！就瞧您怎么看了。这一切，主任同志，都不是一成不变的，是相对的。今天我不是公职人员，明天再看看，也许就是了！反过来的情况也有，而且多的是！”管理委员会主任对这番议论并不买账。他是个疑心很重的人，因而断定，这位当面夸夸其谈的公民准是个非公职人员，兴许还是个二流子。

“您到底是什么人？您叫什么名字？”主任的口气越来越严峻，甚至朝陌生人逼了过去。

“我的名字么？”陌生人泰然自若地回答，“好吧，就算叫科罗维耶夫吧。您不想吃点什么吗，主任同志？别客气，好吗？”

“对不起，”鲍索伊已是怒不可遏了，“还是省省吧！（鲍索伊生来有点粗鲁，尽管承认这一点令人不大愉快。）不许待在死者的房子里！您在这儿干什么？”

“您请稍坐，主任同志。”陌生人伸着脖子喊了一句，一点没着慌，像只陀螺似的转前转后，给鲍索伊端过一把椅子。

鲍索伊简直气昏了头，把椅子朝旁边一推，吼了一声：

“你究竟是干什么的？”

“承问，承问。鄙人忝任某外国人的私家翻译，他就在此处下榻。”自称为科罗维耶夫的人物自我介绍时，那双擦得不干不净的红皮鞋两只后跟还"笃"地一碰。

鲍索伊目瞪口呆。这套公寓里居然来了外国人，还带着翻译，这可是天大的新鲜事。于是他要求说明是怎么回事。

翻译高高兴兴地把事情原委介绍了一番。外国表演家沃兰德先生应杂技场经理斯乔巴——也就是斯捷潘·波格达诺维奇·利霍杰耶夫——的邀请，荣幸地到本市进行巡回演出，时间约为一周，并应邀在这套公寓暂住。昨天，经理先生已将此事函告主任，请为外国人登记临时户口，因为斯乔巴本人已经到雅尔塔旅行去了。

"他根本没给我写过什么信。"鲍索伊惊奇地说。

"您在皮包里找找看，主任同志。"科罗维耶夫甜兮兮地说。

鲍索伊耸耸肩，打开皮包，发现那里果然有斯乔巴的一封信。

"我怎么会把这茬儿给忘了呢？"主任呆呆望着撕开的信封自言自语。

"常有的事，常有的事，主任同志！"科罗维耶夫喋喋不休地说，"这都是心不在焉，心不在焉，再加上劳累过度，血压升高，我亲爱的朋友！我也是这样，丢三落四的，真够呛！等什么时候咱哥俩好好喝上两盅，听我把我那几件事跟您唠唠，准能把您给笑死！"

"斯乔巴什么时候去的雅尔塔？！"

"他早走了，走了！"翻译叫起来，"他已经上了车啦！鬼知道现在在哪儿！"翻译边说边挥动两只胳膊，活像磨坊上的风车。

鲍索伊宣称一定要见见外国人，但却遭到翻译拒绝：无论如何不行，忙着呢，正在训练猫呢。

"猫倒可以叫出来给您看看，如果您愿意的话。"科罗维耶夫说。

这回轮到鲍索伊表示拒绝了。接着，翻译对主任提出了一个出乎意料但却非常有意思的建议：沃兰德先生无论如何不愿意在饭店下榻，不过他又习惯于宽敞的起居，不知管理委员会是否能够同意，在沃兰德在莫斯科巡回演出期间，把整套公寓——包括死者的三个房间——暂租给他一个星期？

“对于死者，这本是一件无所谓的事，”科罗维耶夫压低嘶哑的嗓门说，“主任先生您也一定不会有意见——如今房子对于他还有什么用呢？”

鲍索伊还有点迷惑不解，表示不同意，提出外国人应该住“大都会”，根本不该住在私家民宅……

“跟您说吧，他这人可难侍候哩，鬼知道有多古怪！”科罗维耶夫悄声说，“他不愿意去，他不喜欢大宾馆！您瞧，他们简直是赖在我这儿，这些个外国游客！”科罗维耶夫指着自己那虬筋暴突的脖子，故作亲昵地诉着苦，“信不信由您，真是操不完的心！他们来，不是搞他娘的间谍活动，就是用这些怪癖性折腾你：这也不是，那也不行！……不过，主任同志，对你们这管理委员会好处倒是明摆着的，还不能少了。要说花钱，他可不在乎，”科罗维耶夫回头回脑地附在主任耳边说，“这主儿可是个百万富翁！”

翻译话里意思十分明白，这么干的确也蛮带劲。不过，无论从他说话的腔调还是衣着，或是从那副实在不像样子、看了叫人直恶心的夹鼻眼睛来看，这人总有点靠不住。主任心里虽说直犯嘀咕，可还是决定接受这项建议。唉！原因就在于管理委员会有一笔相当不小的亏空。上秋就得买石油烧暖气，这笔钱打哪儿出？正没着落呢。有了外国人的钱，窟窿就堵上了。不过鲍索伊办事毕竟还算老练，为了慎重起见，他提出先就此事同国际旅行社联系一下。

“我理解！”科罗维耶夫叫道，“不联系怎么成？太应该了！这儿有电话，主任同志，请马上联系一下！钱的问题不必客气。”

他把鲍索伊拉到前厅电话机旁，又悄声加上一句：“不赚他的钱赚谁的呀！您有机会应该去看看他在尼斯的别墅，考究极了！来年夏天您要是能出国，一定去看看，准叫您大吃一惊！”

鲍索伊大为惊讶的是，电话联系顺利得异乎寻常。原来旅行社那边早就知道沃兰德先生有意要住在斯乔巴的私寓，他们一点也不反对这种做法。

“妙极了！”科罗维耶夫大喊一声。

鲍索伊被他这顿没完没了的瞎张罗弄得头都晕了，于是郑重宣布，管理委员会同意将五十号公寓暂交表演家沃兰德先生使用一周，租金为……鲍索伊有点难以启齿，不过还是开了个价：

“五百卢布一天。”

然而科罗维耶夫的反应却大出鲍索伊的预料。他贼头贼脑朝卧室夹夹眼睛——那边传来一只沉甸甸的大猫在地板上跳动的声音，着地时又轻又软。

“那么，一个星期是三千五百卢布啰？”这位翻译尖声尖气地问。

鲍索伊以为往下他一定会说：“您胃口真不小啊，主任同志！”谁知科罗维耶夫说的完全不是这么回事：

“才这么点？要五千，他准能给。”

鲍索伊尴尬地笑笑，自己也搞不清怎么就站到了已故别尔利奥兹的书桌前。科罗维耶夫坐到椅子上草拟合同，一挥而就，转眼写出一式两份，然后一把抓起，冲进卧室，又跑了回来。两份合同都由外国人签上了潇洒有力的字体。鲍索伊也签了字。紧接着，科罗维耶夫又请他写了一张收据，数目是五……

“大写，大写，主任同志！……五千卢布……”嘴里又开玩笑似的用德语喊：“一，二，三！”——五捆簇新的票子随即放到了鲍索伊面前。

点钞票的时候，科罗维耶夫不住嘴地开着玩笑，说了不少“钞票勤点，保证来钱”“要想信得过，就得亲手摸”之类的俏皮话。

主任点好钞票，接过科罗维耶夫递来的外国护照，准备办理临时户口。他把护照、合同、钞票一样样放进皮包，末了才忍不住扭扭捏捏地提出，想要招待券……

“这还用说，”科罗维耶夫总是大嗓门，“主任同志，您要几张？十二张？十五张？”

主任愣住了。他解释说只要两张就够，一张给自己，一张给佩拉格娅——他的老婆。

科罗维耶夫立刻掏出记事本，给鲍索伊刷刷地签发了两张第一排的招待券。左手把它们朝鲍索伊手里灵巧地一塞，右手又把一厚沓唰唰响的钞票塞到他另一只手上。鲍索伊低眼一瞅，脸唰地一下就红了，忙往外推。

“这可不行……”他咕咕哝哝说。

“什么话！”科罗维耶夫紧附在他耳边说，“咱们不兴，外国人可兴。他会生您气的，主任。这可不太好哇。您没少费心……”

“这要犯大错误的。”主任的声音小而又小，说着还朝身后张了两眼。

“查无实据嘛！”科罗维耶夫又附在他另一只耳边说，“请问，谁是证人？您这是怎么啦……”

后来鲍索伊一口咬定，就在这节骨眼上出现了奇迹：那沓钱竟自动钻进了他的皮包。接着，这位活像得了场大病的主任，糊里糊涂就到了楼梯间，形形色色的念头像龙卷风似的在他脑子里搅个不停：尼斯的别墅、受过训练的猫、反正查无实据的念头、佩拉格娅见到招待券兴高采烈的样子……这些念头互不关联，但大体上都使人感到惬意。不过主任的内心深处却好似隐隐地扎进了一根针，扎得他不得安宁。走在楼梯上时，还有一个念头又突然攫住了他，给了他当头一棒：“咦，这翻译是怎么进的书房？门不是封上了吗？我怎么没问问这茬儿呢？”有好一阵子，主任就像一只山羊，瞅着楼梯磴直发愣，又一转念，管它呢！干吗伤这份儿脑筋？

主任刚离开公寓，卧室里就传出了一个低沉的声音：

“这个鲍索伊我一点儿也不喜欢。他是个狡猾的骗子手！最好想个办法让他以后别再来了。”

“阁下，听从您的吩咐……”科罗维耶夫不知在什么地方应答，声音纯净、响亮，既不哆嗦，也不刺耳。

可恶的翻译马上跑进前厅，拨了个电话，不知为什么又装出一副哭丧腔对话筒说：

“喂，我要向你们揭发：我们花园街副三〇二号管理委员会主任鲍索伊正在做外币投机生意。现在他的三十五号公寓就藏着四百美元，是一个报纸包儿，藏在厕所的通风口。我是十一号公寓住户季莫菲·克瓦斯佐夫。请务必给我保密！我可害怕这个主任的报复。”

随后挂上了电话。真卑鄙！

五十号公寓后来又发生什么情况，我们不得而知。不过鲍索伊家出了什么事，倒是一清二楚。这位主任到家之后，先一头钻进厕所，插上门闩，从皮包里抽出翻译硬塞给他的那沓钞票，点了一下，一共是四百卢布。鲍索伊用一小张报纸把这沓票子包好，塞进了通风口。

五分钟后，主任在家中小饭厅桌旁就座。夫人从厨房给他端来一盘切得整整齐齐的青鱼片，厚厚洒了一层葱花。鲍索伊倒了一小高脚杯伏特加一饮而尽，接着又干了一杯，一叉子叉了三片鱼……这工夫门铃响了……佩拉格娅正端了个热气腾腾的煎锅进来，一眼就能看出，在滚烫的甜菜汤里，有一道世间难寻的美味——牛骨髓。

鲍索伊咽了一口唾沫，像发脾气的狗似的抱怨：

“真他妈的见鬼！连吃饭都不让安生……谁也别放进来，我不在家，不在家，不在……房子的事你就跟他们说，别白费劲了，过一个星期再开会研究。”

夫人跑进门厅，鲍索伊操起大汤匙，从一汪冒着团团白气的翻滚的浓汤中，捞出了那根砸裂开的牛骨头。这当儿两位公民进了饭厅，身后跟着佩拉格娅——说不上为什么脸色那么苍白。鲍索伊朝来人一看，不由得也吓白了脸，站起身来。

“厕所在哪儿？”头里那个穿白斜领衫的急不可耐地问。

餐桌上啪的一声（这是鲍索伊的勺子掉到了漆布上）。

“在这边，在这边。”佩拉格娅赶忙连声说。

来人立刻转身冲进走廊。

“怎么回事？”鲍索伊跟在后面悄声问，“我们家什么违法的东西也没有……你们的证件呢？……对不起……”

头里那人边走边向鲍索伊出示了证件，另一个已经进了厕所上了凳子，把手伸进了通风孔。鲍索伊两眼一阵发黑。报纸打开了，原来这一沓东西竟不是什么卢布，而是一种从来没见过的货币——蓝不叽儿绿不叽儿的，上面还印了个老头子。其实，票子什么的，鲍索伊早已看不清了，眼前只有好多圈圈点点在飘飘悠悠。

“通风口里是美金……”头里那人若有所思地说。接着，又和和气气、彬彬有礼地问鲍索伊：“这包东西是您的吗？”

“不！”鲍索伊的声音听上去让人发瘆，“这是敌人的圈套！”

“有这种可能。”第一个人说。又和和气气地加上一句，“那么，其余的也交出来吧。”

“我没有！没有，凭上帝起誓，从来连碰都没碰过！”主任魂飞魄散地大叫起来。

他跑到五斗柜跟前，砰的一声拉开抽屉，搜出皮包，前言不搭后语地喊：

“这是合同……翻译真狠毒……设了个圈套……科罗维耶夫……架副夹鼻眼镜……”

他打开皮包，朝里面一看，把手伸进去，脸色顿时变得铁青，皮包也跌落在骨头汤上。里头的东西全不见了：斯乔巴的信呀，合同呀，外国人的护照呀，钱呀，招待券呀……总而言之，除了那把折尺，别的统统没了影儿。

“同志们！”主任发了狂似的大叫，“快把他们抓起来！这楼闹鬼了！”

这工夫也不知佩拉格娅是怎么想的，但见她双手一拍，竟也喊了起来：

“认罪吧，老头子！坦白从宽！”

鲍索伊瞪着血红的眼睛，在老婆头上晃动着双拳，嘶声叫道：

“该死的蠢货！”

接着身子一软，瘫倒在椅子上，看来只好听天由命了。

季莫菲·克瓦斯佐夫这时恰好在楼梯间。他趴在主人家门口的锁孔上，一会儿把耳朵凑上去，一会儿把眼睛对上去，好奇得心里直痒痒。

五分钟后，院里的人看见又来了两个人，押着主任一直朝大门外走去。据说，鲍索伊面如死灰，踉踉跄跄，活像个醉汉，嘴里还喃喃地嘟哝着。

又过了个把小时，一位陌生人来到十一号住宅。此人冲着克瓦斯佐夫——他正在对别的住户眉飞色舞地讲主任被带走的情况——勾勾手指，把他从厨房叫到前厅，跟他不知嘀咕了几句什么，便一块儿离开了。

第十章
消息来自雅尔塔

就在鲍索伊倒霉的时候，也是在这条花园街，离副三〇二号不远，杂技场财务经理里姆斯基的办公室坐着两个人——一个是里姆斯基本人，还有一个是剧场管理员瓦列努哈。

剧场二楼的大办公室有两扇窗户对着花园街。财务经理凭写字台而坐，背后有扇窗户正对着剧场的夏季花园。花园里设置了冷饮亭、靶场和露天舞台。办公室内的摆设，除了一张写字台，再就是一本挂在墙上的旧海报，一张摆冷水瓶的小几，四把靠椅。墙角还立着一副支架，上陈一套不知为哪出剧设计的旧布景模型，积满了灰尘。当然，除此之外，办公室还有一只饱经沧桑、油漆剥落的小金柜，它跟写字台一并排，摆在里姆斯基座位的左首。

写字台旁的里姆斯基一大清早就心绪不佳。可瓦列努哈却正相反，显得精神头十足，浑身是劲儿。可惜的是他的这份精力实在不知往哪儿使。

瓦列努哈这会儿躲进财务经理的办公室，是为了逃避签发招待券。这些个招待券，缠得他一辈子也别想安生，在更换节目的日子里尤甚。今天恰逢这么个日子。只要电话铃一响，瓦列努哈就抓起话筒，对着它撒谎：

“找谁呀？瓦列努哈吗？他不在剧场，出去了。”

里姆斯基没好气地提醒他：“我说，你再给斯乔巴打个电话好不好？”

“他家没人呀。我派卡尔波夫去过了，家里一个人没有。”

“鬼知道是怎么回事！”里姆斯基一肚子火，把计算器摇得咔啦咔啦直响。

门开了，检票员抱进一大捆赶着补印的海报——绿色衬底上印着大红字：

杂技场即日起每天加场演出

特邀沃兰德教授

表演全套魔术披露个中奥秘

瓦列努哈把海报在支架上摊开，退后几步，欣赏了一番，吩咐检票员立即全部张贴出去。

“太好了！……多醒目！”检票员出去时瓦列努哈说。

“我可一点儿也相不中这套玩意儿，”里姆斯基嘟嘟哝哝地说，透过角框眼镜愤愤地瞅着海报，“真不明白，怎么会批准他演出这样的东西。”

“嗨，格里高里·达尼洛维奇，你可别说，这一着还真妙。妙就妙在当众披露奥秘。”

“我可不明白，不明白。依我看，也未见得精彩到哪里……每回他都要闹些个花花点子！……哪怕把这位魔法师请来见见面也好嘛！人你见过吗？鬼知道他打哪儿招来这么个宝贝！”

闹了半天，瓦列努哈同里姆斯基一样，也是从来没见过这位魔法师。昨天，斯乔巴（照里姆斯基的说法——“像个疯子”）跑来找财务经理，拿来一份合同草案，立逼着他誊清签字，给沃兰德付款。魔法师拿到钱就溜了，除了斯乔巴本人，跟谁也没照过面。

里姆斯基掏出怀表一看，已经是两点五分了。这下子他气得非同小可。岂有此理！斯乔巴十一点钟左右不是还来电话说，过半个小时就到吗？谁知非但没到，这回连家里也找不着他的影子了。

“我还有事呢！”里姆斯基指着一沓没签字的文件，已经在咆哮了。

“他可别跟别尔利奥兹似的，也往电车轱辘底下钻哦！”瓦列努哈把听筒贴到耳边，只听里面连续不断传来阵阵低沉的、毫无希望的嘟嘟声。

“那倒好了……”里姆斯基咬牙切齿地说，声音将能听得见。

正在此时，一个头戴制帽，身着制服，下穿黑裙，足蹬平底鞋的女同志走进办公室，从挂在腰旁的小邮袋里取出一个四四方方的白信封，还有一个小本本。

“这儿是杂技场吗？”她问，“你们的加急电报。签个字。”

瓦列努哈在女同志的本本上钩钩巴巴画了两笔，等到门在她身后一关，赶紧拆开封口。看完电报，他眨巴眨巴眼睛，又递给里姆斯基。

上面的电文如下：“雅尔塔致莫斯科杂技场今十一时半一栗发男子着睡衣神经错乱来刑侦局自称杂技场经理斯乔巴速电复雅

尔塔刑侦局告斯乔巴经理下落。”

“真是奇闻！”里姆斯基喊道，跟着又加了一句，“又出了一件奇闻！”

“来了个冒名顶替的！”瓦列努哈说完拿起电话：“是电报局吗？请记杂技场的账。发一份加急电报。您听得清吗？‘雅尔塔刑侦局……斯乔巴经理在莫斯科财务经理里姆斯基……’”

瓦列努哈根本没把雅尔塔出了个冒牌货的通知放在心上，又打电话四处寻找斯乔巴。所有的地方全找遍了，您也知道，上哪儿找去呢！

就在瓦列努哈手拿电话，琢磨着再往哪儿打的时候，送急电的女同志又进来了，把第二份电报交到瓦列努哈手上。他赶忙拆开，看完电文，打了个呼哨。

“又怎么啦？”里姆斯基神经质地耸耸肩。

瓦列努哈默默将电报递过来，财务经理细看电文：“务请相信已被沃兰德施魔法送来雅尔塔望急电刑侦局证实本人身份斯乔巴。”

里姆斯基和瓦列努哈头碰头凑在一起，一遍又一遍念着来电，念完你瞅瞅我，我瞅瞅你，一时都愣住了。

“公民们！”女同志生气了，“先把字签上，然后愿意愣多久就愣多久！我还得送急电呢！”

瓦列努哈一边盯着电报，一边在本子上歪歪扭扭划拉了两笔。女同志走了。

“刚过十一点那会儿你不是还跟他通过电话吗？”管理员问，他全然被弄糊涂了。

“简直笑话！”里姆斯基尖声尖气大叫，“不管通不通电话，他这会儿也不可能在雅尔塔呀！太可笑了！”

“他喝醉了……”瓦列努哈说。

“谁喝醉了？”里姆斯基问罢，二人相对又发起呆来。

雅尔塔发电报的一定是个冒牌货和精神病，这一点可以肯定无疑。奇怪的是雅尔塔的骗子手怎么能知道沃兰德？他可是昨天才到的莫斯科呀！这家伙怎么会知道沃兰德和斯乔巴之间的关系呢？

“施魔法……”瓦列努哈念叨着电文，“他是怎么知道沃兰德的呢？”他眨眨眼睛，忽然果断地大叫：“不！胡扯！……纯粹胡扯！胡扯！”

“他妈的，沃兰德这家伙住哪儿？”里姆斯基问。

瓦列努哈立即同国际旅行社取得联系，结果大大出乎里姆斯基的意外，那边通知说，沃兰德就住在斯乔巴家里。接着，瓦列努哈又拨通了斯乔巴家里的电话，侧耳听了好久，却只闻电话中一声声低低的嘟嘟声，其中还隐约掺杂着悱恻缠绵的歌声：“……岩壁呀，我避难的地方……”瓦列努哈想，电话一定和广播电台串线了。

“家里没人接。”瓦列努哈放下听筒。

“再打打试试……”

话音未了，那女人又在门口出现了。他俩——里姆斯基和瓦列努哈——立即起身迎上前去。这回她从邮袋里掏出的不是四四方方的白信封，而是一张黑纸片。

“这可真有点意思了，”瓦列努哈傲然目送着匆匆离去的女人，咬着牙关说。里姆斯基一把先把这张纸片抢到了手。

在灰暗的相纸上，清楚地印出几行手写的黑字：

“证明我的手迹我的签名速发急电证实秘密监视沃兰德斯乔巴。”

瓦列努哈虽在剧场干了二十多年，见过各种世面，此刻也好似坠入五里雾中。他瞠目结舌，半晌才挤出一句平淡无奇却又荒唐透顶的话：

“这绝不可能！”

里姆斯基可不像瓦列努哈。他站起身来，推开门，朝坐板凳的女通讯员喊了一声：

“除了送电报的，谁也不许放进来！”接着把房门上了锁。

然后，从办公桌里抽出一沓公文，对照着影印件上那胖乎乎向左斜的笔迹，端详着斯乔巴的批示和他那带螺旋花字尾的押签，一一仔细核对着。瓦列努哈趴在桌上，对着里姆斯基的脸直喘热气。

“的确是他的笔迹。”财务经理下了结论。瓦列努哈也应声虫似的跟着说：

“是他的。”

管理员仔细一打量里姆斯基的面孔，不由大吃一惊。本来就瘦的脸这会儿显得更瘦了，甚至还老了一大截，角框眼镜后的一双眼睛失去了一向炯炯逼人的光芒，那里面不仅有惶惑，还有悲哀。

说到瓦列努哈，以举止而言，完全陷入了狂乱。他在办公室里来回乱跑，又把胳膊高举过头，就像被钉到了十字架上似的，还搬起冷水瓶，咕嘟咕嘟灌进了满满一大杯黄澄澄的水，接着喊：

“我不懂，我不懂！我——真——不——懂！”

里姆斯基却眼望窗外，紧张地思索。财务经理责任不轻，他得从这种种不近情理的现象中就地理出个头绪来。

眉头一皱之间，他仿佛看到今天十一点半左右，斯乔巴仅穿一件睡衣，光着两脚，钻进一架闻所未闻的超高速飞机。接着又是这个斯乔巴，还是十一点半左右，又只穿一双袜子就到达了雅尔塔的飞机场……鬼知道这是怎么回事！

也许，今天在家跟他通话的并不是斯乔巴？不，绝对是！凭他还听不出斯乔巴的声音？就算今天说话的不是斯乔巴，那顶多不过昨天——昨天傍晚，斯乔巴不是还拿着他那份荒唐的合同从这个办公室跑到那个办公室吗？那份轻率不是还把财务经理气得够呛吗？那么，他怎能跟杂技场不辞而别，竟悄悄地上了火车或者飞机扬长而去呢？就算昨儿个晚上坐上飞机起飞，今天中午也是飞不到的呀！能飞到吗？

“到雅尔塔多少公里？”里姆斯基问。

瓦列努哈不乱跑了，他收住脚步，大声嚷嚷：

“这事我早就想到了！坐火车到塞瓦斯托波尔是一千五百多公里，到雅尔塔还得加上八十多公里！空中航线当然要短些。”

唔……对呀……坐什么火车也是到不了的。这是怎么回事？坐的歼击机吗？是谁让斯乔巴光着脚就上了歼击机？为了什么呀？也许，飞到雅尔塔之后，他才把靴子脱了？那又是为的什么？就算穿着靴子，也不会让他上歼击机呀！再说了，这跟歼击机扯得上吗？电报上不是写得明明白白，他是中午十一点半到的刑侦局吗？而在莫斯科打电话的时间是……让我看看……（里姆斯基把手表字盘移到眼前）

里姆斯基回想着表针原来的位置……天哪！那是在十一点

二十分！

这是什么话！就算斯乔巴挂上电话拔腿就往飞机场跑，就算他在五分钟之内跑到了飞机场（其实这种假设本身就是胡扯），那么，这岂不就等于说，飞机立时立刻冲天而起，五分钟之内竟飞越了一千多公里，而算来时速竟达到了一万两千多公里！！这可能吗？既然不可能，那他怎么会在雅尔塔！

剩下的结论又是什么呢？催眠术？世上哪有这样一种催眠术，居然能够把人催到千把公里之外去！那么这是幻觉？一个人产生幻觉倒情有可原，可雅尔塔刑侦局呢？难道也出了幻觉？不，不，对不起，这不可能！……可是，电报不正是从那边打过来的吗？

财务经理的那副面孔实在吓人。这时，有人在门外转动门把，拽门，只听女通讯员厉声叫：

“不行，不许进！杀了我也不让进！开会呢！”

里姆斯基竭力镇静了一下，抓起电话，对着听筒说：

“接雅尔塔，加急长途。”

“高。”瓦列努哈暗叫。

可是雅尔塔的电话没接通，里姆斯基放下听筒说：

“真不巧，线路出毛病了。”

说不上为什么，线路出毛病使他一下子泄了气，甚至都傻了。片刻之后，他又一手操起电话，另一只手把对着听筒说的话一一记录下来。

“请发一份加急电报。我是杂技场。是的，雅尔塔刑侦局。是的。今日十一时前后斯乔巴在莫斯科，曾与通话，此后未上班，电话询问未获结果，句号。字体确系此人手迹，句号。正采取措施监视该演员，财务经理里姆斯基。”

“真高！”瓦列努哈寻思，随之脑子里却又闪出两句话，“蠢透了！怎么可能在雅尔塔呢？”

里姆斯基这工夫已把来电电文和去电底稿统统整整齐齐叠了起来，放进一只封筒封好，又在上面写了几个字。

“马上亲自把它送去，”他把封筒递给瓦列努哈，“让他们那边研究去吧。”

“这一招果然高！”瓦列努哈把封筒放进皮包时心想。然后，又抱着一线希望往斯乔巴家里打了个电话，听着听着，他神秘兮兮地兴奋地眨了眨眼睛，做了个鬼脸。里姆斯基脖子都抻长了。

“可以请表演家沃兰德听电话吗？”瓦列努哈媚声媚气地问。

“他老先生正忙着呢。”听筒里传出个颤颤巍巍的声音，听来十分刺耳，“您是哪位？”

“杂技场管理员。”

“是瓦列努哈同志？”听筒里的那位喜出望外，“听到您的声音别提多高兴了！您身体好吗？”

“麦尔西，”瓦列努哈颇感惊讶，“您是哪位呀？”

“助手，他的助手兼翻译科洛维耶夫！”听筒里有点喋喋不休，“最最亲爱的瓦列努哈同志！鄙人悉听阁下吩咐！有什么事，就请说吧。什么事？”

“对不起……斯乔巴同志在不在？”

“唉，不在！不在！”听筒里喊，“走啦！”

“上哪儿？”

“坐汽车上郊外兜风去啦。”

“什……么？兜风？……那……他什么时候回来？”

“他说了，透透新鲜空气就回来。”

“是这样……”瓦列努哈惘然若失，“麦尔西……劳驾转告沃兰德先生，今天演出排在第三节。”

“好，好。不必客气。一定。马上。保证转告。”听筒里断断续续迸出回话。

“祝你们一切顺利。”瓦列努哈惊奇地说。

“请接受我，”听筒里说，“最最美好、最最热烈的问候和祝愿！祝您成功！顺利！万事遂心如意！一切的一切！”

“果不然！我说嘛！”管理员这下子来劲儿了，“根本不是什么雅尔塔！他到郊外去了！”

“如果真是这样，”财务经理气得脸色煞白，“那可真是一场空前绝后的恶作剧！”

猛然间，管理员跳起来大喊一声，把里姆斯基吓得一哆嗦：

“想起来了！想起来了！普希金诺新开了一家卖羊肉馅饼的叫‘雅尔塔’！全明白了！他跑到那边，灌足了黄汤，这会儿又从那边发了份电报过来！”

“太过分了！”里姆斯基说，脸上的肉一阵阵抽搐，眼中燃烧起阴沉的怒火，“好吧，叫他逛吧！会有他好瞧的！……”突然他停了一下，迟迟疑疑地问：“那……刑侦局是怎么回事？”

“纯粹胡扯！这是他个人开的玩笑。”沉不住气的管理员立刻打断了他。接着又问：“那这袋东西还用往那儿送吗？”

“一定要送。”里姆斯基说。

门开了，那女人又走了进来。“……她又来了！”里姆斯基说不上为什么心里直发烦。他俩忙站起来，迎着送电报的走过去。这一次的电文是：

感谢证实，速汇刑侦局五百卢布交我明日飞莫斯科。斯乔巴。

“他疯了！”瓦列努哈有气无力地说。

里姆斯基却哗啦一声打开保险柜，从抽屉里取出钱，点了五百卢布，按响电铃，交通讯员送电报局。

“怎么啦，格里高里·达尼洛维奇，”瓦列努哈简直不敢相信自己的眼睛，“我看您这钱准是白扔！”

“钱会回来的，”里姆斯基悄声说，“为了这次郊外野餐，他会遭大报应的。”接着，指指皮包，又对瓦列努哈说：“快去，伊万·萨维利耶维奇，别坐在这儿不动弹。”

瓦列努哈赶紧拎起皮包，一溜烟跑出了办公室。

他跑到楼下，见售票窗外排着长蛇阵，女售票员告诉他，自打贴出补充预告之后，人流简直是滚滚而来，再过一个来小时，就要挂出“票已售完”的牌子了。他忙命售票员收起三十张最好的楼座和包厢票，然后冲出票房，一路上多次打退缠着要招待券的进攻，钻进了他那间小办公室，想要去拿帽子。恰在此时电话铃响了。

“喂。”瓦列努哈嚷道。

“是瓦列努哈同志吗？”听筒里一个难听的齉鼻子问。

“他不在。”瓦列努哈刚喊出口，立刻被电话里的声音所打断：

“别装蒜，瓦列努哈。听着，电报不许往别的地方送！也不许给别人看！”

“你是谁？”瓦列努哈喝问，“公民，你少来这套！马上你就会现原形的！你的号码是多少？”

“瓦列努哈，”回话的还是那个难听的声音，“听不懂人话是怎么着？那些电报不许你往别的地方送！”

“好啊！你还不老实！”管理员简直气得发疯，“走着瞧！有你后悔的时候！”他又喊了几句吓唬人的话，但发现电话里根本就没人听，便住了口。

办公室不知怎的很快暗了下来。瓦列努哈跑到外面，砰的一声带上了门，穿过侧门，径直冲进夏季花园。

管理员精神抖擞，斗志昂扬。自打接到那个流氓电话，他毫不怀疑有一个流氓团伙，正在干着卑鄙的勾当，而一切又跟斯乔巴失踪有密切关系。他兴奋得连气都透不过来了，恨不能马上就揪出这些坏蛋。而且，奇怪的是——还没怎么样，他就已经有点飘飘然了。当一个人力图成为舆论中心，或是想要宣布什么轰动一时的消息时，这种心理状态是不言而喻的。

花园里劈面刮来一阵狂风，将沙尘吹进管理员的眼睛，好似要拦住他的去路，向他提出警告。二楼的一扇窗户啪的一声摔响，差点没把玻璃打碎。槭树和椴树的树梢惊慌不安地发出喧嚣。天黑了，四下里凉飕飕的。管理员揉揉眼睛，看到莫斯科上空有一块低垂的乌云，肚皮映成黄色，正在缓缓地爬行。远方滚过阵阵沉雷。

瓦列努哈虽说要事在身，却由不得心血来潮，偏偏这时想要跑去看看室外厕所，检查一下修理工是否已经给灯泡装上了网罩。

他跑过靶场，钻进一处茂密的丁香丛，来到一座浅蓝色建筑面前。修理工看来挺负责，男厕所这边檐下的电灯，已经安上了铁丝网罩。不过，即便是雷雨前的光线再黯淡，也看得出这里的整堵墙都被木炭和铅笔涂抹得乌七八糟。

“唉，怎么搞的……”管理员刚想发泄几句，忽听身后有个猫打呼噜般的声音说：

“是您吗，管理员同志？”

瓦列努哈吓了一跳，转身一看，只见眼前站着个矮胖子，似乎长着一副猫脸。

“是我，干什么？”瓦列努哈没好气地问。

“太……太荣幸啦。”猫脸胖子扯着尖嗓子说。蓦地，胳膊一挥，给了瓦列努哈一记大耳光。帽子从管理员头上飞了起来，钻进大便器里不见了。

胖子这一耳光打下来，厕所霎时被一道颤动的电光照得通明，半天空跟着也咔嚓嚓响起一声霹雳。接着又是一道闪光，管理员眼前出现了第二个家伙——身材矮小，双肩却跟大力士一样结实，头发红得像团火……一只眼睛蒙着白翳，嘴里龇出一颗獠牙……这第二个家伙看来是个左撇子，照管理员的另半边脸又是一记耳光。天上随之又响起一声霹雳，大雨倾盆而下，泻落到厕所的木棚上。

“这是干吗，同……”被打蒙了的管理员刚喃喃说了半句，猛然想到“同志”二字用到这伙躲在公共厕所行凶伤人的歹徒身上未免太不适宜，于是哑着嗓子说，“公民……”转念一想，这样的称呼他们也不配，这时不知是谁又猛地扇了他第三记耳光。血从鼻孔里蹿了出来，喷洒到托尔斯泰衫上。

“皮包里装的什么，混虫！？”猫脸汉子刺耳地叫，“电报呢？电话里不是警告过你吗？不许你把它们带到别处去！我问你，警告过没有？”

“警告……过……”管理员气喘吁吁地回答。

“那你干吗还去？把皮包递过来，坏蛋！”第二个家伙喊着，从瓦列努哈颤抖的手中一把抢过皮包，听声儿他就是电话里的那个齉鼻子。

这两位一边一个，架起瓦列努哈的胳膊，挟着他出了花园，顺着花园街一路狂奔。雷雨大发淫威，积水滔滔汩汩冲向下水道入口。四下里一片片的水泡，一层层的细浪。房顶上的雨水溢出了水漏子，直接从屋顶宣泄而下，家家门洞里都涌出一道道泛白沫的小溪。滂沱大雨把花园街上一切有生命的事物一扫而空，所以也没有人能救得了瓦列努哈。歹徒们顶着闪闪电光，在一道道浊流中蹿腾跳跃。转眼工夫，吓得半死的管理员已被拖到副三〇二号大楼，飞也似的进了大门洞，从两名光着双脚、手拿鞋袜、靠在墙边避雨的妇女身边掠过。接着，歹徒们又冲进六单元的门，把神经近乎错乱的瓦列努哈架上五楼，弄进了他来过多次的斯乔巴的寓所，扔在半明不暗的前厅地板上。

这时候两个歹徒身形一晃，不见了。前厅里出来个一丝不挂的大妞儿，一头红毛，眼珠子闪着磷光。

瓦列努哈明白，他的大限到了。他哼了一声，朝墙边一闪。大妞儿径直朝管理员贴上来，双手往他肩头那么一搭。瓦列努哈的头发全都奓了起来——他那件淋得精湿的托尔斯泰衫虽说是冰凉冰凉的，但他还是能感到这两只手更凉，凉得彻骨。

“让我亲一口。”大妞儿嗲声嗲气地说，把两只磷光闪闪的眼珠子凑到他跟前。瓦列努哈早已魂飞天外，哪里还尝得到亲嘴的滋味。

第十一章
伊万一分为二

一小时前，对岸松林还沐浴着五月的阳光，眼下，却变得深邃幽渺，仿佛融化在朦胧之中了。

窗外的大雨像一道自天而降的帘幕。金蛇不时在空中狂舞，天空仿佛裂成了碎块。病房被一道道颤动的、令人心悸的闪光照得雪亮。

伊万在轻声哭泣。他坐在床边，呆望着河心那水泡泛动的滚滚浊流。每响起一阵雷声，他都要用双手捂住脸哀叫。好多张被他写得密密麻麻的纸片散落在地板上。它们是在雷雨乍起时被一阵刮进窗来的狂风掀飞的。

诗人打算写份材料检举那可怕的顾问，可是一无结果。那个名叫费奥多罗芙娜的胖医士给了他一个铅笔头、一沓纸，他煞有介事地搓搓手，赶忙坐到小桌前。开头他写得相当顺利。

“检举信。莫斯科文协会员伊万·尼古拉耶维奇·流浪汉致民警局。昨晚本人同已故的别尔利奥兹一同来到长老湖……”

没想到“已故的”这三个字搞得诗人方寸大乱。笑话，怎么能这么说呢：同已故的某人来到？……已故的还能行走吗？说不定真会把他当疯子哩！

伊万略一思索，便又动手修改，结果就成了：“……同后来故去的别尔利奥兹一道……”这样的改动也难以让他满意，于是只好重来，结果第三次比头两次更糟：“同被电车轧死的别尔利奥兹一道……”而且，为了避免同那位并不出名的同名作曲家纠缠不清，又另加了一笔：“此人并非作曲家……”

伊万在两个别尔利奥兹的问题上伤了好一阵子脑筋，气得把写好的东西又一笔勾掉，决计来个开门见山，先声夺人，一下子就抓住读者。他一开始便写了个大黑猫坐电车，然后回过头来又写了掉脑袋的场面。轧掉的脑袋和顾问的预言又把他的思绪拉到本丢·彼拉多身上。为了加强真实感，伊万拿定主意把本丢·彼拉多的故事从头至尾再说一遍——从他身披猩红衬里的白袍，走进大希律王官邸的柱廊说起。

诗人干得好不起劲，他抹了又写，写了又抹，甚至还试着给本丢·彼拉多画了幅插图。后来，又画了个人立而行的大猫。不过这些插图也帮不了他的忙，越往后，诗人的检举信就写得越乱，越是不明白。

不知不觉，远处涌过一朵来势凶猛、边缘模糊不清的乌云。乌云笼罩了松林，卷起一阵狂风。伊万只觉得心力交瘁，再也写不下去了。眼看着纸页纷飞，片片委地，他也无心收拾，反而轻声悲泣起来。雷雨大作的时刻，好心的费奥多罗芙娜医士特地跑来看看诗人，见他在哭，心不由悬了起来。她怕闪电惊了病人，忙拉上窗帘，从地板上拾起纸片，拿去找大夫。

大夫来了，给伊万往胳膊上打了一针。他劝伊万放心，说不要再哭了。现在，一切将会过去，一切将会改变，一切将会被忘却。

大夫说得不错。时过不久，对岸松林恢复了原样。衬着重又变得一碧如洗的天空，远方的每一棵树都清晰可见。河水也平静下来。注射后，伊万胸中的郁闷一扫而空，这会儿他恬然安卧于床，观赏着横跨天际的彩虹。

诗人一直躺到傍晚，竟没发现天边长虹早已隐没，苍穹黯然失色，松林变成了黑郁郁的一片。

伊万痛饮了一回热牛奶，又倒回床上，心里对自己的变化觉得挺纳闷。记忆中那魔鬼般可恶的猫仿佛也变得亲切了，轧下的脑袋也不那么可怖了。随后，伊万撇开了那颗脑袋，心想：能在医院小住一段倒也不坏，斯特拉文斯基挺聪明，是个名流，同他打交道挺愉快。而且，雨后夜晚的空气又是那么清新宜人。

充满感伤气氛的大楼渐渐沉入睡乡。静谧的走廊里，乳白色的廊灯已全部熄灭。按规矩亮起了黯淡的蓝色夜间照明灯。门外走廊的橡胶地毯上，也很少再有轻手蹑脚的女医生们行动了。

伊万懒洋洋地歪在床上，一会儿看看天花板灯罩下发着幽光的小灯泡，一会儿望望从黑魆魆的松林后面冉冉升起的月亮，自言自语地聊着。

“可也是，别尔利奥兹被电车轧死，我上的哪门子火呢？”诗人在思索，“说实在的，管他呢！他跟我既非亲，又非故！细论起来，对这位死者还真不大了解。真格的，我了解他什么？除了是个秃顶，一张嘴能把死人说活，还知道什么？还有，公民们，”伊万似乎在对什么人发表演说，“咱们再来探讨一下：干吗要对那位神秘顾问、魔法师，那位长着一只深不见底的黑眼睛的教授，发那么大火呢？你们倒给我说说。干吗那么荒唐，非得穿条衬裤，拿着根蜡烛对他紧追不舍，接着又跑到餐厅去闹上那么一通呢？”

“且慢！”原来的伊万忽然发话了，声音十分严厉，似乎发自体内，又仿佛就在耳边，“他毕竟事先就知道别尔利奥兹脑袋要搬家呀！这怎么能叫人不担心呢！”

“同志们，这是什么话？”新伊万对原先的旧伊万说，“要说这事邪门儿，就连孩子也明白。他是个百分之百不一般的神秘人物！可是，这也正是最有意思的地方！此人曾同本丢·彼拉多相识，还有比这种事更有意思的吗？如果当时恭恭敬敬向他请教，彼拉多和被捕的拿撒勒人后来究竟如何，那也不至于在长老湖畔傻呵呵出这么一通洋相，那岂不聪明多了吗？可我却干了些什么？真是鬼迷心窍！不错，主编惨死车轮之下倒也不是一桩小事，不过，难道这样一来杂志就会关门大吉吗？那人说得对呀，人总是要死的嘛，有时还会横死猝亡。有什么法子呢？愿他的灵魂安息吧！新主编会派来的，而且，说不定比他的前任更能说会道！”

新伊万打了个盹儿，又险诈地问了旧伊万一句：

“那么，这样一来，我究竟成什么人了？”

“成了傻瓜！”一个声音清楚地说。他既不属于新伊万，也不属于旧伊万，却同顾问的低嗓门颇为相似。

不知怎的，伊万对“傻瓜”二字并无反感。惊讶之下，甚至还有一种惬意萦纡心间。迷蒙之中他微笑了一下，不再说话了。睡意向伊万袭来，他仿佛看到大象腿一般粗细的棕榈，看到一只猫从他身旁踱过——神态那么快活，一点也不可怕。总之，就在伊万眼看要沉入梦乡的时刻，铁栅栏突然无声无息地滑到一边，阳台上出现了一个神秘的身影，他掩在月影中，带有警告意味地朝伊万伸出一根手指。

伊万一点也没有惊慌，在床上微微欠身，看清阳台上站着的是一个男人。那人把手伸到唇边，轻轻发出一声：

“嘘！——”

第十二章
魔法表演和当众揭底

一个矮人，鼻如紫红鸭梨，头戴黄色圆顶破礼帽，身穿大格花裤，足蹬漆皮鞋，胯下一辆普通的双轮自行车，骑着上了杂技场舞台。在狐步舞曲伴奏下，他绕场一周，发出一声胜利的长啸，紧接着，自行车前轮离地而起。他单用后轮骑了一会儿，又来了个倒立，边骑边把前轮拆了下来，扔到幕后，手摇着脚蹬子，继续前进。

一个胖胖的金发女郎出场了。她穿着紧身裤和缀着亮银片的裙子，骑在独轮自行车高高金属杆上端的车座上，也在绕圈子。二人对面相逢时，男的向女郎高呼致意，用脚摘下头上的圆顶小帽。

最后骑车出场的是个八岁左右的小家伙，但脸却长得像个老头。骑着一辆很小很小的二轮车，在两个大人之间游来串去，车上安了个老大的汽车喇叭。

三位演员又兜了几圈，在乐队的阵阵急鼓声中冲向台口。第一排观众“哎呀”一声，向后一仰，眼看这三位就要连人带车冲进乐池。

然而，就在这前轮即将滑下高台，向乐师们头顶砸去的一刹那，自行车刹住了。车技演员们“嗨”地大叫一声，从车上一跃而下，向观众连连躬身施礼，其间金发女郎还频频向观众飞吻。小家伙则按动喇叭，发出逗人的嘎咕声。

大厅掌声雷动，天蓝色帷幕从两侧合拢，遮没了车技演员。各门上方映着“出口”字样的绿灯渐渐熄灭，在穹顶那密如蛛网的高架秋千之间，亮起一个个小太阳般的白球。后半场演出之前的幕间休息时间到了。

里姆斯基是唯一对朱利一家车技丝毫不感兴趣的人。他孤零零一人坐在办公室，咬着薄薄的嘴唇，脸上隔会儿就抽搐几下。继斯乔巴反常地失踪之后，瓦列努哈也意外地不见了。

里姆斯基是知道他的去向的，然而这一去……却再也没有回来！里姆斯基耸耸肩，自言自语悄声说：

“这是怎么了？！”

像财务经理这样一个明白人，最简单不过的做法，当然是往瓦列努哈去的地方挂个电话，打听打听出了什么事。可说也奇怪，都快到晚上十点了，他一直也鼓不起勇气来摸这个电话。

已经十点了。里姆斯基费了好一番踌躇，终于硬着头皮从电话机上拿起听筒。他当即发现，电话里头一点动静没有。通讯员报告说，楼内所有电话全部失灵。这当然不是什么好事，但也算不得什么反常现象。可财务经理不知为什么却吓坏了，同时又暗自庆幸：挂电话的事到底可以免了。

财务经理头上一闪一闪亮起了一盏红灯，意思是休息时间已过。通讯员进来报告：外国演员来了。财务经理不由得一哆嗦，脸色变得比乌云还要阴沉。他只好亲自出马，到后台去迎接巡回表演家——实在是无人代劳了。

虽说信号铃已经响起，可一帮人仍以各种借口逗留在走廊里，朝大化妆室张望。其中有几个穿得花里胡哨、缠着穆斯林头巾的魔术师，一个穿白线衣的旱冰演员，一个扑了一脸白粉的说书演员和一个化妆师。

名家光临了。他穿的燕尾服长得罕见，样子也古里古怪，脸上还戴了个黑眼罩。众人对此嗟讶不已。然而更让人惊愕万分的是魔法师的两位搭档：一位是穿花格衣服、戴破夹鼻眼镜的瘦高挑，另外那位是一只肥肥胖胖的大黑猫。黑猫用两条后腿直立着走进化妆室，大大方方往沙发上一坐，眯起眼睛，瞅着化妆台上那几盏不带灯罩的小灯。

里姆斯基有心挤出一丝笑容，结果反倒弄出了一副酸溜溜的凶相。他冲着同黑猫并坐在沙发上的魔法师鞠了一躬，没上去握手。魔法师一言未发，穿花格衣服的却不识好歹地对财务经理来了个自我介绍，自称“表演家阁下的助手”。财务经理既感到奇怪，心里又不大痛快：合同书上可从来没提过什么助手。

里姆斯基冷着面孔，相当刻板地问了问这位突然冒出来的穿花格衣服的人物，表演家先生的道具在什么地方。

“您真是独具慧眼，最最亲爱的经理先生，”魔法师助手的声音就像是划玻璃发出的动静，“我们的道具？随时随地都带在身边，瞧！”他用德语喊了句：“一，二，三！”张开几根骨节粗大的手指，在里姆斯基眼前绕了几下，冷不防一下子从猫耳朵里把里姆斯基的那只金表掏了出来，表上还带着金链子。这块金表原是放在财务经理的背心口袋里的，外衣扣着，表链还系在扣眼上。

里姆斯基不由得摸了摸肚皮那儿。在场的人都“哟”了一声，站在门口探头往里瞅的化妆师则大喝其彩。

“这是您的表吧？请收下。”魔法师助手放肆地微笑着，用一只腌臜的手托着金表，还给了不知所措的里姆斯基。

“可别跟这么个主儿一块挤电车。”说书演员十分开心，悄悄对化妆师说。

接下来大黑猫露的这一手比巧取金表更为精彩。它倏地从沙发上站起，直立着走到化妆台前，用前爪拔掉冷水瓶上的瓶塞，倒了一杯水喝下去，又把瓶塞塞上，还用化妆手巾擦了擦胡子。

人们连“哎呀”也喊不出来了，只顾把嘴张得老大老大。化妆师轻声赞道：

“嚯，够水平！”

这时，第三遍铃急促地响了。大伙儿预见到将有一台精彩节目可看，个个精神振奋，急急忙忙拥出了化妆室。

一分钟后，观众大厅内的灯球一个接一个熄灭了，脚灯亮起，给帷幕下半截抹了一层淡淡的红色。幕隙中亮光一闪，观众面前出现了一个胖乎乎的男士。他像孩子般喜气洋洋，脸刮得干干净净，身上却穿了一件皱皱巴巴的燕尾服，衬衣也不大干净。这就是全莫斯科闻名的节目主持人乔治·边加利斯基。

“公民们，”边加利斯基露出一脸稚气的笑容说，“下面给各位演出的是……”话没说完，他有意顿了一顿，一改调门：“我看到，下半场观众朋友又增加了不少。今天我们这儿，半个莫斯科都来了！前两天我碰到一个朋友，对他说：‘怎么老也不来呀？昨天我们这儿半个莫斯科都来啦！’可他是怎么回答我的？‘我正好住在另半边呀！’”边加利斯基说到这儿，有意留了个空当儿，满以为大家一定会哄堂大笑，但却没听到任何反应，于是只好又接着说："……好，下面由著名外国表演家沃兰德先生为大家奉献一场魔法表演。各位知道，"边加利斯基脸上露出一个高深莫测的微笑，"世界上根本不存在什么魔法，这玩意儿纯属一种迷信。之所以称作魔法，不过是因为艺术大师沃兰德魔术功夫登峰造极，这一点，等表演进行到最有意思的地方——当众揭底阶段，大家就可以见分晓了。鉴于各位急着想看到高超的魔术表演，并想了解它的底细，所以下面就有请沃兰德先生！"

边加利斯基扯完这一大套，把两只手合在一起，然后朝着幕隙殷勤地一摆，帷幕沙沙地朝两边拉开了。

魔法师带着他那细高挑助手和用后腿走路的黑猫一出场，就赢得了观众。

"来张椅子。"沃兰德轻声喝令。眨眼之间，舞台上不知打哪儿就冒出来一张椅子。魔法师坐了上去。

"请告诉我，亲爱的法果特。"沃兰德问话的对象显然是那个穿格子衣服的小丑。看来这位先生除了"科罗维耶夫"这个名字之外，显然还有个名字叫"法果特"。"你看，莫斯科城里的人是不是变了许多？"

魔法师说话时，那双眼睛一直没有离开被凭空出现的座椅惊得鸦雀无声的观众。

"是这样。"法果特—科罗维耶夫低声低气回答。

"你的看法不错。城里的人的确变了许多……表面上果然如此。而且我看，城市本身的变化也不小。穿着打扮方面的变化就甭提了，还出现了好些……叫什么来着？……电车、汽车……"

"叫公共汽车。"法果特毕恭毕敬地向他提示。

观众全神贯注听着这段对话，都以为这是大变魔术之前的开场白。前台侧幕后挤满了演员和舞工人员，其中夹着里姆斯基那张一脸紧张神色的苍白面孔。

边加利斯基这时正站在侧面台口，脸上开始显出一丝诧异。他双眉微挑，趁着一个静场的当儿开了口：

“外国演员对莫斯科技术方面的发展，对我们莫斯科人，表示赞赏。”说到这儿，他面对池座和楼座的观众，再次展现笑容。

沃兰德、法果特和大黑猫不约而同把脑袋朝节目主持人转过来。

“难道我是在表示赞赏吗？”魔法师问法果特。

“绝无此意，阁下，您根本就没有任何赞赏的意思。”法果特回答。

“那家伙怎么这么说？”

“全是谎话连篇！”格衣助手说话的声音响彻了整个杂技场。接着，他又对边加利斯基加上一句：“公民，祝贺你，撒谎撒得真漂亮！”

楼座传来一阵轻笑。边加利斯基吓得一哆嗦，眼睛瞪得老大。

“不过，说实在的，我感兴趣的并不是什么公共汽车、电话之类的……”

“设备！”穿格衣的又提醒一句。

“正是，谢谢你。”魔法师以沉缓的低音说，“我感兴趣的是另一个更为重要的问题：这个城市的居民内心是否起了变化？”

“不错，先生，这的确是个十分重要的问题。”

边幕后的人们彼此递着眼色，耸耸肩膀。边加利斯基站在台口，脸憋得通红；里姆斯基则早已吓得面如土色。这时，魔法师仿佛猜出了人们内心的惶怵不安，把话又拉了回去：

“不过，亲爱的法果特，咱们把话扯得有点太远了。观众等得都不耐烦了。先来两套小玩意儿吧。”

观众席上活跃起来。法果特和黑猫分站前台两厢。法果特捻了个榧子，雄赳赳地叫了一声：“一、二！”——凭空竟抓来了一副扑克牌。他洗了两把，一张接一张朝黑猫抛过去，连成一条彩带。黑猫接过彩带，又抛回来，法果特像雏鸟似的张开嘴巴，只听扑哧一声，把一长串跟条锦蛇似的扑克一口吞进了肚皮。随后，人立的黑猫连连向观众施礼，还右腿一收，来了个立正。大厅里响起了疯狂的掌声。

“够水平，够水平！”有人在幕后大声赞叹。

法果特把手一伸，指着池座宣布：

“尊敬的公民们，现在，这副扑克到了第七排帕尔切夫斯基公民手里。它夹在一张三卢布钞票和一张通知他出庭候审，要求他偿清女公民泽和科娃赡养费的传票之间。”

池座观众骚动起来，有人欠身起立。后来，果然有一个公民，大名也真的叫帕尔切夫斯基，惊讶得满面通红，从钱夹里掏出了一副扑克，举得高高的，不知如何是好。

“请留下做个纪念吧！”法果特叫道，“昨天晚上在饭桌上您不是说，多亏有扑克，否则您在莫斯科的日子真不知怎么打发吗？”

“老一套！”楼座上有人叫，“池座那位是他们一伙的。”

“您以为是这样？”法果特眯起眼睛望着楼座大喊，“那么好，您也是我们的同伙，您的口袋里也有一副纸牌！”

小小的楼座骚动起来，传来了惊喜交集的叫声：

“一点不错，他也有！在这儿，在这儿！咦，这不是一沓十卢布的钞票吗！”

池座观众都转过脑袋。楼座有位狼狈不堪的公民，发现自己口袋里竟有一束以银行特有方式打捆的钞票，封签上写着：“一千卢布。”邻座的观众纷纷朝他拥过来。他心里好生纳闷，用指甲抠着封签，想弄明白这究竟是货真价实的钞票，还是玩魔术的道具。

“天哪，真的！十卢布的票子！”楼座上的观众兴冲冲地喊。

“喂，给我也变这么一副纸牌出来好不好？！”池座中部有个大胖子乐呵呵地问。

“阿维克·泼莱吉尔！（法语：非常愿意。)”法果特答道，“不过，只跟您一个人玩，那多没意思。大家都来踊跃参加吧！”随后，冲着观众又喊：“请往上看！……一！”他的手中出现了一把手枪，又喊一声：“二！”手枪举向天空。“三！”只见火光一闪，跟着一声巨响，顿时，从剧场穹顶，从一座座高架秋千之间，纷纷扬扬往大厅飘落下一张张白色的纸币来。

它们旋转着飘向一侧，落得楼座到处都是，还飞到乐池里、舞台上。转眼间这阵钱雨越下越紧，洒遍了每一个座位。观众开始抢钱了。

成百上千条手臂同时伸向空中，观众把钞票抓到手中，迎着灯光通明的舞台一照，看到了一个个真真亮亮的水印。就连气味都毫无可疑之处，正是簇新的钞票所独具的那股无法比拟的芳香。剧场先是洋溢着一片欢乐，后来又笼罩于惊愕之中。到处一片嗡嗡的吼叫声：“十卢布的钞票！十卢布的钞票！”听得见声声惊叹，传来了阵阵欢笑。过道里已经爬满了人，有的钻到了椅子底下。好多人站在座位上，捕捞着转转悠悠一点也不听话的票子。

民警的脸上渐渐显出了某种迷茫的神情，演员们也大模大样从幕后伸出头来。只听二楼正厅有人喊：“你干吗抢我的？这可是冲着我飞过来的。”还有一个人喊：“推什么！我可要对你不客气了！”于是“啪”的一声响起一记耳光。正面楼座立刻出现了民警的头盔，那人被带走了。

总之，激动的气氛越来越浓，若不是法果特突然朝天吹了一口法气，止住了这场钱雨，还不知会闹成什么样子。

有两个年轻人喜滋滋地相互交换了一个意味深长的眼色，离开座席，直奔小卖部而去。剧场里一片喧嚣，观众个个眼里闪烁着兴奋的光芒。是啊，是啊，若不是边加利斯基鼓起勇气，挺身向前，这场面真不知如何了结哩！他稳了稳神，习惯地搓搓手，放开了最大的音量：

“公民们！方才我们目睹了一幕群众性的催眠奇观。这是一次纯科学性质的实验，它恰恰证明，所谓魔法并无神奇可言。我们有请魔术大师沃兰德为我们揭开这次实验的奥秘。公民们，各位马上可以看到，这些纸币将突然消逝，就像它们突然出现一样。”

说罢，他带头鼓起掌来。可惜鼓来鼓去，竟没有一个人响应。他脸上虽然挂着自信的微笑，可眼中却找不到一丝一毫自信的影子，看上去倒更像在哀哀求告。

观众并不欢迎边加利斯基的演说，场上鸦雀无声，最后还是穿花格衣服的法果特打破了僵局。

“这就是所谓撒谎造谣的典型了。”他的调门又高又尖，像一头山羊叫，“公民们，钞票是真的。”

“好哇！”楼上某处有个粗嗓子一声断喝。

“顺便说一句，这个人，”法果特朝边加利斯基一指，“实在讨厌透了。根本没请他来，他却一直瞎掺和，瞎说一气，把表演都破坏了！咱们对他应该怎么处置？”

“把脑袋揪下来！”楼座上有个人厉声叫。

“您说什么？啊？”这个荒谬的建议立刻引起了法果特的兴趣，“把脑袋揪下来？主意不赖！别格莫特！”他对黑猫叫道，“干吧！”然后又用德语喊：“一、二、三！！”

于是，史无前例的场面出现了。黑猫身上根根细毛倒竖，摧肝裂胆地叫了一声“喵呜”，缩成一团，豹子似的朝边加利斯基胸口直扑过去，又一跳跳到头上，“喵呜喵呜”地咆哮着，用两只胖乎乎的爪子紧紧揪住节目主持人那几根稀疏的头发。这时只听它发出一声充满野性的大吼，爪子又转了两转，就把脑袋连同肥肥的脖子一道揪了下来。

剧场里两千五百名观众同声惊呼。血突突地从揪断的颈动脉里向上喷出，淋洒在胸衣和燕尾服上。无头尸很不雅观地倒了下去，一屁股坐到地板上。大厅响起了女士们歇斯底里的尖叫。黑猫把人头交给法果特，他抓住头发提起来示众。人头拼了命地对全场大喊：

“找大夫来呀！”

“以后还胡说八道吗？”法果特对涕泪交流的人头凛然问道。

“再也不敢啦！”人头哑着嗓子说。

“看在上帝分上，别再折磨他了！”忽然间，包厢里传出一个女人的喊声，压过了场内喧声。魔法师朝那边转过脸去。

“那么，公民们，饶了他这一回，怎么样？”法果特对观众说。

“饶了他吧，饶了他吧！”起初只是个别一两声，而且主要来自女士，后来男士也加入进来，汇成了齐声呐喊。

“阁下的意思呢？”法果特请示魔法师。

“好吧，”魔法师若有所思，“他们——人终究是人……都太轻率了……好吧……有时他们也会萌发善心……都是善人哪……”随后大声发令：“把人头先安上。”

黑猫仔细比量了一下，把脑袋往脖子上一戳，正好恢复了原位，看上去好像根本没掉下来过一样。更奇怪的是脖子上连个伤疤都没有。黑猫挥动双爪，在边加利斯基的燕尾服和胸衣上拂了两拂，血迹也全都消失了。法果特把坐在地上的边加利斯基扶起来，塞了一沓十卢布钞票在他的燕尾服口袋里，把他送下舞台，对他说：

“快滚吧，没有你更快活！”

节目主持人傻头傻脑地东张西望，踉踉跄跄走到消防岗，又觉得不舒服，于是哀叫一声：

“脑袋，我的脑袋呀……”

许多人向他跑去，其中也有里姆斯基。节目主持人泪流满面，双手在空中抓挠着，咕咕哝哝地说：

“把脑袋还给我，还给我，还给我脑袋……房子拿去好了，名画拿去好了，只要把脑袋还给我……”

通讯员跑去找大夫。大家本想把边加利斯基弄到化妆室沙发上躺下，可他又是蹬，又是踹，变得狂躁不安。没法子，只好雇一辆马车。直到把不幸的节目主持人送走，里姆斯基才重返舞台。这时，台上又接二连三出现了新的奇迹。交代一句，也许正在此时，也许是片刻之前，魔法师连同身下那张褪了色的圈椅，突然从台上一齐消失了。而且还要交代的是，观众对此竟毫无察觉——他们的注意力已完全被法果特在台上施展的几招绝技吸引住了。

法果特送走了受尽折磨的节目主持人之后，向观众宣布：

“现在，把这个讨厌的家伙打发走了。咱们来开个妇女用品商店吧！”

顷刻之间，整个舞台铺上了波斯地毯，出现了几面奇大无比的玻璃镜，两侧还亮着绿莹莹的灯管。镜子之间摆放着玻璃柜，观众惊喜地发现里头陈列着琳琅满目的巴黎女装。这还只是部分货柜，其他柜里陈列着几百顶女帽，有的插着羽毛，有的带扣环，有的不带；还有成百双女鞋——黑的、白的、黄的，缎子的、麂皮的，带拉带的、镶宝石的。一双双鞋之间，摆着一盒盒香水；各式女用手提包堆得跟一座座小山似的，有羚羊皮的、雪米皮的、缎子的，小山之间还陈列着一堆堆长方形镀金模压小盒，里头盛的是口红。

鬼知道打哪儿跑出一个火红头发的大姑娘，身穿一件黑色晚礼服，要不是脖子上多了一块奇形怪状的大伤疤，这妞儿看上去还真挺漂亮。她满面春风，大大方方往玻璃柜旁一站。

法果特笑眯眯地向观众宣布，这家商号以旧换新，完全免费，可以以旧女服和旧女鞋换取巴黎时装和女鞋。接着又补充说，手提包之类也行。

黑猫后腿一并，前爪做出开门迎客的姿势。

那姑娘嗓子虽说有点发沙，唱起歌来却挺甜。她呜噜呜噜地唱了一通，谁也听不大明白，不过从池座女士们的表情来看，听得还相当入迷：

“赫伦公司的，香奈儿五号的，蜜祖科牌的，黑水仙牌的，晚礼服，鸡尾酒会礼服……”

法果特摇头摆尾，大黑猫点头哈腰，大姑娘把玻璃柜一一打开。

“请啊！”法果特大声疾呼，“客气什么，别不好意思！”

观众情绪激动，但一时还没有人敢登台。终于，正厅十排有位黑发女郎走了出来。她面带微笑，意思似乎是豁出去了，从侧阶上了台。

“太棒了！”法果特叫道，“向第一位女顾客致敬！别格莫特，看座！咱们先换鞋，太太！”

黑发女郎坐到椅子上，法果特立刻捧起一大抱鞋，堆到她面前的地板上。黑发女郎从右脚脱下鞋来，挑了一只淡紫色的穿上试试，在地毯上跺了两下，又看看后跟。

“不会挤脚吧？”她想了一想问。

法果特委屈得连声大叫：

“哪能呢，哪能呢！”

猫也委屈得喵呜一声。

“先生，我就要这双吧。”黑发女郎派头十足地说了一句，穿上了第二只。原来那双旧鞋扔到了后台。法果特肩头搭着几件时装，同红发姑娘一道，陪同黑发女郎又钻到了幕后。黑猫忙忙活活，帮着干这干那，脖子上还煞有介事地挂了一条软尺。

工夫不大，黑发女郎转出幕前。一见她的装束，大厅里不由得发出一片赞叹。这位勇敢的妇女这会儿已漂亮得惊人。她站在镜前，耸动裸露的肩头，摇摇一头乌发，又扭动腰肢，想看看自己的后身。

“鄙号请您赏光，收下这点薄礼做个纪念。”法果特说着把一只敞开的香水盒子递到黑发女郎手中。

“麦尔西。”黑发女郎骄矜地回答，又循侧阶回到池座。当她走过时，两旁观众纷纷跳起，一个个都去摸摸那盒子。

这一来形势急转直下，女士们从四面八方朝舞台蜂拥而上。在一片兴奋的笑语喧声和惊叹中，忽听有个男声喝道：“我可不许你去！”接着女的回道：“专制魔王！市侩！别拽我胳膊！”女士们一个接一个消失在幕后，她们在那边脱下衣服，穿上新装，然后再走出来。一溜金漆腿的方凳上，坐满了一大排女士，穿上了新鞋的脚使劲在地毯上跺来跺去。法果特不时单膝点地，手拿金属鞋拔忙个不停；黑猫捧着一大堆手提包和鞋子，穿梭往来于玻璃柜台和方凳之间，累得气喘吁吁；疤痢脖子大姑娘一会儿跑出来，一会儿跑进去，一着急满嘴说的全是叽里呱啦的法国话。怪就怪在所有的女人只要一听她说什么，没有不明白的，就连一句法国话不会的也概莫能外。

这时候有个男士竟也混上了舞台，全场不禁为之愕然。这男子声称他的夫人患有流感，故而请求允许他来代办一切。为了证明确属已婚，他还准备出示证件。这位对妻子关怀备至的丈夫发表声明后，引起一阵哄堂大笑。法果特大声说，不用看证件他也相信，就像相信自己一样。于是给了他两双丝袜，黑猫还为这位公民加了一支口红。

行动稍迟缓的妇女们争着往台上挤，络绎不绝走下台来的幸运儿一个个穿着舞会盛装、绣龙睡衣、高雅的礼服，戴着歪到一边扣到眉毛的宽边小帽。

见到这般光景，法果特宣布，时候不早，商店该关门了，明晚请早光临。

一分钟后，枪声一响，镜子消失，玻璃柜和方凳全不见了。

地毯在空中融化了，幕布也没影儿了。最后连那高高的一大堆旧衣旧鞋也不知去向，舞台又恢复了原有的肃穆，台上空空荡荡，光光净净。

这时，一位新角儿出来干预了。一位男中音在二号包厢里发了话，声音响亮悦耳，口气非常坚决。

“演员先生，我们希望您能马上向观众揭开您那魔术绝技的真相，特别是那场大变钞票的奇观。我们还希望把节目主持人请回舞台，观众都为他担忧哩。”

这位男中音不是别人，正是今晚这场演出的贵宾阿尔卡季·阿波罗诺维奇·先普里亚罗夫——莫斯科剧场舞台演出委员会主任。

同这位主任一道坐在包厢的，还有两位女士，一位年事已高，穿着华贵入时；另一位年轻漂亮，衣着比较素雅。

后来撰写调查报告时，很快查明了她们的身份：第一位女士原来是主任的夫人；另一位是主人的远亲——一位初登舞台、大有前途的女演员，萨拉托夫人，住在主任同志的家里。

“帕尔冬！（法语：对不起。）”法果特回答，“很抱歉，这里谈不上什么揭开真相，一切都很清楚。”

“不，对不起！很有必要揭一揭真相。如果少了这一部分，那您这出色的表演将会给人留下不愉快的印象。观众都要求说明真相。”

“观众么？”厚颜无耻的小丑打断先普里亚罗夫的话，“似乎什么要求也没提呀！好吧，先普里亚罗夫同志，考虑到您所提出的这项值得尊重的要求，就由我来拆穿真相吧。不过，事先请允许我再表演一个小小的节目，好吗？”

“有什么不好呢？”主任用一种宽厚的口吻说，“不过，一定得说明真相才好。”

“对，对。好，请问，先普里亚罗夫同志，昨天晚上您上哪儿去啦？”

听到这一不合时宜、甚至是放肆的问题，先普里亚罗夫的脸色变了，变得很厉害。

“他昨晚出席舞台演出委员会的会议去了。”先普里亚罗夫的夫人傲慢地回答，“不过我不明白，这跟魔法有什么关系。”

“乌依，（法语：是的，有的。）太太！”法果特肯定地说，“您当然蒙在鼓里。要说是开会，那您可大错特错了！他坐上汽车，说是去开您刚才提到的那个会，其实昨天哪有这么个会呀！先普里亚罗夫同志在清水潭舞台演出委员会大楼门口支走了他的司机（这时，全场鸦雀无声），然后自己乘公共汽车，来到叶洛赫大街，跑到区流动剧团女演员米莉察·安德烈耶芙娜·波科巴季科家做客去了。在她家待了总有四个小时哩。”

寂静之中，有人沉痛地“噢”了一声。

先普里亚罗夫的那位年轻轻的女亲戚却突然哈哈大笑起来，声音听起来低沉可怕。

“全都明白了！”她叫道，“我早就对这事有过怀疑。现在总算明白了，为什么那么个毫无才气的小娘们居然能把露易莎这个角色抢到手！！”

冷不防，她挥起那支又短又粗的雪青色雨伞，照着先普里亚罗夫的脑袋就是一下。

卑鄙的法果特，也就是科洛维耶夫，大声喊道：

“尊敬的公民们，瞧瞧，这就是当众揭底一例！这就是先普里亚罗夫同志一再要求的当众揭底！”

“你这个坏蛋，怎敢跟我丈夫动手！”夫人挺起高大的身躯，矗立在包厢里，厉声问道。

年轻的女亲戚又哈哈狂笑两声。

“别人不敢揍他，”她笑着说，“我可敢！”接着，雨伞又噗的一声，从先普里亚罗夫脑袋上弹了起来。

“民警，把她抓起来！！”先普里亚罗夫夫人凄厉地叫喊着，好多人听了，心里一阵阵发瘆。

这节骨眼上，黑猫猛然纵身一跃，扑到脚灯旁，口吐人言，对全场观众嘶声大吼：

“演出到此结束！马埃斯特罗！来一支进行曲！”

指挥几乎吓傻了，茫然挥起了指挥棒。乐队哪里是在演奏！声音七零八落。要是按黑猫那令人作呕的说法，他们来的是一段放肆得无以复加的进行曲。

一瞬间，人们仿佛又回到了过去，仿佛又置身于南国的星空下，坐在带下流演唱助兴的小酒馆，仿佛又听到了这支进行曲的歌词——它豪气干云，但谁也听不大明白，谁都莫名其妙：

长官老大人，
最爱吃肥鸭，
漂亮大姑娘，
他全麻达下！！！

兴许，这支曲子的原词根本不是这样，而是一些不堪入耳的字眼。这倒也无关紧要。要命的是眼下这杂技场已乱成一团。民警朝着先普里亚罗夫一家的包厢跑过去，好事之徒纷纷爬上包厢栏杆。一阵阵阴险的大笑，一声声狂躁的呼喊，淹没在乐队铿锵的铙钹声中。

人们看到，舞台一下子空了。骗子手法果特和那只蛮横的癞猫别格莫特，就像魔法师连同身下包着褪色罩面的圈椅突然消失一样，也不见了踪影。

第十三章
主角登场

前文说到陌生人伸出一只手指，悄声警告说：“嘘！——”

伊万把脚探下床，定睛观看，见一个下巴光光、头发乌黑、鼻子尖尖的人，正小心翼翼地从阳台朝房间里窥望。他眼神惊惧不安，一绺头发耷拉在额前，样子约有三十八岁。

神秘来客弄清伊万只是独自一人，又侧耳静听了一会儿，方鼓起勇气，进入房间。这时伊万才看出，原来此人也是一身病号打扮：身上是衬衣衬裤，光脚趿着拖鞋，肩头披了一件棕褐色长袍。

他朝伊万挤挤眼睛，把一串钥匙藏进兜里，用耳语般的声音问：“可以坐一会儿吗？”见伊万点了点头，便在圈椅上坐下来。

那只枯瘦的手指发出的警告起了作用，伊万也用耳语般的声音问：“您怎么会到这儿来的？阳台的栅栏不是上着锁吗？”

“栅栏上着锁不假，”客人说，“好在费奥多罗芙娜这个人粗心得可爱，一个月之前，我把她这串钥匙偷到了手。于是我就有了上公共阳台的机会。阳台正好围着这楼转了一圈，于是我又有了偶尔到邻居这儿来串个门儿的机会。”

“你既然能上阳台，也就可以逃走啦。楼太高了吧？”伊万来了兴趣。

“不，”客人断然拒绝，“我不能从这儿逃跑，不是因为高，而是因为我无家可归。”停了一会儿，他又加了一句，“咱们一块坐会儿，好吗？”

“好吧。”伊万说，同时瞅了瞅来人那双惶惶不安的棕色眼睛。

“不过……”客人说着说着蓦地又产生了疑虑，“您不是个狂躁型的吧？您知道，一见那种乱糟糟闹哄哄的场面，再加上动手动脚什么的，我就受不了。尤其听不得人扯着嗓子喊，不管是因为痛苦、发火，还是别的什么原因。请您告诉我，好让我放心：您不是个狂躁型的吧？”

“昨天在餐厅我照一个家伙的狗脸扇过一巴掌。”变得跟过去不一样的诗人大胆承认了。

“为了什么？”客人严厉地问。

“不瞒您说，不为什么。”伊万显得很尴尬。

“不像话。”客人训了伊万一句，接着又说，“再有，您干吗这么说话——‘照他狗脸扇了一巴掌’……弄得我不明不白——人长的究竟是脸，还是狗脸？恐怕还应该是脸吧？那么，用拳头……最好以后您再别这么干了。”

客人数落完伊万之后又问：

“职业呢？”

“诗人。”伊万不知为什么不大情愿说。

来客神色怆然。

“唉，我实在太不走运了！”他慨叹一声，随即醒悟过来，道了声歉，问，“您的大名？”

“流浪汉。”

“唉，唉……”客人皱起眉头。

“怎么，您不喜欢我的诗？”伊万好奇地问。

“非常不喜欢。”

“您读过哪几首？”

“您的诗我一首也没读过！”来客神经质地嚷嚷。

“那您怎么说不喜欢呢？”

“那有什么？”客人说，“好像我没读过别人的诗似的。可也别说，兴许您的诗是……奇迹？好吧，我可以相信。您自己说吧，您的诗好吗？”

“我那些诗太可怕了！”出乎意外，伊万磊落地承认了。

“再别写了！”来客恳切地劝了他一句。

“我保证，我发誓！”伊万庄严地说。

握手加重了誓言的分量。这工夫，走廊传来轻轻的脚步声和谈话声。

客人轻“嘘”一声，然后跳上阳台，随手关上铁栅。

费奥多罗芙娜走进来看看，问伊万感觉如何，想熄灯还是开灯睡？伊万请她留着灯。费奥多罗芙娜向他道了晚安离去。待到一切重归寂静，客人又回来了。

他压低嗓门告诉伊万，一一九号房来了个新病号——一个胖子，赤红脸，翻来覆去总在叨咕什么通风口里藏的外币，还赌咒发誓，说他们花园街中了邪，搬进了妖怪。

“把普希金骂得狗血淋头，还一个劲儿地喊：‘库罗列索夫，再来一个！再来一个！’”客人心惊肉跳，浑身打战，定了定神，坐下说，“不过，上帝还是会保佑他的。”接着又同伊万聊起来：

“那么，您是为什么进来的呢？”

“因为本丢·彼拉多。”伊万抑郁地瞅着地板。

“什么？！”客人一时大意，居然叫出了声，忙又用手捂住嘴巴，“惊人的巧合！求求您，求求您！讲讲吧！”

伊万说不上为啥对这位陌生人充满了信任。他起初还放不开胆量，讲得结结巴巴，后来胆子越来越壮，把昨天在长老湖畔的经过一五一十说了一遍。是的，这位神秘兮兮的偷钥匙的人居然成了诗人伊万的知音！客人并没有把伊万当成疯子，听得津津有味，而且听到后来，竟然心花怒放。伊万动不动就被他兴奋的感叹所打断：

“那么，还有呢？还有呢？求求您！求您看在老天的分上，千万别漏掉一点点！”

伊万什么也没漏掉，他觉得这样讲起来反倒更顺当。渐渐地，他讲到了本丢·彼拉多披着猩红衬里的白袍走上露台那一段。

于是，客人像祈祷一样合起双手，轻声说：

“哦，果然被我猜中了！哦！全被我猜中了！”

说到别尔利奥兹的惨死，听故事的人插了一句莫名其妙的话，同时目中还闪出一股凶光：

“真遗憾，评论家拉通斯基或是文学家姆斯季斯拉夫·拉夫洛维奇怎么没跟他闹个同样下场！”接着，怒不可遏地憋着嗓子喊：“说下去！”

给女售票员付钱的那只猫逗得客人乐不可支。他见伊万讲到得意之处竟兴冲冲地蹲在地上轻轻学猫跳，还表演猫怎样用一枚十戈比硬币蹭胡子，便压低声音，笑得气都透不过来了。

伊万介绍完格里鲍耶陀夫的那场风波，脸上又爬满了愁云，郁郁寡欢地说："后来，我就到了这里。"

"不幸的诗人！"客人满怀同情把手搭在可怜的诗人肩头，"不过，亲爱的，这全怪您自己。您不该对他过于放肆，更不该蛮横无理。所以您受到了惩罚。这您还应该道一声谢才对，因为您付出的代价算便宜的呢！"

"那么，他到底是什么人？"伊万激昂地晃晃拳头。

客人谛视伊万，没有直接回答。

"您不会又闹起来吧？这里的人，说不定什么时候就会犯病的……不会又把医生找来打针，或是闹出别的麻烦乱子吧？"

"不！不会的！"伊万大声说，"告诉我，他是什么人？"

"好吧。"客人答应了。下面一句话他分成了几段，一字千钧：

"昨天，在长老湖畔，您见着的，是，魔王撒旦。"

正如伊万所保证的那样，他并没有闹起来，然而却像当头挨了一棒。

"这绝不可能！撒旦是不存在的！"

"得了，别人说这话倒还情有可原，唯您却万万不该。您是第一批吃他亏的人之一。您看，您都已经到了精神病院，却还偏偏在这儿说什么他不存在。这可真是怪事！"

伊万蒙了，一句话没说。

"您开口一提到他，"客人又说，"我马上就猜到昨天您有幸谈话的对象是谁。说实在的，奇怪的是别尔利奥兹！当然啰，您还涉世不深，"说到这儿客人又道了声歉，"但是，据我所知，他，毕竟总还是读过点书的吧！一听那位教授说的话，我的疑惑马上就烟消云散了。可他怎能有眼不识泰山呢？我的朋友！话又说回来，您……您，我只好再次请您原谅了，我大概没说错，您是个不学无术的人吧？”

“那还用说。”伊万表示同意。他同从前真是判若两人了。

“是的……甚至您所描述的那副面孔，那两只各不相同的眼睛，那两条眉毛！……对不起，也许，您连歌剧《浮士德》也没听说过吧？”

伊万不知为什么尴尬得要命，脸上热辣辣的。他嘟嘟囔囔地说，那都是因为上疗养院，到雅尔塔去的缘故。

“是嘛，是嘛……没有什么可奇怪的嘛！可别尔利奥兹这个人，我再说一遍，却真叫人摸不透……他不仅是一位饱学之士，而且很有头脑嘛。当然，我也要为他说一句公道话：沃兰德可有办法迷住比他更有头脑的人。”

“你说他是谁？！”这一次轮到伊万大叫了。

“小声点！”

伊万回手照额头拍了一巴掌，嘶哑地说：

“明白了，明白了，他的名片上有一个‘W’字。哎呀！原来是这么回事！”他惴惴不安地沉默了一会儿，盯着铁窗外浮动的月亮接着又说：“这么看，他真有可能到过本丢·彼拉多那儿啰？那时候他不是早就出世了吗？可还有人把我叫作疯子哩！”伊万愤愤地指着门外说。

客人嘴角抿出了两条痛苦的纹路。

“咱们还是正视现实吧，”他也把脸转了过去，仰望在云中穿行的一轮皓月，“您和我——都是疯子，干吗还要矢口否认？您看，他使您受到了强烈刺激，于是您便疯了。显然您原来就具备相应的内因。您说的一切无疑都是真的，但又过于离奇，所以，就连斯特拉文斯基这位了不起的精神病专家对您也不敢相信。他给您检查过吗？（伊万点点头。）那位同您谈话的人物到过彼拉多的官邸，跟康德共进过早餐，现在又到了莫斯科。”

“他妈的，跑到这儿来胡作非为！难道还不该抓住他？”在新伊万身上，原先那个没有完全被打倒的旧伊万又抬起了头，尽管现在已不那么自信。

“您已经试过了，也就够了，”客人不无讥嘲地回答，“我奉劝别人也不要再去试。他肯定是要胡作非为的，这您放心！唉！唉！太可惜了！为什么撞上他的不是我，而是您！尽管一切早已烧光，尽管炽热的火炭燃成了灰烬，我还是要发誓说，为了赢得跟他见面的机会，我情愿献出费奥多罗芙娜的这串钥匙，因为我再也没有别的可奉献了。我是个穷光蛋！”

“您干吗要见他？”

客人黯然神伤，浑身打战，过了好一会儿才说：

“您瞧怪不怪，我被关到这儿来，原因跟您相同，就是说，也是因为本丢·彼拉多。”说到这儿，客人又心惊胆战地东张西望了一番。“问题出在一年前，我写了一部关于本丢·彼拉多的长篇。”

“您是一位作家？”诗人颇感兴趣地问。

客人脸色暗淡下来，冲着伊万晃晃拳头，然后说：

“我是大师。”他板起面孔，从病服口袋里掏出一顶油渍斑斑、用黄丝线绣了个字母“M”的小黑帽来，戴在头上，让伊万看了正面，又歪过头让他看侧面，以此来证明自己是“大师”。“这是她亲手为我绣的。”他又神秘兮兮地加上一句。

“您贵姓？”

“我无名无姓，”怪客以不屑一提的阴沉沉的口吻说，“我已隐姓埋名，也抛弃了生活中的一切，忘了它也罢！”

“那您能不能谈谈您那部长篇呢？”伊万彬彬有礼地问。

“当然可以。我的生活道路真可说是颇不寻常呢。”客人讲了起来。

……他是个搞历史的，两年前还在莫斯科一家博物馆工作，业余搞点翻译。

“哪种语言？”伊万饶有兴味地插问了一句。

“除本国语之外，我还懂五种语言，”客人说，“英语、法语、德语、拉丁语和希腊语。意大利文的东西也可以看看。”

伊万轻轻“嗬”了一声，心中钦佩不已。

……历史学家孑然一身，举目无亲，在莫斯科几乎没有熟人。可谁知有一次他竟得了十万卢布。

“您想我有多惊讶吧！”戴黑色小帽的客人压低嗓门说，“我把手伸进装脏衣服的篮子，掏出来一看，上面的号码跟报纸上登的一模一样！是一张彩票，”他解释说，“博物馆的人给我买的。”

……中了十万卢布彩票之后，这位叫人纳闷的客人买了一批书，搬离了肉铺街的那间房子……

“啊，那个黑窟窿实在是要命！”他像冲谁发威似的说。

……于是，他在阿尔巴特大街附近的一条小巷，在一幢小小的花园洋楼的地下室，从自建房主手里租到了两间房，同时辞去了博物馆的工作，动手写起关于本丟·彼拉多的长篇来。

“啊！那真是黄金时代！”客人闪动着眸子悄声说，“小小的一套住宅，真正的独门独户，还带个前厅，里面有盥洗池，”他说不上为什么特别自豪地提到了这一点，“几个小窗正好比那条直通园门的小径高出一点。离窗四步远的地方，沿栅栏栽种着几丛丁香、一株椴树和一株槭树。啊！到了冬天，我几乎见不到窗外有谁的大黑脚，听不到咯吱咯吱的踩雪声。我的炉子里永远燃烧着熊熊的火焰！突然，春天来了。起初，透过模模糊糊的脏兮兮的玻璃，我见到的只是一丛光秃的丁香，后来，它披上了绿叶。也就在那个季节吧，就在去年春天，出了一件大事，它比起中十万卢布彩票更叫人心醉。十万卢布，这可是一笔不小的数目哇，对不对？”

“不错。”伊万说。他已经听得入神了。

“我打开气窗，坐在里面那间不丁点儿的小屋里，”客人开始用手比画，“喏，这儿是沙发，对面也摆了一张沙发，沙发之间是一张小桌，上面放了一盏漂亮极了的台灯。靠小窗摆了一些书，放了一张小小的写字台。外面那个房间——一个相当大的房间，足足十四个平方！——这儿也是书，那儿也是书，还有个炉子。噢，我那个小窝真是棒极了！丁香的芬芳也不一般！我的脑袋常常累得晕晕乎乎，彼拉多进展神速，眼看就要杀青……”

“白色的长袍，猩红的衬里！我明白！”伊万大声说。

“不错，彼拉多进展神速，接近尾声。我已经想好长篇的最后几个字将是：‘……犹太第五任总督、骑士本丢·彼拉多。’当然啰，我常出去散步。十万卢布是一笔大数目，所以我还有一套非常高雅的西装。有时也到一家便宜的小饭馆去吃顿午饭。阿尔巴特大街上有一家饭馆好极了！不知现在还有没有了。”说到这儿，客人眼睛瞪得大大的，盯着月亮继续悄声说：“她手里捧了一大把看着让人心烦意乱的黄色鲜花。鬼才知道那种花叫什么名字，不知为什么莫斯科总是它第一个开放。这些鲜花衬着她那件黑色夹大衣，显得特别刺目。她捧着一束黄色鲜花！——这可不是什么好颜色！——正好从特维尔大街拐进一条小巷，就在这工夫回眸一瞥。喏，特维尔大街，您知道吗？特维尔大街上来来往往的人有千千万万，可我敢向您担保，这一瞥只看到了我一个人。她的眼神说不上是不安，依我说似乎透着痛苦。给我留下强烈印象的主要还不是她多么美，而是她目光中那种不寻常的无人领会得了的孤独！我听从了黄花的指引，也拐进小巷，跟着她朝前走。我们沿着这条弯弯曲曲的空寂小巷默默走着，我靠这一侧，她傍那一侧。说也奇怪，小巷连个人影都没有。我心绪纷乱，觉得一定要跟她说句话才行，又怕一句话都说不出来，她将走得不知去向，那我就再也见不着她了。没想到这时她却突然开了口：

"'您喜欢我的花吗？'

"我清楚地记得她的嗓音——相当深沉，但略微有点沙哑。我太可笑了，竟觉得好像有回声在空巷中回响，碰到那脏兮兮的黄墙，又折了回来。我赶忙走到她那一侧，答道：

"'不。'

"她惊讶地朝我瞅了一眼，突然，我得到一个意外的启示：原来，我与生俱来之所爱，正是这个女人！您瞧这事，啊？您一定会说，简直是疯子，对吗？"

"我不会这样说的！"伊万叫了起来，"求求您，往下讲！"

客人接着说：

"哦，她惊讶地瞅了我一眼，然后问：

"'您根本就不喜欢花？'

"我觉得她的声音里含有一种敌意。我同她并肩走着，尽量把脚步放得同她一致。不知为什么，我一点也不感到拘束。

“‘不，我喜欢花，但不是这种。’我说。

“‘是哪种呢？’

“‘我喜欢玫瑰。’

“话一脱口我就后悔了，因为她歉然一笑，便把花扔进了水沟。我有点慌了，后来还是把花拾了起来，递了过去。但她却微微一笑，推开了。我只好用手捧着。

“我们就这样默默无言地走了一会儿，她又从我手里夺过鲜花，扔在道上，然后把戴着长手套的手伸过来挽着我的胳膊。我们就这样肩并肩地向前走着。”

“再往下讲啊，”伊万说，“一点也别漏！”

“往下吗？”客人反问了一句，“往下您自己也能猜到。”他抬起右手，抻起袖头擦擦蓦然涌出的泪水，接着讲了下去，“爱情降临到我们头上了，就像背旮旯蹿出的一个杀人犯，一刀一个，把我们俩全都刺伤了。它像一道闪电，一把匕首，把我们的心都捅穿了。但后来据她一再说，倒也并不是这么回事。其实我们早已相爱了——在互不相识、互不相知的时候，就相爱了。那时，她同另一个人生活在一起，……而我……那时……同一个……”

“同谁？”流浪汉问。

“同一个……喏……就是……唔……”客人捻了个榧子。

“您结过婚呀？”

“是呀，所以我才……打了个榧子……过去的事……瓦莲卡……噢，不，是玛涅奇卡……噢，是瓦莲卡……还有件条子的连衣裙，博物馆……我也记不清了。

“她还说，那天她手捧黄花出来，就是为了最终能让我找到她，如果还不能如愿以偿，那她就要服毒自杀了，因为她的生活是那么空虚。

“是啊，爱神之箭在一瞬间射中了我俩。一小时后，当我们离开闹市，来到克里姆林宫墙下的滨河街时，我终于明白了这一点。

“我们谈话的情形就像是昨天刚刚分手，就像是相知已经多年。我们约定第二天还到莫斯科河边见面，于是又见面了。五月的阳光照耀着我们。很快，很快，这女人便成了我秘密的妻子。

“她每天中午都要到我家来，而我则从一大清早就等着她。为什么说我在等？因为我总是把桌上的东西摆过来放过去。我常提前十分八分就坐到小窗前侧耳倾听，等待那破旧的院门发出响声。真有意思：我同她认识之前，小院很少有人来，干脆说吧，根本就没人来。可现在我觉得，似乎全城无人不到这里来。栅栏门一响，我的心就跳个不停，可谁知眼前窗外跟我脸齐平的地面上，却是一双脏兮兮的大皮靴。原来是个磨刀的。也不知这磨刀的跑到我们院里来做什么。有啥好磨的？谁家有刀给他磨呀？

“她每次进院之前，我的心至少要怦怦跳上十阵，这我可一点不撒谎。当时针指向十二点，眼看她就要到来时，我的心就跳个不停了，直到那双饰着黑麂皮花结、扣着钢扣襻的皮鞋悄然出现在我窗前地面上。

“有时她淘气，故意停留在第二扇小窗旁，用鞋尖在玻璃上轻踢几下。我立刻来到窗前，但那只鞋不见了，挡光的黑绸裙也不见了——于是，我便去给她开门。

“谁也不知道我们的关系，这一点我可以向您保证，尽管没有不透风的墙。她的丈夫不知道，她的熟人也不知道。在那幢有我两间地下室的老旧的小楼里，当然有人看见这女人常来，但谁也不知道她叫什么。”

“那么，她是谁？”伊万问。他已被这段恋爱故事深深吸引住了。

客人做了个手势，示意他永远不会对任何人透露这一点，自顾讲了下去。

大师同这位陌生女人彼此如何热烈相爱，后来又如何难舍难分，这些，伊万渐渐全知道了。伊万眼前清晰浮现出小楼地下室那两间斗室。在丁香丛和栅栏的掩映下，房里光线总是昏暗朦胧的。这里摆着磨损的红木家具、写字台，上面摆着每过半小时就叮当作响的座钟，还有好多书，从油漆地板一直顶到熏得黑乎乎的天花板。屋里还有个炉子。

伊万又得知客人同她的秘密妻子在结合之初即已得出结论：他俩能在特维尔大街一条小巷中邂逅，完全是冥冥之中命运的主宰。他们是天造地设、永世难分的一对。

伊万从客人的故事里了解到两个相爱的人儿如何度过一天的时光。她来了之后，第一桩事就是扎上围裙，钻进狭小的前厅（这里有个盥洗池，可怜的病人不知为何对此特别感到自豪），生起木案上的汽油炉做早饭，然后又到外屋的椭圆桌上把饭摆好。每当五月，雷雨大作，雨水从小窗前哗哗流过，涌向门槛，要灌进这最后的栖身之所时，恋人们便升起火炉来烤土豆吃。一股股热气从土豆上腾起，烤焦的土豆皮把手指染得乌黑。小小的地下室传出阵阵笑语喧声。院子里的树木在雨中舍弃了断枝残杈，抛却了白色花穗。

雷雨季节过后，闷热的夏天来临。花瓶里换上了他俩深爱的盼望已久的玫瑰。自称大师的人正以狂热的劲头写作自己的长篇。作品也占有了这位无名女人的全部身心。

“真的，有时我简直有点妒忌她对小说的那股子热情。”夤夜从洒满月光的阳台来访的客人悄悄对伊万说。

她把指甲修得尖尖的纤指插进头发，一遍又一遍读着写好的东西，后来就绣了这顶帽子。有时她蹲在书架最底下几格旁，有时又爬到最上面几层，用抹布擦拭着几百册尘封的书脊。她预言作品将誉满文坛，督促他努力不懈，一来二去，竟管他叫起“大师”来了。她急不可耐地等待他早就许诺要杀青的有关犹太第五任总督的章节，反复朗声吟咏她所喜爱的句子，久久不倦，还说这本书就是她的生命。

八月里，长篇写完了。交给一个不相识的打字员打了五份。离开隐居场所，跨入生活激流的时刻终于到来了。

“我双手捧着它走进生活，但我的生活却因此而宣告结束了。”大师低下头轻轻说，那顶绣着黄色“M”充满忧伤的黑色小帽久久摇晃着。接着他虽依然在讲，但讲得已不那么连贯，不过有一点是清楚的：伊万的这位客人，生活中发生了悲剧。

“我这是头一回涉足文学圈子，如今，当一切已成为往事，当我已陷入毁灭，只要一想起那圈子，我就不能不毛骨悚然！”大师低声絮语，神情十分庄重，甚至还抬起了一只手，“是啊，他给我的印象太强烈了！哦，太强烈了！”

“谁？”伊万几乎是耳语般地问，生怕打断这位神情激动的客人。

“主编呗，我说的就是他！稿子正是他看的。瞧他瞅我的那副样子，就好像是我因为牙疼，脸肿得老高似的。他不知为什么一个劲儿朝角落里瞟，还挺不自然地嘿嘿窃笑，又毫无必要地揉搓着手稿，一个劲儿干咳。一听这家伙提出的问题，我觉得他简直是发了疯。他绝口不提长篇中本质的东西，却问我是什么人，从哪里来，是否早就开始写作，为什么过去从没听说过我。甚至还提了个我看是白痴的问题：是谁让我写的这部长篇？是谁提供了这么个奇怪的主题？这家伙终于把我弄得烦透了，于是我直截了当地问他，我的书能不能出版。这下子他变得手忙脚乱，含含糊糊不知嘟哝了些什么，最后才表示他一个人定不下来，得让编委会其他成员——也就是评论家拉通斯基和阿里曼，还有文学家姆斯季斯拉夫·拉夫罗维奇这三位先生——看看我的作品才行。他请我过两个星期再来。两星期后我又去了，一位年轻小姐接待了我，看来她总是撒谎，两只眼睛都撒成了对眼儿。”

“那是拉普什尼科娃，编辑部秘书。”伊万笑笑说。他对来客愤然描绘的那个圈子十分熟悉。

“兴许是她。”客人的回答很干脆，“于是，我从她手里接过长篇——稿子上已沾满污渍，几乎都翻烂了。拉普什尼科娃的目光躲躲闪闪，不敢正眼瞅我。她告诉我说，编辑部来稿很多，两年的发稿计划已经排得满满的，所以我这部小说的出版问题只好先‘搁置’一下了。

“往下我还记得些什么呢？”大师揉着太阳穴喃喃地说，“噢，对了，还记得凋落在扉页上的红色花瓣，和我那女友的眼睛。对，我还记得那双眼睛。”

再往后伊万的客人越说越乱，半吞半吐的地方也越来越多。他谈到疾风斜雨，谈到赖以栖身的地下室充满绝望气氛，还谈到他曾到什么地方去过。他悄声喊着说，他绝不责怪推动他进行斗争的那个女人，噢，是的，绝不责怪！

后来，伊万又听他说，突然发生了某种奇怪的变故。一天，主人公打开报纸，看到评论家阿里曼的一篇文章。阿里曼警告大家，警告每一个人，说是他，也就是我们的主人公，企图把对耶稣基督的赞扬塞进出版物。

“啊，我想起来了，我想起来了！”伊万叫道，“可我忘了您的名字！”

“再说一遍，把我的名字忘了吧！它已经不复存在了，”客人说，“问题不在于名字。隔了一天，在另一家报纸上，又刊出了另一篇署名为姆斯季斯拉夫·拉夫罗维奇的文章。作者主张打击，要狠狠打击彼拉多主义，打击那个为上帝歌功颂德的败类，因为他妄图把这类私货塞入（又是这个可诅咒的字眼！）出版物。

“望着‘彼拉多主义’这个生僻的字眼我愣了半天，接着又翻开第三家报纸。这里有两篇文章，一篇是拉通斯基的，另一篇的署名只有两个字母——‘Н.Э.’。信不信由您，阿里曼和拉夫罗维奇的文字如果同拉通斯基写的东西相比，那简直是小巫见大巫。您只消听听拉通斯基那篇文章的标题就够了：“杀气腾腾的旧教徒”。我光顾着看文章了，连她到了我面前也没发现（门我忘关了）。她手里拿着一把湿淋淋的雨伞，还有几张湿透了的报纸。她的眼睛在冒火，手却冰凉，气得直哆嗦。她先扑过来亲吻我，接着，拍着桌子嘶声说，她一定要把拉通斯基毒死。”

伊万不知为什么尴尬地干咳了两声，什么也没说。

“毫无欢乐的秋天到来了，”客人接着说，“小说遭到了可怕的失败，仿佛在我心上挖掉一块肉。说实在的，我还能有什么作为呢？只能靠一次又一次的幽会来度过余生了。这段时间我好像出了点毛病，鬼知道到底是怎么回事，要是请斯特拉文斯基瞧瞧，也许早就诊断出来了。具体来说，就是心里总觉得烦，而且似乎有一种预感。评论文章这时依然不断发表。起初对它们我只是大笑一通了事。文章越登越多，我对它们的态度也不得不发生变化。第二阶段则使我感到惊讶不已。尽管这些文章篇篇声色俱厉，一副唯我正确的腔调，但几乎每句话都可以感到言不由衷，色厉内荏。我越来越觉得——我始终无法摆脱这样的看法——文章作者说的全是违心之言，而这也正是他们无名火起的缘故。后来，您知道吗，第三阶段才出现。那是恐惧的阶段，但不是对这些文章的恐惧，您知道吗，而是对一些别的同长篇毫无关系的事物的恐惧。比方说，我对黑暗产生了恐惧。总之，出现了一段心理病态时期。似乎感到有一条肉乎乎、冷冰冰的章鱼，触角直伸进我心里。一合眼更是如此，连睡觉也只好点着灯。

“我的情人大大地变了（章鱼的事我当然不会跟她说，不过她也看出我境况相当不妙），她瘦多了，脸色苍白，笑声也消失了。她一直在求我原谅，因为是她给我出的主意，要我把一个片段拿出去发表。她要我抛开这一切，到南方去，到黑海去，把十万卢布剩下的钱全花在这次旅行上。

“她不达目的决不罢休。为了不跟她争吵，我就答应了她，（我有一种预感：我根本去不了黑海。）说最近一两天一定照办。可她说她要亲自为我去买票。于是，我把余下的钱全提了出来，大概有一万卢布吧，交给了她。

“‘干吗要这么多？’她感到奇怪。

“我说了，怕招小偷，所以动身之前先请她保管。她把钱收进手提包，走过来吻我，还说与其让我一个人千里远行，不如死了的好；但又说有人正在等她，没法子，她得走了，明天还会来。她求我什么也别怕。

“那正是十月中旬的一天，黄昏时分，她走了。我躺到沙发上，也没有开灯，就昏昏沉沉睡了过去。睡梦中又梦见章鱼，把我吓醒了。我摸着黑好不容易才把灯打开，一看怀表，正指着半夜两点。我病恹恹地躺着，等到再次醒来，就真的病了。我突然觉得，秋夜的暗影会把玻璃压碎，冲进房间，而我将被这墨一般的黑夜吞没。起来的时候我已经管不住自己了。我大喊大叫，想跑到旁人家去躲避，哪怕是跑到楼上房东家去。我拼命克制自己，强撑着挪到炉旁，点燃了炉膛里的劈柴。听到木柴噼噼啪啪地炸裂，炉门叮叮当当作响，我的心头轻松了不少。我扑到前厅，那儿开着灯，我找到一瓶白葡萄酒，打开瓶塞，对着瓶嘴喝了起来。恐惧这才逐渐消退——至少可以不用去找房东了。我又回到炉旁，打开炉门。一股热浪扑面而来，烘烤着我的手和脸。我悄声说：

“‘你知道吗？我遇到了不幸……快来吧，快来吧，快来吧！……’

“但谁也没来。炉火呼啸着，冷雨敲打着窗户。这时，最糟糕的事发生了。我从抽屉里掏出几份又重又厚的小说打字稿和一份手稿，开始往炉膛里填。说也奇怪，这件事办起来还真难，因为写满了字迹的稿纸燃烧起来很不容易。我先把一个个大本子撕碎，指甲都抠坏了。然后又把这些纸一沓沓竖着塞进劈柴之间，拿火钩拨动纸片。飞扬的纸灰不时落得我一头一脸，把火焰也压灭了。但我仍在同它搏斗。小说虽在顽强抵抗，但到底还是渐渐走向了灭亡。那些熟悉的词句又在我眼前跳动，黄色火焰顺着一页页稿纸，无可抗拒地从底端向上蔓延。在火焰映照下，字迹又显现出来。直到稿纸变成了黑色，它们才彻底消退。于是，我又用火钩子猛劲把它们捣个粉粉碎。

“这时，有人在玻璃窗上轻轻地抓挠。我的心猛然一跳。我把最后一本笔记朝炉膛里一塞，忙跑去开门。地下室有一道砖石台阶直通院门，我磕磕绊绊跑到门口，轻声问：

“‘谁？’

“一个声音——那是她的声音——回答：

“‘是我……’

“我已记不清我是怎样下了门链子，又打开了门锁。她一跨进门便扑入我怀中，浑身都湿透了，面颊上沾着雨水，头发披散，身子瑟瑟发抖。我能说出口的只有一个字：

“‘你……你……’我的声音哽咽了，我们跑回地下室。

“她在前厅脱下大衣，我俩快步走进外屋。她轻轻发出一声惊叫，忙伸手从炉子里掏出烧剩下的最后一沓稿子，扔到地上。这束纸片下端已经在燃烧，屋子里立刻烟气弥漫。我用双脚踩灭火焰，而她却一头倒在沙发上，禁不住抽抽搭搭痛哭起来。

“等她哭完我说：

“‘我恨透了这部小说，我害怕。我病了。我怕极了。’

“她站起来说：

“‘天哪，你病得多厉害！为什么？这是为什么？我要救你，我一定要救你。这到底是怎么一回事啊？’

“我看到她那双烟熏泪浸、又红又肿的眼睛，感到她那双冰冷的手正在抚摸我的额头。

“‘我一定要把你的病治好，一定要把你的病治好。’她两手紧紧抓住我的肩头，喃喃地说，‘你一定要把它重新写出来。为

什么，为什么我没有留上一份，亲自保管呢？’

“她气得咬牙切齿，又嘟嘟哝哝说了几句不明不白的话。接着，紧抿嘴唇，把那些烧焦的纸片收拾起来，一一抚平——那是长篇里的一章，记不得是哪一章了。她把纸片整整齐齐理在一起，拿纸包起来，又找来一根带子系好。这些行动表明她已镇定下来，而且充满决心。她要了一杯酒，喝下去之后，说话的口气也平静多了。

“‘一句假话要付出多大代价啊！’她说，‘我再也不想说假话了。其实现在我就可以留在你这儿，但是我不愿这样做。我不想给他一辈子留下这么个印象，以为我是半夜跟人私奔的。他从来没做过任何对不起我的事……他是半夜突然被人叫走的，他们工厂失火了。不过他很快就会回来。明天一早我一定跟他讲明，告诉他，我爱别人，然后就回到你身边，不走了。告诉我，你同意我这样做吧？’

“‘可怜的人儿，我可怜的人儿！，我对她说，‘我绝不允许你这样做。跟我在一起你会受苦的，我绝不愿意你跟我同归于尽。’

“‘就这么个原因？’她把眼睛凑近了我的眼睛问。

“‘是的，就这么个原因。’

“她百感交集，紧紧依偎着我，搂着我的脖子说：

“‘我要同你一道去死。明天一早，我就到你这儿来。’

“最后那一幕我一辈子都忘不了：前厅透出的一线灯光照亮了一缕散开的卷发，照亮了她那顶贝雷帽，照亮了她那双坚毅果敢的眼睛。我还记得她伫立在外面门槛上的身影和那只白色的纸包。

“‘我想送你回去，可我却害怕自己走不回来，我害怕。’

“‘不要怕。再等几个小时吧。明天一早，我就要回到你身

边了。’

“这是我一生中听见她说的最后几句话……”

“嘘……”忽然，病人打住话头，竖起一根手指，“今晚真是一个不安静的月夜！”

他走上阳台，消失了。伊万听到小轮子在走廊滑过，有人啜泣了一声，或许是发出了一声轻轻的惊叫。

当四周重归于寂静后，客人又回来了。他带来消息说，一二〇号房间进来一个新病号，是用车送来的，还一个劲地请求把脑袋还给他。两人又惊又怕，沉默了半晌，直到惊魂甫定，才又接着聊下去。谁知客人刚一开口，走廊里又传来了说话声。真的，这一夜太不平静了！于是客人只好对伊万附耳低语，究竟讲了些什么，那只有诗人一个人知道了。不过，第一句话是个例外：

“她刚走不到一刻钟，就有人来敲我的窗户……”

病人附耳说的一番话看来深深触动了伊万。只见他面颊一阵阵抽搐，眼中不时流露出一阵阵恐怖和愤怒。客人还伸出胳膊，指着早已移出阳台的月光。后来，直到门外再听不见一点响声，客人才离开伊万的耳朵，稍稍放开嗓门：

“于是，一月中旬的那个深夜，我身穿一件扯脱了扣子的大衣，在小院里瑟瑟缩缩冻成一团。身后是几个大雪堆，埋住了丁香丛；面前脚下是我那两扇小窗，挡着窗帘，透出一缕微光。我朝第一扇窗凑过去，侧耳静听——房里传出了留声机的声音。这便是我能听到的一切，但什么也看不清。我伫立片刻，走出栅门，进了小巷。小巷里阵阵风雪贴地卷过。一条野狗窜到我腿旁，把我吓了一跳。我躲开它朝另一侧跑去。我又冷又怕，简直要发狂。我成了无家可归的流浪汉。最简单不过的办法当然就是走出小巷，走上大街，朝电车底下一钻。老远我就看到那一节节灯火通明、挂满冰霜的车厢，我听见它们在严寒中发出讨厌的吱嘎声。不过，我亲爱的好邻居，问题在于我身上的每一个细胞都浸透了恐惧。我怕电车，就像怕狗一样。哎，信不信由您，在这座大楼里，比我病得更严重的怕是没有谁了！”

“您不是还可以通知她吗？”伊万对这位可怜的病号充满同情，“再说，您的钱不是还在她手里吗？她当然还保存着那些钱，对吧？”

“这您放心，当然保存着。不过，看来您还是没理解我的意思，或者，说得准确些，是我失去了原有的那种叙事能力。其实，对这种能力我已不大惋惜，因为对我来说它已没有多大用处了。”客人朝浓黑的夜色虔敬地看了一眼，“当然，从疯人院给她写封信寄去是行。可发信的时候难道能写上这么个地址……寄自疯人院？……我的朋友，您真会开玩笑！莫非想让她命更苦？不，我可不能这么干。”

听了这番话，伊万语塞了。但心里却同情他，怜悯他。大师沉浸在痛苦的回忆中，戴黑帽子的脑袋在频频点动。

“苦命的女人……”他说，“不过，我还有一线希望：她也许会忘了我……”

“您会康复的……”伊万怯声怯气说。

“我好不了啦，”客人平静地回答，“斯特拉文斯基说过，他要让我重新获得生命，可我不相信。他是个好心人，所以总想安慰我。不过我倒不否认最近觉得好多了。对了，说到哪儿啦？严寒？飞驰的电车？……当时我知道这家医院已经开办，便徒步穿过全城，来到这里。这不是发疯吗！若不是一个偶然的机会，我在郊外说不定早就冻死了。当时是在郊外大约四公里的地方，有辆卡车抛了锚，我走到司机跟前，他非常可怜我，车也恰巧顺路，便把我带到了这儿。我还算走运，只是左脚冻坏了脚趾。伤早就治好了。如今在这儿已经住了三个多月。而且，您知道吗，我发现这地方还相当相当不错。实话对您说，我的好邻居，雄心壮志又有什么用？就拿我来说吧，我曾打算周游世界，可没有这个命，又有什么法子？我所能看到的只是地球上极其有限的一块地方。我想，这块地方可能并不是最好的，但再说一遍，它也并不那么坏。您看，夏天来了，费奥多罗芙娜说，阳台上将会爬满常春藤。这串钥匙扩大了我的活动范围。每天夜晚都能看到月亮。啊，它已经下去了！有点凉了！已经是下半夜了。我该走了。”

“给我讲讲，耶稣和彼拉多后来又怎么啦？”伊万说，“求求您，我真想知道。”

“噢，不行不行，”客人痛苦地抽搐了一下，“一想起我的长篇，我就浑身发抖。您在长老湖的那位相识，他讲的会比我好得多。谢谢您陪我说话。再见。”

伊万还没有来得及回过味儿，客人已把铁栅栏轻轻一关，不见了。

第十四章　雄鸡啊，光荣！

俗话说，神经受不了啦。里姆斯基不等现场调查报告撰写完毕，便溜回了办公室。他坐到桌旁，两只布满血丝的眼睛盯着面前一大摞凭空掉下来的十卢布钞票，实在闹不清其中的奥秘。窗外传来一阵嗡嗡之声——观众正潮水般从杂技场涌到街上。里姆斯基的听觉紧张到了极点，耳内忽然又听得一阵警笛。这自然不会是什么好事。接着警笛再次响起，一个更威严、更长久的警笛声与之遥相呼应，随之而来的是一阵听得清清楚楚的怪笑，甚至有人还在起哄。财务经理当即猜出，街上准是又出了什么伤风败俗丢人现眼的场面。而且，无论他怎样想推卸责任，这事准定同魔法师及其助手们一手炮制的那场不堪入目的演出有着极其密切的关系。

敏感的财务经理一点也没弄错。他朝临花园街的窗外投去一瞥，不由得脸都气歪了，随后，一改悄声细语的习惯，咬牙切齿地说：

“我早就料到会这样！”

在街灯的强光映照下，他看到窗外人行道上有位只穿了一件汗衫和一条紫色内裤的女士，诚然，头上还戴了一顶小帽，手上拿着阳伞。这位女士又惊又愧，一副无地自容的样子，一会儿蹲下，一会儿又想朝什么地方逃跑。一群人把她团团围住，又哄又闹，迸发出阵阵让财务经理听了脊梁骨直冒凉风的笑声。女士身旁有位公民正慌里慌张把身上的风衣往下脱，可是一着急，一只胳膊缠在袖子里，说什么也褪不下来。

喊声和尖厉的哄叫声在另一个地方又爆发出来——那是左侧的大门口。里姆斯基把脑袋一转，看到又有一位女士，只穿了一件粉色内衣，从马路上拼命朝人行道冲去，想要冲进大门躲起来，偏巧观众正往外涌，堵住了她的去路。这个倒霉的女人被自己的轻举妄动和时装给毁了，被可恶的法果特的噱头骗了，眼下真恨不得能找个地缝钻进去。民警吹着警笛赶过来救援；一帮戴鸭舌帽的小伙子跟在民警身后嘻嘻哈哈挤成一团。那一阵阵哄笑就是出自他们之口。

一个精瘦的马车夫，蓄着两撇小胡，飞也似的把车赶到头一个剥光了衣服的女士跟前，猛地勒住那匹瘦骨嶙峋的驽马。小胡子的脸上兴高采烈。

里姆斯基攥紧拳头照脑袋上一擂，吐了口唾沫，一扭身离开了窗口。他在桌旁坐了一会儿，倾听着街头的喧闹。警笛从四面八方传来，声势达到顶点，俄顷渐趋平息。里姆斯基没想到，混乱排除得这样快，心里挺纳闷。

现在是到了采取行动的时候了，这颗责任的苦果总得有人吞下。节目进行到第三部分时，电话已经恢复。当时本该打个电话，就发生的情况作个汇报，请求帮助，把一切都推到斯乔巴头上，想办法开脱自己……呸！这家伙真是魔鬼！

经理的心里很不是滋味，他两次把手放到电话机上，想要摘下话筒。办公室里像死一般寂静。突然，就在他鼻子底下，电话丁零零响了。把这位经理吓得一哆嗦，手脚都吓凉了。心想："神经怎么这么不中用！"随后一把抓起话筒。蓦地，他往后一闪身，脸色白得像张纸。只听得一个妖声浪气的女人在话筒里轻声说：

"里姆斯基，别往任何地方打电话，否则更糟……"

话筒里紧跟着又没声了。经理觉着背上直起鸡皮疙瘩。他放下听筒，说不上为什么回头朝身后的窗口看了两眼。透过槭树那刚刚涂上一抹淡绿的疏枝，他看到一轮在薄薄的云雾中穿行的月亮。里姆斯基莫名其妙地盯着树枝发愣，越瞅心里越发毛。

财务经理好不容易才移开视线，不再去观赏那满窗月色。他站起身来。这会儿财务经理哪敢再想打电话的事，只琢磨着赶快离开杂技场。

他侧耳细听，剧场大楼一片寂静，心里这才明白，整个二楼早就只剩下他一个人了。他像个孩子似的越想越怕。一寻思马上就要独自穿过空荡荡的走廊，走下楼梯，身上不由得就是一哆嗦。他神经质地一把抓起桌上的魔钱，塞进皮包，咳嗽一声，想稍微壮壮胆，可咳嗽却显得那么沙哑无力。

这当口他只觉办公室门底下好像突然刮起一股带霉味的阴风。一阵战栗从财务经理背上爬过。不料子夜钟声又敲响了，每敲一记，都惊得财务经理一激灵。可是待得他听到弹簧门锁中有把钥匙在轻轻转动时，心简直就要彻底停止跳动了。财务经理伸出两只冰凉冰凉的汗手，紧紧抓住皮包，倘若锁孔中的响声再延长片刻，准会吓得他失声尖叫起来。

门终于被人弄开了，瓦列努哈无声无息地走进办公室。里姆斯基两腿一软，一屁股瘫倒在圈椅中。他深吸一口气，仿佛讨好似的微微一笑，轻声说：

“上帝啊，你可把我吓坏了……”

是啊，冷不丁这么一下，谁也免不了吓出个好歹。不过瓦列努哈这一回来，总算是一件大喜事：扑朔迷离之中到底有了一点头绪。

“快说说！快！快！”里姆斯基生怕丢了这点头绪，声嘶力竭地直嚷嚷，“到底是怎么回事？”

“对不起，请原谅！”瓦列努哈关上门，闷声闷气地说，“我还以为你已经走了呢。”

他连帽子也没摘，走到圈椅前，对桌坐了下来。

应该交代的是瓦列努哈这话说得有点蹊跷，而且财务经理马上也意识到了。里姆斯基是一个灵敏度堪与世界一流地震观察站的测震仪相媲美的人。奇怪呀！既然瓦列努哈认为财务经理不在办公室，那又怎么还会跑到他办公室来呢？他不是有自己的办公室吗？这是第一。第二，无论瓦列努哈从哪个门进入大楼，准会碰上值夜班的，谁不知道里姆斯基还待在办公室没走呢！不过，财务经理哪有时间细细琢磨这些！他实在是顾不上了。

“你怎么不来个电话？雅尔塔那一套，到底要的什么把戏？”

“唉，不幸被我言中了，”管理员嘬了嘬牙花子，仿佛有颗牙疼得难受，“在普希金诺一家小酒馆里找到了他。”

“怎么会到了普希金诺呢？！那不是莫斯科郊区吗？！雅尔塔来的电报呢？！”

“见鬼！哪来的雅尔塔呀！把普希金诺的电报员灌醉了，他俩就无法无天胡闹起来了，其中包括发了几封落款是‘雅尔塔’

的电报。”

“噢，噢……那好，那好……”里姆斯基不像在说话，倒像在唱歌，两只眼睛闪出黄荧荧的幽光，脑海里浮现出把斯乔巴撤职查办的大快人心的场面。解放啦！财务经理早就盼着有朝一日能把这个祸害精收拾掉！也许，斯乔巴的下场要远比撤职查办更惨……“快把具体情况说说！”里姆斯基把吸墨器朝桌上一拍。

接下来瓦列努哈报告细节：他到了财务经理派他去的地方，人家立刻接待了他，认真听取了他的汇报，当然，没人相信斯乔巴真能到雅尔塔。当时就全都同意了瓦列努哈的猜测：斯乔巴只能是到普希金诺的“雅尔塔”去。

“现在人在哪儿？”激动万分的财务经理截住管理员问。

“还能在哪儿？”管理员皮笑肉不笑地说，“还不是进了醒酒所！”

“啊！谢天谢地！”

瓦列努哈继续汇报，越往下讲，由斯乔巴的丑闻秽行结成的那条长链在财务经理眼前就变得越鲜明，情节也一环比一环更恶劣。就拿普希金诺电报局门前的场面来说吧：喝得酩酊大醉，跟个女电报员紧紧搂在一起跑到草坪上去跳舞不说，还找了个游手好闲的手风琴手来伴奏，这影响该有多坏！而且居然还对几个女公民尾追不舍，吓得人家吱哇乱叫。还企图跟“雅尔塔”的服务员打架斗殴！就在这家“雅尔塔”，他把一堆大葱扔得满地都是，摔碎了八瓶“埃达尼尔”牌干白葡萄酒。计程车司机不愿拉他，他把人家的计价器也给砸了，还威胁那些制止他胡闹的公民，说是要逮捕他们……总之，实在不像话！

斯乔巴在莫斯科演艺界是个大名鼎鼎的人物，谁都知道他不是个好东西。不过，要把管理员所讲的一切统统安到他头上，未免有些过分。是的，过分了，甚至太过分了……

里姆斯基犀利的目光紧盯着对桌管理员的脸，管理员说得越多，这目光也就越阴沉。管理员越是添油加醋，把不堪入耳的情节说得有鼻子有眼，活灵活现，财务经理就越是不相信。当瓦列努哈说到斯乔巴竟放肆地同那些特地开车接他回莫斯科的人大打出手时，财务经理心里就更是雪亮了：这个半夜三更不知从哪里跑回来的管理员，所说的一切纯粹信口雌黄，彻头彻尾一派胡言！

瓦列努哈根本没去过普希金诺，斯乔巴也根本不在普希金诺。什么喝得醉醺醺的电报员，砸破玻璃窗的小酒馆，统统是弥天大谎。斯乔巴并没有被人捆起来……绝不可能有这档子事！

财务经理一经断定管理员是在对他撒谎，一种恐怖感立时就从脚后跟直透头顶。有两回他觉得贴地皮似乎又刮起了一阵霉味呛鼻的阴风，刮得人浑身发抖。财务经理目不转睛地盯着管理员，只见他在圈椅中怪模怪样地缩成一团，总在想方设法把自己藏进那圈蓝莹莹的暗影里，还拿起一份报纸挡着脸，好像是受不了灯光的刺激，真是怪透了。财务经理瞅在眼里，心里一个劲儿地琢磨：到底是怎么回事？管理员为什么深更半夜才回来？此刻这地方早已人去楼空，一片寂静，可他干吗还要跑来没羞没臊地大撒其谎？他预感到一种危险，一种隐隐约约但十分可怕的危险。这种预感在折磨着里姆斯基的心。他装出对瓦列努哈鬼鬼祟祟用报纸挡住灯光的这套把戏毫无察觉的样子，仔细观察起对方的脸来。他不再留意瓦列努哈瞎编的那套鬼话。无中生有，造谣诽谤，不知出于什么目的，硬说人家到普希金诺去胡闹，这本身就够让人摸不着头脑了，可更叫人难以理解的是管理员在外表和举止方面也发生了某些变化。

他拼命把鸭舌帽往眉毛上压，还想方设法用帽舌的阴影罩住面庞，又把报纸拿起来遮挡，可财务经理还是看出他鼻子右边有一大块青伤。此外，原来的管理员总是红光满面，这会儿不知为什么竟面如死灰；而且今晚又热又闷，可他脖子上还围着一条条子花的旧围巾。再加上管理员新添的好啜牙花子咂嘴唇的怪毛病，声音也变得又粗又涩，眼神里头还透出一股子鬼里鬼气，一惊一乍——可以肯定地说，瓦列努哈变得前后简直是两个人了。

管理员身上还有一些变化，搞得财务经理更是如坐针毡。但他费尽心机，盯着瓦列努哈研究了半晌，也没弄清到底发生了什么变化。不过有一点可以肯定，就是坐在这把十分熟悉的圈椅上的管理员，一举一动总有点什么从未见过的不自然的地方。

“后来，到底把他制服了，抬上了汽车。”瓦列努哈粗声嗄气地说，下半截脸还是拿报纸挡着，手掌蒙住青伤。

里姆斯基抽冷子伸出手，仿佛下意识一般用手掌按住了电铃，在桌面上弹了几下手指，结果愣住了。在空旷的大厅里本应响起急促的警铃声，可桌上的按钮明明按下去了，却毫无反响。按钮失灵了。电铃被破坏了。

财务经理的这个花招没能逃过瓦列努哈的眼睛。他抽搐了一下，目露凶光问：

“干吗按电铃？”

“不是故意的。”财务经理把手缩了回来，闷声闷气地说。随后，犹犹豫豫问了一句：

“你脸上怎么了？”

“汽车一晃，碰到门把上了。”瓦列努哈瞅着别处回答。

“撒谎！”财务经理心想。忽然，他眼珠瞪得溜圆，疯子般直勾勾瞅着圈椅的靠背。

圈椅后边地板上，现出了两道交叉的暗影，一道黑些、浓些，另一道淡淡的，呈灰色。地板上清清楚楚横着一条圈椅靠背的影子，还有圈椅的尖腿，但椅背上头却看不到瓦列努哈脑袋的影子，椅子下面也不见管理员两腿的影子。

“他没有影子！”里姆斯基没魂似的暗叫一声，浑身吓得筛糠。

瓦列努哈顺着里姆斯基狂乱的目光，贼头贼脑朝椅子靠背后扭头瞅了一眼，顿时明白过来：原来是露馅儿了。他从圈椅上站起来（财务经理也站起来），从桌旁退开一步，双手攥住皮包。

“看出来了，该死的，精得很！”瓦列努哈公然当着财务经理的面狞笑一声，蓦地从圈椅旁一步跳到门口，把弹簧门锁的保险钮飞快按了下去。财务经理退向临花园的窗口，爹起胆子扭头一看，只见月光通明的窗户上，出现了一个一丝不挂的大妞儿，正把脸贴在玻璃上，一条赤裸的胳膊伸过气窗，想要拔起下部的窗闩。上面的窗闩已经拔开了。

里姆斯基只觉得台灯的光线越来越暗，写字台也在向一侧倾覆。他像是被人兜头浇了一桶冰水，好容易才没有跌倒在地，只不过一声也喊不出来，剩下的劲儿只够小声说一句：

“救命……”

瓦列努哈守住门口，在那边跳来跳去，在空中飘飘忽忽，晃里晃荡，好长时间也不落地。他朝里姆斯基挥舞着两只钢钩般的爪子，口中发出咻咻之声，啧啧咂嘴，朝趴在窗户上的大妞儿直使眼色。

大妞儿更来劲了，把披散着一头赤发的脑袋伸进气窗，拼命伸长胳膊，用指甲抓挠着下部的窗闩，摇晃着窗棂。那胳膊活像胶皮做的，越伸越长，上头还覆盖着绿色的尸斑。末了，死鬼的绿色手指终于抠住了窗闩的圆头，把它扳了一下，眼看窗户就要被推开。里姆斯基发出一声有气无力的叫喊，靠到墙上，把皮包像盾牌似的挡在身前。他心里明白：这可是死到临头了。

窗扉大开。不过，涌入室内的并不是夜晚的凉爽和椴树的清香，而是一股地窖的霉味。赤发女鬼踏上窗台。里姆斯基看得清清楚楚：她的胸前有几块腐烂的瘢痕。

不料就在此时，雄鸡欢声长鸣。这啼声来自花园，来自靶场后面饲养演出禽鸟的小棚。训练有素的雄鸡引吭高歌，宣告莫斯科东方黎明已经来临。

女鬼兽性大发，愤恨欲狂，露出狰狞面目，发出一串嘶哑的咒骂。瓦列努哈在门旁尖叫一声，从空中摔倒在地。

雄鸡又一声高唱。女鬼把牙咬得咯咯作响，赤发根根倒竖。三声鸡叫完毕，她掉头飞出窗外。瓦列努哈紧跟着一跃而起，身体横在空中，越过写字台，从窗口缓缓飘浮出去，好似翱翔在空中的爱神。

一个满头霜雪、不见一根青丝的老人跑向门口，打开门锁保险钮，拉开房门，飞也似的冲进漆黑的走廊向前跑去。谁能想到这就是不久之前的里姆斯基呢！他吓得哼哼唧唧，在楼梯拐弯处摸到开关。楼梯间的灯亮了。这位浑身哆哆嗦嗦的老人觉得瓦列努哈似乎又从天而降，轻轻飘落到自己头上，竟在楼梯上摔了一跤。

里姆斯基跑到楼下，见值班的正坐在门厅售票口旁椅子上打盹，便蹑手蹑脚从他身旁悄悄走过，溜出正门。一到街上，他觉着轻松多了，也清醒了些，一摸脑袋，居然还能够想起，帽子忘在办公室了。

甭说，财务经理是绝不会回去取帽子了。他气喘吁吁跑过宽阔的大街，来到对面拐角电影院旁。那边有一盏暗淡的红灯在闪烁。转眼间他跑到红灯跟前，可并没人要抢在他头里叫这辆汽车。

“我要赶列宁格勒快车，多给小费。”这老头捂着心口，呼哧呼哧直喘。

“要回库了。”司机把脸一扭，没好气地说。

于是里姆斯基打开皮包，掏出五十卢布，从摇下玻璃的前窗塞给司机。

又过了一会儿，这辆哗啦哗啦直响的破车像旋风似的飞驰在花园环形路上。乘客在靠椅上颠得直跳。里姆斯基瞅瞅悬挂在司机前上方的破镜片，里面交替映出司机那乐滋滋的眼睛和自己那疯狂的目光。

里姆斯基在候车楼前跳出汽车，马上叫住一个围白围裙戴号牌的人：

“给买张头等车票，给你三十卢布，”他从皮包里抓出一把钞票，“没有头等就买二等……没有二等就买硬座！”

戴号牌的人抬眼看看照得通明的大钟，从里姆斯基手中一把抓过钞票。

五分钟后，特别快车开出玻璃穹顶的车站，消失在黑暗中。里姆斯基也随之一起不见了。

第十五章
鲍索伊的梦

不难猜测，住进一一九号病房的红脸胖子，正是尼坎诺尔·伊万诺维奇·鲍索伊。

他并不是直接送到斯特拉文斯基教授这儿来的，而是先到过一处别的地方。对那地方，鲍索伊的印象已经不深，只记得摆了张写字台，一个卷柜，还有张沙发。

当时，鲍索伊血压正高，加之心情紧张，所以眼前的东西都有点模糊不清。有人跟他谈过一次话，不过内容相当奇怪，颠三倒四，确切些说简直没头没脑。

给他提的第一个问题是：

“你就是尼坎诺尔·伊万诺维奇·鲍索伊？花园街副三〇二号楼管理委员会主任？”

鲍索伊听这样一问，发出一阵狂笑。现将他的回答原原本本照录如下：

“我是鲍索伊，当然是鲍索伊！不过真是开玩笑，我算什么主任？”

“那你算什么？”问话人皱起眉头。

“啥也不是。”他回答，“如果我是主任，一眼就该看出他是个妖魔！否则算怎么回事？鼻梁上架着破眼镜，身上披着破麻袋片儿——他算哪门子外宾的翻译！”

“您说谁？”对方问。

“科罗维耶夫！”鲍索伊叫道，“他钻进了我们楼五十号公寓！记上——科罗维耶夫！应该马上把他抓起来！写上——六单元。他就在那儿。”

“哪儿来的外币？”对方亲切地问。

“老天爷在上，老天爷有眼，”鲍索伊说，“老天爷明鉴哪！全怪我！我根本没拿什么外币，哪想到还有外币呀！上帝惩罚我干的坏事了。”鲍索伊很动感情地说。他一会儿扣上衬衫，一会儿又把它解开，一会儿还画个十字。“我拿是拿了，拿了！不过拿的是咱们苏联钱！为这钱还立过字据。不假，有过这事。我们那个秘书普罗列日涅夫也不是个好东西！直说吧，我们这管理委员会全是贼……不过，我可没收过外币呀！”

问话人请他别装傻，说一说美元是怎么跑进通风口去的。鲍索伊扑通一声双膝跪倒，身子一晃，张开大嘴，活像要把镶木地板给吞了。

“你们要是不相信，”他自顾喃喃说，“我可以吃一口泥巴发誓，我真没偷。科罗维耶夫那家伙是个妖怪！”

无论多大的忍耐总有个限度，桌后那人已经提高了问话的声调，并且暗示鲍索伊，总得说点人话才行。

不料鲍索伊竟一下子跳起身来，惨叫一声，响彻了这间放沙发的办公室。

“就是他！他躲在柜橱后面！还在笑呢！戴着夹鼻眼镜！……

赶紧抓住他！快给这房子洒点圣水，驱驱邪……”

鲍索伊面无血色，哆哆嗦嗦在空中画了个十字，没头苍蝇似的乱窜，冲向门口，又折回来，还唱起祷文，最后，竟信口胡说起来。

这一来总算清楚了，想要跟鲍索伊作一次认真的谈话算是没门儿。他被带了出去，关进单间，这才稍稍安静下来，只是一个劲儿地祈祷，一个劲儿地啜泣。

花园街那边当然有人去过了，五十号公寓也有人察看过了。可无论哪儿也别想找到科罗维耶夫的影子。楼里谁也不认识这么个科罗维耶夫，谁也没见过他。已故的别尔利奥兹也好，跑到雅尔塔去的斯乔巴也好，他们的住宅全空着，书房柜子上，一个个火漆封印也好端端地挂着，连碰都没人碰过。花园街的调查结果就是如此。调查的人还把那位六神无主、情绪低沉的管理委员会秘书普罗列日涅夫也带来了。

晚上，鲍索伊被送进了斯特拉文斯基的医院。他在医院表现得极不安宁，只好按斯特拉文斯基的处方给他打了一针。直到过半夜，鲍索伊才在一一九号房入睡，不时还发出声声哀鸣。

不过，越往后他的睡眠越是轻松。他不再发出呓语，也不再呻吟，呼吸柔和而均匀。于是，人们把他留在房里离去。

鲍索伊做了一个梦，梦见的无疑基本都是白天亲历的煎熬。最初好像有人手里拿着金喇叭，隆重地把他引向一座好高好大、又光又亮的大门。引导他的人们似乎在门口为他高奏了一曲迎宾曲。后来，一个快乐而深沉的低音在半空中说：

“欢迎欢迎！鲍索伊先生，把外币交出来！”

鲍索伊惊讶至极，抬头一看，原来上头挂了一只黑色的扩音器。

后来，他不知怎么一来，又到了一个剧院大厅。描金天花板上吊着多盏光华灿烂的水晶大吊灯，墙上是一排壁灯。所有的东西都布置得中规中矩，显示出这是一座富丽堂皇但面积并不太大的戏院。舞台上张挂着丝绒幕布，紫红色背景上，一个个小星星似的，点缀着放大了的金币图形。还有供提台词人容身的小口，甚至还有观众。

鲍索伊觉得奇怪：观众统统是一个性别——男性，也不知为什么全长着大胡子。还有一件怪事就是大厅里没有椅子，观众全坐在打着亮光蜡的滑溜溜的地板上。

鲍索伊踏入这么个人员众多的新环境，不由得有点不好意思。他踌躇了一阵，也学着大家的样子，在地板上盘腿坐下，恰好位于一个大胡子赤发壮汉同另一个白脸蓬头络腮胡子的公民之间。来人并未引起席地而坐的观众注意。

这时，只听铃声轻轻一响，厅内灯光渐隐，大幕拉开，一座被灯光映得通明的舞台出现在眼前，台上摆放着一椅一桌，小桌上放着一只金色的铃铛。舞台深处是一抹色的黑色丝绒底幕。

一位身穿晚礼服、胡子刮得光光、梳着分头、面部轮廓看来令人颇为惬意的青年演员，从侧幕后走了出来。厅内观众顿显活跃，纷纷把头转向舞台。演员走向提词口，双手搓了几下。

“各位都席地而坐？”他微微一笑，以柔和的男中音向观众发问。

“席地而坐，席地而坐。”观众席上参差不齐异口同声地回答。

“唔，”青年演员若有所思，“我实在搞不明白，各位难道不觉得厌气？所有的人都像个人样，这会儿在大街上逛着，享受着春天的阳光和温暖，唯独你们偏在这闷乎乎的戏园子地上坐着！难道这节目就这么好看？话又说回来了，穿靴戴帽，各好一套嘛。”他以富有哲理意味的一句俗语结束了开场白。

接下来他口气和语调一变，高高兴兴大声宣布：

“好，下一个节目由房管会主任、保健食堂管理员鲍索伊演出。有请鲍索伊先生！”

演员的话引起了一阵热烈掌声。鲍索伊吃惊得睁大了眼睛，主持人伸手挡住脚灯刺眼的光芒，用目光在席地而坐的人群中将他搜寻出来，轻轻钩了两下手指请他上台。鲍索伊就这么莫名其妙地到了台上。五颜六色的灯光从前方和下方直射他的双目，这一来整个大厅连同观众立刻统统陷入一片黑暗之中。

“请吧，鲍索伊先生，给大家带个头，”青年演员以一种推心置腹的口气说，“把外币交出来吧！”

全场一片寂静。鲍索伊深吸一口气，嗫嗫嚅嚅地说：

“以老天爷的名义发誓，我……”

不等他把话说完，全场立刻爆发出一片愤怒的叫喊。鲍索伊吓得不知所措，只好住了嘴。

“根据我的理解，”节目主持人又说，“您是想以老天爷的名义发誓说您没有外币，对吧？”他以充满同情的眼光瞅瞅鲍索伊。

“对呀，我没有外币。”鲍索伊回答。

“那好，”青年演员又说，“请允许我不客气地提个问题：那套住宅只有您跟您夫人住，可卫生间里发现的四百美金又从何而来呢？”

“变出来的嘛！”黑乎乎的大厅里有人以显然嘲讽的口气说。

“对呀，对呀，真是变出来的！”鲍索伊怯生生地表示同意，也不知他是冲着主持人还是冲那黑乎乎的大厅回答。他又解释说："那是一股邪劲，是那穿格子上衣的翻译硬塞给我的。"

大厅里不满的声浪吵翻了天。待到重归寂静，主持人又说：

"我简直是在听拉封丹的寓言故事嘛！居然有人硬塞给他四百美金！在座的各位都是做外币生意的，你们这些专家倒说说看，这样的事有可能吗？"

"我们可不是什么做外币生意的！"池座里一些受委屈的人喊了起来，"不过，这样的事根本不可能！"

"我完全同意你们的看法，"主持人的口气坚定不移，"我还想问各位一句：什么东西才有可能偷偷塞给你呢？"

"弃婴！"有人在观众席上喊。

"完全正确，"主持人表示赞同，"弃婴，匿名信，宣言，定时炸弹，等等等等。但谁也不会偷偷塞给你四百美金，因为这样的白痴世上不可能有。"接着，主持人转向鲍索伊，以一种责备的口气伤心地说："鲍索伊先生，您太让我失望了！我还指望您呢！这一来咱的节目可就太不成功了！"

观众席上传来对鲍索伊的口哨声。

"他是个外币贩子！"大厅里不少人喊，"就是因为这种人，我们才成了替罪羊！"

"不要责骂他，"主持人口气很温和，"他会悔恨自己的。"他用那双饱含热泪的蓝眼睛瞅瞅鲍索伊又说："好吧，鲍索伊先生，请回到座位上去吧！"

说完，主持人拿起手铃摇了几下，大声宣布：

"幕间休息，各位坏蛋！"

鲍索伊深为震惊。他莫名其妙地竟参加了一场戏剧演出，现在又回到了原来席地而坐的地方。这时他梦见大厅里重又笼罩着一片黑暗，墙上突然迸出几个火一般燃烧的血红大字："交出外币！"原来，大幕又拉开了，主持人发出邀请：

"冬契尔先生请到台上来，有请！"

冬契尔大约五十上下，相貌清秀，但却十分不修边幅。

"冬契尔先生，"主持人对他说，"您在这儿已经坐了一个半月，但一直表现顽固，拒不交出剩下的外币。可是国家非常需要它。您要它又有什么用处呢？您是个知书达礼的人，心里什么都一清二楚，就是不肯配合。"

"很遗憾，我丝毫无能为力，因为再也没有外币了。"冬契尔回答的神态十分安详。

"那么，至少您钻石总还是有的吧？"演员问。

"钻石也没有。"

演员低头稍一思索，接着拍了一下巴掌。边幕后走出一位中年妇女，穿着入时，也就是说身穿无领大衣，头戴小不点的宽檐帽。她神色惊惶。冬契尔看了一眼，连眉毛也没动一动。

"这位太太您认识吗？"主持人问冬契尔。

"他是我妻子。"冬契尔的回答不失尊严。他瞧瞧那位太太的长脖子，颇有嫌恶的味道。

"冬契尔太太，"主持人说，"我们之所以劳动您大驾，是想问问您丈夫有没有外币。"

"当时他全都交出来了。"冬契尔太太回答时神色很激动。

"好吧，"演员说，"既然如此，那就只好这样了。如果冬契尔先生已经全都交了出来，那我们也只好跟他分手啦。真是没有法子！好，冬契尔先生，请您离开剧院吧。"主持人做了个高雅之至的手势。

冬契尔不慌不忙傲然转身朝边幕走去。

“等一等！”主持人把他叫住，“请允许我再给您表演一个节目，作为临别纪念。”于是又把手一拍。

黑色底幕拉开，一位年轻漂亮的姑娘走出前台。她身着芭蕾舞裙，手捧金色托盘，上面放了一大沓扎着糖盒子上那种缎带的钞票，还有一只蓝、红、黄色光芒四射的大钻戒。

冬契尔惊得退后一步，面如死灰，大厅鸦雀无声。

“一万八千美元，外加价值四万金卢布的钻戒，”青年演员庄严宣告，“冬契尔先生把它们保存在哈尔科夫的情妇伊达·沃尔斯家中。现在我们荣幸地把它呈现在各位眼前。这位伊达·沃尔斯女士帮了我们一个大忙，发现了这批放在个人手中毫无价值的无价珍宝。感谢您，伊达·沃尔斯女士！”

漂亮女郎莞尔一笑，露出了白得耀眼的牙齿，毛嘟嘟的睫毛也抖动了几下。

“您那道貌岸然的外表，”演员对冬契尔说，“掩盖着一只贪婪的黑蜘蛛。您是个骇人听闻的骗子手，撒谎精。您愚蠢透顶，冥顽不化，一个半月来始终在耍弄我们。现在您回家去吧，您的妻子将为您准备好地狱，让您受到惩罚。”

冬契尔晃了一晃，仿佛立刻就要倒下。可是有人伸出同情之手把他扶住了。这时前幕突降，将舞台上的人全部遮没。

疯狂的掌声震撼着大厅，鲍索伊只觉得吊灯座里的灯光在眼前跳开了舞。大幕再次升起时舞台上已经空寂无人，只有主持人茕茕独立。他招来了第二阵热烈掌声，向观众频频鞠躬，又说：

“上面大家看到的这个节目，冬契尔是个典型的蠢驴。昨天鄙人就有幸说过，偷藏外币毫无意义。因为我可以告诉大家，任何情况下它对任何人都没有用。试以这位冬契尔先生为例，他挣着一份蛮不错的工资，不缺吃，不少穿。他有一套相当漂亮的住宅，除了妻子，还有个漂亮的情妇。可他偏偏不满足！他宁可放弃安安生生和和睦睦太太平平的日子，就是不愿意把外币和钻石交出来。这个财迷心窍的家伙到底弄到了当众出丑的地步，还搞得一家人从此永无宁日。好了，谁打算交出来？谁自愿交出来？这样的话，咱们的下一个节目就可以由著名戏剧天才——表演家库罗列索夫来上演了。我们特邀他演出诗人普希金的作品《悭吝骑士》的片段。”

隆重推荐的库罗列索夫果然立刻出台了——这是个胖乎乎的大个子，下巴刮得光光，穿燕尾服，打白领带。

他做出一副苦脸，紧皱双眉，没用任何开场白，斜眼瞟着那只金色铃铛，以一种不自然的声调说：

“我就像一个浪荡的年轻人，等待着同淫贱的荡妇幽会……”

接下来库罗列索夫大讲了一通自己的坏话。鲍索伊听见库罗列索夫承认，有个不幸的寡妇跪在雨地里求他，但却难以打动这位演员的铁石心肠。

做这个梦之前，鲍索伊原对诗人普希金的著作一无所知，但却很了解普希金这个人，常把普希金的名字挂在嘴边，比方说：“普希金付房费吗？”还有：“楼梯间的灯泡是普希金拧下去的吗？”“普希金要不要买煤油？”

如今，当鲍索伊看了普希金这部作品的演出之后，心里觉得很不是滋味，眼前出现了一个跪在雨中的女人，还带着几个孤儿。他不由自主地想：“这个库罗列索夫，真不是个东西！”

库罗列索夫还在那边低声曼语地作忏悔，最后弄得鲍索伊先生如堕五里雾中，因为这位演员突然对着一个不在台上的人讲起话来，又代表那人作回答，还一会儿把自己称作“陛下”，一会儿称作“男爵”，一会儿称作“父亲”，一会儿又称作“儿子”，一会儿称“您”，一会儿又称“你这小子”。

鲍索伊只看懂了一点：这位演员最后以暴毙告终，嘴里只喊了两声：“钥匙，我的钥匙！”接着便一头栽倒在地，嗓子都哑了。他小心翼翼地从脖子上扯下了领带。

库罗列索夫死过去之后，从地上爬了起来，掸掸燕尾服裤子上的灰尘，鞠了一躬，皮笑肉不笑地一龇牙，在稀稀拉拉的掌声中退场了。

节目主持人说；“我们都看了库罗列索夫在《悭吝骑士》中的精彩表演。这位骑士满心希望动作轻盈的山林女神会聚集到他身边，而且还会出现许多诸如此类的美事。可是正如各位看到的那样，这样的事根本就不可能发生，山林女神不会来找他，缪斯也没有为他做出奉献。他非但没有为自己建立什么壮丽的大厦，反倒落得一个可悲的下场，一头撞在他收藏外币和钻石的箱子上，命归阴曹地府。我要警告你们，可别闹个同样的甚至更惨的下场！赶紧把外币交出来吧！”

不知是普希金的诗歌真起了点教化作用，还是节目主持人的散文使众人茅塞顿开，总之，观众席上忽然响起了一个扭扭捏捏的声音：

“我愿意交出外币。”

“请上台来，有请。”节目主持人朝黑魆魆的观众席张望着，彬彬有礼地发出邀请。

一个白头发的小个子公民登上舞台。从那副尊容来看，足有三个星期没刮脸了。

“对不起，请问尊姓大名？”节目主持人问。

“卡纳夫金·尼古拉。”上台的人回答的语调有点羞羞答答。

“哦，太荣幸了，原来是卡纳夫金公民。您打算怎么办？”

“交出来。”卡纳夫金的声音小得像蚊子。

“交多少？”

“一千美金，二十个金卢布。”

“太好了！就这些？”

节目主持人直勾勾盯着卡纳夫金的眼睛，鲍索伊甚至觉得，从这两只眼睛里射出了两道能把卡纳夫金穿透的X射线。观众席上停止了呼吸。

“相信您！”这位表演家终于喊出了这样一声，熄灭了眼中的火焰，“相信！这样的眼睛不会撒谎！我不知跟大家说过多少次，你们的主要错误就在于对人的一双眼睛的作用估计不足。大家要记住，舌头可能撒谎骗人，眼睛却绝不会！有时人们会突然对你提出一个什么问题，你表面可能镇静如常，瞬间就控制住了自己，你知道说什么话可以掩盖真相，而且言之凿凿，脸上连一根筋都不会动。可遗憾的是问题一提出来，便会促使事情真相从灵魂深处冒出来，刹那之间它会在你眼中一闪，于是一切全完了。真相暴露了，你就当场被人捉住了。”

表演家先生异常热烈地发表了一通极具说服力的演讲，然后又像嘴上抹了蜜似的问卡纳夫金：

“藏哪儿啦？”

“藏在我姨妈波罗霍夫尼科娃家。在清水沟……”

“哦，对了，对了……等一等，是不是叫克拉芙吉娅的那一位？”

“是的。”

“好，好，好！一座小楼，对吧？对面还有一座花圃？是啰，是啰，太知道啦！您把外币藏哪儿啦？”

“藏在地窖里，一只饼干筒里……”

表演家先生双手一拍大腿：

“怎么能这么办？”他哭唧唧地叫道，“还不得发霉受潮吗？把外币交给这样的人保存，实在不可想象！真跟不懂事的孩子似的！”

卡纳夫金这回自己也明白犯了不可饶恕的错误，办了件大蠢事，低下了他那毛烘烘的脑袋。

“钱嘛，”表演家接着说，“就应该存到国家银行去。应该存放在有人严密看守的干干爽爽的房子里，根本不该往什么姨妈家的地窖里放。那地方呀，说不定会被耗子嗑了！卡纳夫金呀卡纳夫金！瞧你办这事，真不害臊！也是好几十岁的人了不是？”

卡纳夫金这时简直有个地缝都能钻进去，伸着个手指头一个劲儿地抠他那西装上衣的边。

“好了，好了，”表演家先生态度软了下来，“这些陈芝麻烂谷子就别再提它了……”突然，他出人意表地又加了一句，“喂，顺便问一句，免得……让汽车再白白开来开去……你家那位姨妈不是也有外币吗？”

卡纳夫金说什么也没想到事情会搞成这样，吓得一哆嗦。观众席上变得一片寂静。

“哎，卡纳夫金，”节目主持人的口气又像责备又像怜悯，“刚才算是白表扬你啦！你看你看，一遇真章又想下道了不是？卡纳夫金呀卡纳夫金，你太不可思议啦！刚才我还讲过眼神的事。一眼就看出你姨妈有外币，对吧？那你还支支吾吾干什么？”

“她有！”卡纳夫金奓着胆子喊了一嗓子。

“好哇！”节目主持人喝了一声彩。

“好哇！”大厅里响起了春雷般的喝彩声。

人声静下去后，节目主持人对卡纳夫金表示祝贺，同他握手，还说要用汽车把他送回家。同时又命一个站在侧幕后的人同车去请他姨妈来参加女子剧院的节目演出。

“哦，我想再问问，你姨妈没说过她的钱藏在什么地方吗？”节目主持人给卡纳夫金殷勤地递上一支烟，擦着火柴凑上去问。卡纳夫金对着了火，苦笑一下。

“我信，我信。”表演家叹一口气说，“那个老家伙跟她侄儿可不一样，是个大抠门儿。鬼都不知道她藏钱的地方。没关系，还是让我们想法子唤醒她内心的人类良知吧。虽说她放印子钱黑了心肠，可也未见得所有的肠子全烂了吧？再见，卡纳夫金！”

时来运转的卡纳夫金乘车离去。表演家先生再次询问，有无自愿交出外币者，回答他的是一片沉默。

“你们这些人真怪！”表演家先生耸耸肩说了一句，便钻进了幕后。

灯光转暗，有一段时间大厅里黑乎乎的一片，黑暗深处只听一个神经兮兮的男高音唱：

“那边有堆堆黄金——那是我的财富！”

后来，不知打从何处隐约传来两次掌声。

“女子剧院有位女士交出来了。”鲍索伊身旁那位红胡子突然说。他叹了一口气又说："唉……如果不是我养着一群鹅！……老兄，我在利阿诺佐沃家里养了一群好咬架的公鹅……没有我照顾我怕它们会死掉。那群鹅好咬架，娇得很，没人照顾不行……要不是有这群鹅呀，我哪会到这儿来当普希金呀！"他又叹了一口气。

这时，大厅里突然大放光明，鲍索伊梦见所有通向大厅的门户统统敞开，门里走出好多戴白色高帽的厨师，手里拿着大大小小长长短短的勺子。小厨子们抬出一大桶汤和一大托盘切成块的面包进入大厅。观众席上顿时活跃起来。快乐的厨师们在戏剧爱好者之间有如蛱蝶穿花，把汤分舀到一个个盘子里，把一块块面包分发给大家。

"吃饭，吃饭，"厨师们大声招呼，"然后把外币交出来！你们干吗要坐在这地方！这种破汤有什么喝头！回到家里，小酒盅一捏，有吃有喝，多得！"

"我说，你老爷子在这儿坐着干什么？"一个红脖子的胖厨师一边把盛着稀汤——上头孤零零漂着一片菜叶子——的盆子递到鲍索伊手上，一边直接向他提问。

"没有，没有，我可没有呀！"鲍索伊的喊声非常瘆人，"你明白吗？我没有呀！"

"你没有？"厨师以可怕的低音大喊，"你没有？"接着却变成了一个女人的声音，好不温柔，"没有，的确是没有！"他以安慰的口吻又低声咕哝了两句，突然变成了女医士普拉斯科菲娅。

普拉斯科菲娅抓住在梦里呻吟的鲍索伊，轻轻摇晃他的肩头。厨师一个个隐没了，张挂着幕布的剧院也消散了，泪眼迷蒙的鲍索伊看清自己原来是在一家医院的病房里。眼前是有两个穿白服的人，可他们根本就不是那些缠着你给你出主意的厨师，而是一个大夫，一个普拉斯科菲娅——手里捧的也不是什么汤盆，而是盛纱布的小盘子，里头还放着把镊子。

“这是怎么回事嘛！”鲍索伊打针时难过地说，“我根本就没有，没有！让普希金给他们交外币去好了！我没有！”

“你的确是没有，”好心肠的普拉斯科菲娅安慰他，“没有就是没有，怎么好怪你。”

打完针后，鲍索伊轻松多了。他沉沉睡去，什么梦也没做。

不过，由于这么一喊，他的不安传入一二〇号房间。这屋里的病人一醒，就闹着要找自己的脑袋。不安又传染到一一八号病房，那位不知名的大师也变得烦躁起来。他忧心忡忡地绞着双手，望着月亮，回忆着一生中最后一个痛苦的秋夜，回忆着地下室门底透出的灯光和披散的头发。

一一八号房间的惊惶不安从阳台上传给了伊万，把他惊醒，他哭了。

但医生以巧妙的方法很快又使这些魂不守舍、悲痛欲绝的人们安定下来，于是他们渐渐进入梦乡。伊万是最后一个入睡的，这时，窗外河的上空已现出曙色。药物渗入他的全身，随之而来的宁静像是一阵波浪触摸着他。身体轻松了，睡意仿佛一股和煦的风，轻抚着他的头。他睡去了。入睡前听到的最后一点声音，便是黎明时分林中群鸟的啾啁。不久，就连鸟鸣也寂然了。于是，他梦见夕阳正沉向髑髅地，在山岗四周，已布下了两道哨卡……

第十六章
死　刑

夕阳沉向髑髅地，山岗四周已布下两道岗哨。

临近中午时，阻断总督去路的叙利亚兵团匆匆驰向希布伦门。马队所过之处，道路早已清理停当。卡帕多基亚大队的步兵把人群、骡子和骆驼驱向道路两边。骑兵团扬起卷入半空的白色灰柱，如风驰过，来到一个十字路口——它南路通往伯法其，西北一路则通向雅法。骑兵团沿通西北的道路疾驰，但见两侧也同样布满了卡帕多基亚士兵，他们提前把所有赶着去耶路撒冷过节的商队赶下了官道。一群群朝圣者纷纷涌出安扎在草地上的条纹帐篷，涌到卡帕多基亚士兵身后。骑兵团走了一公里左右，追过闪击军团第二大队，又疾驰一公里多，首先到达髑髅地山麓。团长命全团下马，以排为单位散开，封锁了这座不高的山岗，仅留下唯一一条从雅法方向登临的通路。

俄顷，继骑兵团之后，第二大队开到山前。他们又登高一层，在山腰布成了第二圈封锁线。

最后，鼠见愁马克指挥的小队到来了。他们沿道路两侧分成两列鱼贯前进。两列士兵之间，在秘密卫队押送下，是载有三名死囚的马车，每人脖子上挂着块牌子，分别以阿拉梅文和希腊文写着："强盗反贼。"

死囚车之后，还有几辆马车拉着刚刚砍平削光、安了横梁的木柱，再有就是绳索、锹、桶和斧头。这几辆马车上，总共坐了六名刽子手。后头跟着小队长马克、耶路撒冷圣殿卫队长，还有在宫内暗室同彼拉多短暂会晤过的戴风帽之人。他们都骑着马。

殿后的是由士兵组成的一道散兵线，再往后跟了两千左右看热闹的人，他们不畏酷暑，但求一饱眼福。这会儿被好奇心驱使的香客也毫无阻拦地加入了看热闹的行列，尾随于后。随队而行的宣事人扯着尖溜溜的嗓门，高喊着近午时分彼拉多宣布过的那番话。队伍浩浩荡荡向髑髅地迤逦而行。

骑兵团把所有的人都放进了二层封锁圈，但第二大队却只许与行刑有关人员登上山顶，然后迅速采取行动，把山坡上的人群赶了回去。结果看热闹的人都站在山腰步兵封锁线和山麓骑兵封锁线之间，不过，透过稀疏的步兵散兵线，他们倒也看得清山顶行刑的场面。

眼下，行刑队带着死囚登上山头已经三个多小时了。髑髅地上空的太阳逐渐西沉，但暑气依然逼人。两道封锁线上值勤的士兵，人人热不可耐，个个寂寞难当，打心眼儿里诅咒这三个强贼，巴不得他们赶紧受死。

骑兵团的小个子团长满头大汗，身上白衬衫背后被汗溻得黑了一大片。他站在山脚下开阔的上坡路旁，不时走到一排跟前，手捧皮桶里的水喝上一通，又把包头淋湿。这一来感到轻松多了，于是转身离开，在尘土飞扬的山路上一来一往踱步，腰里的长剑在系带的长靴上磕来碰去。团长想给部下做一个吃苦耐劳的榜样，但又怜恤士兵，便批准了他们把长矛插进地里，搭成塔形支架，再苫上白斗篷。叙利亚士兵就在这样的窝棚底下躲避着无情的烈日。一桶桶水很快喝光了。各排又轮流派人到山沟里去取水。那边长着一片稀稀拉拉的桑树，混浊的小溪从旁穿过。天气热得可怕，在稀疏的树荫下，溪水眼看就要干涸。马夫们牵着蔫头耷脑的战马站在这里，随着树荫的移动而挪动，无聊得要命。

军士们疲惫委顿也好，对三个强贼骂不绝口也罢，所幸的是总督担心的骚乱并没有发生，倘若换到他深恶痛绝的耶路撒冷去行刑，那就难说了。死刑拖了三个多小时没有执行，出乎意料的倒是山麓上下步骑两道封锁线之间竟跑得一个人也不剩了。太阳烤得人实在受不了，把看热闹的又赶回了耶路撒冷。两小队罗马军士的散兵线之外，只剩下没主的两条野狗，居然还跑到了山上。不过这股热劲儿就连狗也吃不消，它们趴在地上，伸出舌头大口大口喘气，对那一条条绿背蜥蜴竟不屑一顾。这些蜥蜴在滚烫的乱石丛中，在贴地皮爬伸的一种带刺的藤蔓中窜来窜去，可算是唯一不怕日光曝晒的生物了。

无论是在那满城兵马的耶路撒冷，还是在这封锁严密的山头，都没有人想要动手殴打这些死囚。来观看的人回城去了，因为这样的死刑实在没有什么看头，而城里正忙着准备欢庆当晚即将来临的逾越佳节。

二层封锁线里的罗马步兵要比骑兵更遭罪。小队长鼠见愁只允许军士摘下头盔，用蘸了水的白头巾把脑袋包上，但却命令他们要持矛肃立。他也包了一顶白头巾，不过没蘸湿，自顾在离刽子手们不远的地方踱来踱去，就连身佩的烂银狮首护心镜、护腿、佩剑和佩刀均未解下。阳光直射小队长，但他却毫不在乎。

谁也不敢朝他那狮首护心镜瞥上一眼——耀眼的反光刺得人双目难睁，仿佛银子也被太阳晒得沸腾了。

鼠见愁那张破了相的脸上，不见丝毫倦意，也不见丝毫不满。他两手朝镶着亮铜片的沉甸甸的腰带上一叉，踱来踱去，一会儿瞅瞅绑在十字架上的死囚，一会儿又瞅瞅拉成封锁线的士兵，神情始终那么威严，毛茸茸的皮靴无动于衷地轻轻一蹴，一块由于年代久远而变得白森森的骸骨或是小石子，就被他用靴尖踢到了一边。看来，这位巨灵神般的小队长似乎能如此踱上一天一夜，接下来再踱上一天，总之要踱多久就踱多久。

戴风帽的那人端坐在离十字架不远的一张三脚凳上，样子颇为和善。寂寞之余，偶尔他也用小树棍在沙地上抠着什么。

方才交代过，罗马士兵封锁圈外，已经阒无一人。其实不然，这里还真有那么一个人在场，只不过不易为人觉察罢了。山路一侧是最便于观察行刑的位置，但此人却待在陡峭不平的北侧。那里有许多坑凹和石缝，一株病恹恹的无花果树，紧紧抓住石缝里那撮得不到苍天半点恩泽的干旱积土，勉为其难地活着。

就在这株毫无荫蔽可言的无花果树下，端坐着这位唯一不想参与，只想观看行刑的人物。从一开始他便坐在一块石头上，也就是说已经坐了三个多小时了。的确，从观看行刑的角度来说，他选择的位置不仅不好，简直可以说是太差了。不过，这儿毕竟还可以看到十字架；隔着封锁线，还可以看到小队长胸前有两个耀眼炫目的亮斑。有这么个地方，对一个显然不愿引人注目和受人打扰的人来说，已经足够了。

然而，大约四小时之前，也就是行刑队抵达伊始，此人举止却判若两人，显得格外嚣张。也许正因如此，这会儿他才改弦易辙，蛰伏一隅。

当人马车架已经登上山岗，进入警戒圈时，此人刚刚露面。看光景他是来迟了。大口大口喘着气，迈动双腿，几乎是跑着冲上了山。他拼命朝前挤，看到封锁圈在他和所有人面前合拢，便想了一个天真的主意，佯装不懂一声声怒喝的意思，企图闯过军士拦挡，直冲到死囚下车的行刑点。结果，胸口被矛杆狠狠捣了一下。他从军士身旁跳开，发出一声大喊，倒不是由于疼痛，而是出于绝望。他用呆滞的目光把捅他的罗马军士上下打量了一番，好像对肉体疼痛毫无知觉似的。

然后，他手捂胸口，连咳带喘地绕山头跑了一圈，想在北侧找一个钻进封锁线的缺口。惜乎为时已晚——封锁圈早已布置停当，他只好苦着脸放弃了冲向马车的打算。此刻十字架已经卸下，再往前硬闯已不起作用，只能落得个当场遭到逮捕的下场。这，却是他行动计划中万难包容的。

于是，他走向一旁的一条石罅——那儿比较僻静，没人会打扰他。

此人蓄着一部黑须，由于阳光曝晒，加之连夜失眠，眼角堆满眼眵。目下他正坐在石头上发愁，不时叹上一口气，掀开那件长期流浪中穿得又脏又破、已由浅蓝变成深灰的塔里夫袍，露出被矛杆捅伤、淌着黑乎乎汗浆的胸膛；时而凄怆满目，眼望苍天，追踪着那三只兜大圈子在高空中盘旋、预感即将有一顿美餐的白兀鹫；时而又敛起绝望的目光，低头凝视黄土，呆望着几条蜥蜴围着一副破朽的狗脑盖骨窜来窜去。

此人五内俱焚，情不自禁地自言自语。

“哦，我多蠢……”他喃喃低语，心如刀绞，身子在石头上直晃，指甲在黑黝黝的胸脯上抓挠，“我是蠢货，是个没见识的老娘儿们，是个胆小鬼！我是行尸走肉，我不是人！”

他沉默了，随后低下脑袋，打开水壶，饱饮了一气温暾暾的水，又打起了精神。他一会儿紧攥住怀中的刀柄，一会儿又拿起面前那张摊放在石头上的羊皮纸，一旁还放着一支小尖棒，一瓶墨水。

羊皮纸上已有几行记录：

“时间飞驰，我利未·马太来到髑髅地。死刑尚未执行。”

接着还有：

“夕阳西下，死刑仍未执行。”

现在，马太正在用小尖棒颓丧地划拉着下面的字句：

“上帝啊，你为何对他如此震怒？快赐他一死吧！”

写完这段，他干哭两声，又用指甲在胸前挠出几道血痕。

马太所以悲痛欲绝，除了因为他同耶稣时运不佳，遭此大难之外，还在于他，马太，自认为犯了一个大错。前天白天，耶稣和马太客居在耶路撒冷近郊伯法其一户菜农家中。那是一位非常喜欢听耶稣布道的人。一天上午，两位客人一直在菜园帮主人干活，原打算趁晚凉再赶往耶路撒冷。可耶稣不知为什么着了忙，说到城里有急事要办，正午时分独自就先走了。这就是马太犯的第一个错。为什么，为什么放他一个人走呢！

晚上马太没去耶路撒冷。他突然得了一种来势凶猛的急症，浑身发抖，通体火烫，牙齿咯咯直响，口中焦渴难耐。

他哪儿也没去成，倒在那家菜农的下房，躺在一件马衣上，一直折腾到星期五天亮。病来得猛也去得快，马太又好了。然而一种不幸的预感却弄得他坐立不安。尽管浑身无力，两腿发抖，他还是告别了菜农，向耶路撒冷赶去。入城方才知道，预感并没有欺骗他，不幸发生了。马太混在人群中，听到了总督宣布的判决。

死囚押送上山的时候，马太混在看热闹的人群中，一直尾随着卫队跑，只盼找个法子悄悄给耶稣透个消息。马太想告诉他，马太还在他身边，在他踏上不归路的时候，马太并未将他弃于不顾，马太正在为他早日得升天国而祈祷。但耶稣一直遥望法场，自然也就没看见他。

行刑队沿大道走了半公里左右，马太一直紧随担任警戒的卫队，被人推来搡去。猛然间他想起一个既简单又稳妥的好主意。马太是个急性子，当即把自己骂了个狗血淋头，怪自己怎么早没想出这一招：警戒线上的卫兵排得并不算密，彼此隔着一定距离，一个身手灵便、算度准确的人，完全可以从两名罗马军士之间钻过去，再一冲扑上马车。那时，耶稣便可以从磨难中解脱了。

只消一眨眼工夫，就足以把尖刀插进耶稣的后背，然后对他喊：“耶稣，我是来救你的，我要跟你一道去了！我马太是唯一忠诚于你的门徒！”

假如上帝再能赐予一小会儿工夫，那就还来得及再给自己一刀，免得上十字架。不过，这后一点并没有引起当年的税吏马太多大兴趣。怎么个死法对他来说都无所谓。唯一惦着的就是耶稣一辈子从没对谁干过坏事，他不该遭这份折磨。

打算倒是挺好，难就难在马太身上少一把刀。再说，他连一文钱也没有。

马太对自己恨得要命，他从人群中钻出来，掉过头又朝城里跑。在他那烧得滚烫的脑袋里，只有一个狂热的念头在跳动，那就是现在应该到城里想方设法弄把刀，接着再回来，撵上行刑队。

他奔到城门口，穿过宛若百川归海涌向城里的挤挤叉叉的商队，一抬头见左首有一间敞着店门的面包铺。刚才他是沿着滚烫的大道一路跑来的，于是先稳了稳神，待气息调匀，这才四平八稳走进小铺，跟柜台后的女店东打了个招呼。他请女店东把货架最上层那只大面包取下来给他，天晓得为什么那只面包怎么就那么称他的心。待得女店东一转身，他就悄悄从柜台一把抓起那件再好不过的家什——一把磨得刃如剃刀的切面包长刀，转身冲出小铺。

工夫不大，他又在通向雅法的大道上出现了。这时行刑队早已走得无影无踪。他拔腿就追，每到跑得透不过气来，便径直往尘土飞扬的大道上一倒，一动不动地躺着，弄得那些往耶路撒冷去的人们，无论骑驴的还是步行的，个个惊讶万分。他躺在地上，听见心怦怦地狂跳，不仅心口响，连脑袋里和耳朵里也在响。待到喘息稍定，又一跃而起，继续向前狂奔，只是速度已越来越慢。当终于又远远看见长长的队伍踏起的滚滚尘土时，行刑队已到了山脚下。

“哦，上帝呀！”马太发出呻吟。他知道来不及了，他来晚了。

马太在行刑前等了几乎四个小时，心都要碎了。他怒气冲天，从石头上站起身来，心想，这把刀算是白偷了，把它朝地上狠狠掷去，一跺脚又踩扁了木壶，连水也不想要了。他从脑袋上扯下头巾，揪住那几根秃发，把自己狠狠骂了一通。

他狂呼乱叫，前言不搭后语地诅咒自己，唾骂生身父母把一头蠢驴生到了人间。

他见赌咒发誓统统不起作用，烈日之下一切都没有发生任何变化，便捏紧瘦骨嶙峋的拳头，紧闭双目，举臂朝天，挥向太阳。太阳越落越低，拉长了万物的影子，逐渐沉向地中海。马太祈求上帝速赐耶稣一死。

他再次睁开双眼，发现山头一切依然如故，只有小队长胸前的那两块光斑黯淡了。死囚们面向耶路撒冷而立，背映着落日斜晖。于是马太叫喊：

“我诅咒你，上帝！”

他扯着嘶哑的嗓子高喊。他坚信上帝是不公正的，他再也不打算信奉上帝了。

“你聋啦？”马太咆哮着，“如果不聋，为什么听不见我祈祷？为什么不立刻让他死？”

马太闭上眼等待着，但却没有自天而降的雷霆将他击灭。他没有张开眼皮，依然面对上帝大喊大叫，什么难听就骂什么，喊出了对上帝的绝望，甚至说什么还有别的上帝和别的宗教。是啊，换一个上帝，哪能容忍这样的事！哪能容忍把耶稣这样的人绑在十字架上！任凭日头去晒！去烤！

“我错了！”马太的嗓子喊得全哑了，“你是一个凶神！也许，你的眼睛全被圣殿里的香烟蒙住了，除了祭司的大喇叭嗓门，你的耳朵什么也听不见。你不是全能的上帝，你是恶煞！我诅咒你！你是盗贼的上帝，你是那些家伙的庇护和灵魂！”

一股清风拂过这位当年税吏的面庞，脚下传来窸窸窣窣的声音，接着又是一股清风吹来。马太睁开了眼睛。他看到周围的一切都变了——也许正是这番诅咒之功，兴许还有什么别的缘故——一片乌云顺着天际威严地、不可动摇地从西方升起。太阳不等像平日那样坠入海平面，便被吞没了。乌云边缘仿佛在喷吐着白色泡沫，它的底部拖着个若烟若雾的黑魆魆的大肚皮，流泛着黄光。乌云滚滚而来，不时喷射出一条条火蛇状闪电。沿着通往雅法的大道，沿着贫瘠的吉昂谷地，在朝圣香客座座帐篷上空，掠过一根根突然由狂风卷起的尘柱。

马太沉默了，心中苦苦思索，即将卷过耶路撒冷的这阵雷雨，会不会改变耶稣不幸的命运。他望着那不时给乌云勾勒出轮廓的闪电，开始祈求雷雨击中耶稣的十字架。他怀着懊悔的心情，遥望依然晴朗的一角天空——乌云尚未将它吞噬，白兀鹫正在那里鼓动双翼，想要避开雷雨的袭击。马太想，他真是太鲁莽，诅咒得过早了，现在，上帝将不再听取他的祈祷了。

他把目光投向山麓，盯住骑兵团围成封锁线的地方，发现那里情况已经大变。马太居高临下，清清楚楚看到军士们纷纷把插在地里的长矛一一拔起，披上斗篷，马夫们牵着一匹匹黑色战马，急匆匆奔向大路。显然，骑兵团是要开拔了。马太伸手挡开劈面风沙，一边吐着唾沫，一边琢磨着骑兵团开走的用意。他抬眼望去，发现一个穿猩红色厚呢军斗篷的身影，正朝行刑的小空场走去。这时，马太预感到可喜可贺的结局即将来临，心中不由得一阵寒气升起。

三名强贼受了四个多小时折磨后，一位大队长终于上山了。他在传令兵陪同下，刚刚由耶路撒冷飞马赶到。鼠见愁巨掌一挥，封锁圈的军士闪开一个缺口。小队长向他敬礼，他把鼠见愁拉到一边，耳语几句。小队长又敬了一个礼，向坐在十字架四周石头上的刽子手们走去。大队长大踏步走向坐在三脚凳上的人，那人也彬彬有礼地起立相迎。大队长低声对他说了两句，两人又一起走向十字架。圣殿卫队长也来到他们身旁。

鼠见愁以厌恶的神情看了看委弃于十字架下的那一堆肮脏破烂——那是从死囚们身上扒下来的衣服，刽子手们根本不屑一顾。他叫过两个刽子手命令道：

“跟我来！”

离得最近的十字架上传来一个嘶哑的声音，没头没脑地哼唱着什么。赫斯塔斯在十字架上吊了两个多小时之后，不堪苍蝇叮扰和阳光烤晒，竟已精神失常，眼下正细声细气唱起了葡萄小调，缠头巾的脑袋还不时晃上两晃。每当这时，苍蝇便从他脸上懒洋洋地飞起，一会儿又落回原处。

第二根十字架上的底斯马斯遭的罪最多，因为他一直非常清醒，不时一左一右有节奏地晃动着脑袋，耳朵在肩膀上蹭来蹭去。

比起这两个人来，耶稣可要走运多了。头一个小时他的神志就渐渐不清了，到了后来竟完全昏迷不醒，脑袋耷拉着，头巾也散了。身上糊满了苍蝇和牛虻，一层黑乎乎的东西，不住地蠕动着，把脸都遮没了。大腿根、肚皮、两个腋下，都布满了肥硕的牛虻，在赤裸裸的蜡黄色肉体上舔吮着。

戴风帽的人做了个手势，一个刽子手操起长矛，另一个把水桶和一团海绵拿到十字架跟前。耶稣两臂摊开，绑在十字架横梁上。头一个刽子手举起长矛，先敲敲他的一只胳膊，又敲敲另外一只。肋骨暴突的躯体抖动了一下。刽子手用矛杆捅桶他的肚皮，于是耶稣抬起了头。苍蝇嗡的一声飞起，吊在横梁上的人露出了面孔。这张面孔已经被叮肿了，两眼发泡，模样都认不出来了。

拿撒勒人睁开眼往下瞧了一下，原先那双清亮的眸子现在已混浊了。

“拿撒勒人！”刽子手喊了一声。

拿撒勒人肿胀的双唇翕动了一下，扯着暗哑的嗓子恶声恶气地说：

“你要干什么？到我身边来干什么？”

“喝水！”刽子手说着用矛尖挑起吸满水的海绵，送到耶稣唇边。欢乐在耶稣眼中一闪。他凑近海绵，贪婪地吮吸着水分。旁边十字架上传来底斯马斯的声音：

“太不公平啦！我是强贼，他也是强贼！”

底斯马斯拼命挣扎，但却无法动弹。他的胳膊有三处被绳索紧紧绑在横梁上。于是他缩紧肚皮，指甲抠进了横梁的两头，脑袋向绑着耶稣的十字架转过去，眼中好似在冒火。

云层遮蔽了小小空场，天显得更黑了。待到灰尘掠过，小队长又喊：

“第二根柱子别说话！”

底斯马斯住嘴了。耶稣松开海绵，抬起头来。他尽量想使自己的声音显得亲切些、坚定些，但没有办到，只好扯着暗哑的声音对刽子手请求：

“给他喝点！”

天越来越黑。乌云已经遮没了半边天，正向耶路撒冷滚滚压来。前面的白云势如万马奔腾，后面的乌云饱含着淫淫黑气，夹着闪闪电光。蓦然间山头电光掣动，雷声大作。刽子手从矛尖上取下海绵。

“赞美慈悲为怀的伊格蒙吧！”他悄声庄严地说了一句，然后轻轻把矛尖刺进了耶稣的心脏。耶稣颤动了一下，用几乎听不见的声音说：

“伊格蒙……”

血沿着他的腹部向下流淌，下颚一阵痉挛，头垂下了。

第二声霹雳响起。这时，刽子手已让底斯马斯喝完了水。

“赞美伊格蒙吧！”他同样也说了一句，一矛结果了底斯马斯。

刽子手站到第三人身前，精神失常的赫斯塔斯惊叫了一声。海绵一碰上他的嘴唇，他便大吼起来，一口咬住不放。转眼工夫，他的身体也垂挂在绳索上。

戴风帽的人紧跟在刽子手和小队长身后寸步不离。他的后面是圣殿卫队长。他们在第一根十字架前收住脚步。戴风帽的仔细察看了血迹斑斑的耶稣，伸出一只白嫩的手，捅捅耶稣的脚，转身对同行的人们说：

“死了。”

在另两根十字架前，他也如法检验了一番。

接着，大队长对小队长打了个手势，会同圣殿卫队长、戴风帽的人一道，转身离开了山头。天昏地暗，雷火频频划破墨黑的长空。混沌中突然又是电光一闪，只听小队长喊：“封锁撤离！”他的声音淹没在隆隆雷声中。军士们只盼着这一声，拔腿就往山下跑，边跑边把头盔往脑袋上扣。

耶路撒冷笼罩在一片黑暗之中。

各小队刚刚跑到半道，暴雨便倾盆而下。雨水狂泻，声势夺人。军士们尚未跑到山下，从山头淌下的浊流已紧随身后奔腾而来。军士们在泥水中连滚带爬，争先恐后奔向平坦的大道。骑兵一个个淋得像落汤鸡，顺大道向耶路撒冷疾驰而去。透过雨帘，这会儿隐隐约约只能看到他们的背影了。工夫不大，雷声轰鸣、雨沫飞溅、电光闪烁的山头，只剩下了一个人。

此人晃动着好不容易偷来的尖刀，手脚并用，一跳一滑地顺着山路奋力攀缘，不顾一切地朝那三座十字架爬过去，忽而消失在一片昏暗中，忽而被一道闪动的电光照亮。

他蹚着没过脚面的泥水冲到十字架前，从身上连撕带捋地脱下湿漉漉的塔里夫袍，只留了一件汗衫，扑到耶稣腿上。他先把绑小腿的绳子挑断，又攀上底层横梁，拦腰抱住耶稣，把捆在胳膊上的绳索解下来。耶稣那赤裸裸水淋淋的躯体一下子瘫倒在马太身上，压得他摔倒在地。马太本想马上把他扛起来，但一转念又改了主意。他听凭尸体仰着脑袋，摊开双臂倒在泥水中，又拔出沾满烂泥的双脚，跑到另两座十字架前，把上面的绳索也一一割断。两具尸体都摔倒在地面上。

过了一会儿，山顶上只剩下了这两具尸体和三座空落落的十字架。在山洪冲击下，尸体不停地翻滚着。

马太，还有耶稣的尸体，这时却从山顶消失了。

第十七章
动乱的一天

星期五，也就是那场遭瘟的演出过后第二天，一大清早，杂技场全体职工——会计拉斯托奇金、两个记账员、三个打字员、两个售票员，还有通讯员、检票员、清扫员，总之，单位所有员工，一个也没有到岗。他们都坐在临花园街一侧的窗台上，朝杂技场大墙下观望。顺着这一溜墙根，成千上万的人挤挤叉叉排成两行，长蛇阵的尾巴竟甩到了库德林广场。队伍最头里站着二十来个莫斯科有名的黑票贩子。

排队的人情绪热烈，招得过路行人频频回首。队伍里正在讨论昨晚那场空前魔法表演的种种激动人心的传闻。会计拉斯托奇金昨晚没看演出，听了有些传说窘得不行。天哪，这几个检票员都胡说些什么呀！比如他们说，那场闹得满城风雨的演出散场后，居然有几位穿着大失体统的女公民满街乱跑，诸如此类的事还讲了不少。拉斯托奇金是个不爱出头露面的老实人，听人绘声绘色讲着这类荒诞不经的怪事，除了眨巴眨巴眼睛，真不知如何是好。不过，总该采取点什么措施才是吧？而且，这事还真得由他来管，因为他已经成了全杂技场职别最高的人物了。

上午十点不到，争着买票的队伍已经排得人山人海。这一来消息传到了民警局。民警闻风而动，步骑兼出，这才把队伍整顿得稍稍有了点模样。不过这条长达一公里的一字长蛇阵规规矩矩站在那里，本身就具有极大的吸引力，花园街的行人见了，个个为之愕然。

剧场外部如此，内部景况也大为不妙。一大早，斯乔巴办公室、里姆斯基办公室、会计室、售票室、瓦列努哈办公室的电话一个接着一个。起先拉斯托奇金还回答几句，女售票员也回答，检票员也对着电话嘟囔几声，到后来全都干脆不搭腔了。电话里总有人问：斯乔巴在哪儿？瓦列努哈在哪儿？里姆斯基在哪儿？这可叫人怎么回话呢？起初还用什么斯乔巴在家之类的鬼话去搪塞，可那头却说，给他往家打过电话，家里说斯乔巴在剧场。

一位女士打电话来，说是要找里姆斯基，听话音非常激动。接电话的让她给里姆斯基夫人打个电话，不料话筒里一阵号啕大哭，接着说她就是里姆斯基夫人，可里姆斯基哪儿也找不到。真是乱了套。女清扫工早就逢人便说，她清扫到财务经理办公室，只见房门大开，电灯亮着，临花园的窗户玻璃碎了一地，圈椅倒在一边，屋里一个人影没有。

十点多钟里姆斯基夫人冲进剧场，她痛哭流涕，双手绞来绞去。拉斯托奇金茫然无措，不知帮她拿什么主意才好。十点半钟，民警到了。他们理所当然提出的第一个问题便是：

“公民们，你们这儿怎么回事？出什么事啦？”

众人纷纷后退，把脸色煞白、心如火燎的拉斯托奇金推到第一线。于是只好实话实说：杂技场的领导——经理、财务经理、管理员三人统统下落不明。昨晚演出后，节目主持人进了精神病院，一句话，昨天的演出实在是乌烟瘴气。

民警对号啕大哭的里姆斯基夫人好言抚慰了一番，随后又把她送回家。对女清扫员谈的财务经理办公室的情况则大感兴趣。他们要求全场职工各归职守，照常工作。不久，剧场大楼进了值勤人员，还带来一头警犬。它耳朵尖尖，筋强骨健，两只眼睛露出一副不寻常的聪明相。杂技场职工立刻窃窃私语，说它就是鼎鼎大名的警犬方块爱司。果然正是。它的行动使众人大吃一惊。方块爱司一跑进财务经理办公室，立刻龇出一嘴吓人的黄牙狂吠起来。接着往地板上一趴，爬到碎了玻璃的窗前，表情看来有点忧伤，眼里却燃烧着怒火。它奓着胆子，猛地跃上窗台，扬起尖嘴，恶狠狠发出一阵狂叫。它不肯离开窗口，呜呜咆哮，浑身直哆嗦，一个劲儿要往楼下跳。

警犬被领出办公室，牵进门厅，出正门上了大街。他把追踪的人引到出租汽车站，在这儿失去了线索。接着，方块爱司被带走了。

侦查人员坐在瓦列努哈的办公室，杂技场职工一个接一个被传去问话。他们都是昨天演出时各种事件的见证人。应该说，侦查人员每前进一步，都要遇到许多难以预料的困难。线索经常是一抓到手就断。

贴海报了吗？贴了。可是一夜之间，竟又全被覆盖了。眼下说什么也找不到一张。魔法师哪儿来的？那谁知道。那么，同他们签过合同吗？

“我想应该签过。”心乱如麻的拉斯托奇金回答。

“如果真签过合同，那就应该经过会计，对吧？”

“那当然。”拉斯托奇金急急遑遑地说。

“合同在哪儿？”

“没有。”会计摊开双手，脸色更白了。

果然，翻遍会计的单据夹，找遍财务经理、斯乔巴、瓦列努哈的办公室，什么合同也没找到。

魔法师的名字呢？拉斯托奇金不知道。昨天他没看演出。检票员也不知道。一位女售票员皱着眉头想来想去，最后说：

“沃……好像是沃兰德……”

兴许不是沃兰德？唔，可能不是沃兰德。说不定叫法兰德。

经核实，无论是沃兰德、法兰德，还是什么魔法师，国际旅行社一概没听说过。

通讯员卡尔波夫报告说，这个魔法师好像就住在斯乔巴家中。甭说，立刻又到他家去了一趟，可哪儿有啊？斯乔巴不在，保姆格鲁尼娅也不见了。上哪儿去了？谁也说不清。管理委员会主任鲍索伊也失踪了，普罗列日涅夫也没影儿了！

简直荒谬已极：领导领导找不到，昨天的演出又出了那么多怪事，搞得乌七八糟！究竟是谁干的？谁是幕后主使？——说不清，道不明。

时间已近中午，该预售门票了。可谁还顾得上扯这些？杂技场大门外立即挂起一块大纸板：“今日演出暂停。”队伍顿时骚动起来，由头向尾蔓延。乱过一阵，到底还是散了。也就是一个来小时后，花园环形路上再也不见排过队的踪迹。侦查人员走了，他们还要到别处去继续调查。职工们都被打发回家了，留下来的只有值班人员，杂技场关上了大门。

会计拉斯托奇金有两件事马上得办：一件是到娱乐演出管委会去汇报昨晚事件的经过，另一件是到娱管会财务处去上缴昨天的票房收入——两万一千七百一十一卢布。

办事从来一丝不苟的拉斯托奇金用报纸把钞票包好，然后用纸绳牢牢捆好，一包包放进皮包。他很熟悉工作制度，当然不会去挤公共汽车，或者去乘电车，而是去打出租车。

一连三辆出租车，上头的司机只要一见有乘客拎着鼓溜溜的大提包朝出租车站走来，立刻便从他鼻子底下把空车开跑，说不上为啥，还回头冲他瞪了瞪眼睛。会计愣住了，像个傻瓜似的呆站着，好一阵子琢磨不透这里头的意思。

三分钟后驶来一辆空车，司机瞅了一眼乘客，马上变了脸。

“车有空吗？”拉斯托奇金心里纳闷，咳嗽一声问。

“先把钱拿出来看看。”司机没好气地说，对乘客连正眼也不瞧。

会计越发觉得奇怪，把皮包宝贝似的往腋下紧紧一夹，从钱包里抽出一张十卢布钞票朝司机一亮。

“不拉！”司机断然回答。

“对不起……”会计刚想说话，司机又打断了他：

“三卢布的票子有吗？”

拉斯托奇金更是闹得一头雾水，从皮夹子里又抽出两张三卢布的给司机看看。

“上来吧。”他喊了一嗓子，朝计程表上的小钮一拍，差点没把它拍断了，“走！”

“没有找头吗？”会计怯怯地问。

“满口袋都是！”司机喝喽一声，小镜里映出他那双充血的眼睛，“今天这可是第三回了。连拉几个都这样。有个狗娘养的给我一张十卢布的票子，找给他四卢布五十戈比。那混蛋家伙下车扬长而去！再过五分钟一看，哪是什么十卢布呀！全是矿泉水瓶子上贴的商标纸！”接下来司机先生随口带出一串不堪入耳的脏话。“还有个家伙，祖鲍夫大街下的车，一张十卢布票子，找了三卢布，走了。我把票子朝钱包里一塞，打里头钻出一只蜜蜂，还照我的手指头蛰了一口！哎呀妈呀……”又是一串不堪入耳的脏话从司机嘴里脱口而出。“十卢布的票子又不见了。昨天，就是在这家杂技场（骂声不堪入耳），有那么一个讲得流脓的魔术师，演了一场大变十卢布票子的魔术……”（又是不堪入耳）

会计装聋作哑，缩在一角，装出一副仿佛头回听说“杂技场”的样子，心想：“果不其然！”

拉斯托奇金到了地方后，顺顺当当结清车费，走进大楼，顺走廊直奔负责人办公室。走着走着，就有所感觉：来得不是时候。娱管委办公楼里简直乱了营。一个女通讯员打从会计身旁一掠而过，头巾滑落到后脑勺上，眼睛瞪得溜圆。

“没啦，没啦，没啦！没啦，我亲爱的！”她也不知冲着谁喊，“衣服裤子倒还有，可里头什么也没啦！”她冲进一扇门里，紧跟着就传来砸杯摔盘的声音。女秘书的办公室里又冲出一个熟人，是委员会第一处处长。转眼之间他也不知跑到哪里去了，那副气急败坏的样子，会计从来还没见过。

拉斯托奇金好生奇怪。待他走到秘书办公室门口，也就是委员会主任办公室的外屋时，就更摸不着头脑了。

办公室的门关着，内里有人厉声而言。那无疑是委员会主任普罗霍尔·彼得罗维奇。“准是又在训什么人。”会计心里有点发毛。一回头又发现，还有另外一出也在等着：普罗霍尔·彼得罗维奇的私人秘书——美人儿安娜·里查多芙娜——躺在皮圈椅里，脑袋仰在靠背上，手里攥了一条湿涝涝的手绢，两条腿几乎伸到了秘书室的正当中，正在势不可挡地号啕痛哭。

安娜·里查多芙娜的下巴颏儿被唇膏染得通红。桃花般的双颊上爬了两道被睫毛膏洇得黑乎乎的泪痕。

女秘书一见有人进屋，立马跳了起来，扑到会计跟前，拽住他上衣翻领摇晃着他喊：

“感谢上帝！总算来了个有胆子的人！都跑光了！全不管他了！走，走，咱们进他屋里去！我简直是丢了主心骨啦！”接着继续放声大哭，把会计往办公室里拖。

一进办公室，会计的皮包先“啪”的一声掉了下来。脑袋“嗡”的一声乱成了一团。不过话说回来，这可绝非无缘无故。

巨型写字台上摆放着硕大的墨水壶，凭台而坐的是一套空荡荡的西装，夹着一支没蘸墨水的钢笔，正在纸上奋笔疾书。西装结着领带，胸兜里还别着支自来水笔，可领子里没有脖子，领口之上也见不着脑袋，袖口外边也见不着手。西装正在聚精会神地工作，对周围的混乱毫无察觉。听到有人进来，它便朝圈椅靠背上一仰，领子上方发出了会计耳熟能详的普罗霍尔·彼得罗维奇的声音：

“怎么回事？门上不是挂着明晃晃的牌子吗？我不接见。”

漂亮女秘书尖叫一声，绞着双手喊：

“您看，您看，他不见啦！不见啦！把他还给我！还给我呀！”

这时有人朝办公室一探头，妈呀一声，飞也似的逃走了。会计只觉得两腿发抖，便挨着凳子边儿坐了下来，但没忘了把皮包拎到手上。安娜·里查多芙娜在会计身边跳来跳去，拽着他的上衣，一个劲儿嚷嚷：

“每回他张嘴骂别人是鬼，我总是……总是不许他这样骂，如今他自己也变鬼了！”说到这儿，美人儿跑到写字台前，用她那美如仙籁，只是哭后有点齉鼻子的声音喊了一句：

“普罗霍尔，亲爱的，你在哪里？”

“谁是你的亲爱的？”西装傲气十足，还往圈椅里缩了缩。

“不认识了！连我都不认识了！您看哪……”女秘书再次放声痛哭。

“请勿在办公室又哭又闹！”火暴脾气的条纹西装恶狠狠地说。它袖头一伸，拉过一沓刚刚送达的公文，分明是打算在上头签署批示了。

“噢，这个样子我实在不忍心！实在不忍心看呀！”安娜·里查多芙娜大喊了一声，跑出秘书室；会计也像一颗出膛的子弹，跟她冲出了房门。

“说来真叫人难以相信，”安娜·里查多芙娜又拽住会计的袖子，激动得直哆嗦，“我坐在那儿，进来一只猫，黑色的，壮得像头河马。我自然冲它喊了一声：‘去！’它窜出去了，可又进来个胖子，模样儿也跟猫差不了许多。他说：‘女公民，怎么啦？怎么竟对来访者喊起“去”来啦？’随后就直接往普罗霍尔·彼德罗维奇的房里闯。我自然跟在他身后喊：‘您疯了吗？’这个厚脸皮的家伙一直走到普罗霍尔·彼德罗维奇跟前，往对面的圈椅里一坐。他呢……心肠好得要命，就是有点神经质。他发火了，不假，神经质，都是因为疲劳过度，所以才发火。‘您干吗？’他说，‘也不通报一声就往里闯？’谁知那无赖大模大样往椅背上一倒，笑嘻嘻地说：‘我来有事跟您商量。’普罗霍尔·彼德罗维奇又火了：‘我忙着呢！’想不到那人回了他一句：

‘你瞎忙什么你！’……啊？这一来普罗霍尔·彼德罗维奇的耐性自然也就到头了。他喊了起来：‘这究竟是怎么回事？把他轰出去！真他妈的活见鬼！’您知道吗，那人居然笑笑说：‘想要活见鬼，那还不好办！’于是，哗啦啦一声，我叫声还卡在喉咙里，再一瞧，猫脸家伙连影子都没了，就剩下……这套西装了……坐在那儿……呜……呜……呜！”安娜·里查多芙娜把那张抹得不成样子的嘴撇得扁扁的，又哀号起来。

她哭得差点没背过气去，再往下，说得就越发不像话了。

“他写呀，写呀，写呀！简直叫人发疯！还打电话！西装打电话！大伙儿像一窝兔子似的全给吓跑了！”

会计站在那儿，只剩下打哆嗦的份儿。幸亏他福星高照，正好有两个民警局的人，迈着稳健的步子走进秘书室，美人儿一见他俩，哭得更是厉害，手往办公室方向紧着点。

“咱们还是别哭吧，女公民！”头里那位口气沉着。会计觉得再待下去纯属多余，便抽身从秘书室溜了出来，不一会儿到了楼外。脑子里还在呜呜响个不停，就像烟囱里的风似的。透过这呜呜叫声，耳边隐隐约约又响起检票员说的那几句话——关于昨天参加演出的那只猫。“哎呀，莫非是我们那只猫跑来兴妖作怪啦？”

忠于职守的拉斯托奇金在委员会啥问题也没解决，下决心再到瓦甘科夫小街的分部去打听打听。为了稳稳神，他没坐车，迈开双腿走去的。

市演出管理分部坐落在庭院深处一所年久失修、破败不堪的小楼里。建筑以前厅中的斑岩圆柱著称。不过这天来这里办事的人惊诧的不是圆柱，而是厅里发生的事。

几个来访者呆若木鸡，站在一旁，瞅着一位哭得跟泪人儿似的小姐。小姐坐在小桌旁，桌上堆着由她经售的影剧读物。此时此刻，她哪还有心思向人推销什么影剧读物！谁要是出于关心，上前询问两句，她便连连摆手。与此同时，管理分部楼上楼下和两厢以及各科室，到处铃声大作，足有二十台电话在拼命叫唤。

小姐哭过一阵，又冷丁哆嗦一下，歇斯底里地大叫一声：

“不好！又发作了！”接着，突然用颤抖的高音唱道：

神圣的贝加尔，光荣的海……

一个通讯员来到楼梯上，不知对着谁恶狠狠挥了两下拳头，用疲弱呆涩的男中音跟着小姐唱起来：

光荣的商船啊，装白鳜的桶……

远处一群人和着通讯员唱，合唱团规模越来越大，后来歌声竟响彻管理分部的所有角落。离得最近的六号房间是审计科，那边有一个嘶哑雄浑的男低音，显得特别突出。

刮吧，东北风！……任凭你掀起恶浪……

通讯员站在楼梯上使劲喊。

眼泪顺着女郎面颊滚滚而下，她本想咬紧牙关，但嘴唇却自动张开，声音比通讯员高八度：

勇士啊，他就在眼前！……

来访者个个惊诧不已，噤若寒蝉，因为合唱团员虽然站得东一个西一个，但唱得却十分和谐，仿佛正目不转睛地注视着一位无形指挥。

瓦甘科夫小街上的往来行人，都在院栅前驻足不前，对管理分部里洋溢的欢乐气氛大惑不解。

第一段唱到末尾，歌声戛然而止，简直犹如有一根指挥棒在操纵。通讯员轻骂了一声，不见了。

此刻正门大开，一位公民走进来。他身穿风衣，下露一圈白罩衣下摆。同来的还有一位民警。

“大夫，求求您，快想想办法吧。”女郎发神经似的喊了一句。

管理分部的书记跑到楼梯上，模样十分尴尬，满面羞惭，结结巴巴地说：

“大夫，您看，我们这儿好像人人都中了邪，所以必须……”话没说完，词就卡住了，突然之间，竟尖着嗓子唱起了《石勒喀河和涅尔琴斯克》……

“混蛋！”女郎尖叫，但也不知是骂谁，反而被迫哼起一段过门，跟着唱起《石勒喀河和涅尔琴斯克》的歌。

“要镇静！不许唱了！”医生对书记说。

看样子，只要能停止唱歌，让书记把什么都奉献出来也心甘情愿。可就是停不下来。于是，合唱团以歌声向小街上的来往行人宣告，“在密密的莽林之中，猛兽不曾伤他的性命，子弹追不上他的身影。”

一段唱完，医生先给女郎一剂桔草酊，然后跟在书记身后，又去给别人灌药。

“女公民，请问一声，”拉斯托奇金忽然转向女郎，“你们这儿来没来过一只黑猫？”

“哪来的什么黑猫！”女郎狠狠地嚷道，“我们分部倒有一头驴，一头蠢驴！”说完，又加上一句，“我不怕他听见，我要把话统统说出来。”接着，真就把出事经过原原本本讲了一遍。

原来，“要彻底搞垮文娱事业”（女郎语）的分部主任有个癖好，就是组织形形色色的活动小组。

"纯粹欺骗领导！"女郎大叫。

一年之内，主任组织了莱蒙托夫小组、棋艺组、乒乓组、骑术组。夏天还要组织内河划船和登山组。这天午休时，主任过来了……

"胳膊还挎着那么个狗娘养的，也不知打哪儿钻出来的，穿一条大花格的破裤子，戴了一副破夹鼻眼镜……长的那副德行，都没法瞧……"

据那姑娘讲，主任当时就把那人介绍给在分部食堂吃饭的全体职工，说是组织合唱队的著名专家。

未来登山队员们的脸儿顿时拉了下来，主任忙让大家打起精神，这位专家又开了几句玩笑，说了几句俏皮话，赌咒发誓劝大家放心，练歌的时间不会长，可唱歌带来的好处足有一大火车。

据那姑娘说，自然又是分部里出了名的两个马屁精法诺夫和科萨丘克首先跳出来响应。这一来，其余的职工也就全明白了：参加合唱在数难逃，只好乖乖报名。练歌时间决定放在午休，因为其他时间全被莱蒙托夫和跳棋占去了。主任为了带头，宣布自己唱男高音，接下来就简直像是一场噩梦。穿花格衣服的合唱指挥家扯着嗓门唱：

"多—咪—索—多！"把那些好难为情，钻到卷柜后头试图躲过这场歌咏练习的人，一个个都拽了出来。他夸奖科萨丘克辨音力好极了，接着埋怨一番，诉了一通苦，提请大家尊重一个老合唱团指挥，还用音叉敲敲手指，请大家把《光荣的海》头一个音符唱整齐和谐了。

合唱齐声响起，效果好极了。穿花格衣服的人果然在行。第一段唱完后，指挥向大家道歉说："一会儿就来……"随后就不见了。大伙儿还真以为他过会儿能来呢，不料十分钟都过去了，还是连影子都不见。分部职工个个喜出望外——这家伙溜了！

不知是怎么回事，突然之间，人们竟自动唱起第二段，由科萨丘克领唱。这家伙的辨音能力也许并不怎么样，不过男高音听起来倒挺顺耳。唱完了，指挥还不来！大伙儿散了，各回各地。不等屁股落座，嘴里又不由自主唱起来，怎么停也停不住。静了三分来钟，又一起唱起来！众人这才明白：大事不好！主任羞得一头钻进办公室锁上了门。

讲到这儿，姑娘的话中断——桔草酊一点也不管事。

一刻钟后，三辆卡车驶进瓦甘科夫小街，停到栅栏前。主任带领分部全体职工上了车。

第一辆卡车在大门口晃了一下，刚拐上小街，车上的职工便互相扶肩搭背，张开了嘴巴。于是，流行歌曲响彻了小街。第二辆卡车立即也和着唱了起来，接着是第三辆。人们就这样高唱歌曲出发了。往来行人朝卡车匆匆投去几瞥，并未感到丝毫惊奇，还以为人们是出城郊游呢。汽车的确在驶向郊外，只不过不是郊游，而是把乘客送往斯特拉文斯基教授的精神病院。

半小时后，会计昏头涨脑地来到财务科，庆幸这下子总可以把公款交出手去了。他已经学乖了，所以先朝长方形大厅张了一眼。几个办事员正坐在挂金字牌牌的毛玻璃后边。在这里倒没有发现任何惊慌失措或不成体统的迹象。周围静悄悄的，正是一个体面机关所应有的气氛。

拉斯托奇金把脑袋伸进一个上写“收款”二字的窗口，朝不相识的办事员问了个好，彬彬有礼地要了一张交款单。

“要交款单干吗？”小窗里的办事员问。

会计觉得蹊跷。

“交现金呀。我是杂技场的。”

“你等等。”办事员说吧，拿铁丝网挡住了玻璃上的圆洞洞。

“怪哉……”会计寻思。他觉得蹊跷是理所当然的，因为活了大半辈子，遇上这等事还是破天荒头一遭。取款难，这是众所周知的事，回回都免不了遇上点障碍。可老会计这一行干了三十年，还从来没见过谁——不论公家还是私人——不愿收钱的。

铁丝网终于又挪开了，会计贴到小窗前。

“交的数不小吧？”办事员问。

“两万一千七百一十一卢布。”

“嚯！”办事员说起话来不知为什么总带着一种讽刺口吻，他给会计递过一张绿色传票。

会计很熟悉业务，转眼已把单据填好，随后便开始解纸包上的细绳。待到纸包一打开，不由得两眼发花，像得了场大病似的哼哼起来。

只见面前摆了一堆花花绿绿的外国钞票：有一沓沓加拿大元，有英镑，有荷兰盾，有拉脱维亚拉塔，还有爱沙尼亚克朗……

“这家伙准是在杂技场捣鬼的那帮！”会计目瞪口呆，耳边响起令人毛骨悚然的声音。拉斯托奇金当场就被捕了。

第十八章
不走运的来访者

正当勤勉奉公的会计乘着出租车飞驰，赶着去见会写字的西装，碰了一鼻子灰的时候，基辅发来的列车进了莫斯科车站。九号软卧车厢下来一位穿着体面的乘客，手拎一只小巧玲珑的钢质手提箱。这位乘客不是别人，正是已故别尔利奥兹的姑父——马克西米利安·安德烈耶维奇·波普拉夫斯基。他是搞生产计划的经济工作者，家住基辅旧学府路。波普拉夫斯基这趟到莫斯科，是因为前天深夜接到一份电报，内容如下：

我刚刚在长老湖为电车所轧，周五下午三时下葬，速来。

别尔利奥兹

波普拉夫斯基是基辅公认聪明透顶的人物之一。然而即使聪明透顶，也会被这样的电报闹得摸不着头脑。既然此人能发电报，说他被电车所轧，那就显然没轧死。干吗还要下葬？也许伤势危重，眼看就要归天？这也有可能。可准劲儿就太离谱了。怎么就能拿得准是周五下午三点出殡呢？电报也太离奇了！

聪明人总归是聪明人，种种扑朔迷离之处到底还是被他解开了。很简单：出了差错。电文弄颠倒了。“我”无疑是从另一封电报里误抄过来的。这地方本应抄上“别尔利奥兹”几个字，结果却弄到电文末尾去了。这么一调整，电文的意思就清楚了。不过，当然，这有多惨哪！

悲痛难以自己的波普拉夫斯基夫人略微痛定，姑父立即准备前往莫斯科。

波普拉夫斯基心里有个小算盘，这里应该交代一下。内侄不幸早逝于风华正茂之年，对于这一点，他当然深以为憾。然而作为一个精明干练的人，他肯定明白，参加这么个葬礼毫无特别需要。可波普拉夫斯基还是要急急忙忙赶往莫斯科，那是怎么回事呢？说来说去，还不是为了房子！莫斯科有处房子——这可是件大事！也说不清什么缘故，波普拉夫斯基很不喜欢基辅。最近一个时期以来，想往莫斯科搬的念头一直在折磨着他，搞得他寝食不安。第聂伯河那漫过低岸一侧小岛，同长天汇成一色的春泛，再已无法使他心旷神怡。从符拉季米尔大公纪念碑座前极目远眺，那美得惊人的风光已无法再使他胸襟舒畅。那条春意盎然、用砖铺在阳光灿烂的符拉季米尔山上的小径，也无法再激起他欢快的情绪。这些已不再是他的追求。眼下唯有一事萦系于怀，那就是——迁居莫斯科。

报上虽然登出了愿将基辅学府路住宅同莫斯科以大换小的启事，但却毫无结果。即使偶尔有人问上门来，提出来的条件也毫无诚意。

波普拉夫斯基见了电报不只是怦然心动。这可是千载难逢的机会，放弃它简直是罪过。精明人都知道，机不可失，时不再来。

总之，就是再难，也得把内侄在花园街的那套房子弄到手。不错，这事是挺难办，相当棘手，可无论如何得办成。波普拉夫斯基是个行家里手，知道头一步一定得这么走：先报个户口，哪怕是临时的，然后搬进内侄那一套三间的住宅里去再说。

星期五中午，波普拉夫斯基走进了莫斯科花园街副三〇二号楼管理委员会的办公室。

屋子又窄又小，墙上挂着过时的宣传画，上头分几块画着水上救生知识，木桌旁独坐着一个胡子拉碴的中年人，眼神显得焦虑不安。

波普拉夫斯基摘下帽子，把小提箱放在空椅子上，彬彬有礼地问了一句："我想见见楼管会主任，行吗？"

问题听来十分寻常，可那位坐着的同志却像当头挨了一棒，脸色也变了。他提心吊胆地偷眼瞟着来人，含糊其辞地咕哝了一句，说是主任不在。

"在家里吗？"波普拉夫斯基问，"我有急事。"

那位的回答依然吞吞吐吐，不过总算还能猜出他的意思是说，主任也不在家。

"什么时候回来？"

那位一声不吭，只是忧心忡忡地瞧瞧窗外。

"撒谎！"聪明过人的波普拉夫斯基心说，接着，又打听秘书在哪儿。

桌后那位怪人紧张得脸都憋红了，最后还是闪烁其词地说，秘书也不在……什么时候回来，不清楚……秘书病了……

"撒谎！"波普拉夫斯基心里又说。随后问，"楼管会总得有人吧？”

“我。”那人细声回答。

“听我说，”波普拉夫斯基郑重其事地发话了，“本人是我侄儿——已故别尔利奥兹——的唯一继承人。您知道，他在长老湖惨遭横死。按照法律，我有权继承他在你们五十号公寓里的全部财产……”

“同志，这些事我可不明白……”那人闷闷不乐地打断他说。

“不过，”波普拉夫斯基放开嗓门，“您是楼管会的，您有责任……”

这工夫有位公民走进房间，坐着的一见来人，脸唰地白了。

“您是楼管会的皮亚特纳什科吗？”来人问坐着的那位。

“是我。”回答的声音细得像蚊子。

来人附耳对他说了几句，只见他方寸大乱，站了起来。过了片刻，楼管会房间里只剩下了波普拉夫斯基。

“唉，这事看来还挺麻烦！要是能把他们全部……”波普拉夫斯基气恼地想。他穿过铺沥青的院落，匆匆走向五十号公寓。

谁知门铃一按，门就打开了。波普拉夫斯基跨进幽暗的前厅，不由觉得有些奇怪：谁给开的门呢？前厅里不见一个人影，只有一只奇大无比的黑猫高踞在椅子上。

波普拉夫斯基咳嗽一声，跺跺脚，书房门开了，科罗维耶夫来到前厅。波普拉夫斯基很有礼貌但又不失身份地向他鞠了一躬说：

“我叫波普拉夫斯基，是……”

不等他说完，科罗维耶夫从口袋里掏出一条脏手帕，捂住鼻子哭了起来。

“……已故别尔利奥兹的姑父。”

“知道，知道！”科罗维耶夫把捂鼻子的手绢拿下来，“我一看就猜出来是您！”说罢，哭得浑身乱颤，号个不停，“惨哪！是不是？怎么搞的？啊？”

“是电车轧死的吗？”波普拉夫斯基悄声问。

“一点不错！”科罗维耶夫叫道，眼泪从夹鼻眼镜后面哗哗往下淌，“一点没错！我亲眼所见。您信不信，咔嚓一下，脑袋就滚下来了！右腿咔嚓一声，断成两截！左腿咔嚓一声，也断成两截！这些电车，造的孽可不小哇！”看来，科罗维耶夫也控制不住自己，脑袋直往镜子旁的墙上撞，涕泗滂沱，浑身哆嗦。

见面前这位陌生人如此这般，别尔利奥兹的姑父深受触动：“谁说这年头没有好心人哪！”他想着想着，觉着鼻子直发酸。然而就在这时，一朵不祥的阴云遮住了他的心扉，一个蛇蝎般的念头在他心中一闪：“这好心人别是已经登上户口，迁入死者公寓了吧？这样的事还少吗？”

“对不起，您是我家米沙的生前好友吧？”他抻起袖头，擦擦滴泪皆无的左眼，右眼却在瞄着悲痛欲绝的科罗维耶夫。对方偏偏又放声大哭起来，结果除了左一个“咔嚓两截”，右一个“咔嚓两截”，别的什么也没听明白。科罗维耶夫号够之后，离开墙根说：

“唉，我再也受不了啦！我要去喝他三百滴乙醚桔草酊……”他把那张涕泪纵横的面孔转向波普拉夫斯基，又加上一句，“瞧，都是因为那些电车！”

“请问，是您给我发的电报吗？”波普拉夫斯基问。他心里在苦苦思索，想猜出这眼泪不值钱的家伙的底细。

“是它！”科罗维耶夫指着黑猫说。

波普拉夫斯基瞪大了眼睛，以为耳朵出了毛病。

“哟，不行，我受不啦！受不了啦！”科罗维耶夫抽抽鼻子，“一闭眼就看到轮子轧过大腿……一个轮子就有两三个人那么沉……咔嚓一声！……我要上床躺一会儿，就打个盹儿，”说着走出前厅，不见了。

黑猫抖了抖毛，跳下椅子，后腿人立，挺胸叉腰，张嘴说：

“是我发的电报，又怎么样？”

波普拉夫斯基脑袋嗡的一声，天旋地转，手脚发木。他撒手把箱子扔到地板上，一屁股坐到黑猫对过的椅子上。

“我的话你听不懂是怎么着！有什么事？”

波普拉夫斯基无言以对。

“证件！”黑猫大吼一声，把一只胖乎乎的爪子伸了过来。

波普拉夫斯基脑子里一片空白，除了黑猫眼里的两颗火炭，别的什么也看不见。他从口袋里掏出身份证，就像掏出一把匕首。黑猫从镜子前的桌上拿起一副宽边黑框眼镜，往脸上一架，这一来，模样儿就更加令人敬畏了。它从波普拉夫斯基那哆哆嗦嗦的手里接过身份证。

“我倒想看看能不能被吓昏过去……”波普拉夫斯基心想。远处传来科罗维耶夫的啜泣，整个前厅充满乙醚桔草酊的味道，还有一种讨厌的怪味。

“这是哪个单位发的证件？”黑猫翻开证件细细瞅着问。

没有回答。

“四百一十二号，”黑猫自言自语，还用爪子在拿到的证件上指指画画，“唔，当然啰！我可熟悉这个单位！给什么人都乱发证件。要换了我，可不会把证件发给你这样的！绝不会！一看你那副德行就不能给！”黑猫大发雷霆，把证件朝地上一摔，“取消你参加葬礼的资格，”黑猫以一种公事公办的口气说，“马上回你的老家去！”接着朝门外一声厉吼：“阿扎泽洛！”

一个矮个子应声奔进前厅，此人有点瘸，穿一套黑色紧身衣裤，皮腰带上别着把刀，一头赤发，两颗獠牙，左眼长着白翳。

波普拉夫斯基只觉得气不够喘，忙从椅子上站起来，手捂心口，连连后退。

“阿扎泽洛，送他出去！”黑猫吩咐完便离开了前厅。

“波普拉夫斯基，”矮个子齉声齉气说，“我看，用不着多费唇舌了吧？”

波普拉夫斯基点点头。

“马上回基辅，”阿扎泽洛接着说，“老老实实给我在那儿待着，不许作声，不许惹事，也别再对莫斯科的公寓打主意。明白了吗？”

嘴里两颗獠牙，腰上别着短刀，外加独眼龙，矮个子这副尊容，差点没把波普拉夫斯基吓掉了魂。这个人的个头不过才到我们这位经济干部的肩膀，可行动起来却是干脆利落，有板有眼。

他第一步先拾起证件，交到波普拉夫斯基那已经毫无知觉的手上。接着，这位名叫阿扎泽洛的人一手拎起提箱，一手推开大门，架起别尔利奥兹姑父的胳膊，把他拉上楼梯平台。波普拉夫斯基身子一斜歪靠在了墙壁上。阿扎泽洛也不用钥匙，便打开了箱子，拽出一只包在油渍渍报纸里、拧掉一条大腿的大烧鸡，往楼梯平台上一放；接着，又拽出两套内衣，一条荡剃刀皮带，一本什么小册子，还有一只盒子。他只留下烧鸡，其余的东西一脚统统扫进了楼梯井，又把空箱子也顺手朝下一扔。只听它轰隆一声摔到最底层，听声音，箱盖八成是摔脱了。

红毛歹徒抓住烧鸡大腿，照波普拉夫斯基的脖子狠狠拍过去，吧唧一声，整个烧鸡都打飞了。阿扎泽洛手中只剩了一条鸡腿。名作家列夫·托尔斯泰说得贴切："奥博龙斯基家里一切都翻了个个儿。"这会儿假如托尔斯泰在场，也必得说波普拉夫斯基的眼里一切都翻了个个儿。一长串金星在他眼前飞舞，随后金星又化成了送葬的长长行列。有那么一刹那，它竟遮蔽了五月的阳光。波普拉夫斯基踉踉跄跄朝楼下冲去，手里还紧紧攥着身份证。

他一直冲到楼梯拐弯，又踢碎了下层平台上的一块窗玻璃，然后一屁股摔倒在楼梯蹬上。一只无腿烧鸡从他身旁滚过，跌进楼梯井。阿扎泽洛站在上一层平台，三口两口啃光鸡腿，把鸡骨朝紧身裤兜里一插，回身进入公寓，砰的一声关上了大门。

这工夫下面响起小心翼翼的脚步声，有人在上楼。

接着波普拉夫斯基往下又跑了一截楼梯，在平台的一张木头小沙发上坐了下来，打算喘口气。

一个说老不老的小老头，神色凄然，身穿一件老式茧绸西装，戴了一顶饰有绿丝带的硬草帽，沿楼梯拾级而上，在波普拉夫斯基面前站住了脚。

"公民，请问，"穿茧绸西装的人愁眉不展地说，"五十号公寓在哪儿？"

"往上走。"波普拉夫斯基的声音还是上气不接下气。

"太感谢您啦，公民。"小老头说，但还是愁眉不展，继续往上走。波普拉夫斯基则起身往楼下跑。

请问，波普拉夫斯基是否打算赶紧跑到民警局去报案，告发这伙光天化日对他行使暴力的不法之徒呢？不。可以把握十足地奉告，这种事是绝不会发生的。进民警局报案？说刚才有只戴眼镜的猫审查了他的证件？后来还有个穿紧身衣的，腰里别把刀？……不，公民们，波普拉夫斯基可是个地道的聪明人。

他已经下到楼下大门口，一抬头发现有扇门通向一间小屋，门上玻璃已被打碎。波普拉夫斯基把证件揣进怀里，环顾左右，试图找到那些扔下来的东西，可连个影子也见不着。他自己都纳闷，怎么这回丢了东西一点没觉着心疼。接着一个有趣的想法冒了出来，逗得他心痒难熬：应该假手小老头再探探这套凶宅的究竟。真的，既然他打听五十号在哪儿，就肯定是头一回来，也就是说，他是自投虎口，给盘踞在五十号公寓的那帮家伙送上门去了。波普拉夫斯基有一种预感：小老头马上就会从公寓里出来。当然啰，波普拉夫斯基早就把参加内侄葬礼的念头抛到九霄云外去了，不过赶基辅那趟火车，时间还富富有余，于是经济学家回身望了一眼，一头钻进了小单间。

这时，只听上头老高老高的地方门声一响。“他进去了……”波普拉夫斯基暗想，心都仿佛不跳了。小单间里凉飕飕的，有股耗子屎和破皮靴的气味。波普拉夫斯基找了块板子坐下来，决心等着瞧。位置好极了，打小单间里望出去，进出六栋口的大门可以看得一清二楚。

然而等待的时间可比这位基辅人预料的要长得多。不知为啥，楼梯上一直不见有人下来。后来清清楚楚听得五楼一声门响。波普拉夫斯基屏住呼吸：不错，是他那细碎的脚步声。“正在下楼呢……”四层也有个人开了门。接着，小碎步停止。传来个女声。接着另一个人说话了，听声音很难过。是的，这是他的声音……说的好像是“算了吧，看在上帝的分儿上……”波普拉夫斯基竖起耳朵，贴着破玻璃仔细听，这才捕捉到一个女人的笑声。接下来是噔噔噔一阵快捷的脚步声，一个女人的背影一闪而过，手里拿了个绿漆布提包，从大门出去了。随后又响起小老头的碎步。“怪哉！他居然又回去了！莫非他也是那帮歹徒的同伙？果然回去了！楼上门又开了。好吧，咱们再等等看……”

这回没等多大一会儿，门响了，窸窸窣窣几声碎步，跟着传来一嗓子撕心裂肺的惊呼，随后是猫叫。碎步急急忙忙向下飞奔，向下，向下！

波普拉夫斯基终于等出了结果。那位可怜虫面无人色，连连画着十字，口中喃喃有词，飞也似的跑了过去，帽子也丢了，秃头上满是抓伤的印痕，裤子湿了一大片。他一个劲儿地拽门柄，吓得也不知这门是该往外推还是往里拽。待到稍稍稳住神，这才一下子冲进了门外太阳地里。

对这套公寓的探察完成了。波普拉夫斯基这会儿哪有心思再去顾及死去的内侄和他的公寓！一想到方才的危险，身上就不由自主地直打哆嗦，嘴里絮絮地叨咕着：“全明白了，全明白了！”赶忙跑到院子里。几分钟后，无轨电车载着这位经济工作者，驶向基辅火车站。

就在波普拉夫斯基守候在楼下小单间里的工夫，小老头经历了一段极不愉快的遭遇，此人是杂技场小卖部主任，名叫索科夫。侦查机关在剧场勘查现场的过程中，索科夫一直抱着一种超然物外的态度。只不过他的情绪显然比平时更加低沉。此外，他曾一再向通讯员卡尔波夫打听外国魔法师的住址。

这个小卖部主任在楼梯平台跟经济工作者分手之后，爬到五楼，按响了五十号公寓的门铃。

门户应声而开。小卖部主任哆嗦了一下，往后退了一步，没敢往里进。原因显而易见：给他开门的是个大姑娘，除了一条漂亮的花边小围裙、一弯白色头饰、一双金色小皮鞋之外，浑身上下，别无他物。大姑娘身段真是没的说。唯有脖子上那道红彤彤的伤疤，可算是仅有的美中不足。

“喂，既然按了铃，那就进来嘛。”大姑娘用一双摄人魂魄的绿眼睛瞟着小卖部主任说。

索科夫喔了一声，眨眨眼睛，跨进前厅，摘下草帽。正巧，前厅电话铃响了。这个没羞没臊的女仆，竟抬起一条腿跐着椅子，摘下话筒说：

“喂！”

小卖部主任真不知眼睛往哪里搁才好，两只脚倒换来倒换去，心想：“这些外国人，家里的女佣人可真够一说的！呸！多不像话！”怕污了眼睛，所以只好东张张，西望望。

这间半明不暗的大前厅，到处堆着些个平时少见的衣物。比如说，椅背上就搭了件丧服似的黑斗篷，火红的衬里；镜子前面有张小桌，横放着一把长剑，剑柄闪着金光。三把银柄佩剑随便戳在一个角落里，就跟三把雨伞，或是三支手杖似的。鹿角上还挂了几顶插鹰翎的无檐软帽。

“是的，”女仆对电话说，“什么？是迈克尔男爵吗？请讲吧。是的，表演家先生今天不出去。是的，他很乐意接待您。是的，有客人……穿燕尾服或黑色常礼服。什么？半夜十二点。”说完话，女仆放下听筒，回身对小卖部主任说：“您有何贵干？”

“我有事，要见表演家公民。”

“什么？想见他本人吗？”

“是的。”小卖部主任郁郁寡欢地说。

“我去通报一声。”女仆显得有些犹豫。她把别尔利奥兹的书房门稍稍拉开一条缝，通报道：“骑士，来了个小老头，他说想见见阁下。”

“让他进来吧。”书房里响起科罗维耶夫那发颤的声音。

“请到客厅来。”大姑娘口气十分随便，仿佛她的穿着打扮同大家别无二致似的。把客厅门拉开后，她就离开了前厅。

小卖部主任应邀走进门去，室内的摆设令他叹为观止，几乎忘却了此行的目的。透过几扇大窗户上五颜六色的玻璃（这是失踪的珠宝商太太想象力的精华），射进一束束奇妙的光线，宛若置身于教堂之中。虽说已是和暖的暮春天气，可古色古香的大壁炉里仍然燃着熊熊火焰。房间里却并不热，甚至相反，进门就觉得有股地窖里的阴湿之气扑面而来。壁炉前的虎皮上蹲着一只大黑猫，朝炉火温顺地眯着眼睛。敬畏上帝的小卖部主任朝桌上张了一眼，身子竟吓得一哆嗦：桌上铺着教堂做法事用的锦袱，陈放着好多长霉的大肚瓶子，积满灰尘。瓶子正当中摆了一只闪闪发光的大盘子，一眼即可看出盘子由纯金打就。炉边有个赤发矮人，腰别短刀，正在拿一把长剑穿肉烧烤，油汁滴进火中，浓烟便顺烟道冲出去。房里不仅弥漫着肉香，还夹杂着一股浓烈的香水味和神香味。小卖部主任在报上看到过别尔利奥兹惨死的消息，也知道这就是他的住宅，闻到这股子神香味，脑子里不由闪过一个念头：该不是哪个神甫刚给别尔利奥兹做过安魂祭吧？不过这个想法立刻就被抛到一边，因为它显然过于荒唐。

小卖部主任看得痴痴呆呆，冷不防听到一个深沉的声音说：

“请问有何见教？”

直到此时，小卖部主任才在暗影中见到了他所求见的人。

魔法师躺在一张不大不小的矮沙发上，堆满了靠垫。主任隐约发现，表演家穿的似乎是一身黑，脚上两只尖头黑鞋。

“我是……”主任哭丧着脸说，“杂技场小卖部负责人……”

表演家伸出一只手，似乎想堵住主任的嘴，手指上几枚宝石戒指在闪闪发光，口中急切地说：

“不不不！别再说了！无论如何也别再说了！我绝不会吃你们小卖部的那些东西！最最尊敬的先生，昨天我有幸走过你们柜台，现在还忘不了你们那鳄鱼肉和绵羊奶干酪！我亲爱的！绵羊奶干酪怎么会是绿的呢？有人把您骗了！它应该是白的。还有那茶呢？纯粹就是泔水！我亲眼看到一个邋邋遢遢的丫头，拎起一桶生水就往你那茶炊里兑，一面还从下边接茶。哦，亲爱的，实在叫人受不了！”

“真对不起，”索科夫被这阵突如其来的责备搞得晕头转向，“我不是为这事来的，这事跟鲟鱼肉无关……”

“怎么无关？肉是坏的呀！”

“鲟鱼肉可是二级鲜货。”主任说。

“亲爱的，这是胡说。”

“怎么是胡说？”

“二级鲜货，这就是胡说！鲜货，就是一级品，哪有二级的？如果您那鲟鱼肉是二级，那就等于说它是臭的！”

“请原谅……”主任又开口说，他简直不知该怎样应付这位吹毛求疵的表演家先生是好。

“我不能原谅。”表演家寸步不让。

“我不是为这个来的。”主任凄惶地说。

“不是为这？”外国魔法师奇怪地问，“那还能有什么别的事？如果我的记性不错，跟你们这行相近的人物中间，我只跟一个随军女贩子有过交情，不过那可有年头啦，那时候你可还没出世呢。承蒙光临，荣幸之至！阿扎泽洛，给主任先生来张板凳！”

烤肉那位转过脸来，獠牙把主任吓了一跳。阿扎泽洛十分利落地给他塞过一张发黑的柞木板凳。屋里只有这一个座儿。

主任说了声多谢，便往上一坐。谁知板凳后腿“咔吧”一声折了。主任哎呀一声，一屁股摔到地上，好疼。一伸腿，又踢翻了面前的另一张板凳，把满满一大杯红葡萄酒洒在裤子上。

表演家喊：

“哎呀，没摔着吧？”

阿扎泽洛把小卖部主任扶起来，又递过一张板凳。主任咬着牙拒绝了主人要他把裤子脱下来烘干的建议。虽说穿着湿漉漉的裤子有说不出的难受，他还是提心吊胆地在板凳上坐了下来。

“我喜欢坐得矮一点，”表演家说，“坐得矮就不怕摔。对，咱们刚说到鲟鱼肉。我亲爱的，要新鲜，新鲜，新鲜！这应该是每一个小卖部主任的座右铭。来，来，请尝尝这个……”

长剑映着壁炉里的火光在主任面前一闪，阿扎泽洛把一块吱吱作响的烤肉放到金盘子上，浇上柠檬汁，又给他递过一把二齿金叉。

“多谢……我……”

“不，不，您一定要尝一尝！”

小卖部主任出于礼貌，叉了一小块放到嘴里，立刻品出东西果然十分新鲜，最主要的是味道美得出奇。然而他在嚼着这又香又嫩的烤肉时，差点没噎着，险些又摔个跟头。因为打从隔壁房间飞进来一只黑黢黢的大鸟，翅膀在小卖部主任的秃脑袋上轻轻一刮，在壁炉架上时钟之旁落了下来。原来那是只猫头鹰。“上帝啊……”这位同每个小卖部主任同样神经质的科索夫心想，“这所公寓可真邪门儿！”

“来杯葡萄酒好吗？白的还是红的？每天这时候你最喜欢喝哪儿产的酒？”

“多谢，我不会喝……”

“哪能不喝呢？不赏光玩两圈骨牌吗？也许您还喜欢什么别的玩法？多米诺？扑克？”

“都不会。”小卖部主任已经疲倦了。

“糟透了，”主人说，“悉听尊便。不过，如果男子汉一不喝酒，二不耍钱，三不跟漂亮女人厮混，四不在酒宴席上高谈阔论，那这个男人一定前景不妙！这样的人不是病入膏肓，就是愤世嫉俗。当然例外也有。有时跟我联袂入席的也很可能是些卑鄙无耻之徒嘛！……好吧，您有何见教？在下洗耳恭听。”

“昨天，您表演了魔术……”

“我？”魔法师不胜惊讶地叫道，“您发发慈悲吧！这种事我怎么会做呢？”

“对不起，”小卖部主任愣住了，“您不是……那一场魔法表演……”

“噢，对，对，对，您是为了那场表演才来的吗？”

“您瞧，您表演了一个屋顶飞钞票的节目……”主任压低嗓门东张张，西望望，很是不好意思，“引得大家又抢又夺。有个年轻人到了我的小卖部，给了一张十卢布的钞票，我找了他八个半卢布……后来，又有一个……”

“也是个年轻人？”

“不，这个上了点岁数。还有第三个，第四个……我都给他们找了钱。今天结账时一看，钞票不见了，变成了一张张裁得四四方方的纸片。小卖部共损失一百零九卢布。”

“哎呀呀！”表演家叫道，“他们竟以为那是真的钞票吗？若是有意这样做，那我绝不答应。”

主任苦笑着瞟了他一眼，什么也没说。

“他们不会是骗子吧？”魔法师忧心忡忡地问客人，“难道莫斯科还有骗子？”

主任又苦笑一下，意思一看就明白：是的，莫斯科当然也有骗子。

“真下流！”沃兰德发火了，“您是一个穷人……您是个穷人吧？”

小卖部主任把脖子一缩，意思是说，他是个穷人。

“您有多少积蓄？”

问题纯粹是以一种关心的口吻提出的。尽管如此，这样的问题也算不得有礼貌。主任支吾不答。

“分五个户头存了二十四万九千卢布，”那个发颤的嗓音在隔壁房间回答，“家里地板底下还有两百个当十的金卢布。”

主任坐在板凳上，一下子仿佛缩成了人干儿。

“这当然算不得什么大数目，”沃兰德对客人宽容地说，“不过，这钱对您其实并没有用。您什么时候死？”

这下子主任恼了。“这个谁也不知道，谁也管不着。”他说。

“好个不知道！”还是那个讨厌的声音在书房里搭腔，“那有什么了不起的？可以用牛顿二项式算算嘛！过九个月，来年二月份，他准死。肝癌。死在莫斯科大学一部附属医院第四病房。”

主任脸都吓黄了。

“九个月……”沃兰德若有所思地算道，“二十四万九……不算零头每个月两万七……数目不大，不过嘛，小家小业地过过日子也够了……还有那些金卢布呢……”

“金卢布兑不了现。”那声音又来了，主任一听，心脏里的血液都要凝固了。“索科夫先生一死，房子马上就要扒掉，钱就要送进银行。”

“我可不是想劝您住院，”表演家说，“躺在医院，听那些没指望的患者哼哼唧唧，为您送终，那有什么意思？倒不如用这每月两万七千卢布吃点香的喝点辣的，末了毒药一灌，耳边弦歌缭绕，身旁伴有醉眼迷离的美人和豪放不颌的酒友，这样一死倒也痛快。”

小卖部主任坐着一动不动，顿时老了许多。眼睛周围出现了黑圈儿，两腮耷拉下来，下颌也松弛了。

“唉，这都是想入非非啊！”主人感慨不已，“还是言归正传吧！把您那些纸片拿出来看看！”

小卖部主任激动地从袋中掏出一卷东西，打开一看，愣住了：报纸里包的全是十卢布一张的钞票。

“亲爱的，您真的病了。”沃兰德耸耸肩说。

主任站起来，脸上挂着怪笑。

“啊……”他有点口吃，“如果它们又……那么……”

“唔……”表演家略一思索，“那您就再来找我们好了。我们欢迎，认识您我们很高兴……”

话音未落，科罗维耶夫从书房里跳出来，一把抓住索科夫的手，使劲摇晃着，请他向所有的、所有的人转致问候。小卖部主任被搞得晕头转向，到了前厅。

“赫勒，送客！”科罗维耶夫喊。

前厅那位赤条条的大姑娘又出现了！主任偏着身子出了门，嗓子眼里挤出一声“再见”，像个醉鬼似的踉踉跄跄迈开了步。刚往下走了几步，又停下来坐到楼梯上，掏出纸包一看——十卢布一张的钞票还在。通向平台的另一家公寓里，这时走出一个拿绿提包的女人，见有人坐在楼梯上傻呵呵瞅着一沓十卢布钞票发愣，便莞尔一笑，琢磨着什么似的说：

“咱这楼怎么搞的……大清早就出了醉汉……楼梯上的玻璃也打了……”

仔细瞧瞧小卖部主任，又说：

“喂，公民，你的钞票怎么有那么一大把呀！……咱俩分着花吧，好不好？”

“别缠着我，看在上帝的分上！”主任吓了一跳，赶紧把钱揣了起来。

女人大笑。

“见你的鬼去吧，守财奴！开个玩笑嘛……”说罢，下楼而去。

小卖部主任慢慢站起来，抬手想整整帽子，发现脑袋光着。他实在不愿折回去，可又舍不得那顶帽子，犹豫了半天，终于又回去按响了门铃。

“又是什么事？”该死的赫勒问他。

“我把帽子忘了……”主任指指秃脑袋小声说。赫勒转过身去，主任闭上眼睛，简直想“呸”地啐上一口。待到睁开眼睛，只见赫勒把一顶帽子和一把黑柄长剑递到他手上。

“这不是我的……”主任又悄声说了一句，把长剑推回去，帽子往脑袋上一扣。

“您没带佩剑吗？”赫勒很奇怪。

主任咕哝了两句，赶紧往下走。戴上帽子之后，不知为什么脑袋不大舒服，总是热乎乎的。他摘下帽子，吓了一跳，轻轻惊呼一声：原来手上拿的竟是一顶丝绒无檐软帽，上头插了一支揉得皱皱巴巴的鸡翎。小卖部主任画了个十字，不料转眼之间，帽子“喵呜”一声，变成了一只小黑猫，纵身一跳，到了索科夫的脑袋上，四爪深深抓进他的秃头。主任一声大叫，死活不顾就往下跑。猫崽从脑袋上滑下来，顺楼梯又窜了回去。

主任冲出大门，快步跑向院门，永远离开了邪门儿的三〇二号大楼。

以后的经过大家可也就都清楚了。跑出院门之后，他怪里怪气地频频回顾，好像在找什么东西。转眼工夫，穿过马路，进了一间药房。

“请问……”他刚一张口，就听站柜台的女人惊呼：

“公民，瞧您头上，全是口子！”

五分钟后，小卖部主任脑袋上包了纱布。他打听到最好的肝病专家是别尔纳茨基教授和库兹明教授，便问谁离得近。当他得知库兹明教授的住所就隔着一个院时，高兴得眼珠子发亮，两分钟后，他进了教授家那幢独门独院的白色小楼。

这是幢旧房子，但却非常非常舒适。主任还记得，接待他的第一个人，是位老态龙钟的保姆。她本想从来人手上接过帽子，可没见有帽子，便咂咂嘴，自顾往别处去了。

接着看到一位坐在镜旁拱门下的中年妇女，她说只能挂十九号，没法再提前。主任立刻琢磨出救命的一着——他翻起暗淡无光的双眼，朝拱门外显然是用来充做前厅的那间屋里候诊的三个人瞟了一眼，轻声说：

“我可是身患绝症的病号……”

女人莫名其妙地看看主任缠着纱布的脑袋，犹犹豫豫地说：“好吧……”把主任放进了拱门。

就在此时，对面门开了，门里金丝夹鼻眼镜一闪。白衫女人说：

“公民们，这个患者挂的是急诊。”

主任头都不回就进了库兹明教授的诊室。这间长方形屋子里并没有什么吓人的像模像样的医疗设备。

“您哪儿不舒服？”库兹明教授看着包纱布的脑袋，用悦耳的声音问。

“我刚得到一个可靠的消息，”主任神情古怪地瞅着镜框里的一张集体照，“说我来年二月要死在肝癌上。求求您救我一命。”

坐在哥特式高背皮椅上的教授身子往后一仰。

“对不起，我不明白您的意思……您这是怎么了？看过医生了吗？您脑袋上为什么缠着绷带？”

“哪是看医生啊……您要能见到那位医生就好了……”主任说着说着，牙齿忽然咯咯地抖起来，“我的脑袋您别在意，这无关紧要……脑袋甭管，没关系……肝癌，倒要劳您驾费心给治治……”

“请您告诉我，这是谁说的？！”

“这人的话可得相信！”小卖部主任语调热切，“他确实说得准。”

“我一点也不明白！”教授耸耸肩，把皮椅往后一挪，“他怎么会知道您什么时候死呢？再说，他又不是医生！”

“还说要死在四号病房呢。”主任说。

于是教授看着患者，又瞅瞅他脑袋和那湿漉漉的裤子，心想：“怎么搞的，来了个精神病……”

“您喜欢喝酒吗？”教授问。

“从来不喝。”小卖部主任回答。

过会儿他脱下衣服，躺到冰凉的诊床上。教授在他腹部触来摸去。这下子小卖部主任情绪大为好转。教授完全可以肯定，目前，至少眼下还毫无癌症的征兆。不过既然……既然他害怕，既然有那么个骗子把他吓得够呛，那么，就做做全面检查也好……

教授在一张处置单上匆匆写了几个字，又告诉他把什么东西送到什么地点去化验，还对小卖部主任说，他的神经出了毛病，写了张便条，让他请精神病学家布列教授诊断一下。

“该付您多少诊金，教授？”主任细声细气地说，嗓子有点发颤。一边掏出个鼓溜溜的钱包来。

“看着办吧。”教授干巴巴地说。

主任取出三十卢布，放到桌上。然后，出人意料，以一种猫探爪似的轻柔动作，在三张十卢布钞票之上，又放了一摞用报纸卷着的叮当作响的金币。

“这算怎么回事？”库兹明捻捻胡子问。

“别见怪，教授公民，”小卖部主任悄声说，“求求您，别让我得上癌症！”

“马上把金币收起来！”教授颇为清高，“您最好去看看神经。明天验尿。不要喝茶，不要吃盐。”

“连汤里也不能放盐吗？”小卖部主任问。

“都别放盐。”库兹明说。

“唉！”小卖部主任伤心地叹了一口气，深受感动地望望教授，收拾起桌上的金币，退出门来。

当晚教授的患者并不多，天一黑，最后一个患者就离去了。教授脱下白服，朝小卖部主任撂下三张钞票的地方看了一眼，发现那儿根本没有钞票，只放着三张阿伯劳久尔索牌酒瓶子上的商标纸。

“其他妈的见鬼！”库兹明喃喃说。他在地板上拖着白服，走过去摸摸纸片，“原来这家伙不但是个精神病，还是个骗子！不过我实在不明白，他干吗要来骗我？难道就为一张验尿单？噢！……他把大衣偷跑了！”于是，教授不待褪下白服的另一只袖子，赶紧跑到前厅。“克谢尼娅！”他站在前厅门口刺耳的一声大叫，“看看几件大衣还在吗？”

弄明白了，大衣还在。教授脱下白服，重回写字台边时，脚就跟生了根似的，长在了镶木地板上，眼睛直勾勾盯着桌面。原来放商标纸的地方，竟蹲着一只可怜巴巴的小黑猫，正对着一碟牛奶伸着小嘴喵呜喵呜地叫呢。

“让我想想，这不是……怎么回事？！未免也太……”库兹明觉得后脑勺直透凉风。

克谢尼娅听见教授轻轻一声哀叫，赶紧跑过来，看了一眼，马上打消了教授的不安。她说，这当然是哪个患者丢下的小猫崽，有些教授家里，这种事也是常见的。

“准是有的人家养活不起，”克谢尼娅说，“咱们这儿当然……”

接着两人开始琢磨，猫究竟是谁扔下的。怀疑落到了患胃溃疡的老太婆身上。

“当然是她，”克谢尼娅说，“她准是想：我反正要死了，可小猫实在可怜。”

“不过，”库兹明叫道，“牛奶呢？……也是她拿来的吗？小碟呢？啊？”

“她那是用个小瓶子装来的，到这儿之后，再倒进碟子里。”克谢尼娅说。

“不管怎么样，请把猫崽和小碟拿走。”库兹明说着亲自把克谢尼娅送到门口。等他再回来，情况又起了变化。

教授正往钉子上挂白服的时候，忽听院子里迸发出一阵大笑，往外一看，不由得慌了神。有个女的光穿了一件小衣，经过院子跑进了斜对面的厢房。教授认识她，名字叫玛利亚·亚历山大罗芙娜。有个小男孩在哈哈大笑。

“不像话！”库兹明轻蔑地说。

教授女儿隔壁的房间里，留声机放起了狐步舞曲《哈里露亚》，同时，教授身后又响起了麻雀吱喳的叫声。他一回头，见桌上有一只好大个儿的麻雀正在跳来蹦去。

“唔……要冷静！”教授思索了一下，“我一离开窗口，它就飞了进来。没什么可大惊小怪的！”虽然心里觉得很怪，当然啦，主要是它出现得过于蹊跷，但还是这么自我安慰。可是仔细观察这只麻雀，立刻发现了颇多不寻常的地方。原来这个卑鄙的小家伙，竟一瘸一拐拖着左脚爪，装腔作势合着切分音的拍子，一句话，在随着留声机的音乐跳狐步舞呢。活像个吧台旁的醉鬼，丑态百出，还没羞没臊地冲着教授直瞅呢。

库兹明的手伸向电话。他想问问老同学布列，六十来岁的人看到这样的麻雀，算不算病态？尤其脑袋一晕，就突然出现这种情况。

小麻雀这工夫停在别人送给教授的墨水壶上，往里头拉了泡屎（这我可不是说笑），然后又飞了起来，停在半空，接着猛地一冲，伸出钢铁般坚硬的尖嘴，朝镶着 1894 届大学毕业照的玻璃镜子奋力一啄，把它啄了个粉碎，这才飞出窗外。

教授换了个电话号码，他没有给布列打电话，而是打了个电话给水蛭养殖所，说库兹明教授请他们立即送一批水蛭到家里来。他放下话筒，走回桌旁，不料又“嗷”的一声惊叫。原来桌旁竟已坐了个扎护士头巾的女人，手拿小手提包，上写“水蛭”二字。教授看到她的嘴，又叫了一声。这是张一直咧到耳根的男人般的大歪嘴，还龇出一颗獠牙。这护士的眼睛跟死人眼睛一样。

“钱我收起来了，”护士的嗓门也跟男人一样，“它们再放在这儿也没什么用啦。”于是伸出鸡爪子般的手，把商标纸一把搂了过去，接着便在空中融化了。

两小时后，库兹明教授半躺在卧室床上。许多水蛭紧紧叮在他的太阳穴、耳根和脖子上，花白胡子的布列老教授坐在他脚边缎子被上，满怀同情地望着库兹明，安慰说，这些全是无所谓的事。窗外夜已深。

当天夜里莫斯科还出了哪些怪事，恕我不得而知。说实在的，我们也不想专门去奔走打探。更何况现在也到了该把这真实故事的第二部分说上一说的时候了。跟我来吧，读者！

MACTEP N MAPRAPNTA

第二部

第十九章
玛格丽特

跟我来吧，读者！谁告诉你世上没有真正矢志不渝的永恒爱情？把那条撒谎造谣的烂舌头给我割下来！

跟我来，我的读者，紧紧跟着我！让我来向你展示这样的爱情！

唉！当时间已过半夜，大师心怀苦闷，在医院对伊万诉说，自己已被人忘怀的时候，他可是大错特错了。怎么可能！她当然不会把大师遗忘。

让我们首先来说一说大师不愿向伊万暴露的秘密吧：他的情侣叫玛格丽特·尼古拉耶芙娜。关于这个女人，大师对倒霉的诗人讲的一切全是实话。他所描述的心上人没有半点夸大。玛格丽特的确是既聪明又漂亮。还有一条也该提上一句，那就是：我们有十足把握断言，为了能过上玛格丽特那种日子，多少女人都会情愿做出一切牺牲。玛格丽特年届三十，尚未生育。丈夫是一位大专家，不但完成过一项极为重要的发明，对国家大有贡献，而且年轻、英俊、善良、诚实，十分宠爱自己的妻子。夫妻二人在阿尔巴特大街附近的一条小街上，占了一幢典雅的花园洋房的整整上面一层。那可是个迷人的地方！只消到那边花园里去看看，就不能不相信这一点。你尽可以来找我，我会把地址告诉你，还会告诉你怎么走。那座小楼至今依然完好无损。

玛格丽特不缺钱花，想买什么就买什么。丈夫的朋友里头，也有不少一点都不俗的人。玛格丽特从来用不着去碰汽油炉子，更没尝过几家合住一套房的滋味。总之……她幸福吗？——一时一刻也没有幸福过！自打十九岁嫁人，住进小洋楼，她就再没见过幸福。天哪！这个女人还想要什么？她的眼睛里为什么总是燃烧着难以捉摸的火花？这个一只眼睛微微睨视、春天里总戴着几朵金合欢花的女妖精，她到底还想要什么？不知道，我实在说不清。她说她需要大师，根本不需要什么哥特式的小楼，也不需要独门独户的花园，更不要钱。这显然是真话。她爱大师，她没有撒谎。

就连我，一个局外人，一个说实话的人，一想到玛格丽特第二天来到大师那小屋时的滋味，心也不由得抽紧了（幸好丈夫没有如期归来，玛格丽特跟他没谈上）。她发现大师失踪，便千方百计到处打探他的下落。这当然不会有结果，于是只好又回小洋楼去苦挨日月。

人行道和马路上肮脏的积雪渐渐消融，阵阵略带霉味的春风不断向气窗里吹拂，自打这时起，玛格丽特的心里比冬天更难过了。她时不时偷着伤心流泪，一哭就是好久。她说不清自己的心上人眼下是死是活。这种没指望的日子越是往下熬，她就越是常觉得自己的爱人已经不在人世了。尤其当黄昏降临的时候，心情更是如此。

要么就把他忘却，要么就自己去死。总不能一直这么拖。这样的日子怎么挨？忘了他吧，无论如何，还是把他忘了算了！可苦就苦在说什么也忘不了。

“是啊，是啊，归根结底，还是那天走错了一步！”玛格丽特坐在炉旁，呆望着炉火说。这火，是为了纪念大师写本丢·彼拉多时的那堆火而点燃的。“那天晚上干吗我要离开他？干吗？这不是发疯吗？第二天虽说回去了，并没有食言，可到底还是太迟了。是啊，我就跟那不幸的利未·马太一样，回去得太迟了！”

当然，这些话都是蠢话，因为当夜即使留在大师家里，于事又何补呢？难道还能救得了大师吗？可笑！……我们可以发出这样的感叹，不过，在一个被折磨得痛不欲生的女人面前，这样的话又怎能说得出口呢？

那天恰好是莫斯科出现魔法师，荒谬绝伦的混乱层出不穷的星期五，也就是别尔利奥兹的姑父被逐回基辅、会计师被逮捕、大量糊里糊涂的怪事频频发生的日子。时近中午，玛格丽特才在她那天窗对着一座塔式楼顶的卧室里醒来。

这回玛格丽特一反常态，醒来后没哭。她有一种预感，觉得今天准会发生一些变化。她把这种预感小心翼翼珍藏心头，生怕它会消失。

“我相信，”玛格丽特庄严地悄声说，“我相信！肯定会有转机！肯定！说实在的，为什么我就该一辈子受苦受难呢？我承认我撒谎，我骗人，我过的是一种见不得人的秘密生活。不过，总不该光为这个就罚我这么受罪吧？……迟早总会有转机的，因为世界上没有永远不变的东西。再说了，我的梦一向灵得很，这我敢担保……”

玛格丽特呆望着洒满阳光的殷红窗帘，悄声自言自语。她心神不宁地套上衣服，坐在三折镜前，梳理着卷曲的短发。

玛格丽特夜里的梦的确不一般。整整一个冬天她虽那样苦闷，但始终没梦见过大师。一到夜里，大师就同她分手了。苦苦的相思只是在白天。不料这回居然得以梦魂相见了。

梦里玛格丽特到了一个陌生的地方——惨淡、凄凉，头顶是早春阴沉沉的天空，大块大块乌云犹如奔马，一群白嘴鸦在无声无息地飞翔。一道歪歪斜斜的小桥，底下是一溪浑浊的春水。一株株毫无生趣的秃树，仿佛鹄立的乞丐。眼前是孤零零的一棵白杨树，远处是一片菜园。再过去，林木掩映之间，有一座圆木垒成的小屋——它像是一间单独的厨房，又像是一间澡堂子，鬼才晓得是什么地方！

出乎意料的是小木屋的门敞开了，从屋里走出来的竟是他。距离虽然很远，却看得相当清楚。他衣衫褴褛，瞧不出穿的是什么。头发蓬乱，胡子拉碴，病恹恹的眼睛透出一股惊惧不安的神色。大师朝她招手，呼唤她。玛格丽特踏着一个个荒草墩子朝他飞奔，凝滞的空气压得她喘不过气来，她醒了。

“这个梦有两种圆法。”玛格丽特暗自推断，“如果他死了，而且还召唤我，那就是说，他来找我了，我也就不久于人世了。如果他还活着，那意思就是说，他让我别忘了他！他想说我们一定会团圆……是的，我们很快就会团圆！”

玛格丽特穿好衣服，情绪依然十分亢奋。她心想，其实，眼下就有个挺不错的机会，何不抓住它好好利用一番呢？丈夫出差了，三天后才能回来。整整有三个昼夜她可以独自一人，谁也不会来打扰她的遐思冥想。这幢小楼二楼上的全部五个房间，这一大套成千上万莫斯科人垂涎三尺的住宅，如今全归她一人支配了。

然而，有了这三整天的时间之后，在这幢十分讲究的住宅中，玛格丽特却偏偏选中了一个远非美妙的角落。她喝完茶后，就钻进了一间没有窗户的黑房间。这里堆着几口箱子，还有两只存放杂物的大柜。她蹲下来，拉开头一口大柜下面的抽屉，在一堆碎绸子底下找出了生命中最宝贵的东西。玛格丽特手里拿的是一本褐色皮面的旧相册，里头存有大师的一张相片，还有一个在大师名下存款一万卢布的储蓄折、几片夹在玻璃纸之间的干枯的玫瑰花瓣，和一个打满了字、下端烧残了的笔记本。

她拿着这几件宝贝回到卧室，把照片嵌放在三开梳妆镜上，坐了一个来钟头，翻动着膝头摊开的烧焦的笔记本，一遍又一遍读着那些烧得没头没尾的句子："……地中海上爬来一股黑气，遮蔽了总督大人恨之入骨的城市。圣殿和威严的安东尼塔之间，座座吊桥消失了。这股深不可测的溟濛之气自天而降，吞没了跑马场上张着双翼的一座座神像，吞没了筑有一个个箭孔的哈斯莫尼宫，吞没了市场、一排排木棚、陋巷、池塘……耶路撒冷，这伟大的城市，消失了，仿佛它从未在世界上存在过……"

玛格丽特还想往下读，可下边除了一道烧得弯弯曲曲的黑纸边，什么也没有剩下。

玛格丽特擦擦泪水，放下笔记本，双肘支在梳妆台上，对着镜子呆坐了好久，盯着照片看了又看。后来泪水干了，她把这些东西仔细收好，又藏进了碎绸子堆里。铁锁在黑房间里咔嚓一响，锁上了。

玛格丽特在前厅穿上大衣，想出去散散心。她家的保姆叫娜塔莎，一个小美人，请示她第二道菜做点什么，回答是随便做点什么都行。娜塔莎为了解闷，同女主人闲聊起来。天知道她呱呱些个什么！她说，听人讲昨晚有个魔术师，在个什么剧院表演了好多节目，谁看了都直喊“哎哟”。魔术师白送每个观众两瓶外国香水，外带高腰丝袜。后来散场出来，大家突然统统变得一丝不挂了！玛格丽特一下子坐到前厅镜子前的椅子上，哈哈大笑起来。

“娜塔莎，你可真不害臊！”玛格丽特说，“你可是个知书达礼的聪明姑娘……排队的人乌七八糟什么都讲，可你也跟着乱嚼舌头！”

娜塔莎双颊腾起红云，急匆匆分辩道，她一点也没瞎说。今天在阿尔巴特大街一家食品店，她就亲眼见到个女的，进店时鞋还穿得好好的，等站到收款台前付款时，脚上的鞋却不翼而飞了。她光着脚，只剩下一双袜子，这下傻眼了，袜子后跟还露了个大窟窿！那双鞋就是魔术表演时得的。

“她就那么走了吗？”

“就那么走了！”娜塔莎嚷着说。怕女主人不相信，脸涨得越来越红，“还有呢，玛格丽特·尼古拉耶芙娜，昨天夜里民警抓了一百来号人。看完这场演出，好几个女的只穿一条衬裤就上了特维尔大街乱跑哩。”

这段可笑的谈话结束时，娜塔莎也意外地收到了一份礼物。玛格丽特到卧室去了一趟，回来时手里拿着一双丝袜、一瓶花露水。她对娜塔莎说，她也要变魔术，就把袜子和花露水都送给了娜塔莎。还说对她只有一个请求，就是别光穿双袜子就到特维尔大街去乱跑，也别听达丽娅瞎说八道。女主人和保姆亲吻了一下，便分了手。

无轨电车在阿尔巴特大街飞驰。玛格丽特靠在舒适的软椅上，自顾想着心事。坐在前面的两个男人正在悄悄说话，声音不时飘入她耳中。

这两人频频转动着脑袋，东张西望，生怕有人偷听，嘁嘁喳喳不知扯些什么。靠窗一位是个壮壮实实的汉子，肉墩墩的，一对小小的猪眼骨碌骨碌直转。他压低声音对矮个子同座说：只好拿块黑布把棺材罩住了……

“这怎么可能？！”小个子惊奇地悄声说，“简直是奇闻！……那么，热尔德宾又采取了什么对策？”

透过无轨电车平稳的嗡嗡声，窗边飘过来几句话：

“惊动了刑侦局……丑闻……简直神了……”

从这些片言只语中，玛格丽特总算拼凑出一点连贯的东西。原来这两位公民咬耳朵嘀咕的是一件死人的事（究竟是谁，他们并未提及），说是今天一早，有人从死者的棺材里偷走了他的脑袋……

从棺材里偷脑袋之类的胡言乱语搞得玛格丽特腻歪透了。终于挨到了该下车的时候，她心里不由得一阵高兴。

又过了一会儿，玛格丽特已经坐到了克里姆林宫墙下一张长椅上，正好面对着练马场。

头上是耀眼阳光，她眯起眼睛，想起夜里的那个梦，想起一年前的今日，就在此时此刻，而且就是这张长椅，她跟大师并肩而坐，黑色手提包也在长椅上放着。今天虽没有大师陪伴，但玛格丽特却在心里同他交谈。“为什么总不捎信来？你不爱我了吗？我说什么也不相信这一点。那么，你死了吗？……那就求求你，放开我吧，让我安安生生过日子，自由自在呼吸……”玛格丽特又自言自语代他作答：“你是自由的……我怎会抱着你不放呢？”接着又回过头来反驳他：“你这算什么回答呀？不，还是从我的记忆中消失了吧，只有那时我才能自由……”

玛格丽特身旁人来人往，一个男士瞟着这位衣着考究的女子，被她的美貌和形孤影只的处境迷住了。他咳嗽一声，侧身在玛格丽特那张椅子的另一头坐下来，鼓起勇气说：

“今天天气绝对不错……”

但玛格丽特凛若冰霜地白了他一眼，弄得他不得不抬身便走。

“你看，这就是个例子，”玛格丽特暗自对占有她整个身心的人说，“其实，我又何必把人家轰走呢？我很寂寞。这个家伙对女人献献殷勤又有什么不好？也许，‘绝对’这两个字用得太蠢？……为什么我非得像只猫头鹰似的独守在宫墙边呢？为什么我非要被排除在生活之外？”

想到这儿，玛格丽特忧思萦怀，心灰意懒。突然，早晨曾一度体验过的那种期待和激动像涨潮似的又在她胸中一涌。“啊，要出现转机了！”浪潮又是一涌。她这才明白，原来那是一股声浪。透过街市的喧闹，越来越清楚地听见一阵由远而近的鼓声和有点儿走调的号角声。

首先出现的是一个策马从花园栅栏旁缓步而过的骑警，后面跟着三个徒步民警。接着，一辆载乐队的卡车缓缓驶来。再往后，是一辆崭新的敞篷灵车在徐徐前进，车上灵柩四周堆放着花圈，三位男士和一位女士守护在灵柩四角。

虽说玛格丽特离着还有一段距离，但也看出了灵车上为死者执绋的那几位有点魂不守舍，表情怪诞。特别是跟在灵车左后角地上走的那位女公民更是明显。她那胖乎乎的双颊仿佛被什么神秘而有趣的东西撑得从里往外鼓了起来，胖成一条线的小眼睛闪烁着模棱两可意义暧昧的火花，仿佛再等那么一会儿，这位急不可耐的女公民就会朝死者夹夹眼睛说："你们见过这样的事吗？这可是天意！"跟在灵车后面缓缓而行的送葬者约有三百来人，脸上也是一副惶然的表情。

玛格丽特目随送葬的行列远去，凄凉的土耳其鼓越敲越弱，最后只剩下"嘭丝，嘭丝，嘭丝"的声音在耳边回响。她想："多奇怪的葬礼……这'嘭丝嘭丝'的声音真叫人伤心！啊，真的，只要我能打听出他究竟是死是活，我情愿把自己的灵魂舍给魔鬼！……真有意思，这是给谁送葬？拉着这么一副副奇怪的面孔？"

"这是给别尔利奥兹送葬，"身旁一个男人齉声齉气地说，"他是莫斯科文协主席。"

玛格丽特好不奇怪，扭头见长椅上坐着一位公民——八成是乘她专心致志观看葬礼的时候悄悄坐到身边来的。难道是她心神不宁，把心中的疑问说出了声？

送葬的行列这会儿停了下来。大概是信号灯挡住了去路。

"是啊，"陌生人接着说，"这帮人心情真怪。明明给死者送葬，琢磨的却是脑袋丢到哪里去了。"

"什么脑袋？"玛格丽特问，一边也仔细打量着这位突如其来的邻座。这人是矮个子，火红头发，嘴里支出一颗獠牙，穿了件结结实实的条纹料上装，衬衣浆得笔挺，一双漆皮鞋，头戴圆顶礼帽，领带颜色十分鲜艳。最奇的是在男人们通常插一块手绢或是自来水笔的胸兜里，却插了一根啃剩下的鸡骨头。

"您还不知道？"红毛说，"今天早晨在格里鲍耶陀夫大厅，死者的脑袋被人从棺材里偷走了。"

"怎么会有这样的事？"玛格丽特脱口问道。这时她想起了无轨电车上那两个嘀嘀咕咕的乘客。

“鬼知道是怎么回事！”红毛大大咧咧地说，“不过我觉得这事倒不妨问问别格莫特。他这家伙手脚也太麻利了，居然闹出这么大乱子来！主要是闹不明白：谁要这个脑袋？有什么用？”

玛格丽特虽说有自己的心事，但这位陌生人的奇谈怪论却不能不使她愕然。

“对不起，”她突然提高声音，“哪个别尔利奥兹？就是今天报上登的……”

“正是，正是……”

“那么，跟在棺材后面的都是文学家啰？”玛格丽特问

“那是自然！”

“您认识他们都是谁吗？”

“个个都认得。”红毛答道。

“请问，”玛格丽特声音暗哑了，“这里头有个评论家拉通斯基吗？”

“能少得了他！”红毛说，“第四排头上那个就是。”

“黄头发的那个？”玛格丽特眯起了眼睛。

“喏，灰头发的那个……看见了吗？两眼朝上翻的那个！”

“模样儿活像个神甫的？”

“对，就是他！”

玛格丽特别的什么也没再问，眼睛直勾勾盯住拉通斯基。

“我看，玛格丽特·尼古拉耶芙娜，”红毛笑眯眯说，“您好像恨透了这个拉通斯基？”

“恨的还不止他一个呢，”玛格丽特咬牙切齿地说，“不过，说这些没意思。”

送葬的行列继续前进，步行的人通过之后，接着是一辆辆多半没坐人的空轿车。

“那当然，玛格丽特·尼古拉耶芙娜，谈这些有什么意思！”

玛格丽特一愣：

“您认识我？”

红毛没回答，却把圆礼帽往起一抬。

“瞧这副嘴脸，活像个土匪！”玛格丽特打量着对方暗忖，接着冷冰冰地说：“可我并不认识您。”

“您哪里会认识我！不过，我可是奉命找您有事的。”

玛格丽特脸色煞白，身子向旁一闪。

“我不明白，什么事？”

红毛回头看看，神秘兮兮地说：

“派我来请您今晚光临做客。”

“您别是说梦话吧？做什么客？”

“到一位非常显贵的外国人家里去。”红毛微微眯起眼睛，意味深长地说。

玛格丽特勃然大怒。

“三百六十行居然出了你这么一行——竟敢在光天化日之下拉皮条！”说着，她起身就走。

“完成这样的任务真倒霉！”红毛背过脸，冲着离他而去的玛格丽特喊了一声，“蠢婆娘！”

“坏蛋！”她转过头回敬了一句。只听红毛在她身后说：

“地中海上爬来一股黑气，遮蔽了总督大人恨之入骨的城市。圣殿和威严的安东尼塔之间，座座吊桥消失了……耶路撒冷，这伟大的城市，消失了，仿佛它从来就没有在世上存在过……让您和您那烧毁的笔记本、枯干的玫瑰花见鬼去吧！您就这么独自坐在长椅上，求他赐还您自由，赐还您自由呼吸的机会，求他永远从您的记忆里消失吧！”

面无血色的玛格丽特又重回长椅旁。红毛眯起眼睛看着她。

“我简直不明白，”玛格丽特轻声说，“要说那些手稿，事情倒也容易打听……可以钻进屋偷看……还可以买通娜塔莎……可您怎么能知道我心里想的事呢？”她苦恼地蹙起眉头，又说了一句，“告诉我，您是什么人？哪个部门的？”

“真乏味……”红毛怨声怨气地说，“对不起，我早就对您说过，我哪个部门也不是！请您坐下好不好。”

玛格丽特服服帖帖照办了，还是忍不住又问了一句：

“您是什么人？”

“好吧。我叫阿扎泽洛，不过告诉您也等于没告诉。”

“您能不能告诉我，您是从哪儿知道这手稿的？还知道我想些什么？”

“不能告诉！”阿扎泽洛干巴巴地说。

“您知道他的什么消息吗？”玛格丽特像求什么似的低声问。

“就算知道吧。”

“求求您，只要告诉我一件事……他还活着吗？别折磨我！”

“活着，活着。”阿扎泽洛不大情愿地说。

“上帝啊！”

“请别激动，也别大呼小叫。”阿扎泽洛皱起眉头。

“对不起，对不起。”玛格丽特喃喃地说，这会儿她已经温驯得像只绵羊了，“不错，我对您发了火。可您也该明白，在大街上公然拉一个女人去做客……请您相信，绝不是我有什么偏见，”

她苦笑了一下，“不过我从没见过什么外国人，也根本不想跟他们打交道……更何况我的丈夫……我的悲剧就在于跟一个我一点不爱的人生活在一起……但我认为如果因此而毁了他的一生，倒也确实不应该……他可是对我实心实意，真好……”

阿扎泽洛对这段没头没脑的话显然一点不感兴趣，他硬着头皮听完之后，板起面孔说：

“请您先听我说两句。”

玛格丽特倒是蛮听话，不开口了。

“我请您去见这个外国人一点不会有危险，而且保证不会有人知道这次访问。这全包在我身上。”

“他要我干什么？”玛格丽特悄悄问。

“待会儿您就知道了。”

“我明白了……我得对他以身相许才行。”玛格丽特在沉思。

阿扎泽洛对这种说法报以高傲的一笑，他这样说：

“告诉您吧，换了世界上任何一个女人，都唯恐求之不得，”嘲笑扭曲了阿扎泽洛的丑脸，“不过您一定感到失望，这种事不会发生！”

“那他是个什么样的外国人？！”玛格丽特心慌意乱地嚷了一声，招引得长椅旁的过路人都回头瞅她。“我去见他有什么意思？”

阿扎泽洛俯身，话里有话地对她说：

“这意思可大了……您可以有个机会……”

“什么？”玛格丽特又叫起来，眼睛也瞪得溜圆，“如果我没有弄错，您是在向我暗示，我可以在那边打听到他的消息，是吗？”

阿扎泽洛默默点点头。

“走！”玛格丽特一把抓住阿扎泽洛的胳膊，斩钉截铁地说，

“走，上哪儿都行！”

阿扎泽洛轻舒一口气，靠到椅背上，把上头刻的“妞拉”二字盖住了。他阴阳怪气地说：

“这些娘们，真难对付！”接着把两腿远远向前一伸，双手插进裤兜，“你倒说说，干吗要把这差事派给我？还不如让别格莫特干的好。他可比我迷人多了……”

玛格丽特苦笑一下说：

“您别再故弄玄虚跟我打哑谜了！我本来就是个苦命人，你们何必还要乘人之危？我知道我正被卷入一宗奇怪的事件，不过我发誓，这完全是因为您提起了他！我越想越觉得莫名其妙，弄得我脑袋都晕了……”

“别说得叫人怪心酸的……”阿扎泽洛扮了个鬼脸，“您也该设身处地为我想一想。要说见见剧场管理员，赏他一记耳光，或是打发姑父出门，开枪打伤个什么人，这类雕虫小技倒都是我的拿手好戏。可是跟陷入情网的女人磨牙，我可没这份能耐！……求您都求了足足半个小时啦，到底去不去？”

“去。”玛格丽特回答十分干脆。

“那么劳驾，请收下。”阿扎泽洛说着，从衣袋里取出一只金质的小圆盒，递给玛格丽特，“您倒收起来呀，不然，过路的都要瞧咱啦。这盒子对您有用。玛格丽特·尼古拉耶芙娜，最近半年来，您可熬苦得老多了。”玛格丽特脸一红，一声没吱。阿扎泽洛接着又说：“今天晚上九点半，劳驾把衣服全脱下来，用盒子里的油膏把脸和身上都擦一遍。然后可以随您的便，只是别离开电话，十点我给您打电话，把该告诉您的全告诉您。您什么也不用操心，会把您送到该去的地方。您绝不会遇上任何麻烦。听懂了吗？”

玛格丽特稍停了一会儿答道：

“懂了。这玩意儿这么沉，准是纯金的。好吧，我全明白了，你们这是在收买我，把我拖进一桩肮脏的交易，我会为这件事吃大苦头的……”

“这是什么话！”阿扎泽洛几乎咬牙切齿，“您又来了……把油膏还给我！”

“不，请等一等……”

玛格丽特把金盒子攥得更紧了，她接着说：“不，你等等！……我明白我要去干什么。我要去做的一切都是为了他，因为在这个世界上，我已经再没有什么希望。不过我想对你说，如果你要是坑害我，那你就太可耻了！是的，可耻！我将为爱情而牺牲！”玛格丽特一拍胸膛，举目望着太阳。

“还给我！”阿扎泽洛恶狠狠地吼道，“还给我！都他妈的见鬼去吧！让他们派别格莫特来办好了！”

“噢，不！”玛格丽特叫起来，把路人吓了一跳，“我全答应。我答应表演这出抹油膏的闹剧，我答应，哪怕走遍天涯海角，哪怕跑到魔鬼身边！我不还给你！”

“瞧！”阿扎泽洛冷不防喊了一声，瞪起眼珠，瞅着花园的铁栏杆，伸出手朝旁边一指。

玛格丽特随着手势转过身去，但什么也没发现。待到她扭头再想问问阿扎泽洛干吗要无缘无故地喊这么一声时，眼前连个人影也没有了——跟玛格丽特谈话的神秘人物失踪了。

第二十章
阿扎泽洛的油膏

夜空万里无云，透过槭树的枝叶，看到天心里高挂着一轮明月。椴树和金合欢在花园地面上勾勒出光怪陆离的花纹和阴影。顶楼上一排三扇窗户大敞四开，被电灯照得雪亮，但窗帘是拉上的。玛格丽特的卧室里灯火通明，一片狼藉。

床铺的被子上堆放着衬衫、袜子、内衣。有的衣服裹成一团，就直接扔在地板上，旁边还扔着一包慌乱中踩扁了的香烟。鞋在床头柜上放着，旁边居然还有一杯未喝完的咖啡和一只烟灰碟，里头丢了一只余烟袅绕的烟头。椅背上搭着一袭黑色晚礼服。屋里弥漫着一股香水味。此外，不知打哪儿还飘来一股热熨斗的气味。

玛格丽特赤身裸体，披着浴衣，趿拉着黑色麂皮拖鞋，正面对窗间壁镜而坐。一只镶有小表的金镯子放在她面前，旁边是阿扎泽洛给她的小盒子。玛格丽特盯着表盘，眼睛一眨也不眨。

恍惚间，她觉得表似乎坏了，表针一动不动了。其实它们还在走，只不过走得很慢，就像滞住了似的。最后长针指到九点二十九分，玛格丽特心猛地跳了一下，弄得一时竟不敢去碰那只小盒子了。她稳了稳神，打开盒盖，发现里头是一种黄糊糊的油膏。她觉得这油膏似乎散发着一股沼泽地水藻绿苔的气味。玛格丽特用指尖挑了一小点抹在掌心。这时，水藻和森林的气息更浓了；接着，她开始把油膏往额头和脸颊上搓。

油膏很好搽，玛格丽特觉得，这玩意儿好像一下子就挥发了。连搓几把后，她朝镜子里瞅了一眼，一失手，圆盒摔到表蒙子上，当啷一声把玻璃砸出了裂纹。玛格丽特眼睛一闭，又朝镜子看去，然后纵情大笑起来。

两道被镊子拔得细溜溜的眉毛，重新变得又浓又黑，宛如两道秀丽的弯弓，下面是一双碧绿的眼睛。十月份大师失踪的那些日子里鼻梁上出现的那道纵纹，这会儿消逝得无影无踪了。鬓角上的蝴蝶斑和眼角隐约可见的鱼尾纹也去掉了。两腮的皮肤晕出一片嫣红，额头洁白如玉，头发卷成了好像理发师特意烫出来的波浪。

面对三十岁的玛格丽特，镜子里出现了一个二十岁左右的少女，一头乌黑的天然卷发，正露出一口白牙在纵情大笑。

玛格丽特笑够之后，猛地把浴衣一甩，抠了一大团轻软的油膏，浑身上下使劲搓了起来。肌肤立刻泛出玫瑰色，身体也变得热辣辣的。转眼之间，亚历山大花园会面后疼了一宿的太阳穴不疼了，就像有人把插在脑袋里的针拔掉了似的。胳膊腿的肌肉也充满了力量。身体轻得连一点分量都没有了。

她稍一作势，竟悬浮在离地毯不太高的半空中，过了一会儿，才缓缓飘坠到地面。

“哎呀，好油！好油！”玛格丽特连连高呼，纵身跃入扶手椅。油膏不仅改变了她的外表，就连整个肌体，每一个细胞，现在也都沸腾着欢乐，宛若一个个小气泡，正轻柔地在她周身碰撞。玛格丽特真真切切地感到，她已经挣脱羁绊，彻底自由了。此外，她心里明白，早晨预感的那种转机正在实现，她马上就要永远告别这座小楼，告别过去的生活了。然而这段过去的生活，终究还是给她留下了一个想法，那就是在一个她将升入空中的不寻常的新生活开始之前，她应该尽一项最后的义务。于是她频频腾空跃起，不顾赤身露体，从卧室飞进了丈夫的书房，扭亮电灯，飞向写字台，从拍纸本里撕下一张便笺，拿起铅笔，用粗大的字体不假思索地迅速写下一张字条：

"原谅我，快把我忘了吧！我要同你永别了。不要找我。你不会找到的。痛苦和不幸毁了我，使我变成了妖精。我走了，永别了！玛格丽特。"

玛格丽特心里再没有一点负担。她又飞回卧室。恰逢娜塔莎正抱着一大抱东西跑进来，那些东西——挂在木衣挂上的连衣裙、镶花边的手绢、套在鞋楦上的蓝缎鞋和一条腰带，一下子全掉到地板上。娜塔莎腾出双手，一拍大腿：

"怎么样，我好看吗？"玛格丽特扯着哑嗓子喊。

"怎么搞的？"娜塔莎喃喃说着，向后退去，"您怎么变成这个样子啦，玛格丽特·尼古拉耶芙娜？"

"都是因为油膏！油膏！"玛格丽特指指闪闪发光的金盒子，对镜照来照去。

娜塔莎把地板上团成一团的衣物忘到了脑后，忙跑到壁镜前，用灼热的目光贪婪地盯着剩余的油膏，双唇在翕动着。随后，她又转身用几乎是崇拜的眼光看着玛格丽特说：

"玛格丽特·尼古拉耶芙娜，看您这皮肤，这皮肤简直在闪闪发光！”直到这时，她才突然回过味来，跑过去拾起衣服抖抖。

“不要管它，随它去！”玛格丽特朝她喊，“见他的鬼去吧！随它去！不过，不扔也行，你可以留下做个纪念。告诉你，拿去做个纪念吧！房间里的东西你全都可以拿走！”

娜塔莎傻呆呆的，好一阵子目不转睛地瞅着玛格丽特，然后一下子扑过来，搂住她脖子，亲着她喊：

“您的皮肤像缎子一样！简直在闪光！像缎子一样！看您那眉毛！”

“快把这些破烂，这些香水统统收拾到你的箱子里去吧！”玛格丽特高声说，“不过可别拿值钱的东西，否则人家就该赖你偷东西了！”

娜塔莎把手边的裙子、鞋袜、衬衣统统打成一个包袱，从卧室跑出去。

小巷对过，从一扇敞开的窗户里，飞出一支响亮的华尔兹舞曲，好精彩。大门口传来一阵汽车驶近的噗噗声。

“阿扎泽洛的电话马上要响了！”玛格丽特一边倾听回响在小巷的华尔兹，一边大叫：“他马上就要打电话来了！外国人不可怕，是的，现在我明白了，他并不可怕！”

汽车又发动起来，驶离大门。院门“砰”地响了一声，方砖甬道上响起了橐橐的脚步声。

“这是尼古拉·伊万诺维奇，听脚步我就知道，”玛格丽特心想，“告别时应该逗逗他。”

玛格丽特把窗帘朝旁边一拉，侧身坐在窗台上，双臂抱膝，这一来身体右侧便沐浴在月光中了。她昂首向月，沉思的面容那么富有诗意。脚步又响了两声，突然停下。玛格丽特欣赏了一会儿月亮，颇为得体地叹息一声，侧目看看花园，果然见到住在小楼底层的尼古拉·伊万诺维奇，身上映着明亮的月光，正坐在长椅上。看得出来，他是冷不丁坐下的。脸上的夹鼻眼镜歪歪着，两手紧攥着公文包。

“噢，尼古拉·伊万诺维奇，您好啊！”玛格丽特以一种郁郁寡欢的声音说，“晚上好！您刚开完会吧？”

尼古拉·伊万诺维奇一句话也说不出来。

“可我一个人，”玛格丽特接着又说，同时还往花园里探探身子，“却孤零零地坐着，您看，多寂寞呀！只好看看月亮，听听华尔兹……”

玛格丽特抬起左手，撩撩耳边一绺头发，又愤愤地说：

“太不讲礼貌啦！尼古拉·伊万诺维奇！我总还是个女人吧？可跟您说话，您连理都不理，像话吗？”

月光下的尼古拉·伊万诺维奇，这时就连灰色背心上的一颗颗小扣子都看得一清二楚，灰白山羊胡子也根根毕现。忽然，他怪模怪样地咧嘴一笑，从长椅上站起来，显然窘得有点蒙头，本该摘下帽子，结果却拎起公文包朝旁边一挥，腿还那么一弯，就像要跳蹲踢舞的样子。

“唉，尼古拉·伊万诺维奇，您真是个无聊的家伙！”玛格丽特又说，“反正你们都让我恶心得不能再恶心了！能够永远离你们远远的，实在是莫大幸福！让你们都活见鬼去吧！”

话音刚落，身后卧室电话铃就响了。玛格丽特跳下窗台，抓起听筒，早已把尼古拉·伊万诺维奇忘到了脑后。

“我是阿扎泽洛。”听筒里说。

“亲爱的，亲爱的阿扎泽洛！”玛格丽特高喊。

“该起飞了。”阿扎泽洛在电话里说。话音里可以听出，玛格丽特这种由衷的欢欣和热情使他高兴，“飞过大门时请您喊一声‘隐身’，在城市上空先转一圈，熟悉熟悉，然后朝南飞。出城之后，就直接朝河上飞。大家等着您呢！”

玛格丽特挂上听筒。这时，隔壁房间传来木棍戳地的声音，接着，又听见木棍在敲门。玛格丽特把门拉开一看，见是一根地板刷子，毛头朝上舞蹈着飞进了卧室，在地板上敲打出细碎的鼓点，有如马尥蹶子似的朝窗外冲去。玛格丽特兴奋极了，一声尖叫，跃上刷柄。随即一个念头在女骑手脑中一闪：忙乱之中她竟忘了披上一件衣裳，于是又驾着刷子冲到床前，胡乱抓过一件天蓝色衬衫。她把衬衫一挥，宛若舞动一面战旗，倏地冲出窗外。回荡在花园上空的华尔兹舞曲更响亮了。

玛格丽特从窗口俯冲下来，看到尼古拉·伊万诺维奇还呆坐在长椅上。这位惘然若失的先生听着灯火通明的二楼卧室传来呼喊和乒乒乓乓的动静，似乎已经僵住了。

“再见，尼古拉·伊万诺维奇！”玛格丽特在他眼前手舞足蹈地喊。

他“哎哟”一声，竟顺着长椅爬了起来，挥动着双手，把公文包也碰到了地下。

“永别了，我要飞去了！”玛格丽特大喊大叫的声音压过了华尔兹。这时她才明白，原来那件衬衫对她毫无用处。她不怀好意地狂笑一阵，把它朝尼古拉·伊万诺维奇兜头一蒙，弄得这位先生像个瞎子似的，“扑通”一声从长椅摔到方砖甬道上。

玛格丽特转过身来，想最后看一眼她那苦熬日月的小楼，结果在亮堂堂的窗前，看到了娜塔莎那张大惊失色的面孔。

“再见了，娜塔莎！”玛格丽特又喊了一声，把地板刷子一带。“隐身！隐身！”她喊得更响了。然后，从把她的面孔抽得生疼的槭树枝条中直穿过去，横越大门，飞入小巷。追逐于她身后的是一曲疯狂的华尔兹。

第二十一章
飞　翔

隐身！自由！隐身！自由！……玛格丽特沿着她家那条小巷往外飞，拐进了另一条同它成丁字形的胡同。这是一条破陋不堪、曲曲弯弯的长巷，里头有一家门脸歪七扭八的小小的石油专销店，论杯出售煤油和一瓶瓶杀虫剂。眨眼间她已穿过小巷，同时悟到：即使行动可以随心所欲，来去无踪，高兴的当儿也不能忘乎所以。多亏奇迹般来了个急刹车，她才没有撞到拐角一盏歪斜的旧路灯上，否则准会一命呜呼。绕过路灯后，玛格丽特夹紧胯下长柄刷，放慢了速度，对电线和支出在人行道上空的牌匾更留神了。再拐个弯儿，就是那条通向阿尔巴特大街的小巷了。飞到这儿，玛格丽特对长柄刷已经可以驾驭自如。她知道只要手一动，脚一磕，这东西就会随你的意思改变方向，所以在城市上空飞行必须特别谨慎，切不可恣意妄为。此外，她还明白，行人是看不见她的。没有一个人抬头，也没有人喊："看哪，看哪！"没有人吓得往一旁躲闪，或者尖声狂叫，更没有吓昏过去，或是怪声怪气哈哈大笑的。

玛格丽特在无声地飞翔，她飞得很慢，而且不高，也就跟二层楼差不多。即使速度如此徐缓，刚拐上灯光耀眼的阿尔巴特大街时，她一眼没照顾到，肩膀竟被一个标着箭头的透明圆盘刮了一下。玛格丽特心头火起，勒住善解人意的长柄刷，退开几步，猛地又朝那圆盘盘冲了过去，用刷柄将它捣了个粉碎。只听哗啦一响，碎片纷纷落下，行人躲避不迭，远处警笛狂鸣。干完这件多余的事之后，玛格丽特不禁纵声大笑。

“上了阿尔巴特街就更得多加小心，”玛格丽特心想，“这地方乱七八糟的东西真多，眼睛简直不够用。”她开始在电线之间穿行，身下是一排排无轨电车、公共汽车和小轿车的车顶在浮动，再看看人行道，给她的印象似乎是滚动着一道道帽子的洪流，而这些洪流又分出一条条小溪，流淌进夜间商店那照得通明的大嘴。

她横过阿尔巴特大街，升到四层楼的高度，从拐角剧院大楼那令人目眩的霓虹灯旁飞过，进了一条两旁高楼林立的窄巷。楼上窗户全敞着，到处回响着收音机放送的音乐。玛格丽特好奇地朝其中一个张了两眼，见是一间厨房，炉台上两只气炉子正在呼呼作响，旁边站了两个女人，手拿汤勺在互相对骂。

“我说，别拉盖娅·彼得罗芙娜，上完厕所可别忘了随手关灯，”一个女人说，她面前是一只煎锅，煎着什么东西，冒着一团团热气，“要不，我们可得打报告把你起出去。”

“你也不怎么样！”对方回敬了一句。

“你们俩都不怎么样。”玛格丽特大声说着越过窗台进了厨房。

手拿脏勺子吵架的两个女人循声转过头来，全愣了。玛格丽特小心翼翼地从二人之间伸过手去，把开关一拧，两只炉子全弄灭了。女人们吓得“哎呀”一声，嘴都合不拢。但玛格丽特对厨房已不感兴趣，又飞进了胡同。

胡同尽头一幢看来刚落成的豪华八层大楼，引起了她的注意。玛格丽特降落下来，发现大楼门脸是用黑色大理石砌成的，正门相当开阔，玻璃门里站着门卫，戴着镶金边的制帽，一颗颗纽扣锃光瓦亮。门上刻着四个镏金大字：“剧文大楼”。

玛格丽特眯起眼睛看看金字，琢磨着这“剧文”二字是什么意思。她把长柄刷夹在腋下，走进大门，门扇把门卫碰了一下，搞得那家伙直纳闷。她见电梯门旁的墙上挂了块大黑板，写着住宅号码和住户姓名，便腾身悬在空中，一个个名字细看起来：胡斯托夫、德武伯拉茨基、克万特、别斯库德尼科夫、拉通斯基……

“拉通斯基！”玛格丽特一声尖叫，“拉通斯基！就是他！……把大师害得好苦！”门卫吓了一大跳，在门边瞪大眼睛瞅着黑板，说什么也不明白，住户名单为什么会尖叫起来。

这时，玛格丽特已顺楼梯如飞般向楼上冲去，嘴里兴高采烈地念叨着：“拉通斯基八十四号……拉通斯基八十四号……”

左侧——八十二号，右侧——八十三号，再往上，左侧——八十四号！就是这儿！还有张卡片哩，上头写着：“O. 拉通斯基”。

玛格丽特跳下刷子，发烧的双脚踏在凉荫荫的石头楼梯平台上，觉得怪舒服的。她按了一次电铃，又按了一次，却没有人来应门。她按得更起劲了，也听到拉通斯基家电铃响个不停。的确，八楼八十四号公寓这家住户至死也不该忘记已故别尔利奥兹的恩情：多亏这位莫文协主席钻到了电车轮下，多亏追悼会恰好是在今晚召开，评论家拉通斯基才得以福星高照，避免了同已在星期五成为妖精的玛格丽特狭路相逢。

玛格丽特见一直无人开门，便默记着层数，疾飞而下，直落底层，又冲到楼外，仰面观察，一层一层往上数，揣摩着拉通斯基家的窗户究竟是哪几扇。无疑，八楼一角那五个没亮灯的窗子便是。核实之后，玛格丽特又腾空而起，不消几秒钟，她已穿过洞开的窗户，飞进黑乎乎的房间。室内只有一条月光映出的银白色光带。玛格丽特顺着光带跑过去，摸索着开关。不大一会儿，整个住宅大放光明。她把长柄刷往角落一靠，查明家中确实无人，便打开通楼梯的房门，再把门上的卡片核对了一遍：果然不错，正是她要找的。

据说，评论家拉通斯基一想起这个可怕的夜晚，至今还会吓得脸色煞白。而且直到如今，提起别尔利奥兹的名字还是毕恭毕敬。幸亏不在家，否则真不知这天晚上将会出什么样的无头血案，因为玛格丽特从厨房出来的时候，两手攥的竟是一把沉甸甸的大榔头！

这个来无影去无踪的空中飞人，虽说是忍了又忍，可双手还是在急不可待地颤抖。她抡起榔头，照准钢琴键盘就是一下，公寓里发出一阵哀鸣。无辜的别克牌立式钢琴一声狂吼，琴键塌了下去，骨质贴片四处横飞。钢琴在惨叫，在嘶声怒吼，在叮当乱响。

浴室里哗哗响起了可怕的流水声，厨房里也是。“看来水已经漫到了地板上……”玛格丽特暗忖。于是，她说了一声：

“那我也不能闲坐着！”

一股水流从厨房窜到过道，玛格丽特打着赤脚吧唧吧唧来回蹚着，把水一桶一桶拎进评论家的书房。接着，她先用榔头砸碎了书柜的门，又跑进浴室敲碎穿衣镜，从衣柜里把评论家的衣服拖出来泡进浴缸。

破坏了一阵子，她心里痛快极了，同时又觉得效果微不足道。

拉通斯基家楼下的八十二号公寓里，剧作家克万特家的保姆正坐在厨房喝茶，忽听楼上乒乒乓乓叮叮当当响个不停，还有人跑来跑去，搞得她大惑不解。她抬头往上一瞧，发现雪白的天花板眼看着变成了惨蓝色。斑晕越来越大，冷不防又渗出了水珠子。保姆一动不动呆坐了两三分钟，觉得煞是奇怪，直到天花板上真的下起了大雨，水珠落到地板上滴滴答答直响，这才跳起身来，慌忙端起脸盆去接。可惜这时已经无济于事，因为降雨区越来越大，竟波及煤气灶台和堆盘子的桌子。于是她大叫一声，出屋向楼上冲去。拉通斯基家立刻响起了电铃。

“有人来按电铃……该动身了。”玛格丽特说。她跨上长柄刷，这时听到一个女人的声音对着锁孔喊：

“开门，开门！杜霞，开门！你们的水漏了吧？把我家漏得一塌糊涂了！”

玛格丽特飞起一米来高，照准吊灯就是一下。两个小灯泡顿时爆裂，吊灯碎片四处横飞。锁孔里喊声停止，楼梯上响起急促的脚步。玛格丽特飞向窗口，来到窗外。她轻挥榔头，砸向玻璃。玻璃发出一声啜泣，碎片顺大理石墙面瀑布般泻落下去。玛格丽特又飞往另一扇窗前。下面很深的地方，人行道上有人在奔跑。大门口停了两辆汽车，其中一辆打着火开走了。拉通斯基家的几扇窗户处理完之后，玛格丽特又飘向了邻居的住宅。这回大榔头抡得更欢了，小巷里回荡着清脆的玻璃破裂声和沉沉的敲击声。门卫从第一单元跑出来，朝楼上看看，犹豫片刻——看来他没有立刻弄清究竟该采取什么措施——随后把警笛塞进嘴里，疯狂地吹了起来。玛格丽特随着这声哨响，特别卖力地挥动大锤，把八楼剩余的最后一片玻璃砸了下来，然后又飞向七楼，动手砸它的玻璃。守着紧闭的单元玻璃门正闲得难受的门卫，这回可把吹警笛当作了一件表现热心的大事。而且他绝对准确地跟着玛格丽特的行动节奏走，仿佛在给她伴奏一般。当她停下来从一扇窗户飞向另一扇窗户时，他就深吸一口气。玛格丽特每挥动一次大锤，他就鼓起腮帮子，憋红了脸，把哨子在夜空中吹得声闻九霄。

他的努力，再有愤怒的玛格丽特的努力，取得了重大战果。大楼里惊恐的情绪越来越严重，那些还没有被敲碎的玻璃窗，一扇接一扇被推开了，人们的脑袋从里头探了出来，接着又立刻缩了回去，打开的窗户又关上了。对面那几幢大楼，亮着灯的窗户里出现了黑色人影。他们想搞个明白，究竟为什么剧文大楼这幢新楼的窗玻璃会无缘无故地破碎。

胡同里人们纷纷朝剧文大楼奔来。楼内所有楼梯上，大家都在上下乱窜。克万特家的保姆冲着人们大喊，说她家发大水了。工夫不大，克万特家下面八十号住宅胡斯托夫家的保姆也跟着喊起来。八十号的厨房和厕所天棚，水淌得哗哗的。终于，克万特家厨房天花板一大片灰皮脱落下来，把所有脏碟脏盘砸了个粉粉碎。随后暴雨成灾，水从脱落的湿漉漉的板条格子里奔泻而下，一单元楼梯间人声沸沸扬扬……

玛格丽特飞过四楼边上的第二个窗户，见里头正有个男人慌慌张张往脑袋上套防毒面具。玛格丽特抡起大锤照他家窗户砸去，吓得这人一下子跳了起来，逃出房去。

不过，这种怪得邪门的破坏却出人意料地停止了。玛格丽特轻轻滑向三楼，朝最边上一个挂黑色纱窗帘的窗户望了一眼，只见里面亮着一盏罩灯伞的小灯泡，一个四岁左右的小男孩坐在一张两边挂网的小床上，正惊骇地谛听着。屋里没有大人，显然都从屋里跑出去了。

“有人砸玻璃。”男孩说，随后又叫了一声，“妈妈！”

没听见人回答，又说：

“妈妈，我害怕。”

玛格丽特拉开窗帘，飞进屋内。

“我害怕。”孩子又说了一句，竟哆嗦起来。

“别怕，别怕，小乖乖，”玛格丽特说，尽量让被风呛哑了的嗓子变得柔和些，“是孩子们把玻璃打碎了。”

“用弹弓打的吗？”孩子问了一句，不哆嗦了。

“是的，是的，”玛格丽特说，“你睡吧。”

“准是西特尼克干的，”孩子说，“他有弹弓。”

“是他，没错儿。”

孩子顽皮地朝一边看看问：

“阿姨，你在哪儿？”

“我没有，”玛格丽特说，“是你在做梦呐。”

“我也这么想。”孩子说。

“躺下吧，”玛格丽特吩咐他，“把小手枕在脸蛋下边，你就能在梦里看见我啦。”

“好的，快让我梦见你吧，快让我梦见你吧。”孩子挺高兴，立刻乖乖躺下，手放在小脸蛋底下枕着。

“我来给你讲个故事吧。”玛格丽特说着把一只发烫的手放在孩子那头发剪得短短的脑袋上，“世上有那么一个阿姨……她没有孩子，没有幸福，什么也没有。她哭呀哭，哭到后来，就变成了一个恶人……”玛格丽特不讲了，抬起手来，孩子睡着了。

玛格丽特把榔头轻轻放到窗台上，从窗户飞了出去。大楼外一片混乱。沥青人行道上遍地狼藉，到处散落着碎玻璃。人们跑来跑去，不知喊些什么，人群中出现了几名民警。突然警钟鸣响，阿尔巴特大街上有辆红色消防车拐进了胡同，车上带了一架云梯。后来玛格丽特就觉得没有什么意思了，她看准一处没有电线的空档，把长柄刷紧紧一夹，刹那间冲霄而起，飞到了超越这幢倒霉大楼高度的空中。胡同在她身下斜向一侧，又向下沉去，渐渐不见了。取而代之的是一大片密密层层的屋顶，被一条条闪亮的小路分割成一块一块。突然，屋顶也统统向一侧滑去。一串串灯光变得越来越暗淡，汇成模模糊糊的一片。

玛格丽特又猛地一冲，于是，这一大片屋顶好像钻进了地缝，身下却出现了由闪烁的万点灯火汇成的一个大湖。这大湖冷不防直立起来，进而竟倒悬在玛格丽特的头顶，而月亮却在她脚下闪动着银光。玛格丽特知道，她这是翻了个跟头，便又设法恢复原状。等她翻过身来，发现灯火之湖已经不见了，在那边，在她身后，地平线上只剩下了一点玫瑰色余晖。眨眼之间，余晖也消失了。这时，玛格丽特才看出，只有左上方一轮孤月在伴她飞行。月光抚摩着她的身体，发出阵阵呼啸。天风早已把她的头发吹成一堆乱草。脚下两排稀疏的灯光，化成两条连绵不断的亮闪闪的链条，在身后飞快地隐没了。玛格丽特由此猜到，现在她正以神奇的速度向前飞行。奇怪的倒是她并没有因此而透不过气来。

几秒钟后，脚下黑沉沉的大地上，又闪出一片由无数电灯汇成的霞光，它朝玛格丽特身下扑来，紧接着旋转了一圈，隐入大地不见了。过不多久，这样的景象又再现了一次。

“那是一座城市！城市！”玛格丽特叫了起来。

后来，有那么两三次，她看见身下好像有几柄马刀，正躺在敞盖的黑匣中放射寒光。她暗想：那是河流。

女飞人仰望左上方，欣赏着头顶那飘忽不定的月轮——它正以疯狂的速度朝莫斯科退去，同时又非常奇怪地高挂在原处一动不动，所以可以清楚地看到月亮上有一块神秘的斑影，一个有点像龙，又有点像海马的东西，正把它那尖尖的嘴伸向一座颓败的城市。

这时，玛格丽特心中忽然一动，暗想：其实又何必苦苦驱赶这把刷子，逼得它如此急速飞腾呢？这样岂不失去了一个观赏风光、享受飞行乐趣的大好机会？有种直觉告诉她，人们会在她此行的目的地恭候她，完全犯不着如此这般兴味索然地拼命赶路，而且飞得这老高。

玛格丽特把刷子头向前一推，这样刷柄就翘了起来，速度大大放慢，缓缓降向大地。她觉得仿佛正乘坐一架空中雪橇向下滑行，这感觉给她带来了极大的享受。大地从脚下迎面扑来，原先那墨黑一片的混沌如今把月夜的秘密和魅力展现出来了。大地越来越近。绿荫森郁的密林向她喷散出特有的芬芳。玛格丽特滑过洒满露珠的草原，翱翔在雾霭之上。一个池塘滑过，脚下蛙声如潮。远处的火车声不知为什么使人心情格外激动。不久，玛格丽特便看见它正缓缓爬行在脚下，仿佛一条蚯蚓，而且还朝空中喷吐着火星。超越火车之后，她又从一片一平如镜、倒映着第二轮皓月的水面掠过。这会儿她把高度降得更低，双脚几乎触及一株株高大的松树之巅。

一阵震耳欲聋的破空之声渐渐从玛格丽特身后追了上来。除了这仿佛炮弹飞行发出的啸声之外，还传来一个女子响彻四野的狂笑。玛格丽特回头一看，发现有个奇形怪状的东西朝她急急赶来。待到近处，那东西渐渐显出了轮廓：竟是一位飞行骑手。接着，骑手的模样也能分辨出来了：原来是娜塔莎。她放慢了速度，同玛格丽特并肩飞行。

娜塔莎全身赤裸，披散的头发在空中飘舞，胯下是一口肥壮的骟猪，前蹄还紧抱着一只公文包，两条后腿拼命在空中划动。夹鼻眼镜从他的鼻梁上滑落下来，吊在一根细链上，随着骟猪飞行，在月光下一闪一闪。礼帽不时滑下来，挡住它的视线。玛格丽特定睛一看，居然是尼古拉·伊万诺维奇，不禁放声大笑，笑声回荡在森林上空，同娜塔莎的狂笑汇成一片。

“娜塔莎！”玛格丽特发出一声刺耳尖叫，“你抹油膏了？”

“亲爱的，”娜塔莎的回答宛若一声长啸，唤醒了沉睡的松林，“我的法国女王！我给这秃脑袋也抹上了，给他也抹上了！”

“我的公主呀！”骟猪拉着哭腔叫了起来，驮着女骑手急速飞奔。

“玛格丽特·尼古拉耶芙娜，我的心肝！”娜塔莎傍着玛格丽特飞驰时高喊，“我得坦白，我抹了油膏！我也想长命百岁！我也要飞！原谅我，我的主人！我不回去，说什么也不回去！噢！真好！……他还向我求婚呐！”娜塔莎伸出一只手指，戳着神色尴尬、气喘吁吁的骟猪的脖子说，“求婚！喂，你是怎么称呼我的？快说！”她俯身趴在骟猪耳边喊。

“我叫你女神！”骟猪嚎了一声，“我飞不了这么快！我会把重要文件搞丢的。尊敬的娜塔莎女士，我抗议！”

“让你的文件见鬼去吧！”娜塔莎毫不在乎地笑着喊。

“怎么可以这样！尊敬的娜塔莎女士！这话可不能让别人听见哪！”骟猪大声求饶。

娜塔莎趁着联袂飞行的当儿，一边嘻嘻哈哈笑着，一边把玛格丽特飞出大门后小楼里发生的事说了一遍。

娜塔莎承认，她根本没有去碰那些送给她的衣物。她甩下衣衫，直奔油膏，立刻把它涂满全身，于是她也发生了与女主人同样的变化。就在娜塔莎欢欣鼓舞大笑，对镜欣赏自己天仙般的美貌时，门打开了，眼前出现了尼古拉·伊万诺维奇。他很激动，双手捧着玛格丽特那件贴身的衬衫，还有他自己的礼帽和公文包。一见娜塔莎，尼古拉·伊万诺维奇傻了。他定了定神，脸红得像煮熟的龙虾，宣称他有责任拾起这件衣服，亲自送上门来……

“听他说得多漂亮！这个坏蛋！”娜塔莎哈哈大笑尖叫道，“他还说了好些不三不四的话，使出不少手段来勾引我！他许愿要给我一大笔钱！还说克拉芙季娅·彼得罗芙娜不会知道的。你说，你说，我给你造谣了吗？”娜塔莎对着骟猪大吼。骟猪只是不好意思地把脑袋转来转去。

娜塔莎在卧室里淘气得一时兴起，把油膏在尼古拉·伊万诺维奇身上一抹，谁知自己反倒慌了神：这位住在楼下的可敬的邻居，面孔一下子变得圆滚滚的，手脚变成了蹄子。尼古拉·伊万诺维奇在镜中发现自己这副模样，不由得绝望地怪叫。可惜已经迟了。片刻之间，一副鞍子套到他身上。他不由大放悲声，离莫斯科而去，飞向魔鬼。

“我要求还我本来面目！”骟猪既非愤怒，亦非哀告，忽然哼哼唧唧说，“玛格丽特·尼古拉耶芙娜，您有责任管管您家保姆！”

“怎么？我现在还是保姆？保姆？”娜塔莎揪着猪耳朵问，“我不是维纳斯吗？怎么叫我来着？”

“维纳斯！”骟猪哭哭唧唧回答。飞越一道在石滩上潺潺流过的小溪时，蹄子都碰到了蓁丛。

“维纳斯！维纳斯！”娜塔莎胜利地高呼，一手叉腰，一手伸向月亮。

“玛格丽特！女王！给我求个情！把我留下来当女妖吧！他们会答应你的！他们是给了你这个权力的！”

玛格丽特回答说：

“好的，我保证！”

“谢谢！”娜塔莎大喊一声，突然，非常生硬又有点忧伤地催促，“嗨！嗨！快点！我说，速度再快点！”

她用两个脚后跟夹了夹骟猪那由于狂奔而消瘦下来的肚皮。骟猪向前一蹿，只听“嗖”的一声，娜塔莎已飞到前方，成了一个黑点，随后转眼不见。破空之声也随之消失。

玛格丽特仍然在这满目荒凉的陌生地方徐徐飞行。她飞过座座山峦，但见株株高大的青松之间偶尔还点缀着几块卧牛石。这会儿，玛格丽特不是掠着树梢，而是在半边辉映着银白月色的树干之间作穿插飞行。她那淡淡的影子，在前下方滑过大地。现在，月光是从她背后射过来的。

玛格丽特感到很快就要飞临一片水面，并猜到目的地就在眼前。松林向两侧闪开了，她凌空缓缓滑向一座白垩土悬崖。崖脚暗影中横卧着一条河流，一片雾气飘浮在崖下，缭绕在崖底树丛之中。低矮的对岸坦荡如砥，岸上有几株亭亭如盖的大树聚成一簇，树下闪烁着一丛跳跃的篝火。几个活动的身影隐约可见。玛格丽特仿佛听到那边飘来一阵叫人心痒难耐的欢快乐曲。远处是一望无边的银白色原野，看不到丝毫有人烟的迹象。

玛格丽特由峭壁一跃而下，迅速向水面降落。御风遨游后，清清涟漪对她产生了无穷诱惑。她抛开长柄刷，紧跑几步，一头扎下去。轻盈的身躯箭似的穿入水中，激起的水柱几乎一直飞溅到月亮上。清波和暖宜人，有如温泉。她从深不可测的水底钻出来，独自在深夜河面尽情嬉戏起来。

玛格丽特的周围没有一个人，但稍远处灌木丛后传来了戏水声，还有呼噜呼噜喷鼻子的声音。显然那边也有人在游泳。

玛格丽特登上河岸。浴后的她浑身好像燃着一把火。疲倦一扫而空，她高兴得在湿漉漉的草地上跳起了舞。忽然她停下舞步凝神细听，喷鼻子的声音越来越近。接着，打柳丛那边爬出个一丝不挂的大胖子，头上还戴了一顶黑色高筒缎帽，两只大脚丫子沾满了黑乎乎的淤泥，看上去会以为他穿了双黑色高腰皮靴。从他呼哧呼哧喘气和不断打嗝等情况来看，此人显然醉得不轻。河上这时突然飘来一股白兰地味儿，也证实了这种揣测。

胖子一见玛格丽特，上下仔细打量，又高兴地大叫：

“哎呀呀，这是谁呀？原来是克洛蒂娜！快乐的小寡妇！难道不是你吗？怎么会在这儿？”说着，便走过来打招呼。

玛格丽特退了一步，不失尊严地回答：

“见你的鬼去吧！我是你哪门子的克洛蒂娜！你好好看看是在跟谁说话！”略一思索，又加了一长串难听的骂人话。这些措施使轻佻的胖子清醒了不少。

“哎呀！”他哆嗦了一下，轻轻叫道，“对不起，请您恕罪，马尔戈女王陛下！我认错人了。都是该死的白兰地不好！”胖子单腿跪地，高筒礼帽往一侧一挥，躬身施礼。他掺和着俄语和法语，啰啰唆唆讲起了一个叫格萨的巴黎朋友举行的血腥婚礼，又讲起白兰地，还说他犯了个可悲的错误，心情十分压抑。

“狗娘养的！你把裤子穿上再讲嘛！”玛格丽特以尽量温和的口气说。

胖子见玛格丽特不生气，也咧开嘴笑了。他非常兴奋地说，眼下他一条裤子也没有，因为游泳时他糊里糊涂把裤子丢在了叶尼塞河岸边。不过他这就飞过去取，小意思，距离并不远。于是他请求宽恕和原谅，连连后退，一个仰八叉跌进水里。虽说身体往下倒，可那张长了一圈络腮胡子的脸上，一直保持着衷心的喜悦和忠心耿耿的笑容。

接下来玛格丽特打了个刺耳的呼哨，跨上应声而至的长柄刷，凌空驰向对岸。这边已越出了白垩山的阴影，整个河岸月光通明。

玛格丽特一踏上潮洇洇的草地，柳树下乐声奏得更响，篝火上也更加欢快地腾起了一蓬蓬火星。月光下只见柳树旁开满了娇嫩的柔荑花，两行阔嘴青蛙分班排列，鼓起仿佛胶皮的肚子，用木笛奏出了雄壮的进行曲。乐队面前的柳条上，悬挂着一块块磷光闪闪的朽木，照亮了乐谱。篝火映到青蛙脸上，不停地闪烁跳跃。

这是为欢迎玛格丽特而奏响的进行曲。是一种最隆重的欢迎仪式。晶莹的鱼美人在水面停止了她们的环舞，向玛格丽特舞动水藻。在这片空旷的绿莹莹的河岸上，响彻了它们那远远就能听到的吟啸般的问候声。裸体女妖从柳树后一跃而出，排成一行，屈膝躬身行着宫廷大礼。一个长山羊蹄子的小妖飞上前来吻她的手，在草地上铺开一张丝毯，问候女王沐浴是否尽兴，请女王小卧片刻，稍事休息。

玛格丽特准了。羊蹄小妖送上香槟一盏，她一饮而尽，立刻觉得心里暖洋洋的。她问娜塔莎现在到了什么地方，回答说现在她已经洗过澡，骑着骟猪先回莫斯科去了。她要去通报玛格丽特即将驾临的消息，为她准备服饰。

玛格丽特在柳树下短暂的逗留标志着一个新阶段。空中响起了破空之声，一条黑影显然没有找准地方，落到了水中。片刻之后，原来在对岸唐突过玛格丽特的胖络腮胡子又出现了。看样子他已经往叶尼塞河跑了一趟——因为现下穿了一身燕尾服，只不过从头到脚都是湿淋淋的。这回又是白兰地把他坑了，让他一个把握不准，掉到了水里。但他并没有在这尴尬时刻失去笑容，玛格丽特微笑着把手伸给他亲吻。

后来，大家都准备起程了。美人鱼献舞完毕，在月光中化去了。羊蹄小妖毕恭毕敬询问玛格丽特，到河边来一路乘坐的是什么？当他听说女王骑的竟是一只长柄刷时，便说：

“喔，怎么能这样！多不方便呀！”于是，三下两下，用两根枯枝搭成了一台似电话非电话的东西，不知给谁下了个通知，要他们马上派辆汽车来。果然，工夫不大，一切都办妥了。

一辆浅黄色敞篷车自天而降，落到沙洲上，驾座上坐的不是普通司机，而是一只黑羽长喙的白嘴鸦，头上还戴了一顶漆布便帽，手上是一双喇叭筒手套。沙洲空了。飞去的妖精一个个消融在灿烂的月光中。篝火奄奄，余烬已蒙上了一层白灰。

玛格丽特在羊蹄小妖簇拥下登上浅黄色汽车，坐到宽敞的后座。汽车一声吼叫，腾空而起，冲入云霄，几乎开到月亮上。沙洲不见了，河流消失了，玛格丽特又向莫斯科飞去。

第二十二章
烛光下

汽车高高飞翔在大地之上，它那平缓的嗡嗡声使玛格丽特昏昏欲睡。惬意的月光照在身上，使人感到暖洋洋的。她闭上眼睛，迎面当风，回想着被她委弃的无名河岸，正为无缘重游而黯然神伤。今晚她目睹了种种神异，现下已有十足把握猜到是谁请她去做客了。但她并不害怕。给她以无限勇气的是隐藏于胸的一线希望：到那边，她将能重新获得幸福。然而，允许她坐在汽车上憧憬幸福的时间并不长。说不清是由于白嘴鸦经验丰富，还是汽车性能优越，待到玛格丽特再次睁开眼睛时，身下已不是黑黢黢的森林，而是由莫斯科万家灯火汇成的一片闪烁的大湖了。浑身墨黑的乌鸦司机在飞驰中卸下右前轮，把汽车降落在多罗戈米洛夫区一个阒无人迹的墓地里。

在一座墓碑前，白嘴鸦请缄口不问的玛格丽特拿好长柄刷下了汽车，然后又打着了火，让它径直朝墓地后的深谷驶去。汽车冲进深谷，轰隆一声摔得粉碎。白嘴鸦恭恭敬敬行个举手礼，骑上一只车轮腾空而去。

这时，从一座纪念碑后闪出了一件黑斗篷。月光下只见白森森的獠牙一闪，玛格丽特认出了阿扎泽洛。他做了个手势，请玛格丽特跨上长柄刷，自己则腾身上了一柄长剑。二人隐去身形，盘旋上升，几秒钟后，降落在花园街副三〇二号大楼近旁。

他俩腋下夹着长柄刷和长剑，穿过门洞。玛格丽特发现那里有个戴便帽、穿高筒靴的人，好像在焦急地等待什么人。尽管阿扎泽洛和玛格丽特把脚步放得轻而又轻，这位形孤影只的人物还是听到了声息，他惊恐地哆嗦了一下，搞不准脚步声究竟从何而来。

在六单元门口，他俩又遇见了第二个人。此人同第一位惊人地相似。结果也一样：他听见脚步声，惊惶不安地转过头，皱起眉毛，当门打开又关上时，他冲过来朝隐身人进门的方向看了又看，还把头伸进单元门里看看，当然什么也不可能发现。

第三个人同第一、二两个人一样，只不过是在三楼平台上守着。他抽的烟十分有劲，当玛格丽特从身旁走过时，呛得不由咳嗽起来。抽烟的仿佛被人拿针扎了一下，从长椅上跳了起来，失了魂似的朝身后望了又望，还趴着栏杆朝下看，玛格丽特同她的随从这时已站到了五十号公寓门前，他们并没有按铃。阿扎泽洛用他的钥匙无声无息地打开了门。

首先使玛格丽特感到奇怪的是，她进去的地方那么黑，黑得简直如同钻了地洞。所以她不由自主要伸手拽住阿扎泽洛的斗篷，免得绊倒。忽然，头上很高的地方，亮起了一盏神灯。它渐渐移了过来。阿扎泽洛边走边从玛格丽特腋下抽出了长柄刷。它在黑暗中消失了。

他们走上一座宽阔的楼梯。玛格丽特只觉得这楼梯长得没有尽头。使她奇怪的是，在莫斯科一处普通公寓的前厅里，居然能有这么一座长得无尽头的楼梯！这真是一座不寻常的楼梯，它是无形的，但又是实实在在的。在楼梯上走了一段之后，阿扎泽洛停了下来，玛格丽特意识到她是站在楼梯平台上了。待到那道微弱的灯光逼近身旁，玛格丽特这才看出一张被灯光照亮的男人的脸。此人身材颀长，浑身着皂，手捧一盏神灯。不消说，即使此灯光焰昏暗如豆，近日来不幸同此人邂逅的那些人，也还是一搭眼就能够认出他来。这位就是科罗维耶夫，又名法果特。

不过，此时，科罗维耶夫的外貌已大为改观了。如今在这摇曳不定的昏灯之下闪着光的已不再是那副布满裂纹的夹鼻眼镜。按说，它也早该被扔进臭水坑去了。眼下他换上了一副单眼镜，只是还有裂纹，脸上依然是那么一副厚颜无耻的表情。两撇胡梢朝上翘着，拿油抹得锃亮。科罗维耶夫怎么又会浑身着皂呢？——这倒好解释，原来他换了套燕尾服，只有前襟露出一块白衬胸。魔法师、合唱指挥、术士、翻译……鬼知道他真正的身份是什么。总之，就是这个科罗维耶夫，他躬身施礼，端着神灯做了个夸张的手势，邀请玛格丽特跟他走。阿扎泽洛不见了。

“真是个怪透了的夜晚，”玛格丽特想，“做梦也想不到会遇上这样的事。这地方是停电了还是怎么的？不过最让人不明白的，还得数这房子的面积……这么大的地方，怎么可能统统塞进一套莫斯科公寓里来呢？这是无论如何也办不到的呀！”

尽管科罗维耶夫手里的那盏神灯昏暗无光，但玛格丽特还是依稀看出，她是置身于一间大得无边的厅堂之中，一排柱子隐约可见，给人的印象仿佛这些黑乎乎的柱子一直伸展到无尽的远方。科罗维耶夫在一张小沙发前停了下来，把神灯放到一个圆台上，做了个手势请玛格丽特坐下。他本人则在她身旁摆出个美妙的姿势——把胳膊肘朝圆台上一支。

“请允许自我介绍一下，”科罗维耶夫扯着尖溜溜的细嗓门说，“我叫科罗维耶夫。您看没有电灯，准会觉得奇怪。您一定以为这里在节约用电吧？完全不是这么回事！要是果真如此，那就随便找个刽子手，在这石墩上砍了我的脑袋去好了，哪怕就从今天晚上过些时候有幸拜会您的那些人当中找个人来行刑也可以！不，这不过是因为主人他不喜欢电灯，除非万不得已，我们是不会用它的。我向您保证，会有灯火辉煌的时刻。到了那时，也许您又会嫌灯太亮了。”

玛格丽特很喜欢科罗维耶夫，听他扯着破嗓子喋喋不休，这倒真让她放下心来了。

“不，”玛格丽特说，“我最奇怪的是这里怎么会有这么大的地方？”她把手一挥，以此强调大厅的宽敞。

科罗维耶夫甜甜地一笑，鼻子上皱纹的阴影也动了一下。

“再简单不过了！”他回答，“谁要是懂得五度空间的道理，那么，想要把房子变得大小随心，那是一点也不难的。我还要告诉您，尊敬的夫人，要多大就可以有多大！话又说回来，”科罗维耶夫又滔滔不绝了，“我也知道，有些人不仅不懂五度空间，别的也任嘛不懂，可就是能在扩大住宅面积方面创造最了不起的奇迹。比如，听说有这么一位公民，在土城广场分到一套三间的住宅。此人对五度空间之类虽说一窍不通，可是反掌之间，竟把三间变成了四间，又把其中的一间劈成了两间。

“于是，他用这套房子，在莫斯科不同的两个区换到了两处单独的住宅，一套三间，另一套两间。加起来不就有五间之多了吗？三间的那套他又换成单独的两套，每套各有两室，这样一来，您看，他不就成了六间房的主人了吗？只是杂乱地分散在莫斯科不同地区而已。他在报上登出一则启事，说是愿意用分散在莫斯科几个区的六间房来换取土城广场的五间一套。正当他即将实现这最后的也是最辉煌的一步时，他的行动却由于某种自己做不得主的原因半途而废了。也许，此刻他还有一间房，不过我敢保证，他肯定不住在莫斯科了。瞧这家伙有多滑！可您还要讨论什么五度空间！”

尽管根本不是玛格丽特要讨论什么五度空间，而是科罗维耶夫自己在海阔天空，可听了这段房产投机家的发家史后，她还是快活地笑了起来。科罗维耶夫接着又说：

“玛格丽特·尼古拉耶芙娜，咱们还是言归正传吧。您是一位聪明女人，当然早就猜到请您光临的是谁了。”

玛格丽特心中怦然一动，点了点头。

“那就太好了，”科罗维耶夫说，“我们最反对闪烁其词和故弄玄虚。鄙上每年举行一次舞会，叫作仲春月圆舞会，或者叫百王舞会。与会者嘛……”讲到这，科罗维耶夫一把捂住腮帮子，仿佛牙疼起来，“话又说回来，我想您亲眼看看就知道了。我再接着说。鄙上是独身，这您自然明白。所以需要一位女主人，”科罗维耶夫摊开双手，“您也知道，没有女主人那……”

玛格丽特一字不漏地听着科罗维耶夫讲话。她的心底发冷，幸福的希望使她头都晕了。

“我们有个传统，”科罗维耶夫接着又说，“舞会的女主人一定要叫作玛格丽特，这是第一；第二，她一定得是当地人。您知道，我们正在旅行，眼下到了莫斯科。我们在莫斯科找到了一百二十个玛格丽特，信不信由您，”科罗维耶夫伸手在大腿上一拍，表示毫无办法，“竟没有一个合适的。终于，幸运之神……”

科罗维耶夫别有深意地笑笑，鞠躬致意，玛格丽特心里又是一冷。

“长话短说吧！”科罗维耶夫提高了声音，“简明扼要：您不会拒绝承担这项义务吧？”

“我不拒绝！”玛格丽特斩钉截铁地回答。

“您当然不会，”科罗维耶夫举起了灯，“请随我来。”

他们穿过一根根廊柱，来到另一间大厅。这里说不上为啥有股刺鼻的柠檬味，还不时传来沙沙的响声，有个什么东西在玛格丽特头上刮了一下。玛格丽特吓得一哆嗦。

“您别害怕，”科洛维耶夫甜声甜气地安慰她，还挽起她一只胳臂，“这些都是别格莫特给舞会准备的一些小噱头，没什么了不起。总之，玛格丽特·尼古拉耶芙娜，在下要斗胆劝告您，千万用不着害怕任何东西。害怕是不明智的。不瞒您说，这将是一场空前盛大的舞会。我们将会见到一些一度曾是权势通天的人物。不过，说实在的，如果跟在下有幸忝列侍从的那位主子所具有的权势相比，这些家伙就实在太微不足道了。想到这一点，我都觉得甚至有点不得劲……何况，您本身也是王族血统嘛。”

“怎么是王族血统？”玛格丽特大吃一惊，朝科罗维耶夫贴过来悄声问。

“哎，女王，”科罗维耶夫扯着破锣嗓子故作高深地说，“血统问题可是世界上最扑朔迷离的问题！如果您有机会对某些老祖母仔细加以盘问，特别是那些名门淑女，尊敬的玛格丽特·尼古拉耶芙娜，那您就一定能发现好多最令人惊讶的秘密！我看这种事就跟洗牌那么怪，这话一点都不罪过。有些事情以等级界限来设防是根本靠不住的，连国界也靠不住。透露点秘密吧：如果十六世纪的那位法国女王当年要听说，几百年之后有个玄孙女将在莫斯科被我挽着手臂带进舞会大厅，那她该有多么惊奇！好了，我们到了！”

这时科罗维耶夫一口把灯吹灭，灯在手上倏然不见。玛格丽特发现眼前地板上有道光从一扇黑门下面透出来。科罗维耶夫在门上轻叩几下，玛格丽特兴奋得牙都咯咯地抖起来，脊背上爬过一阵寒战。

门敞开了。里面原来并不大。玛格丽特见到一张宽大的橡木床，被单枕头全都皱皱巴巴，邋邋遢遢。床前放了一张橡木写字台，桌腿是雕花的，桌上放了一盘枝形烛台，上有七个鸟爪状金制插烛座，点着粗大的蜡烛。小几上摆着一只大棋盘和一副雕工精致的棋子。在一块略有磨损的小地毯上，置放着一张矮椅，另一张桌上放了一只金盏和一架蛇状枝形烛台。室内弥漫着硫黄和松脂气味。错杂的烛影在地板上摇曳。

玛格丽特从在场人物中立刻认出了阿扎泽洛。此刻他已换上燕尾服，侍立在床栏旁。衣冠楚楚的阿扎泽洛身上，玛格丽特头一回在亚历山大花园见面时的那股匪气已经一扫而空了。他气度优雅至极地向玛格丽特鞠了一躬。

一个精赤条条的女妖，就是那位把杂技场小卖部可敬的主任搞得好难为情的赫勒，唉，也就是那位在尽人皆知的演出之夜幸好被雄鸡一唱吓得溜之乎也的赫勒，正坐在床前地毯上搅动着煎锅，里头的东西散发出一股硫黄味。

除了这两位，棋盘旁的高凳上，还雄踞着一只硕大无朋的黑猫，右爪抓着一只“马”。

赫勒微微欠身，向玛格丽特行礼。黑猫也跳下凳子向她致敬。不料右腿一收之际，“马”掉到床底下去了，它随之也钻了进去。

在诡谲的烛影中，吓得心惊胆战的玛格丽特好不容易才看清了这一切。她的注意力被坐在床上的人物吸引住了。不久前可怜的伊万大费唇舌，力图证明世上根本就不存在魔鬼，要说服的对象正是此公。这个不存在的魔鬼，如今正高坐于床榻之上。两只炯炯有神的眼睛正逼视着玛格丽特。右眼深处，一束金色火花在跳动，锐利的目光能刺穿每个人的灵魂；左眼那样空虚、幽冥，活像个入煤孔，像个黑洞洞无底深井的井口。沃兰德的面孔朝一边歪斜，右嘴角向下耷拉，宽宽的秃额，横着几道同两条剑眉平行的深襞；面部的皮肤是那种长年累月受到日光曝晒而形成的黧黑色。

沃兰德摊开手脚歪在床上。他仅穿一件长睡衣，邋里邋遢，左肩还缀着一块补丁。一条腿裸露着盘在身下，另一条直伸到小椅子上。赫勒这会儿正用一种冒烟的涂剂揉搓着这条黑腿的膝盖。透过沃兰德敞开的睡衣，玛格丽特看到他那光溜溜的胸脯上戴着一条金链子，挂了一只由黑宝石精雕而成的甲虫，背上还镌了几个什么字。他身旁有个沉甸甸的底座，陈放着一只奇怪的地球仪，同真正的地球一模一样，被阳光照亮了半边。

沉默持续了几秒钟。“他在打量我呢。”玛格丽特心想。她竭力控制自己，不让双腿哆嗦。

沃兰德终于开口了。他微微一笑，火花闪烁的右眼仿佛喷出一团火。

“欢迎您，女王，请原谅我这样不修边幅。”

沃兰德声音十分低沉，有的字音拖得那么长，宛如沉睡时的鼾声。

他从床上拿起一把佩剑，弯腰拿它在床下捅了两下说：

“出来吧！棋不下了，来客人了。”

“千万不要这样。”科罗维耶夫像提台词似的在玛格丽特耳边忐忑不安地悄声说。

“千万不要这样……”玛格丽特开口了。

“阁下……”科罗维耶夫朝她耳朵里吹风。

“阁下，千万不要这样，”玛格丽特已经定下神来，清清楚楚地低声说。接着，又莞尔一笑，“我恳求您不要因此耽误了您下棋。我想，如果棋艺杂志能有幸把这一局刊登出来，它一定愿意支付极高的稿酬。”

阿扎泽洛颇为赞赏地轻咳一声。沃兰德仔细朝玛格丽特打量两眼，仿佛自言自语说：

“科罗维耶夫说的不错，真是洗牌洗出来的奇迹。血统就是有关系！”

他伸手招了两下，叫她到身边来。玛格丽特走过去，两条赤裸的腿都快要瘫软了。沃兰德把他那两只重如磐石、灼如烈焰的手，搭在玛格丽特肩上，把她拉过去，安排她坐在身边床上。

“啊！您果然这样善解人意，这样迷人！我还能有什么更高要求呢！那么，咱们就别客气了。”又俯身向床下叫：“你到底想在床底下蹲多久？快出来吧，可恶的甘斯！”

“我找不到‘马’了，”黑猫在床下用一种既诚恳又虚伪的腔调应了一声，“跑没影儿了。可不知打哪儿又钻出来一只青蛙。”

“你以为这是在市场怎么着？”沃兰德装出怒冲冲的口气问，“床底下打哪儿来的青蛙？还是别跟我耍那套杂技场耍过的把戏吧！再不钻出来就算你输！可恨的逃兵！”

“阁下，那可不成！”黑猫大叫一声，打床下钻出来。爪子里拿的正是那匹“马”。

“介绍一下……”沃兰德刚说了半句，自己就打断了自己，“哎呀，这个胡闹的小丑！我可实在看不下去。你们瞧，趁躲在床下，他把自己都打扮成什么模样了！”这工夫，滚了一身灰的猫儿正用两条后腿直立着，朝玛格丽特行礼呐。猫脖子上系着一只白色的燕尾服领结，胸前皮带上吊着一副朱红色女式观剧镜。更有甚者，两撇猫胡子竟涂成了金色。

“这是怎么回事？”沃兰德叫道，“干吗把胡子弄成金煌煌的？连条裤子都不穿，还戴那么个领结干什么？”

“猫是不该穿裤子的，阁下，”黑猫凛然回答，“您难道还要我穿靴子不成？只有童话里才有穿靴子的猫，阁下。可是，难道您见过舞会上有谁不戴领结吗？我可不愿意弄得自己太尴尬，让人家掐脖子把我轰出去！每个人都在尽量打扮自己。您难道认为，一副观剧镜也值得您指责吗，阁下？”

“那么，胡子呢？”

“我不明白，”黑猫冷冰冰地说，“为什么阿扎泽洛和科罗维耶夫今天刮胡子就可以扑上白粉？白粉怎么就比金粉好？我不过在胡子上扑了点金粉而已！您要是指责我刮胡子，那我没话说。一只猫如果把脸刮得光光的，还成什么体统！这点我一千个同意。总之，”黑猫越说越委屈，嗓子都颤了一下，“我发现有人对我吹毛求疵。我发现眼下一个重大问题就摆在我面前——能不能参加舞会。您怎么看呢，阁下？”

黑猫气得鼓鼓的，看来似乎再过一秒钟就会爆炸。

“唉，滑头，滑头！”沃兰德摇摇脑袋，“每次跟我下棋，一到山穷水尽，总要这样絮絮叨叨耍嘴皮子，活像桥头卖假药的！赶紧坐下，把你的高谈阔论收起吧！”

“我这不就坐下了嘛，”黑猫边入座边回嘴，“不过我要就高谈阔论申辩两句。我说的话根本就不是您当着女士的面所讥讽的什么高谈阔论。它纯系几段外部十分严密的三段论。塞克斯都·恩庇里科和马尔其安·卡塔拉之类的大专家听了准会对它们赞赏备至，说不定亚里士多德听了也会赞不绝口哩！”

“将军了。”沃兰德说。

“没什么了不起的。”黑猫操起望远镜对着棋盘看看说。

“好，”沃兰德又对玛格丽特说，“夫人，向您介绍一下我的侍从。装疯卖傻的这位是黑猫别格莫特。阿扎泽洛和科罗维耶夫二位您已经认识了。再介绍一下我的侍女赫勒，她既懂事又机灵，您有什么要她效劳，没有做不到的。”

美人儿赫勒把她那双碧眼瞟向玛格丽特，微微一笑，边用双手捧起涂剂，敷到沃兰德的膝盖上。

“就这些了，”沃兰德末了说。这当儿正巧赫勒使劲捏了一把他的膝盖，疼得他皱起了眉头。“您看，人并不多，虽说五花八门，但都老老实实。”他默默转动着面前那具地球仪，这东西做得非常精巧，上面那蓝色海洋仿佛真在微微起伏。北极的冰雪帽也同真的一模一样。

棋盘上这时出现了混乱局面。穿白色披风的王在自己的棋格子里惶悚之极，踏步徘徊，将双臂绝望地伸向天空。三名白方的卒子手持长斧，茫然不知所措地瞅着挥舞军刀指向前方的军官。在黑白两军交界的格子里，可以看到沃兰德布下的黑军骑兵，胯下两匹烈马用蹄子不断刨着棋盘上的格子。

玛格丽特觉得特别有意思，用真人活马做棋子，对此她感到非常惊讶。

黑猫把望远镜从眼前挪开，偷偷推了一把己方王的背部，王吓得赶紧用双手蒙住了脸。

“亲爱的别格莫特，看来情况不妙啊。”科罗维耶夫以幸灾乐祸的口气悄声说。

“形势非常严重，但绝不是没希望，”别格莫特反驳，“我的看法可能更乐观：我确信，必将获得最后胜利。至于形势么，倒的确应该认真分析一下。”

这一通形势分析，着手的方式相当独特，具体说就是他一个劲地对己方王棋扮鬼脸，递眼色。

“不会有什么用的。”科罗维耶夫指出。

“哎呀，”别格莫特大叫，“鹦鹉都飞跑了，我对你们说什么来着？”

果然，远处不知什么地方，噗噗噗响起无数鸟儿鼓动翅膀的声音。科罗维耶夫和阿扎泽洛立刻跑出去。

“喂，跟我可别来这一套！”沃兰德冒出这么一句，眼睛还是继续盯着地球仪。

科罗维耶夫和阿扎泽洛刚一走开，别格莫特使眼色就更加明目张胆。白方王棋终于领会了他的意图，一把扯下披风，将之委弃于原来的格子上，从棋盘逃之夭夭。一个军官捡起王棋的披风，披上肩头，登上王座。

科罗维耶夫和阿扎泽洛又回来了。

“你骗人，总是骗人。”阿扎泽洛斜眼瞅瞅别格莫特抱怨说。

“耳朵里明明听见扑棱翅膀的声音了嘛。”黑猫为自己辩解。

“我说，你还要考虑多久？”沃兰德说，“将军呢！”

“别是我听错了吧，师傅？”黑猫说，“哪来的将军呀？根本不可能有这步棋。”

“再说一遍，将军！”

“阁下，”黑猫装出害怕的口气说，“您下累了，哪来的将军呀？”

“你的王在 G-2 位上。”沃兰德看也不看棋盘就说。

“主公，我可真吓坏了！”黑猫哀号起来，还装出一副受了惊吓的模样，“王棋哪在这个格子上啊！”

“怎么会这样？”沃兰德看看棋盘，感到莫名其妙：在王棋所占的那个格子上，摆了一名军官，身子背转过去，还用手挡着脸。

“嘿，你这卑鄙的家伙！”沃兰德若有所思地说。

“主公，我又要谈逻辑了，”黑猫双爪按在胸前说，“如果对手叫将，但棋盘上又根本找不着王棋，那这种叫将算不算数？”

“你认不认输？”沃兰德发出一声可怕的吼声。

“请让我考虑一下。”黑猫息事宁人地回答。它把双肘支在桌上，爪子捂住两耳，开始思考。良久，终于说了声：“我认输。”

“真该把这顽固的家伙痛揍一顿！”阿扎泽洛悄声说。

“好，我认输，”黑猫说，“不过认输的原因仅仅在于我无法忍受局外人的迫害和妒忌。在这种情况下很难再把这盘棋下下去！”他站起身来，棋子纷纷自动钻入盒子。

“赫勒，时候到了，”沃兰德这么一说，赫勒便从房间里消失了，“我的腿疼得厉害，可还要举行舞会……”沃兰德说。

“让我来吧。”玛格丽特低声请求。

沃兰德对她凝视了好一会儿，把膝盖伸了过去。

熔岩般灼热的油膏把玛格丽特双手烫得生疼，但她连眉毛也没皱一下，搓揉着沃兰德的膝盖，尽量不给他造成痛苦。

“身边的人都说这是风湿性关节炎，”沃兰德目不转睛地盯着玛格丽特，“不过我非常倾向于认为，膝盖疼是一个迷人的女妖给我留下的纪念。大约在一五七一年，我曾在勃罗肯山的魔鬼说法会上跟她搞得挺热乎。”

“噢，这怎么可能！”玛格丽特说。

“小菜一碟！再过个三百来年就会好的。大家向我推荐了不少偏方，可我用惯了老法子，还是喜欢老祖母传下来的那一套。我奶奶那老厌恶传下来的几种草药还真灵！正好，跟我说说，您没有什么病痛吧？也许您有什么伤心事？有什么愁事？”

“噢，不，阁下，什么也没有，”冰雪聪明的玛格丽特回答，“现在到了您这儿，我觉得一切简直好极了。”

“血统真是一种了不起的东西，”沃兰德没来由地高高兴兴插了这么一句，又说，“我看出来了，您对我的地球仪很感兴趣。”

“哦，是的，我从来没见过这东西。”

“东西是相当不错。坦白说，我不喜欢听新闻广播。播新闻的那几位姑娘，地名说得总是含糊不清。而且三个里头准有一个说起话来笨嘴拙腮，就跟故意挑的似的。有了这具地球仪，我可就方便多了。再说，对于各种事件，我非得要有准确的了解才行。就拿这块一侧濒临大洋的陆地来说，看见了吗？瞧，它正在冒火呢。那边衅端已起。如果凑近了观察，连细节也能看得一清二楚哩。”

玛格丽特俯身凑向地球仪，发现这块陆地一下子变大了，色彩、内容都异常丰富起来。而且地图也似乎变成立体的了。接着，只见一河如带，河边有座小村，一座豌豆粒大小的房子越变越大，直到跟火柴盒一般大，这才停止了变化。突然间，小房的屋顶无声地飞上了天，冒出一团黑烟，四壁也一下子塌下来。一所两层的小房，什么也没剩下，变成了一堆冒黑烟的废墟。玛格丽特把眼睛凑得再近一些，看到了一个女人小小的身影。她倒在地上。一个婴儿摊开双臂，倒在她身旁的血泊中。

“演示完毕，”沃兰德微笑着说，“这个阿巴顿纳，干得真漂亮，他还有好多坏事没有来得及干呢。”

“我可不想处在被阿巴顿纳反对的一方，”玛格丽特说，“他跟谁一伙？”

“我越是跟您谈话，越觉得您是个绝顶聪明的人。不过请您放心，他那不偏不倚的态度十分难得，他对交战双方一视同仁，所以双方的结局总是一样。阿巴顿纳！”随着沃兰德一声低唤，墙里立刻钻出一个瘦削的人形，戴一副黑眼镜。这副眼镜给玛格丽特的印象实在太强烈了，竟吓得她轻轻惊叫一声，把脸一下子埋到沃兰德腿上。

“别这样！”沃兰德喊道，“现代人的神经多脆弱！”他朝玛格丽特背后猛击一掌，发出吧唧一声，“您没看见吗？他戴着眼蒙子哩！而且，阿巴顿纳从来不曾，将来也不可能，不到时候就在人前露面的。何况我还在这儿嘛，您还是我的客人嘛！我只不过是想让您见见他。”

阿巴顿纳一动不动站着。

“可以让他把眼蒙子摘下一会儿吗？”玛格丽特好奇地问。她依偎在沃兰德身边，还在不停地颤抖。

“这绝对不行。”沃兰德正色说。他朝阿巴顿纳一挥手，后者立刻消失了。“你想说什么，阿扎泽洛？”

“阁下，”阿扎泽洛应道，“请允许我说上两句。这儿还有两个局外人，一个是那位美人，她一直在哭，在哀求，请求把她留在夫人身边。对不起，她身边还有一口骟猪。”

“美人办事就是怪！”沃兰德说。

“那是娜塔莎！娜塔莎！”玛格丽特嚷道。

“那就把她留在夫人身边好了。骟猪送到厨房去。”

“宰了吗？”玛格丽特惊叫一声，“对不起，阁下，那是尼古拉·伊万诺维奇，住在我们楼下的。其实这是个误会。您看，娜塔莎用油膏给他这么一抹……”

“您说哪儿去了，”沃兰德说，“干吗要宰它？让它到厨房去坐着好啦。您看，我总不能让它参加舞会吧？”

“对不起，”阿扎泽洛接着又报告，“阁下，子夜临近了。”

“啊，好吧，”沃兰德对玛格丽特说，“好，现在有请……我预先向您致谢。不要慌张，什么也别怕。除了喝水，别的一律别喝，否则您会浑身发软，难以应付。该出发了！”

玛格丽特站起身来，这时，门口出现了科罗维耶夫。

第二十三章
撒旦大舞会

子夜临近了，一切都得抓紧。周围的一切在玛格丽特眼里看起来都好像模模糊糊。她便记得好像亮着几根蜡烛，还看到有个宝石的浴缸。当玛格丽特躺进浴缸的时候，赫勒和帮她洗浴的娜塔莎便把一种又热又稠的红色液体浇到她身上。她感到嘴唇上有一种咸滋滋的味道，这才明白，用来洗浴的原来竟是鲜血。淋漓的鲜血后来又被一种浓浓的、粉红透明的东西所代替。玛格丽特的脑袋被这种粉红色油脂熏得晕晕乎乎。后来她又被安置在一张水晶榻上，赫勒和娜塔莎用一张张大绿叶子擦拭她，擦得浑身都焕发出光泽。

黑猫也闯进来帮忙了。它在玛格丽特的脚边一坐，替她揉搓双足，样子就像是在街头给人擦皮鞋。

玛格丽特记不得是谁用白玫瑰花瓣为她缝制了一双舞鞋，也记不得这双鞋如何自动扣上了金色的扣襻。一股无形的力量把她拉了起来，拥到镜前，她的头上还戴了一顶闪闪发光的镶钻石的王冠。科罗维耶夫不知打哪儿钻了出来，把一条沉甸甸的项链套到玛格丽特脖子上。项链上坠了一只又大又沉的黑狮子狗雕像，四周还镶着椭圆形边框。这件装饰品对女王来说简直是个负担。链条磨着她的脖子，雕像坠得她腰都直不起来。但有一些东西却补偿了玛格丽特由于项链和黑色狮子狗而感受的不便，这就是科罗维耶夫和别格莫特对她所表示的尊敬。

“不要紧，不要紧！”科罗维耶夫站在带浴缸的房间门口喃喃说，“实在没法子，不得不如此……女王，现在请允许我向您提出一项最后忠告。来宾中什么人都有，啊，那可真叫作形形色色！但是，马尔戈女王，请您绝不要给任何人以特殊礼遇！如果您对谁有所不满……这我知道，您当然也不会在脸上表露出来。哦，这个问题您根本就不用考虑！他准会立刻就发现这一点！要喜欢他，女王，要喜欢他！舞会女主人会因此而百倍得到报偿。还有一点，就是千万不要冷遇了任何人！如果实在来不及说上一两句话，那就给个微笑也好，哪怕是脑袋微微点上那么一点！怎样都行，但千万不能对人冷淡，否则他们就要无精打采、垂头丧气了……”

玛格丽特在科罗维耶夫和别格莫特陪同下，从洗澡间一步跨入了伸手不见五指的黑暗中。

“我，我，”黑猫悄声说，“我要发信号了！”

“发吧！”科罗维耶夫在黑暗中回答。

“舞会开始！！！”黑猫发出一声刺耳的尖叫，紧跟着玛格丽特也“啊”了一声，眼睛足足紧闭了好几秒钟。光明大放，舞会盛况顿时呈现在她眼前。与光明俱来的还有声和味。玛格丽特发现，她已被科罗维耶夫挽着臂膀，带进了一片热带森林。红胸绿尾的鹦鹉栖息在枝头，跳来跳去，震耳欲聋地高叫：“高兴！高兴！”热带森林很快过去，蒸汽浴般的湿润随之转换为舞会大厅特有的清新。大厅里根根石柱都是鹅黄色的，上面闪动着万点金星。这座大厅跟森林一样，也是空不见人。只有每一根圆柱旁侍立着一个头扎银色饰带的赤身黑奴。当玛格丽特在侍从们簇拥下飞进大厅时，黑奴的面孔激动得变成了灰褐色。阿扎泽洛不知从哪里跑了出来，也加入了侍从的行列。科罗维耶夫放开玛格丽特的手臂，低声提示说：

“径直朝郁金香花丛走！”

玛格丽特的正前方，出现了一道以白郁金香组成的花障，后面安了无数灯盏，罩着灯罩，灯前人们一色黑燕尾服，白衬胸。玛格丽特明白，舞会的音乐就是从那边传来的。震耳欲聋的音乐声朝她袭来，而提琴那高昂的旋律则宛如鲜血浇遍了她的全身。一百五十人的管弦乐队正在演奏波洛涅兹舞曲。

一位穿燕尾服的人正挺立在乐队之前，一见玛格丽特，顿时面色发白，紧接着送来一个微笑，双手一挥。乐队全体起立，但演奏一直没有中断，乐声始终在玛格丽特身边回荡。乐队指挥转身张开双臂，深深一躬。玛格丽特微笑着朝他挥挥手。

“不行，这样还不够，这样还不够，”科罗维耶夫悄声说，“他一宿都会睡不着觉的。快向他喊一声：‘向您致敬，华尔兹之王！’”玛格丽特照着喊了。奇怪的是她的声音竟会变得如此洪亮，有如黄钟大吕，压过了整个乐队。那人高兴得一哆嗦，左手抚胸，右手继续挥动白色指挥棒。

“还不够，还不够！”科罗维耶夫悄声说，“您应该看看左边，看看第一提琴手，对他们点点头，让每一个人都以为您单独认出了他。这里可全是世界名人哩。瞧，头一个谱架后头就是维约丹[1]！……好，太好了！……现在，往前走吧！”

“指挥是谁？”玛格丽特飞离时问了一句。

“约翰·施特劳斯！”黑猫叫，“如果还有哪个舞会能有这么棒的乐队，那我就甘愿在热带雨林的藤蔓上吊死。它可是我请来的！看看吧，没有一个请病假的，没有一个不愿来的！”

下一间大厅没有一根柱子，但两边各设了一道花障：一边是深红、浅红、乳白的玫瑰，另一边是扶桑、重瓣山茶。花障之间，喷射着吱吱作响的飞泉，香槟在三个酒池中泛着泡沫：第一池是晶莹的紫罗兰色，第二池是红宝石颜色，第三池则像水晶般透明。许多黑奴在池边穿梭行走，他们扎着鲜红头带，手拿银制酒勺，从池中舀出酒来，把一只只浅盏盛满。玫瑰花墙中断开了一截，设置了一个舞台，一个身穿红色燕尾服的人正在台上狂舞。下面爵士乐队奏出了震天价响的音乐。指挥一见玛格丽特驾临，立刻深深鞠躬致敬，双手触地，然后挺直腰身，尖声尖气大叫：

“哈里路亚！”

他先在一个膝盖上拍了一掌，接着交叉双臂，在另一个膝盖上一拍，又从边上一个队员手中捞过一扇铙钹，朝柱子上猛敲了一记。

玛格丽特飞离时，杰出的爵士乐大师正忙着同玛格丽特身后传来的波洛涅兹舞曲声搏斗，用那只铙钹照爵士乐队队员脑袋挨排儿砸过去，吓得他们一蹲一蹲，样子滑稽极了。

后来，他们飞到一个楼梯平台上。玛格丽特知道，这就是科罗维耶夫在暗中端灯迎候她的那座平台。此时此刻，耀眼的灯光

---

① 维约丹（1820—1881），比利时小提琴家，作曲家。

从一串串水晶雕成的葡萄中映射出来。玛格丽特被安置在一个座位上，左边摆放着一只矮矮的圆柱体紫水晶。

“如果您感到难以支持，可以把手放在它上面。”科罗维耶夫悄声说。

一个黑奴把绣有金色狮子狗的垫枕塞到玛格丽特脚下，有人用手把她的右脚抬起，她微微蜷起膝盖，把脚踏了上去。

她试着回头看了几眼，见科罗维耶夫和阿扎泽洛分侍两旁，气派十分庄严。阿扎泽洛一侧还有三个年轻人，玛格丽特隐隐感到这些人有点像阿巴顿纳。身后袭来一股森冷之气，玛格丽特回头一看，原来大理石墙上喷出了一股咝咝作响的酒泉，流入冰砌的池子。她感到左脚边有件毛茸茸软和和的东西，那是别格莫特。

她身居高处，脚下有座铺地毯的宽阔的楼梯，向下延伸。下面很远很远，在远得仿佛是透过一架倒转的望远镜看到的地方，有一间高敞的衣帽间，里头有座巨大的壁炉，它那黑洞洞、冷森森的巨吻，可以不费吹灰之力就吞进一辆五吨卡车。衣帽间和楼梯上灯光刺目，却空无一人。这会儿铜管乐声远了，只是隐约可闻，身旁几位侍从凝然不动站了约一分钟光景。

“客人在哪儿？”玛格丽特问科罗维耶夫。

“这就到，女王，这就到。马上就来。客人少不了。不过，与其要我在平台上迎宾，还不如让我去劈木柴。”

“什么？劈木柴？还不如让我上电车卖票！我看世上再没有比卖票更坏的了！”

“再过不到十秒就是子夜，”科罗维耶夫说，“马上就开始了。”

玛格丽特感觉这十秒过得好慢，似乎早就该过去，可一切还是如常。正在此时，下边那座大壁炉里轰隆一响，弹出一副绞架，上头摇摇晃晃挂着一具快散架的尸骸。它挣脱绳套，啪的一声摔在地上，倏地变成一位身穿燕尾服脚蹬漆皮鞋的黑发美男子。接着壁炉里又冲出一副已经半朽的棺木，盖子掀开之后，跳出第二具尸骸。美男子殷勤地跨步上前，挽起它的胳膊，于是那骨骸变成了一位举止轻佻的妇人，脚穿小巧的黑舞鞋，头戴黑色羽饰。一男一女双双缘阶而上。

“第一对！”科罗维耶夫叫道，“雅克先生和夫人。女王，向您介绍一下。这是一位最具风采的美男子。货真价实的赝币制造者，叛国犯，相当不错的炼金术士，遐迩闻名。”科罗维耶夫附耳对玛格丽特说，“因为毒死了国王的情妇。这样的事可不是每个人都能做得到的！您看，他多英俊！”

玛格丽特脸吓得惨白，嘴也合不拢了。再往下一瞧，只见绞架和棺木都消失在衣帽间的一扇旁门中。

“我太荣幸了！”黑猫冲着拾级而上的雅克先生喊。

下面壁炉里，又出现了一具无头断臂骷髅，它着地一拍，变成个穿燕尾服的男子。

这时，雅克夫人已单腿跪伏在玛格丽特座前，激动得面色发白，吻着她的脚。

“女王陛下……”雅克夫人喃喃说。

“女王陛下感到荣幸！”科罗维耶夫喊。

“女王陛下……”美男子雅克先生轻声说。

“我们大家都深感荣幸。”黑猫嗥叫说。

阿扎泽洛的伴当——那几位年轻人，露出一副和蔼可亲但毫无生气的笑容，把雅克夫妇拥向一旁，让他们接过黑奴手捧的斟满香槟的酒樽。穿燕尾服的男子此时独自沿楼梯跑了上来。

“罗伯特伯爵。”科罗维耶夫又在玛格丽特耳边嘁嘁喳喳地说，“风采不减当年。陛下，您看这位，多可笑，同刚才那位恰好相反，他是女王的情夫，害死了自己的妻子。”

“伯爵，我们很高兴！”别格莫特叫道。壁炉口接连涌出三口棺木，纷纷裂成碎片。接着，先是一个穿黑袍的从黑洞洞的炉口出来，身后跟着又跑出来一个，照头里那个背后就捅了一刀。下边传来一声闷喊。一会儿，壁炉里又钻出一具几乎烂透了的尸体。玛格丽特眯起了眼睛，有只手递过一小瓶嗅盐，伸到她鼻子底下，恍惚中玛格丽特认出那好像是娜塔莎的手。

上楼梯的人越来越多。现在每一级上都有人在行走。远远看去，他们似乎全都一个样：男的穿燕尾服，女的赤肩裸背，只有头上的羽饰和脚上的鞋子颜色才有所不同。

一位修女般低垂双目的女士，左脚套了一只奇怪的木靴，一瘸一拐向玛格丽特走来。她身形瘦削，态度谦恭，脖子上不知为什么还系了一条宽宽的绿带子。

“这个扎绿带子的……她是谁？”玛格丽特下意识地问。

“她是一位非常迷人、非常稳重的女士，”科罗维耶夫悄声说，“介绍一下，托法娜夫人。在年轻动人的那波利姑娘和巴勒摩妇女中享有盛名。尤其对厌弃丈夫的女人更是楷模。女王，有时丈夫也会让女人感到厌厌的……”

“是的。”玛格丽特以低沉的声音回答，同时又朝两个穿燕尾服的男人嫣然一笑。这两个人相继在她面前躬身施礼，吻她的膝盖和手。

“唔，干得不错。”科罗维耶夫虽说正忙着招呼别人，可还是找到了跟玛格丽特说悄悄话的机会，“公爵，要一杯香槟吗？我太荣幸了！……是啊，这位托法娜夫人很是同情那些可怜的女人，便把一种泛沫子的药水卖给她们。妻子们把药水倒进了丈夫的汤盆，喝下肚之后，男人感觉好极了，对贤妻的温存感激无比。不过几个小时，他们就渴坏了，接着就倒在了床上。再过一天，给丈夫送汤的那位那波利美人就像春风一样自由啦！”

“她脚上套的是什么？”玛格丽特一边不停地把手伸给赶过托法娜夫人走上前来的客人一边问，“脖子上干吗要扎上那么条绿带子？长斑了吗？”

“荣幸之至，亲王！”科罗维耶夫高叫，同时悄悄对玛格丽特说，“脖子倒挺美，可就是在监狱遭了点罪。脚上套的那玩意儿叫西班牙木靴，那条带子么，是因为看监的听说竟有五百来个倒霉的丈夫成了这些娘儿们的试验品，永远离开了那波利和巴勒摩，一怒之下，便把托法娜夫人在监狱里勒死了。”

“哦，至仁至善的女王陛下，我多么幸福，太荣幸了……”托法娜有如修女在喃喃念叨。她想跪下来，但西班牙木靴妨碍了她。科罗维耶夫和别格莫特把她搀起来。

“我很高兴。”玛格丽特嘴上敷衍她，手却伸给了别人。

眼下楼梯上已汇成一道向上滚动的人流。玛格丽特不再只注意衣帽间，她机械地抬手放手，刻板地向人们微笑。平台上语声喧哗，从玛格丽特方才离开的那座舞会大厅，阵阵乐声如海潮涌来。

“看，那可是个乏味的女人。”这一次科罗维耶夫不是窃窃私语，而是在高谈阔论。他知道在这人声鼎沸的场合，不会有人听见他。“她就是喜欢舞会，总要诉诉她那块手绢的苦。”

玛格丽特顺着科罗维耶夫指点的方向看去，在向上走来的人群中，见到了那女人。那是个二十来岁的少妇，体形美极了，但眼神却惶惑不安，看了叫人很不舒服。

“什么手绢？”玛格丽特问。

“专门给她安排了一个侍女，”科罗维耶夫解释说，“三十年如一日，天天晚上往她的小几上放一条手绢。只要她一睁眼，手绢准在那儿。往炉子里也塞了，往河里也丢了，可就是无法摆脱。”

“什么手绢？”玛格丽特在抬手放手的当儿悄声问。

“带一圈蓝花边的手绢。是这么回事：当年她在一家咖啡厅当女招待，有一回老板把她骗进了仓库，九个月后，她生下一个男孩。她把这孩子抱进树林，拿一块手绢堵住嘴，埋进了地里。在法庭上她说，是无力抚养那孩子。”

“咖啡厅老板呢？”玛格丽特问。

“女王陛下，”黑猫冷不防在脚下扯着沙哑的嗓子说，“请允许提个问题：这事跟老板有什么相干？他又没到树林去闷死那孩子！”

说着说着，那对忧伤的眼睛已来到玛格丽特跟前。

“女王陛下，我的主人，能应邀参加这盛大的月圆舞会，我感到非常荣幸！”

“看到你我很高兴，”玛格丽特回答，“太高兴了。你喜欢喝香槟吗？”

“女王陛下，您这是干什么呀？！”科罗维耶夫压低嗓门，在玛格丽特耳边发出一声绝望的叫喊，“人要挤住了。”

“我喜欢。”那女人说，语气中带着哀求。忽然，她木呆呆地反复说：“弗丽达，弗丽达，弗丽达！我叫弗丽达，噢，女王！”

“那么，今天你就开怀畅饮吧，弗丽达，别的什么也别想。”

玛格丽特说。

弗丽达把两只手都伸向玛格丽特，可是，科罗维耶夫和别格莫特却麻利地一下架起她的双臂，她，很快便在人流中消失了。

这会儿人流有如潮水向上涌来，玛格丽特站立的平台仿佛在受到海涛的冲击。女士们赤裸的肩背伴着男士们的燕尾服在向上涌动。黧熏黑的、白皙的、咖啡色的和完全黑色的躯体不断向她压过来。钻石在火红的、漆黑的、栗色的、淡黄的、亚麻色的头发上，映着灯光发出灿烂夺目的光辉。不知是谁把一掬钻石的光芒撒向了缘阶蜂拥而上的男士们，身前挥动的袖扣闪烁着跳动的晶莹。这会儿玛格丽特秒秒都感受到嘴唇触及膝盖的滋味，秒秒都要把手伸出去让人亲吻，僵化的迎客微笑变成了一张罩在脸上的面具。

“我太高兴了，”科罗维耶夫像是在念经，“我们太荣幸了……女王很荣幸……”

“女王很荣幸……”阿扎泽洛在背后齉声齉气地说。

“我太荣幸了。”猫也这样喊。

“侯爵夫人为了争遗产……”科罗维耶夫嘟嘟囔囔地说，“毒死了她的父亲、两个兄弟和两个姐妹……女王非常荣幸！……敏金娜夫人[1]……哎呀，多漂亮！就是脾气太不好。干吗要用卷发钳子去烫女仆的脸蛋呢？在这种情况下能不被人家干掉吗！……女王特别高兴！……女王陛下，请您注意一下！这是鲁道夫皇帝陛下，巫师和炼金术士……又是个炼金术士——绞死的……喔，她来了！她在斯特拉斯堡开的妓院妙极了！……我们太荣幸

① 敏金娜，19世纪初俄国重臣阿拉克切耶夫的情妇，行为乖张残忍，1825年为家仆所杀。

了！……这位是莫斯科的女裁缝，想象力层出不穷，我们大家都对她深有好感……一边开裁缝铺，一边还发明了些个好笑得可怕的东西：竟在墙上钻了两个圆洞洞……”

“那女士们没有察觉吗？”玛格丽特问。

“没有人不知道，我的女王。”科罗维耶夫回答，“我太荣幸了！……这位二十岁的男孩从小就怪想联翩，非同凡响，他是个怪兮兮的幻想家。有个姑娘爱上了他，可他却把人家卖进了妓院……”

人流自下往上倒涌，源头便是那巨大的壁炉，它还在源源不断往外喷吐着。这样过了一个小时又一个小时，玛格丽特感到脖子上的项链越来越沉重。蓦地，右手像针扎般疼痛起来。她咬紧牙关，把胳膊肘挪到那块水晶圆柱体上。身后大厅传来一阵宛如翅膀刮到墙壁上的沙沙声，那显然是无计其数的宾客已经开始翩翩起舞。玛格丽特觉得似乎就连这神奇的大厅，这由大理石、马赛克和水晶镶嵌成的厚厚实实的地面，也随着音乐的节奏波动起来。

不论是加里古拉[①]还是美莎琳娜[②]，都无法再引起玛格丽特的兴趣；无论国王、公爵还是骑士，自杀身亡的冤魂还是毒死他人的女鬼，是上绞架的、拉皮条的还是看监的，是骗子手、刽子手还是告密的能手，是叛徒、疯子、密探还是教唆犯，都已无法再使她动容。这些名字在她的脑子里搅成了一锅粥，他们的面孔混成一片。唯有一张面庞痛苦地烙入了她的记忆，那便是马留

① 古罗马暴君。
② 古罗马皇帝克劳第（公元1世纪）之妻，以淫乱闻名。

塔·斯库拉托夫[1]的脸。那是一张长了一圈火红络腮胡子的脸。玛格丽特两腿实在支持不住了，她担心自己随时都会失声痛哭。人们不断亲吻她的右膝，弄得她苦不堪言。膝头肿了，皮肤青紫了。虽说娜塔莎手拿海绵，蘸着芳香剂，蹲在她膝旁不停手地揉搓，但还是无济于事。眼看快到三点时，玛格丽特几乎完全绝望了。这时她朝下一看，高兴得不禁哆嗦了一下——客流变稀了。

玛格丽特也记不清是怎么回事了，只知道一眨眼的工夫，她又进了有浴缸的房间。手上和腿上疼得厉害，她实在难以忍受，顿时放声大哭起来，瘫倒在地板上。赫勒和娜塔莎一边安慰她，一边又把她拉去洗了个血水浴，再次为她做了全身按摩。她重又变得生气勃勃了。

“再坚持一下，马尔戈女王，再坚持一下，”科罗维耶夫出现在她身边，悄声对她说，“还要到各厅去飞巡一圈，不能让贵宾们感到受了冷遇。”

于是，玛格丽特又飞出设有浴缸的房间。在郁金香花障后的舞台上，在华尔兹王原来指挥乐队的地方，这会儿有一支猢狲爵士乐队在胡闹。一只蓄着乱蓬蓬颊须的大猩猩，手擎小号，笨拙地踏着舞步，挥动着指挥棒。好多猩猩坐成一排，吹奏着精光闪亮的管乐器。一群快乐的黑猩猩骑在他们肩头，拉着手风琴。两头颈毛如狮鬃般飘拂的狒狒正在钢琴上弹奏，声音却淹没在长臂猿、山魈和长尾猴奏响的黑管、提琴的尖声怪叫和小鼓嘭嚓嘭嚓的轰鸣之中。镜面般平滑的舞池，数不清的舞者在翩然起舞，一对对仿佛结成浑然一体，动作灵巧洗练。他们朝着一个方向旋

① 斯库拉托夫（？—1573，伊凡雷帝的近卫军头目之一，近卫军恐怖活动的积极组织者，杀害过大批著名人物和平民百姓。

转，排成一排向前推进，仿佛要把一切都扫荡干净。在舞蹈大军头顶，彩缎般的活蝴蝶上下翻飞，天花板上花雨纷洒。每当电灯熄灭，圆柱头上便亮起亿万只萤火虫，空中飘浮着沼泽地的磷光。

后来，玛格丽特又来到一个大得无边、四周围有柱廊的酒池。巨人般的黑色海王塑像从口中喷出一股阔大的玫瑰色飞泉。酒池中升腾起一股香槟醉人的芳香。这里到处是无拘无束的欢快气氛。女士们嬉笑着把小手提包交给舞伴，或是交给手拿浴巾跑来跑去的黑奴，然后尖叫一声，燕子般纵身跃入池中，激起高高的酒柱，泛起无数泡沫。池底是水晶的，底灯透过厚厚的酒层闪着光辉，一条条白如脂玉的妙体往来游动。当她们从池中跃出时，一个个早已是醉意醺然了。圆柱下笑语琅琅，宛若爵士乐在鸣响。

在这纷纷攘攘的狂欢场面中，玛格丽特记住了一个烂醉如泥的女人的面孔。她双目茫然，但茫然中又流露出乞求和哀告。玛格丽特记住了她的名字：弗丽达。

“最后转一圈，”科罗维耶夫似乎有所担心地对她悄声说，“咱们就自由了！”

她在科罗维耶夫陪伴下再次来到舞厅。这时来宾们已经不跳舞了。许多人簇聚在一根根圆柱旁，大厅当中空出一大块场地，正中间出现了一座高台。玛格丽特记不得是谁扶着她登上了这座高台，奇怪的是在台上竟听到远处传来的一阵子夜钟声。她原以为子夜早就过去了！不知从何处传来的钟声敲过最后一响后，大厅立时静了下来。

这时，玛格丽特又见到了沃兰德。他在阿巴顿纳、阿扎泽洛以及另几个同阿巴顿纳颇为相像的肤色黝黑的青年扈从陪同下走进大厅。这会儿玛格丽特看到，在她的高台对面，也设有一个同样的高台——那是沃兰德的。但他并不使用。玛格丽特感到惊讶的是，在这最后一次出巡舞会的隆重时刻，沃兰德穿的仍然是卧室里的那一套：上身是打了补丁的脏衬衣，脚上趿着那双磨歪了底的旧拖鞋。沃兰德带了把长剑，可这把无鞘的长剑到了他手上，竟成了一根拄在手里的文明棍儿。

沃兰德一瘸一拐来到台前，阿扎泽洛马上捧了一个盘子站过来。玛格丽特一看，盘中盛的竟是一颗人头，前齿已经摔脱。这工夫全场鸦雀无声，唯有远处响起了一声同眼前气氛毫不协调的铃声。听来像是从大门口传来的。

“别尔利奥兹先生。”沃兰德低声对人头说，只见人头的眼睑微微一抬。玛格丽特哆嗦了一下。她在这张凝注着死亡的面孔上，看到一双生气勃勃、充满思想和痛苦的眼睛。

“一切都应验了，难道不是吗？”沃兰德看看人头的眼睛接着说，“脑袋是女人轧下来的，会没有开成，我住进了您的公寓。这是事实，而事实是世界上最顽固的东西。现在我们感兴趣的不是既成的事实，而是下一步。过去您一直大肆鼓吹这样一种理论：人的脑袋一掉，生命也就随之结束，人也就化为尘土，不复存在。我可以当着各位来宾的面荣幸地告诉您，尽管在场各位本身完全证实了另一种理论的可靠性，但您的理论仍不失为一种有分量的、妙趣横生的理论。其实，所有的理论都有它存在的价值，其中也包括主张人人可以保有个人信仰的理论。这一点一定会实现！您将化为不存在，而我，十分高兴能端起由您所化的酒樽，为存在而痛饮！”

沃兰德举起长剑。顷刻间，人头上的皮肉发黑了，收缩了，一块块剥落下来。眼睛也消失了。过不一会儿，玛格丽特看到，托盘上陈放的，竟是一颗牙黄色的脑壳，眼睛像两块绿莹莹的翡翠，牙齿发出珍珠般的亮光。脑壳底部安上了一只金质托脚，张开的脑壳盖由铰链连着。

“请等一等，阁下，”科罗维耶夫发现沃兰德狐疑的目光，忙说，“他马上就要来谒见您了。我在这墓穴般的寂静中，已经听到他的漆皮鞋在咯咯作响。我听到他往桌上放杯子碰出的响声。这是他一生最后一次饮用香槟。他来了。”

这位生客单身一人进入大厅，朝沃兰德走去。他外表同无数男宾并无不同，只是激动得走路都在打晃。这一点老远就能看出来。他双颊烧得通红，眼珠子慌里慌张乱转。一切都出乎他的预料——特别是沃兰德这身打扮，所以难怪他窘态百出。

来客受到极为亲切的接待。

“噢，最最亲爱的迈格尔男爵，”沃兰德脸上挂着亲切的微笑，对目瞪口呆的客人说，“我要荣幸地向各位介绍最最尊敬的迈格尔男爵，舞台演出委员会的工作人员，负责向外国游客介绍首都名胜。”

玛格丽特一下子愣住了，因为她认出了这个迈格尔。在莫斯科几家剧场和饭店，她不止一次跟这个人见过面。“真是奇闻……”玛格丽特寻思，“难道他也死了不成？”不过，事情倒是很快就弄清楚了。

“亲爱的男爵，”沃兰德眉开眼笑地说，“是一个非常够朋友的人！一听说我到了莫斯科，就立刻打电话来自荐，愿意发挥特长，为我效劳，给我当参观名胜古迹的向导。能请到您大驾光临，当然是我莫大的荣幸。”

这工夫玛格丽特发现阿扎泽洛把手中盛放头盖骨的托盘交给了科罗维耶夫。

“哦，顺便奉告一句，男爵，”沃兰德突然压低嗓门，像谈什么秘密似的说，“有人说您最喜欢打探别人的隐私，而且还说，如果再配上您那毫不逊色的饶舌，这种好奇已经引起广泛的注意。而且，‘告密分子’、‘特务’一类的字眼已经挂在某些说话尖刻的人嘴边了。此外，还有人猜测说，不出一个月，这些毛病就会使您蒙罹丧生之祸。为了让您不至于在等待中活受罪，我们决定把您一再要求来做客，实际打算来偷听偷看的机会利用起来，助您一臂之力。”

阿巴顿纳的脸色生来就十分苍白，这会儿男爵的脸色竟比他还要白。接下来又出了一桩怪事：阿巴顿纳走到男爵跟前，除下眼镜，瞪了对方一眼。说时迟那时快，只见阿扎泽洛手中火光一闪，不知什么东西发出一声轻响，好像有人拍了一下巴掌。男爵顿时仰面倒下，鲜血从胸口直喷出来，染红了浆得笔挺的衬衣和西装背心。科罗维耶夫拿过酒樽，伸向喷射的血流，把接满鲜血的酒樽捧给沃兰德。男爵的尸体毫无生气地横陈在地坪上。

“先生们，为各位的健康干杯！”沃兰德小声说罢，举樽沾了沾唇。

一瞬间，他的模样改变：补丁摞补丁的衬衫、破旧的拖鞋全不见了。披在肩头的，是一件厚呢黑斗篷。他腰悬精钢宝剑，快步走向玛格丽特，将酒樽奉给她，以命令的口气说：

“喝了它！”

玛格丽特的脑袋一阵天旋地转，她晃了一下，但酒樽已到了唇边。耳边只听几个人——究竟是谁，已分不清了——悄声说：

“女王，不要怕……女王，请不要害怕。鲜血早已渗入泥土，在它流淌的地方，已经结出一串串葡萄。”

玛格丽特闭着眼睛喝了一口，甘美的液体在她血管里奔腾起来，耳朵嗡嗡响个不停。她觉得雄鸡似乎正在高声啼叫，不知什么地方飘来一阵进行曲的声音。一群群宾客渐渐失去他们的幻象：穿燕尾服的先生女士们全都化作尘埃。玛格丽特眼看着大厅在颓圮，废墟上弥漫着墓穴的腐臭。廊柱倒塌了，灯火熄灭了，一切都缩成一团，喷泉、山茶花和郁金香都从眼前消失了。景物依然照旧：这里依然是珠宝商太太朴素的客厅，从一道半掩的门中透入一条光带。玛格丽特走进了这道半掩的门户。

第二十四章
对大师的召唤

沃兰德的卧室里，一切看来还是同舞会前一样。沃兰德仅穿了一件衬衣坐在床上。只是赫勒已不再给他揉腿，而是在原来下象棋的桌上摆晚餐。科罗维耶夫和阿扎泽洛脱去了燕尾服，正坐在桌旁，黑猫自然还是跟他们在一起，只不过到底也舍不得除下那副领结，尽管它早已变成了一条脏抹布。玛格丽特摇摇晃晃走到桌旁，手撑在桌边。沃兰德又像上回那样招招手，要她过去坐坐。

“噢，把您折磨得够受吧？”

“不，阁下。”玛格丽特的声音低得几乎听不出来。

“Noblesseoblige。”[1]黑猫说了一句，给玛格丽特往高脚杯里倒了点透明的液体。

“伏特加吗？”玛格丽特强打精神问。

黑猫在椅子上委屈地跳起来。

“哪儿的话！女王！”它声嘶力竭地分辩，“我怎么会给女士

① 法语，意为地位高贵让人受罪。

斟伏特加呢！这是纯酒精！”

玛格丽特莞尔一笑，想把高脚杯挪开。

“放心大胆喝吧。”沃兰德说。玛格丽特随即又把杯子捧到手中。

“赫勒，坐下。”沃兰德吩咐了一声。又向玛格丽特解释说：“月圆之夜，就是节日之夜，我照例要同最亲密的友人和仆人一起饮宴。现在大家有什么感觉？这个把人闹腾得筋疲力尽的舞会你们觉得如何？”

“真惊人！”科罗维耶夫又开始喋喋不休了，“人们都着了迷，动了情，全都五体投地！火候拿捏得多好，多巧妙，多有魄力！多令人销魂！”

沃兰德默默举杯，同玛格丽特碰了一下。玛格丽特顺从地一饮而尽。她原以为这一下准会醉个人事不省，然而什么事也没有发生。只觉得肚子里有一股暖流在滚动，有个什么东西在后脑勺软绵绵地顶了一下。她的精神恢复了，就像美美地睡了一觉，浑身又充满了活力。肚子饿得像只狼。一想到从昨天下午就没有吃过东西，饥饿感更厉害了……她贪婪地吞食起鱼子酱来。

别格莫特切下一小片菠萝，撒了些盐，蘸上些胡椒，一口吞了下去。接着，又气吞山河般把第二杯酒精一饮而尽，众人不禁为之鼓掌喝彩。

玛格丽特喝下第二杯之后，烛台上的蜡炬和壁炉里的火焰燃得更旺了。她没有丝毫醉意，用洁白的牙齿咬着肉，吮吸着肉汁，瞅着别格莫特往牡蛎上抹芥末。

“你要是再放上几颗葡萄就更好吃了。”赫勒捅了捅黑猫的肋部，轻轻说。

“请别对我指手画脚，”别格莫特回答，“我坐过席，不用你操心，坐过！”

“啊，就这样靠着小壁炉，随随便便吃顿晚饭，真是美哉！”科罗维耶夫扯着发颤的嗓子说，“都是些好友至交……”

“不，法果特，舞会也有它引人入胜、宏伟壮观的地方。”

“它既不宏伟壮观，也不引人入胜，”沃兰德说，“酒吧间那群傻呵呵的熊和虎叫得我差点没犯了偏头风！”

“谨遵台命，阁下，”黑猫说，“只要您说不宏伟壮观，我会立刻唯您的命是从。”

“您可小心了！”沃兰德这样回答。

“说笑了，”黑猫息事宁人地说，“至于说到老虎，我倒可以下令立刻把它们全下油锅。”

“老虎可没法吃。”赫勒说。

“你说吃不得？那好，听我讲个故事，”黑猫眯起眼睛，得意扬扬地讲了个某次它在沙漠转悠了十九天的故事。那一回它全靠打死一头老虎充饥度命。这个有趣的故事听得大家津津有味。待到别格莫特讲完，所有的人异口同声大叫：

“撒谎！”

“他撒的谎妙就妙在从头至尾没有一句真话。”沃兰德说。

“啥？我撒谎？”黑猫大叫一声。大家以为它一定会提出抗议，但它只不过轻声细语回了一句，“让历史来为我们评判吧。”

“请问，”玛格丽特问阿扎泽洛。她喝了点伏特加，显得挺精神，“是您开枪把男爵打死的吗？”

“当然，”阿扎泽洛回答，“为什么不打死他？就该打死他！”

“噢，可把我吓坏了！”玛格丽特叫道，“这事发生得太突然。”

“一点也不突然。”阿扎泽洛不同意。

科罗维耶夫仿佛号叫般拉长调门说：

“怎么能不吓死？我的腿肚子都吓哆嗦了！砰！一枪就把男爵撂倒了！”

“我差点没吓成歇斯底里。”黑猫一边舔着挖鱼子酱的勺子，一边添油加醋。

“我有个地方闹不明白，”玛格丽特说，水晶杯盏映出的金色光斑在她眼中跳动，“街上怎么就听不到音乐，听不到舞会上惊天动地的动静？”

“当然听不见，我的女王，”科罗维耶夫向她解释，“事情就该办得鸦默雀静的才对，搞得有板有眼才好。”

“那是当然，那是当然……问题是楼梯上的那个……喏，就是咱们跟阿扎泽洛碰到的那个……还有单元门口的那个……我看是在监视你们的住宅……”

“可不是嘛！”科罗维耶夫大声吵嚷，“可不是嘛，亲爱的玛格丽特女士！您证实了我的怀疑！他当然是在监视我们的住宅！我原以为那只不过是个漫不经心的编外副教授，或是站在楼梯上自怨自艾的痴情汉！不，绝不是这样！我心里还真挺不是滋味的哩！好哇，原来是监视住宅的！门口那个也是！大门洞里的那位一定也是啰！”

“如果有人来逮捕你们，那一定很好玩，对吧？”玛格丽特问。

“他们准会来，迷人的女王陛下，准会来！”科罗维耶夫说，“心里有感觉，准来！当然不是现在，时候一到一定会来。不过我看那不会有意思。”

“噢，男爵倒下的时候，可把我吓坏了！”玛格丽特说。看来，直到现在，她还在为一生中头一回看到的杀人惨相难过不已。“您的枪法一定很准。”

“马马虎虎吧。”阿扎泽洛道。

“打多少步开外？”玛格丽特向阿扎泽洛提了个不大明确的问题。

“要看打什么。”阿扎泽洛的回答很有道理，“用榔头砸评论家拉通斯基家的窗户是一回事，一枪命中他的心脏那可是另外一回事。”

“命中心脏！”玛格丽特惊叫了一声，不知为什么还用手捂住了心口。“命中心脏！”她用喑哑的声音又重复了一遍。

“评论家拉通斯基是什么角色？”沃兰德眯起眼睛瞅着玛格丽特。

阿扎泽洛、科罗维耶夫和别格莫特不知为啥都羞羞答答低下了头，玛格丽特红着脸回道：

“有这么个评论家，昨天晚上我把他的公寓闹了个天翻地覆。”

“嚯！为什么呀？”

“阁下，他，”玛格丽特说，“把一位大师给害了。”

“干吗要劳您亲自动手呢？”沃兰德问。

“请允许我来代劳，阁下！”黑猫一跃而起，兴冲冲地说。

“你坐下，”阿扎泽洛站起来咕哝了一声，“我这就亲自去一趟。”

“别，”玛格丽特叫道，“别，阁下，求求您，不要这样！”

“随您的便，随您的便。”沃兰德说。阿扎泽洛又归了座。

“我们谈到哪儿了，尊贵的马尔戈女王？”科罗维耶夫说，“噢，对了，说到心脏……他一枪准能射中，”科罗维耶夫伸出长长的手指，指着阿扎泽洛说，“指哪儿打哪儿，不论是哪个心房，哪个心室都行。”

玛格丽特一时没听懂，待明白过来，惊讶地喊道：

“咦，它们不是在体内吗？！”

“亲爱的，”科罗维耶夫扯着发颤的嗓子说，“在体内才见功夫，才精彩嘛！否则，外面露出来的东西，谁打不着呢？”

科罗维耶夫从桌子抽屉里抽出一张黑桃七，交给玛格丽特，请她用指甲在一个点下面画一条印痕。玛格丽特在右上角的点下划了条印痕。赫勒把纸牌藏到枕头底下，喊了声：

“好了！”

阿扎泽洛转身背朝枕头坐好，从燕尾服裤袋里抽出一支乌黑的自动手枪，把枪身甩过肩头，头也不回地一枪射去。玛格丽特又害怕又快活。枕头穿了一个洞。从枕头底下摸出黑桃七来一看，做记号的那个点果然被射穿了。

“您要是身上带着枪，我可不愿意碰上您。”玛格丽特媚里媚气地瞟了阿扎泽洛一眼。不论对什么人，只要本领过人，她都有一种偏爱。

“尊贵的女王陛下，”科罗维耶夫尖叫，“但愿谁也别碰上他，有枪没枪都一样！我以原教堂合唱指挥兼领唱的荣誉发誓，谁要遇上他，准不会交好运！”

餐桌上的气氛欢快活泼。蜡炬在烛台上融淌着蜡油。干燥芬芳的热浪涌出壁炉，在房间里扩散。玛格丽特饱餐之余，怡然自得，心神舒泰。她眼望一个个淡蓝色雪茄烟圈从阿扎泽洛嘴里喷出来，飞向壁炉，又被黑猫抽出长剑，用剑尖钩住，心里毫无告别的打算，尽管算来时候已经不早，看样子也许快到早晨六点了。

玛格丽特瞅准一个大家都静下来的空档，怯生生地对沃兰德说：

“我看，我该走啦……天不早啦。”

“您忙着上哪儿？”沃兰德颇有礼貌，但相当冷淡地问。其他人都沉默着，装作耽迷于雪茄烟圈的样子。

“我该走啦。”玛格丽特听沃兰德这么一问，显得很窘，随口又说了一遍，忙转过身去，装成是在找斗篷或者披风。她对自己赤身裸体的样子忽然感到不好意思起来，离座而起。沃兰德默不作声拿起他床上那件沾满油污的破旧长袍，科罗维耶夫把它披到玛格丽特肩上。

“谢谢您，阁下。”玛格丽特轻而又轻地说了一句，朝沃兰德满腹狐疑地看了一眼。他彬彬有礼地朝她笑笑，表情是淡漠的。霎时间一股莫名的强烈忧伤涌上玛格丽特心头。她觉得自己受骗了。看来对她在舞会付出的辛劳，谁也不想给予什么酬劳，因为谁也不想挽留她。她心里十分清楚，出门之后，她也就无家可归了。她的脑际闪过一个念头：只好再回那座小楼去。心里不由一阵发寒。难道还要她张口乞求吗？阿扎泽洛在亚历山大花园不是出过一个充满诱惑力的主意吗？“不，决不！”她暗暗对自己说。

“祝您万事如意，阁下。”嘴里大声说，心里却想：“赶快离开这儿，然后就到河边去，投河自尽！”

“您坐下。”沃兰德忽然说，口气带有命令的意味。

玛格丽特脸色变了，她坐了下来。

“也许，分手的时候，您还有话要说吧？”

“不，没有，阁下，”玛格丽特高傲地回答，“而且，只要你们还需要，我会欣然完成你们要我做的一切。一点也不累，舞会上玩得很痛快。”她眼里噙着一层泪花，好似透过一层薄雾看着沃兰德。

“我们考验了您，”沃兰德说，“无论何时，都不要张嘴去乞求！尤其是对那些比您强的人。让他们自己来向您请求，向您奉献。请坐，高傲的女性！”沃兰德从玛格丽特身上扯下沉重的长袍，她又坐回沃兰德身边。“好，马尔戈，”沃兰德柔声说，“为了报答您今天在我这儿承担女主人的角色，您有什么要求呢？说吧！现在您尽可以毫无顾忌地倾诉，因为这是我向您提出了请求。”

玛格丽特的心在急剧跳动。她松了一大口气，认真考虑起来。

“说啊，勇敢点！”沃兰德在鼓励她，“张开幻想的翅膀吧，跨上幻想的骏马吧！您经历了处死不可救药的坏蛋男爵，仅凭这一条，您就该得到报偿，更何况您还是个女人！喏，说吧！”

玛格丽特透不过气来了。心里朝思暮想的话到了嘴边，但蓦地她面色苍白，张大嘴巴，瞪大了眼睛。“弗丽达！……弗丽达！弗丽达！”一个苦苦求告的声音在她耳畔响起，“我叫弗丽达！”于是，她把到了嘴边的话又咽下去，只是说：

“那么，我……可以……提一个要求吗？”

“提吧，提吧，我的夫人，”沃兰德脸上挂着会意的微笑，“可以提一个要求。”

噢，沃兰德以重复玛格丽特的方式，多么巧妙、多么明确地强调了“一个要求”啊！

玛格丽特又叹了一口气说：

“我希望，再也不要给弗丽达送去她用来闷死孩子的手绢了。”

黑猫两眼朝天一翻，大声舒了口气，什么也没说。显然它还记得拧耳朵的滋味。

“由于您，”沃兰德笑笑说，“完全没有可能接受傻瓜弗丽达的贿赂——这同您那女王之尊全然不相称——我简直不知如何办是好了。看来只好弄些破布条来把我卧室里的每一条缝都塞上。”

“您说什么，阁下？”玛格丽特听到这番没头没脑的话，感到不胜惊讶。

“完全同意您的意见，阁下，”黑猫插进来说，“正是应该用破布条！”而且还怒冲冲用爪子拍了一下桌子。

“我指的是慈悲心。”沃兰德目光灼灼地盯着玛格丽特，“说不定什么时候，只要有一条最小的缝隙，这狡猾的慈悲心就会钻进来。所以我才说要找破布条……”

“我也是这个意思！”黑猫叫。为了以防万一，它躲得离玛格丽特远远的，同时抬起两只沾满粉红色奶油的爪子，捂住尖尖的耳朵。

“滚！”沃兰德对它说。

“我还没喝咖啡呢，”黑猫顶了一句，“那怎么好撤？阁下，在这节庆的晚宴上，您总不能把客人也分成三六九等吧？总不能像那个讨厌的吝啬鬼小卖部主任那样，把客人分成什么‘一级鲜货’、‘二级鲜货’吧？”

“闭嘴！”沃兰德对它一声断喝，又对玛格丽特说：“看来，您真是个大慈大悲的人哪！是个道德高尚的人。”

“不，”玛格丽特的回答毫不含糊，“我知道同你们只能说实话。我坦率地告诉你们，我是个轻率的人。我为弗丽达向您求情，只是因为我出言不慎，向她许了愿。她期待着，阁下，她相信我无所不能。如果她受到欺骗，那我的处境将会多么可怕！我将终生不安。事已至此，实在没法子了。”

“噢，这可以理解。”沃兰德说。

“那么，您能成全她吗？”玛格丽特轻声问。

“绝对不能，”沃兰德说，“因为，亲爱的女王，这里出现了一点小小的混乱。每个部门都只能各司其职。我不否认我们能办的事很多，比某些目光短浅的人想象的要多得多……”

“哦，多得不知多少！”黑猫忍不住又插了一句。看来它对能办这么多事深感骄傲。

“住嘴！见你的鬼去吧！”沃兰德对黑猫叱道。又对玛格丽特说：“只不过本该别的部门（刚才我用的就是这个词）办的事，结果全让你给包办了，那岂不大煞风景！所以，这事我不能办，您自己去办好了。”

“我的愿望难道能实现？”

阿扎泽洛斜着独眼，嘲讽地瞟了玛格丽特一眼，暗中摇摇那颗满是赤发的脑袋，扑哧一下笑出了声。

“唉，真让我头疼，您动手吧！”沃兰德喃喃咕哝了一句，转动地球仪，自顾去端详上面某地的细部去了。看来，在同玛格丽特谈话的同时，他还忙着别的。

“喏，弗丽达……”科罗维耶夫提示。

“弗丽达！”玛格丽特发出一声尖叫。

门一下子敞开了，一个披头散发、赤身裸体的女人冲进房来。她虽无丝毫醉意，但眼睛是狂乱的，双手伸向玛格丽特。后者神情庄严地对她说：

“你被宽恕了，不会再给你送手绢了。”

弗丽达放声大哭，拜倒在地，双臂张开，匍匐在玛格丽特脚下。沃兰德一挥手，弗丽达从眼前消失。

“谢谢您，再见。”玛格丽特说着站起身来。

“好了，别格莫特，”沃兰德发话了，“咱们还是别从这位涉世不深的女士在狂欢之夜的行动中捞取什么好处吧！”他又转向玛格丽特：“好，刚才的不算数，因为我什么也没做。您想为自己要求点什么呢？”

“至尊的夫人，这次我劝您明智些，否则，幸运之神也会溜走的。”

“我希望现在、立刻、马上，就把我最亲爱的心上人——大师——还给我。”玛格丽特说话时脸都抽搐了。

霎时间，一阵狂风卷进房来，烛台上的蜡炬被吹得摇摇晃晃，窗户上沉甸甸的窗帘被刮得飘飘忽忽，窗扉也刮开了。在遥远的天心，现出了一轮明月。那不是拂晓时分的残月，而是一轮中宵皓月。一片泛着绿色幽光的月华，像一块大头巾，从窗台直铺到地板。一团清光之中出现了那位自称大师、夤夜造访伊万的客人。他穿了一身病服——长袍、拖鞋，戴着那顶从不离头的小黑帽；须发蓬乱，面庞抽搐，惊恐的眼睛瞅着烛火。如潮的月光在他身边汹涌翻腾。

玛格丽特立刻认出了他，心疼得“哎呀”一声，双手一拍。她跑到大师面前，吻着他的额头、嘴唇，贴着他那扎人的面颊，积郁已久的泪水顺着双颊滚滚而下，口中只是翻来覆去地重复着一个字：

“你……你……你……”

大师把她推到一旁，囔声囔气地说：

“别哭，马尔戈，别再折磨我的心，我病得不轻。”他瞅瞅在座的人，把手撑在窗台上，好像要跳出去逃掉，嘴里喊：“我害怕，马尔戈，我的幻觉又来了……”

玛格丽特失声痛哭，上气不接下气地轻声说：

“不，不，不，……什么也不用怕……有我陪着呢……有我陪着呢……”

科罗维耶夫神不知鬼不觉把一张椅子塞到大师身后。大师落座，玛格丽特扑到他膝前，紧偎他身旁，久久无言。激动中竟没有发现她赤裸的身体已披上了一袭黑绸披风。病人低着脑袋，神情抑郁地注视地面。

沃兰德冲科罗维耶夫吩咐了一声：

“骑士，拿点什么来请这位喝。”

玛格丽特用颤抖的声音恳求大师：

“喝吧，喝吧！你害怕吗？噢，相信我，大家会帮助你！”

病人接过杯子，一饮而尽。手一哆嗦，杯子摔碎在脚边。

“好兆头，好兆头！”科罗维耶夫悄声对玛格丽特说，“瞧，他已经清醒了。”

果然，病人的目光已不像原来那样狂躁不安了。

“这是你吗，马尔戈？”月下来客问。

“别再疑神疑鬼了，这是我。”玛格丽特说。

“再来一杯！”沃兰德吩咐。

大师喝完第二杯，眼神渐渐变得生气勃勃，富于理智。

“这就好了，”沃兰德眯起眼睛说，“这回咱们再来谈谈。您是什么人？”

“我现在什么人也不是。”大师嘴角一歪，似笑非笑。

“从哪里来？”

“来自忧伤楼，我是个精神病。”来客说。

玛格丽特受不了这几句话，又哭了。接着，她擦干眼泪，大声喊：

“这话太可怕了！这话太可怕了！阁下，我得告诉您，他可是个大师啊！请把他的病治好吧！为了他，这样做是值得的！”

“您知道现在同您说话的是谁吗？”沃兰德问来客，“知道您这是在谁家吗？”

“知道，”大师说，“我在疯人院的邻居就是伊万·流浪汉。他对我说起过您。”

“是的，是的，”沃兰德说，“我有幸同这位年轻人在长老湖见过面。他当着我的面证明我不存在，差点把我气得也发疯。不过，您相不相信这的确是我呢？”

“不信也得信，”来客说，“不过，如果把您当成幻觉，我心当然要安定得多。这您可别往心里去。”大师觉得说走了嘴，立刻找补了一句。

“好吧，如果您认为这样能使您安心，那就只管把我当幻觉好了。”沃兰德彬彬有礼答道。

“不，不，”玛格丽特惊骇地说，摇晃着大师的肩膀，“你醒醒！在你面前的真是他！”

黑猫又插言了：

“要说我是幻觉还差不离！请在月光下仔细瞅瞅我的侧影吧。”它爬到月光下，正打算再啰唆几句，不料大家都请他别再唠叨，它只好说：“好，好，我这就住嘴。我要做一个哑巴幻影。”它沉默了。

“请问，为什么玛格丽特把您称作大师？”沃兰德问。

来人笑笑说：

“这是一种可以宽容的弱点。她对我写的那部长篇，评价过高了。”

“写的什么内容？”

“本丢·彼拉多。”

烛焰又是一晃，跳个不停。桌上的盘盏也叮叮当当响了起来——原来是沃兰德发出了雷鸣般的笑声。但谁也不害怕，他的笑声并未使人感到惊讶。别格莫特不知为什么还鼓起了掌。

“什么？什么？写的什么人？”沃兰德收住笑声问，“现在这个时候？简直不可思议！找不到别的题材了？快给我看看。”沃兰德伸出了手掌。

“遗憾的是我做不到了，”大师说，“因为我把它扔进炉子，烧了。”

“请原谅，我不信，”沃兰德说，“这不可能，手稿是烧不掉的。”他转身对别格莫特说：“来，别格莫特，把长篇拿过来。”

黑猫应声从椅子上跳起，大家这才发现，原来刚才它坐的正是一捆手稿。黑猫鞠了一躬，把最上面一份递给沃兰德。玛格丽特激动得浑身颤抖，泪如泉涌，大声喊：

“就是它！手稿！就是它！”

她冲向沃兰德，欣喜欲狂地说：

“您真是无所不能！无所不能！”

沃兰德接过那份递来的手稿，翻阅一通，放到一边，了无笑意，默默凝视大师。大师不知为什么却反倒又陷入了愁闷不安。他背手起立，哆嗦了一下，冲着遥远的月轮喃喃自语：

“每当月圆之夜，我总是心神不宁……为什么又这样烦躁？啊，神祇啊，神祇……”

玛格丽特眼里含着泪花，紧紧抓住病人的衣服，贴着大师，口中哀伤地喃喃说：“上帝呀，为什么连药都医不好你的病呀？”

“不要紧，不要紧，不要紧，”科罗维耶夫在大师身旁转来转去，“不要紧，不要紧……再来一小杯，我陪您喝……”

杯子在月光下一闪，仿佛眨了一下眼睛。这杯酒果然起了作用。大家重又请大师落座，病人的面容恢复了平静。

“好，现在全明白了。”沃兰德伸出一根瘦长的手指敲敲那部手稿。

“一切了如指掌，”黑猫忘了做哑巴幻影的承诺，也跟着随梆唱影，“如今，这部作品的主线，我算是搞得一清二楚了。你说什么，阿扎泽洛？”他又冲着默不作声的阿扎泽洛发问。

“我说最好是把你浸到水里淹死。”阿扎泽洛齉声齉气地说。

“发发慈悲吧，阿扎泽洛，”黑猫说，“可别勾引我主人产生这种念头。听我说，我可要像这位可怜的大师这样，每天夜晚披着一身月光来找你，对你点头致意，招引你跟我同出夜游。喂，阿扎泽洛，对此你感觉如何？”

“好吧，玛格丽特，”沃兰德又捡起了话头，“把您的要求全说出来吧。”

玛格丽特的眼睛闪动了一下，她对沃兰德恳切地说：

“请允许我同他说两句悄悄话。”

见沃兰德点点头，玛格丽特便附在大师耳边，对他说了几句。只听大师回答她说：

“不行，晚啦。我这一生，除了想见见你，已经别无所求。不过我要劝劝你，还是离开我吧，跟着我，你会倒霉的。”

“不，我决不撇下你。”玛格丽特说。接着转向沃兰德，“请让我们再回阿尔巴特街那条胡同的地下室去吧，让那灯光亮起，让一切还跟从前一模一样！”

大师笑起来，他抚着玛格丽特披散的头发说：

“噢，不要听信这苦命的女人吧，阁下！那地下室早就住进了旁人，而且，也绝不会有任何东西能同过去一模一样！”他把脸贴在女友头上，搂着她喃喃说：“唉，你可真命苦……真命苦哇……”

“您说不可能恢复原样？”沃兰德开口了，“不错，但我们可以试试。”于是他叫了一声：“阿扎泽洛！”

语音未落，天花板上掉下一个张皇失措、近乎半疯的男人，他仅穿了一身内衣，可手里却不知为什么捧了个皮箱，头上还戴了顶鸭舌帽。他吓得直抖，一个劲地屈膝行礼。

“您就是阿洛伊奇？”阿扎泽洛对天上掉下来的人问。

“我就是阿洛伊奇。”那人哆里哆嗦地回答。

“读过拉通斯基对此人小说的批判文章后，写信告密，说他藏有非法出版物的就是您吗？”

新出场的这位公民脸色吓得铁青，悔恨之泪满面纵横。

“您就是因为想搬进他的房子，是吗？”阿扎泽洛齉声齉气地尽量把口气放得亲切些问。

“我自己装了澡盆，”阿洛伊奇吓得牙齿咯咯作响，没头没脑地喊起来，“粉刷过一次，还放了矾……”

“装了澡盆，那太好了，”阿扎泽洛表示赞赏，“他正好缺一个。”接着大喝一声：“滚！”

只见阿洛伊奇一个倒栽葱，从沃兰德卧室的窗户里飞了出去。

大师瞪大了眼睛悄声说：

“这不比伊万说的那些事更玄吗？”大惊失色之余，东看看，西看看，最后对黑猫说：“对不起，你……您就是……”他有点语无伦次，不知该如何称呼这只黑猫是好，“您就是那只乘电车的猫？”

“正是在下。”黑猫得意扬扬地证实了他的猜测。随后又加上一句，“听到您同一只猫谈话这样有礼貌，在下感到非常高兴。所有的人跟猫谈话时，不知为什么都以‘你’相称，尽管没有一只猫跟人同桌喝过交契酒。①”

“我觉得您可不大像只猫……”大师犹犹豫豫地说。“医院早晚会发现我不在的。”他又爹着胆对沃兰德说。

“哎，他们怎么会发现呢？”科罗维耶夫安慰他说，手里拿着纸页和一个小本本，“你的病历，对吗？”

“对……”

科罗维耶夫把病历扔进了壁炉。

“没有了证件，这个人也就没有了。”科罗维耶夫满意地说。

“这是您那房东的户口簿吧？”

“是的……”

“这里登记的是谁？是阿洛伊奇吗？”科罗维耶夫朝户口簿中的一页吹了一口气，“变！它不见了。请注意，压根儿就没有这么个人！如果房东觉得奇怪，您可以告诉他，阿洛伊奇是他做的一个梦。阿洛伊奇，什么阿洛伊奇？哪来的这么个阿洛伊奇？”说着说着，用带子穿起的小本本在科罗维耶夫手上化为一团清气，“他又回到房东抽屉里去了。”

---

① 彼此挽臂喝酒，从此以“你”而不是“您”相称，以示亲密。

“您说得对，”大师对科罗维耶夫把事情办得这么利索感到惊奇，“证件没有了，人也就没有了。我的证件没有了，我也就不存在了。”

“我可不敢苟同，”科罗维耶夫高声说，“这纯粹是幻觉。瞧，这不是您的证件嘛。”科罗维耶夫把身份证交给他，“这是您的东西，玛格丽特·尼古拉耶芙娜。”科罗维耶夫把一个烧焦了边的本子、一朵干枯的玫瑰、一张照片交给她，又小心翼翼地取出一个存折：“一万，玛格丽特·尼古拉耶芙娜，正好是您存进的那个数。我们可不要别人的东西。”

“我要是拿了别人的东西，就叫我烂爪子！”黑猫煞有介事地叫了一声，使劲在皮箱盖上跳，想把这部惹是生非的长篇手稿一本本全都压进箱子里去。

“还有您的身份证，”科罗维耶夫把证件递给玛格丽特，转过身来，毕恭毕敬地向沃兰德报告说：“阁下，都办妥了！”

“不，还没有全办妥，”沃兰德从地球仪旁抬起头来，“请问，亲爱的夫人，对您的侍从该如何安置呢？我并不需要她。”

这时，娜塔莎从敞开的门外跑进来，对玛格丽特喊道：

“祝你们幸福！玛格丽特·尼古拉耶芙娜！”她向大师点点头，又对玛格丽特说：“其实，您常到什么地方去，我全知道。”

“什么事情瞒得过这些保姆！”黑猫意味深长地举起一只前爪说，“如果以为她们是瞎子，那错误可就犯大了。”

“你想怎么办，娜塔莎？”玛格丽特问，“回小楼去吧。”

“玛格丽特·尼古拉耶芙娜，我的心肝！”娜塔莎跪了下来，“求求他们，”她朝沃兰德那边看看，“让我做个女妖吧。我可不要什么小楼！我也不想嫁什么工程师技术员！在昨天的舞会上，雅克先生向我求婚了。”娜塔莎松开拳头，手心里露出了几枚金币。

玛格丽特疑惑地瞅瞅沃兰德。他点点头。于是娜塔莎扑到女主人脖子上，啧地亲了一口，发出一声胜利的欢呼，向窗外飞去。

在娜塔莎适才站立的地方，又出现了尼古拉·伊万诺维奇。他恢复了人形，但却满面愁容，甚至还有点怒气冲冲。

“要说打发人，这才是我最乐于打发的呢。”沃兰德厌恶地瞅瞅尼古拉·伊万诺维奇，“为什么特别乐意打发他呢，因为这家伙在这儿纯属多余。”

“我强烈要求给我发一张证明，”尼古拉·伊万诺维奇阴阳怪气地瞅瞅身后，口气十分倔强，“证明我昨天夜晚究竟是在什么地方过的。”

“用途呢？”

“为的是给我的夫人看看。”尼古拉·伊万诺维奇斩钉截铁地说。

“我们一般是不开什么证明的，”黑猫皱起了眉头，“不过对您嘛，好吧，可以破一个例。”

没等尼古拉·伊万诺维奇弄清这话是什么意思，赤身裸体的赫勒早已坐到打字机旁，黑猫则向她口授：

“尼古拉·伊万诺维奇作为运输工具……赫勒，打个逗号，括号里是‘骟猪’……在撒旦舞会上度过了一个夜晚，特此证明。落款是——别格莫特。”

“日期呢？”尼古拉·伊万诺维奇尖声叫道。

“日期我们不管。写明日期，文件无效。”黑猫边说边匆匆签上了自己的名字。随后，不知从哪里弄来一只图章，像模像样地对着它呵了两口气，在纸上盖了个“付讫”，把文件交给尼古拉·伊万诺维奇。后者接过证明，转眼不见。在他的位置上，又出现了一个不速之客。

“这又来了个什么人？”沃兰德用手挡着烛光，嫌恶地问。

瓦列努哈低头叹口气，轻声说：

“放我回去吧，我当不了吸血鬼。那天我跟赫勒一道，差点没把里姆斯基折腾死。我并不愿意吸血。放了我吧！”

“说的什么梦话？”沃兰德蹙着额头问，“里姆斯基是什么人？这是什么乱七八糟的？”

“阁下，请少安毋躁。”阿扎泽洛说，接着，又转向瓦列努哈：“不许在电话里撒野！不许在电话里说谎！懂了吗？以后还敢不敢了？”

瓦列努哈高兴得脑袋都晕了。他容光焕发，嘴里嘟嘟囔囔，连自己都不知说了些什么。

“诚心诚意……噢，我想说……大人……吃完午饭马上……”瓦列努哈双手按在胸前，以乞求的目光看着阿扎泽洛。

“好吧，滚回去！”阿扎泽洛说完，瓦列努哈立刻消失。

“现在，让我跟他俩单独谈谈。”沃兰德指着大师和玛格丽特吩咐说。

沃兰德的命令立刻得到执行。沉默片刻之后，沃兰德对大师说：

“这么说你们马上就要回阿尔巴特大街的地下室去啰？那么，还写不写了？理想呢？灵感呢？”

“我再也没有什么理想了，也没有灵感了，”大师说，“身边的一切再也引不起我的兴趣，只有她。”大师又把手放到玛格丽特头上，“我毁了，我感到寂寞，我不想回地下室去。”

“那么，你的小说呢？彼拉多呢？”

“我恨它，恨这部小说，”大师说，“为了它，我受够了罪！”

“求求你，”玛格丽特悲悲切切地说，“不要这样，干吗要折磨我？你知道，我的整个身心，都献给了你的这部作品。”玛格丽特又朝沃兰德说：“不要听他的，阁下。他受到的折磨够多的了。”

“不过，总还得写点什么吧？”沃兰德说，“如果犹太总督的事写完了，那就把阿洛伊奇写写也可以嘛……”

大师微微一笑：

“这样的东西拉普尼科娃是不会发表的，而且，也没有意思。”

“那您靠什么来生活？您不得挨饿吗？”

“我心甘情愿，心甘情愿，”大师把玛格丽特一把搂过，抱住她的肩膀说，“她会清醒过来的，然后离我而去……”

“我可不这么看，”沃兰德气狠狠地说，“那么，也就是说，您这位描写彼拉多生平的人要进入地下室，准备在那里守着孤灯，天天过挨饿的日子啰？”

玛格丽特放开大师，热切地说：

“我已经尽了全力，我说了好多好话来哄他，可他就是不干。”

“您对他说的那些好话我都知道，”沃兰德说，“但那还不能算是最有吸引力的话。我要告诉您，”他笑了一笑，转向大师，“您的小说将为您赢得意外的成功。”

“这使我很难过。”大师说。

“不啊，怎么会使您难过呢？”沃兰德说，“没什么可怕的。好吧，玛格丽特·尼古拉耶芙娜，一切都办好了。您对我还有什么不满意的吗？”

“瞧您说的，阁下……”

“那请收下我这点东西作为纪念吧。”沃兰德说罢，从枕头底下摸出一只小小的金马掌，上面镶满了一粒粒钻石。

“不行，不行，这干什么？”

“您还想违背我的意愿吗？”沃兰德笑笑问。

玛格丽特的披风没有口袋，所以只好把金马掌裹在餐巾里，系了个结。她回首窗外，见一轮皓月依然精光四射，心中不胜惊讶，便问：

“我真不明白是怎么回事？现在怎么还是半夜？不是早就该天亮了吗？”

“节日的子夜嘛，能挽留它片刻毕竟是令人愉快的。”沃兰德回答，“好啦，祝你们幸福！”

玛格丽特犹如祈祷般朝沃兰德伸出两只手，但又不敢走过去，只是轻轻地喊：

“别了！别了！”

“再见！”沃兰德说。

于是，玛格丽特披着黑披风，大师穿着病服，走进了珠宝商太太家的走廊。这里燃着一支蜡烛，沃兰德的侍从们正在恭候。他俩进到走廊，赫勒拎起装小说手稿和玛格丽特那点东西的手提箱，黑猫在一旁给赫勒帮忙。

科罗维耶夫在住宅门口鞠躬告别，然后就消失了。其余的几位都一直送下楼。楼梯间空无一人，经过三楼平台时，有件东西无声息地掉到地上，谁也没发现。到了六单元大门口，阿扎泽洛朝天吹了一口气。待他们刚走到月光照不到的院子里时，见门口躺着一个人，脚蹬长靴，头戴鸭舌帽，看来早已断了气。他们还看到一辆没亮灯的黑色大轿车已经停在那边，透过前窗隐约可以看到里头有只白嘴鸦。

“上帝呀，我的金马掌丢了！”

“上车吧，”阿扎泽洛说，“等我一会儿，马上就回来。很快就能搞清是怎么回事。”他进了大门。

事情原来是这样：玛格丽特、大师和为他们送行的几位出门之前，珠宝商太太住宅楼下四十八号公寓里有个干瘦干瘦的女人，拎着洋铁桶，拿着口袋，出门来到楼梯间。她就是星期三在转门旁洒了葵籽油，给别尔利奥兹酿成大祸的安努什卡。

这女人在莫斯科究竟以何为生？所操何业？眼下无人知晓，将来也未见得有人明白。但见她每天不是拎个桶，就是又拿兜子又拎桶；不是买煤油，就是跑市场；不是在大门口出出进进，就是顺楼梯上上下下。但她最常待的地方还是四十八号公寓的厨房，那是她居住的地方。此外，她最引人注目的一个特点就是：无论搬到哪里居住，那地方马上就会吵得不可开交，所以她又有一个雅号，叫作“瘟神”。

瘟神安努什卡不知为什么总是起得很早。今天更不知为什么十二点刚过，深更半夜就下了床。她先是把钥匙塞进锁眼一拧，鼻子尖伸进了门缝，接着又把整个身子挤出门外，随手把门带好。正打算往前迈步，忽听上层平台门声一响，一个人顺楼梯直滚下来，撞到安努什卡身上，撞得她摔倒在地，后脑勺磕在了墙上。

“见他娘的鬼！只穿一条衬裤就往外跑，忙的啥？”

这人真的只穿了一套内衣，戴着鸭舌帽，双手捧着皮箱，闭着双眼，用睡得迷迷糊糊的声音怪里怪气地回答：

“热水器……矾……光粉刷就花了多少钱哪……”说着竟哭出声来，哭完还大喝一声：“滚！”

随后他拔腿便跑，但不是往下，而是折过头来往上，一直跑到那破了块玻璃的窗前，一个倒栽葱朝窗外扎了出去。安努什卡吓得连后脑勺也忘了，哎哟一声，赶紧跑到窗口，往平台上一趴，脑袋探出窗外，想借着院里灯光查看一下，拎皮箱那人是否在沥青地面上摔成了肉饼。可是沥青地面上却一无所有。

唯一的解释就是那睡眼惺忪的怪物从楼里飞出去了，像只鸟儿似的飞得无影无踪了。安努什卡画了个十字，心想："这五十号公寓，真邪门！难怪大伙儿都说……这房子犯邪……"

没等她琢磨出个头绪，楼上门又是一响，又是一个人跑了下来。安努什卡往墙根紧紧一贴，只见一位可钦可敬的公民，留着山羊胡子，一溜烟窜过她身旁。安努什卡不知怎的觉得此人面孔有点像猪崽。跟头一个人一样，此人毫不顾忌会在沥青路面上摔个好歹，同样穿窗出楼而去。安努什卡早把自己出门要干什么忘得一干二净，傻在楼梯上，连连画着十字，喊了好几声"哎哟"，嘴里嘟嘟囔囔自言自语。过了不大会儿，第三个又打楼梯上跑下来了。这家伙没留胡子，圆脸刮得光光溜溜，穿了一件托尔斯泰衫，照样也是打窗户里飞了出去。

安努什卡有一大优点，即求知欲特强，所以她拿定主意等下去，看看是否还能出现什么奇迹。楼上门又打开了。这回下来的可是一大帮人，但不是往下跑，而是用正常的速度往下走。安努什卡赶紧离开窗口，跑到楼下自家门口，匆匆把门拉开，闪了进去。只见她那只被好奇心撩拨得有如疯狂的眼睛在特意留下的那条窄缝里熠熠发光。

一个似病非病、满面胡须、头戴黑色小帽、身穿长袍的怪人，拖着虚飘飘的步子向下走来。安努什卡影影绰绰仿佛见到个披黑袍的太太在一旁小心翼翼地搀扶着他的胳膊。看来，那位夫人不是光着脚，就是穿了双进口的、可是已经撕成一片片的透明鞋。呸！那哪是穿的透明鞋呀！原来那太太竟光着身子！喏，披风是光着身子直接披上去的。“哎哟哟！这房子可真够邪门的……”一想到明天可以到邻居当中去大讲新闻，安努什卡心里乐得简直要唱出来。

穿得怪里怪气的太太身后，又跟着一个精赤条条的女人，手捧小皮箱，还有一只大黑猫跟在皮箱旁窜前窜后。安努什卡把眼睛擦了又擦，险些没尖叫起来。

行列的最后，是一个瘸腿、独眼的矮个子洋人，穿的是白色燕尾服背心，扎着领结，没穿外衣。一行人经过安努什卡身边，浩浩荡荡地往下走。这时，有件东西掉在楼梯台上，轻轻一响。

安努什卡听得脚步渐寂，便蛇似的从门里溜了出来，贴墙根把桶放好，往平台上一趴，两手就摸开了。一摸摸到块小餐巾，里头包着个沉甸甸的东西。小包打开之后，安努什卡把眼珠子瞪得都要掉出来了。她把那宝贝凑到眼前瞅了又瞅，双眼射出狼一般贪婪的光，脑海里顿时搅起一股旋风。

“我一问三不知，啥也没见着！……要不要找我大侄子商量商量？再不就把它切成几段？……钻石可以抠出来，一颗一颗卖：一颗卖到彼得罗夫卡，一颗卖到斯摩棱斯克市场……反正我一问三不知，啥也没见着……”

安努什卡不想进城逛去了。她把拾到的东西揣进怀里，拎起铁桶，刚想开溜进屋，面前突然人影一闪，定睛一看，原来是那个没穿外衣、戴白衬胸的家伙。鬼知道他是打哪儿钻出来的！但听那人轻喝：

“金马掌和小餐巾交出来！”

“什么小餐巾、金马掌的？”安努什卡装疯卖傻的本事真是头一等，居然反问了一句，“哪见着什么小餐巾了？公民，您别是喝多了吧？”

戴白衬胸的男人二话不说，用跟公共汽车扶手一样硬邦邦凉冰冰的手指掐住了安努什卡的喉咙，憋得她胸口一丝气也透不上来。铁桶从手里摔到平台上。没穿外衣的洋人把安努什卡的喉咙卡了一会儿之后，松开了手指。安努什卡咽了一口气，挤出了笑脸。

“噢，是小金马掌呀？”她说，“您等等！原来是您的金马掌呀？我一看，在小餐巾里头包着呢，怕给别人捡了去，特地给您收着呢。要不，上哪儿找去呀！”

洋人得了小金马掌和小餐巾，并起双脚对安努什卡连连鞠躬，紧紧握住她的手，热烈地感谢她，带着浓浓的外国腔说：

“实在太谢谢您啦，夫人！这只金马掌是纪念品，对我非常珍贵。多亏您保存了它，请允许我送您二百卢布。”说罢立即从背心里掏出钱来，往安努什卡手里一塞。

安努什卡拼命装出一副笑脸，大声说：

“哎呀！太谢谢您啦！麦尔西！麦尔西！”

慷慨的外国佬一步跳下整整一截楼梯，就在他即将隐没的当儿，又一点不带外国腔地从楼下喊了一句：

“你这个老妖婆，下回再捡到别人的东西，往民警局交，别往自己怀里掖！”

安努什卡被楼道里的怪事闹得脑袋嗡嗡直叫，心里七上八下，嘴里一直下意识地喊：

“麦尔西！麦尔西！麦尔西……”可外国佬早就没了影儿。

阿扎泽洛把沃兰德的礼品交还给玛格丽特，向她告别，又问她坐得是否舒服。赫勒还跟玛格丽特交换了深深一吻。黑猫吻了她的手。送行的人向倒在后座死沉沉一动不动的大师、向白嘴鸦分别挥了挥手，也不走楼梯，在空中一闪即逝。白嘴鸦亮起车灯，把车驶过门洞里睡死过去的人身旁，驶向大门外。在永难入眠的繁华的花园街上，车灯汇入了一片灯火中。

一小时后，阿尔巴特大街的一条胡同里，在一幢小楼地下室的外间，心潮激荡的玛格丽特悄悄流下了幸福的眼泪。一切还是同去年秋天那可怕的夜晚之前一样，餐桌上铺着天鹅绒台布，摆着一盏带灯罩的台灯。灯旁是插有铃兰的花瓶。玛格丽特坐在那里流眼泪，在经历了心灵的震撼之后，她体验到了幸福。她的面前摊放着那本被火烧焦了边缘的笔记本，旁边是高高一大摞未被烧毁的稿本。屋里静悄悄的。隔壁小屋里大师盖着病服在沙发上酣睡。他的鼻息平缓而均匀。

玛格丽特哭了好一阵，又拿起没烧毁的稿本，翻到她在克里姆林宫墙边同阿扎泽洛会面前多次诵读过的段落。玛格丽特难以入眠，伸出手满腔柔情地抚摩着手稿，宛若抚摩着心爱的猫儿。她把稿本拿在手里摆弄着，翻来覆去地欣赏，一会儿打开扉页，一会儿又翻到结尾。突然，一个可怕的念头袭上心头：这一切别又只是魔法的力量吧？说不定转眼之间稿本又要化为乌有，她又要回到那座小楼，回到那间卧室，一觉醒来，说不定还要去投河自尽。不过，这可怕的念头只是她长期蒙受磨难引发的回音。什么都没有化为乌有，全能的沃兰德果然无所不能，玛格丽特现在可以随心尽情地把手稿翻得沙沙作响，想翻多久就翻多久，哪怕是一直翻到天亮。她可以看它，亲它，反反复复朗诵它：

“地中海上爬来一股黑气，遮蔽了总督大人恨之入骨的城市……”是的，一股黑气……

第二十五章
总督千方百计拯救加略人犹大

地中海上爬来一股黑气，遮蔽了总督大人恨之入骨的城市。圣殿和威严的安东尼塔之间的座座吊桥消失了。这股深不可测的溟濛之气自天而降，吞没了跑马场上张着双翼的一座座神像，吞没了筑有一个个箭孔的哈斯莫尼宫，吞没了市场、一排排木棚、陋巷、池塘……耶路撒冷，这伟大的城市，消失了，仿佛它从来就没有在世界上存在过。黑气吞噬了一切，使耶路撒冷城内和郊区的一切生灵全都感到惊惶不安。春季尼桑月十四日傍晚，一片奇怪的乌云自海面奔袭而来。

乌云低矮的肚皮已压到髑髅地，刽子手们急急忙忙捅死了囚徒。乌云直向耶路撒冷圣殿扑来。它仿佛一股黑流，爬上冈峦，涌向下城，扑进一扇扇窗户，把曲曲弯弯街道上的行人纷纷赶进屋里。它并不急于把雨点洒下，只是放出一道道闪电。电火把一团如烟似絮的黑雾撕开一道小口，于是在伸手不见五指的黑暗中，立刻腾起一座巍峨雄伟的圣殿，外墙上的鳞纹贴面迸射出万道金光。然而瞬息之间，光芒便熄灭了。圣殿重又陷入黑洞洞的深渊。有几回那高大的轮廓从溟濛之中拔地而起，接着又一下子垮了下来，每一次都伴有一声惊天动地的霹雳。

还有几次，颤抖的电光从混沌中把圣殿对过西山上矗立的大希律王宫照亮了，于是，在漆黑的高空中腾现出一座座可怕的、没有眼睛的金色塑像，他们的手臂直指天穹。接着，空中的电火熄灭了，沉雷又把金色偶像驱入一片黑暗之中。

突然，大雨倾盆而下，刹那间雷雨转成暴风雨。在总督同大司祭上午谈话的地方，在花园的大理石长凳旁，一声霹雳有如巨炮般炸响，把一株柏树像草棍似的劈为两截。风夹着雨沫和飞雹，把打落的玫瑰花瓣、玉兰树叶、折断的细枝和泥沙，刮进了柱廊下的露台。暴风雨在花园里大逞淫威。

这时的柱廊上只有一人，他就是总督。

他没有坐在扶手椅上，而是躺在低矮的茵榻上。旁设一小几，上陈各种食物，还有一只只葡萄酒罐。隔着矮几另设有一榻，榻上无人。总督脚边地上汪着一摊血浆似的猩红液体，散落着几片碎陶片。暴风雨未起之前，一个仆人为总督摆宴，在目光逼视之下，顿感手足无措，心慌意乱，总怕有什么地方服侍不周，气得总督把罐子摔到了嵌花地坪上：

“奉馔时为什么不敢看人？莫非偷了东西？”

非洲人霎时面如死灰，目中惊恐万状，身体一阵觳觫，差点没把另一只罐子也打了。幸亏总督怒气来得快消得也快。非洲人忙跑过去捡碎片，又要擦拭洒在地上的酒浆，总督把手一挥，奴隶赶紧跑开，那一汪酒才没动。

风雨大作之际，非洲人躲在一处壁龛旁，壁龛里竖着一座垂首而立的白色裸体女雕。黑奴生怕在一个不恰当的时刻被大人一眼扫见，但又怕万一传呼听不见。

在这天昏地暗的可怕时刻，总督偃卧在茵榻上自斟自饮。他一口一口慢条斯理地呷着酒，偶尔伸手拿起面包，掰成碎块，吃上那么两口，间或又吮吸着牡蛎，呷着柠檬，再喝上两口酒。

如果不是大雨如注，雷电交加，仿佛要把宫殿的屋顶砸塌，如果不是冰雹在露台阶下噼里啪啦敲个不停，准能听到总督大人在喃喃自语。如果天上那闪烁不定的雷火变成一道长辉不灭的光亮，准会看到总督大人是一脸的烦躁。两只眼睛由于连日失眠贪杯过量而布满了血丝。这时还可以看到，总督不仅盯着那两朵委弃于地，浸泡在殷红如血的液体中的白玫瑰，而且还不时把脸转向花园，转向飞溅的雨沫和泥沙。这说明他正在等人，等得腻烦透了。

又过了一会儿，总督眼前的雨帘渐疏。暴风雨虽说来势凶猛，终于还是弱了下来。树杈已不再断裂，树叶已不再飞落，雷鸣电闪愈来愈稀。耶路撒冷上空浮动的已不再是镶白边的紫色雨云，而是通常那种呈铅灰色的积云。雷雨向死海移去。

眼下耳中已能分清孰是雨声，孰是水声。积水沿总督去广场宣示死刑时走过的阶梯顺排水沟淙淙流向山下。最后，淹没在风雨声中的喷泉又恢复了歌唱。天一点点放晴了。在一层向东急驰的灰蒙蒙云雾中，渐渐撕开了几扇蔚蓝的天窗。

透过疏落的雨滴声，一阵隐约可闻的号角和数百马蹄叩地的得得声触及总督的耳鼓。总督大人微微一动，脸上表情开始活跃。骑兵团从髑髅地回来了。从声音判断，它正在横越宣示死刑的广场。

总督终于听到了久盼的脚步声——踏着泥水，在石阶上呱唧呱唧响着，一路响到露台前最上层小平台。总督大人翘首以待，眼里射出欢乐的光芒。

两座大理石狮子之间，首先出现的是戴风帽的脑袋，然后是一个浑身精湿的人，披着一袭紧箍于身的披风。来者正是宣判前同总督在后殿暗室密商的人，行刑时坐在三脚凳上摆弄小树棍的也是他。

戴风帽的对脚下积水毫不在意，他径直穿过花园小平台，踏上露台嵌花地坪，举起手臂，以非常中听的声音大声说：

“向总督大人请安！”说的是拉丁语。

“天哪！”彼拉多喊，“简直成了个落汤鸡！好大的风雨！请更衣后马上来见本督！”

来人撩下风帽，头发也湿透了，粘在前额上。刮得光溜溜的脸上，浮现出彬彬有礼的笑容。他再三推辞，表示一场小雨算不得什么。

“无须再推辞了。”彼拉多说罢击掌招来躲在视线之外的仆人，命他们服侍来客更衣，然后立刻把馔摆上来。

谒见总督的客人只用了一小会儿，便把自己收拾停当。他擦干了头发，换去湿衣湿鞋，重新来到露台。眼下他穿着一双干爽的平底鞋，披着一件猩红色军斗篷，头发已经梳理得十分整齐。

即将沉入地中海的夕阳重又露出脸来，照耀着耶路撒冷，将斜晖投向总督大人痛恨的城市，通向露台的阶梯镀上了一层金色。喷泉又变得跟原来一样活泼，尽情发出欢歌。鸽群落回沙坪，咕咕鸣叫，跳过折断的树枝，在潮湿的沙子上觅食。血一般的那汪红酒浆早已被擦拭干净，碎陶片也收拾走了。牛肉在小几上冒着热气。

“卑职静候大人吩咐。”来人走到小几旁。

“不先饮几盏，怎么能指望本督开口跟你说话。”彼拉多指着另一张茵榻亲切地说。

来人侧身躺下。仆人给他往盏中斟满浓浓的红酒，另一仆人小心翼翼为总督大人也斟满一盏。彼拉多一挥手让他们退下。

趁客人吃喝的当儿，彼拉多边啜酒边眯起眼睛朝对方打量。来人正当盛年，鼻头肉乎乎的，圆脸盘收拾得颇为整洁，看上去挺顺眼。头发说不清什么颜色。待到渐干之后，颜色越来越浅。究竟是哪个民族的人很难断定。要说最显眼的，恐怕还是那一脸温诚敦厚的表情。可这种印象又被那两只眼睛，或者，更确切说，不是眼睛，而是看觑对方的神态破坏了。通常，此人总是把那双小眼睛隐藏在看起来怪怪的、仿佛有点浮肿的眼皮底下。这时，从这双眼睛的窄缝里，便透出一股虽显狡黠但却并无恶意的光芒。看来，总督的这位客人一定不乏幽默感。不过偶尔他也会圆睁双眼，向谈话对方突然投去咄咄逼人的一瞥，仿佛要一下子找出对方鼻梁上一处看不见的黑斑。每到这时，眼缝里幽默的光芒便不见了。但这仅仅是那么一瞬，随后眼皮重又会耷拉下来，眼缝又眯得那样细，眼睛里又会射出温诚敦厚和聪明狡黠的光。

酒过二巡，来人就不再客气了。他津津有味地吞下几只牡蛎，又尝了几口素菜，吃了一块肉。饱餐之后，对杯中物发了一通赞词：

“这酿酒的葡萄真好！大人，莫非是法列诺佳酿？”

“是泽库巴的产品，三十年陈酿。”总督亲切地说。

客人插手胸前，说了声已经吃饱，便什么也不要了。于是，彼拉多为自己满斟一盏，客人也斟了一盏，二人各自把盏中酒往盛肉的盘子里洒了几滴，彼拉多朗声祝道：

“为我们，为人类的至贵至尊至优，为罗马人之父恺撒，干杯！”说罢，二人一饮而尽。黑奴从几上撤去盘盏，留下水果、陶罐。总督又挥手撤下众仆，柱廊中唯有主客相对。

“现在言归正传，”彼拉多轻声说，“城里民情如何？”

他禁不住朝一层层梯形花园的下方投去一瞥。山下被残阳染成金色的廊柱和一块块平展展的屋顶正缓缓黯淡下去。

“卑职以为，总督大人，”客人说，“耶路撒冷现下的情绪相当不错。”

“那么，保证不会有发生骚乱的危险啰？”

“世上可以保证的只有一个，”来客温驯地瞅瞅总督说，“那就是伟大恺撒的威力无匹。”

“愿上苍保佑他福寿绵长，”彼拉多赶紧接着说了一句，“祝人间太平永驻。”停了一会儿又说：“那你怎么看，部队现在可以撤了吗？”

“依卑职看，闪击军团可以撤走了。”客人回答。

“好主意，”总督赞道，“后天本督就打发他们开拔，我本人也动身。而且，本督可以凭着十二位神祇的盛宴对你起誓，凭着先灵对你起誓，倘若今天我就能起程，那才谢天谢地呢！”

“大人不喜欢耶路撒冷？”客人提了个傻乎乎的问题。

“饶了我吧！”总督苦笑着提高了声音说，“世上难道还有比耶路撒冷更无可救药的地方吗？若以水土而论，那就更不待言了！每次过这边来，本督都要病上一场。……更讨厌的就是这些节日！……这些巫师、术士、魔法师之流，这一窝一窝的朝圣香客！……这些宗教狂！宗教狂！……也不知他们干吗心血来潮，非要说今年是救主出世之期，结果闹成这个样子！每时每刻都可能看到让人伤透脑筋的流血事件……每日里都得把军队调来调去，都得批阅这些诬陷诽谤的密报，其中有一半竟是对本督的告密和诽谤！你说，这种日子难熬不难熬！噢，要不是圣命在身……”

“是的，一到过节这里就要出事。”客人表示同意。

“但愿这样的日子早日结束，”彼拉多断然决然说，“本督返回凯撒利亚之期终于屈指可数了。信不信由你，大希律王的这一妄诞之作，”总督挥挥手指着廊柱，客人这才明白，他指的原来是宫殿。“简直要叫本督发疯！在这里过夜，本督从来就难以合眼！天下哪见过比这更怪的宫室！……好吧，咱们还是言归正传。那个该死的巴拉巴，你不觉得他靠不住吗？”

客人朝总督的面孔投去异样的一瞥。总督正在以一种苦闷的目光凝视远方，厌恶地蹙着眉头眺望山下渐渐溶入月色的城市。于是，客人的目光仿佛也溶入了夜色之中，他重又垂下了眼睑。

“看来，如今巴拉巴已经像一头羔羊那样无害了，”客人说话时圆脸盘上出现了几道细碎的皱纹，“今后他可不便于再闹事了。”

“难道是因为过于出了名不成？”彼拉多笑问。

“总督大人总是入木三分！”

“万一出现意外，”总督忧心忡忡，那根戴着黑宝石戒指的细长的手指翘了起来，“那就要……”

“哦，请大人放心，只要卑职在犹太省任职，巴拉巴的一举一动都逃不过卑职的眼睛。”

“现在本督总算放心了。其实，只要有你，本督就放心。”

“大人过奖！”

“好了，把行刑的经过讲一下吧。”总督说。

“大人想了解些什么？”

“百姓中有无乱象，这当然是首要一条。”

“一点也没有。”客人回答。

“太好了。处决后亲自验尸了吗？”

“请大人放心，一点差错没有。”

“那么，上十字架之前给他们饮水了吗？”

“饮了。可是他，”说到这儿，客人闭上了眼睛，“居然拒而不饮。”

“谁？”彼拉多问。

“伊格蒙，恕我无礼！”客人忙喊，“卑职难道竟没有提他的名字？就是那个拿撒勒人呀！”

“疯子！”彼拉多不知为什么还扮了个鬼脸说。他的左眼下方有一根筋在掣动。“莫非想活活晒死？为什么要拒绝合理合法提供的方便呢？他说了些什么？”

“他说，”客人又闭上了眼睛，“他表示感谢，他并不怨恨那些夺去他生命的人。”

“谁？”彼拉多闷声闷气问。

“这他没说，伊格蒙……”

“难道他没有当士兵的面作些宣讲？”

“噢，伊格蒙，这回他倒没有多言多语。他只说了一句，说他认为人类最大的弱点就是怯懦。”

“他指什么？”客人听到的是一种坼裂般的声音。

“这可没搞明白。总之他一举一动都怪怪的，总是那么怪。”

“怪在哪里？”

“他总是对着周围的人张来望去，想要盯住你的眼睛，而且一直傻头傻脑地笑。”

“别无他言？”总督的声音嘶哑了。

“没有了。”

总督把酒盏在几上狠狠一顿，给自己斟满，一饮而尽，然后说：

“虽说追随他的人尚未发现，至少目前尚未发现，可问题在于这样的人也难保一个没有呀。”

客人低着脑袋，全神贯注听着。

“因此，为了避免意外，”总督接着说，“本督命你火速悄悄前去收尸，将伏法的三人秘密埋葬，务使他们在世上从此销声匿迹。”

“遵命，伊格蒙，”客人说着站起身来，又说，“此事相当复杂，责任重大，容卑职即刻动身。”

“不，再稍坐片刻不迟，”彼拉多用手势制止了客人，“还有两件事。一，你作为犹太总督手下的按察使，独当重任，勋绩卓著，吾心甚慰。本督定将据实向罗马禀报。”

客人的脸突然变得通红，他起立向总督躬身施礼：

“卑职不过是为帝国效劳而已。”

“不过本督对你还有个要求，”伊格蒙又接着说，“一旦若把你调往别处，擢升新职，请你不要走，留下来。本督无论如何也不愿同你分手。就让上峰另思良策，以褒奖你的殊勋吧。”

“能在大人手下任职，卑职实为三生有幸。”

“那本督就太高兴了。好，还有第二，同那个……叫什么来着……加略人犹大有关。”

客人又向总督投去一瞥，目光仍然是一闪即逝。

“据说，”总督放低了声音，“此人是得了好处，才亲亲热热把疯子骗到了家里。”

“钱还没有到手。”按察使轻声说。

“数目不小吧？”

“这可没法知道，伊格蒙。”

“连你也不知？”伊格蒙问，他的惊奇说明了他的赞赏。

“噢，是的，连卑职也不知晓，”客人回答得不动声色，“不过，卑职知道今晚他将得到这笔钱。今晚他将被召入该亚法府中。”

“啊，这个贪心的加略老头！”总督微笑说，“是个老头吧？”

“大人一向英明，这回可说错了，”客人的回答带着殷勤，“这个加略人哪，是个年轻人。”

“原来如此！你对他怎么个看法，能否见告一二呢？是个宗教狂？”

“噢，不是，大人。”

“这样。其他方面呢？”

“人长得很漂亮。”

“别的呢？也许，此人还有什么爱好吧？”

“城市这么大，大人，想要人人都了解得那么透彻，太不容易啦！”

“噢，别这样，阿弗拉尼！对自己的成绩又何必讳莫如深呢？”

“这个人只有一个爱好，大人，”客人顿了一下，“那就是捞钱。”

“他干的什么行当？”

阿弗拉尼抬眼向天，寻思片刻，回道：

“他在亲戚开的一家钱庄里当伙计。”

“哦，原来如此，原来如此！”总督说罢沉吟不语，接着回头朝露台略一张望，见无旁人，方悄声说：“有一事相告。今天本督接到消息，说是夜里有人要加害于他。”

这回客人的目光可不是一闪即收，而是在总督脸上少作逗留，口中才回答：

“大人，您对卑职实在过奖。大人若为卑职向罗马请功，卑职实不敢当。这个消息卑职就不知道。”

“即便赐你最高奖赏，亦有何愧？”总督说，“不过本督的消息倒也确为属实。”

“斗胆请问大人，何人提供的消息？”

“且容本督暂不披露。更何况这等消息很可能是道听途说，望风捕影，不足彰信呢。不过本督既膺重任，理应深谋远虑，这正是职责所在嘛。本督尤信心中的预感，因为它从来还不曾骗过本督。消息说，拿撒勒人暗中的朋友有人对这个卖友求荣的钱庄伙计恨之入骨，故而谋划于同伙，意于今夜结果他的性命，将其叛卖所得掷还大司祭，再往钱袋里塞一张条子：‘不许要汝的臭钱！’”

按察使不再用他那种倏然投射的目光去察看伊格蒙，只是眯起眼睛静听彼拉多的下文。总督又讲：

“值此良宵佳节，如果大司祭能收到这么一份厚礼，你想他会高兴吗？”

“不仅不会高兴，”客人微微一笑，“大人，我看，恐怕还会引起大麻烦呢。”

“本督也是这个意思，所以才想请你过问一下此事，要你采取一切措施，对加略人犹大严加保护。”

“遵命，伊格蒙，”阿弗拉尼说，“不过，卑职请伊格蒙放心，歹徒们的阴谋极难得逞。试想，”客人说着把身子转过去，“先得找到那人，把他杀了，还得打听出他得了多少钱，再想办法把钱给该亚法送还回去，而且，一切都要在一夜之间，也就是今夜，办完，这能行吗？”

“尽管如此，今夜他必死无疑，”彼拉多十分固执，“告诉你，本督有预感！它还没有一次骗过我。”一阵痉挛爬过总督面部，他急促地搓搓手。

“遵命，”客人恭顺地回答，他从榻上起立，挺直身躯，忽然凛然问，“那么，伊格蒙，他必死无疑？”

“不错！”彼拉多说，“全仗你精忠报效，勤勉尽职啰。”

客人理理披风里头又宽又厚的皮带说：

“谨遵钧命，祝大人健康愉快！”

“噢，还有，”彼拉多轻叫，“本督险些忘了，我还欠你钱呢！

客人惊呆了。

“不，大人，您从来没欠过卑职的钱呀！”

“怎么没有？记得本督进耶路撒冷那天，一群乞丐……我本想多给他们几个，偏巧身上没带，便从你那儿拿了一些。”

“噢，大人，些许小事，何足挂齿！”

“小事也不该忘呀，”说罢，总督回身拎起身后扶手椅上放的袍子，从椅子上拿起一只钱袋，递给来客。客人深施一礼，接过钱袋，藏进披风。

“今晚，”彼拉多说，“本督等着掩埋尸首以及处理加略犹大等事的回音。听见了吗，阿弗拉尼？就在今晚！我关照卫队随时叫醒本督。我等着你。”

“谨遵钧命。”按察使说罢转身走下露台。起初但听潮湿的沙子在他脚下簌簌作响，接着又传来皮靴踏在两座狮子之间大理石甬道上的橐橐之声。后来，先是两腿，再是身躯，终于连风帽也消失了。这时总督才发现，夕阳早已落山，暮霭已经降临。

第二十六章
葬　尸

也许，暮霭正是总督大人外表发生剧变的原因。他仿佛眼看着老了起来，脊背佝偻了，而且心情也变得惴惴不安。有一回他扭头，一眼看到那把背上搭着袍子的扶手椅，说不上为什么竟吓了一哆嗦。节日之夜降临了，黄昏的暗影弄得他两眼发花。也许总督大人倦怠了，恍惚间似觉有人正坐在那把空椅子上。他战战兢兢伸手过去触摸了一下那件袍子，但又把它撇到一边，在露台上快步踱将起来。他一会儿搓搓手，一会儿走到小几旁端起酒盏，一会儿又停步呆望嵌花地坪，好像那上头写着什么天书……

今日之中他已是第二次感到无名的烦恼了。一大早太阳穴就疼得要命，这会儿那地方还有一点隐约作痛。总督大人轻揉两鬓，费了好大劲也没有搞清心情恶劣的缘故。不过他很快就弄明白了，只是还想骗自己。他明白今天白天他已无可挽回地错失了一些机会，现在却要靠采取一些无足轻重、可有可无的措施来加以弥补。而且，重要的是已经来不及了。这种自我欺骗在于总督还想让自己相信，今天的行动也好，昨天的行动也罢，比上午的判决都更为重要。可是他也觉得，要让自己相信这一点实在是太难了。

一次转身之间，他蓦地停下脚步，打了个口哨。暮色中回答他的是几声低沉的犬吠。一只尖耳灰毛巨獒从花园窜上露台，颈圈上镶着金光闪闪的饰牌。

“班加，班加。”总督轻唤了两声。

巨獒提起前爪，搭在主人肩头，险些没把他推个趔趄。它伸出舌头舔舔主人面颊。总督坐到扶手椅上，班加伸舌喘咻咻卧倒在主人脚下，目光中流露出乐滋滋的神情，仿佛在表示：它是一只无所畏惧的狗，世上它唯一畏惧的只是雷雨，而现在雷雨已经过去了。同时，它似乎又在表示，它所爱的，它所敬的，在它看来世间最强有力的、能够主宰万众的那个人，眼下又同它在一起了；正因为有了这个人，它才能把自己看作是享有特权的高级特殊动物。可躺到主人脚边之后，尽管眼睛只是瞅着暮色中的花园，不曾朝主人看上一眼，它却也立刻觉察到主人遭了不幸。所以它改换姿态，起身转了一圈，把两只前爪和脑袋放到总督双膝上，潮湿的沙子也沾到了总督的白袍下摆上。班加大概打算以此证明，它要安慰主人，决心同主人患难与共。为了表示这一点，它紧盯主人不放，高高竖起了警觉的耳朵。相依为命的狗和主人，便这样在露台上迎来了节日之夜。

此时，总督的客人却忙得不可开交。他离开露台前的花园上层平台，沿阶下到第二层，向右一拐，来到宫墙内的营房。总督亲自带到耶路撒冷来过节的两个小队以及他的秘密卫队就驻扎在这几座营房内。阿弗拉尼便是秘密卫队的队长。此人在营房稍事逗留，不出十分钟，兵营院内驶出三辆大车，装着掘壕用具和一大桶水。跟车的有十五个骑兵，一色披着灰斗篷。大车在他们押送下出了后宫门往西，出城后沿小路先是上了去伯利恒的大路，再往北到了希布伦门附近的十字路口，又转上了通雅法的大道，也就是白天行刑队押着死囚走过的那条大道。这时天色已晚，地平线上出现了月亮。

大车和跟车的队伍出发不久，总督的客人也骑马出了宫。这回他乔装打扮，穿了件黑色旧长袍。但客人并未出城，反倒是朝市区走去。走了一会儿，只见他取道向北，进入圣殿附近的安东尼堡。在堡内他逗留的时间不长，接着又出现在下城那迷宫般曲曲弯弯的小街上。此行客人骑的是一头骡子。

阿弗拉尼对城市了如指掌，不费吹灰之力便找到了要去的那条街。因为临街开了几家希腊店铺，这条街就叫作希腊街。其中有一家卖的是地毯，客人在铺子门前下了骡子，拴到大门口的牲口环上。铺子已经关门。客人走进店门旁的一道栅门，来到一个四四方方的小院。它三面各围有一排杂物间。来人绕过房角，走到住屋那爬满常春藤的石头凉台底下，四下里张望了几眼。小屋和杂物间黑黢黢的，没有一点灯光。客人轻喊一声：

"妮子！"

门吱嘎一声应声打开。暮色朦胧中，凉台上出现了一个没罩面纱的妙龄少妇。她伏身楼栏，慌里慌张朝下张望，试图辨清来人面目。认出之后，殷勤地一笑，点点头，挥挥手。

"就一个人吗？"阿弗拉尼用希腊语低声问。

"一个人，"凉台上的女人悄悄说，"当家的一早就到凯撒利亚去了。"说到这，妇人回头朝门里望望，又小声加一句："不过，女用人在家。"随即又做了个手势，意思是——进来吧！

阿弗拉尼回头望望，踏上台阶。接着，这一男一女进了小屋。阿弗拉尼在这家逗留更短，绝不超过五分钟。随后出了小屋，下了凉台，拉低风帽压住眉梢，又上了大街。这会儿家家已经上灯，可大街上还是一片节日前夕摩肩接踵、人流如潮的景象。阿弗拉尼骑着骡子，很快就消失在骑行和步行的人群之中，不知去向。

那叫作妮子的女人在阿弗拉尼走后，便急急忙忙地换衣服。尽管房间里伸手不见五指，要找到一件合适的衣物真不容易，但她始终不去点那盏油灯，也不招呼女仆。直到穿戴整齐，脸上罩上黑色面纱时，屋里才响起她的声音：

“若是有人问，就说我到艾南塔家做客去了。”

只听老女仆在黑地里嘟嘟哝哝回应：

“艾南塔家？唉，她可不是什么好东西！当家的不是不许你上她家吗？艾南塔可是个拉皮条的货！我非告诉你男人不可……”

“得啦，得啦，别唠叨啦。”妮子回了一声，影子似的溜出小屋，木屐在小院石板上发出咔嗒咔嗒的声音。老女仆嘴里唠唠叨叨，关上了凉台的门。妮子出了大门。

在下城还有另外一条陋巷，以梯状一直向下伸展到市区一处水塘前。巷内有一座破败不堪的小屋，临巷一面无窗，窗户全开向院内。也就在妮子出门前后，小屋的侧门里走出一个胡子修剪得整整齐齐的年轻人，头顶着一直耷拉到肩头的白帽兜，身穿节日盛装——一件簇新的天蓝色塔里夫长袍，下摆还缀着缨子，脚上是一双走起路来吱吱嘎嘎作响的新凉鞋。这位鹰钩鼻子的美男子为了欢庆逾越节，浑身上下打扮得漂漂亮亮。他望着一家家窗内亮起的灯火，精神抖擞地迈开大步，赶过一个个急急忙忙回家参加盛宴，享用美馔佳肴的行人。年轻人踏上了一条穿越市场通往大司祭该亚法位于圣殿山脚下府邸的道路。

不久，有人见他进了该亚法家院子的大门。片刻之后，又见他离开了这座院落。

走出灯烛辉煌、火炬通明、充满节日忙碌气氛的府邸之后，年轻人更是精神抖擞，心欢神畅。他迈开大步，匆匆赶回下城。然而在通往市场的街道拐角处，在熙熙攘攘的人群中，一位黑面纱一直遮到眼睛的女人迈着舞蹈般轻盈的步伐，赶到了年轻人前面。经过他身旁时，女人突然微微撩起面纱，朝他瞟了一眼。不过步子非但没有放慢，反而加快了，仿佛想要远远躲开他似的。

年轻人不仅发现了女人，而且把她认出来了。他浑身一震，停住脚步，莫名其妙地盯着她的背影愣住了，接着，又迈开大步追了上去，险些没把一个手捧瓦罐的过路人撞个跟头。追上那女人后，他激动得气喘吁吁，喊了一声：

“妮子！”

女人回身眯起眼睛，脸上的神情既冷漠又懊丧，干干巴巴用希腊语回答说：

“噢，是你呀，犹大！简直认不出来了。不过，这可是个好兆头。我们有个说法：谁要是变得认不出来了，谁就要发财啦……”

犹大的心激动得怦怦直跳，就像一只裹在黑色面纱里的小鸟。他怕过路的听见，便用颤巍巍的声音悄悄说：

“你上哪儿，妮子？”

“问这干吗？”妮子放慢脚步，傲慢地瞅着犹大。

犹大天真得像个孩子，慌里慌张小声说：

“怎么能不问呢？……咱俩不是有约在先吗？……我正想去找你呢。你不是说一晚上都在家等着我吗……”

“噢，不，不，”妮子说，还调皮地把下嘴唇朝外一撇，这样一来，犹大觉得她的脸蛋儿——那有生以来见过的最漂亮的脸蛋儿，就更漂亮了。“人家闷气得慌嘛。你们过节，叫我怎么办？坐在凉台上听你叹气吗？还要提心吊胆，怕女佣人过后对他告状？不，我才不呢！我要出城去散散心，听听夜莺唱歌。”

“你要出城？”犹大茫然了，“一个人去？”

“当然一个人啰。”妮子说。

“让我陪你去好吗？”犹大气喘吁吁地问，觉得脑袋有点发晕。他把世上的一切忘得一干二净，用一双乞求的眼睛看着妮子那双蓝色的现在显得黑幽幽的眼睛。

妮子一言不发，自顾加快脚步。

“你怎么不说话呀，妮子？”犹大紧随她可怜巴巴地说。

“跟你在一起，不觉得气闷吗？”妮子冷不防停住脚说。这时的犹大已经全然昏了头。

“好吧，”妮子终于软了下来，“走吧。”

“上哪儿？哪儿？”

“等等……咱们先上这家院子里去商量一下。我怕有熟人认出我，再去跟我家那口子多嘴，说我陪情人逛大街。”

于是，妮子和犹大在市场消失了。他俩躲进一家门楼底下，叽叽喳喳咬了半天耳朵。

“你到橄榄园去，”妮子小声说，还把面纱往眼睛上拉拉，身子一扭，避开了一个拎着水桶走过门楼的男人，“到客西马尼门去，过了汲伦溪就到了，听明白了吗？”

“好好好……”

“我先走了，”妮子接着又说，“你别紧跟着我，离远点。我先走……过溪之后……你知道山洞在哪儿吗？”

“知道，知道……”

“走过油坊往上，再一拐，就是山洞。我在那儿等你。不过，现在可不许跟着我。要稍微有点耐性，在这儿等着。”妮子说着走出了门洞，就像压根儿没跟犹大说过话一样。

犹大独自站立片刻，稳了稳神。他只想到一点：怎样跟家里人交代？为什么不参加节日家宴？犹大站在那儿，琢磨着撒个什么谎才能圆得过去。可是一激动，一点有用的主意也想不出来了，一个谎也编不出来，只好无可奈何地慢慢离开门楼。

这会儿他改变了路线，不再急着赶回下城，而是转身又向该亚法府邸的方向走去。城里家家已经开始过节。犹大所经之处，不仅扇扇窗户灯火通明，而且还传出了念祷文的声音。卵石路上，迟归的行人赶着毛驴，用鞭子抽打着，吆喝着。犹大信步前行，不知不觉，苔藓斑驳、警卫森严的安东尼堡已经落到身后。他耳中已听不到堡内号角齐鸣，也没有注意到手持火炬的罗马骑兵巡逻哨。火炬闪动着令人心惊肉跳的光焰，照亮了他的道路。

犹大走过碉楼时，回眼望去，但见圣殿上空那高得令人心悸目眩的地方，有两组巨大的五炬灯在燃烧。犹大看得并不真切，只是隐隐约约望见耶路撒冷远处山顶上燃起的那十团巨大无朋的灯火，同城市上空冉冉升起的无可比拟的明灯——一轮皓月——争辉斗奇。

这会儿犹大什么也顾不得了。他直奔客西马尼门，只想赶紧出城。有时，他仿佛觉得，一个轻盈如仙的身形正夹杂在他前方往来行人的背影和面庞中闪动着，指引着他前进。但这只不过是一种幻觉。他知道妮子早就该跑到他前边老远的地方去了。犹大跑过一家家钱庄，好不容易到了客西马尼门。虽然心急如焚，到了这里也只好少候片刻：一个骆驼队正在进城，随后又是叙利亚巡逻队。犹大在心里默默诅咒着这些家伙。

过了一阵之后，急不可耐的犹大总算到了城外。朝左边看去，原来是一块小小的墓地，四周支着几顶朝圣者的条纹帐幕。犹大踏着月色横穿尘土飞扬的大道，直奔汲伦溪，准备蹚过去。溪水在足下潺潺鸣溅。他踏着一块块石头跳过溪流，终于登上对岸，抬头一看，只见那条穿过座座花园之间的大路空无一人，心头不由一阵狂喜。远处橄榄园颓坏破败的大门已经在望了。

从闷热的闹市出来，犹大陶醉于春夜的馥郁之中。客西马尼草地那边，一股香桃木和金合欢的芳香越过花园围墙迎面飘来。

园门无人看守，园内阒无人迹。几分钟后，犹大已经奔跑在一株株枝叶婆娑的橄榄巨树的神秘暗影中了。他沿着曲曲弯弯的路气喘吁吁爬向山顶，不时冲出暗影，又突然踏上花纹斑驳的月光地毯——它不由得令人想起在妮子的丈夫铺子里看到的那些地毯。

过了一会儿，橄榄油坊那沉重的石碾和一堆油桶出现在犹大左首空地上。园里人早已走空——不等太阳落山就收工了。这会儿，犹大的耳边响彻了夜莺的啼啭。

犹大的目的地就在眼前。他知道右边黑乎乎的那片地方很快就会响起山洞里滴水的叮咚声。果然，他听到了滴水的声音。凉意越发地浓了。于是，他放慢脚步，轻声喊：

“妮子！”

然而，应声跳出的并不是妮子。从一株粗大的橄榄树后，一个矮壮的男人身影一掠而出，拦住了去路，手中寒光一闪。犹大轻轻一声惊叫，掉头便跑，另一个人截断了他的退路。

头里那人问：

“刚才得了多少好处？要命就快说！”

犹大心里闪过一线希望，失魂落魄地喊：

“三十块银币！三十块银币！得的钱全在这儿！拿去吧！饶命！”

头里那人一把夺过犹大的钱袋。犹大身后闪起刀光，一把匕首从风流情种的肩胛骨下斜插进去。犹大双手一扬，十指如钩，身子前扑。头里那人又挺刀一捅，刀身没入犹大的心脏。

“妮……子……”犹大挣扎出一声呼唤，它已不像以往那年轻的高音那么纯美，而是犹如饱含着责备的低沉的呻吟。他嘴里再没出动静，扑通一声摔倒在地。

这时，路上又出现了一个身影，身穿斗篷，头戴风帽。

“快！”来人发出命令。两个凶手把钱袋和由来人递过的字条用一张皮子迅速裹好，再用绳子扎上十字花。一人把这包东西揣入怀中，跟着另一人离开小路，跑向一旁，隐没在黑黢黢的橄榄林中。第三人蹲在死者身旁，端详着那张面孔。他觉得那阴影笼罩下的面孔白得像白垩土，有一种崇高的美。

片刻之后，大路上一个活人也没有了。毫无生气的尸体摊开双臂倒在地上，一束月光透过枝叶照到他左脚上，凉鞋的根根皮条清晰可见。此时，整个客西马尼橄榄园响彻了夜莺的歌声。

杀害犹大的两个凶手哪里去了？谁也不知道。然而，戴风帽的第三人，行踪却是清楚的。他离开小路，钻进橄榄林向南穿行，在离大门很远的南面一个角落，爬过一段石块已经颓圮的墙垣。不久，此人又来到汲伦溪边，涉入水中，沿溪走了一段，远处出现了两匹马和一个人的身影。马伫立在水中，哗哗的溪流冲刷着马蹄。马夫骑着一匹，披风帽的翻身跃上另一匹。两匹马沿溪涉水而行，石子在马蹄下发出清脆的响声。后来两人又策马蹚出溪流，登上耶路撒冷那边的溪岸，沿城墙根按辔徐行。走着走着，马夫单独向前驰去，从视野中消失了。披风帽的勒住马，在空无一人的大路上翻身离镫，脱下斗篷，翻转过来，又从斗篷底下掏出一只不插羽饰的扁平头盔往头上一套。这回跃上马背的已是一位身披军斗篷、腰悬短剑的军官了。他一抖缰绳，胯下烈马便四蹄翻飞，驮着主人向遥遥在望的耶路撒冷南门绝尘而去。

城门拱顶之下，闪击军团二小队的守兵们正借着摇曳的火把，坐在石凳上掷色子。他们见有军官骑马进城，纷纷跃起。军官向他们挥挥手，催马过了城门。

城内到处是节日灯火。家家户户窗外明灯高悬。周遭传来祈祷之声，汇成参差不齐的合唱。骑士偶尔朝临街的窗户投去一瞥，只见人们围桌而坐，桌上陈设着羔羊肉。插着苦艾的盘馔之间，摆着斟满佳酿的杯盏。骑士轻松地吹起了小调，沿着人迹杳然的下城街道向安东尼堡策马小跑，不时抬眼望望熊熊燃烧在圣殿上空蔚为奇观的五炬灯和悬得更高的月亮。

大希律王宫中没有丝毫庆祝逾越节的气氛。朝南的配殿中亮着灯，住的是罗马大队的军官和军团副将，只有那里才有人走动，才能感到还有某种生气。前部正殿只住了一个人，那就是享受不到自由的宫中居民——总督。整个这部分宫殿，那一条条廊柱，一座座金色雕像，在皓月清辉之下分外惨淡。官邸内部鸦雀无声，一片黑暗。

总督早就对阿弗拉尼说过，他不愿回殿去就寝。他吩咐就在露台之上，在他用餐的地方，也就是上午审案的地方，铺好被褥。总督躺在为他准备的茵榻上，但却毫无睡意。皎洁的月轮高挂在万里无云的夜空，总督一连几个钟头目不转睛地呆望着它。

大约进入子夜时分，睡神终于对伊格蒙大发慈悲了。总督痉挛似的打了个哈欠，解下袍子，扔在一旁，又解下衬衫外面的皮带和皮带上带鞘的宽刃钢锋短刀，放到榻前扶手椅上，然后脱下凉鞋，躺了下来。班加立刻起身过来，跳到榻上，伏在他身旁。他俩头挨着头，总督把手放到狗脖子上，终于合上了双眼。直到此时，狗才也睡了。

茵榻沉陷在昏暗的夜色中。月光虽被柱子挡住了，但还有一道狭长的光带从石阶一直伸到榻前。总督方一蒙眬，便觉得自己正沿着这条月光之路向上走去，一直走向月亮。在梦中他甚至幸福地笑了。在这条透明的蔚蓝色道路上，一切都变得那么美好，那么独具一格。他在斑加的陪伴下走呀走，身旁是那位流浪哲学家。他们在争论一件非常复杂、非常重要的事，谁也说服不了谁。他们彼此毫无共同之处，因而争辩起来就特别有趣，没完没了。当然啰，今天的死刑准是一场彻头彻尾的误会：瞧，哲学家的想法有多荒唐，竟说所有的人都是善人。他俩在并肩行进，由此看来他并没有死。而且，当然啰，尽管哪怕只是起念要处死这样一个人，那也是一件非常非常可怕的事！死刑准是没有执行！死刑并没有发生！这才是缘着月光之梯漫游的美妙所在。

闲暇时间还有的是。雷雨风暴一直要到傍晚才会来。怯懦无疑是最可怕的罪恶之一。拿撒勒人耶稣就是这样说的。噢，哲学家，我可不能同意你的意见，把它说成是什么可怕的罪过！

比方说吧，贞女谷一役，当暴怒的日耳曼人险些要把巨无霸鼠见愁撕碎的时候，如今的犹太总督，当年的军团总兵，又何尝胆怯退缩过？不过，对不起，哲学家先生！你聪明一世，难道竟以为一个犹太总督肯为犯上作乱、反对恺撒的人而捐弃前程吗？

“是啊，是啊……”彼拉多在梦中呻吟着，啜泣着。

肯的，当然肯的。上午还未必肯，可现在，到了夜晚，权衡了一切之后，他就同意了。他准会牺牲一切，来拯救这位未犯任何过失的疯子幻想家兼医生免遭杀戮。

“这回，咱们可要永远被绑在一起啦，”衣衫褴褛的流浪哲学家在梦里对他说。不知怎的，他竟同金矛骑士走到一条路上来了，“只要提起一个，马上准会想起另一个！想到我，马上就一定想到你！我是个弃儿，从小不知有爹娘，你可是国王兼占星家同磨坊主之女美人比拉生的儿子呀。”

“啊，请勿相忘，请记住我这个占星家的儿子吧。”彼拉多在梦中请求。得到了身旁这位拿撒勒乞丐首肯之后，铁石心肠的犹太总督竟高兴得又哭又笑。

梦里真像是进了乐园，可醒来的那一瞬伊格蒙竟觉得那么可怕。班加朝着月亮狂吠，总督那条仿佛涂了油的滑溜溜的蔚蓝色道路坍塌了。他睁开双眼，习惯地伸手抓住班加的项圈，两只病眼开始搜索起天上的月亮。他发现月亮已微微西斜，变得越发皎洁了。而月光却被一种令人不快的、在眼前的露台上闪烁不定的光辉侵扰着。总督定睛一看，原来小队长鼠见愁正站在近旁，手擎一支烈焰熊熊、黑烟缭绕的火炬，正又恨又怕地瞅着那只准备向他扑去的獒犬。

“班加，别动！”总督用病恹恹的声音咳嗽一声说。然后，用手掌挡住火光又说：“唉，神祇呀……即使中夜月下，本督也不得安宁！……马克，你这差也不好当呀。你把当兵的可折腾苦啦！”总督见马克大惊失色地望着他，这才清醒过来，觉得懵懂中有点失言了，便又说：

“别在意，小队长。本督处境更糟。你有什么事？”

“秘密卫队长求见。”马克不动声色地禀报。

“快，快请。”总督清清喉咙吩咐，两只赤脚在地上摸索着凉鞋。闪闪的火光映在柱子上，小队长的军靴在嵌花地坪上橐橐走过。他退入花园。

“即使在月光下本督还是不得安宁啊！”总督咬紧牙关，自言自语。

小队长下去后，戴风帽的来到了露台。

“班加，别碰他！”总督摸了一下狗脑袋，轻声说。

阿弗拉尼出言禀告之前，先习惯地四下望了几眼。他走到一处暗影中，直到确信露台上除了班加别无他人，这才悄声说：

“卑职前来领罪，大人。您说得真对，卑职未能恪尽护卫加略人犹大的职守，他被人杀害了。请将卑职按军法处置。请准予辞职。”

阿弗拉尼觉得有四只眼睛在盯着他：狗的和狼的。

他从厚呢斗篷底下拽出一只沾满鲜血的钱袋，袋上还有两道封记。

“就是这只钱袋。凶手把它扔进了大司祭的家。上头的血是加略人犹大的。”

“很有意思。里头是多少钱？”彼拉多俯身察看钱袋。

“三十块银币。”

总督笑笑说：

“太少了。”

阿弗拉尼没有说话。

“被害人现在何处？”

“这可不清楚，”从不撩下风帽的人矜持而镇静地说，“明天早晨开始搜查。”

总督哆嗦了一下，手里丢下了说什么也系不上的凉鞋皮条。

“你敢断定他确已被害了吗？”

总督得到一个干巴巴的回答：

“卑职在犹太省奉职十五年，在瓦列里乌斯·格拉图斯手下便开始干这一行了。说某某人被杀，不一定非得卑职亲见他的尸体。现在卑职向大人正式禀报，那个叫作犹大的人，已于数小时前被人拿刀杀死。”

“对不起，阿弗拉尼，”彼拉多说，“本督睡意尚未全消，故而才这么问了一句。睡眠太坏了，”总督挤出一个苦笑，“入睡后总是梦见月亮，真是好笑，说来难以置信，本督竟像是沿着一道月光在散步……好吧，本督也想听听你对此案的打算。你准备到何处查访他的尸体呢？请坐，按察使。”

阿弗拉尼鞠了一躬，把扶手椅拖到榻旁坐定，佩剑磕得当啷一响。

“卑职打算到客西马尼橄榄园的油坊附近去查找一下。”

“噢，噢，为什么要到那儿去找呢？”

“伊格蒙，我想，犹大被杀的地方不应在耶路撒冷，但也不应在离耶路撒冷很远的地方，而是就在耶路撒冷城郊。”

"依本督看，你可真当得精于缉访、谙于辨察这八个大字了。本督不清楚罗马能有什么高明手段，可在外省，你可真算得是个盖世奇才。请说明一下，为什么会在耶路撒冷城郊呢？"

"我从不认为在城里犹大能落入不三不四的人手中，"阿弗拉尼说来不动声色，"大街上是不可能把他偷偷干掉的。这就是说，一定要把他骗进哪个地窖去。不过密探们已经在下城搜索过了，果若如此，一定早有发现。可是在城里却未能找到他。这一点我可以向您保证。如若谋害他的现场离城很远，那这个钱包又不可能这样快就扔进别人家。他是在城郊被杀的。有人把他骗出了城。"

"本督难以想象此事怎样能办得成。"

"是的，大人，这是本案最大的疑点。我也怀疑自己是否有能力解开这一谜团。"

"的确神秘之至！一个虔诚信徒在节日之夜居然不知为何不参加逾越节盛宴，跑到城外去送了命。谁能骗他出城呢？用的是什么手段？难道是女人所为？"总督突然来了一阵灵感。

阿弗拉尼的回答安详而颇有分量：

"绝不会是这样，总督大人。这种可能性百分之百排除了。我们的思路应该合乎逻辑。有谁希望犹大死呢？无非是几个浪迹天涯的思想乖剌之徒，是那么一小撮，里头哪有一个女人！总督大人，结婚要用钱，生儿育女要用钱，雇个女人帮忙杀人就更需要大量的钱。那些流浪汉有吗？总督大人，这个案子里头不会有女人。而且，卑职还要说，对凶案如此推测，只能导人误入歧途，有碍缉访，把卑职搞昏了头。"

"本督以为所言极是，"彼拉多表示赞同，"我这只不过是一种猜测。”

“总督大人，卑职深表遗憾，这样的猜测是错误的。”

“不过，案子又怎么办？”总督心里痒痒的，盯着阿弗拉尼的脸叫喊。

“依卑职看，毛病全出在这笔钱上。”

“思路太精彩了！不过，是什么人，又为了什么，会在城外给他这笔钱呢？”

“噢，总督大人，全不是这码事！我只有一个看法，这是唯一正确的看法，卑职再也找不到别的解释了。”阿弗拉尼俯身总督耳畔，放低声音说，“犹大是想把这笔钱藏到唯有他自己知道的秘密所在去。”

“这个解释很有见地，看来正是事件真相所在。如今本督明白了：引诱他出城的不是什么女人，而是他本人的一念之差。不错，不错，定然如此！”

“是的，犹大疑心极重，他的钱总是东掖西藏的。”

“对了，你说是在橄榄园，对吧？那么，你为何要到橄榄园寻找尸体呢？本督须得承认，这一点还不甚了了。”

“总督大人，这一点再简单不过。谁也不会把钱藏在通衢大道或是什么空旷开阔之处。犹大不可能去通往希布伦的大道，也不可能去通往伯利恒的大道，他要去的地方一定是个林木幽深、隐蔽安全的所在。这一点再明白不过。在耶路撒冷附近，除了客西马尼，再没有这样的地方了。他能跑到哪儿去？”

“你的理由完全说服了我。好吧，现在该怎么办？”

“卑职这就着手缉访那些在城外钉上了犹大的杀人凶犯。与此同时卑职准备接受法庭审判。这一点卑职禀告过大人了。”

“你又何罪之有？”

“昨晚他从该亚法官邸中出来时，卑职的卫队在市场没有把他钉住。我不明白怎么会发生这样的事。这是卑职一生中所从未有的。自从卑职聆听了大人的指示后，他就被监护起来了。可在市场一带，他兜了一个奇怪的圈子，甩脱了监护，跑得无影无踪。”

“好吧，本督向你宣布，现已无须将你交审。你恪尽职守，成绩卓著，无以复加。”说到此，总督微微一笑，“失去对犹大监护线索的密探要严加惩处。不过本督须告诉你，我并不希望这样的惩处过于严厉。因为对这个恶徒的照顾，我们可说已经仁至义尽。噢，忘了问你一句，”总督揉揉额头说，“他们怎有这么大能耐，居然能把钱扔进该亚法家里？”

“大人，您看……这事其实并不难。仇家转到该亚法府邸后面，那边有条巷子，地势比府邸后院高。他们把包从墙外一扔，就进去了。”

“还写了张条子？”

“是的，完全如您所料，大人。”说到这，阿弗拉尼打开加盖封印的小包，把里头的钱放到彼拉多面前。

“阿弗拉尼，你拆封干什么？这不是神庙长老加盖的封记么？”

“大人不必为此担心，”阿弗拉尼说着又封上了钱袋。

“难道所有的印章你手里都有？”彼拉多笑了起来。

“只能如此，大人。”阿弗拉尼的回答没有笑意，表情凛若冰霜。

“这一来该亚法家的情景就可想而知了！”

“是的，大人，一场轩然大波。他们立刻请去了卑职。”

虽说月色朦胧，也看得出彼拉多两眼炯炯发光。

“太有意思了，太有意思了……”

“大人，容卑职斗胆进一言。此案实在没多大意思。太乏味，太累人。我问了个问题：该亚法府中是否有人向什么人付过钱？可他们矢口否认，说绝不会有这等事。”

“噢，原来如此！那好，没付就没付吧。如此一来，缉拿凶手就更难了。”

“正是这样，大人。”

“好了，问题清楚了。再说说掩埋尸体的事吧。”

“处决的人全埋了，大人。”

“噢，阿弗拉尼，再要把你治罪，那岂不就成了犯罪！你理该受到最高奖赏。详情呢？”

阿弗拉尼开始叙述：当他本人忙于处理犹大一案时，他的副手率秘密卫队到了山顶。因天时已黑，有具尸体在山顶没有找到。听到这儿，彼拉多浑身一震，哑声说：

“哦，这一点本督可没料到……”

“不必担心，大人，”阿弗拉尼接着又往下说，“底斯马斯和赫斯塔斯的尸体，眼珠已被鹰鹫啄去。他们把这两具尸体收起来，马上四散搜寻第三具尸体。不久就找到了。有一个人……”

“利未·马太。”彼拉多不是以疑问，而是以肯定的口气说。

“是的，大人……利未·马太躲在髑髅地北坡的崖洞里，一直等到天黑。拿撒勒人耶稣赤裸的尸体就停在他身边。见卫队手擎火炬走进山洞，马太凶如困兽，叫喊说他没犯任何罪，说是依照法律，只要愿意，任何人都有权给处决的囚犯收尸。马太说他不愿跟尸体分开。他非常紧张，叫喊语无伦次，一会儿哀告，一会儿威胁，一会儿又诅咒……”

“后来把他抓起来了吗？”彼拉多阴着脸问。

“不，大人，没有，”阿弗拉尼的语气很是令人宽慰，“这个胆大包天的疯子被劝过来了。人们跟他解释，说是来埋尸的。这些话马太听明白了，也就不闹了。不过他说他哪儿也不去，也要葬尸。他说他决不离开，哪怕是把他宰了。他还把随身带的一把面包刀递过来。”

“把他逐走了吗？”

“不，大人，没有。我的助手准许他参加葬尸了。”

“助手何人？”

“托尔马伊。”阿弗拉尼回答，又诚惶诚恐地加上一句，“有什么地方不妥吗？”

“讲下去，”彼拉多说，“毫无不妥之处。委实出乎本督意料，阿弗拉尼。看来，本督是在同办事绝无差错之虞的人打交道，此人就是你。”

“马太被架上车后，坐在犯人尸体旁。约过了两小时，到了耶路撒冷北一处荒凉的峡谷。全队轮流干了一小时，挖出一个深坑，三名处决犯的尸体全埋在里头了。”

“一丝不挂？”

“不，大人，他们准备了几件希腊长袍。三个处决犯还给戴上了指环。耶稣的指环上有一道螺纹，底斯马斯两道，赫斯塔斯三道。坑填平了，上头还垒起一堆石头。托尔马伊知道标志。”

“唉，惜乎本督预见不够！”彼拉多皱起眉头说，“若能见见这个利未·马太就好了……”

“他在这儿，大人。”

彼拉多圆睁双目，盯着阿弗拉尼瞅了好一会儿，方说：

“你对此事如此尽心竭力，深慰本督之心。明天请把托尔马伊传来见我，事先告诉他，办事深慰本督之心。至于你，阿弗拉尼，”说到这，总督从放在小几上的腰带荷包里取出一只宝石戒指，递给按察使，“请收下它，以志纪念。”

阿弗拉尼躬身道：

“荣幸之至，大人！”

“请对葬尸的全体弟兄给予褒奖，未能保护犹大的密探要给予申斥。把利未·马太马上带来见我。本督要了解耶稣一案的详情。”

“是，大人。”阿弗拉尼说罢躬身施礼，向花园退去。总督击掌传道：

“来人哪！柱廊里掌上灯！”

阿弗拉尼尚未退入花园，仆人已擎着火亮站到了彼拉多身后，三盏灯摆到了总督座前小几上。于是，朦胧的月影和空冥的夜色立刻被驱入花园，仿佛被阿弗拉尼随身带走了似的。接着，一个枯干瘦小的陌生人登上露台，押送的是镔铁塔般的小队长。后者领会了总督的眼色，随即退入花园。

来人年近四十，肤色黝黑，衣衫褴褛，滚了一身泥巴已经干透了。紧蹙的眉头下面闪烁着豺狼般的目光。总之他其貌不扬，活像城里圣殿台阶上或是污秽狼藉闹闹哄哄的下城市场上丐群中的一员。

双方一直沉默。后来，还是来人一个反常的举动打破了僵局。忽然间他的脸色变得很难看，身子一栽，如果不是那只脏兮兮的手抓住小几边缘，早就一头栽倒了。

“你怎么啦？”彼拉多问。

“不要紧。”利未·马太说。他好像把什么东西咽了下去，脏兮兮的裸露的灰色瘦长脖子鼓胀起来，又瘪了下去。

“你怎么啦？快回话。”彼拉多又说了一遍。

“我累了。”马太闷闷不乐地瞅着地面说。

“坐下。”彼拉多指指扶手椅。

马太半信半疑打量着总督，走近扶手椅，战战兢兢朝镀金扶手看了一眼，但没有往上坐，而是一屁股坐到旁边地上。

“为何不坐椅子？”彼拉多问。

“身上脏，会把椅子也弄脏的。”马太说话时眼睛还是瞅着地。

“这就给你拿吃的来。”

“我不想吃。”马太说。

“何必言不由衷？”彼拉多放低嗓门问，“你整日不曾进食，昨天也是吧？也好，悉听尊便。本督传你来，是想要看看你身上那把刀。”

“押进来时刀被军士们搜去了。”马太说，随后又愁云满面地加了一句，“您把它还给我吧，我还要还给那掌柜的去呢，它是我偷的。”

“偷来何用？”

“割绳子。”马太说。

“马克！”总督叫道。小队长应声出现在廊柱下。“把他的刀给我。”

小队长腰挂两把刀，他抽出一把不干不净的面包刀交给总督，转身退下。

“此刀得自何处？”

“希布伦门里一家面包铺，一进城左手第一家。”

彼拉多看看宽宽的刀刃，伸出手指试试，不知为什么说：

“此事你不必挂心，会有人把刀送回铺子里去的。现在本督要你办第二件事：把你随身记录耶稣言论的羊皮纸拿出来看看。”

马太满腔仇恨地盯了彼拉多一眼，又狞笑一声，样子很难看。

“想要没收吗？”

“本督并没有说没收，”彼拉多说，“本督只是要你拿出来看看。”

马太在怀里掏摸了一阵，取出一卷羊皮纸。彼拉多接过去在灯下展开，眯起眼睛，研究起难以辨认的墨迹来。这些勾勾巴巴的字行实在难解。彼拉多皱着眉头，伏在羊皮纸上，伸出手指，逐行指点。后来才终于弄明白，原来这都是一行行互不连贯的格言，夹杂着日期、流水账和诗的片段。有些字句彼拉多居然能辨读出来：“……没有死……昨天我们尝到了春天的甜美浆果……”

彼拉多眯起眼睛吃力地往下读，表情有点怪怪的。“我们将会看到生活之泉的纯净之流……人类将透过纯净的水晶去看太阳……”彼拉多卷起羊皮纸，说了声“拿去”，朝马太手里一塞。

过了一会儿他又说：“本督看你是个识文断字的人，何必穿着这么件破衣烂衫独自到处流浪呢？本督在凯撒利亚有一座不小的藏书楼，家中亦小有资财，想聘你去给本督做事。你可以专司鉴定保管古代文献抄本，衣食还是有保障的。”

马太站起来回答：

“不，我不想去。”

“那又是为什么？”总督脸色一沉，“莫不是本督可厌？……你怕我？”

马太又狞笑说：

“才不呢，因为你会怕我。是你杀害了他，难道你能面对我而于心坦然吗？”

“住嘴，”彼拉多说，“把钱拿去。”

马太摇摇头，总督又说：

“本督知道，你自以为是耶稣的门徒。不过本督却要对你说，他对你的教诲，你又何尝有丝毫的领会呢？你若是真正有所领会，那就定能接受我的馈赠。听着，死前他曾说过，他不责备任何人。”彼拉多意味深长地竖起一根手指，脸上一搐。“倘若易地而处，他一准会接受。你生性残忍，而他绝非如此。你打算到哪里去？”

马太突然走到小几前，撑着两臂，瞪着火炭般的两只眼睛，瞅着总督，压低嗓门说：

“伊格蒙，实话对你说吧，只要我在耶路撒冷，就绝饶不了那人一命！我把这话先撂给你，让你知道还有人会流血。”

“本督也知道一定还要流血，”彼拉多说，“你这番话本督并不奇怪。你当然是想要置本督于死命了？”

“你，我杀不到。”马太龇牙一笑，“我不是笨伯，不会连这一点都看不明白。但我一定要宰了那个加略犹大，哪怕是拼上这条命！”

听到这儿，总督眼里闪出一丝得意之色。他钩钩手指，把马太唤到眼前：

“这事你已是万难做到的了，还是别费心了吧。犹大今夜已经被人杀了。”

马太一下子从桌旁跳开，怪模怪样四下里看看，叫了起来：

“谁干的？”

彼拉多答道：

“就是本督。”

马太张着嘴，眼睛直勾勾瞪着对方。总督细声说：

“本督所作所为，自然不够，但总还聊胜于无吧？”随后，又加上一句，“那么，现在总可以接受一点赠予了吧？”

马太略加思索，态度缓和下来，最后说：

“请命人给我一张没用过的羊皮纸吧。”

一小时后，马太出了大殿。在黎明时分的寂静中，哨兵轻轻的脚步声显得格外清晰。月亮眼看着变得苍白了，对面天边出现了一颗白亮的小点，那是启明星。灯火早已熄灭。总督倒卧在睡榻上，手枕在面额下，睡梦中发出均匀的鼾声。班加也眠卧在他身旁。

尼桑月十五日，犹他省第五任总督本丢·彼拉多，就这样迎来了黎明。

第二十七章
五十号公寓的覆灭

当玛格丽特读到这一章最后几个字——“尼桑月十五日，犹他省第五任总督本丢·彼拉多就这样迎来了黎明”时，已经是早晨了。

小院里那棵白柳，还有椴树枝儿上，一大早麻雀就在欢天喜地地吱儿喳地叫个不停。

玛格丽特从椅子上站起来，伸了个懒腰，这才感到浑身酸疼，真想马上睡上它一觉。不妨指出，玛格丽特在精神上并没有出什么毛病，她的思绪并没有乱成一团，她一点也没有因为度过了一个不寻常的夜晚而受到震撼。她出席了撒旦的舞会，大师又奇迹般回到她身边，小说从灰烬中得到再生，他俩重又回到小巷地下室那块狭窄的天地，而诬陷诽谤的坏蛋阿洛伊奇却被驱逐出去——回想起这些，她并没有感到多么激动。总之，同沃兰德的交往并没有给她造成什么心理伤害。一切仿佛都是天经地义，理所当然。

她走进邻室，见大师仍在安然酣睡，便把台灯熄灭了，自己也走到床对面墙边，在铺着一条破旧床单的沙发上躺下来。转眼间，她也睡着了。这天早晨她一个梦也没做。地下室这两个房间充满了静谧，房东家的整座小楼和那条僻静的小巷全都那么安静。

然而此时，也就是星期六凌晨，莫斯科某机关整个一层楼却通宵无眠。它那朝向沥青大广场的窗户灯火辉煌，与初升的阳光交相辉映。一辆辆专用汽车响着警笛在广场上缓缓往来行驶，风挡玻璃上雨刷摇摆，车内灯火通明。

整个一层楼都在忙着沃兰德一案。十个房间整宿亮着灯。

其实，昨天，也就是星期五，杂技场因领导干部全体失踪，加之那场轰动全城的魔法表演实在不成体统而被迫关闭，从那时起，案件就有了眉目。新的情况仍在向通宵不眠的楼层源源不断汇聚而来。

这是一桩鬼气森然的案件，而且是一桩催眠术同明显的刑事犯罪交织在一起的案件。现在，负责此案的侦破组必须把莫斯科各区发生的种种错综复杂、扑朔迷离的事件拢到一起，理出头绪。

第一个被召到这彻夜灯火通明的楼层上来的，是音响效果委员会主席阿尔卡季·阿坡罗诺维奇·先普里亚罗夫。

星期五晚饭后，位于大石桥的先普里亚罗夫寓所中，响起了电话铃声。有个男人的声音让先普里亚罗夫听电话。接电话的是他妻子，她很不高兴地说，先普里亚罗夫不舒服，躺下了，不能来接电话。可是这位先生最后还是不得不起来听电话。因为一问打电话的是谁，对方干脆报出了自己的字号。

“好，马上来，马上来……这就过来……”这位一向傲慢的音响委员会主席夫人嗫嚅着回了话，立刻一个箭步冲进卧室，把先生从床上唤起。回想昨天那场演出，还有夜来那场争吵，最后是把他那从萨拉托夫来的侄女撵出家门的事，她心里感到一种下地狱般的痛苦滋味。

先普里亚罗夫不是“马上”，也不是“马下”，而是过了四十五秒左右，左脚趿着一只鞋，只穿了一件衬衣，来到电话机旁，嘴里舌头也不利索了。

“是……我……就是……好好……”

此时此刻，夫人已把倒霉的先普里亚罗夫曾经犯过并被人揭发的风流罪过忘到了九霄云外，一脸又惊又惧的表情，把脑袋伸到走廊，挥动着手里的一只鞋，压低嗓门说：

“鞋，穿上鞋……脚要受凉的。”但先普里亚罗夫蹬着那只光脚，想把老婆赶开，拿眼睛使劲瞪她，嘴里对着电话说：

“好，好，好，哪能呢，我明白……我这就去……”

先普里亚罗夫来到侦破组开展工作的那层楼，待了整整一个夜晚。

谈话进行得很难堪，弄得人很不愉快。因为一切必须讲得不带一点水分，不仅要谈那场龌龊的演出，包厢里的撕打，而且免不了还要交代叶洛赫大街的米莉察·安德烈耶芙娜·波科巴季科、萨拉托夫来的侄女，以及其他等等。一谈这些，先普里亚罗夫自然觉得比什么都难受。

不过，先普里亚罗夫毕竟是个有知识有文化的人。作为这场不成体统的演出的目击者，作为一个头脑清楚、精通演出业务的见证人，他对戴面具的神秘魔法师以及给他当助手的两个坏蛋，作了极为出色的描绘。他记得非常清楚，魔法师的大名正是叫沃兰德。这就把破案工作大大向前推进了一步。只要把先普里亚罗夫的证词同其他许多人，包括某些在这场演出后身受其害的女士们（唉，比如那位身穿紫色内衣、把里姆斯基吓了一跳的女士等），以及奉派到过花园街五十号公寓的通讯员卡尔波夫等人的证词，互相加以印证，便可立即做出判断，该到何处去搜捕肇事分子了。

五十号公寓已有人去过多次，这些人不仅仔仔细细搜查过那套住宅，还敲遍了它的墙壁，检查了石砌的烟道，寻找过那里的密室。虽说采取了上述措施，却还是一无所获。哪次行动也没有见到一个人影。尽管不少人在某种程度上对外国演员来莫斯科的情况应该有所了解，但他们却矢口否认，一口咬定在莫斯科从来没见过、也不可能有这么个魔法师沃兰德。可事情明摆着，公寓里确实有人活动。

这家伙来莫斯科，既没有向任何部门申请登记，也没有向任何人交验护照、证明、合同或者协议书。谁也没有听说过这个人！演出事务管委会剧目处处长基塔伊采夫赌咒发誓，说失踪的斯乔巴既没报过什么沃兰德的演出节目表来让他审批，也没有打电话告诉他沃兰德到了莫斯科。因此他基塔伊采夫就说不清道不明，斯乔巴怎么会开绿灯让这么一套节目在杂技场演出。有人告诉基塔伊采夫，魔法师那台节目可是先普里亚罗夫亲眼所见。这位处长只是双手一摊，两眼一翻。凭他的眼神就可以看出，而且可以大胆断定，绝对没有他的问题，他可干净着呢，跟块水晶似的。

至于那位演出事务管委会主任普罗霍尔·彼得罗维奇……

说来也巧，民警局的同志一进他的办公室，他就又回到了西装里。如此一来，安娜·里查多芙娜欣喜欲狂，民警同志虚惊一场，搞得莫名其妙。

这里还要交代的是：普罗霍尔·彼得罗维奇回归原位，又钻进他那件灰色条纹西装里去之后，对于在暂时离职期间由西装代签的所有文件，没有表示出任何异议。

正因为如此，这位普罗霍尔·彼得罗维奇对沃兰德的情况自然也就一无所知了。

结果呢，随你怎么认为，却出现了非常荒唐的局面：上千的观众，杂技场的全体员工，再加上先普里亚罗夫这么个最最有教养的人，都见过那位魔法师，还有他那几个作恶多端的助手。可找遍了所有的角落，也见不到这些家伙的踪影。那我要问，难道作了那么一场罪恶滔天的演出之后，竟钻进地缝里去了不成？还是如某些人所说，他们根本就未曾来过莫斯科呢？如果头一种情况属实，那么失踪的同时，一定也带走了杂技场的全套领导班子。如果第二种情况不假，那会不会一切都是可怕的剧院领导所为，他们对如此这般的胡作非为早有预谋，（读者大概还记得办公室里打碎的玻璃窗，和那条名为“方块爱司”的警犬的怪诞行为！）并于事后逃离莫斯科，下落不明。

不过，对于主持此次破案行动的人员，倒是应该给予公正评价。里姆斯基失踪后，马上就被发现了，速度之快，令人吃惊。只要把警犬方块爱司在电影院旁出租汽车站的行为同某些时间因素加以联系，譬如什么时候散场，里姆斯基什么时候失踪，便足以确定应该立即给列宁格勒发一份电报。一小时后电报有了回音（在星期五傍晚之前），说是在阿斯托利亚饭店四楼四一二号房间发现了里姆斯基的踪迹。他正好跟当时在列宁格勒巡回演出的莫斯科某剧院剧务主任住隔壁。众所周知，这套房间陈设着灰蓝色描金家具，卫生间设备极其豪华。

里姆斯基被人从阿斯托利亚饭店四一二号房间的大衣柜里揪

出来之后，在列宁格勒就地受到传讯。接着，莫斯科收到一份电报，说里姆斯基处于神经错乱状态，回答问题总是信口雌黄。唯一的请求是将其藏入装甲避弹室，并派武装人员保护。于是莫斯科回电，命令派遣卫队把里姆斯基押送回来。后来，星期五晚上，里姆斯基在一队卫兵押解下，乘夜车返回了莫斯科。

到了星期五傍晚，斯乔巴的踪迹也被发现。寻找此人下落的电报向各城市发出后，雅尔塔来了回电，告知斯乔巴曾在该市逗留，现已飞返莫斯科。

唯一下落不明的人是瓦列努哈。这位全莫斯科赫赫有名的剧场管理员就好像钻进了地缝。

与此同时，在杂技场之外，在莫斯科许多其他地方，也还有不少亟待解决的麻烦事。职工们高唱《光荣的海》这一非常事件还有待于进一步搞清真相（幸好斯特拉文斯基教授用皮下注射针剂的办法，在两个小时内已使他们恢复正常）；某些人的真实面目和来历也有待于搞清，其中有些人用一些鬼才知道的东西冒充钞票，塞给个人和单位，招致另一些人蒙受损失。

很明显，一切事件中，最叫人头疼和难堪的，当数已故文学家别尔利奥兹盛殓在棺木中的脑袋，竟于光天化日之下从格里鲍耶陀夫大厅不翼而飞。

十二个人负责侦破此案。他们把分散在莫斯科各个角落的有关这一复杂案件的每一条罪恶的线索，仿佛用编针织到了一起。

有位办案人员来到斯特拉文斯基教授的医院，首先请他把三天来入院者的名单拿出来查对，这一来便发现了鲍索伊和掉过脑袋的可怜的节目主持人。不过在他们身上，倒也用不着花费多少工夫。一眼即可判定，二者同为一个犯罪团伙——即以神秘魔法师为首的犯罪团伙——的牺牲品。不过，办案人员最感兴趣的，莫过于伊万·尼古拉耶维奇·流浪汉。

星期五傍晚，伊万的一一七号病房门打开了。一个圆圆脸的年轻人走进房间。他语调柔和，举止安详，待人接物一点也不像个办案人员，可此人却是莫斯科最优秀的刑侦人员。他见年轻诗人躺在床上，面色苍白，小脸瘦了一圈，呆滞的目光对周围一切都丝毫不感兴趣，不是越过身边向远处张望，就是垂下眼睛呆呆地想心事。办案人员和颜悦色地作了自我介绍，说是来请伊万·流浪汉谈谈前天长老湖边的情况。

唉，如果办案人员早来一步，比如说星期四早上来，那伊万该多么高兴！那天伊万之所以闹得不可开交，还不就是希望别人听他讲讲长老湖的事情吗？如今想协助捕捉顾问的愿望倒是实现了，他也用不着四处奔走求告了，别人反倒找上门来求他讲星期三晚上发生的事来了。

可是，唉，经过这段时间，可怜的伊万就像是换了个人。别尔利奥兹一死，他就起了变化：他可以主动积极、彬彬有礼地回答办案人员的任何问题，但神色和口气，却给人一种淡漠之感。别尔利奥兹的命运已无法再使他激动了。

办案人员到来之前，伊万正躺在床上打盹。他梦见一座城市，一座奇怪的、不可捉摸的、虚无缥缈的城市，那里有一座座大理石砌成的建筑，一处处风雨剥蚀的柱廊，阳光下闪闪发光的屋顶。阴森可怖的黑色安东尼堡巍然屹立。西山的宫殿完全掩映在花园的热带林木中，露出几处屋角。在这一片绿色海洋中，浮现出座座映着夕阳射出万道霞光的青铜雕像。他梦见一队队披甲的罗马士兵，行进在这座古城的城墙脚下。

伊万在睡意蒙眬中仿佛看到扶手椅上有个人坐在那里凝然不动，胡子刮得干干净净，蜡黄的面孔显得焦躁不安，身上披着一件猩红衬里的白袍。此人以仇恨的目光凝视着那座富于异国情调的豪华花园。伊万眼中还出现了一座黄中透白的山岗，上面竖着几座空十字架。

而对于长老湖的所见所闻，诗人伊万却不再感兴趣。

伊万的嘴角不知为什么漾起了一丝不易觉察的、冷漠的微笑：

“我离那地方很远。”

“那个穿花格衣服的人，正好在转门旁吗？”

“不，他坐在我旁边的一张长椅上。”

“别尔利奥兹失足跌倒的时候，那人的确没到转门那边去吗？您一点儿没记错？”

“我记得，他没去，他正大模大样坐在长椅上。”

这是办案人员提的最后几个问题，问完，他站起来同伊万握握手，祝他早日康复，还表示希望很快能读到他的新作。

“不，”伊万小声回答，“以后我再也不写诗了！”

办案人员彬彬有礼地笑笑，说他深信诗人这样说是因为处于一种抑郁状态，但很快就会过去。

“不，”伊万避开办案人员的目光，望着天边残霞说，“我永远也好不了啦。我写过的诗全是坏诗。现在我才明白这一点。”

办案人员获得宝贵材料后，告别了伊万，顺蔓摸瓜，终于找到了各种事件的总根。侦查人员一点也不怀疑，一切正是从长老湖畔那件凶杀案开始的。当然啰，伊万也好，那个穿花格衣服的也好，谁也没把那位可怜的文协主席直接往电车底下推。作为物理现象来看，应该认为他是自己跌进电车轮下的，没有受任何外力作用。然而侦缉人员认为，别尔利奥兹之所以投身（或跌落）电车轮下，是由于受到了催眠术的控制。

是的，材料已经不少，准备到什么地方去逮捕谁，这些都很清楚。问题却在于无法执行。不妨再说一遍：毫无疑问，万恶的五十号公寓里的确有人。那里总是有人接电话，忽而以干涩颤动的嗓音，忽而又齉声齉气。有时窗户还被打开。更不像话的是房子里还有人放留声机。然而每次派人进去，总是扑个空。五十号公寓确实在闹邪，可对它却束手无策。

事情这样一直闹到星期五深夜，迈格尔男爵身着晚礼服，足蹬漆皮鞋，郑重其事地进入五十号公寓拜访。只听有人把男爵让进门。十分钟后，对公寓进行突击搜查，结果不仅见不到主人，奇怪的是连迈格尔也见不着影儿了。

后来，说话之间，拖拖拉拉就到了星期六的黎明。谁知这时又出了个非常有意思的新情况。一架六座客机在莫斯科机场降落。客机从克里米亚来，乘客里头有位奇怪的公民，岁数不大，一脸胡茬儿，足有三天没洗脸，双目红肿发炎，眼神惊惧不安，随身没带行李，穿着也十分古怪：戴了一顶毛皮高筒帽，睡衣之上罩了一件毡斗篷，趿拉着一双才买了不几天的蓝色皮拖鞋。他一下舷梯，早已恭候的人们就迎了上去。不久，这位令人终生难忘的杂技场经理斯乔巴就被带进了侦讯机关。他提供了一大堆新材料。这一来清楚了，原来沃兰德之所以能够冒充表演家，打入杂技场，是对斯乔巴施展了催眠术的结果。后来，又调动手段，把斯乔巴抛出莫斯科，搬运到不知多少公里之外的地方。材料越来越丰富。不过情况并未有所好转，难点反倒似乎越来越多。事情明摆着，要想把跟斯乔巴开了这么大玩笑的人抓到手，实在并不那么简单。顺便交代一句，应斯乔巴本人请求，他被关进一间坚固的单人牢房。与此同时，瓦列努哈也被带到侦讯机关——他是失踪两昼夜之后，在自己家中被捕的。

别看管理员对阿扎泽洛立下保证说今后决不撒谎，可偏偏一开口就是谎。然而，对于他来说，这一点又未可过于苛责。其原因是阿扎泽洛对他下禁令只是不许他在电话里扯谎耍蛮，而眼下管理员却并没有使用这一通信器材。瓦列努哈眼珠子一转，说什么星期四白天他一个人待在杂技场办公室里，喝醉了，后来还到过一个什么地方，到底是哪里，记不得了。接着又跑到某地喝了一顿陈年老酒，哪儿喝的，也记不得了。结果醉倒在一家的墙根底下，具体地方也记不清了。直到管理员被告知，这种愚蠢而轻率的态度将妨碍侦讯机关调查一起重大案件，对此他理所当然要负全部责任时，他这才号啕大哭，然后一边惶悚四顾，一边哆哆嗦嗦地悄声说，他之所以作伪证，完全是因为惊吓过度，他害怕沃兰德匪伙的报复。对自己落入匪伙手中的事实他供认不讳，又是请求又是哀告，只盼能关进一个特别装甲禁闭室。

“呸，活见鬼！他也配进装甲禁闭室！”一个侦察员发了句牢骚。

“这些坏蛋，把他们吓坏了！”找过伊万的那个侦察员说。

他们对瓦列努哈好言抚慰了一番，告诉他不用什么禁闭室也能保证他安全，这才弄清他根本不是什么躺在墙根底下喝陈年老酒，而是挨了两个人的揍，揍他的人一个是红头发，嘴里龇着一颗獠牙，另一个是胖子……

“有点像只猫？”

“对，对，对。”吓得愣呆呆的管理员压低嗓门说，同时频频回头张望。他把细情一桩桩一件件全都说了出来：怎么在五十号公寓待了将近两天，怎么成了个望风探路的吸血鬼，差点没要了财务经理里姆斯基的命……

这时，里姆斯基被带了进来。他是坐列宁格勒快车押到的。不料这位心理上受过沉重打击、吓得哆哆嗦嗦、同过去的财务经理判若两人的白发老人，却说什么也不愿说实情，态度极其顽固。里姆斯基再三强调，他从未半夜三更在办公室窗户上见过什么赫勒，也没见过瓦列努哈，他只是觉得不舒服，昏昏沉沉之中就坐上了火车，到了列宁格勒。不用说，这位病态的财务经理作证完毕后，也要求关进装甲禁闭室。

当安努什卡在阿尔巴特百货公司企图把一张十美元钞票付给女收款员时，也被捕了。安努什卡把花园街大楼有人飞出窗外、她拾到一只金马掌准备交到民警局等情况说了一通，在座的全都聚精会神地听着。

“果然是一只镶钻石的金马掌吗？”有人问安努什卡。

“我还认不得钻石吗？”

“您不是说，他给您的是十卢布的钞票吗？”

“我还认不得十卢布的钞票吗？”安努什卡又说。

“那什么时候又变美元了呢？”

“什么美元不美元，咱可不知道。咱从来没见过什么美元！”安努什卡尖声尖气地说，“咱这是应得应分的，这是犒劳咱的，咱要拿它去买块小花布。”接着便喋喋不休地唠叨起来，说什么她可不管楼管会那些破事。事情坏就坏在楼管会，是他们让那些个邪里邪气的人住进了五楼，闹得家家户户鸡犬不宁。

安努什卡搞得大家实在腻烦透顶，气得预审员冲她直挥钢笔，无奈只好给她在绿纸片上签了个出门证，把她打发出了大楼。大家也随之松了一口气。

后来又逐个询问了一大串证人，其中就有刚被拘捕的尼古拉·伊万诺维奇。他之所以被弄到这儿来，完全是由于醋劲十足的夫人过于愚蠢，一早竟跑到民警局去报案，说她丈夫下落不明。尼古拉·伊万诺维奇把从丑角侍从手里搞到的那张在魔鬼撒旦的舞会上度过一宿的证明往桌上一拍，可这一手并没有使侦查机关感到意外。他这才讲到，怎样把玛格丽特家的女仆精赤条条驮在背上，飞去见了好多魔鬼，飞到河里去洗澡；怎样在这之前见到玛格丽特光身子坐在窗口等等。他有意隐瞒了某些实情。譬如，他以为大可不必提起自己捧着扔下来的衬衫闯进人家卧室的事。照他的话说，娜塔莎是从窗户里飞出来的，把鞍子和笼头往他脑袋上一套，就赶着他飞出了莫斯科……

“我不得不听从暴力摆布，我是受胁迫的。”尼古拉·伊万诺维奇说，然后，又提出一个请求，希望不要把他说的这些话告诉他夫人。这一点得到了允诺。

尼古拉·伊万诺维奇的证词说明玛格丽特和女仆娜塔莎可能也失踪了。于是，对她们也采取了查找措施。

星期六一上午，整个破案班子忙得连气都不敢喘。这工夫市里已是谣言四起，闹得满城风雨。人们望风捕影，把芝麻点的小事说得玄乎其玄。到处盛传杂技场有过那么一场演出，散场时两千观众全光着屁股；还说花园街破获了一家有魔力的假钞工厂，一帮匪徒绑架了娱乐事业管理部的五个负责干部，但民警当即将他们如数解救出来。如此等等，毋庸赘叙。时间已近中午。突然预审室内电话铃声大作。花园街报告说，万恶的公寓里又出现了有人活动的迹象。有人从里面打开了窗户，传出了钢琴声和唱歌声。窗台上发现一只蹲在那里晒太阳的黑猫。

下午四点钟光景，一群便衣冒着酷暑分乘三辆汽车，来到了距花园街副三〇二号大楼还有一段路的地方。下车后他们分成两组，一组穿过大门和院子直扑六单元，另一组打开平时封闭的后门入楼，两组分别经前后楼梯同时进逼五十号公寓。

这时，脱下燕尾服换上休闲装的科罗维耶夫和阿扎泽洛正在公寓的餐厅凭桌而坐，吃着最后几口早饭。沃兰德还是老习惯，待在卧室里没有出来。黑猫待在什么地方可说不清楚。但若是凭厨房里传出的阵阵碗勺叮当之声来判断，准会认为别格莫特又是在那里耍着老一套——装疯卖傻干蠢事哩。

“楼梯上的脚步声是怎么回事？”科罗维耶夫问，边用小勺在杯子里搅着咖啡。

“这是来逮捕咱们的。”阿扎泽洛说，随后把一小杯白兰地一饮而尽。

“噢……那倒也好……”科罗维耶夫说。

打正面楼梯冲上来的人已经到了三楼平台。这地方有两名水暖工正在忙着安装一组暖气片。上来的人同他俩交换了一个意味深长的眼色。

“都在家。”一个水暖工悄声说，用小锤子敲敲水管。

于是，打头的那个掀开大衣，亮出一把乌光闪闪的驳壳枪，旁边那人取出一串万能钥匙。总之，到五十号公寓来的人个个装备精良。有两个兜里还揣着一撒出去就能散开的丝线网，另一个带着套索，还有人带来了纱布口罩和几瓶麻醉剂。

转眼工夫，五十号公寓大门被弄开了。来人一拥而入，进了门厅。这时，厨房门砰地一响，说明第二组也从后门及时赶到。

这次行动即使不说稳操胜券，至少也可以认为把握很大。便衣们霎时间分头散开，直扑各房。可仍然是一个人影儿不见。但见饭厅桌上杯盘狼藉，像是仓促之间撤离了早餐桌。而在客厅壁炉台上水晶玻璃瓶旁，高踞着一只奇大无比的黑猫，两只爪子紧扣着一只气炉子。

冲进客厅的便衣们屏气凝神，久久观察着这只大黑猫。

“唔……这家伙真不小……”有人悄声说。

“我不打不闹，不招谁惹谁，我在修气炉子。”黑猫颇不友好地皱起眉头开言道，“我以为有责任提醒你们，猫是一种古老的、不可侵犯的动物。”

“这一手来得真漂亮！”有个进屋的人轻轻说。另一个则亮开嗓门喝道：

“喂，你这只不可侵犯的、会说腹语的猫，过来！”

丝网张开，飞掠过去。不料这一网竟罩空了，网住的是那只水晶玻璃瓶子。它砰地一响，摔了个粉碎。

“差劲！”黑猫高喊，“乌拉！”只见它把气炉子往身边一放，从屁股后头摸出一把勃朗宁手枪，飞快地瞄准站得离它最近的一个人。但那人不等黑猫扣动扳机，手中驳壳枪火光一闪。随着枪声响过，猫从壁炉上一头栽倒在地，一撒手把枪和气炉子扔到一旁。

“全完了。”奄奄一息的黑猫边说边在血泊中懒洋洋摊开四肢，“请离开我一会儿，让我跟人间告别吧。噢，我的好朋友阿扎泽洛呀，你在哪里？”黑猫呻吟着，血在汩汩地流。它把暗淡下去的目光移向饭厅的房门，“在这场敌我悬殊的战斗中，你没有伸手帮我一把，你抛弃了可怜的别格莫特，用它换了一杯白兰地——当然啰，那是一杯上好的白兰地！好吧，让我的死使你的良心永受谴责吧！我把我的勃朗宁作为遗物，交给你继承……”

“拿网来，拿网来……”众人围着黑猫惶惶不安低声吵嚷。可鬼知道是怎么回事，这网却在一个人的口袋里挂住了，无论如何也掏不出来。

“要想使一只受了致命伤的猫得救，唯一的办法，”黑猫说，“就是喝上一口汽油。”它趁着大家正在手忙脚乱、不知所措的当儿，对着气炉子的圆嘴饱饱喝了一通。立时，左前爪捂着的伤口不再流血了。黑猫一跃而起，又夹着气炉子欢蹦乱跳地窜回壁炉，缘墙而上，把壁纸都抓破了。再过两秒钟，它已爬到这些人头顶上，蹲在金属窗帘架子上。

几只手刹那间抓住窗幔，把它连同窗帘架子一道拽了下来。阳光立刻泻入幽暗的房间。然而，不论是弄了个障眼法使枪伤平复如初的黑猫也好，还是那只气炉子也好，都没有掉下来。猫捧着气炉子狡猾地横空一跃，窜到了吊在房间中央的枝形吊灯上。

“拿梯子来！”下边喊。

“我要跟你们决斗！”黑猫大吼一声，攀住枝形吊灯，在便衣们的头顶上荡来荡去。这会儿它的爪子里又出现了一支勃朗宁。黑猫把气炉子往吊灯杈子上一捆，像个钟摆似的在人们头上来回晃荡，一面举枪瞄准，对着这些人开了火。乒乒乓乓之声震撼了整个公寓。枝形吊灯的水晶玻璃碎片迸落到地板上，壁炉上摆放的镜子上出现了一个个星形小窟窿眼儿，墙皮横飞，烟雾腾起，空弹壳在地板上乱蹦，窗玻璃纷纷破碎，洞穿的气炉子喷溅出汽油。

枪战持续不久，便自然而然停了下来，因为它对人猫双方均未造成任何损伤。没有人被打死，连个受伤的也没有。包括猫在内，谁也没有损失一根毫毛。来人中的一位为了彻底证实这一点，朝那可恶的畜生脑袋上一连开了五枪，猫呢，也抖擞精神，回射了整整一梭子弹。果然双方依然安然无恙。黑猫攀在吊灯上打秋千，晃动的幅度越来越小，不知为啥还直往枪口吹气，往前爪上吐唾沫。便衣们站在下面默不作声，个个脸上一副大惑不解的神情。射击居然无效？这可是闻所未闻，至少是破天荒头一回。当然啰，就算黑猫拿的勃朗宁是一支玩具手枪，可便衣手里的驳壳枪可不是吃素的呀。看来很清楚，黑猫身上第一次负的伤，无疑只是一种幻术，是装模作样。喝汽油也是类似的把戏。

为了捉拿这只猫，便衣们又想出了另外一招——抛套索。它套住了吊灯上的一支蜡烛，吊灯跌落下来，哗啦一声巨响，似乎整座大楼都被震动了。可又有什么用呢？在场的人都溅了一身碎玻璃，黑猫在空中腾身而过，跳到壁炉上方镏金镜框之上，紧贴着天花板蹲了下来。它高踞于这样一个相对安全的地方，一点也没有逃跑的意思，甚至还发表起演说来了：

“我实在不明白，”它在上面说，“为什么对我这么粗暴……”

演说才开头，就被不知从何而来的一个低沉的声音打断了：

“家里出什么事啦？吵得我干不了活儿……”

另外一个很不中听的齉鼻子应道：

“准是别格莫特，真见鬼！”

第三个颤颤巍巍的破嗓子说：

“阁下，星期六啦！夕阳西下，咱们该起程啦。”

“对不起，没工夫再谈啦，”镜框上的黑猫说，“我们要动身啦。”它把勃朗宁往下一抛，打破了两层窗玻璃。接着又把汽油往下一泼，那汽油自动喷出火来，烈焰直冲天花板。

火势迅猛异常，比一般汽油着火厉害多啦。壁纸立刻冒烟，一直拖到地板的窗帘烧着了，碎了玻璃的窗框也烤焦了。黑猫“喵呜”一声大叫，一蹲身从镜框上方跳到窗台，带着气炉子转出窗外，不见了。楼外响起枪声：一个守候在珠宝商太太家窗外防火铁楼梯上的人，见猫从一个窗台跳到另一个窗台，又朝 ц 字形大楼楼角的雨漏子窜去，便对准它连开数枪。黑猫缘雨漏子爬上屋顶，防守烟囱的警卫也朝它打了几枪，可惜一枪未中。猫在照耀全城的落日余晖之中扬长而去。

这时，屋里的拼花地板在便衣们脚下烧着了。在原先黑猫假装受伤躺下的地方，熊熊烈焰之中，仿佛有股黑气越聚越浓，现出了死鬼迈格尔男爵的尸体，脑袋朝后仰，眼睛活像两只玻璃珠子。想把他拖出来已经来不及了。

客厅里的人在着火的拼花地板上连蹦带跳，拍打着肩头和胸部已经冒烟的衣服，赶紧往书房和前厅撤退。卧室和饭厅的人们纷纷冲过走廊。厨房里的人也赶紧跑到前厅。这会儿客厅里已是一片火海，浓烟弥漫。有人在逃命之前拨通了消防队的电话，对着话筒急急忙忙喊了一声：

“花园街副三〇二号……”

这地方再也没法坚持了。火焰卷入前厅，呼吸越来越困难。

浓烟刚一从魔宅的破窗中冒出，院里就响起惊慌的喊声：

“着火了！着火了！着起来了！”

大楼里各家各户纷纷对着电话大叫：

“花园街！花园街！副三〇二号！”

长方形红色救火车敲着令人心悸的警钟，从全市各个角落风驰电掣般朝花园街驶来。就在此时，院子里奔来跑去的人们影影绰绰看到有四条黑影——三个男人和一个裸体女人——随着浓烟从五楼窗口飘然而去。

第二十八章
科罗维耶夫和别格莫特的最后奇遇

这几条人影究竟是有是无？花园街这幢倒霉的大楼里，住户们是否统统被火灾吓花了眼？这些当然谁也说不清。即使真有那么几条黑影，后来他们又到了什么地方，在何处分了手，这些更是无可奉告。我们只知道花园街火起后大约一刻钟，在斯摩棱斯克市场外宾商店那镜子般锃明瓦亮的大门前，出现了一个穿花格西装的高个子公民，带着一只大黑猫。这位先生分花拂柳般穿行于行人之间，拉开了商店的大门。偏偏一个骨瘦如柴的矮个子门卫非常不友好地拦住他，恶狠狠地说：

"不许带猫进去！"

"对不起，"高个子仿佛听力不佳，抬起骨节凸显的一只手罩在耳边，发出破锣似的声音问，"你说不许带猫？你倒看看，哪来的猫？"

门卫瞪大了眼睛，愣是什么也没瞧见：这位先生脚下，哪有什么猫！在他身后却有个戴破鸭舌帽的胖子，正探头探脑要想挤进商店，那副嘴脸的确有几分跟猫相似，手里还拿着个气炉子。

生来对人感到厌恶的门卫说不上为啥看这两个顾客就是不

顺眼。

“这地方只能花外国钱。”他皱着两条毛茸茸的仿佛被虫子蛀过的眉毛，怒气冲冲瞅着他俩嘎声说。

“我说老哥，”高个破锣嗓子把戴着破夹鼻眼镜的眼睛一瞪，“你怎么知道我们就没有外国钱？你敢以衣帽取人？奉劝你，最最尊贵的门官，可别这么干！这么干准犯错误，而且一犯就是大的。不信，你就再把阿里·拉希德[1]微服私访的故事看一遍去。不过眼下咱可先别忙着看故事，告诉你，我要找你们经理告状，跟他把你的所作所为好好讲讲。那你老哥在这大门口锃光闪亮的岗位上可就待不长啦。”

“我这气炉子里说不定还装了满满一下子外国钱呢。”猫脸胖子也一边激动地插着话一边往门里挤。

身后人群不断往前拥，人们生气了。门卫满腹狐疑地盯着这对活宝，恨得牙痒痒地朝旁一闪，于是，我们这两位老相识科罗维耶夫和别格莫特便进了商店。入门后他俩首先朝周围扫视一遍，科罗维耶夫亮开所有角落无不听得清清楚楚的大嗓门说：

“商店好漂亮！简直一等一！”

顾客们从柜台旁转过身来，说不上为啥惊讶地瞅着说话的人，虽说对于这种赞赏商店全然可以当之无愧。

柜格上陈列着数百种花色极为丰富的花布，转过去是堆积如山的平纹布、希丰布和礼服呢。再往前又是一堆堆装鞋的盒子，几位女士正坐在矮凳上，右脚上穿着磨损的旧鞋，左脚上却穿着闪闪发光的新式船鞋，在小地毯上踩来踩去地试鞋。店堂深处拐

---

① 公元8世纪时阿巴西德王朝的哈里发。

角，几架留声机正在歌唱，奏着乐曲。

科罗维耶夫和别格莫特且放下这些动人景观，径直走向副食部和糖果部交接的地方。此处极为宽敞，扎小头巾和戴贝雷帽的女士们用不着像纺织品部那样在柜台前挤来挤去。

一位几乎呈正方形的矮个子，胡茬黢青，架着角质眼镜，头戴簇新礼帽，身穿丁香紫大衣，一副棕红色手套擦得油光锃亮，站在柜台边气势汹汹地不知吼些什么。身穿洁白工作服头戴天蓝小帽的售货员正在接待这位丁香紫顾客。他正在用一把跟利未·马太偷去的那把差不多锋利的刀，从一块油脂欲滴的粉红色鲟鱼肉上，把泛着银光的蛇皮似的鱼皮揭下来。

“这个部门也是好漂亮！”科罗维耶夫以一种几近庄严的语调承认，“那个外国人也蛮可爱。”他用手指指丁香紫的后背，心境悠然。

“法果特，此言差矣！”别格莫特若有所思地回答，“我的朋友，你可说得不对。我看这位丁香紫先生，脸上总好像欠缺点什么。”

丁香紫哆嗦了一下——不过也许那纯属偶然，因为，一个外国人不可能明白科罗维耶夫他俩用俄语说的话。

“浩（好）不浩？”丁香紫板着脸问。

“世界第一！”售货员说时还讨好地拿刀尖捅捅皮下的肉。

“浩的，我的喜欢；不洁的，我的不要。”外国人还是板着脸说。

“放心吧您哪！”售货员的口气简直是神采飞扬。

这时，我们两位朋友离开了外国人和他的鲟鱼，来到糖果部柜台旁。

“今天真热。”科罗维耶夫对双颊红扑扑的年轻女售货员说，但是没人搭茬儿，于是又问：

“橘子怎么卖？”

“三十戈比一公斤。”女售货员回答。

“贵得真吓人。”科罗维耶夫叹口气说，“唉！唉！……”又想了一想，对伙伴说：“别格莫特，吃橘子。”

胖子把气炉子往腋下一夹，将金字塔最顶端的一个橘子拿到手中，立刻连皮吞了下去，又抓起第二个。

售货员吓得要死。

“你疯了！”她大喊一声，脸气得煞白，“交款的小票呢？小票拿来！”说着，扔下了糖夹子。

“心肝，宝贝，美人儿！”科罗维耶夫上身探过柜台，扯着破锣嗓子挤眉弄眼地跟女售货员说，“我们今天没带外币，你看怎么办？好吧，我发誓，下回再来一定结清，最晚不过下星期一！我们初来乍到，就住在花园街，喏，就是着火那栋楼……”

别格莫特已经吞下了第三只橘子，又把爪子伸进了精致的巧克力糖堆，从底部捞出一块，害得整整一大堆糖全倒了下去。这家伙也把巧克力连同金色包装纸一块吞了下去。

卖鱼的售货员一个个手上拿着刀，全看傻了。穿丁香紫的外国佬把脸朝两个强盗转过来，这时才发现，原来别格莫特说得不对：他脸上倒没有什么欠缺的，反而有些东西多余，那就是两片耷拉下来的脸颊和一双四处张望的眼睛。

女售货员气得脸色蜡黄，无可奈何地冲着店堂大喊：

“帕维尔·约瑟菲奇！”

卖花布那边的人们听到喊声，立刻蜂拥而来。别格莫特撇下诱人的糖果，又把爪子伸进写着“凯尔奇特级青鱼”的大桶，抓出两条大鱼，一口吞了进去，然后吐出了鱼尾巴。

“帕维尔·约瑟菲奇！”糖果部柜台再次传来绝望的叫喊。鱼柜台那边一个蓄西班牙胡子的售货员大喝一声：

“你干什么，坏蛋！”

帕维尔·约瑟菲奇正十万火急地朝出事地点赶来。此人相貌堂堂，身穿洁白的工作服，颇像一位外科医生，衣袋里还露出半截铅笔。他看来颇有经验，发现别格莫特嘴巴里拖着一条青鱼尾巴，权衡形势，顿时一切了然于胸。他并没有跟两个流氓直接发生冲突，只是朝老远的地方挥挥手，下了一道命令：

“吹哨子！”

门卫冲出斯摩棱斯克大街拐角处闪闪亮的大门，吹响了令人心惊胆战的哨子。顾客刚把两个坏蛋团团围住，只见科罗维耶夫挺身而出了：

“公民们，”他发出尖细颤抖的喊声，“这是干什么？啊？我倒要问问各位！他是个可怜的人，”科罗维耶夫声音哆哆嗦嗦，脸上装出一副哭叽叽的样子，“这可怜的人，整天就知道修气炉子，他饿了……可叫他上哪儿去搞外币？”

帕维尔·约瑟菲奇本是个从不发火、举止安详的人，这回却毫不留情地对他吼：

“少来这套！”又朝远方急不可耐地挥手。这时，门外哨声响得更欢了。

但科罗维耶夫对帕维尔·约瑟菲奇的出现毫不在乎，还是接着说：

“哪来的外币？——我倒要问问！他又饥又渴，浑身燥热！

这个可怜的人，只不过拿个橘子尝尝，统共也就是三戈比的事不是！看他们吹哨子吹得那个欢！就跟春天林子里的叫叫鸟似的。还把民警也给叫来了。把人家的正事也耽误了！瞧那个人，他怎么就可以吃？啊？”只见科罗维耶夫指着那穿紫色衣服的胖子问，搞得胖子顿时满脸神色慌张。“他是个什么人？啊？打哪儿来的？干什么的？缺他活不了是怎么的？咱请他了吗？当然啰，”前乐队指挥讥嘲地撇撇嘴，放开喉咙喊，“瞧他，穿了一身丁香紫的礼服，鲟鱼肉把他撑得那么胖，口袋里装满了外币，可咱们呢？咱们自己呢？我伤心！伤心哪伤心！”科罗维耶夫拉长声这么一喊，活脱一个老式婚礼上的司仪。

这是一通愚蠢透顶、毫无策略，而且看来政治上有害的演说。听他这么嚷嚷，帕维尔·约瑟菲奇气得浑身直哆嗦。可怪就怪在围过来的群众，从他们眼里可以看出，这番话竟然唤起了其中不少人的同情。别格莫特抻起他那破袖头拭向眼窝，悲声号叫：

“谢谢你，忠实的朋友。谢谢你为受苦人说话！”

这时，奇迹出现了。有个体体面面老老实实的小老头，身上衣着寒酸，但却整洁异常，刚在糖果部买了三块杏仁蛋糕，突然怒气大发。只见他两眼凶光四射，脸涨得通红，把杏仁蛋糕往地上一摔，像孩子似的尖叫：“说得对！”他抢过盛巧克力的托盘，把别格莫特弄垮的巧克力埃菲尔铁塔残骸往外一抛，左手揪下外国人脑袋上的礼帽，右手挥动托盘，照着外国人那秃啦光叽的脑袋狠狠拍过去。突发的一阵暴响，仿佛从卡车上往地下扔了一张铁皮。胖子吓得面孔煞白，一头栽进装青鱼的大木桶，青鱼卤从桶里激得一冒老高。这时，又出现了第二桩咄咄怪事：穿丁香紫的外国佬跌进桶里时，却用地道的、不带一点外国味儿的俄国话喊：

“杀人啦！快叫民警！强盗杀人啦！”看来，极度震惊之余，他竟突然掌握了一门过去从不熟悉的语言。

这时，门卫的哨音沉寂了，两个戴钢盔的民警穿过情绪受到惊扰的顾客走了过来。但狡猾的别格莫特却像在澡堂子里拿水瓢往长板凳上浇水似的，把气炉子里的汽油全浇在了柜台上。汽油立刻自动燃烧起来，火焰向上蹿去，顺柜台飞快扩展，把果篮上漂亮的纸飘带吞噬了。女售货员们尖叫着逃出柜台。她们刚一冲出来，窗户上的布帘立刻腾起烈焰，地板上的汽油也燃烧起来。人群发出绝望的叫喊，从糖果部往外涌。本来就不大起作用的帕维尔·约瑟菲奇完全被挤到了一边，几个男售货员手里还拿着磨得飞快的刀子，一个接一个迅速跑向后门。穿丁香紫的公民挣出木桶，身上卤汁淋漓，爬过柜台上摆的腌鳜鱼，也跟着逃了出去。通往大街的玻璃门哗啦一声被挤得粉碎，于是，科罗维耶夫和馋猫别格莫特这两个大坏蛋也逃之夭夭了。后来，据自始至终目击了斯摩棱斯克外宾专卖商店这场大火的人说，两个流氓好像先是飞起来顶到天花板，然后又像孩子们玩的气球似的爆炸了。这些话看来都靠不住，究竟是否如此，我们不得而知。

我们只知道，斯摩棱斯克大街火警发生恰好一分钟，别格莫特和科罗维耶夫已经到了林荫路的人行道上，也就是到了格里鲍耶陀夫姑妈那幢楼房旁边。科罗维耶夫在铁栅栏旁收住脚步说：

“哟，原来这就是创作之家呀！告诉你，别格莫特，提起这座小楼，我可听人说过不少溢美之词呢！我的朋友，你可别小瞧这座楼。一想到这里精华荟萃，成长着无数天才，真叫人打心眼里高兴！”

“就像暖窖里种的那些菠萝似的。”别格莫特说。为了更好地欣赏一下这座奶黄色圆柱大楼，他爬到了铁栅栏的水泥基座上。

“完全正确，”科罗维耶夫同形影不离的好友意见完全一致，“只要一想到在这座小楼里将要诞生未来的《堂吉诃德》或是《浮士德》，或是他妈的《死魂灵》的作者，心里就有一种甜蜜的恐惧！对吧？”

“想起来是挺可怕。”别格莫特说。

“是啊，”科罗维耶夫接着说，“在这座楼房的玻璃温室里，将会出现多少令人叹为观止的东西！这里集中了数以千计的志士仁人，准备为悲剧女神、赞歌女神和喜剧女神而献身。试想，其中有的人只消锋芒小试，便能为读者奉献出一部《钦差大臣》①，或者至少是《叶甫盖尼·奥涅金》②那样的作品，那该有多大的轰动啊！”

“而且根本不算回事。”别格莫特又捧了一句。

“是这样，”科罗维耶夫说完，小心翼翼举起了一根手指，“不过！——我还要再说一句——不过！希望这些温室花朵不要感染上细菌，希望它们的根别被虫咬了！希望它们别烂了！有些菠萝可是会出这种事的，而且经常会出！”

“我说，”别格莫特把圆脑袋伸进栅栏空挡，“他们在露台上干什么？”

“用餐呗。”科罗维耶夫说，“我要补充一点，亲爱的，这里的餐厅部可是相当不错，挺便宜。其实我也跟所有的旅人一样，踏上漫长旅途之前，总爱吃点什么，再来他一大杯冰镇啤酒。”

---

① 俄国作家果戈理的戏剧作品。

② 俄国诗人普希金的诗小说。

“我也是。”别格莫特说。于是，一对坏蛋便沿着椴树成荫的沥青小道，径直向那即将大祸临头的餐厅露台走去。

一位面色苍白的女公民穿着白色小短袜，戴着带小鬏鬏的白色贝雷帽，无精打采地坐在露台入口处一张弯腿木椅上。这入口原是在拐角处的花篱上开的一个缺口，篱笆上爬满了藤萝。女士面前放了一张厨房用的普通木桌，摊着一本厚似账簿的登记册。女公民不知为什么对每个进门就餐的都要登记。正是她拦住了科罗维耶夫和别格莫特的去路。

“二位的证件呢？”她惊讶地看看科罗维耶夫的夹鼻眼镜，又看看别格莫特的气炉子和他那烂袖头。

“一千个对不起，要什么证件呀？”科罗维耶夫理直气壮地问。

“二位是作家吗？”女公民没直接回答。

“那还用问。”科罗维耶夫理直气壮地说。

“你们的证件呢？”女公民又问了一遍。

“我的美人儿……”科罗维耶夫的口气变得十分温柔。

“我可不是你的美人儿。”女公民打断了她。

“哦，太遗憾了，”科罗维耶夫大为扫兴。接着又说，“好吧，当个美人儿本是件好事，既然不愿意，那就请便吧。不过，如果您想要证实陀思妥耶夫斯基是个作家，难道还非得朝他要证件不可吗？您只消把他的任何一本著作拿过来，从里头随便翻出五页来读上一读，就准能相信你是在同一位作家打交道。我看，他可是什么证件也没有的呀！你看呢？”科罗维耶夫扭头对别格莫特说。

“我敢打赌，他肯定没有。”别格莫特把气炉子朝桌上登记册旁边一放，抬手在熏得黢黑的额头上擦了一把汗。

“您可不是陀思妥耶夫斯基。”女公民说。她已经被科罗维耶夫忽悠得有点不知所措了。

“那您怎么知道？怎么知道！”科罗维耶夫说。

“陀思妥耶夫斯基早死了，”女公民的口气似乎不那么自信。

“我抗议。”别格莫特情绪激昂地喊，“陀思妥耶夫斯基是不死的！”

“你们的证件，公民们！”女公民说。

“得了吧，这实在太可笑了！”科罗维耶夫还是不依不饶，“当作家绝不靠证件，而是靠作品来决定的。我的头脑或是他的头脑能产生什么样的构思，您凭什么知道？”他指指别格莫特的脑袋。别格莫特马上摘下便帽，仿佛打算请女公民仔细欣赏它的脑袋似的。

“公民们，请让开！”她已经有点发火了。

科罗维耶夫和别格莫特闪到一边，给一位穿灰色西装的作家让路。这位作家内着白衬衫，没系领带，领子翻在西装外面，腋下夹一份报纸。他对女公民殷勤地点点头，在递过来的登记册上信手划拉两笔，便朝露台走去。

“唉，咱们可差远啦，差远啦！”科罗维耶夫不无感慨地说，“咱们这两条可怜的流浪汉，盼了半天的那份冰镇啤酒，让他闹去了。咱俩的处境呀，太可悲，太糟糕啦！我真不知怎么办好。”

别格莫特只好伤心地摊开双手，把便帽朝生着一头浓发、看来酷似猫皮的圆脑袋上一扣。

就在这当口，女公民听到脑袋上方传来一个不算太高但却相当有权威的声音：

“索菲亚·帕夫洛芙娜，放他们进来。”

管登记册的女公民好不惊讶。花墙绿荫中，出现了身着燕尾服、白衬胸的海盗，蓄着山羊胡子。他亲切地瞅瞅这两个衣衫褴褛形迹可疑的人物，朝他们做了个“请进”的手势。阿尔奇巴德·阿尔奇巴多维奇在餐厅说话是有分量的，他是这里的主管。于是，索菲亚·帕夫洛芙娜只好顺从地询问科罗维耶夫：

“贵姓？”

“帕纳耶夫。”他彬彬有礼地回答。女公民记下了这个姓名，又抬眼狐疑地看看别格莫特。

“斯卡比切夫斯基。”他尖声尖气地说，不知为什么还指指气炉子。索菲亚·帕夫洛芙娜把这个姓名也登记上，然后把登记册推给二位，请他们签名。科罗维耶夫在“帕纳耶夫”旁边签上了“斯卡比切夫斯基”，别格莫特却在“斯卡比切夫斯基”旁边签上了“帕纳耶夫”。

阿尔奇巴德·阿尔奇巴多维奇的举动完全出乎索菲亚·帕夫洛芙娜的意料。他面带迷人的微笑，把客人带到露台尽里头一个最好的位置，那里绿荫浓密，阳光从一个个孔隙穿过青翠的树墙，在桌旁愉快地闪动。索菲亚·帕夫洛芙娜眨着眼睛，对着两位不速之客在登记册里签下的名字，琢磨了好一阵子。

阿尔奇巴德·阿尔奇巴多维奇的举动弄得服务员们也摸不着头脑，惊讶的程度绝不亚于索菲亚·帕夫洛芙娜。他亲自动手拉开椅子，请科罗维耶夫在桌旁就座，朝服务员使了个眼色，又跟另一个附耳说了两句，于是两个服务员便在刚来的客人身边忙开了。第二个客人把气炉子放到地板上，就摆在他脚边那只褪成了棕黄色的漆皮鞋旁边。

桌上，沾了黄斑的脏台布霎时间不见了，但见半空中仿佛贝都因人的斗篷一闪，飘起一条洁白的台布，新上的浆发出了唰啦唰啦的声音。阿尔奇巴德·阿尔奇巴多维奇附在科罗维耶夫耳边，轻声轻气然而十分富于表情地问：

“您想用点什么？我这儿有一种特制鱼里脊……从建筑师代表大会上搞来的……”

“您……呢……给我们弄点小吃就行……呃……”科罗维耶夫坐在椅子上，伸开手脚，一副息事宁人的样子。

“明白。”阿尔奇巴德·阿尔奇巴多维奇眼睛一眨，意味深长地说。

服务员见餐厅部主任对这两位形迹可疑的客人如此恭谨，早把满心猜疑抛到了九霄云外，认真招待起他俩来。别格莫特刚摸出半截烟头往嘴上一叼，一个服务员忙划着火柴凑上前去；另一个服务员跑步过来，快手快脚地往餐具旁边布置大小酒杯，把翠绿的玻璃器皿碰得叮当作响。啊，头顶帆布大篷，杯中纳赞矿泉，真是太美了！……哦，忘了交代一句：在格里鲍耶陀夫，在令人难忘的撑起帆布大篷的露台上，还供应纳赞矿泉水。

“二位想不想尝尝松鸡肉丁？”阿尔奇巴德·阿尔奇巴多维奇哼曲子似的说。戴破夹鼻眼镜的客人对海盗船长的建议完全赞同，透过丝毫不起作用的镜片，满意地瞅着他。

邻桌就餐的是小说家彼得拉科夫·苏霍维。他以作家特有的洞察力发现阿尔奇巴德·阿尔奇巴多维奇对那二人态度甚为殷勤，颇感奇怪。与他同来的夫人——一位可敬的女士——已经用完了自己那份猪排，看到海盗侍候科罗维耶夫的那份殷勤劲儿，实在没法不妒忌，忍不住拿勺子敲打了两下，意思是：怎么搞的，这么慢！……该给我们上冰激凌了吧？怎么回事……

可阿尔奇巴德·阿尔奇巴多维奇只是给彼得拉科娃送去一个迷人的微笑，给她派去个服务员，自己则一直不离开这两个尊贵的客人。啊，阿尔奇巴德·阿尔奇巴多维奇实在是个聪明人！他的洞察力丝毫不亚于这些作家！阿尔奇巴德·阿尔奇巴多维奇这些日子听到过各种议论，对杂技场演出以及其他种种事件了若指掌，然而他跟一般人可大不一样，并没有把“穿花格衣服的”“猫”这类字眼当耳旁风。阿尔奇巴德·阿尔奇巴多维奇一眼就看出了这两位顾客是何许人。既然心里明白，嘴上自然就不会跟他们吵架。可那个索菲亚·帕夫洛芙娜真是胆大包天，居然不让这两个家伙上露台！话又说回来，怎么能怪她？

彼得拉科娃傲慢地用小匙捣着软融融的奶油冰激凌，以不满的目光打量着这两个小丑打扮的人物。在他们面前，桌上的菜肴像变魔术似的堆成了小山。色拉盘里的生菜洗得青翠欲滴，一直伸展到高脚盘外边，上头放了新鲜的鱼子酱……一眨眼工夫，专门挪过来的小几上，又出现了凝着冷露的小银桶……

一切都尽善尽美了，服务员一溜小跑送来了吱吱作响的带盖煎锅，直到这时，阿尔奇巴德·阿尔奇巴多维奇才在两位神秘来客面前告了便，事先还对他们低声打了个招呼：

“对不起，一会儿再过来！我得亲自去看着松鸡肉丁！”

他飞离餐桌，消失在通往餐厅内部的过道里。如果有那么一位观察家，能对阿尔奇巴德·阿尔奇巴多维奇后来的所作所为跟踪考察，定会觉得他的举止令人迷惑不解。

主任根本不是去厨房监制松鸡肉丁，而是进了餐厅的储藏室。他拿自己的钥匙打开仓库，进门后立刻反锁起来，从放了冰的大木箱里取出两条鱼里脊肉。怕弄脏了套袖，他干得非常小心，然后用报纸包上，再用细绳精心扎好，放在一边。接着，又到隔壁房间看看他那件缎子衬里的夹大衣和礼帽在不在原来地方，等到一切妥当，方走进厨房。厨师正在卖力地为两位顾客炮制海盗答应的松鸡肉丁。

应该指出，阿尔奇巴德·阿尔奇巴多维奇的一切行动并无任何怪诞费解之处。只有浮光掠影的观察家才会认为这一类举止是难以理解的。其实此公的行动完全是前项行动合乎逻辑的继续。他理解近来的一系列事件，特别是有一种超乎寻常的嗅觉，这些都提醒他，尽管此餐点得极其丰盛奢华，但两位顾客用餐的时间绝不会太长。嗅觉还从来没让这位当年的走私犯上过当，这次也没有欺骗他。

就在科罗维耶夫和别格莫特端起第二杯醇美的莫斯科牌冰镇伏特加碰杯的时候，露台上出现了一头汗水激动万分的新闻记者波巴·康达鲁普斯基。此人在莫斯科是出了名的包打听。他跑过来立刻走向彼得拉科夫夫妇的座位，把塞得鼓鼓囊囊的皮包往小几上一放，把嘴伸到彼得拉科夫耳边，絮絮叨叨，说得十分引人入胜。彼得拉科夫夫人被好奇心折磨得心痒难熬，也忙把耳朵凑到波巴那两片胖乎乎油腻腻的唇边。波巴贼头贼脑地东张西望，絮絮地讲个不停。不时传出这样一些只言片语：

“我以我的名誉发誓！花园街，花园街，”波巴把声音放得更低，“枪打不死！开枪了，开枪了……汽油……大火……子弹……”

“这些撒谎精！到处散布令人作呕的谎言！真该死！”彼得拉科夫夫人那低沉的女中音由于愤恨而变得比波巴所希望的更高亢，“就该当场揭穿他们才对！没有关系！总有一天会收拾他们！这些造谣生事的坏蛋！”

“哪是造谣呀，夫人！”波巴由于别人不相信而大为沮丧，不由得先是大叫，随后又细声细语说，“告诉你吧，枪打不死……现在大火着起来了……他们飞上了天……上了天！”波巴耳语时，万万没想到谈论的对象正跟他们坐在一起，对自己的悄悄话还蛮得意。

不过，得意的心情很快就烟消云散了。只见餐厅内门猛地冲出三条汉子，跑步上了露台。他们腰扎皮带，缠着皮绑腿，手持左轮。头里那个发出一声瘆人的喝叫：

“不许动！”三人对准科罗维耶夫和别格莫特的脑袋当时就开了枪。他俩被击中后，顷刻间化为一股清风。气炉子里冲出一根火柱，直烧到帆布篷上，烧出一个窟窿。黑边朝四外蔓延，越扩越大。火从帆布篷烧起，一下子蹿上了格里鲍耶陀夫楼的屋顶。二楼编辑部窗口堆放的文件夹子顿时着了起来，接着，窗帘也烤着了。火呼呼地越烧越旺，仿佛有人在扇风。火柱终于窜进了姑妈家楼内。

几秒钟后，作家们、索菲亚·帕夫洛芙娜、彼得拉科娃、彼得拉科夫等纷纷撂下刀叉，分别沿几条沥青小道，逃向林荫路旁的铁栅栏。你们还记得吗？这场灾难的信使——当时丝毫不为人们所理解的伊万，星期三晚间就是打从这里进入餐厅的。

阿尔奇巴德·阿尔奇巴多维奇早已从侧门溜了出去。他既没有夺路而逃，也没有惊慌失措，而是有如一位理应最后一个离开烈焰冲腾的双桅舰的舰长，身穿绸里子夹大衣，腋下夹着两大条鱼脊肉，安详地站在一旁。

第二十九章
大师和玛格丽特命已注定

夕阳斜晖中，在一个可以鸟瞰全城的高处，在一所一百五十年前落成的莫斯科最美丽的建筑物的石砌露台上，有那么两个人：沃兰德和阿扎泽洛。从街道自下而上是看不见他们的，因为有一排雕着石膏花瓶和花纹的柱形栏杆挡住了闲杂人等的目光。但他俩却能把整个城市直至郊区都尽收眼底。

沃兰德穿着一袭黑色长袍，坐在折叠椅上。他那把宽刃长剑垂直插在露台的石缝中。这样，长剑就变成了一具日晷。长剑的影子缓慢地，然而无法抑止地越伸越长，爬向撒旦脚上那双黑鞋。沃兰德一手握拳抵住尖削的下巴，一腿盘在身下，佝偻着坐在椅子上，正目不转睛地凝视着那一簇簇一群群无尽无边的宫殿楼宇，还有那注定要被拆毁的陋屋。

阿扎泽洛已除下西装、礼帽、皮鞋等现代装束，也换上了沃兰德那么一身黑衣。他一动不动站在主人身旁，也目不转睛地凝视着城市。

沃兰德说：

“多有意思的城市，对不？”

阿扎泽洛动了一下，毕恭毕敬地回答：

“阁下，我更喜欢罗马。”

“这是个爱好问题。”沃兰德说。过了一会儿，听他又说：

“花园街那边的烟是怎么回事？”

“那是格里鲍耶陀夫在燃烧。”阿扎泽洛说。

“我猜一定又是那对形影不离的难兄难弟科罗维耶夫和别格莫特闯到那边去了。”

“肯定是这样，阁下。”

俩人又沉默了。他们站在平台上，看到所有巨型建筑上层朝西的窗户都映出了耀眼欲盲的破碎太阳。沃兰德有一只眼睛，也像那窗户一样精光闪耀，虽说他是背朝着太阳。

这时，沃兰德身后一处屋顶上，有座圆形塔楼吸引了他的目光。由塔楼的墙中钻出一个人，他满面阴云，身穿褴褛的希腊长袍，浑身滚满了泥巴，脚穿一双自编凉鞋，颏下飘着一部漆黑的胡须。

“嚯，”沃兰德面带讥嘲看着他叫道，“万万没想到你也会在这儿！你这个不速之客有何贵干呢？”

“我是来找你的，恶魔和阴世①的主宰！”来人皱着眉头，颇不友善地望着沃兰德。

“你这个当年的税吏！既来找我，干吗不问个好？”沃兰德厉声问。

“因为，我并不希望你好。”来人口气十分放肆。

“但你也无可奈何，”沃兰德皮笑肉不笑地说，“你一踏上屋

---

① 这个词原文的含义是多重的，有“影子”的意思，也有“阴暗面”的意思，还有“阴世”“阴间”的意思。下文中这几个意义都会出现。

顶，就又办了件蠢事，蠢就蠢在说话的这种口气。你似乎不承认阴影，也不承认罪恶。但是，你为什么不考虑一下，如果‘恶’不存在，那你的‘善’又何用之有？如果没有了阴影，地球将会是个什么样子？阴影，产生于人和物。瞧，我的长剑就产生一条阴影。树木和生灵也产生阴影。难道只因为你有某种怪癖，喜欢欣赏光秃无毛的地球，就要把整个地表剥光，将所有的树木和生灵一概扫除吗？你太愚蠢了！”

“我不想同你辩论，你这个诡辩的老手！”利未·马太说。

“你也根本不是我的对手，其中的原因我早就说过：你太愚蠢！”沃兰德说，随后又问，“好吧，长话短说，别让我烦。你干吗来了？”

“他派我来的。”

“命令你来转告些什么呢，奴才？”

“我不是奴才，”利未·马太越来越沉不住气，“我是他的门徒。”

“咱们向来说不到一块去，”沃兰德说，“不过，我们谈论的事物却不会因之而起任何变化，对吗？”

“他读了大师的作品，”利未·马太说，“请求你把这个大师带走，赐予他安宁。这点小事对你来说还难办吗，恶魔？”

“什么事我都不难办，”沃兰德说，“这你也很清楚。”他沉默了一会儿，又加上一句：“你们为什么不把他带入光明境呢？”

“他不配入光明境，他只配享有安宁。”马太悲哀地说。

“转告他，这可以办到，”沃兰德说，接着，一只眼窝里精光一闪，“快走开吧！”

“他还请求你，把爱那人并为那人受苦的女人也带走吧。”马太这次用的是一种乞求的口吻。

“哎哟哟，这可多亏你提醒了，否则我们哪能想得到！走吧！”

利未·马太消失了。沃兰德把阿扎泽洛叫到跟前吩咐：

“飞到他们那儿去，把一切都安排一下。”

阿扎泽洛飞离露台，沃兰德独自留了下来。

不过他独自并没有待多久。过了一会儿，露台石级上响起了脚步声和你一言我一语的对话声。科罗维耶夫和别格莫特来到沃兰德面前。现在胖子手里的气炉子没有了，不过多了不少别的东西。比方说，腋下夹了一幅金框风景纤巧画，胳臂上搭着一件烧得半焦的厨师工作服，另一只手提了一条连皮带尾的鳜鱼。科罗维耶夫和别格莫特身上散发着一股焦臭味。别格莫特还抹了一脸黑，便帽也烧得满是窟窿。

“阁下，向您致敬！”这两位总是有话说。别格莫特还晃了晃手上的鳜鱼。

“干得不错呀！”沃兰德说。

“阁下，真没想到，”别格莫特发出了欢乐兴奋的叫声，“居然有人把我当成了土匪！”

“看看你带回来的这些东西，”沃兰德瞅瞅那张风景纤巧画说，“你还真是土匪！”

“请相信我，阁下……”别格莫特说话的口气特别诚恳。

“不，我不相信。”沃兰德的口气却很干脆。

“阁下，我发誓，我做出了英勇无畏的努力，尽量抢救一切，能抢救出来的却只有这一点点。”

“你最好能说说格里鲍耶陀夫怎么会烧起来的？”沃兰德问。

科罗维耶夫和别格莫特这两位把手一摊，翻眼望天。别格莫特喊道：

“我也不明白！我俩老老实实坐在那儿，没招谁没惹谁，正在吃……”

“忽然——叭，叭，叭！”科罗维耶夫接着说，“开枪了！把我跟别格莫特都吓傻了，赶紧往街心花园跑。他们就跟着我们撵。我们就朝季米里亚泽夫方向跑……”

“不过，”别格莫特插进来说，“是责任感战胜了我们身上可耻的恐惧，我们又回去了。”

“哦，你们又回去了？”沃兰德说，“当然啰，也就在这时候，大楼就烧成灰了。”

“是烧成灰了！”科罗维耶夫痛苦地承认，“阁下，您说得再确切不过，是烧成了灰。光剩一堆焦木炭了。”

“我赶紧冲进会议室，”别格莫特说，“就是带圆柱的那间，阁下。我本指望能抢出点值钱的东西。噢，阁下，如果我有老婆，她可是二十回寡妇都险些当上了！阁下，幸运的是我还没有娶老婆，而且得跟你说实话，没结婚真是我的福气。唉，阁下，这单身汉的自由怎舍得换成沉重的枷锁！”

“又来胡说八道了。”沃兰德说。

“不敢，我接着说，”黑猫回答。“喏，只有这张小小的风景画，别的什么也抢不出来了。火焰直往我脸上扑。我又跑进储藏室，抢出了这条鳜鱼；跑进厨房，抢出了这件工作服。阁下，我认为我已经做了力所能及的一切。我不懂，您脸上为什么会有那种怀疑的表情。”

“你像土匪似的往外抢东西的时候，科罗维耶夫又在干什么呢？”沃兰德问。

“我在帮消防队灭火来着，阁下。”科罗维耶夫指着撕破的裤子说。

“如果这样，那只好盖一座新楼啰。”

“会盖一座新楼的，阁下，”科罗维耶夫做出响应，“我敢肯定。”

“那好，咱们只有指望它比旧的更好啰。”沃兰德说。

“会这样的，阁下。”科罗维耶夫说。

“请你们相信我，我可是注了册的预言家。”黑猫补充一句。

“不过，我们总算回来了，阁下，”科罗维耶夫向主人报告，“静候您的吩咐。”

沃兰德从椅子上站起来，走到栏杆旁，背对随从，独自久久眺望远方。然后，他从楼边后退几步，又坐到椅子上说：

“什么吩咐也没有，你们做到了力所能及的一切。眼下不用你们再干什么了，可以休息一下。雷雨马上就要来临。咱们这就出发。”

“太好了，阁下。”两个小丑答道。他们在露台中部一个圆塔后面隐没了。

沃兰德所说的雷雨，已经在天边酝酿着。西方升起的乌云，遮没了半轮夕阳，接着又将它全部吞没。露台上凉风习习，时过不久，天色就晦暗下来。

这道从西方弥漫而来的黑气笼罩了整个巨大的城市。桥梁和宫殿消失了。一切都消失得无影无踪，仿佛世界上从来就不曾存在过。一道火亮的细线在天边掣动了一下，接着，一个惊雷在城市上空炸响。沃兰德消失在城市的暗影中。

第三十章
该动身了！

“你知道吗，”玛格丽特说，“就在昨晚你熟睡的时候，我读到了从地中海爬来的那股黑气……还有塑像，啊，那些金色的塑像！不知为什么，它们一直使我不得安宁。我觉得似乎马上就要下雨了。你觉得凉吗？”

“一切都很好，都很可爱，”大师吸一口烟，挥手驱散烟气，“包括那些塑像，愿上帝保佑它们……可是，后来究竟如何，就搞不清楚了！”

这正是夕阳西下，利未·马太在露台上找到沃兰德的时刻。地下室里开着小窗。如果有人伸头往里张望，准会觉得这两个人的模样太怪。玛格丽特赤身裸体，外头仅披了一件黑斗篷，大师仍然穿着他那身病服。之所以如此，是因为玛格丽特根本无衣可穿，她的衣物全留在了小楼里。尽管小楼近在咫尺，但要到那里去取东西，她还是连想也不愿想。大师呢，虽说所有的衣服都还在衣柜里，就跟他原来一样，不过他却根本不愿换衣服，让玛格丽特以为下边会有什么纯粹扯淡的事又要发生。不过，自打那个秋夜以来，他破天荒第一次刮了脸（住院时胡子是拿推子推的）。

房间里也很怪。谁都不明白，为什么它会乱到这种程度。地毯上，沙发上，到处都堆着手稿。扶手椅里扣着一本打开的书。圆桌上摆着午餐，除了几个菜，还有几瓶酒。哪儿来的这么多吃喝，大师和玛格丽特全都莫名其妙。他俩一醒，就见桌上已经摆好了。大师和他的女友一觉睡到星期六黄昏，这才觉得精神重又振作起来。昨天的奇遇在他们身上只留下一点点痕迹，那就是左太阳穴都有点疼。然而就心理状态而言，他们已经历了一次深刻的变化。这一点，人们只要偷听一下地下室的谈话，就可以确信无疑。可谁又会去偷听呢？这座小楼好就好在无论何时都是空空的，窗外一天绿似一天的椴树和白柳散发着春天的气息，乍起的微风将这气息送入了地下室。

“呸，真见鬼！”大师突然喊起来，“你看这，真是的……”他在烟灰盒里按灭了烟蒂，两手抱住脑袋，“不，听我说，你是个聪明人，从来没得过精神病……你当真相信咱俩昨天见过撒旦吗？”

“完全是真的。”玛格丽特说。

“可不是嘛，可不是嘛，”大师以讽刺的口吻说，“这会儿呀，是去了一个疯子，来了一对儿精神病：一个疯男人再加上一个疯婆娘！”他把手臂举向空中，大叫：“不，不，鬼才知道是怎么回事！鬼才知道……”

玛格丽特没有回答，一屁股倒在沙发上，放声大笑，蹬着两只光脚，接着喊：

“哎哟，笑死我了！哎哟，笑死我了！你看你，像个什么样子！”

她在一旁哈哈大笑，大师羞涩地扯着身上那条病服裤子。这时玛格丽特敛起了笑容。

“刚才你无意之中说出了真情，”她说，“鬼才知道是怎么回事，说实在的，鬼才能把这一切安排得这样好！”她的眼中突然燃起火焰，她跳将起来，站在当地，手舞足蹈，嘴里不住高喊：“我多幸福！我多幸福！我跟他达成了一桩交易！哎呀！魔鬼！魔鬼！……我亲爱的，这回你可得跟个女妖精在一起过了！”说完，她纵身投入大师怀抱，一把搂住他的脖子，不断亲吻他的嘴唇、鼻子和双颊。蓬松黑发在大师身上舞动，把他的双颊和额头用亲吻揉搓得通红。

“这会儿你可真像个女妖精。”

“我并不否认这一点，”玛格丽特回答，“能当个女妖精我心满意足。”

“好吧，”大师说，“女妖精就女妖精。太漂亮了，太带劲了！原来我是被人从医院里抢出来的……这也蛮不错嘛！我们被送回到这里，这也可以被接受……我们甚至可以认为没人能抓住我们……不过你得告诉我，看在所有神灵的分上，以后，我们将以何为生呢？我这么说是为了你，请相信我！”

这时，小窗外出现了一双方头皮鞋，两只细条花的裤脚，接着，裤脚管的膝部弯了下来，外面的光被一只肥臀挡住了。

“阿洛伊奇，你在家吗？”窗外一个声音在比裤子更高的地方问。

“瞧，又来了。”大师说。

“阿洛伊奇？”玛格丽特走到窗前问，“昨天他被捕了。谁找他？您叫什么名字？”

立时，膝盖和屁股全不见了，只听院门一响，一切又重归寂静。玛格丽特倒到沙发上哈哈大笑，流出了眼泪。当她静下来时，面容一下子变了。她从沙发上爬起来，爬到大师面前，抚摩着他的脑袋，以最严肃的口气说：

“真可怜，你受苦了，你受苦了！只有我一个人才知道这一点。你看，你头发里都有银丝了，嘴角总是有一条皱纹！我唯一的亲爱的人儿，你什么也别再想！你想得太多，现在，让我来替你想吧。我保证，向你保证，一切都能好得不能再好的！”

“我什么也不怕，马尔戈！”大师忽然抬起头来这样回答她。她觉得大师就跟写作那些未经亲历然而却详熟于心的事件时一模一样了。“我不怕，因为一切都亲身经历过。我已是惊弓之鸟，故而恐惧已无以复加。不过，我可怜你，马尔戈！这就是原因所在，这就是我要不断重复我的思想的原因所在。别糊涂！干吗你要陪着个有病的穷汉，毁了自己一生呢？回你的家去吧！我为你惋惜，所以才这么说。”

“唉，你呀，你呀！”玛格丽特摇晃着那蓬松的头发悄声说，“唉，你呀，你这个缺乏信念的苦命人！为了你，昨天一整夜我都光着身子，冻得发抖，我抛弃了故我，经历了脱胎换骨的变化。我一连几个月坐在黑咕隆咚的房间里，整天想着一件事——想着那场掠过耶路撒冷上空的大雷雨。我把眼睛都要哭瞎啦。可现在，当幸福降临的时候，你却要把我撵走？好吧，我走。不过，我要说，你是个狠心的人！他们已经把你的心掏走了！”

一团苦涩的柔情充塞在大师心头，他不知为什么也哭了。他把脸埋在玛格丽特的头发里。玛格丽特在哭泣，颤颤巍巍的手指在大师的双鬓抚摩着，她喃喃地说：

“哦，如丝的白发……我眼看着满头青丝变成了霜雪……噢，我所爱的饱经苦难的头颅呀！瞧你这双眼睛！呈现着一片荒凉的眼睛！再看你那双肩，背负着沉重负担的双肩……都压垮了，压成残废了……”玛格丽特的话已变得前言不搭后语，她泣不成声，浑身颤抖。

于是，大师擦干了眼泪，双手扶起玛格丽特，站起来坚强地说：

“好了，你让我感到惭愧。以后我永远不会再允许自己胆小怕事，放心吧，这个问题就算过去了。我知道咱俩都是精神疾病的牺牲品。说不定还是我传染你的呢……好吧，就让我们一同来战胜它吧。”

玛格丽特把嘴唇凑到大师耳边悄声说：

“我以你的生命，以你所理解的那个占星家之子的名义发誓，一切准会好起来！”

“好了，好了，”大师忙不迭回答，笑笑，然后又加了一句，“当然啰，当人们跟我们一样，被洗劫一空时，他们就只好到彼岸世界去寻求解救的力量了。好吧，咱们也只好是求它帮助了。”

“对呀，对呀！现在，你又是原来的你了。你在笑，”玛格丽特说，“让你那些文绉绉的话见鬼去吧。什么此岸世界彼岸世界，管它呢！我想吃东西！”

她抓住大师的手，把他拉到餐桌旁。

“我可害怕这些吃的东西会转眼之间陷进地里，或是飞到窗外去呢。”这回他说话的口气已经是大放宽心了。

“它飞不了！”

此时，小窗外冷不防传来一个浓重的鼻音：

“愿你们安宁！”

大师哆嗦了一下，玛格丽特早已见怪不怪，于是叫了起来：

"这是阿扎泽洛！啊，多可爱！多好！"随后又跟大师耳语：

"瞧！瞧！不会抛下我们不管的！"说罢，便跑去开门。

"你倒拿斗篷掩上点呀。"大师在她身后喊。

"我才不在乎呢。"玛格丽特的声音已是到了小走廊。

阿扎泽洛进来之后频频鞠躬，向大师问候，一只独眼熠熠发光。玛格丽特高声嚷道：

"啊，我太高兴啦！我这一辈子从来没这么高兴过！阿扎泽洛，请原谅，我光着身子！"

阿扎泽洛请她别介意，还说他不仅见过裸体女人，而且还见过扒了皮的女人。他先把一个黑绸小包放到炉台角落，又高高兴兴坐到桌旁。

玛格丽特给阿扎泽洛斟了满满一杯白兰地。他高高兴兴一饮而尽。大师目不转睛地盯着他，不时还在桌子底下掐自己的左手。可是掐也没用，阿扎泽洛并没有在空气中融化，说实在的，也没有必要让他融化。这个红毛矮人身上，并没有任何可怕的东西。也许，那只长白翳的眼睛让人看着发瘆？不过，不谙妖法的人，不也有长白翳的吗？也许他那身又像僧袍又像斗篷的衣服显得过于不寻常？然而只要认真想想，那也是无关大碍的事。他跟所有心地善良的人一样，白兰地喝得挺起劲，大杯大杯直往肚里灌，干脆不吃什么菜。可大师却已经被这白兰地弄得脑袋醺醺然了。他想：

"是啊，玛格丽特说得对……当然，眼前坐的不正是恶魔的使者吗？前不久，就是前天夜里，我还亲口跟伊万说过，他在长老湖遇见的那人是撒旦，可现在为什么一想到这就又害怕了呢？为什么要说这是催眠术和幻术呢？……见鬼，这些人哪是催眠师呀？”

他留心观察阿扎泽洛，发现对方目光中有某种不大自然的神色，似乎脑子里隐藏着某种时机不到不能吐露的想法。“他绝不是碰巧了来做客的，一定有事。”大师心里琢磨。

他观察得一点不错。

阿扎泽洛连饮三杯白兰地，却毫无酒意。来访者说：

“小小地下室真舒服！见鬼！只有一个问题：窝在这地下室，能干出什么名堂来？”

“这也是我想说的话。”大师回答。

“你为什么又来打搅我，阿扎泽洛？”玛格丽特问。

“您说什么呀，您说什么呀！”阿扎泽洛叫起屈来，“我压根儿就没想来打搅您。对了，差点给忘了！……主人要我向您致意，还吩咐我转告，说他想邀请您跟他去作一次短暂的旅行。当然要征得您的同意。对此，您有何见教呢？”

玛格丽特在桌下用脚踢踢大师。

“大荣幸了。”大师注视着阿扎泽格说。

“我们希望玛格丽特·尼古拉耶芙娜也不会拒绝参加。”阿扎泽洛又说。

“我怎么会拒绝呢？”玛格丽特说。她的脚又在大师脚面上蹭了一下。

“太妙了！”阿扎泽洛叫道，“我就喜欢这样！干脆利落！跟亚历山大花园那会儿可不一样了！”

“哦，别提了，阿扎泽洛，那会儿我太蠢。不过，对我也不该过于苛责，因为谁也不是每天早晨都能遇上妖魔鬼怪的呀！”

"那倒是！"阿扎泽洛说，"如果天天能遇上，那倒好啦！"

"我就喜欢效率，"玛格丽特兴奋地说，"喜欢高速飞行，还有就是脱得一丝不挂……就像驳壳枪里射出的子弹似的！哎呀！他枪打得可准啦！"玛格丽特转向大师嚷嚷，"一张七点的纸牌放在枕头底下，指哪个点就打哪个点……"玛格丽特有点喝醉了，她的眼睛在燃烧。

"差点又忘了，"阿扎泽洛拍拍脑门喊，"瞧我，简直糊涂了！主人还给您送了件礼物来呢！"这话他是对大师一个人说的，"一瓶葡萄酒。请注意，正是犹太总督喝的那种——法列诺葡萄酒。"

这样的稀世之珍自然引起玛格丽特和大师极大的兴趣。阿扎泽洛打开一块盖棺木的黑色软缎，取出一只霉迹斑斑的玻璃瓶。大家闻了又闻，把酒倒进杯中，又透过瓶壁对着雷雨前窗外那线即将隐灭的微光看了又看。

"为沃兰德的健康！"玛格丽特举杯高呼。

三个人都把酒杯凑近唇边，各饮一大口。这时，雷雨前的天光立即在大师眼中暗淡了。他再也透不过气来，感到末日已经临头。大师只见玛格丽特也脸色煞白，无助地向他伸出双臂，头一垂，伏到桌上，接着又倒在地上。

"你下了毒……"大师只来得及喊了这么一句。他本想抓起桌上的刀向阿扎泽洛刺去，但手却从桌布上滑落下来。在他眼中，地下室的一切都涂上了一层黑色，接着什么都看不见了。他俯身栽倒在地，写字台的桌角碰破了他的太阳穴。

见两个中了毒的人已经一动不动，阿扎泽洛开始行动了。他先是飞出窗外，转眼间来到玛格丽特原先住的小楼。阿扎泽洛做事一向精细，他来是要核对，一切是否已按计划办妥。果然没什么问题。阿扎泽洛见到一个满脸不快、正在等候丈夫归来的女人，刚一走出卧室，忽然面白如纸，捂住心口，软弱无力地喊：

“娜塔莎！……有人吗？……来人呀……”不等走到书房，便一头栽倒在客厅地板上。

“全受了。”阿扎泽洛说。过了一会儿，他又回到那对中了毒的情人身边。玛格丽特偃卧在地，脸埋在一小块地毯里。阿扎泽洛伸出钢钩般的指爪，把她像个娃娃似的翻转过来，目不转睛地盯着她。玛格丽特的面孔眼看着发生了变化。虽说雷雨在即，天色昏暗，但还是可以看出，她脸上一度有过的那种女妖的睨目而视和恶鬼的凶残冷酷已渐渐消退。死者的面孔焕发出光彩，表情也越来越柔和，龇出的牙齿不再令人感到凶相毕露，而是表现出女人痛苦时的娇媚。阿扎泽洛掰开她雪白的牙齿，又往嘴里滴进几滴毒酒。玛格丽特舒了一口气，不等阿扎泽洛扶起，一翻身坐了起来，轻声问：

“为什么呀，阿扎泽洛？为什么要这样？你把我怎么啦？”她见大师倒卧在一旁，哆嗦了一下，咬牙切齿地说：

“万万没想到……你这个杀人犯！”

“不，不，不，”阿扎泽洛忙说，“马上他就会起来了。唉，你急什么嘛！”

玛格丽特立刻相信了他，因为这赤发妖魔的声音不容人不信。

她感到浑身是劲，生气勃勃，于是一跃而起，帮着阿扎泽洛给倒卧在地上的大师也灌了几滴酒。大师睁开眼睛，射出一股阴冷的目光，怀着满腔仇恨把最后说的几个字又重复了一遍：

“你下了毒……”

“唉，好心不得好报！”阿扎泽洛说，“难道您真是瞎子不成？快好好看看吧！”

大师起来了，以明快的生机勃发的目光环顾四周，问：

“这新的一切意味着什么？”

“它意味着，”阿扎泽洛说，“咱们该动身啦。听，打雷了。天黑了。马蹄在刨着地面，小小的花园在战栗。同这地下室告别吧，赶紧告别吧！”

“噢，我懂了……”大师四下看看说，“你把我俩毒死了，我们已经成了死鬼。现在我全明白啦。”

“唉，什么话！”阿扎泽洛说，“这像是您说的话吗？您的女友不是把您称为大师吗？您不是会思考吗？怎么会成死鬼呢？难道认为自己是活人的人，就一定要置身于地下室，身上穿衬衫，穿病房里的衬裤吗？太可笑了……”

“您说的这些我全明白，”大师叫道，“不要再说了！您一千个正确！”

“沃兰德真伟大！”玛格丽特也附和他说，“沃兰德真伟大！他想出的主意比我强多啦！可千万别忘了小说，小说！”她对大师喊，“不管你飞到哪里，都把小说带上！”

“不必啦，”大师说，“我全都背下来了。”

“可你一个字……一个字也不会忘记吗？”玛格丽特依偎在情人怀里，边擦拭着他额角碰出的鲜血边问。

“别担心，这回我永远都忘不了。”大师说。

“那么，拿火来！”阿扎泽洛喊道，“拿一切都生于兹又毁于兹的火来！”

“火！”玛格丽特发出一声可怕的叫喊。地下室小窗啪地一响，风把窗帘吹向一旁。天空炸响一个短促的焦雷。阿扎泽洛把长着长指甲的手伸进炉膛，抽出一块冒浓烟的劈柴，点燃了桌上的台布，又点着了长沙发上的一沓旧报纸，接着是窗台上的手稿和窗帘。

大师面临着那即将开始的飞翔，激动得已经有点晕眩了。他把书架上的一本什么书扔到桌上，把一张张书页抖开，扔到燃烧的台布上。书呼地腾起了欢快的火苗。

“烧吧，烧吧，过去的生活！”

“烧吧，所有的痛苦。”玛格丽特叫喊。

房间里到处是红色火柱在翻滚，三人带着一股烟气冲出门去，跑上台阶，进了小院。他们一眼便发现房东家的厨娘坐在地上，身边是洒落的土豆和几把大葱。厨娘这副模样还有什么难以理解的呢？三匹黑骏马在杂物间旁打着响鼻，浑身战栗，把泥土刨得四处飞迸。玛格丽特头一个跳上马背，接着是阿扎泽洛，最后是大师。厨娘发出呻吟，想举手画个十字，但阿扎泽洛在马背上对她厉声喊：

“看我不把你的手剁下来！”他一声呼哨，骏马踏断了几株椴树，冲霄而上，直插低矮的乌云。地下室小窗里，刹那间涌出滚滚浓烟。下面传来厨娘那可怜的微弱呼声：

“着火啦……”

骏马已经翱翔在莫斯科上空。

“我想同我们的城市告别一下。”大师对飞驰在前面的阿扎泽洛喊。一阵雷声淹没了后面几个字。阿扎泽洛点点头，催马疾驰，乌云箭似的扑面而来，雨点却还没有降落。

他们打从林荫路上空飞过，只见一个个小人儿为了躲避骤雨，正在下面四散奔逃。雨点洒落下去了。他们又飞过一道浓烟——这滚滚的浓烟，成了格里鲍耶陀夫劫余的全部。他们从已被黑暗吞没的城市上空飞过，电光在头顶掣动。后来，屋顶不见了，出现了一片绿色。这时，大雨倾盆而下，把三条飞翔的影子，变成了莽莽苍苍一片汪洋中的三个大水泡。

玛格丽特已经领略过飞翔的滋味，大师却是头一遭，他万万没料到这么快就能到达目的地，这么快就能飞临那唯一想与之告别的人（此外，他再也没有什么人可告别了）。透过雨幕，他一下子认出了斯特拉文斯基医院的楼房、小河，以及对岸他非常熟悉的松林。他们在离医院不远的林中空地着陆了。

“我在这儿等你们。”阿扎泽洛用双手拢成个喇叭筒喊。他一会儿被电光照亮，一会儿又隐没在灰蒙蒙的雨幕中，“去告别吧，不过要快一点！”

大师和玛格丽特跳下马鞍，一闪一掠飞过医院花园，宛若两个雨中的精灵。又过了一会儿，大师熟门熟路地拉开了一一七号病房阳台上的栅栏。玛格丽特跟在他身后。他们趁着雷鸣电闪，神不知鬼不觉进了伊万的房间。大师来到床前。

伊万躺在那里一动不动，跟上回躲在房里看雷雨时一样。但他没有像上次那样哭泣。他注视着从阳台闪进来的黑影，欠身伸出双手，高兴地说：

“啊，原来是你！我一直在等待，一直在等着你！你终于来了，我的邻居！”

“我又来了，”大师说，“遗憾的是我却再也不能做你的邻居了。我将远走高飞，一去不返。今天，是来同你告别的。”

“这我知道，我猜得出来。”伊万轻声答道。又问：“你见着他了吗？”

“是的。”大师说，“我是来同你话别的，因为最近以来，你是我唯一能谈得来的人。”

“你飞来看看我，这太好了。我一定信守诺言，不再写诗。如今使我感兴趣的是别的事，”伊万笑了笑，用失神的目光越过大师，呆视远方，“我想写点别的。”

听伊万这么一说，大师显得有些激动，他坐在伊万床边说：

“这太好了，太好了。你把它继续写下去吧。”

伊万的眼睛放出光芒：

“你自己，难道不写了吗？”他低下头，若有所思地又加上一句，“哦，对呀……我问这些干吗！”伊万偷偷朝地上瞟了一眼，眼神惊恐不安。

“是的。”大师说。伊万觉得他的声音陌生了，喑哑了。“我再也不想写他了。我有别的事。”

雷雨声中，远处传来一声呼哨。

“听见了吗？”大师问。

“是打雷……”

“不，这是在呼唤我。我该走了。”大师说着站起身来。

“等一等！还有一句话，”伊万说，“你找到她了吗？她还忠诚于你吗？”

“她在这儿。”大师指指墙边。玛格丽特的黑影离开白墙，来到床前。她看看躺在床上的年轻人，满眼伤感。

“可怜，可怜……”玛格丽特俯身向床，无声低语。

“多美！”伊万说话时没有嫉妒，却怀着忧伤，怀着一种平静的感慨，“看你，你们的结局多圆满。我可就差远了。”这时他想了一想，若有所思地加了一句，“不过，这样倒也……”

“是啊，是啊，”玛格丽特俯向床上的伊万悄声说，“我要吻一吻你的额头，你的一切也准会十分圆满……你要相信我，我全看到了，什么都知道了。”

年轻人伸开双臂，搂住她的脖子。她给了伊万一个吻。

“永别了，我的弟子。”大师用将能听得见的声音说，然后渐渐消融在空气中。他隐没了。玛格丽特也同他一道隐没了。阳台上的铁栅栏关了起来。

伊万感到一阵极度的焦躁。他从床上坐起，心惊肉跳地看看四周，甚至还哼了两声，接着，自言自语地站起来。雷雨越发地威猛了，看来，这使他心里惶惶不安。平时早已习惯于静谧的耳朵，听到了门外杂乱的脚步声和低沉的谈话声，这也使他心慌意乱。他发疯似的用颤抖的声音喊：

“普拉丝科菲亚·费奥多罗芙娜！”

普拉丝科菲亚·费奥多罗芙娜走进房来，满腹狐疑，忐忑不安地瞅瞅伊万。

“怎么，怎么啦？”她问，“雷雨吓着你啦？不要紧，不要紧，不要紧，马上给你想办法……我这就去找大夫……”

“不，普拉丝科菲亚·费奥多罗芙娜，不要请大夫，”伊万心事重重地望着墙，而不是女医士，“没什么特别的事。我已经清醒了，您别害怕。您最好告诉我，”伊万诚挚地请求，“隔壁一一八号房间里刚才出了什么事？”

“一一八号？”普拉丝科菲亚·费奥多罗芙娜反问了一句，她的眼睛不知往哪儿藏是好，“那里什么事也没有。”但她的声音显得那么不自然。伊万立刻觉察到了。他说：

“唉，普拉丝科菲亚·费奥多罗芙娜！您是个从不会撒谎的人！……您以为我又会犯病吧？不，费奥多罗芙娜，不会的。您最好有一说一，有二说二。别看隔了堵墙，我可是什么都能感觉出来。”

普拉丝科菲亚·费奥多罗芙娜的善良和诚实还是占了上风。“刚才您的邻居死了，”她悄悄说，随后，又惊又怕地瞧瞧被闪电照得遍体通明的伊万。不过伊万并没有做出什么可怕的反应，只不过意味深长地竖起一根手指说：

“我早就知道！我还可以告诉您，普拉丝科菲亚·费奥多罗芙娜，市里还有一个人，也是刚死。我甚至知道那人是谁，”伊万神秘地一笑，“那是个女人！”

第三十一章
麻雀山上

雨过天晴。一道七彩长虹有如穹门，横贯整个莫斯科上空，朝着莫斯科河水面倒挂下来。在高高山岗的两片小树林之间，出现了三个身影——沃兰德、科罗维耶夫和别格莫特骑在三匹鞍辔整齐的黑骏马上，正在向对岸的城市眺望。成千上万扇西向的窗户，遥对圣处女修道院那缀有许多装潢雕饰的塔楼，在夕照中闪烁着万点金光。

随着一阵破空之声，阿扎泽洛降落在三人身旁——他们正在等待他。大师和玛格丽特也紧随其后，追着他那条黑尾巴似的披风飞落下来。

“又来打扰你们二位啦，玛格丽特·尼古拉耶芙娜，还有大师。”沃兰德沉默了一会儿说，“不过，你们不会责怪我吧？我看，你们也不会为此而后悔。好了，”他又对大师单独说，“同城市告别吧，咱们该动身啦。”沃兰德伸出戴着喇叭筒式黑手套的手，指着对岸在玻璃窗上燃烧的无数残阳，指着笼罩这些残阳的烟雾，和城市里蒸发了一天的水气。

大师跳下马鞍，拖着长可及地的黑色披风，离开了勒马站在一边的几位，跑到悬崖边。大师眺望着城市。起初，他的心头漾起了一丝凄苦的惆怅，随之又变成一种甜丝丝的不安，一种茨冈人即将踏上流浪之途时的激动。

“这可是永诀啊！……真该好好体味一下！”大师舔舔干裂的嘴唇悄声说。他开始潜心捕捉、仔细察辨内心的感受。他觉得内心的激动变成了一种蒙受奇耻大辱的痛切。然而这种痛切并没有持续多久，便如烟逝去了。不知为什么，一种骄矜的冷漠却油然而生，最后，又终于变成了对永恒安宁的预感。

骑士们在等待大师，他们默望屹立在悬崖边的那条颀长的黑色身影——它做着手势，一会儿昂首向上，仿佛将目光投向了城市远端的郊区；一会儿又垂头向下，仿佛审视脚底被践踏的枯萎的荒草。

不甘寂寞的别格莫特打破了沉寂：

“阁下，让我在纵马疾驰之前吹一声口哨，以示告别吧。”

“会不会吓着这位夫人？”沃兰德回答，“再说，可别忘记，今天你所有的这些胡作非为，至此也该告一段落了。”

“噢，不要紧，不要紧，阁下，”玛格丽特横坐在马背上，双手叉腰，窄长的斗篷后襟一直垂到地面，“答应他吧，随他吹去吧。远行在即，我突然觉得心里怪难受的。阁下，您看，尽管你知道这条路走到头就会迎来幸福，但产生这样的感受不也依然十分自然吗？他能让咱们开开心倒也不错，我真怕那种洒泪而别的场面，会把动身时的情绪弄得一团糟。”

沃兰德朝别格莫特微一颔首，后者立即跳下马背，将二指伸入口中，鼓起双腮，打了个呼哨。玛格丽特双耳一阵鸣响，胯下马扬起前蹄，林中枯枝簌簌坠地。一群鸦雀冲天而起，接空烟尘卷向河边。但见河心一艘汽艇正驶过码头，几顶帽子从乘客头上刮到了水中。

呼哨使大师吃了一惊，但他依然没有回头，只是动作变得更加激动不安，举向昊天的手臂仿佛在对城市发出警示。别格莫特得意扬扬地朝身后看了一眼。

“打了个呼哨不假，”科罗维耶夫摆出一副居高临下的口气说，“也的确算得是一声呼哨。不过，平心而论，打得也太一般了！”

“可不，哪赶得上唱诗班指挥呀。”别格莫特有点生气，还突然朝玛格丽特挤了一下眼睛。

“好久没打过呼哨了，让我也来献献丑。”科罗维耶夫说着搓搓手，把手指也伸进了口中。

“你可得注意，千万别伤害着什么！”只听沃兰德在马背上厉声说。

“阁下，请放心，”科罗维耶夫说罢舒掌抚胸，“不过是寻寻乐子罢了，绝对是寻寻乐子……”只见他像个胶皮人似的向上伸拔，右手手指编在一起形成了一个螺旋状的奇妙的东西，然后陡然散开，打出一声呼哨。

玛格丽特耳中根本没听见这声呼哨，只是眼中突见一股大力，把她连同胯下烈马一齐抛到了十俄丈开外，身边一株橡树陡然连根拔起，大地道道坼裂，一直伸展到河边，大片河岸连同码头和一座餐馆崩塌进河心，河水沸腾，激射而上，直冲平坦如砥绿草如茵的对岸，把一艘河上客运汽艇冲上了岸，但船上的乘客却没有一个受伤的。一只白嘴鸦被法果特的呼哨惊死，吧嗒一声坠落在玛格丽特那匹喷鼻刨蹄的坐骑之前。

这声呼哨使大师打了个激灵。他抱住脑袋，跑回那几位正在等待他的旅伴身边。

“怎么样？”沃兰德骑在高高的骏马上转身问他，“告别仪式结束了吗？”

“是的，结束了。”大师说。他已经平静下来，勇敢地直视着沃兰德的面孔。

于是，沃兰德那威严的号角般的声音，在群山之巅回荡开来：“走啰！”接着，响起了别格莫特的呼哨和狂笑。

骏马向前冲去，骑士们腾空而起，飞向远方。玛格丽特觉得，她那疯狂的坐骑正啮噬着、撕扯着嚼铁。沃兰德的披风在整个马队上方飘扬，渐渐遮没了傍晚的天空。刹那间，黑色披风卷起一条缝隙，玛格丽特乘机回首远望，发现身后不仅见不到色彩缤纷的塔楼，和盘旋于塔楼上空的那架飞机，就连整个城市也早已从视野中消失。它陷入地底，只留下了一团浓浓的雾霭。

第三十二章
宽恕，还有永恒的家园

神祇啊，我的神祇！暮色苍茫的大地是多么忧伤！弥漫于泥沼上空的雾幕是多么神秘！一个在这种迷雾中踯躅过的人，一个死前饱经磨难的人，一个背负着力不能逮的重担在这片大地上飞翔过的人，他是深知这一点的。一个疲惫的人懂得这一点。他将毫无遗憾地抛弃大地上的迷雾，抛弃地上的泥沼和河流，心情坦然地投入死神的怀抱。他知道，唯有死，才能使他得到宽慰。神奇的黑骏马也疲倦了，驮着骑手缓步前进。无可逃避的黑夜就要追及他们。就连那不知安宁的别格莫特，也感到黑夜在背后紧追不舍，不再吵闹了。它撒开尾巴，双爪紧抱马鞍，默默地，严肃地飞翔着。

夜，用一条黑色头巾覆盖了森林和草地，在下方深处点燃了几点可怜的灯火——无论玛格丽特还是大师，现在都觉得灯火已与他们毫不相干，再也引不起什么兴味了。夜追及了马队，从上方覆罩下来，把宛若点点白斑的繁星东一把西一把撒落在惆怅的天幕之上。

夜更浓了。它同乘马飞驰的骑手们并驾齐驱，攫住他们的披风，把它们从肩头扯了下来，于是，障眼的幻象被揭穿了。当玛格丽特顶着凛烈的罡风，再次把眼睛睁开时，她发现所有朝着目标飞翔的人外貌全都起了变化。一轮红彤彤的圆月迎着骑手从林边升起，所有幻象全都堕入泥沼，消逝得无影无踪；魔法生成的脆弱外衣，也在雾霭迷蒙中融化了。

如今，谁还认得出大师女友右侧同沃兰德并肩飞翔的人，就是科罗维耶夫——法果特呢？他自称是神秘的顾问先生的翻译，可是那位顾问又哪里需要什么翻译！当这位翻译以科罗维耶夫——法果特的名义告别麻雀山的时候，穿的还是一身破破烂烂的杂技演出服，而现在，骑在马上的却是一位身着紫衣的忧郁的骑士。他轻轻抖动丝缰上的金环，飞行在沃兰德身旁，面无一丝笑意，下颏紧抵前胸，自顾沉思默想。既不举头仰望明月，对大地上的景致也丝毫不感兴趣。

“他的变化怎么会这样大？”玛格丽特在呼啸的风声中问沃兰德。

“这位骑士开过一个不合时宜的玩笑，”沃兰德把他那熠熠生光的独眼转向玛格丽特，回答说，“在谈论光明和黑暗时，他说了一句不成功的双关语。所以这位骑士流落尘世的时间只好比他预想的更长，内容也更丰富。不过，今天这个夜晚，所有欠账都一笔勾销。骑士已偿清旧债，事情过去了。”

夜把别格莫特那条毛茸茸的尾巴也扯下来了。它那一身毛皮全被剥了下来，撕作碎片，弃入泥沼。那只原来比黑炭团还黑的大黑猫，现在竟成了一位身材瘦削的翩翩少年，一位魔侍从，一位旷世难寻的最出色的宫廷侍从丑角。眼下他也不再插科打诨，而是仰起年轻的面庞，沐浴着一轮明月倾泻下来的清辉，无声无息地飞翔。阿扎泽洛飞行在最外侧，一身钢铠闪闪发光。月光也改变了他的容貌。那只不堪入目的獠牙不见了，瞎眼原来也是假的。其实阿扎泽洛的两只眼睛完全一模一样，都是那么空漠无情，漆黑幽深，面孔则苍白冰冷。阿扎泽洛现出了原形——他是荒漠的精灵，魔鬼中的追魂夺命使者。

玛格丽特看不见自己的模样，但却能看清大师变得多厉害。现在他的头发在月光下闪着银光，在脑后结成一根长辫，随风飘舞。天风吹拂披风，露出大师的双腿，玛格丽特看到他穿着长靴，马刺像两颗灿星，在一明一灭地闪光。大师同那位魔少年一样，也仰望着月亮，不过却在朝它微笑，仿佛那是一位爱恋已久的少女。而且，不知为什么，也许是在一一八号病室养成的习惯——他在自言自语。

最后，沃兰德也现出了真面目。玛格丽特说不出他的马缰是什么材料制成的，她想，也许是月光结成的链条吧？而那匹马呢，却只是一团黑气；马脖子上的鬃毛仿佛片片乌云，靴上的马刺宛若晶莹的明星。

他们就这样在沉默中久久飞行着，直到身下地貌发生了变化。一片片忧伤的森林沉没在大地的暗影中，一弯弯寒光闪闪的河流也随之消失。接着，下方出现了一块块闪光发亮的卧牛石，它们之间是一道道月光照不到的黑洞洞的幽谷。

峰顶有一小块怪石嶙峋、景色凄凉的空地。沃兰德在这儿勒住了坐骑。骑手们也都按辔而行，一面聆听着马蹄敲击石块发出的响声。碧幽幽的月光把这块空场照得通亮。玛格丽特很快发现，在如此荒凉的地方居然安置着一把扶手椅，上面似乎还坐了一个白色身影。此人也许是聋子，也许陷入了沉思，竟没有察觉岩石在马蹄重蹈下发出的颤抖。骑士们也不同他打招呼，自顾缓缓向他走去。

月光帮了玛格丽特的大忙，它的亮度超过了最好的电灯。她发现椅子上的人双目似已失明，正急促地搓着双手，用那双什么也看不见的眼睛凝视着一轮圆月。现在玛格丽特又发现月光在那只沉甸甸的石椅上闪烁跳跃，仿佛激出了一束束火花。石椅旁偃卧着一条灰黑色尖耳巨獒，也像自己的主人，心神不宁地注视着月亮。这人脚边散落着陶罐的碎片，汪着一摊暗红色酒浆。

骑手们纷纷勒住胯下坐骑。

“您的小说我们读过了，”沃兰德回身对大师说，“我们只想说一点，那就是它可惜没有结尾。所以我才领您来看看您笔下的主人公。他坐在这里，已经沉睡了将近两千年，然而每当满月，您看，他却仍然要受到失眠的折磨。失眠不仅折磨他，还折磨他忠诚的卫士——这条狗。如果说怯懦是最大的罪恶，那么，狗在这方面大概没有什么可责备的。这只勇敢的狗，它的唯一所惧就是雷雨。不过，有什么办法呢？谁要是爱，谁就应该与他所爱的人分担相同的遭遇。”

“他在说什么？”玛格丽特问，她那安详的面容罩上了一层同情。

“他总是在说着同样的话，”沃兰德说，“他抱怨即使在月光下也得不到安宁，他抱怨有一个很不好的差事。他只要一醒，就总说这些。入睡时梦见的也总是同一个景象：月光铺成的路。他想沿这条路走下去，同囚徒拿撒勒人谈话，因为他认为，很早以前，在春季尼桑月十四日，他还有话没说完。然而，可怜他却说什么也踏不上这条路，没有人到这里来探望他。所以怎么办呢？

他只好自己跟自己说话了。不过，总得要多样化一点才好吧？所以，除了谈谈月亮，有时他也还加上几句别的，说什么世界上他最恨的就是彪炳千古，名扬天下。他说他宁愿像利未·马太那样去当个叫花子。”

“仅仅因为往古的一个月夜，竟要让他忍受一万两千个月夜的折磨，这难道不过分吗？”玛格丽特问。

“弗丽达故事的重演，是吧？”沃兰德说，“噢，玛格丽特，别自寻烦恼吧。这些都很正常，世界就是这样的。”

“放了他吧！”玛格丽特忽然尖声喊起来。这声音跟她当女妖时的呐喊一模一样，震得山顶巨石崩落，顺山坡滚向深谷，在山壑中引起雷鸣般的轰响。然而，玛格丽特说不准这究竟是巨石崩落生成的轰鸣，还是撒旦发出的狂笑。不过，沃兰德的确笑过，他瞅着玛格丽特说：

“身在群山环抱之中，还是别喊的好。此人早已习惯于山崩，不会将他惊醒的。您也不必为他求情，玛格丽特，因为他一直想要与之交谈的那人，早就为他求过情了。”说到这儿，沃兰德又转向大师，“现在，您可以用一句话来结束您的长篇了！”

大师仿佛早就在等待这句话。他始终一动不动站在一旁，谛视端坐的总督。只见他把双手拢在嘴边，回声在寸草不生的荒山秃岭上回旋跌宕。

“你自由了！你自由了！他在等着你！”

群山把大师的呼唤激荡成殷殷巨雷，巨雷又劈碎了群山。可恶的悬崖绝壁倒塌了，坠入了黑洞洞的深渊。只有那块摆着石椅的空场还残存着。而在深渊之上，出现了一座占地无边光焰四射的大都市。一座座金灿灿的塑像高耸于城市之上，俯瞰着经历了千次万次月圆之夜依然那么郁郁葱葱的花园。总督大人梦寐以求的月光之路出现了，它直接伸向这座花园。尖耳巨獒头一个沿着这条路奔去。披着猩红衬里白袍的人，从扶手椅站起来，扯着欲喊无音的哑嗓子呼唤了两声，弄不清是哭还是笑，更听不清他在喊什么。只见他跟着他忠诚的卫士，也沿着月光之路匆匆向前跑去。

“我也跟他到那边去？”大师抖抖缰绳不安地问。

“不，那边的一切已经完事，干吗还要对那种东西亦步亦趋呢？”

“那么，该往这边走啰？”大师回身指指来路。那边展现出不久前刚刚告别的城市，耸立着修道院那一座座雕饰辉煌的塔楼，残阳在玻璃窗上映成万点碎金。

“也不。”沃兰德说，他的声音在山岩上方汇聚成一道洪流，“大师，您可真够浪漫的！有一个人，就是诞生于您的想象而又刚刚被您放走的主人公一直非常想见的那个人，他，已经读过您的长篇了。”沃兰德又朝玛格丽特转过身来：“玛格丽特·尼古拉耶芙娜！您尽心竭力为大师构思了一个最美好的未来，我们也相信这构思能够实现。不过，我想奉献给二位的，而且也正是耶稣为你们所请求的，将比您的设想更美好！让他俩去吧，”沃兰德在马背上俯身凑近大师的马鞍，指着远去的总督说，“还是别打扰他们吧。也许，他们会谈出个结果来的。”说罢，沃兰德朝耶路撒冷那边一挥手，光焰消失了。

“那边，也是一样，”沃兰德指指身后，“你们到那小小的地下室去干什么？”窗玻璃上的万点残阳顿时也熄灭了。“干吗待在那儿？”沃兰德恳切地柔声说。“哦，比浪漫还浪漫的大师哟！难道您真不愿白天跟女友在初放的樱花下散步，傍晚陪她欣赏舒伯特吗？难道您真不愿像浮士德那样，面对曲颈瓶，等着炼出个新的何蒙古鲁士[①]来吗？到那边去吧！去吧！那里已经营造了一个家，老仆在等待着你们。那里的蜡炬正融融高烧，不久就要熄灭，你们很快就会迎来黎明。沿这条路去吧，大师，去吧！别了，我该走了！”

“别了！”玛格丽特和大师同声呐喊。

只见沃兰德不顾脚下有无道路，纵马跃入深谷，侍从们也随之坠落，发出一片轰鸣。周围的一切——山崖、空地、月光之路和耶路撒冷统统不见了。黑骏马也全都消失。大师和玛格丽特见到了方才向他们预告的黎明。残夜的月轮一落，黎明立刻出现。大师和女友披着晨曦的第一线曙光，走在一座长满苔藓的小石桥上。这对忠实的恋人过得桥来，把小溪留在身后，又踏上了铺沙砾的路。

“听，无声的音乐，”玛格丽特对大师说，沙砾在她的赤脚下簌簌轻响，“听，多么静！尽情享受这万籁俱静的天地吧。瞧，前面就是你永恒的家园！这是给予你的报偿。我已经看见威尼斯式的窗和爬向屋顶的葡萄藤。那就是你的家，你永恒的家。我知道夜晚来造访你的，将是你所爱，你所感兴趣的人。不会有谁再来惊扰你。他们将为你弹奏，为你歌唱。你会看到，当烛光燃起时，室内将会散发出一种什么样的光辉。你将永远戴着你那积满油污的便帽入睡，在唇边缀上一朵微笑进入梦乡。睡眠会使你强健有力，你的思考将饱含智慧。你将再也不会把我赶走。我要守

① 见歌德的《浮士德》：浮士德博士的弟子瓦格纳在曲颈瓶中造出了一个小人，叫作何蒙古鲁士。小人带领歌德神游希腊神话世界。

护着你，让你安眠。”

玛格丽特就这样边说边同大师走向他们永恒的栖息地。大师觉得，她说的话就像是身后喃喃低语的那条小溪在潺潺流动。于是，大师那惊恐不安、遍体鳞伤的记忆，逐渐如轻烟般逝去了。仿佛有那么一个人，正在把大师引入一片自由天地，就像刚才他把笔下的主人公引入自由天地一样。主人公一去不返了，消失在无底深渊——他，就是国王占星家之子、残酷的五世犹太总督、金矛骑士本丢·彼拉多。在复活节前夕，他被宽恕了。

尾　声

星期六傍晚，沃兰德在夕照中离开首都，同随从们消失在麻雀山上。之后，莫斯科的情况又如何了呢？总得交代一下才是吧？

好长一段时间，众多荒诞不经之说把整个首都闹得沸沸扬扬。流言飞语很快也传遍了偏僻荒凉的外省各地。这些暂且按下不表。那些流言飞语简直叫人恶心。

此话绝无一点水分。因为笔者前往非奥多西亚时，在火车上就亲耳听说，莫斯科有两千人精赤条条、一丝不挂地从剧场跑上了大街，分乘出租汽车大模大样回了家。

“出妖精了。”在牛奶铺前的长队里，在电车上，在商店、公寓、公用厨房，在远程和近郊列车上，在大大小小的车站、别墅和海滨浴场，到处都听到人们在窃窃私语。

较有文化修养的人，当然不会对首都出现妖精之类的奇谈怪论随声附和，甚至嗤之以鼻，并且力图对传播无稽之谈的人加以开导。然而，正如俗话所说，是真的假不了，不讲出个道道来，就说那是扯淡，看来也未必行得通，因为有人到过莫斯科，格里鲍耶陀夫留下的那堆断垣残壁，还有许多别的东西，就是雄辩的证明。

有文化的人支持侦查机关的观点：作案的是一群会催眠、会腹语的歹徒，手段相当高明。

至于逮捕他们的措施，无论是莫斯科还是外地，倒是都采取了一些，而且行动迅速果断。深为遗憾的是始终劳而无功。叫沃兰德的那个人，带着手下的喽啰逃跑了，此后既未在莫斯科也未在其他地方露面，一点蛛丝马迹都找不到。因而十分自然又产生了另外一种猜测，认为他是逃到了国外。不过国外也听不到他露面的消息。

案件的侦察进行了好久。因为，不管怎么说，这案子的确邪门！先且不说那四幢被烧毁的大楼，还有那数以千计的精神失常的人，光人命就出了好几条。有两点绝对准确：一点是别尔利奥兹，还有一点是莫斯科外宾导游局倒霉的工作人员——前男爵迈格尔。这两个人全都送了命。后者那烧焦的骨头在花园街五十号凶宅大火扑灭后被发现。的确有受害者，死者要求把问题查清楚。

不过，沃兰德离开首都后，倒是出了一批屈死鬼。说来叫人难过，这些屈死鬼竟都是黑猫。约有一百来只这种性情恬静、忠于人类的有益动物在全国各地或被枪杀，或以某种方式被击毙。约有十五六只黑猫先是被折磨得死去活来，又被送进各城市民警分局。例如在阿尔马维尔，就有这样一只无辜的动物，被某公民捆上前爪，扭送到民警局。

这位公民捉猫时，该动物不知为什么正以一副偷偷摸摸的样子，（猫总是这副德行，有什么法子呢？这根本不足以说明它们罪恶累累。它们只是害怕受到比它们更强大的生物——狗或人——的伤害和欺侮而已。伤害和欺侮别人是不难做到的，不过可以断言，无论何种做法，都毫无值得夸耀和尊敬之处。）是啊，正以偷偷摸摸的样子，打算朝牛蒡草丛扑去。

这位公民纵身向猫扑去，随手扯下领带，打算把它捆上，嘴里还恶声恶气地喃喃说：

“好啊！催眠师先生，这回你居然闹到我们阿尔马维尔来了！我们这儿可不怕你！你甭装聋作哑！我们可清楚你是什么货色！”

这位公民拿一根绿领带把可怜的动物前爪一捆，拖了就走，牵往民警局。一路上少不了踢上两脚，还硬逼着它拿两条后腿走路。

“你少装蒜！”公民大喝。他身后跟了一群孩子，尖声吹着口哨。“这是枉费心机！请你跟大家伙儿一样，也站起来走嘛！”

黑猫只有痛苦地转动眼珠的份儿。它生来不会说话，因而也无法替自己辩解。可怜的动物之所以能够得救，首先要归功于民警局，其次是归功于它的女主人——一位可敬的孀居老妇。猫一被送进分局，民警们就发现这位公民身上酒气袭人，故而对他的证词立刻产生了怀疑。恰巧此时老妇从邻居口中得知，她的猫被带走了，于是拔腿便往分局跑，总算及时赶到。她对猫的品行作了再好不过的介绍，说自打五年前就了解它，那时它还是个小猫崽。她敢于为这只猫担保，就像为自己担保一样。她提出证据，说明猫没干过任何坏事，而且从来没去过莫斯科，就连逮耗子也是在本地学会的。

猫被松了绑，交还给女主人，但却已经尝够了苦头：亲身体验了蒙冤受屈的滋味。

除猫之外，某些人也遇到了小小的麻烦。短期被拘留的有：列宁格勒公民沃尔曼和沃尔佩，萨拉托夫、基辅、哈尔科夫的三个沃罗金，喀山的沃罗赫。奔萨被捕的不知为什么竟是一位化学副博士，叫作维钦科维奇。不错，此人也是个大高个儿，黑头发，黧黑的皮肤。

此外，各地还有九名科罗文，四名科罗夫金，两名卡拉瓦耶夫被捕。

在别尔戈罗德站，有位公民被反绑双手，押下了开往塞瓦斯托波尔的火车。都怪他一时心血来潮，想给同车厢的旅客解个闷儿，拿扑克牌变了几套小魔术。

在雅罗斯拉夫尔，正好赶上吃午饭，有位公民捧着个刚修好的气炉子走进饭店。两个把门的一见此公进来，忙从存衣室夺门而逃，接着，饭店所有顾客和服务员全部逃之夭夭。而且，不知怎么一来，女收银员还丢失了全部现金。

趣事多多，不胜枚举。

至于侦查机关，倒是应该再说句公道话。为了要把罪犯逮捕归案，他们不仅尽了最大心力，而且对罪犯所作所为也绞尽脑汁做出了解释。这些解释不能不认为是万分妥帖的，无法推翻的。

侦查机关人员和资深精神病理学家一致得出结论，认为犯罪团伙的成员或其中之一（主要怀疑对象为科罗维耶夫），具有特强的催眠能力，他们有一种本领，就是能使人们在他们不存在的位置上感到他们的存在。此外，他们还能够轻而易举地使任何一个人产生幻觉，认为某人某物位于某处，而实际上该人该物并不在该处。或者相反，可以从视野中移去某人某物的影像，而实际上他们仍在原处。经过这么一解释，一切都水落石出了。甚至连那件最惊心动魄，似乎也最为费解的事——五十号公寓拒捕的黑猫面对弹雨竟然毫发无损——也可迎刃而解了。

自然啰，枝形吊灯上哪有什么猫呀！更甭说开火还击什么的了。便衣的子弹全都打了个空。这时的科罗维耶夫，可能正施展催眠术，让便衣们以为黑猫在吊灯上胡闹，自己则躲在便衣身后，装腔作势欣赏自己那种极为强大、然而却不幸用于犯罪目的的催眠功夫哩！倒汽油烧毁住宅的当然就是他！

自然啰，斯乔巴也根本没飞到什么雅尔塔（此类行动就连科罗维耶夫也无能为力），更没从那地方拍来电报什么的。自从他在珠宝商太太房子里被科罗维耶夫表演的那套猫拿叉子吃醋渍圆蘑的魔术吓昏过去之后，就一直躺着，直到科罗维耶夫捉弄他，往他脑袋上扣了一顶毡帽，把他打发到了莫斯科机场。刑侦局派去迎接他的人，事先也中了他的催眠术，因而也就真把斯乔巴当成从塞瓦斯托波尔飞机上下来的了。

不错，雅尔塔刑侦局一口咬定，他们接待过光着两只脚的斯乔巴，而且为此向莫斯科发了数份电报。可是案卷中却并未找到电报的副本。由此可以得出一个可悲的，但却毋庸置疑的结论：该团伙具有远距离催眠功能，而且被催眠的人不仅可以是个体，也可以是群体。

在这种情况下，犯罪分子可以把一个心理素质最稳定的人搞得发疯。至于说到池座中某人衣兜里冒出一副扑克牌，或是女士们身上衣服不翼而飞，或是贝雷帽发出猫叫等等，那更是属于雕虫小技，不足挂齿！像这种玩意儿，任何一个技艺平平的职业催眠师在任何一个舞台上，都能表演得有板有眼，其中包括把节目主持人脑袋揪下来这类并不稀奇的节目。会说话的猫——这又算得了什么！为了把这么一只猫弄上台给大家表演，只消掌握腹语的基本技术就足够了。科罗维耶夫的手法远远超过了这一水平，这一点难道还有人怀疑吗?

是啊，问题全然不在于什么扑克，或是鲍索伊公文包里的假信，这些全是小儿科！——正是他，科罗维耶夫，驱使别尔利奥兹钻入电车轮下，惨遭横死；正是他，把可怜的诗人伊万·流浪汉搞得发了疯。伊万满脑子装着幻象，噩梦不断，不是梦见古老的耶路撒冷，就是被骄阳晒得一片枯焦、竖着三根十字架的髑髅地。正是他，还有他的团伙，造成玛格丽特和她的女仆娜塔莎在莫斯科下落不明。应该指出，侦查机关已将该案列为重点追查。但有一事尚不明朗：这两个女人是被杀人放火犯所劫持，还是自愿追随该团伙逃跑?根据尼古拉·伊万诺维奇那些颠三倒四、荒谬绝伦的证词，考虑到玛格丽特给丈夫留下的那张要去当女妖的奇怪的毫无理性可言的字条，加之娜塔莎临走时留下全部衣物未动，侦查机关得出结论：女主人和女佣人都像其他所有人一样，也是中了催眠术，并在这种状态下被劫持。接下来顺理成章产生了另一完全正确的看法：犯罪分子迷上了这两个女人的美貌。

可是，让侦查机关百思不解的是：这伙歹徒究竟出于什么动机，竟从精神病院劫走了一个自称大师的疯子?此点只好一直存疑。被劫持的病人连姓名也始终没搞清，就带着个毫无意义的代号——一号楼一一八号——失踪了。

说到这里，案情基本大白。凡事总得有个了结，侦破工作也只好告一段落。

几年后，沃兰德、科罗维耶夫等人在公众的印象中已经淡漠。受到沃兰德一伙侵害的人们，生活发生了好多变化。尽管变化不起眼，微乎其微吧，但总还是该交代几句。

就拿晚会主持人边加利斯基来说吧，在医院治疗三月之后，恢复健康出了院。但杂技场的差事他是没法再干下去了。一见观众蜂拥而上争购门票的热烈场面，那场当众揭底的魔法表演总会再现眼前。边加利斯基只好调离杂技场，因为他知道：每晚在两千观众面前抛头露面，免不了被人指认出来，还得没完没了地被当傻瓜来盘问——究竟有脑袋好还是没脑袋好。这实在太痛苦了。

此外，节目主持人再也快活不起来了，而快活对他的职业来说，又是必不可少的。他落下了一个不幸的习惯：每年春季月圆之夜，他都要陷入惶惶不安的心境。他会突然抱住脑袋，频频回顾，哭泣不止。病虽说发作一阵就过去，但得上了，原来那份工作就难以胜任了。所以节目主持人只好退休，靠积蓄过日子。按他相当节省的预算，这些钱够过十五年的了。

离开杂技场后，他再没同瓦列努哈见过面。瓦列努哈如今已成了个有求必应、谦恭有礼的人，这在剧场管理员中是少见的。因此他赢得了普遍的好感和敬重。比如说吧，爱看白戏的张嘴就叫他恩公。无论何人何时往杂技场打电话，电话里传出的总是那柔和但又有点忧郁的声音：“喂，您找谁？”如果请他找瓦列努哈听电话，那声音马上就会回答：“我听您吩咐。”要知道，瓦列努哈为态度可是吃过大苦头哩！

斯乔巴再也不用在杂技场打电话了。他在医院住了八天，出院之后，马上调到罗斯托夫，当上了一家大型美食城的经理。据传，他把葡萄酒全戒了，如今只喝茶卤子芽泡的伏特加，故而健康大有好转。听说他变得沉默寡言了，而且不愿跟女人说话。

虽说斯乔巴已调出杂技场，但里姆斯基却并未因此而得到他多年来梦寐以求的欢乐。这位财务经理脑袋颤颤巍巍，老态龙钟，在医院和基斯洛沃茨克治疗过一阵子之后，打了辞职申请报告。有意思的是，申请书还是由他夫人到杂技场来递交的。至于说到他本人，即使光天化日之下，也没那个胆子走进杂技场大楼。在那地方他可是见过映着月光咔咔作响的玻璃窗，和那伸向下部窗拴的长胳膊啊！

财务经理从杂技场解职后，转到了莫斯科河南岸的儿童木偶剧院。在这个剧院，他用不着为音响设备跟尊敬的先普里亚罗夫打交道了，因为此公没过多久就调到勃良斯克，担任鲜蘑收购站经理。时下莫斯科人都能吃上腌黄蘑和醋渍白蘑了，边吃边赞不绝口。对于这样的调动，自然人人都会举双手赞成。事情既已过去，现在也不妨明说：先普里亚罗夫是搞不好舞台音响工作的，虽说卖了不少力气，可就是一点也打不开局面。

同戏剧界断绝联系的人除先普里亚罗夫外，还有鲍索伊——尽管此人同戏剧毫无瓜葛，只是喜欢捞几张招待券。如今鲍索伊不用说拿招待券去看戏，就是倒贴他钱他也不看。只要一提剧院，他就谈虎色变。除了戏剧，他比以前恨得更邪乎的就数诗人普希金和天才演员库罗列索夫了。他的仇恨达于顶点，以至于去年在报上看到库罗列索夫镶黑边的讣告，说他如日中天、英年早逝时，鲍索伊气得满面通红，差点没闹个也中风发作，跟着库罗列索夫一块儿命赴黄泉。他失声大吼："活该！"当晚，那位著名演员的死讯勾起鲍索伊无数伤心回忆，于是他对着照临花园街的一轮明月，竟喝了个烂醉如泥。几杯入肚后，那一串挑起他胸中仇恨的人物，影子在他的面前变得越来越长，其中有车切尔，还有美人儿英达，养斗鹅的红毛小伙儿和说话没遮拦的卡纳夫金。

还有些人的状况又如何呢？对不起，他们啥事没有，也不可能出什么事，因为事实上这些人根本不存在。那讨人喜欢的节目主持人不存在，那场演出本身不存在，那位把外币埋进地窖的吝啬鬼——普罗霍夫尼克——的姨妈也不存在。当然，还有那些金喇叭，那些自来熟的炊事员，也统统都不存在。这一切都是尼卡诺尔在可恶的科罗维耶夫影响下做的一个梦。飞进这梦里来的唯一一个大活人，就是萨瓦这个演员。他之所以难于从记忆中消失，是因为常在电台发表演说，因而尼卡诺尔才牢牢地记住了他。这个人才是个实实在在的大活人，别人根本不存在。

那么，阿洛伊奇难道也不存在吗？不，此人不仅存在，而且现在还活着，担任了里姆斯基辞去的那个职位，即杂技场财务经理。

拜访沃兰德之后，过了一天一夜，当火车快到维亚特卡时，阿洛伊奇方在车中清醒过来，明白自己居然在恍恍惚惚之中离开了莫斯科。连外裤都忘了穿，可说不上怎么回事，却又把房东家根本用不上的那本户口本偷着带上了。阿洛伊奇给列车员付了一大笔钱，从他手上弄到一条邋里邋遢的旧裤子，从维亚特卡又转了回来。遗憾的是房东那座小破楼被一场大火烧了个精光，他是再也找不到了。不过阿洛伊奇是个很有办法的人，不出两个礼拜，在勃留索夫胡同就又住进了一个相当不错的房间。几个月后，竟坐进了里姆斯基的办公室。过去斯乔巴的存在让里姆斯基受不了，如今阿洛伊奇也让瓦列努哈深感头疼。瓦列努哈只盼一件事，就是把这个阿洛伊奇从杂技场调走——眼不见为净。有时剧场管理员当着亲朋好友之面也会发上几句牢骚，因为，“像阿洛伊奇这狗娘养的，我活到这么大，还从来没见过！遇到这么个阿洛伊奇，就等着倒霉吧！”

话又说回来，也许管理员有偏见。据观察，阿洛伊奇不但不干坏事，别的什么事也不干。当然啰，如果不算他找了另一个人接替小卖部主任索科夫的话。索科夫已于沃兰德在莫斯科露面后的十个月，患肝癌于莫斯科大学一分部附属医院病故……

时光流逝。几年之后，本书所描写的真实事件已成过去，人们脑中的有关印象逐渐淡薄。不过，事情远非如此，亦远非人人如此。

年年春季，每逢月圆之夜来临，长老湖畔椴树荫下便会出现一个金发碧眼、衣着朴素，三十岁上下的人。他就是历史哲学研究所的伊万·尼古拉耶维奇·波内廖夫教授。

每次来到椴树荫下，他总是坐在他坐过的那张长椅上。那天晚上，早已被人遗忘的别尔利奥兹，临死前曾眼看着月亮化成纷飞的碎片。如今月亮还是这么圆，傍黑时它洁白如玉，接着就变成了金黄色，在当年的诗人伊万·尼古拉耶维奇头上浮动，月亮里头还映着龙和海马的影子。其实，它高悬天心，又何尝在浮动呢？伊万什么都清楚，他全明白。他知道年轻的时候他当了可恶的催眠术的牺牲品，后来总算治好了。同时他也知道，有些东西一直是他无法忍受的。例如春天的月圆之夜，他就忍受不了。只要这个日子临近，只要那曾经照临两簇五炬灯的月亮逐渐由亏转盈，变成金色，伊万就坐立不安，心烦神躁。他吃不下，睡不着，待到月圆之夜来临，他在家就再也待不住了。黄昏一到，他就走出家门，来到长老湖畔。

伊万往长椅上一坐，便开始自言自语，而且一点也不避讳旁人。他一支接一支地抽烟，还眯起眼睛看月亮，再不就盯着他永远也忘不了的转门。

伊万如此这般地盘桓一两个小时后，方起身顺着每次相同的路线离开。他两眼发直，穿过斯皮里多诺夫大街，拐进阿尔巴特街一带的小胡同。

伊万走过一家石油代销店，绕过斜挂着一盏旧瓦斯灯的拐角，悄悄来到一排铁栅栏前。隔着栅栏他看到里头是一处富丽豪华但尚未披上绿装的花园，园内有一幢哥特式小楼，一侧镀上了一层皓月的银辉。一盏防雨灯悬在三开的窗外，楼的另一侧则是黑黢黢的。

教授说不清是一股什么力量吸引他走近这排栅栏，也不知这座小楼住的是什么人，他只知道在这月圆之夜，他是无法跟自己讲清道理的。此外他也知道，在这围栅栏的花园里，每年他都能看到同一景象。

他将会看到一个上了年纪的人坐在长椅上，样子相当体面，蓄着山羊胡子，脸形有点像猪崽。伊万每一次都发现这位小楼居民摆出同一副充满幻想的姿态，抬头仰望月亮。伊万还知道他坐在那儿把月亮观赏一番之后，就会把脑袋转过去，眼睛一眨不眨地盯着洒满灯光的窗口，仿佛等待窗扉会突然大开，窗口将出现罕见的奇迹。

下面将要发生的一切，伊万简直都要背下来了。这时候，他自己也该在墙外找个角落更深地隐蔽起来，因为坐着的那位就要扭转身来惶惑地四下张望，那双痴痴呆呆的眼睛将要在空中搜索，他的脸上则将显现出兴高采烈的笑容。然后他会在一种甜蜜的惆怅之中，冷不防将手一拍，傻里傻气地大声嘟哝：

“维纳斯！维纳斯！……唉，我这个混账……”

“天哪，天！”伊万将会轻叹，将会躲在栅栏外用两只炯炯发光的眼睛盯着神秘的陌生人，“又是一个月光的受害者……一个跟我一样的牺牲品……”

坐着的那位将会自顾嘟哝下去：

“唉，我这个混账！为什么，为什么我没有同她一道飞走呢？我怕什么？我这头老笨驴！居然还领了张证明回来！……唉，这回只好活受罪吧，你这个老蠢货……”

这种状况会持续到小楼黑黢黢的那面有扇窗户一响，一个白色身影出现在窗口，随后，传来一个女人难听的声音：

“尼古拉·伊万诺维奇，您在哪儿？别想入非非了！不怕得疟疾怎么的？快回来喝茶吧！”

往下，当然啰，坐着那位会如梦初醒，假声假气地回答：

“透透气，我想透透气呀，心肝！空气真是好极了……”

说罢，他会从长椅上站起身来，偷偷向楼下正在关起的窗户挥挥拳头，慢吞吞走回屋去。

“他在撒谎，撒谎！哦，天哪，他可真能撒谎！”伊万喃喃地说，离开了花园栅栏，“什么到花园来透透气！他分明是在月亮上，在花园里，在空中看见什么了！啊，只要能洞悉他内心的秘密，只要能搞清他失去的维纳斯究竟指的谁，付出多少代价我也心甘情愿。看他至今还伸出双手在空中抚摩，莫非是想要抱住她不成……”

回家之后，教授已全然陷入病态之中。他的妻子装作看不出来，催他赶紧就寝。可她自己却不睡，而是展卷向灯而坐，用凄然的目光看着睡去的丈夫。她知道黎明前伊万会发出一声惨叫醒来，然后嘤嘤啜泣，在床上辗转反侧。所以，在灯下的桌布上，放着一支泡在酒精里的注射器，还有一只内装茶色药液的安瓿。

只有到了这时，同这位病势沉重的人结为伴侣的苦命女人，

才能稍得空闲，放下心来睡上一觉。伊万经过注射，可以一觉睡到大天亮，他面带幸福的表情，做着妻子无法知晓的圣洁而幸福的梦。

这位学者在月圆之夜从睡梦中惊醒，发出可怜的叫喊，每次都是因为同样的原因。他梦见一个面目狰狞，没有鼻子的刽子手跳过来“嘿”的一声，挺起长矛向绑在十字架上已经失去神智的赫斯塔斯心口刺去。刽子手模样固然可怖，可头上乌云中射出的那股怪光却更为瘆人。梦中乌云翻滚着向大地压来，仿佛整个世界的末日已经临头。

注射一针后，梦中的一切全变了。从床前到窗口，铺开了一条宽阔的月光之路。有个人裹着一领猩红衬里的白袍，踏上这条路向月亮走去。他身旁还有一个年轻人，身穿褴褛的希腊长袍，脸上伤痕累累。两人边走边热烈交谈，辩论，想要在某一点上达成一致意见。

“神祇啊，神祇！”裹白袍的把高傲的面孔转向旅伴说，“多卑鄙的死刑！不过，请问，”这时他脸上的高傲不见了，口气变得十分恳切，“死刑不是没有执行吗？求求你，说呀，是不是没有执行？”

“当然没有执行啦，”旅伴沙声说，“那全是你的幻觉。”

“此话当真？你能发誓吗？”裹白袍的人讨好地问。

“我发誓！”旅伴说，眼睛里不知为什么含着笑意。

“别的我什么也不需要！”裹白袍的人扯着嗓子喊。他引着旅伴，径直向高空的月亮走去，一头尖耳巨獒庄严地紧随其后。

这时，月光沸腾了，从中涌出了一道四下横流的月光之河。主宰一切的月光在嬉戏，在舞蹈，在淘气。月光的清流逐渐汇聚成一位绝色女子，她拉着一个人的手向伊万走来。那人留着大胡子，忐忑不安地环顾着四周。伊万立刻认出来了，那正是曾在半夜造访过他的一一八号。伊万在梦中向他伸出双臂，迫不及待地问：

“一切的结局难道就是如此吗？”

“是的，我的学生。”一一八号回答。那女子走到伊万面前说：

“当然是这样。一切都结束了，一切正在收场……让我吻一下你的额头，这样你就会事事称心如意的……”

她俯身在伊万的额上亲了一下。伊万向她迎上去，凝视着她的双眸，她却向后退去，退去，同她的伴侣一道，飞向月亮……

于是，月亮开始发狂了，它把一股股银光朝伊万倾泻过来，向四下里泼溅。房间里的月光像洪水在泛滥。银光四溢，暴涨，淹没了床榻。也正是这时，睡梦中的伊万露出了幸福的微笑。

早晨醒来时他默默无言，内心充满了恬静安谧。身体又康健如常，伤痕累累的记忆也平复如初。直到下一个月圆之夜，不会再有人来打搅教授了——无论是给赫斯塔斯行刑的没鼻子的刽子手，还是那残酷的第五任犹太总督——骑士本丢·彼拉多。

译后记
布尔加科夫和他的《大师和玛格丽特》

1995 年秋天的莫斯科。一个阴冷潮湿的星期六下午。我跟 J 来到新处女修道院公墓，漫步在幽静的小径上。我心中一直有一个愿望，就是要去看看布尔加科夫的长眠之地。那一天终于有了机会。

凄风冷雨满地黄叶使墓地笼上了一层伤感。我们循着一排排墓碑寻找作家的安息之所。我们并不指望能在高大的方尖碑林中找到作家的坟墓。布尔加科夫生活的清贫和种种不如意的遭际告诉我们，质朴应该是他墓碑上最好的装饰。然而，当寻找的结果把我们带到一座完全可以称之为鄙陋的墓前时，我们还是惊讶了。同周围那一座座以大理石和花岗岩装砌得庄严雄伟、竖立着高大精美雕塑的豪华墓冢相比，它显得那样寒酸：一圈高不足一尺的锈蚀的长方形铁栅栏，拦出了一块狭窄的土地，上面浅卧着一块未经任何打磨的磨盘大小的粗糙的石头，透过斑驳的苔痕，依稀可以辨识出两行浅浅的字迹：

作家米哈伊尔·阿法纳西耶维奇·布尔加科夫

（1891—1940）

叶莲娜·谢尔盖耶芙娜·布尔加科娃

（1893—1970）

这就是布尔加科夫和他夫人的合葬墓。它低洼，潮湿，简陋。然而，奇怪的是，就是这样一座坟墓，给人带来的感受却并非凄凉。我忽然发现，原来是那几束整齐摆放在墓石上的黄白红相间的亮丽的玫瑰和石竹，使墓前经过的人们感受到一种隽永的生命活力，一种弥漫于湿润空气中的温馨，一种深切的永恒的怀念。

我们伫立良久，感慨万千，默默沿小径向墓地深处走去。这时，身后一阵活泼的喧声笑语吸引了我们的注意：原来一群少年在一位女教师引导下，正朝着我们刚刚离开的坟墓走去，看样子大约是六七年级，为首一名女生手捧一大把鲜花。学生环墓而立，鲜花摆到了那块粗糙的墓石上，响起了女教师清越激动的解说声……

我的记忆中永远留下了这一场景。它生动地说明布尔加科夫在千千万万普通俄国人心目中无上崇高的地位。如今，在那块广袤的土地上，他的名字无人不知，无人不晓。他杰出的代表作《大师和玛格丽特》当之无愧地被奉为经典，与普希金、陀思妥耶夫斯基、托尔斯泰等大师的著作交相辉映，共同成为俄罗斯文化和文学最高成就的象征。

米哈伊尔·阿法纳西耶维奇·布尔加科夫诞生于 1891 年 5 月 3 日（旧俄历）。父亲是基辅神学院的一位副教授。膝下三男四女，米哈伊尔是老大。有了这样一大群子女，个个要受教育，家境之窘困可想而知。直到 1906 年，父亲因病去世后，为了照顾家属能拿到教授的抚恤金，经同事们请求，父亲才被晋升为教授。

1914 年俄国卷入第一次世界大战时，布尔加科夫正由基辅大学医学院毕业。他立刻参加了野战医院的工作，不久即获得优秀医生称号。后来，他又志愿受红十字会派遣，上了前线。他的第一个妻子塔姬亚娜充当护士，与他同甘共苦，一起工作到 1916 年 9 月。后布尔加科夫接到通知，正式应征入伍，成为二线军人，他同妻子在地方医院工作，直到 1918 年初。

十月革命的浪潮波及地方后，混乱的局势使医院工作难以为继。这段时间布尔加科夫目睹了故乡的历史剧变：乌克兰大地上不断更迭着彼特留拉、邓尼金、盖特曼、德国人和布尔什维克的旗帜。1918 年 2 月他同塔姬亚娜回到基辅，靠开一家诊所维持生活，等待局势的明朗化。这期间他饱经惶惑和痛苦。思想的矛盾、疑虑，心灵的动荡、追寻，后来都化成《白卫军》等作品中人物的感受。

1919 年秋，布尔加科夫为了寻找早已参加白军、在战乱中失去联络的弟弟尼古拉，只身前往白军占领的高加索地区。在这里开始了文学生涯。他先是参加《高加索》报的编辑工作。不久白军逃离符拉迪高加索，而他则因斑疹伤寒复发，留在当地。苏维埃政权接管报纸后，布尔加科夫被任命为文学版主编，并从事戏剧创作，成为当地极有影响的剧作家和文学工作者。

然而，莫斯科才是布尔加科夫梦寐以求想要一展才华的地方。1921 年秋，他告别南方，经基辅来到首都，开始以文学为生。然而，首都文学界对这位不知名的文学青年十分冷淡。他好不容易找到一家私人办的《工商时报》，当了一名简讯编辑，以图生计。偏巧六期之后，报纸由于不景气而停刊，他只好再次为寻职而四处奔走。期间他写通讯，写小品，打零杂，在生存线上挣扎。艰苦的努力没有白费，情况渐渐好起来：他的特写、短篇、小品在阿·托尔斯泰主编的《前夜》报文学副刊上不断刊出，引起文学界广泛重视。读者们多为作者敏锐的洞察力、犀利的笔锋、幽默的风格和深刻的心理把握所倾倒。布尔加科夫在最挑剔的莫斯科文苑开始小有文名，文坛泰斗们认为他大有希望。这时，时间已到了1922年末。

当时，俄国正处于由乱入治的变革时期。莫斯科是变化的中心。革命时期的动荡和狂热正逐渐让位于经济与秩序的恢复。新经济政策的实施给社会带来了复兴和繁荣的希望。布尔加科夫也从惶惑中走出来，对新生活充满了赞许和期待。他在这一时期的小品和特写，清晰地展示了这些特点。作品几乎全是当时各种活生生事件的评论和报道，充满了健康乐观的情绪。对于苏维埃国家的未来，充满了信心；对于新条件下产生的贪婪庸俗、唯利是图、损公肥私等人性弱点，给予了无情的嘲讽和鞭挞。

从1923年初开始，布尔加科夫作为作家和记者的地位已经相当牢固。发表作品的园地不仅有《前夜》副刊，还有《劳动报》《汽笛报》《教育工作者之声报》……一个偶然的机会，经朋友介绍，布尔加科夫加入《汽笛报》编辑部，成为这里的固定工作人员。20年代初期的《汽笛报》编辑部是一个群星荟萃之地，在这里工作的有卡塔耶夫（《时间呀，前进！》的作者）、奥列沙、斯拉文、萨扬斯基、伊利夫、彼得罗夫（《十二把椅子》《金牛犊》等长篇的作者）、别列列申、帕乌斯托夫斯基（《金蔷薇》的作者）等后来驰骋于苏联文坛的重要人物。这段生活对布尔加科夫的重要性不言而喻。他的《袖头札记》酝酿出版已有好长一段时间，不过始终没有多大进展。令人喜出望外的是另一部讽刺小说集——《群魔乱舞》却问世了。这时已是1924年3月。长篇《白卫军》也在《汽笛报》连载。不久，大型文学杂志《俄罗斯》又同他签订了全文刊载《白卫军》的合同。1925年2月,《地心》丛刊第6期发表了他的另一部重要讽刺长篇《不走运的蛋》。

文场得意的时候，作家的婚姻生活却发生了变故。同他患难与共、经历了战乱风雨的妻子塔姬亚娜同他分手了。第二位妻子柳芭是一个聪颖、漂亮、有活力、有艺术修养的女性。我在这里无意评说作家的私生活，只想说他同第一位妻子的离异显然是受到当时苏联社会男女关系的所谓“开放”风气（“一杯水主义”，换个情人就像喝杯白开水那样简单）的影响。可叹的是塔姬亚娜直到最后仍深爱着他。而他在临终前对前妻表达的歉意，说明这次离异在他的心中，始终是抹不去的阴影。第二位妻子很快便成了他在各方面不可缺少的帮手。

1925年3月，布尔加科夫完成了他的第三部长篇——《狗心》。对于布尔加科夫来说，这部作品也许特别重要，因为在这部作品中，他让想象力张开了强劲有力的翅膀。这段时间是作家一生中最幸福的时光。文学事业的成功，爱情的温馨使作家焕发出无穷的创造力。他在文学聚会上朗诵自己的作品，耳边不时响起好评，读者中开始出现他的崇拜者。许多人在等待着《狗心》的发表。布尔加科夫手头正在改编的戏剧作品有《倒霉的蛋》《狗心》，正在写作的剧本有《佐伊卡的住宅》《血红的岛》。著名导演斯坦尼斯拉夫斯基非常看好他的戏。

然而，令人懊丧的事情还是发生了。《狗心》未能通过审查，《袖头札记》又被拒绝发表。1925年10月，剧院提出剧本《白卫军》需要彻底修改（后更名为《图尔宾一家的日子》)。还有更糟的：《消息报》上发表了对他《群魔乱舞》的评论，给他的讽刺扣上了对苏维埃制度恶毒攻击的帽子。接下来几乎所有的作品都受到了批判，文章最后累计竟达创纪录的298篇之多。他的《白卫军》《逃亡》等以深入揭示白卫军内心世界复杂性为特色的作品，成了“美化白军”的罪证，成了公开的“反革命文学宣言书”。顺理成章，布尔加科夫也成了“敌对势力在文学界的代表”。

应该指出，这种现象的产生，固然同苏联当时的政治气候有关，但更直接的是同20世纪20—30年代苏联文坛的极左思潮泛滥有直接关系。在狂热的极左思潮鼓动下，人类一切有价值的文化遗产都受到攻击，一律被贴上“资产阶级”的标签。当时流行着年轻诗人基里洛夫的一首诗——《我们》，里头有几句尽人皆知的话：“为了我们的明天，火烧拉斐尔！砸烂博物馆！把艺术的花朵踏成泥！”围绕文化遗产展开的激烈争论，实际早在十月革命之前的俄国就已经开始。某些自诩为“马克思主义理论家”的人物认为，莎士比亚虽是文坛巨匠，但也只不过是一个意义和价值“仅仅局限于自己的时代”的角色，如今早已“过时”了。托派文艺理论家阿维尔巴赫、列日涅夫等则公开号召“无产阶级要起来推翻一切不符合自己观点的文化艺术倾向”。当时的文坛主宰“岗位派”公开号召“重新翻耕文学土地”，“把屠格涅夫、托尔斯泰、契诃夫、果戈理统统送进博物馆”！

岗位派兴起的这种极左时刻，正是布尔加科夫的创作步入成熟期——《群魔乱舞》和《白卫军》即将完成，一颗文学新星即将升起的时候。试想吧，就连高尔基也不再是“领头的鹰”，而只是一条“不左不右的蛇”，费定、阿·托尔斯泰、伊万诺夫、列昂诺夫等人都只是“革命同路人”。在这种情况下，一颗受到传统文学深刻影响，力图以创作实践在传统美学和当代美学之间架设起继承桥梁的文学新人，受到岗位派“迎头痛击”，又有什么奇怪呢？

从1925年到1927年，布尔加科夫的创作越来越受到各方面重视。高尔基从意大利写信回来问《白卫军》是否已有单行本问世。沃罗申指出，《白卫军》是一部“非同凡响的、独具特色的东西。以处女作而论，完全可以同陀思妥耶夫斯基或托尔斯泰的处女作比美”。作者把小说情节的发展巧妙地架构于尖锐激烈的社会矛盾和冲突之上——既有时代的矛盾冲突和紧张的历史风云作为背景，更重要的是还充分展现了人物命运的冲突、性格的冲突和复杂的心理矛盾。在《白卫军》中，布尔加科夫大展心理大师的风采。主人公是一群友爱、诚实、正派的人，他们爱国，有高度的公民责任感，有自己成形的道德观念。战争和革命冲击了他们的理想和生活。他们痛苦、彷徨。生活要求他们就跟谁走、拥护谁、反对谁、维护什么样的理想和价值的问题做出回答。作家以非凡的洞察力和高超的技巧表现了这一惊心动魄的、痛苦的、无比丰富复杂的内心过程。《白卫军》之前，苏维埃文学很少有把白卫军作为人来表现的，他们仅仅是贴上了阶级斗争标签的固定模式而已。

1926年10月，根据长篇《白卫军》改编的话剧《图尔宾一家的日子》正式公演，取得极大成功。俄国最具权威性的小艺术剧院连演数月，每星期三场，居然场场爆满。另一部戏《佐伊卡的住宅》从1926年10月起在瓦赫坦戈夫剧院公演，连演两年，居然没有从剧目上撤下来。这可以说是史无前例。接着又是剧本

《逃亡》获得的巨大成功。布尔加科夫成了家喻户晓的剧作家。

然而，到了20年代末期，特别是30年代初期，苏联社会的阶级斗争形势日趋尖锐。占据文学领导岗位的“岗位派”动员了全部力量，把意识形态的争论变成了宗教裁判所式的对“异端分子”的直接政治迫害。从1929年开始，布尔加科夫的剧一个接一个撤下舞台。报刊上对他点名批判的口气也越来越严厉和粗暴。马雅可夫斯基的诗毫不客气地把他叫作“新布尔乔亚”。他的作品也不再有刊物和出版社发表。他的希望破灭了。作为一个作家，连生存也受到威胁。他向当局要求自我放逐——把他放逐到苏联以外的地方。可是没有人理他。在这种情况下，他给斯大林、加里宁、斯维尔德洛夫、高尔基等人写信。1930年3月28日，斯大林亲自打电话给他。不久，又安排他到艺术剧院，在斯坦尼斯拉夫斯基的领导下工作。

布尔加科夫懂得，他的当代题材的创作生命结束了。作为一个作家，这当然意味着巨大的痛苦，但他无可奈何。此后十年，他几乎全力以赴投入历史题材戏剧的创作中。他先后搞了《莫里哀》《死魂灵》《幸福》《亚当和夏娃》《普希金》等剧本。他还写了一个反映斯大林早期革命活动的剧本——《巴统》，只是很不成功。在剧院，他又编，又导，又演，是一个全才。有什么办法呢？要活着就得干活，就得写，就得编。说不上喜欢，也说不上不喜欢，反正就得挣工资。这一时期他还写了一部反映剧院生活的长篇——《剧院罗曼史》，还算是他愿意写的东西吧。自20年代末开始，这部东西一直断断续续地在写。都是那些紧赶慢赶要完成的剧本，才限制了它的一气呵成。他想在书中尽情把那些权贵们嘲笑一番，为才华横溢的苦命人一掬同情之泪，可又不得不为了别的“活儿”把它搁下。1936 年末又把它捡起来了，但始终也未能完成。

不过，所有这一切，若同他那呕心沥血之作——《大师和玛格丽特》相比，都显得不那么重要了。

《大师和玛格丽特》断断续续写了十年。即使重病在身，也一直没有停止过。他的第三个妻子叶莲娜·谢尔盖耶芙娜常常是手执铅笔，坐在床前，记录作家疾病缠身时的口授，帮助他一遍又一遍完善手稿。直到最后，布尔加科夫也没有来得及完成一份清稿，就匆匆离开这个世界而去。因此，当这部著作经过二十多年的风雨沧桑终于有机会同读者见面时，仍需要经过他的遗孀叶莲娜·谢尔盖耶芙娜再次整理。

1966 年，在暖风频吹的苏联文坛“解冻”的日子里，在所有局内人的一再呼唤声中，大型文学刊物《莫斯科》终于发表了这部堪称 20 世纪俄国文学最重要作品之一的《大师和玛格丽特》。由于当时苏联国内的政治形势，作品在发表当时删节了许多仍感尖锐敏感的段落和字句。长篇发表后，全国沉浸在文学的亢奋之中。人们在感叹这部长篇气势恢弘、结构奇巧、哲思深邃、人物丰满、想象奇特、语言优美、讽刺有力、抒情真挚、手法新颖的同时，对作者意图表现的主题展开了热烈讨论。这才发现，原来对于这同一本书的理解，每个人几乎都不一样，而且有时差距竟那么大。国外对这部巨著的反响也空前热烈。不久，几乎各种文字的译本就问世了。评论的文字如潮。美国一个学者甚至认为《大师和玛格丽特》是半个多世纪苏联文学存在的唯一价值所在。这当然是偏颇之言，但从一个侧面反映了作品在世界上引起的反响之巨大。

1973 年 12 月末，莫斯科文学出版社出版了布尔加科夫的一卷集，其中对 1966 年期刊版的《大师和玛格丽特》作了补充。编者说明，这是根据手稿作了全面整理的结果，后来出版的《大师和玛格丽特》基本都是根据这个版本。读者现在看到的这个译本，是根据莫斯科文艺出版社 1992 年版的《布尔加科夫文集》（五卷本）翻译的。五卷本《文集》整理研究了作家留下的大量手稿，并加了注释，可以认为是目前最完善的版本。版本问题之所以变得复杂起来，主要是因为这部长篇作者没写完就去世了，最后的文本是他的夫人叶莲娜·谢尔盖耶芙娜整理提供的。作者在生前留下了大量异文，有待于学术界作进一步研究和考订。

我不想对《大师和玛格丽特》的“主题思想”作什么阐述。对于它，每个人有每个人的理解和感受。还是把这一过程留给每一位读者自己去完成吧。我只想说，这是一部非常情感化和个性化的书。特别是其中的好多人物形象，显然是以独特的方式表现了作者对人生对世界的独特感悟。魔王沃兰德（撒旦）就是这样一个形象。他原是脱离人世“超然物外”的阴世主宰。他以一种毫不动容的冷静，在顷刻之间对生与死这样的重大问题做出无法抗拒的决断。然而在魔鬼般冷漠的表面之下，隐藏的难道不是一颗充满同情与怜悯的心吗？所以在布尔加科夫笔下的这部长篇中，撒旦竟成了惩恶扬善、主持正义的力量。对人性的深刻了解，对人类内心激情的洞悉，对人的命运的同情，使他成为戴着撒旦面具的天使。他不能容忍任何虚伪和欺骗，杀伐褒奖都有十分明确而公正的标准。话又说回来，谁能否认这一切的判断标准都是作者赋予的呢？归根结底，沃兰德的所作所为，都是作者良心和智慧的曲折表现。另一方面我们又不难发现，沃兰德及其一伙身上的许多东西，都是以传统世界叛逆的形式出现的——传统对善恶的理解也好，传统的道德规范也好、价值观也好，在他们身上都被否定了，或是做了某种程度的修正。这样做的原因，也许是出于掩饰作者本意的需要，但也许更大程度上是因为问题本身就非常复杂，以致很难做出线性答复和简单的是非判断。仅以对待暴力的态度为例，有时，唯有暴力方能剪除阻碍进步和正义的罪恶："大恶人"会令某些人流眼泪，可也许更多的人却因此而得到幸福和欢乐。从这样的视角来看世界，"邪恶"完全可能促进人类的福祉。流行的观点认为魔鬼撒旦是邪恶的化身，可作者的眼睛恰恰看出其中的误谬。所以当沃兰德和他的"犯罪团伙"最后显现自己的真面目时，我们都看到了骑士们那高贵、伟岸、光明的形象。正是透过种种"双重扭曲"或者"否定之否定"的处理手法，沃兰德"匪帮"才成了作者寄托意愿、理念、希望的化身，"邪恶"才成了布尔加科夫笔下的正义之剑。

彼拉多和耶稣也是一对体现了作者复杂理念的形象。有人仅仅把他们看成是恶和善的图解，似乎有把复杂的事物过于简单化之嫌。彼拉多这个形象显然不是浑然的，而是分裂的。他继承了俄国文学写分裂人性的传统，并把它发扬到了极致。这种分裂使人物始终处于矛盾之中。无限权势和有限可能，有心主持公正和身不由己，强大有力和无能为力构成了他分裂心理的基础。他是一个权臣，但也是一个有良心的人。他威严凶狠，但又孤独脆弱。冷漠的外表下隐藏着他对流浪哲学家耶稣火热的同情。他虽握有生杀予夺大权，但又不能拿自己的身家地位去冒险，所以他只好压制内心的激愤与冲动，把明显的不公正作为现实接受下来，与它们妥协。在国家机器和法律面前，他觉得自己无能为力，于是他想出了一种更加残忍，更加狡诈诡谲的手段，而其最终的目的也许只不过是报复——为自己受到伤害的自尊而报复。彼拉多永世的痛苦来源于他良心的折磨：一个强有力的人意识到自己的软弱，一个勇敢的人意识到自己的怯懦，一个可以行动的人意识到自己的无能为力。在他的身上，也许可以看到作者对当时某些国家权要面对历史选择时处境的理解。从这个角度看来，把彼拉多看作作者历史观、自由观、个人价值观的解说，也许不无道理。从他的身上，我们看到了作者对善与恶的相对性和可转化性的肯定。

耶稣体现了作者复杂理念的另一面。那是一个目无权势的人——因为他根本不知权势为何物，所以也就无从产生对于权势的畏惧。他的心灵是自由的，就连行动和举止也表现得那样天真烂漫，无拘无束。对于社会的权威舆论，他可以毫不在意，因为他已经超越了社会和时代的统治理念，从而步入了一个新境界。他为时代诞育了一种新思想，新道德。（作者并没有去写那些新思想新道德，因为那不是他的任务。）这给了他以巨大的心理道德优势。因此，在同彼拉多的永恒的争论中，他才显得那样毫不矫饰的单纯，那样毫无惶惑的完整，那样充满自信的安详，那样富有生命气息的有力；而他的强大对手，则永远陷于难以抗御的性格分裂的痛苦之中。

象征手法的广泛运用构成了这部长篇引人注目的重要特征之一。这一点也同作品的高度感情化个性化有着密切联系，因为它实际是一种表现作者深层意图和隐蔽目的的有力手段。它不仅表现为个别细节的描写，如月光、雷雨、黑气、焚烧的手稿、一汪如血的酒、没有身体的西装等等……而且，还体现在许多完整情节和冲突的安排和设计上，如杂技场的魔术演出，合唱团的走火入魔，花园街 50 号公寓、格里鲍耶陀夫小楼、特供副食商店、大师居住的地下室等连续四场大火……应该指出，长篇的这种写作手段一定程度上产生于特定时代的政治环境。然而有了它，也深化了魔幻与现实之间的有机联系。对于不熟悉苏联 20 世纪 30 年代政治历史背景的读者来说，对于长篇的种种情节和人物，肯定要产生多种基于各自生活经验的解读，这是十分自然的。我甚至以为，今天的读者大可不必顾及当时的种种具体社会历史条件，不必顾及作者浸润于人物和事件的隐秘感情色彩，从一个全新的时空和环境感受出发，来欣赏长篇对于人物、事件、场景和矛盾冲突的描写。这样对作品得出的理解，将会使你得到全然不同的审美感受。事实上，俄国社会的新一代读者正是这样做的。

长篇无与伦比的高度结构技巧是另一引人注目的艺术特点。多重社会背景，多维时空观念，多种透视角度，使作品的画面变得异常复杂起来。在这方面，布尔加科夫表现了超凡的艺术驾驭能力。罗马帝国时代的耶路撒冷，苏维埃俄国的莫斯科，时间和空间完全淡出的人间仙境……共同编织出一幅完整的历史与现实交汇、幻想与生活统一、艺术与哲思交融的绚丽长篇画卷。天马行空般的时空变化，眼花缭乱的魔幻情节，严格的现实描写和堪称经典的抒情段落……水乳交融般结合在一起。作者调动起了丰富圆熟的艺术结构才华和表现手段，把两千年跨度的惊心动魄的历史场景统统有机地纳入了两天的实际叙事时间之中，显现出结构大师高超的叙事才能和缜密精巧的构思。这一切又同作者寻求善与恶相对性和可转换性的答案，思考生活的价值，探寻社会革命的历史意义和代价等目的，完全有机地融为一体，使长篇成为20世纪俄国文学长篇中结构技巧的典范。

布尔加科夫作为心理大师的特色，在长篇中发挥得淋漓尽致。技巧的圆熟，描写的细腻深刻，在20世纪的苏俄文学中堪称楷模。作家善于通过行动和事件描写，揭示人物内心的细微变化，使每个人物都有血有肉地呈现在读者面前。对大师和玛格丽特的描写是这样，对彼拉多、沃兰德也是这样。甚至书中的每个次要人物形象，也不乏心理描写的闪光之笔。布尔加科夫特别善于营造环境和气氛，以烘托人物心理的微妙变化。可以毫不夸大地说，彼拉多的形象在心理描写方面为文学做出的贡献，已经超出俄国文学的范围，成为人类永恒的共同文学财富。

布尔加科夫是语言大师。他的文字准确、洗练、流畅，富于层次，有普希金的雄浑、明快和质朴。清丽脱俗，雍容华美，没有矫饰，没有“污染”，没有拖泥带水。长篇中许多人物和场景的语言运用，被公认为具有无可动摇的典范地位。其中雷雨、飞翔、舞会、耶路撒冷、麻雀山等章节，可以与俄国文学中最优美的散文章节并列而毫不逊色。

《大师和玛格丽特》是一个极为复杂的多层面艺术现象。每一个读者都可以从书中找到“自己的布尔加科夫”，但真正的布尔加科夫在哪里，至今仍是一个争论中的问题。因此，对长篇中的许多人物——彼拉多和沃兰德，耶稣和大师，科罗维耶夫和别格莫特……对长篇中的许许多多情节，存在着各色各样的解读，也就不足为奇了。这样的讨论已经延续了几近半个世纪。就拿一个最普通的问题来说——谁是这部长篇的主人公？尽管书名叫作《大师和玛格丽特》，但要肯定地回答这样一个问题，依然很费思量，也许一时还难以得出结论。是沃兰德吗？是耶稣吗？是彼拉多吗？是大师吗？是玛格丽特吗？都未必合适。长篇的情节显然都不是围绕他们展开和发展的。如果仔细琢磨，形式上还真有着一个人物处于这样的地位，那就是诗人伊万·流浪汉。不过，读者，这样的看法你能同意吗？显然也未必。那么，这种独特的复杂性，是否可以算做本书最大的艺术特色呢？它至少可以让你得到无穷的遐思和隽永的回味吧？

1940 年 3 月 10 日，布尔加科夫在莫斯科去世。

苏联著名作家法捷耶夫在 3 月 15 日致布尔加科夫夫人的信中，对死者有一段这样的评价："我立刻就意识到我面对的是一个惊人的天才，一个心地诚挚、禀性耿直的人，一个聪明出众的人。即使在他陷入沉疴的日子里，跟他谈话也依然趣味不减。这种情况在其他人身上是少见的。无论政治家还是文学家，都了解他是一个从不在创作中和生活中用政治谎言玷污心灵的人。他走的是一条真诚的路，是始终如一的。"

法捷耶夫的这段文字，源于长期观察，发自肺腑，客观准确，恰如其分。在当时要写出对布尔加科夫这样的评价，极为难能可贵。还有许多朋友和亲人在回忆中说，他不仅是一位全才的大艺术家，而且是一个非常善良，富于同情，毫无自私之心，英勇无畏，敢于坚持原则，品格十分高尚的人。即使在一生中最艰苦的时刻，也从来没有丧失过信念，丧失过乐观精神和幽默感。他总是相信善良和光明必将取得胜利。

布尔加科夫度过了艰难曲折的一生，命运是悲剧性的。他留下的丰富文学戏剧遗产，死后才得到应有的评价。然而，当年他的写作条件和环境却是那样恶劣。他被切断了同读者观众之间的活生生的直接联系，他的每一部新作都受到可怕的无端怀疑，总是有人想要在里头挑出无稽的“政治问题”来。但布尔加科夫从来没有动摇过对祖国和人民的信心，所以，当斯大林问他是否有移居国外的打算时，他明确地说出了自己的回答：一个俄国作家是不可能脱离祖国而生存的。

今天，人民对他的热爱构成了对他最好的回报。他的剧至今仍在莫斯科各主要剧院上演并受到热烈欢迎，他的书一版再版，发行量达到惊人的数字。《大师和玛格丽特》《狗心》《剧院罗曼史》《白卫军》等已被译成数十种文字。对他的研究已经形成一门新的专门学科——布尔加科夫学。他的创作成为世界各国人民共同的宝贵文化财富。借用普希金的一句诗来说，他已为自己树立了一座非人工的纪念碑。

译者

2001 年 9 月 2 日

于哈尔滨蜗居

创美工厂 | 轻经典

出 品 人：许　永
出版统筹：林园林
责任编辑：许宗华
特邀编辑：林园林
责任校对：雷存卿
装帧设计：李双鑫
印制总监：蒋　波
发行总监：田峰峥

投稿信箱：cmsdbj@163.com
发　　行：北京创美汇品图书有限公司
发行热线：010-59799930

创美工厂
微信公众平台

创美工厂
官方微博